Alle Rechte, einschließlich das des vollständigen oder
auszugsweisen Nachdrucks in jeglicher Form, sind vorbehalten.

Der Preis dieses Bandes versteht sich einschließlich
der gesetzlichen Mehrwertsteuer.

Umwelthinweis:
Dieses Buch wurde auf chlor- und säurefreiem Papier gedruckt.

Weihnachten mit Nora Roberts

MIRA® TASCHENBUCH
Band 20007
1. Auflage: November 2009

MIRA® TASCHENBÜCHER
erscheinen in der Cora Verlag GmbH & Co. KG,
Valentinskamp 24, 20350 Hamburg

Titel der nordamerikanischen Originalausgaben:
Home For Christmas
Copyright © 1986 by Nora Roberts
Aus dem Amerikanischen von Eva von der Gönna

Gabriel's Angel
Copyright © 1988 by Nora Roberts
Aus dem Amerikanischen von Patrick Hansen

All I Want For Christmas
Copyright © 1994 by Nora Roberts
Aus dem Amerikanischen von Heike Warth

First Impressions
Copyright © 1983 by Nora Roberts
Aus dem Amerikanischen von Patrick Hansen

erschienen bei: Silhouette Books, Toronto
Published by arrangement with HARLEQUIN ENTERPRISES II B.V./S.àr.l.

Konzeption/Reihengestaltung: fredebold&partner gmbh, Köln
Umschlaggestaltung: pecher und soiron, Köln
Redaktion: Stefanie Kruschandl
Titelabbildung: mauritius images GmbH, Mittenwald; pecher und soiron, Köln
Autorenfoto: © by Harlequin Enterprise S.A., Schweiz
Satz: Buch-Werkstatt GmbH, Bad Aibling
Druck und Bindearbeiten: CPI – Ebner & Spiegel, Ulm
Printed in Germany
ISBN 978-3-89941-663-3

www.mira-taschenbuch.de

Nora Roberts

Nie mehr allein
Roman

Aus dem Amerikanischen von
Eva von der Gönna

1. KAPITEL

In zehn Jahren kann sich viel verändern. Jason Law war darauf vorbereitet. Während des Fluges von London nach Boston und der anschließenden langen Fahrt nach Quiet Valley, New Hampshire, hatte er Zeit gehabt, sich darauf einzustellen. Selbst eine Kleinstadt in Neuengland mit 32000 Einwohnern – das war bei seinem Weggang etwa die Einwohnerzahl gewesen – musste sich im Laufe eines Jahrzehnts weiterentwickelt haben. Menschen würden gestorben und andere zur Welt gekommen sein. Geschäfte und Wohnhäuser würden den Besitzer gewechselt haben. Einige gab es vielleicht überhaupt nicht mehr.

Nicht zum ersten Mal seit seinem Entschluss, seine Heimatstadt zu besuchen, kam sich Jason ziemlich töricht vor. Wahrscheinlich würde man ihn überhaupt nicht erkennen. Als er fortging, war er ein schmales, trotziges Bürschchen von zweiundzwanzig Jahren in abgetragenen Jeans gewesen. Und nun kehrte er als Mann zurück, der gelernt hatte, Trotz durch Arroganz zu ersetzen – und er hatte damit Erfolg. Inzwischen trug er Anzüge, die in der Saville Row in London oder der Seventh Avenue in New York angefertigt worden waren. Sie brachten seine sportliche Figur unauffällig zur Geltung. In zehn Jahren war aus dem verzweifelten Jungen, der entschlossen gewesen war, der Welt seinen Stempel aufzudrücken, ein äußerlich gelassener Mann geworden, der sich auf seine Leistungen etwas zugutehalten konnte. Nicht verändert hatte sich sein nach innen gerichtetes Wesen. Er suchte immer noch nach Wurzeln, nach einem Ort, wo er hingehörte. Deshalb fuhr er jetzt zurück nach Quiet Valley.

Die Straße wand und schlängelte sich noch genauso durch Wälder und über Hügel wie damals, als er mit dem Greyhound-Bus in umgekehrter Richtung gefahren war. Die dichte Schneedecke am Boden wölbte sich nur an den Stellen, wo sich Felsbrocken darunter verbargen. Einzelne Kristalle an Zweigen glitzerten im Sonnenlicht. Hatte er die Winter Neuenglands vermisst?

Einmal hatte er den Dezember in den Anden verbracht, wo ihm der Schnee bis zu den Hüften reichte. Ein andermal war er nach Afrika geflogen. Die Jahre liefen ineinander, aber seltsamerweise konnte sich Jason genau daran erinnern, wo er zu Weihnachten jeweils gewesen war, obwohl er das Fest nicht feierte. Die Straße verengte sich, machte einen weiten Bogen und gab den Blick auf die verschneite Bergkette frei. Ja, das hatte ihm gefehlt.

Aus einem Impuls heraus hielt Jason an und stieg aus. Sein Atem wurde wie Rauch vom Wind davongeweht. Die Kälte ließ seine Haut prickeln, aber er knöpfte seine Jacke nicht zu. Auch die Handschuhe ließ er in der Tasche stecken. Er hatte das Bedürfnis, die eisige Luft an sich heranzulassen. Wie schon als Kind hatte er das Gefühl, Tausende kleiner spitzer Nadeln einzuatmen. Jason stieg ein Stück den Berg hoch, bis er auf Quiet Valley hinuntersehen konnte. Hier war er geboren und aufgewachsen. Hier hatte er Freude und Leid kennengelernt – und hier hatte er auch zum ersten Mal geliebt. Selbst aus dieser Entfernung konnte er ihr Haus sehen. Nein, das Haus ihrer Eltern, verbesserte Jason sich selbst. Erstaunt stellte er fest, dass der Zorn immer noch nicht verflogen war. Sie würde jetzt woanders wohnen mit ihrem Mann und ihren Kindern.

Unwillkürlich hatte er die Hände zu Fäusten geballt, nun zwang er sich dazu, seine Muskeln zu entspannen. Seine Gefühle nicht preiszugeben, sich zu beherrschen, das war eine Fähigkeit, die er im Laufe des vergangenen Jahrzehnts zu vervollkommnen lernte. Die Arbeit war dabei sein Lehrmeister, wenn er über Hungersnot, Krieg und menschliches Leiden berichten musste. Er hatte festgestellt, dass ihm das alles im Privatleben half. Seine Gefühle für Leonie waren die Sehnsüchte eines Jungen gewesen. Jetzt war er ein Mann, und sie war ebenso wie Quiet Valley ein Teil seiner Kindheit. Er war über fünftausend Meilen gereist, um sich genau das zu beweisen. Jason Law drehte der Stadt den Rücken und kehrte zum Auto zurück.

Aus der Entfernung hatte Quiet Valley ausgesehen wie ein Bild von Grandma Moses. Als Jason näher kam, wirkte es weniger idyllisch, und er war insgeheim erleichtert. Hier und da blätterte die Farbe von einer Fassade ab. Zäune waren unter der Last des Schnees umgeknickt. An Stellen, wo früher Felder gewesen waren, standen jetzt Häuser.

Nie mehr allein

Veränderungen. Er rief sich ins Gedächtnis, dass er nichts anderes erwartet hatte.

Aus den Schornsteinen stieg Rauch auf. Kinder und Hunde rannten durch den Schnee um die Wette. Jason schaute auf die Uhr. Halb vier. Die Schule war aus, und er war jetzt seit fünfzehn Stunden unterwegs. Es wäre jetzt das Klügste, festzustellen, ob es das Gasthaus noch gab und, wenn ja, sich dort ein Zimmer zu nehmen. Ein Lächeln spielte um seinen Mund, als er sich fragte, ob der alte Mr. Beantree noch hinter der Theke stehen würde. Er konnte gar nicht mehr zählen, wie oft ihm dieser nachgerufen hatte, dass aus ihm nie etwas Rechtes werden würde. Inzwischen konnte er das Gegenteil mit einem Pulitzerpreis und der Medaille des internationalen Journalistenverbandes beweisen.

Die Häuser standen jetzt enger zusammen, und Jason erkannte sie wieder. Dort wohnten die Bedfords und daneben Tim Hawkins. Das einstöckige Holzhaus der Witwe Marchant war immer noch himmelblau gestrichen, und Jason freute sich, dass wenigstens hier alles beim Alten geblieben war. Wie früher flatterten rote Bänder an der Fichte im Vorgarten. Die Witwe Marchant war gut zu ihm gewesen. Jason hatte nicht vergessen, wie sie ihm Kakao gekocht und stundenlang zugehört hatte, wenn er ihr von den Reisen in ferne Länder erzählte, die er machen wollte. Als er fortging, war sie bereits über siebzig gewesen, aber kerngesund. Vielleicht war sie auch jetzt noch dort hinter den Fenstern und hörte ihre geliebten Rachmaninow-Platten.

Die Gehsteige waren vom Schnee gereinigt. Neuengländer waren praktisch veranlagt und – nach Jasons Überzeugung – ebenso widerstandsfähig wie der Boden, auf dem sie sich angesiedelt hatten. Die Stadt hatte sich nicht so verändert, wie er es erwartet hatte. Das Eisenwarengeschäft der Railings befand sich immer noch an der Ecke zur Church Street, und auch die Post war nach wie vor in einem Ziegelbau von der Größe einer Garage untergebracht. Wie seit jeher in der Adventszeit hingen rote Girlanden zwischen den Laternenpfosten entlang der Straße. Vor dem Grundstück der Lintners bauten Kinder einen Schneemann.

Wessen Kinder es wohl sind?, fragte sich Jason. Ihre Gesichter waren hinter Schals und dicken Pudelmützen verborgen. Jedes von ihnen konnte Leonies Kind sein. Wieder stieg ohnmächtige Wut in ihm auf, und er wandte sich ab.

Das Schild am Eingang des Valley-Inn war neu, aber ansonsten war auch hier alles so wie früher. Auch hier hatte man den Schnee vor dem Eingang weggeschaufelt. Aus beiden Schornsteinen quoll Rauch. Jason fuhr daran vorbei. Zuerst musste er etwas anderes erledigen, etwas, von dem er gewusst hatte, dass es unvermeidlich war. Er hätte an der nächsten Ecke abbiegen können, um zu dem Haus zu kommen, wo er aufgewachsen war, aber er tat es nicht.

Am Ende der Hauptstraße würde ein gepflegtes weißes Haus stehen, größer als die meisten anderen, mit zwei Erkerfenstern und einer Veranda. Dieses Haus hatte Tom Monroe für sich und seine Braut gekauft. Ein Reporter von Jasons Kaliber wusste, wie man sich solche Informationen beschafft. Vielleicht hatte Leonie die Spitzenvorhänge aufgehängt, von denen sie als junges Mädchen schon geträumt hatte. Bestimmt hatte Tom ihr auch das Teeservice aus zartem Porzellan gekauft, das im Schaufenster des Haushaltwarengeschäfts ausgestellt gewesen war. Er würde ihr alles das gegeben haben, was sie sich wünschte. Ein Leben mit Jason dagegen hätte unzählige Motelzimmer an ständig wechselnden Orten bedeutet. Leonie hatte ihre Wahl getroffen.

Wieder stellte er fest, dass er sich auch nach zehn Jahren nicht damit abgefunden hatte. Er zwang sich zur Ruhe, als er am Straßenrand anhielt. Leonie und er waren einmal Freunde gewesen und – für ganz kurze Zeit – Liebende. Seitdem hatte er andere Frauen gehabt, und sie war verheiratet. Trotzdem konnte er sich noch genau daran erinnern, wie sie mit achtzehn gewesen war – lieb, sanft und neugierig auf das Leben. Sie hatte mit ihm gehen wollen, aber er hatte es nicht zugelassen. Sie hatte versprochen zu warten, doch ihr Versprechen nicht gehalten. Jason atmete tief ein und stieg aus.

Das Haus war sehr hübsch. Am Fenster zur Straße stand ein geschmückter Christbaum. Jetzt bei Tageslicht sah er überwiegend grün aus. Nachts jedoch würde er glitzern wie ein Zauberding. Dessen konnte er sicher sein, Leonie glaubte an Zauberei, und ihr würde es gelingen, auch diesen Baum zu verzaubern.

Nie mehr allein

Jason stand auf dem Fußweg und hatte Angst. Er war daran gewöhnt, von Kriegsschauplätzen zu berichten und Interviews mit Terroristen zu machen. Doch dabei hatte er nie solche Furcht verspürt wie jetzt. Ich brauche ja nicht hineinzugehen, sagte er sich. Wenn ich will, kann ich umkehren und die Stadt verlassen. Es war nicht erforderlich, dass er sie wiedersah. Sie gehörte nicht mehr zu seinem Leben. Dann bemerkte er die Spitzenvorhänge, und wieder stieg der alte Groll in ihm auf. Groll, der stärker war als seine Angst.

Als er auf das Haus zuging, kam plötzlich ein Mädchen um die Ecke gerannt, auf der Flucht vor einem genau gezielten Schneeball. Sie warf sich zu Boden und kam damit aus der Schusslinie. Im nächsten Augenblick war sie aber bereits wieder auf den Beinen und ging zum Gegenangriff über.

„Volltreffer, Jimmy Harding!" Mit einem Triumphschrei wirbelte sie herum und stieß mit Jason zusammen. „Entschuldigung." Von Kopf bis Fuß schneebedeckt, schaute sie auf und grinste ihn fröhlich an. Jason hatte das Gefühl, dass die Zeit rückwärts gegangen war.

Sie war das Ebenbild ihrer Mutter. Das dunkelbraune Haar war aus der Mütze gerutscht und fiel ihr in wirren Locken auf die Schultern. Das kleine zierliche Gesicht wurde von großen blauen Augen beherrscht, die lustig funkelten. Doch was ihm ans Herz ging, war das Lächeln, dieses unwiderstehliche Lächeln, das auch Leonie gehabt hatte. Unwillkürlich trat er einen Schritt zurück. Das kleine Mädchen klopfte sich den Schnee ab und betrachtete ihn interessiert.

„Sie habe ich noch nie gesehen."

Er schob die Hände in die Hosentaschen. Aber ich dich, dachte er. „Nein. Wohnst du hier?"

„Ja, aber der Eingang zum Laden ist auf der anderen Seite." Ein Schneeball landete mit einem Plumps vor ihren Füßen. Sie verdrehte die Augen. „Das ist Jimmy", erklärte sie im Tonfall einer Frau, die von einem lästigen Verehrer verfolgt wird. „Er kann überhaupt nicht richtig zielen. Wie gesagt, zum Laden müssen Sie andersrum." Sie bückte sich und formte das nächste Geschoss. „Gehen Sie ruhig hinein; die Tür ist offen."

Mit einem Schneeball in jeder Hand rannte sie davon. Jason stellte fest, dass er beinahe Mitleid mit Jimmy Harding empfand.

Leonies Tochter. Er hatte ganz vergessen, sie nach ihrem Namen zu fragen, und um ein Haar rief er sie zurück. Dann aber verzichtete er darauf. Es ist nicht wichtig, redete er sich ein. Er würde nur für einige Tage in der Stadt sein, ehe er zu seiner nächsten Reportage aufbrach. Quiet Valley war nur eine Station auf der Durchreise.

Langsam ging Jason ums Haus herum. Obwohl er sich nicht vorstellen konnte, was für eine Art Laden Tom betrieb, hielt er es für besser, ihn zuerst aufzusuchen. Er freute sich beinahe darauf.

Die kleine Werkstatt, die er erwartet hatte, entpuppte sich als Miniaturausgabe eines viktorianischen Hauses. Auf dem Schlitten vor der Tür saßen zwei lebensgroße Puppen in Zylinder, Rüschenhaube, Capes und Stiefeln. „Puppenhaus" stand auf dem handgemalten Schild über dem Eingang. Als Jason die Klinke heruntergedrückte, erklangen Glöckchen von drinnen.

„Ich komme gleich!"

Als er ihre Stimme hörte, hatte er das Gefühl, den Boden unter den Füßen zu verlieren. Aber er würde damit fertig werden. Er würde das Wiedersehen durchstehen, weil er es musste.

Jason nahm die Sonnenbrille ab, schob sie in die Tasche und schaute sich um. Der Raum war wie ein gemütliches Wohnzimmer eingerichtet, aber die Möbel waren alle auf die Maße von Kindern zugeschnitten. Puppen in allen Größen und Formen saßen auf Sesseln, Stühlen, Regalen und Schränken. Vor einem kleinen Kamin hatte sich eine Puppengroßmutter mit Spitzenhaube und Schürze im Schaukelstuhl niedergelassen. Die Puppe war so lebensecht, dass Jason unwillkürlich darauf wartete, dass sie zu schaukeln anfing.

„Es tut mir leid, dass Sie warten mussten." Mit einer Porzellanpuppe in der einen und einem Brautschleier in der anderen Hand kam Leonie zur Tür herein. „Ich war gerade damit beschäftigt ..."

Sie brach ab, und der Schleier glitt ihr aus der Hand. Wie schwerelos schwebte er langsam zu Boden. Alle Farbe wich aus ihrem Gesicht, und im Gegensatz dazu wirkten die dunkelblauen Augen beinahe schwarz. Wie zur Verteidigung drückte sie die Puppe an die Brust. „Jason."

2. KAPITEL

Wie Leonie da im schwachen Winterlicht in der Tür stand, erschien sie Jason noch viel schöner, als er sie in Erinnerung hatte. Seine Hoffnung, dass es nicht so sein würde, erfüllte sich nicht. Er hatte geglaubt, dass seine Traumvorstellung von ihr sich als übertrieben herausstellen würde, wie es bei Träumen oft der Fall ist, doch sie stand vor ihm in Fleisch und Blut, und so schön, dass ihm der Atem stockte. Vielleicht lag es daran, dass sein Lächeln etwas zynisch wirkte. „Hallo, Leonie."

Sie war unfähig, sich zu rühren. Wie schon vor vielen Jahren hatte sie das Gefühl, in der Falle zu sitzen. Damals hatte er es nicht gewusst, und heute durfte er erst recht nichts davon erfahren.

Lange verdrängte und geheim gehaltene Gefühle kämpften gegen ihre Willenskraft an und wurden unterdrückt. „Wie geht es dir?", brachte sie heraus. Noch immer hielt sie die Puppe fest umklammert.

„Gut." Er ging auf sie zu. Die Nervosität in ihren Augen bereitete ihm eine wahre Genugtuung. Dabei quälte es ihn, dass sie noch genauso gut roch wie früher. Sanft, jung, unschuldig. „Du siehst wunderbar aus", sagte er beiläufig und gab seiner Stimme einen eher gelangweilten Ton.

„Du bist der letzte Mensch, den ich hier erwartet hätte." Denn, fügte sie im Stillen hinzu, ich habe lernen müssen, mir das Warten abzugewöhnen. Entschlossen, ihren inneren Aufruhr nicht zu verraten, lockerte Leonie Monroe ihren Griff um die Puppe. „Wie lange wirst du in Quiet Valley bleiben?"

„Nur ein paar Tage. Ich hatte plötzlich das Bedürfnis nach Abwechslung."

Sie lachte und hoffte, dass es nicht hysterisch klang. „Das war bei dir schon immer so. Wir haben deine Reportagen gelesen. Es ist dir also gelungen, all die Länder zu besuchen, von denen du geträumt hast."

„Und noch einige dazu."

Sie wandte sich ab und schloss kurz die Augen. „Es hat Schlagzeilen gemacht, als du den Pulitzerpreis gewannst. Mr. Beantree stolzierte durch die Stadt, als wäre er persönlich für deinen Erfolg verantwortlich. ,Ein guter Junge, dieser Jason Law', sagte er immer wieder. ,Ich habe von Anfang an gewusst, dass aus dem mal was wird.'"

„Ich habe deine Tochter gesehen."

Das war ihre größte Angst, die größte Hoffnung, der Traum, den sie schon vor Jahren begraben hatte. Sie bückte sich, um den Schleier aufzuheben. „Clara?"

„Draußen vor dem Haus. Sie war mit Schneebällen hinter Jimmy, einem Jungen, her."

„Ja, das klingt nach Clara." Auch jetzt leuchtete ihr Gesicht, wenn sie lächelte. Hätte er einen Wunsch frei gehabt, dann den, die Hand auszustrecken und sie anzufassen. Sie nur einmal zu berühren und sich daran zu erinnern, wie es gewesen war.

„Wie ich sehe, hast du deine Spitzenvorhänge bekommen."

Dabei, dachte sie bitter, wäre ich mit Fenstern ohne Gardinen und kahlen Wänden zufrieden gewesen, wenn ich nur bei dir hätte sein können. „Ja", wiederholte sie. „Ich habe meine Spitzenvorhänge. Und du deine Abenteuer."

„Du hast auch das hier." Er wies auf die Puppen. „Wann hast du denn damit angefangen?"

Ich kann diese entsetzlich beiläufige Unterhaltung ertragen, sagte sie sich. „Ich habe den Laden vor fast acht Jahren eröffnet."

Er nahm eine Stoffpuppe aus der Wiege. „Du verkaufst also Puppen. Ein Hobby?"

Leonie hob stolz den Kopf. „Nein, mein Geschäft. Ich verkaufe sie, repariere sie, und manchmal fertige ich sie auch an."

„Geschäft?" Jason hatte die Puppe wieder weggelegt. In seinem Lächeln lag keine Spur von Humor. „Ich hätte nicht gedacht, dass Tom damit einverstanden ist. Mir kam er immer vor wie ein Mann, der nicht will, dass seine Frau arbeitet."

„So?" Mechanisch begann sie, den Brautschleier am Kopf der Porzellanpuppe zu befestigen. „Du warst immer stolz darauf, dass dir nichts entgeht, aber du bist lange weg gewesen." Sie sah ihn über die Schulter an, und diesmal lagen nicht Nervosität oder Stolz in ihrem

Blick, sondern nur Kälte. „Sehr lange. Tom und ich haben uns schon vor acht Jahren scheiden lassen. Zuletzt hörte ich, dass er jetzt in Los Angeles wohnt. Du siehst, er hielt auch nichts von Kleinstädten. Oder den Mädchen, die in Kleinstädten leben."

Jason konnte mit den Gefühlen, die auf ihn einstürmten, nichts anfangen, und etwas verlegen schob er sie deshalb beiseite.

Bitterkeit war einfacher. „Offensichtlich hast du keine kluge Wahl getroffen, Leonie."

Sie lachte und zerknüllte den Schleier. „So sieht es aus."

„Du hast nicht gewartet." Die Worte waren heraus, ehe er sie zurückhalten konnte.

Er hasste sich deshalb, und sie auch.

„Du warst fort." Sie drehte sich langsam wieder um und verschränkte die Hände.

„Ich habe dir gesagt, dass ich wiederkommen würde. Habe ich nicht versprochen, dich so bald wie möglich nachzuholen?"

„Du hast niemals angerufen oder geschrieben. Drei lange Monate habe ich …"

„Drei Monate?" Wütend packte er sie an den Armen. „Nach allem, worüber wir gesprochen und was wir für unser gemeinsames Leben geplant hatten, konntest du mir nicht mehr als drei Monate geben?"

Sie hätte ihm noch viel mehr Zeit eingeräumt, aber sie hatte keine andere Wahl gehabt. Bemüht, ruhig zu bleiben, hielt sie seinem Blick stand. Auch dieser Blick war immer noch der gleiche – eindringlich und ungeduldig. „Ich wusste nicht, wo du warst. Nicht einmal eine Adresse hast du mir hinterlassen." Sie trat zurück, weil das Verlangen, ihm nahe zu sein, noch genauso heftig war wie früher. „Ich war achtzehn, und du warst nicht aufzufinden."

„Und Tom war da."

Sie streckte das Kinn vor. „Richtig, Tom war da. Jason, das alles ist jetzt zehn Jahre her, und du hast nicht einmal versucht, Kontakt mit mir aufzunehmen. Warum also jetzt?"

„Das habe ich mich auch gefragt", antwortete er und ging ohne ein weiteres Wort.

Ihre Träume waren schon immer unrealistisch gewesen. Als Kind hatte sich Leonie eine von weißen Pferden gezogene Kutsche und Tanzschuhe aus Glas ausgemalt. Die Wirklichkeit war etwas, mit dem man sich Tag für Tag auseinandersetzen musste in einer Familie, wo das Geld, aber nicht der Stolz knapp war. Doch Träume waren keineswegs nur auf die Nacht beschränkt.

Sie hatte sich in Jason verliebt, als sie acht und er zehn gewesen war. Er war mutig auf drei Jungen losgegangen, die sie in den Schnee geworfen hatten. Leonie erinnerte sich mit Genugtuung daran, dass mehrere nötig gewesen waren, um sie überhaupt zu überwältigen. Doch dann war Jason ihr zu Hilfe gekommen und hatte ihre Angreifer vertrieben. Das haftete ihr unauslöschlich im Gedächtnis. Er war für seine Größe viel zu schmal gewesen, und sein Mantel zu groß und oft geflickt. Mit zusammengezogenen Brauen hatte er unmutig auf sie heruntergeblickt. Schnee klebte ihm an den blonden Haarsträhnen, und seine Haut war vor Kälte gerötet. Sie hatte ihm in die Augen gesehen und sich in ihn verliebt. Er hatte irgendetwas gemurmelt, ihr aufgeholfen und sie ausgeschimpft, weil sie die drei Jungs provoziert hatte.

Und dann war er davongestapft, die Hände in den Taschen seines Mantels vergraben.

Während der Kindheit und später als Teenager schaute Leonie keinen anderen Jungen an. Natürlich tat sie hin und wieder so, als würde sie sich für jemanden interessieren, weil sie hoffte, dass Jason Law dann Notiz von ihr nehmen würde.

Das tat er erst, als sie sechzehn war. In der Turnhalle fand ein Ball statt, und ihre Mutter hatte ihr zum ersten Mal ein langes Kleid genäht. Auch anderen fiel sie auf, und sie flirtete hemmungslos.

Ihr Ziel jedoch blieb das Gleiche – Jason. Missmutig sah er zu, wie sie für jeden Tanz den Partner wechselte. Das hatte sie sorgfältig geplant, ebenso wie den bedeutsamen Blick, den sie ihm zuwarf, als sie in der Pause hinausging, um frische Luft zu schöpfen. Wie erhofft, folgte er ihr. Sie stellte sich gleichgültig. Er benahm sich besitzergreifend. Und dann brachte er sie nach Hause. Es war Vollmond.

Viele gemeinsame Spaziergänge folgten – im Frühling, im Sommer, im Herbst und im Winter. Sie waren verliebt, wie es nur ganz junge Menschen sein können, bedenkenlos und unschuldig. Sie erzählte ihm, dass sie sich ein Haus und Kinder wünschte. Er sprach von seiner Sehnsucht zu reisen, alles zu sehen und es aufzuschreiben. Leonie wusste, dass er sich in der Kleinstadt wie in der Falle fühlte, zurückgehalten von einem Vater, der ihm keine Liebe und wenig Hoffnung gab. Jason wusste, dass sie von wohnlichen Zimmern und Blumen in Kristallvasen träumte. Gegensätze, die sich anzogen, und ihre Träume vermischten sich.

Dann, als in einer Sommernacht der Duft frischen Heus in der Luft hing, überschritten sie die Grenze zwischen Kindheit und Erwachsensein, und ihre Liebe war nicht mehr unschuldig.

„Mom, du träumst ja schon wieder!"

„Wie?"

Die Arme bis zu den Ellbogen im Seifenwasser, drehte Leonie sich um. Ihre Tochter stand in der Küchentür. Sie trug einen warmen Bademantel, der bis auf den Boden reichte. Mit ihrem frisch gebürsteten Haar und den roten Wangen sah sie wie ein Engel aus.

Leonie wusste es allerdings besser. „Hast du deine Schularbeiten fertig?"

„Ja. So kurz vor den Ferien finde ich es doof, dass uns die Lehrerin noch etwas aufgibt."

„Das sagtest du bereits gestern. Und vorgestern."

„Mom, du bist schlecht gelaunt." Clara beäugte die Keksdose. „Du solltest mal einen schönen langen Spaziergang machen."

Leonie hatte erraten, worauf ihre Tochter hinauswollte. „Nur einen", mahnte sie. „Und vergiss nicht, dir die Zähne zu putzen." Sie schaute zu, wie Clara sich sorgfältig das größte Plätzchen heraussuchte. „Hast du heute Nachmittag einen Mann gesehen? Eine großen Mann mit blonden Haaren?"

„Hm." Clara hatte den Mund voll, und es dauerte eine Weile, ehe sie antwortete. „Er wollte zum Haus. Ich habe ihn in den Laden geschickt."

„Hat er irgendetwas zu dir gesagt?"

„Eigentlich nicht. Zuerst hat er mich ein bisschen komisch angeschaut, so als hätte er mich schon mal gesehen. Kennst du ihn?"

Leonies Herz pochte schmerzhaft.

Sie trocknete sich sorgfältig die Hände ab. „Ja. Er hat vor langer Zeit einmal hier gewohnt."

„Jimmy war sehr beeindruckt von seinem Auto." Clara fragte sich, ob sich ihre Mutter noch einen Keks abluchsen ließe.

„Ich glaube, ich werde wirklich noch ein Stück spazieren gehen, Clara, aber ich möchte, dass du dich schon hinlegst."

Clara kannte den Ton und verzichtete klugerweise auf ein zweites Plätzchen. „Kann ich die Geschenke unter dem Baum noch mal zählen?"

„Das hast du doch schon zehn Mal getan."

„Aber vielleicht liegt inzwischen noch was da."

Leonie hob ihre Tochter hoch. „Darauf bestehen nicht die geringsten Aussichten." Dann lachte sie und trug sie ins Wohnzimmer. „Aber eine zusätzliche Zählung wird nicht schaden."

Die Luft roch nach Schnee, als sie ins Freie trat. Die Tür abzuschließen war in einer Stadt, wo jeder jeden kannte, nicht nötig. Sie schlug den Mantelkragen hoch und drehte sich noch einmal um zu dem Fenster im ersten Stock, wo ihre Tochter im Bett lag.

Clara war der Grund dafür, dass das Haus nicht kalt und ihr Leben nicht leer war. Dabei hätte beides sehr leicht sein können.

Leonie hatte die elektrischen Christbaumkerzen brennen lassen, und der Lichtschein malte Kringel in den Schnee. Nur noch vier Tage bis Weihnachten, dachte sie. Von dort, wo sie stand, sah die Stadt wie eine Postkarte aus. Lichterketten säumten die Straßen, und der große Weihnachtsbaum auf dem Marktplatz war deutlich zu erkennen. Manche Straßenlaternen waren mit buntem Papier verkleidet. Sie konnte den Rauch von Holzfeuern riechen. Hier und da duftete es stark nach Harz, wenn Tannen- und Kiefernzapfen verbrannt wurden.

Manche Leute hätten das Dasein in einer Kleinstadt wie Quiet Valley als beengt und eintönig empfunden. Leonie Monroe hatte jedoch hier ein Heim für sich und ihre Tochter geschaffen. Sie hatte sich ihr

Leben nach eigenen Vorstellungen eingerichtet und fühlte sich wohl dabei.

„Ich bedaure nichts", sagte sie laut und schaute noch einmal zum Kinderzimmer hinauf. Sie vermutete, dass Clara wie immer gehorsam die Nachttischlampe ausgelöscht hatte und jetzt mit der Taschenlampe unter der Bettdecke las. Hatte sie es nicht in ihrem Alter genauso gemacht? „Nein", wiederholte sie. „Ich bedaure nichts."

Während sie die Straße entlangging, frischte der Wind auf. Vor Weihnachten würde es noch mehr Schnee geben, das fühlte sie. Darauf würde sie sich jetzt konzentrieren, anstatt zurückzuschauen.

„Du gehst also immer noch gern spazieren."

3. KAPITEL

Hatte Leonie gewusst, dass Jason sie finden würde? Vielleicht war es tatsächlich so. „Manche Dinge ändern sich nicht", sagte sie einfach. Jason ging neben ihr her.
„Das habe ich heute Nachmittag herausgefunden." Er dachte an die Stadt, die noch genauso war wie früher. Und an seine Gefühle für die Frau an seiner Seite. „Wo ist denn deine Tochter?"
„Sie schläft schon."
Er war jetzt gelassener als am Nachmittag und entschlossen, es auch zu bleiben. „Ich habe dich gar nicht gefragt, ob du noch andere Kinder hast."
„Nein." In ihrer Stimme lag ein Unterton, den er schlecht deuten konnte. „Clara ist das einzige."
„Wie bist du denn auf den Namen gekommen?"
Sie lächelte. Es war typisch für Jason, Fragen zu stellen, die niemand anderem in den Sinn kommen würden. „Erinnerst du dich an das Märchen vom Nussknacker? Ich wollte, dass meine Tochter auch die Fähigkeit zu träumen hat." Genauso wie sie selbst. Leonie schob die Hände tiefer in die Taschen und versuchte sich einzureden, dass sie und Jason zwei alte Freunde waren, die miteinander durch die stillen Straßen spazieren gingen. „Wohnst du im Gasthaus?"
„Ja." Jason rieb sich belustigt das Kinn. „Der alte Beantree brachte höchstpersönlich mein Gepäck nach oben in mein Zimmer."
„Einheimischer wird zur Berühmtheit." Leonie wandte den Kopf und betrachtete ihn. Seltsam, dachte sie. Als sie ihn das erste Mal angeschaut hatte, hatte sie den Jungen gesehen. Jetzt sah sie den Mann. Sein Haar war etwas nachgedunkelt, aber immer noch blond. Es war nicht mehr ungepflegt, aber so geschnitten, dass es ihm immer noch in die Stirn fiel. Das Gesicht war nach wie vor schmal mit den ausgeprägten Wangenknochen, die sie schon damals so fasziniert hatten. Um den Mund hatten sich tiefe Falten eingegraben. „Du hast doch erreicht, was du wolltest?"
„So ungefähr." Als ihre Blicke sich trafen, spürte sie wieder das alte schmerzliche Verlangen in sich aufsteigen.

„Und was ist mit dir, Leonie?"

Sie schüttelte den Kopf. „Ich habe nie so viel gewollt wie du, Jason."

„Bist du glücklich?"

„Wer das nicht ist, muss die Schuld bei sich selbst suchen."

„Das ist zu einfach."

„Ich habe nicht das gesehen, was du gesehen hast. Ich habe nicht die Aufgaben lösen müssen, die du lösen musstest. Ich bin mit einfachen Dingen zufrieden, Jason. Das war doch das Problem, nicht wahr?"

„Nein." Er drehte sie zu sich herum und legte ihr die Hand auf die Wange. Er trug keine Handschuhe, und sie spürte, wie ihre Haut sich bei der Berührung erwärmte. „Du hast dich überhaupt nicht verändert." Sie blieb ganz still stehen, als er die Finger durch ihr Haar gleiten ließ und schließlich ihre Schultern umfasste. „Ich habe oft daran gedacht, wie du im Mondlicht aussiehst. Die Erinnerung hat mich nicht getrogen."

„Ich habe mich verändert, Jason." Doch sie klang atemlos. „Und du auch."

„Manche Dinge bleiben dieselben", sagte er heiser und kapitulierte vor dem übermächtigen Verlangen, sie zu küssen.

Als ihre Lippen sich berührten, wusste er, dass er nach Hause gekommen war. Alles, woran er sich erinnerte und was er verloren zu haben glaubte, war wieder sein. Sie war so zart und duftete nach Frühling, obwohl ringsherum Schnee lag. Willig überließ sie ihm ihren Mund, wie immer, wenn sie sich geküsst hatten.

Er konnte sich nicht erklären, weshalb jede andere Frau, die er seitdem in den Armen gehalten hatte, nur ein Schatten war, verglichen mit seiner Erinnerung an Leonie. Jetzt aber war sie es, die sich an ihn drängte und ihm alles das gab, was er für unerreichbar gehalten hatte.

Nur dieses eine Mal, sagte sie sich. Obwohl sie versucht hatte, den Teil ihres Lebens, zu dem Jason gehörte, aus ihrem Gedächtnis zu verbannen, ahnte sie, dass das nicht möglich war. Sie hatte sich eingeredet, dass es sich nur um eine Jungmädchenschwärmerei handelte, aber sie wusste selbst, dass es eine Lüge war. Es hatte keine anderen Männer gegeben, sondern nur die Erinnerungen an den einen und an

Wünsche. Wünsche und schon fast vergessene Träume.

Jetzt aber war es kein Traum, sondern Jason, so lebendig und drängend, wie er seit jeher gewesen war. Alles an ihm war ihr so vertraut – der Geschmack seiner Lippen, das Gefühl seines Haares, als sie mit den Fingern darüberfuhr, und der männliche Geruch, der ihm bereits als Junge eigen gewesen war. Er flüsterte ihren Namen und zog sie enger an sich, als habe er Angst, sie wieder zu verlieren.

Sie schlang ihm die Arme um den Hals, ebenso bereitwillig, leidenschaftlich und verliebt wie beim letzten Mal, als er sie geküsst hatte. Beide bemerkten nicht, dass ein scharfer Wind den Schnee um sie herum aufwirbelte.

Aber jetzt war nicht gestern, rief sie sich ins Gedächtnis, als sie sich endlich voneinander lösten, sondern heute. Und diesem Heute musste man sich stellen. Sie war kein junges Mädchen mehr, das in seiner blinden Verliebtheit alles um sich herum vergaß, sondern eine Frau, die die Verantwortung für ein Kind trug. Jason dagegen war ein Zigeuner. Er hatte nie gewünscht, etwas anderes zu sein.

„Es ist vorbei mit uns, Jason." Doch sie ließ seine Hand nicht los. „Es ist schon lange vorbei."

„Nein." Er hielt sie fest, als sie sich abwenden wollte. „Das stimmt nicht. Ich habe mir das selbst vorgemacht und bin zurückgekommen, um es mir zu beweisen. Stattdessen habe ich einsehen müssen, dass du immer noch der wichtigste Teil meines Lebens bist. Es wird nie vorbei sein, Leonie."

„Du hast mich verlassen." Sie hatte nicht weinen wollen, aber nun rannen ihr Tränen über die Wangen. „Und du hast mir das Herz gebrochen. Es hat Jahre gedauert, bis es wieder heilte. Noch einmal werde ich dieses Risiko nicht eingehen."

„Du wusstest, dass ich fortmusste. Wenn du gewartet hättest …"

„Das ist jetzt nicht mehr wichtig." Sie schüttelte den Kopf und machte einen Schritt zurück. Niemals würde sie ihm erklären können, warum es ihr unmöglich gewesen war zu warten. „Es ist nicht wichtig, weil du in wenigen Tagen wieder weggehen wirst. Ich werde es nicht zulassen, dass du wie ein Wirbelwind in mein Leben eindringst, nur um dann ebenso schnell wieder zu verschwinden und mich in einem

Aufruhr der Gefühle zurückzulassen. Wir haben beide unsere Wahl getroffen, Jason."

„Verdammt, du hast mir gefehlt!"

Sie schloss die Augen. Als sie sie wieder öffnete, waren sie trocken.

„Ich musste aufhören, dich zu vermissen. Bitte lass mich in Frieden, Jason. Wenn ich glauben könnte, dass wir Freunde werden ..."

„Das waren wir doch immer."

„Immer ist schon vorüber." Trotzdem streckte sie beide Hände aus und ergriff seine. „Ach, Jason, du warst mein bester Freund, aber ich kann mich nicht darüber freuen, dass du wieder da bist, weil ich schreckliche Angst vor dir habe."

„Leonie." Er schloss die Finger um ihre Hand. „Wir brauchen Zeit. Vor allem aber müssen wir miteinander reden."

Sie schaute ihn unverwandt an. „Du weißt, wo du mich findest, Jason. Das hast du immer schon gewusst."

„Ich bringe dich nach Hause."

„Nein." Sie war jetzt ein wenig ruhiger und lächelte ihn an. „Heute nicht."

Von seinem Fenster aus überblickte Jason die ganze Hauptstraße. Wenn er wollte, konnte er zuschauen, wie die Kunden in Porterfields Kaufhaus strömten und einige Müßiggänger sich auf dem Marktplatz zu einem gemütlichen Schwatz trafen. Doch immer wieder wurde seine Aufmerksamkeit von dem weißen Haus am Ende der Straße angezogen.

Er war schon zeitig aufgestanden und hatte auch am Fenster gestanden, als Leonie mit Clara aus dem Haus trat. Die Zeit für den Schulgang war da. Er hatte gesehen, wie Leonie in die Hocke ging, um den Kragen am Mantel ihrer Tochter glatt zu zupfen. Und er hatte beobachtet, wie sie lange dastand und dem Mädchen nachschaute. Mit äußerster Willenskraft hatte er versucht, sie dazu zu bringen, sich zu ihm umzudrehen. Doch sie war ohne einen Blick in seine Richtung in ihrem Laden verschwunden.

Inzwischen waren Stunden vergangen, und er stand immer noch am Fenster. Nach der Anzahl der Leute zu schließen, die das „Puppen-

haus" betraten, lief Leonies Geschäft gut. Sie war beschäftigt, während er seine Reiseschreibmaschine noch nicht einmal ausgepackt hatte.
Er hatte vorgehabt, für eine Weile an seinem Roman zu arbeiten. Ein Roman, den er nur für sich selbst schreiben wollte. Auch das war ein Versprechen, das wegen seiner Arbeitsüberlastung noch nicht eingelöst war. Er hatte erwartet, dass er hier in seiner verschlafenen Heimatstadt – fernab von dem hektischen Leben als Auslandskorrespondent – Muße dazu finden würde. Das Wiedersehen mit Leonie und die Erkenntnis, dass er sie noch ebenso sehr liebte wie mit zwanzig, hatten jedoch jeden Gedanken an das Buch weit in den Hintergrund gedrängt.
Jason wandte sich vom Fenster ab und ging zum Tisch. Alles, was er brauchte, war da. Seine Notizen füllten zahllose Umschläge, er müsste sich nur hinsetzen und anfangen. Dass er genügend Selbstdisziplin besaß, um notfalls die ganze Nacht durchzuarbeiten, hatte er in der Vergangenheit schon des Öfteren bewiesen. Doch in seinem Leben gab es mehr als ein Buch, das angefangen und noch nicht beendet war. Erst jetzt war ihm das so richtig klar geworden.

Bis er sich rasiert und angezogen hatte, war es schon früh am Nachmittag. Zuerst erwog er, über die Straße in Mindys Cafe zu gehen und festzustellen, ob sie immer noch so köstliche Kartoffelsuppe machte, aber ihm war nicht nach unverfänglichem Geplauder zumute. In voller Absicht wandte er sich nach rechts, weg von Leonies Haus. Er würde sich nicht dadurch zum Narren machen, dass er ihr nachlief.
Unterwegs begegnete er mehreren Leuten, die er kannte. Man begrüßte ihn mit Schulterklopfen, Händeschütteln und unverhohlener Neugier. Er schlenderte am Fluss entlang und kehrte dann zur Hauptstraße zurück, um sich die Auslagen in den Schaufenstern anzusehen.
In einem Laden entdeckte er Weihnachtssterne. Er ging hinein und kaufte den schönsten, den er finden konnte. Die Verkäuferin war mit ihm in der Schule gewesen, und es dauerte fast zehn Minuten, bis er wieder draußen war. Auf Fragen war er gefasst gewesen, aber er hatte nicht damit gerechnet, dass er zum Stadtgespräch werden könnte. Ein belustigtes Lächeln spielte um seine Lippen, als er weiterging. Vor dem

Haus der Witwe Marchant angekommen, machte er sich gar nicht erst die Mühe, an der Vordertür anzuklopfen, sondern ging aus alter Gewohnheit gleich zum Hintereingang.

Als die alte Dame öffnete und versuchte, durch die üppigen roten Blumen sein Gesicht zu erkennen, grinste er wie ein Schuljunge.

„Das wurde aber auch Zeit", begrüßte sie ihn. „Komm rein und wisch dir die Füße gut ab."

„Jawohl, Ma'am." Gehorsam säuberte Jason seine Stiefel, ehe er die Pflanze auf den Küchentisch stellte.

Die Witwe Marchant war höchstens einen Meter fünfzig groß. Ihr Rücken war vom Alter gebeugt, und unzählige Runzeln zogen sich durch ihr Gesicht. Die große Schürze, die sie umgebunden hatte, war mit Mehl bestäubt.

Jason konnte riechen, dass das erste Blech Plätzchen bereits im Ofen war. Aus dem Nebenraum drang klassische Musik.

Die alte Dame deutete auf die Blumen. „Du hattest immer schon eine Schwäche für großartige Gesten." Während sie ihn einer eingehenden Musterung unterzog, nahm er automatisch die Schultern zurück. „Wie ich sehe, hast du ein paar Pfunde zugelegt, aber ein bisschen mehr Fleisch auf den Rippen könntest du trotzdem noch vertragen. Nun komm schon, gib mir einen Kuss."

Er beugte sich hinunter, um ihre Wange mit den Lippen zu berühren, doch dann schloss er sie kurz entschlossen in die Arme. Sie fühlte sich schmal und zerbrechlich an, und sie roch noch immer nach Seife, Puder und Zucker.

„Sie scheinen nicht überrascht, mich zu sehen", stellte er fest.

„Ich hörte, dass du da bist", erwiderte sie. Sie hatte sich abgewandt, damit er nicht sehen konnte, dass ihr die Augen feucht geworden waren. „Um genau zu sein, wusste ich es schon, ehe die Tinte auf deinem Anmeldeformular im Gasthaus trocken war. Nimm dir einen Stuhl und zieh den Mantel aus. Ich muss die Plätzchen aus dem Rohr nehmen."

Er blieb still sitzen und genoss das Gefühl, sich zu Hause zu fühlen.

Hierher hatte er als Kind kommen können in der Gewissheit, dass

Mrs. Marchant ihn niemals fortschicken würde. Während er interessiert zusah, schmolz sie Blockschokolade in einem alten Emailltopf.

„Wie lange bleibst du denn?"

„Ich weiß noch nicht. In zwei Wochen muss ich in Hongkong sein."

„Hongkong." Die alte Dame presste die Lippen zusammen. „Du hast also alle deine Traumziele angelaufen, Jason. Waren sie so aufregend, wie du gehofft hast?"

„Einige ja." Genüsslich streckte er die Beine aus. Er hatte ganz vergessen, wie schön es war, sich völlig zu entspannen. „Andere nicht."

„Und jetzt bist du nach Hause gekommen." Sie stellte das Blech auf den Tisch. „Warum?"

Bei jedem anderen wäre er der Frage ausgewichen. Manchmal belog er sogar sich selbst.

Mrs. Marchant jedoch würde nicht ruhen, bis sie die Wahrheit erfuhr. „Leonie."

„Es war immer schon Leonie." Er war ein unglücklicher Junge gewesen, und nun war er ein unglücklicher Mann. „Du weißt sicher, dass sie Tom geheiratet hat."

Vor Mrs. Marchant brauchte Jason seine Bitterkeit nicht zu verstecken. „Ein halbes Jahr nachdem ich fortgegangen bin, habe ich angerufen. Ich hatte eine Stelle bei ,Today's News' in Chicago bekommen. Es war nichts Großartiges, aber zumindest ein Anfang. Leonies Mutter nahm das Telefon ab. Sie teilte mir sehr freundlich mit, dass Leonie verheiratet war und ein Baby erwartete. Ich legte den Hörer auf und betrank mich, so gut es ging. Am nächsten Morgen fuhr ich nach Chicago." Er nahm sich einen Keks und zuckte mit den Schultern. „Das Leben geht weiter."

„Das stimmt, ob es uns nun mitzieht oder uns einfach überrollt. Und jetzt hast du erfahren, dass sie inzwischen wieder geschieden ist."

„Wir hatten uns gegenseitig etwas versprochen. Und sie hat einen anderen geheiratet."

Sie gab ein abfälliges Geräusch von sich. „Dem Aussehen nach bist du ein Mann, kein sturer Junge mehr. Leonie Kirkpatrick ..."

„Leonie Monroe", stellte er richtig.
„Wie du meinst."
Mrs. Marchant goss Kakao in große Henkeltassen und setzte sich ihm dann gegenüber. „Leonie ist eine starke, mutige Frau, deren Schönheit nicht nur äußerlich ist. Sie zieht ihr kleines Mädchen allein auf und macht es sehr gut. Außerdem hat sie ein Geschäft aufgebaut und verdient Geld damit. Allein. Und ich weiß, wie schwer es sein kann, wenn man allein ist."
„Wenn sie gewartet hätte ..."
„Das hat sie nun einmal nicht."
„Und warum hat sie sich dann eigentlich wieder von Tom scheiden lassen?"
Die alte Frau lehnte sich zurück. „Er hat sie verlassen, als Clara ein halbes Jahr alt war."
Er fasste seine Tasse fester. „Was soll das heißen – er hat sie verlassen?"
„Das solltest du doch wissen. Du hast es ja genauso gemacht. Er hat seine Sachen gepackt und ist gegangen. Ihr blieben das Haus – und die Rechnungen. Tom räumte das Bankkonto ab und zog an die Westküste."
„Aber er hat eine Tochter."
„Die hat er seitdem nicht mehr gesehen. Leonie hat es trotzdem geschafft. Schließlich war sie für das Kind verantwortlich. Sie hat einen Kredit aufgenommen und den Laden eröffnet. Wir sind stolz auf sie."
Er starrte aus dem Fenster auf einen kahlen Baum. „Zuerst bin ich gegangen, und sie hat Tom geheiratet. Dann hat Tom sie sitzen lassen. Es scheint, dass Leonie das Talent hat, sich die falschen Männer auszusuchen."
„Glaubst du das?"
Er hatte vergessen, wie bissig Mrs. Marchant sein konnte, und unterdrückte ein Lächeln. „Clara sieht aus wie Leonie."
„Hm. Sie hat viel von ihrer Mutter." Sie rührte selbstvergessen in ihrer Tasse. „Aber ich entdecke auch Züge ihres Vaters an ihr. Dein Kakao wird kalt, Jason."

Er trank einen Schluck. Der Geschmack löste eine Flut von Erinnerungen an früher aus.

„Ich hatte nicht geglaubt, dass ich mich hier so schnell wieder zu Hause fühlen würde."

„Warst du schon bei eurem früheren Haus?"

„Nein."

„Nette Leute wohnen jetzt dort. Sie haben hinten eine Veranda angebaut."

„Mich verbindet nichts mit dem Haus." Er nahm ihre Hand. „Nur bei Ihnen habe ich mich immer geborgen gefühlt. Sie sind die einzige Mutter, die ich je gekannt habe."

„Dein Vater war ein sehr strenger und harter Mann. Vielleicht ist er aber auch nur dazu geworden, weil deine Mutter so jung gestorben ist."

„Ich verspürte nur Erleichterung, als er starb. Vielleicht ist das der Grund, warum ich unmittelbar danach fortgegangen bin. Die Zeit schien dafür reif zu sein."

„Vielleicht war sie das wirklich, zumindest für dich. Und möglicherweise ist jetzt der richtige Zeitpunkt, um wieder nach Hause zu kommen. Du warst wirklich kein braver Junge, Jason, aber schlecht warst du auch nicht. Gönn dir doch eine Pause zum Nachdenken."

„Und Leonie?"

„Wenn ich mich recht erinnere, hast du ihr nie richtig den Hof gemacht. Das Mädchen ist dir ja damals regelrecht nachgelaufen. Und als weit gereister Mann solltest du doch wissen, wie man um eine Frau wirbt. Hast du dir denn keinen der vielen kleinen Tricks angeeignet, zu denen man üblicherweise greift?"

Jason nahm sich noch einen Keks und biss hinein. „Na ja, vielleicht einen oder auch zwei."

„Ich glaube kaum, dass eine Frau dir lange widerstehen kann, wenn du es richtig anfängst."

Er beugte sich vor und küsste ihre Hände. „Ich habe Sie wirklich schrecklich vermisst."

„Ich wusste immer, dass du eines Tages zurückkommen würdest. In meinem Alter hat man gelernt zu warten. Und jetzt geh endlich zu deinem Mädchen."

„Das werde ich tun." Er stand auf und zog seinen Mantel über. „Darf ich wiederkommen?"
„Ich wäre dir sehr böse, wenn du es nicht tätest." Sie wartete, bis er die Tür geöffnet hatte. „Jason, knöpf dir den Mantel zu." Ihr Taschentuch zog sie erst heraus, als sie seine Schritte auf dem Plattenweg im Vorgarten hörte.

4. KAPITEL

Draußen schien die Sonne, und der Schneemann auf der anderen Straßenseite hatte zu tun, standhaft zu bleiben. Wie gestern bei Jasons Ankunft in der Stadt waren auch jetzt wieder viele Kinder auf der Straße. Plötzlich löste sich eines aus der Gruppe und kam auf ihn zu. Trotz der warmen Verpackung erkannte er Clara sofort.

„Entschuldigung. Haben Sie wirklich mal hier gewohnt?"

„Ja." Am liebsten hätte er ihr das Haar wieder unter die Mütze geschoben, aber er hielt sich noch rechtzeitig zurück.

„Meine Mutter hat es mir erzählt. Und heute in der Schule hat der Lehrer gesagt, dass Sie weggegangen und berühmt geworden sind."

Seine Mundwinkel zuckten. „Na ja, sagen wir einfach, ich bin fortgezogen."

„Und Sie haben einen Preis gewonnen. Das hat Marcies Bruder auch. Beim Kegeln."

Er dachte an seine Pulitzer-Auszeichnung und hielt mühsam das Lachen zurück. „Ja, so etwas Ähnliches."

Clara kam er eigentlich wie ein ganz normaler Mensch vor und nicht wie jemand, der auf der Suche nach Abenteuern um die ganze Welt reist. Sie musterte ihn skeptisch. „Waren Sie wirklich schon in all den Ländern, von denen die Leute reden?"

„Das hängt davon ab, was sie gesagt haben." In schweigendem Einvernehmen gingen sie nebeneinander her. „Ich bin schon ziemlich weit herumgekommen."

„Auch nach Tokio? Tokio ist die Hauptstadt von Japan. Das haben wir in der Schule gelernt."

„Ja, dorthin auch."

„Haben Sie rohen Fisch gegessen?"

„Hin und wieder."

„Wie ekelhaft!" Trotzdem schien sie davon fasziniert zu sein. Ohne stehen zu bleiben, bückte sie sich und machte einen großen Schneeball. „Zermatschen sie in Frankreich die Weintrauben wirklich mit den Füßen?"

„Ich habe es zwar nicht mit eigenen Augen gesehen, aber man erzählt so etwas."

„Dann kann man den Saft doch nicht mehr trinken! Sind Sie schon einmal auf einem Kamel geritten?"

„Ziemlich unbequem."

Diese Aussage akzeptierte sie sofort, weil sie sich schon so etwas gedacht hatte. „Der Lehrer hat uns heute eine von Ihren Geschichten vorgelesen. Die eine über das Grab, das man in China gefunden hat. Haben Sie die Statuen wirklich gesehen?"

„Ja."

„War das wie bei den Jägern des verlorenen Schatzes?"

„Was?"

„Na, Sie wissen schon. Indiana Jones."

Jason brauchte eine Minute, bis er begriffen hatte, dass sie von einem Film sprach. Dann lachte er und schob Clara die Mütze ins Gesicht. „Ja, so ähnlich."

„Sie schreiben gut."

„Vielen Dank."

Sie standen vor ihrem Haus. Überrascht schaute Jason auf. Er hatte gar nicht gemerkt, dass sie schon da waren.

Jetzt tat es ihm leid, dass er nicht ein wenig langsamer gegangen war.

„Wir müssen einen Bericht über Afrika schreiben." Clara zog die Nase kraus. „Fünf ganze Seiten lang. Miss Jenkins hat gesagt, dass wir ihn gleich nach den Weihnachtsferien abgeben müssen."

„Und wie lange ist es schon her, dass sie euch die Aufgabe gestellt hat?", fragte er misstrauisch, Böses ahnend. Denn so weit lag es auch noch nicht zurück, dass er selbst in die Schule gegangen war.

Clara zeichnete mit ihrem Absatz einen Kreis in den Schnee. „Ein paar Wochen."

Seine Mundwinkel zuckten. Seine Vermutung hatte ihn also nicht getrogen. „Und? Hast du schon angefangen?"

„Na ja, ein bisschen." Sie schaute zu ihm auf und lächelte ihn strahlend an. „Sie waren doch schon mal in Afrika, oder nicht?"

„Ja."

„Dann wissen Sie bestimmt gut über Klima, Kultur und solche Sachen Bescheid."

Er schmunzelte. „Einigermaßen."

„Haben Sie nicht Lust, heute Abend bei uns zu essen?" Ohne ihm Gelegenheit zu geben, etwas darauf zu erwidern, hatte sie ihn bei der Hand genommen und führte ihn in den Laden.

Leonie war gerade dabei, eine Puppe in eine Schachtel zu packen, als sie hereinkamen. Sie hatte das Haar im Nacken zusammengebunden und trug Jeans und ein weites Sweatshirt. Irgendeine Bemerkung ihrer Kundin hatte sie zum Lachen gebracht. „Lorna, Sie wissen doch so gut wie ich, dass Sie es beim nächsten Mal wieder ganz genauso machen würden."

Die Frau seufzte und legte die Hand auf ihren riesigen Bauch. „Trotzdem hatte ich mir gewünscht, dass das Baby noch vor Weihnachten kommen würde."

„Tag, Mom."

Leonie drehte sich lächelnd zu ihrer Tochter um. Als sie jedoch Jason bemerkte, fiel ihr die Rolle mit dem roten Geschenkband aus der Hand. „Clara, du hast dir die Schuhe nicht abgewischt", brachte sie heraus.

„Jason! Jason Law." Leonies Kundin lief auf ihn zu und fasste ihn am Arm. „Ich bin Lorna – Lorna McBee."

Er schaute in das Gesicht der jungen Frau, die früher mit ihren Eltern im Nachbarhaus gewohnt hatte. „Hallo, Lorna." Mit einem Blick auf ihren Bauch fügte er hinzu. „Herzlichen Glückwunsch."

Sie lachte. „Vielen Dank, es ist schon das Dritte."

„Drei? Alle Achtung, dann wart ihr ja schnell."

„Das findet Bill auch. Du erinnerst dich doch an Bill Easterday?"

„Das ist dein Mann?"

Der Junge, der meistens am Marktplatz herumlungerte und nichts als Unfug im Sinn hatte, war ihm noch sehr gut im Gedächtnis. Mehr als ein Mal hatten sie gemeinsam etwas ausgeheckt.

„Ich habe ihn gebessert. Er leitet jetzt die Bank." Als sie Jasons ungläubigen Gesichtsausdruck sah, kicherte sie. „Komm doch mal bei uns vorbei. Jetzt muss ich mich nämlich beeilen und diese Schachtel verstecken, ehe meine älteste Tochter nach Hause kommt. Vielen Dank, Leonie. Die Puppe ist wirklich wieder wie neu."

„Hoffentlich gefällt sie Mary."

Lorna ging, und um sich zu beschäftigen, begann Leonie, das Band wieder aufzurollen.

„War das die Puppe im Brautkleid?", wollte Clara wissen.

„Ja."

„Zu aufgedonnert für meinen Geschmack. Kann ich rüber zu Marcie?"

„Und deine Hausaufgaben?"

„Außer diesem blöden Aufsatz über Afrika habe ich keine. Er wird mir dabei helfen." Sie schenkte Jason ein Lächeln, das einen Stein zum Erweichen gebracht hätte. „Nicht wahr?"

„Ja."

„Clara", begann Leonie, „du kannst doch nicht …"

„Keine Angst, ich habe ihn dafür zum Essen eingeladen." Sie war sehr mit sich zufrieden. Schließlich predigte ihr ihre Mutter unentwegt, wie wichtig gute Manieren waren. Eine einmal ausgesprochene Einladung rückgängig zu machen wäre undenkbar. „Da die Schule erst in zehn Tagen wieder anfängt, kann ich den Aufsatz doch nach dem Abendessen machen, oder?"

Jason hielt es für angebracht, auch seinerseits ein wenig Druck anzuwenden. „Ich bin mehrmals in Afrika gewesen. Vielleicht bekommt Clara eine Eins."

„Schaden würde es ihr nicht", gab Leonie zu. Sie betrachtete zärtlich die beiden Menschen, die ihr mehr bedeuteten als alles andere auf der Welt. „Dann fange ich am besten an zu kochen."

Clara rannte bereits zum Tor hinaus, als Leonie die Tür zum „Puppenhaus" zusperrte.

„Ich hoffe, Clara ist dir nicht auf die Nerven gegangen", sagte sie mit abgewandtem Gesicht. „Sie hat die Angewohnheit, den Leuten Löcher in den Bauch zu fragen."

„Ich mag sie", erwiderte er einfach.

„Nett, dass du das sagst, aber du brauchst dich wirklich nicht verpflichtet zu fühlen."

„Ich habe versprochen, ihr bei dem Aufsatz zu helfen, und ich halte mein Wort." Er berührte die Schleife, die ihr Haar zusammenhielt. „Früher oder später."

Es half alles nichts, sie musste seinen Blick erwidern. „Du kannst natürlich gern zum Essen bleiben." Um das Zittern ihrer Finger zu verbergen, spielte sie mit ihren Mantelknöpfen. „Ich wollte Brathühnchen machen."

„Ich helfe dir."

„Nein, das ist nicht ..."

Er hielt sie an der Hand fest. „Früher habe ich dich nicht so nervös gemacht."

Nimm dich zusammen, befahl sie sich. In einigen Tagen würde er wieder fort sein, fort aus ihrem Leben. Warum sollte sie die Gelegenheit, mit ihm zusammen zu sein, nicht wahrnehmen? „Na gut", gab sie nach. „Du kannst den Salat machen."

Als sie durch den Vorgarten gingen, nahm Jason ihren Arm. Er spürte, wie Leonie sich unwillkürlich versteifte, doch er ließ sie nicht los. „Vorhin war ich bei der Witwe Marchant und habe ofenfrische Plätzchen und eine Tasse Kakao bekommen."

Jetzt hatten sie die Küche erreicht, und Leonies Herzklopfen ließ etwas nach. „Sie hat jeden Bericht aufgehoben, der jemals von dir gedruckt worden ist."

Jason wartete, bis sie ihren Mantel an den Haken hinter der Tür gehängt und den Wasserkessel aufgesetzt hatte. „Du hast mir nicht gesagt, dass Tom dich verlassen hat."

Sie hatte gewusst, dass er es über kurz oder lang erfahren würde. „Ich denke nicht mehr daran. Kaffee?"

So leicht ließ er sich aber nicht abspeisen. „Was ist geschehen, Leonie?"

„Wir hatten einen Fehler gemacht." Sie sprach ruhig, beinahe kühl. In einem solchen Ton hatte Jason sie noch nie reden hören.

„Aber Clara ..."

„Nicht!" Zorn blitzte aus ihren Augen. „Lass das Thema ruhen, Jason. Ich meine es ernst. Clara ist meine Angelegenheit. Meine Ehe und meine Scheidung gehen ebenfalls ausschließlich mich etwas an. Du kannst nicht einfach nach zehn Jahren zurückkommen und Fragen stellen."

Einen Augenblick lang standen sie sich schweigend gegenüber. Dann begann der Kessel zu pfeifen, und Leonies Erstarrung löste sich. „Wenn du willst, kannst du schon einmal Kartoffeln schälen. Sie sind in der Speisekammer da drüben."

Dass sie ein hitziges Temperament hatte, war Jason nicht neu. Doch er wusste auch, wie er sie wieder beruhigen konnte. Er begann zu reden, anfangs wie zu sich selbst, und von einigen Orten zu erzählen, die er besucht hatte. Als er berichtete, wie er auf einer Campingreise in Südamerika eines Morgens mit einer Schlange neben sich auf dem Kopfkissen aufgewacht war, lachte sie.

„Damals fand ich das gar nicht so komisch. Innerhalb von zwei Sekunden hatte ich das Zelt fluchtartig verlassen – und zwar splitternackt. Mein Fotograf hat sich ausgeschüttet vor Lachen und prompt zur Kamera gegriffen. Ich musste ihm fünfzig Dollar für die Negative bezahlen."

„Bestimmt waren sie mehr wert. Von der Schlange hast du in deiner Serie über San Salvador aber nichts erwähnt."

„Nein." Er ließ das Schälmesser sinken. „Du hast sie gelesen?"

Leonie legte die panierten Hühnerteile in die Pfanne. „Natürlich. Ich kenne alle deine Reportagen."

Jason ging mit den geschälten Kartoffeln zum Spülbecken, um sie zu waschen. „Wirklich alle?"

Sie lächelte, doch sie wandte ihm den Rücken zu. „Nun bilde dir nur nichts ein, Jason. Das war schon immer dein Problem. Ich schätze, dass neunzig Prozent der Einwohner von Quiet Valley zu deinen Lesern zählen. Man könnte sagen, dass wir alle einen gewissen Anspruch auf dich erheben." Sie stellte die Flamme kleiner. „Schließlich bist du der Einzige aus dem Ort, der bereits im Weißen Haus zum Abendessen war."

„Die Suppe war fad."

Leonie lachte und setzte die Kartoffeln auf. „Man kann sich eben nicht nur die Rosinen aus dem Kuchen picken. Vor einigen Jahren habe ich ein Bild von dir gesehen." Ihr Ton war freundlich. „Ich glaube, es war bei irgendeiner Wohltätigkeitsgala aufgenommen worden. Du hattest eine halb nackte Frau am Arm."

Er machte ein interessiertes Gesicht. „Tatsächlich?"

„Na ja, halb nackt ist vielleicht übertrieben. Mir kam es wahrscheinlich so vor, weil man vor lauter Haaren ihr Kleid kaum sehen konnte. Wenn ich mich recht erinnere, war sie blond – ausnehmend blond. Mit beachtlicher Oberweite."

Jason fuhr sich mit der Zunge über die Lippen. „Ja, in meinem Beruf lernt man viele interessante Leute kennen."

„Das kann ich mir denken." Geschickt wendete sie das Fleisch in der Pfanne. „Das muss sehr anregend für dich sein."

„Nicht halb so anregend wie diese Unterhaltung. Übrigens, es wird schon dunkel. Sollte Clara nicht längst zu Hause sein?"

„Sie ist nur nebenan. Außerdem weiß sie, dass sie um Punkt halb sechs da sein muss."

Jason ging trotzdem zum Fenster und schaute zum Nachbarhaus. Leonie betrachtete sein Profil. Es war ausgeprägter, härter als früher. Das war er wahrscheinlich zwangsläufig auch. Wie viel war noch von dem Jungen geblieben, den sie so verzweifelt geliebt hatte? Vielleicht war das etwas, dessen sich keiner von ihnen sicher sein konnte.

„Ich habe viel an dich gedacht, Leonie." Obwohl er ihr den Rücken kehrte, hatte sie das Gefühl, als stünde er neben ihr und streichelte zart über ihre Haut. „Besonders um diese Zeit. Während des Jahres, wenn ich viel Arbeit hatte und mich an Abgabetermine halten musste, gelang es mir meistens, die Gedanken an dich zu verdrängen, aber wenn Weihnachten nahte, warst du allgegenwärtig. Ich erinnere mich noch genau an alles. Weißt du noch, wie du mich durch die Geschäfte geschleift hast? Die Feste mit dir haben mich für all die Jahre entschädigt, als ich am Weihnachtsmorgen mit der Gewissheit aufwachte, dass es weder einen Baum noch Geschenke geben würde."

„Dein Vater konnte ein Weihnachtsfest ohne deine Mutter nicht ertragen, Jason", sagte sie mitfühlend. „Also hat er den Gedanken daran einfach zur Seite geschoben."

„Jetzt verstehe ich das besser. Nachdem ich dich verloren habe."

Er drehte sich um. Leonie war über den Herd gebeugt. „Du bist Weihnachten auch allein gewesen."

„Nein. Ich habe Clara."

Ihr Körper spannte sich an, als er auf sie zukam.

„Niemand, der die Päckchen mit dir füllt oder dem du verraten kannst, was du unter den Baum gelegt hast."

„Ich komme schon zurecht. Man muss sich sein Leben eben so einrichten, wie es die Umstände erfordern."

„Ja." Er legte ihr die Hand unters Kinn. „Allmählich glaube ich das auch."

Die Tür flog auf, und Clara stürmte herein. Von ihrem Anorak tropfte Wasser auf den Boden. „Wir haben Engel in den Schnee gemacht."

Leonie hob die Augenbrauen. „Das sehe ich. Du hast eine Viertelstunde Zeit, dir etwas Trockenes anzuziehen und den Tisch zu decken."

„Darf ich vorher den Weihnachtsbaum im Garten anschalten?"

„Wenn du möchtest."

„Kommen Sie mit?" Clara streckte die Hand nach Jason aus. „Unserer ist der schönste in der ganzen Straße."

Von widersprüchlichen Gefühlen erfüllt, schaute Leonie den beiden nach.

5. KAPITEL

Auch während des Essens war Leonie in ihre Gedanken vertieft. Sie kannte ihre Tochter als zutrauliches, oftmals überschwängliches Kind, aber so wie sie auf Jason reagierte, das war ihr mit keinem anderen Menschen passiert. Sie schwatzte mit ihm, als würde sie ihn schon seit Jahren kennen.

Es ist so offenkundig, dachte Leonie, als sie beim Geschirrspülen Clara beobachtete. Von den beiden anderen hatte keiner bislang etwas bemerkt. Sie atmete erleichtert auf. Was würde sie tun, wenn ihnen die Ähnlichkeit doch auffiel? Sie hielt nichts von Unwahrheiten und lebte doch seit zehn Jahren mit einer Lüge.

Jason und Clara, die in Landkarten und Geografiebücher vertieft waren, beachteten sie kaum. In dem flüssigen, anschaulichen Stil, der ihm angeboren war, erzählte Jason von Afrika – der Wüste, den Bergen und dem dichten Dschungel mit seinen Gefahren.

Als die beiden die Köpfe über einem Bild in Claras Buch zusammensteckten, verspürte Leonie plötzlich einen Anflug von Panik. „Ich gehe noch einmal in die Werkstatt. Zu den Feiertagen muss ich noch eine Menge Aufträge erledigen."

„Hm." Jason schaute überhaupt nicht auf, und Leonie musste gegen einen plötzlichen Lachreiz ankämpfen. Rasch zog sie sich eine warme Jacke über und schlüpfte hinaus.

Die Puppen waren für sie mehr als Spielzeug, und mit Sicherheit mehr als ein Geschäft, mit dem sie ihren Lebensunterhalt verdiente. Für Leonie stellten sie Symbole von Jugend, Unschuld und dem Glauben an Wunder dar. Schon kurz nach Claras Geburt hatte sie den Laden eröffnen wollen, aber Tom war strikt dagegen gewesen. Weil sie sich in seiner Schuld fühlte, hatte sie nicht darauf bestanden. So erging es ihr auch mit vielen anderen Dingen. Dann, als sie plötzlich wieder allein war und für sich und ihr Kind sorgen musste, hatte sie den Gedanken wieder aufgegriffen.

Sie verbrachte viel Zeit in der Werkstatt, um die Leere zu bekämpfen, die selbst die Liebe ihrer Tochter nicht ganz ausfüllen konnte.

In dem kleinen Raum hinter dem Laden waren ganze Regale mit Puppen oder Teilen davon angefüllt. Es gab Porzellanköpfe, Plastikbeine und Perücken. In einer anderen Abteilung lagen die Kranken oder Verletzten, wie Leonie sie bezeichnete. Vor allem um diese Jahreszeit wurden Puppen mit gebrochenen Armen oder beschädigten Körpern zum Reparieren gebracht. Obwohl sie gern verkaufte und große Freude dabei empfand, ihre eigenen Schöpfungen herzustellen, befriedigte es sie am meisten, ein geliebtes Spielzeug wieder ganz zu machen. Sie schaltete das Licht ein, suchte einen Sender mit sanfter Musik im Radio und machte sich ans Werk.

Wie immer fand sie Entspannung bei ihrer Arbeit. Mit einer Häkelnadel und Gummifäden befestigte sie lose Arme und Beine. Ein wenig Farbe und viel Geduld zauberten ein Lächeln in abgeschabte Gesichter. Einige Puppen erhielten neue Kleider oder eine andere Frisur und manche mussten sorgfältig ausgestopft und wieder zusammengenäht werden.

Sie merkte nicht, dass sie vor sich hin summte, als sie nach einer ramponierten Stoffpuppe griff.

„Kannst du die reparieren?"

Vor Schreck ließ sie die Nadel fallen. Jason stand in der Tür, die Hände in den Hosentaschen, und beobachtete sie.

„Ich hoffe es. Wo ist denn Clara?"

„Nachdem sie über ihren Büchern fast eingeschlafen ist, habe ich sie ins Bett gebracht."

Leonie wollte aufstehen. „Dann werde ich …"

„Sie schläft schon, Leonie. Mit einem haarigen grünen Monster im Arm, das sie Bernardo nennt."

„Ja, das ist ihr Kuscheltier. Mit normalen Puppen kann sie nichts anfangen."

„Im Gegensatz zu ihrer Mutter." Neugierig ging Jason durch die Werkstatt. „Ich glaubte immer, altes oder zerbrochenes Spielzeug würde man wegwerfen."

„Leider ist das auch oft der Fall. Ich bin dagegen der Meinung, dass man etwas, das einem viel Freude gemacht hat, mit mehr Respekt behandeln sollte."

Er nahm einen kahlen Plastikkopf in die Hand. „Vielleicht hast du recht, aber es ist mir ein Rätsel, was man an diesem Bündel Lumpen vor dir auf dem Tisch noch retten kann."

„Eine ganze Menge."

„Du glaubst also immer noch an Zauberei, Leonie?"

Sie schaute auf, und zum ersten Mal war ihr Lächeln warm und ungezwungen. „Ja, natürlich. Besonders um die Weihnachtszeit."

Obwohl er wusste, dass es unklug war, beugte er sich vor und berührte ihre Wange. Er konnte einfach nicht anders. „Dass ich dich vermisst habe, habe ich dir ja schon gesagt. Wie sehr in Wirklichkeit, das war mir bis heute nicht bewusst."

Sie spürte, wie die Sehnsucht in ihr aufstieg, doch sie war entschlossen, ihr nicht nachzugeben. Stattdessen konzentrierte sie sich auf die Puppe. „Es ist sehr nett von dir, dass du Clara geholfen hast, Jason. Ich möchte dich nicht länger aufhalten."

„Stört es dich, Leonie, wenn man dir bei der Arbeit zusieht?"

„Absolut nicht, Jason." Sie stopfte den Körper sorgfältig aus. „Manchmal weichen besorgte Puppenmütter so lange nicht von meiner Seite, bis ich die Patientin wieder heil gemacht habe."

Er lehnte sich gegen ein Regal. „Ich habe meine Rückkehr nach Quiet Valley oft in Gedanken vollzogen. So etwas habe ich mir allerdings nicht vorgestellt."

„Was?"

„Dass ich dabeistehen und zusehen würde, wie du versuchst, Stofffetzen Leben einzuhauchen. Dieses Ding hat doch gar kein Gesicht."

„Wart's nur ab. Wie seid ihr mit dem Aufsatz vorangekommen?"

„Sie muss nur noch den letzten Entwurf schreiben."

Leonie hob den Kopf und schaute ihn lachend an. „Clara?"

„Sie hat genauso reagiert." Er lächelte versonnen. Ob Leonie wohl wusste, dass der Raum nach ihr roch? „Sie ist ein schlaues Kind."

„Manchmal zu schlau."

„Du kannst dich glücklich schätzen."

„Ich weiß." Geschickt verteilte sie die Füllung so, dass man Gliedmaßen erkennen konnte.

„Kinder lieben einen bedingungslos, nicht wahr?"

„Nein, das stimmt nicht." Sie sah zu ihm auf. „Man muss sich ihre Liebe verdienen."

Mit Nadel und Faden machte sie sich daran, die Nähte zu schließen.

„Weißt du, obwohl sie sich vor Müdigkeit kaum auf den Beinen halten konnte, bestand sie darauf, die Geschenke unter dem Weihnachtsbaum noch einmal zu zählen. Wie sie sagt, hat sie das Gefühl, dass noch eins dazukommt."

„Ich fürchte, da steht ihr eine Enttäuschung bevor. Ihr Wunschzettel sah aus wie eine Armeebestellliste. Schließlich musste ich eine Grenze ziehen. Meine Eltern verwöhnen sie sowieso schon viel zu sehr."

„Leben sie noch hier?"

„Hm." Während sie noch an den Gliedmaßen der Puppe arbeitete, hatte sie sich bereits vorgestellt, wie ihr Gesicht aussehen müsste. Jetzt malte sie es sorgfältig auf. „Hin und wieder reden sie davon, nach Florida zu ziehen, aber ich weiß nicht, ob sie es jemals tun werden. Clara hält sie hier. Sie sind ganz vernarrt in sie. Wenn du Lust hast, schau doch mal bei ihnen vorbei. Du weißt, dass meine Mutter dich immer sehr gerngehabt hat."

Jason untersuchte ein rotes Kleid, das kaum größer als sein Finger war. „Dein Vater weniger."

Sie musste lachen. „Das liegt daran, dass er dir nicht getraut hat. Welcher Vater würde das wohl?"

„Sein Verdacht war ja auch gerechtfertigt." Er ging auf sie zu und sah die Puppe, die sie in der Hand hielt. „Das darf doch nicht wahr sein!" Vorsichtig nahm er sie und hielt sie ans Licht.

Ein unförmiges Stoffbündel hatte sich in ein rundliches verschmitztes Puppenkind verwandelt. Abgerissene Locken waren wieder fest angenäht und fielen über die Stirn. Selbst ein erwachsener Mann konnte sehen, dass ein kleines Mädchen dieses Spielzeug lieb haben würde.

Leonie freute sich über seine Reaktion. „Nun bist du also einverstanden?"

„Mehr als das – ich bin wirklich sehr beeindruckt. Wie viel nimmst du für so etwas?"

„Die hier ist nicht zu verkaufen." Leonie legte sie in eine große Kiste. „Hier in der Stadt gibt es ein gutes Dutzend Kinder, deren Eltern kein Geld für Weihnachtsgeschenke haben. Vor einigen Jahren habe ich mit Jake vom Kaufhaus eine Abmachung getroffen. Ich liefere die Puppen für die Mädchen, und er stiftet Bälle oder Spielzeugautos für die Jungs. Am Heiligabend stellen wir die Geschenke dann bei den Kindern vor die Tür."

So etwas war typisch für Leonie. „Den Nikolaus gibt es also wirklich."

Sie lächelte ihn an. „Zumindest hier in Quiet Valley."

Dieses Lächeln war so warm, so vertraut, dass er unwillkürlich einen Schritt auf sie zuging. „Und was ist mit dir? Bekommst du auch, was du dir zu Weihnachten wünschst?"

„Ich habe alles, was ich brauche."

„Alles?" Er legte ihr die Hände ums Gesicht. „Bist du es nicht, die immer geträumt und an Wünsche geglaubt hat?"

„Ich bin erwachsen geworden. Jason, du solltest jetzt gehen."

„Das nehme ich dir nicht ab. Ich glaube nicht, dass du aufgehört hast zu träumen, Leonie. Allein dadurch, dass ich mit dir zusammen bin, fange ich ja selbst wieder damit an."

„Jason." Sie stemmte die Hände gegen seine Brust. „Du weißt, dass wir nicht immer haben können, wonach wir uns sehnen. In einigen Tagen wirst du wieder fortgehen. Du wirst Quiet Valley hinter dir lassen und hundert andere Dinge an hundert anderen Orten tun."

„Was hat das mit der Gegenwart zu tun?" Er zog ihr die Schleife aus dem Haar, und tiefbraune seidige Strähnen fielen über seine Finger. Er hatte es schon immer geliebt, ihr Haar zu berühren und seinen Duft einzuatmen. „Du bist die einzige Frau, die ich je geliebt habe", flüsterte er.

Sie schloss die Augen, ehe er sie an sich ziehen konnte. „Du wirst abreisen. Ich muss hierbleiben. Schon einmal habe ich dir nachgesehen, wie du fortgefahren bist. Einen solchen Abschied könnte ich nicht noch einmal ertragen. Verstehst du das denn nicht?"

„Ich weiß nicht. Eins allerdings ist mir ganz klar: Ich begehre dich mehr als je zuvor. Und ich bin nicht sicher, dass du mich fernhalten kannst, Leonie." Trotzdem ließ er sie los. „Zumindest nicht für lange. Du hast vorhin in der Küche gesagt, dass ich kein Recht habe, dir Fragen zu stellen. Vielleicht stimmt das. Eine Antwort jedoch brauche ich unbedingt."

Wenigstens würde sie dadurch Zeit gewinnen. Zeit zum Nachdenken.

Sie atmete langsam aus und nickte. „Na gut. Aber du versprichst zu gehen, wenn du diese Antwort hast?"

„Ja. Hast du ihn geliebt?"

Leonie konnte nicht lügen. Sie hob stolz den Kopf und sah ihm in die Augen. „Ich habe nie einen anderen als dich geliebt."

In seinen Augen blitzte Triumph auf – und Zorn. Er wollte sie wieder an sich ziehen, aber sie machte sich los. „Du hast gesagt, dass du gehen würdest, Jason. Ich habe auf dein Versprechen vertraut."

Der Schmerz schnürte ihm fast die Kehle zu. „Das hättest du vor zehn Jahren schon tun sollen." Jason machte auf dem Absatz kehrt und verließ die Werkstatt. Als er die Tür öffnete, wehte ein eisiger Luftzug herein.

6. KAPITEL

In Quiet Valley war das bevorstehende Fest allgegenwärtig. Auf dem Dach des Kaufhauses war ein Lautsprecher montiert, der die Umwelt mit Weihnachtsliedern berieselte. Ein geschäftstüchtiger junger Mann von einer der umliegenden Farmen erschien mit seinem Zweispänner und kutschierte Passagiere durch das Städtchen und die Hauptstraße hinauf und hinunter. Die Kinder, der Schule entronnen, drückten sich die Nasen an den Auslagen der Geschäfte platt. Der Himmel war stark bewölkt, aber es hatte noch nicht zu schneien angefangen.

Jason saß im Café, eine heiße Tasse Tee vor sich. Hingebungsvoll lauschte er dem Stadtklatsch. Da hatte sich beispielsweise der Älteste der drei Hennesey-Jungs mit Windpocken angesteckt und die Ferien über im Haus bleiben müssen. Carlotta Miller verkaufte die Christbäume zum halben Preis, und im Kaufhaus gab es Fünfgangfahrräder im Sonderangebot.

Vor zehn Jahren hätte Jason über solche Gespräche die Nase gerümpft. Jetzt saß er zufrieden mitten unter den Einheimischen und hörte zu. Vielleicht war es das, was dem Roman, den er schon seit Jahren schreiben wollte, noch fehlte. Er hatte die ganze Welt gesehen, aber alles war immer so schnell gegangen, war so hektisch gewesen. Mehr als ein Mal stand nicht nur eine Reportage, sondern auch sein Leben auf dem Spiel, doch daran dachte man nicht, ehe nicht alles vorbei war. Jetzt aber hatte er Zeit, auf seine Erlebnisse zurückzublicken.

Er hatte fast alle Aufträge angenommen, manches Mal sogar gefährliche, weil ihm im Grunde alles gleichgültig war. Den Teil seiner selbst, der ihm am liebsten war, hatte er bereits verloren. Es stimmte, dass er im Laufe der Jahre wieder etwas aufgebaut hatte, mühsam und Stück für Stück, aber es war ihm nicht gelungen, das Ganze wiederzufinden. Das hatte er hier zurückgelassen, wo er aufgewachsen war. Nun musste er darüber nachdenken, wie es weitergehen sollte.

„Hier wird wohl jeder bedient."

Jason schaute auf und grinste. „Paul. Paul Tydings." Seine Hand verschwand fast völlig in der riesigen Pranke des Neuankömmlings.

"Verflixt, Jason, du bist noch genauso schlank und attraktiv wie früher."

Jason betrachtete seinen ältesten Freund eingehend. Pauls dunkles Haar lockte sich wie früher um seinen mächtigen Kopf, und der Schnurrbart unterstrich die männliche Note. Sein massiver Körperbau hatte ihm im Footballteam den unbestrittenen Platz im Sturm verschafft. Im Laufe der Jahre hatte sich seine Figur allerdings zu etwas verdichtet, das höflich mit der Bezeichnung „gestanden" umschrieben wurde. „Und du", sagte er schließlich schmunzelnd, „bist noch immer ein toller Bursche."

Mit dröhnendem Lachen schlug ihm Paul auf die Schulter. „Ich habe nicht damit gerechnet, dich hier zu treffen."

„Und ich dachte, du wärst in Boston."

„Da war ich auch. Ich habe Geld verdient und eine Familie gegründet."

„Du bist verheiratet?"

„Oh ja, und zwar schon seit sieben Jahren. Wir haben fünf Kinder."

Jason verschluckte sich an seinem Tee. „Fünf?"

„Drei und dann ein Zwillingspärchen. Übrigens, als ich vor sechs Jahren mit meiner Frau zu Besuch hierher gefahren bin, hat sie sich auf den ersten Blick in die Gegend verliebt. Früher haben wir in Manchester ein Schmuckgeschäft gehabt und dann hier eins aufgemacht. Es läuft nicht schlecht. In gewisser Weise habe ich das alles dir zu verdanken."

„Wieso mir?"

„Du hast mir immer neue Ideen in den Kopf gesetzt. Und dann warst du auf einmal fort. Das hat mich auf den Gedanken gebracht, dass ich mir vielleicht auch ein Stück von der Welt anschauen sollte. Ich reise ein Jahr herum und fand dann Arbeit bei einem Juwelier in Boston. Wie ich eines Tages im Laden stehe, kommt das hübscheste Mädchen, das ich je gesehen habe, zur Tür herein. Ich war so durcheinander, dass ich ihre Kreditkarte falsch herum in die Maschine gelegt hatte. Am nächsten Morgen kam sie mit der Blanko-Quittung zurück und hat mir die Stelle gerettet. Dann rettete sie mir das Leben und wurde meine Frau. Ohne deine Erzählungen über die weite Welt hätte ich sie nie kennengelernt. Ich nehme an, du hast Leonie schon getroffen?"

„Ja."

„Mit uns macht sie ein gutes Geschäft, weil drei unserer Kinder Mädchen sind." Paul tat vier Stücke Zucker in seinen Kaffee. „Sie ist noch genauso hübsch wie mit sechzehn. Denkst du daran, sesshaft zu werden, Jason?"

Er lachte verlegen. „Vielleicht."

„Komm doch mal bei uns vorbei, damit du meine Frau und die Kinder kennenlernst. Wir wohnen am Ende der Church Street." Er schaute auf die Uhr. „Du weißt wahrscheinlich, dass Leonie um diese Zeit Mittagspause macht. Ich muss auch wieder los. Also dann, bis bald."

Nachdenklich lehnte Jason sich zurück. Obwohl er so lange weg gewesen war, ging jeder, den er in der Stadt traf, davon aus, dass er und Leonie immer noch ein Paar waren. Die Einzigen, denen es nicht so leichtfiel, zehn Jahre einfach zu überbrücken, waren Leonie und er.

Er begehrte sie immer noch. Daran hatte sich nichts geändert. Ihr Verrat schmerzte ihn nach wie vor. Was aber empfand sie? Sie hatte ihm am Vorabend gesagt, sie hätte nie einen anderen geliebt. Bedeutete das, dass ihr Herz noch ihm gehörte?

Jason stand auf und legte Geld auf die Theke. Es gab nur einen Weg, das herauszufinden. Er würde sie fragen.

Das „Puppenhaus" war voller Kinder. Als Jason hereinkam, hallte fröhliches Gekreisch von den Wänden. Unter der Decke schwebten Luftballons, und auf dem Fußboden lagen Kekskrümel. In der Tür zur Werkstatt stand ein großes Schloss aus Pappe. Vor einem weißen Spitzenvorhang waren zwei als Nikolaus und Knecht Ruprecht verkleidete Kasperpuppen damit beschäftigt, einen goldenen Schlitten mit bunten Paketen zu beladen. Knecht Ruprecht fiel immer wieder auf die Nase, was von den Kindern mit lautem Gelächter aufgenommen wurde.

Jason merkte gar nicht, dass er im Rhythmus mitklatschte, als Leonie hinter dem Vorhang zum Vorschein kam, um sich zu verbeugen.

Doch sie sah ihn. Plötzlich verlegen, ging sie auf ihre kleinen Gäste zu und lotste sie mit der Leichtigkeit langjähriger Erfahrung nach nebenan, wo eine Mutter Kakao ausgeschenkt und die Plätzchenteller neu aufgefüllt hatte.

„Sehr beeindruckend", flüsterte Jason ihr ins Ohr. „Es tut mir leid, dass ich den Großteil der Vorstellung verpasst habe."

„Es ist nichts Besonderes." Leonie strich sich das Haar glatt. „Ich mache das jetzt schon seit Jahren, ohne dass sich jemals viel ändert. Es scheint ihnen nichts auszumachen", stellte sie mit einem Blick auf die Kinderschar fest.

Ein sommersprossiger Rotschopf zupfte sie am Ärmel. „Mrs. Monroe, wann kommt denn der Nikolaus?"

Leonie ging in die Hocke. „Weißt du, Bobby, er hat dieses Jahr schrecklich viel zu tun."

Der kleine Junge schob die Unterlippe vor. „Aber er kommt doch immer."

„Ich bin überzeugt davon, dass er hierher findet, um die Geschenke herzubringen. Wenn du hier wartest, werde ich mal nachsehen. Hab' noch ein wenig Geduld, sehr lange kann es bestimmt nicht mehr dauern."

„Aber ich muss mit ihm reden!"

„Wenn er es nicht schaffen sollte, dann könntest du ihm einen Brief schreiben. Ich werde dafür sorgen, dass er ihn bekommt", schlug sie vor.

„Gibt es ein Problem?", fragte Jason leise, als sie sich wieder aufrichtete.

„Jake spielt immer den Nikolaus nach dem Puppentheater. Wir verteilen nur Kleinigkeiten, aber die Kinder verlassen sich darauf."

„Und Jake kann nicht kommen?"

„Er hat sich bei dem kleinen Hennesey mit Windpocken angesteckt."

„Ich verstehe." Jason hatte Weihnachten nicht mehr gefeiert seit ... seit er von Quiet Valley weggegangen war. Er war wohl am meisten überrascht, als er sich plötzlich sagen hörte: „Ich werde Jake vertreten."

„Du?"

Etwas in ihrer Miene bestärkte seinen Entschluss, der beste Nikolaus zu sein, den sie je erlebt hatte. „Jawohl, ich. Wo ist das Kostüm?"
„In der hinteren Kammer, aber ..."
„Ich hoffe, du hast auch an ein Kissen für den Bauch gedacht", erklärte er.
Doch ehe sie darauf antworten konnte, war er bereits gegangen.

Leonie hatte nicht erwartet, dass er es wagen würde. Als er nach zehn Minuten immer noch nicht zurückgekehrt war, war sie davon überzeugt, dass er es sich anders überlegt hatte. Deswegen war sie ebenso begeistert wie die Kinder, als er plötzlich als Nikolaus verkleidet mit einem Sack über der Schulter zur Tür hereinkam.

Er konnte gerade noch laut „Frohe Weihnachten!" rufen, dann hatten ihn die Kinder für sich vereinnahmt.

„Der Nikolaus braucht einen Stuhl", erklärte er und bedachte sie mit einem Blick, der ihr Herz schneller schlagen ließ. Rasch holte sie das Gewünschte.

„Jetzt müsst ihr euch alle in einer Reihe aufstellen", wies sie die Kinder an. „Jeder kommt dran, also drängelt nicht."

Eins nach dem anderen kletterte auf seinen Schoß. Leonie hatte befürchtet, dass er im Überschwang vielleicht Versprechungen machen würde, die die Eltern nicht einhalten konnten, doch sie hatte sich umsonst gesorgt. Jason war einfach wunderbar.

Und er hatte einen Riesenspaß dabei, so viel war sicher. Er hatte das Angebot gemacht, um ihr aus der Klemme zu helfen, und vielleicht sogar, um sie zu beeindrucken, aber er bekam mehr, als er erwartet hatte. Noch nie hatte ein Kind auf seinen Knien gesessen, das ihn voll Vertrauen anschaute. Er hörte ihre Wünsche, ihre Geständnisse und ihre Klagen. Am Schluss durfte jedes Kind in seinen Sack fassen und sich ein Geschenk herausnehmen.

Er wurde umarmt, betastet und von klebrigen Mündern geküsst.

Ein besonders neugieriger Vierjähriger hatte seinen Bart gepackt, und Jason hatte seine liebe Not, ihn abzulenken. Schließlich waren auch die letzten Päckchen verteilt. Nach und nach erschienen die Eltern, um ihre Sprösslinge nach Hause zu bringen.

„Du warst wunderbar!" Leonie wartete, bis auch der letzte Besucher den Laden verlassen hatte, und hängte dann das Schild „Geschlossen" an die Tür.

„Möchtest du auch auf meinem Schoß sitzen?", fragte Jason scherzend Leonie.

Lachend ging sie auf ihn zu. „Jason. Du weißt gar nicht, wie dankbar ich dir bin."

„Dann zeig es mir." Er zog sie auf seine Knie, wo sie in das Kissen vor seinem Bauch sank. Sie lachte und küsste ihn auf die Nase. „Ich hatte immer schon eine Schwäche für Männer in roten Anzügen. Schade, dass Clara das nicht erlebt hat."

„Warum war sie denn nicht dabei?"

Mit einem kleinen Seufzer lehnte sich Leonie an ihn. „Sie ist zu alt für solche Kindereien, zumindest behauptet sie das. Ihre Freundin Marcie hat sie abgeholt, und die beiden sind zum Einkaufen gegangen."

„Zu alt? Mit neun Jahren?"

Leonie schwieg eine Weile, dann zuckte sie mit den Schultern. „Die Kinder werden schnell größer." Dann lehnte sie den Kopf zurück, damit sie ihn ansehen konnte. „Du hast heute viele von ihnen glücklich gemacht."

„Dich würde ich auch gern glücklich machen." Sanft strich er ihr mit den Fingern übers Haar. „Es hat einmal eine Zeit gegeben, wo ich das konnte."

„Wünschst du dir auch manchmal, dass wir die Uhr zurückdrehen könnten?" Leonie wehrte sich nicht, als er die Arme um sie legte. „Als wir noch Teenager waren, schien alles so einfach zu sein. Dann waren wir plötzlich erwachsen. Ach, Jason! Damals wünschte ich mir, du würdest angeritten kommen und mich auf dein Schloss bringen oder auf einen Berggipfel. Ich bestand eigentlich nur aus romantischen Vorstellungen."

Er hatte nicht aufgehört, ihr Haar zu streicheln. „Und ich hatte nicht genug davon, nicht wahr?"

„Du standest auf dem Boden der Tatsachen, während ich den Kopf in den Wolken hatte."

„Und nun?"

„Jetzt muss ich meine Tochter großziehen. Manchmal ist es beängstigend, wenn einem bewusst wird, dass man für einen anderen Menschen verantwortlich ist. Hast du ..." Sie zögerte. „Hast du dir nie Kinder gewünscht?"

„Darüber konnte ich mir eigentlich noch keine Gedanken machen. Manchmal führt mich meine Arbeit an Orte, wo man alle Hände voll zu tun hat, auf sich selbst aufzupassen."

Daran hatte sie oft gedacht, manchmal sogar Albträume deswegen gehabt. „Trotzdem findest du es aufregend."

Jason erinnerte sich an viel Unglück und manche Grausamkeiten, mit denen er beruflich in Berührung gekommen war. „Nein, schon lange nicht mehr. Aber ich bin ein guter Reporter."

„Das habe ich schon immer gewusst, Jason." Leonie setzte sich so, dass ihre Augen auf gleicher Höhe waren. „Ich bin froh, dass du wieder da bist."

Er fasste sie fester, als sich ihre Wangen berührten. „Und um mir das zu sagen, musstest du warten, bis ich ausgestopft bin wie ein Walross?"

Lachend legte sie ihm die Arme um den Hals. „Das erschien mir am sichersten."

„An deiner Stelle würde ich mich nicht darauf verlassen." Er beugte sich vor, und als ihre Lippen sich trafen, spürte er, wie sie am ganzen Körper bebte. „Was ist denn so komisch?", fragte er entrüstet.

Schnell befreite sie sich. „Ach nichts. Ich habe nur immer schon davon geträumt, von einem Mann mit Vollbart und einer glockenbesetzten roten Mütze geküsst zu werden. Und jetzt muss ich dieses Chaos in einen Laden zurückverwandeln."

Jason stand ebenfalls auf. „Irgendwann einmal wird der richtige Zeitpunkt kommen, du wirst sehen."

Leonie antwortete nicht. Er hob den Sack hoch und schüttelte ihn. „Hier ist ja noch ein Päckchen drin."

„Das war für Luke Hennesey gedacht, den Jungen mit Windpocken." Sie kniete am Boden und versuchte, eine Zuckerstange vom Teppich zu lösen.

„Wo wohnt er denn?"

Langsam richtete sie sich auf. Manche Leute würden vermutlich behaupten, dass er albern aussah mit seinem Bauch aus Kissen und einem falschen weißen Bart, der sein Gesicht halb bedeckte. Für Leonie jedoch war er nie attraktiver gewesen. Sie stellte sich auf die Zehenspitzen, schlang die Arme um seinen Hals und küsste ihn.

Ihre Berührung war wie immer warm. „Danke." „Er wohnt an der Elm Street, Ecke Sweetbriar."

„Bekomme ich nachher eine Tasse Kaffee?"

Sie rückte seinen Bart gerade. „Auch zwei, wenn du willst."

7. KAPITEL

Jason musste zugeben, dass es ihm Spaß machte, als Nikolaus durch die Stadt zu laufen. Die Kinder rannten ihm in Scharen nach. Erwachsene winkten ihm zu. Zahllose Plätzchen wurden ihm angeboten. Die größte Freude bereitete ihm jedoch das Gesicht des kleinen Luke. Das übertraf sogar noch die Miene seiner Mutter, als sie auf sein Klopfen öffnete und plötzlich dem Nikolaus gegenüberstand.

Auf dem Rückweg ging Jason über den Marktplatz. Seltsam, wie einfach es war, mit einem Kostüm auch in eine andere Rolle zu schlüpfen. Wenn einer seiner Kollegen ihn jetzt gesehen hätte, wäre er mit Sicherheit ohnmächtig in den Schnee gesunken. Jason Law ging der Ruf voraus, ungeduldig, schonungslos ehrlich und kurz angebunden zu sein. Wegen seiner Verbindlichkeit hatte er den Pulitzerpreis nicht gewonnen. Trotzdem fühlte er sich jetzt mit einem Bart aus Kunsthaar und Glocken am Mantel wohler als bei der Preisverleihung.

Er tätschelte gerade einem Baby im Kinderwagen den Kopf, als Clara aus dem Kaufhaus kam. Sie und das kleine Mädchen in ihrer Begleitung fingen an zu kichern.

„Aber du bist doch ..."

Ein strenger Blick von Jason ließ sie verstummen. Clara schluckte und reichte ihm die Hand. „Guten Tag, Nikolaus. Wie geht's dir?"

„Danke, sehr gut, Clara."

„Das ist nicht Jake", ließ sich Claras Freundin Marcie vernehmen. Sie trat einen Schritt vor und versuchte, das Gesicht hinter dem Bart zu erkennen.

Jason zwinkerte ihr zu. „Guten Tag, Marcie."

Ihre Augen weiteten sich. „Woher weiß er denn meinen Namen?", flüsterte sie Clara zu.

Clara hielt die Hand vor den Mund, um nicht laut herauszuplatzen. „Der Nikolaus ist allwissend. Das stimmt doch, oder nicht?"

„Ich habe meine Quellen."

„Aber es gibt doch gar keinen Nikolaus!" Marcies Ton besagte, dass sie selbst ins Zweifeln gekommen war.

Jason lehnte sich vor und stupste die Bommel an ihrer Pudelmütze an. „Hier in Quiet Valley schon." Fast glaubte er es selbst, als er sah, wie Marcie aufhörte, nach vertrauten Merkmalen in seinem Gesicht zu suchen.

Es ist nicht leicht für einen Mann im roten Kostüm, unauffällig ein Haus zu betreten. Doch Jason hatte einige Erfahrung in solchen Dingen.
In der Werkstatt hinter Leonies Laden legte er die Verkleidung ab. Schon jetzt wusste er, dass dies nicht seine einzige Vorstellung bleiben würde.
So viel Spaß habe ich seit Jahren nicht gehabt, dachte er, als er wieder in seine eigenen Sachen schlüpfte. Zum Teil hatte das etwas mit dem Ausdruck in Leonies Augen zu tun, zum Teil auch mit der Erfahrung, wie einfach es war, anderen eine Freude zu machen. Wie lange war es jetzt her, seit er etwas ohne jede Berechnung getan hatte? Bei seiner Arbeit als Auslandskorrespondent wurde sorgfältig registriert, wer wem welchen Gefallen schuldete. Wenn du mir das gibst, bekommst du von mir jenes. Um die Wahrheit aufzudecken und darüber berichten zu können, hatte er sein Herz gegen Gefühle jeder Art verhärtet. Wenn sein Stil manchmal brüsk war, dann deshalb, weil sich die Themen, die er behandelte, nicht beschönigen ließen. Es hatte ihm geholfen zu vergessen. Doch jetzt, wo er wieder zu Hause war, wurde es ihm unmöglich, die Erinnerungen zurückzudrängen.
Was für ein Mensch war er eigentlich? Er war sich dessen selbst nicht sicher, nur eines wusste er genau: Was aus ihm wurde, hing von der Entscheidung einer Frau ab.
Jason hängte das Nikolauskostüm in den Schrank und machte sich auf die Suche nach Leonie.

Sie hatte auf ihn gewartet. Jetzt war sie auch bereit zuzugeben, dass sie seit zehn Jahren nichts anderes getan hatte. Während er in der Stadt unterwegs war, hatte sie ihre eigenen Entscheidungen getroffen. Sie hatte ihr Leben erfolgreich gemeistert. Und obwohl es nicht immer einfach gewesen war, war sie zufrieden damit. Im Laufe der Jahre wuchs ihr Selbstvertrauen, und sie wusste, dass sie stark genug war, ihren Weg allein zu gehen. Es war Zeit, sich nicht mehr davor zu ängstigen, was aus ihr werden würde, wenn Jason wieder fortging, und stattdessen das Geschenk, das er ihr bot, anzunehmen. Er war hier, jetzt gerade, und sie liebte ihn.

Als Jason ins Zimmer kam, fand er Leonie zusammengerollt in einem Sessel vor dem Kamin. Sie wartete, bis er bei ihr war. „Nachts, wenn Clara schläft und das Haus ganz still ist, sitze ich manchmal hier. Ich denke über wichtige und unwichtige Dinge nach, wie ich es schon als Kind gemacht habe."

Jason hob sie hoch und setzte sich mit ihr auf dem Schoß in den Sessel. „Ich kann mich noch erinnern, wie ich Weihnachten bei euch zu Hause immer so mit dir vor dem Christbaum gesessen habe. Dein Vater sah es gar nicht gern."

Sie kuschelte sich enger an ihn. Jetzt waren sie nicht mehr durch unförmige Polster voneinander getrennt, und sie spürte seinen schlanken, muskulösen Körper. „Meine Mutter hat ihn immer unter einem Vorwand in die Küche gelockt, damit wir allein sein konnten. Sie wusste, dass ihr keinen Christbaum hattet."

„Oder sonst etwas."

„Ich habe dich nie gefragt, wo du jetzt lebst, Jason. Hast du eine Wohnung oder irgendwo ein schönes Zuhause?"

„Ich bin viel unterwegs, aber meine Basis ist New York."

„Basis?"

„Ein Apartment."

„Das klingt nicht nach einem richtigen Heim. Stellst du Weihnachten auch einen Baum ins Fenster? Wenigstens einen ganz kleinen?"

„Ich bin über die Feiertage meistens unterwegs."

Leonie spürte, dass er sehr einsam war, aber sie brachte das Thema nicht zur Sprache. „Meine Mutter sagte immer, du hättest die Wanderlust. Einige Menschen werden damit geboren."

„Ich musste mich beweisen, Leonie."

„Wem?"

„Mir selbst." Er legte seine Wange an ihr Haar. „Und, wenn du es genau wissen willst, auch dir."

Sie atmete den Duft der Kiefer ein. So hatten sie schon oft gesessen, vor so langer Zeit. Die Erinnerung daran war fast so süß wie die Wirklichkeit. „Mir hast du nie etwas beweisen müssen, Jason."

„Vielleicht ist das der Grund, warum ich es unbedingt wollte. Du warst zu gut für mich."

„Das ist doch lächerlich!" Sie wollte sich umdrehen, aber er hielt sie fest.

„Das warst du und bist es immer noch." Er schaute abwesend auf den Baum. Im Kerzenschein schimmerte das Lametta wie die Zauberdinge, die er ihr immer hatte schenken wollen. „Das ist der Grund, warum ich damals fortgehen musste, und vielleicht bin ich deshalb jetzt zurückgekommen. Du bist alles, was mir lieb und wert ist, Leonie. Wenn ich mit dir zusammen bin, kommen meine guten Seiten zum Vorschein. Es sind leider nicht viele."

„Du warst schon immer zu hart gegen dich selbst. Das gefällt mir nicht." Diesmal gelang es ihr, sich herumzudrehen und ihm die Hände auf die Schultern zu legen. „Ich habe mich in dich verliebt, und ich weiß genau, warum. Du warst warmherzig, obwohl du den Menschen gern das Gegenteil vormachtest. Dir war es lieber, als harter Bursche und Unruhestifter zu gelten, weil du dich so sicherer fühltest."

Er schmunzelte und fuhr mit dem Finger über ihre Wange. „Ich habe wirklich viel Unruhe gestiftet."

„Vielleicht hat mir das auch an dir gefallen. Du akzeptiertest nicht alles, was man dir erzählte oder vormachte, sondern hast Fragen gestellt."

„Deswegen bin ich zwei Mal fast von der Schule geflogen."

Wie schon früher so oft, stieg Zorn in Leonie auf. Hatte ihn denn niemand außer ihr verstanden? War sie die Einzige, die gesehen hatte, was in ihm steckte? „Du warst schlauer als alle anderen. Wenn es nötig war, stelltest du es auch unter Beweis."

„Und du hast ziemlich viel Zeit damit verbracht, mich vor anderen zu verteidigen, nicht wahr?"

„Ich habe an dich geglaubt, weil ich dich liebte."

„Und jetzt?"

Es gab so viel, was sie ihm sagen wollte, doch sie wusste nicht, wie. „Erinnerst du dich an die Nacht nach meinem Abschlussball? Wir sind ein Stück hinausgefahren. Es war Juni, und die Luft war lau wie im Sommer."

„Du hattest ein blaues Kleid an, das deine Augen wie Saphire leuchten ließ. Und du warst so schön, dass ich Angst hatte, dich anzufassen."

„Also habe ich dich verführt?"

Sie sah so selbstzufrieden aus, dass er lachen musste. „Das hast du nicht."

„Oh doch. Von allein hättest du dich nie getraut, mich zu lieben." Sie küsste ihn leicht auf die Lippen. „Muss ich es noch einmal tun?"

„Leonie ..."

„Clara übernachtet heute bei Marcie. Jason, komm mit mir ins Bett."

Beim weichen Klang von Leonies Stimme begann Jasons Haut zu prickeln. Sie streichelte zart seine Wange, und allein diese Berührung schien ihn zu versengen. Doch stärker als sein Begehren war die Liebe, die nie schwächer werden würde. „Du weißt, dass ich dich haben will, Leonie, aber wir sind keine Kinder mehr."

„Nein, jetzt sind wir erwachsen." Sie presste den Mund in seine Handfläche. „Und ich will dich auch. Keine Versprechen, keine Fragen. Liebe mich so wie in der einen wunderbaren Nacht, die wir hatten." Sie stand auf und zog ihn vom Sessel hoch. „Ich will etwas haben, an das ich mich in den nächsten zehn Jahren erinnern kann."

Die Finger ineinander verflochten, gingen sie die Treppe hinauf. Jason verdrängte jeden Gedanken an den anderen Mann, den sie ihm vorgezogen, und das andere Leben, das sie geführt hatte. Auch er würde zehn Jahre schmerzlicher Leere vergessen und die Chance wahrnehmen, die sich ihm bot.

Es war schon fast dunkel draußen. Schweigend zündete Leonie die Kerzen an, die einen goldenen Schein im Zimmer verbreiteten. Als sie sich ihm zuwandte, lächelte sie mit all dem Selbstvertrauen und dem Wissen einer Frau. Wortlos ging sie auf ihn zu, bog den Kopf nach hinten und bot sich ihm dar. Mit sicheren Bewegungen öffnete sie seine Hemdknöpfe. Seine Finger dagegen zitterten, als er ihr die Bluse abstreifte. Als er ihre bloße Haut berührte, seufzte sie selig auf. Langsam zogen sie einander aus, in der ruhigen Gewissheit, dass jeder Augenblick sie der köstlichen Vereinigung näher brachte.

Als er sie sah, so schlank, so schön, so unerklärlich unschuldig wie damals, bestürmten ihn Zweifel. Da war sie es, die auf ihn zuging, sich an ihn presste und ihn einfach nahm. Sie war die Stärkere, das fühlte er. Vielleicht hatte sie sich verändert, aber die Welle des Begehrens, die ihn durchflutete, war die gleiche wie damals. Wie Kinder ließen sie sich aufs Bett fallen.

Sie versuchten nicht, das Erlebnis von damals nachzuvollziehen. Es war etwas Neues und doch ebenso erregend wie beim ersten Mal. Aber jetzt waren sie ein Mann und eine Frau, fordernder, hungriger. Sie zog ihn enger an sich und ließ die Finger über seinen Körper gleiten. Sie hatte so lange gewartet, so schrecklich lange, und nun hielt sie es keinen Augenblick länger aus. Jason führte ihre Hand an seine Lippen. Mit dem Mund stillte er ihre Ungeduld.

„Beim ersten Mal wusste ich kaum, was ich mit dir machen sollte." Er streichelte ihren Hals mit Zunge und Lippen, bis sie leise aufstöhnte. „Jetzt ist das anders."

Er führte sie zu Höhen, die sie bislang nicht kannte. Dann riss er sie plötzlich mit sich hinab wie in einen Strudel, und ihr blieb nichts anderes übrig, als sich noch fester an ihn zu klammern. Sie wollte ihm alles geben, aber er ließ ihr keine Gelegenheit dazu. Zärtlich, liebevoll und wissend streichelte er sie, bis sie erschauerte. Die so lange verschütteten Gefühle ließen keinen Raum für vernünftiges, rationales Denken oder gar für Erinnerungen.

Als sie sich vereinigten, war es für beide die Erfüllung. Die Zeit lief nicht rückwärts, sondern blieb in der Gegenwart gebannt stehen.

Jason hielt Leonie fest umschlungen. Mit geschlossenen Augen genoss sie das Gefühl, eins mit ihm zu sein. Sie liebte, und daneben existierte sonst nichts. Für ihn jedoch waren sowohl die Ekstase als auch die darauf folgende Entspannung von Fragen überschattet. Sie war so warmherzig, so freigiebig und gefühlsbetont. Dass sie ihn liebte, wusste er auch ohne Worte. Doch die Treue, die er immer für einen wichtigen Wesenszug von ihr gehalten hatte, war gebrochen worden. Er fand keine Ruhe, solange er den Grund dafür nicht kannte.

„Ich muss wissen, warum wir zehn Jahre verloren haben, Leonie." Als sie nicht antwortete, drehte er ihren Kopf zu sich herum. Im Kerzenschein schimmerten ihre Augen feucht, aber die Tränen blieben ungeweint. „Die Antwort darauf ist jetzt wichtiger denn je."

„Keine Fragen, Jason. Nicht heute Nacht."

„Ich habe lange genug gewartet. Das haben wir beide." Sie atmete tief ein und setzte sich auf. Dann zog sie die Knie an und schlang die Arme darum. Das Haar fiel ihr in weichen Wellen über den Rücken. Er konnte nicht widerstehen und wickelte eine Strähne um den Finger. Einmal hatte sie gänzlich ihm gehört. Niemand hatte sie so berührt wie er. Er wusste, dass sie geheiratet hatte und dass ihr Kind einem anderen Mann gehörte. Warum sie sich schon so bald nach seiner Abreise einem anderen zugewandt hatte, das konnte er nicht verstehen, und das zu wissen, war für ihn im Augenblick das Wichtigste.

„Sag etwas, Leonie. Irgendetwas."

„Wir liebten einander, Jason, aber wir wollten nicht dasselbe." Sie sah ihm in die Augen. „Und so ist es immer noch. Wenn du mich damals gelassen hättest, wäre ich mit dir bis ans Ende der Welt gegangen. Ich hätte mein Zuhause, meine Familie und meine Freunde ohne Zögern verlassen. Du aber musstest allein gehen."

„Ich konnte dir doch nichts bieten", begann er, aber sie brachte ihn mit einem Blick zum Schweigen.

„Du hast mir keine Gelegenheit gegeben zu wählen."

Er streckte die Hände nach ihr aus. „Und wenn ich das jetzt täte?"

Sie schloss die Augen und lehnte ihre Stirn gegen seine. „Jetzt habe ich ein Kind, das ein Zuhause braucht. Meine Wünsche kommen nicht mehr an erster Stelle. Das Gleiche gilt für das, was du willst. Damals habe ich eigentlich nicht daran geglaubt, dass du gehen würdest. Jetzt aber weiß ich es. Lass uns mit dem zufrieden sein, was wir haben. Lass uns gegenseitig dieses Weihnachtsgeschenk machen."

Ehe er weitere Fragen stellen konnte, verschloss sie seinen Mund mit Küssen.

8. KAPITEL

Der Tag des Heiligabends war für Leonie immer etwas ganz Besonderes, etwas Verzaubertes gewesen. Als sie jetzt aufwachte und Jason neben sich liegen sah, empfand sie das mehr denn je. So hatte sie es sich vorgestellt, schon als Mädchen und später als Frau, aber nun brauchte sie die Träume nicht mehr. Er war da. Draußen schneite es. Leise schlüpfte Leonie aus dem Bett.

Als Jason sich auf die Seite rollte, atmete er den Frühlingsduft, den ihr Haar auf dem Kopfkissen zurückgelassen hatte. Einige Augenblicke lang lag er still und genoss ihn. Dann öffnete er die Augen und schaute sich in dem Zimmer um.

Die Tapeten waren elfenbeinfarben mit kleinen Veilchen. Auf dem Fensterbrett standen Grünpflanzen. Ein alter Rosenholzsekretär diente als Ablage für farbige Glasflaschen und bunt gemusterte Schachteln. Ihren Frisiertisch hatte Leonie so aufgestellt, dass das Licht darauf fiel. Jason nahm ihre Parfumflakons in die Hand und roch daran. Das Zimmer war wie Leonie – reizend, frisch und sehr weiblich. Hier konnte ein Mann sich entspannen, selbst wenn Strümpfe über der Stuhllehne hängen sollten. Hier konnte er, Jason Law, sich entspannen. Und er würde diese Frau unter keinen Umständen wieder verlassen.

Schon auf der Treppe roch es nach frischem Kaffee. Leonie stand am Herd und briet Speck. Aus dem Radio erklangen Weihnachtslieder. Jason hatte nicht gewusst, was für ein wunderbares Gefühl es war, einfach eine Küche zu betreten und der geliebten Frau dabei zuzusehen, wie sie das Frühstück machte.

„Du bist ja schon auf." Sie trug einen hellblauen flauschigen Bademantel, der ihr bis zu den Knöcheln reichte. „Ich habe gerade Kaffee gekocht."

„Das habe ich gerochen." Er ging zu ihr. „Schon beim Aufwachen ist mir dieser köstliche Duft in die Nase gestiegen."

Sie legte den Kopf an seine Schulter und versuchte, nicht daran zu denken, wie es hätte sein können, wenn … „Du sahst aus, als würdest du noch stundenlang weiterschlafen. Aber jetzt hast du wenigstens etwas von dem Speck, solange er noch frisch und knusprig ist."

„Wenn du noch einige Minuten im Bett geblieben wärst, hätten wir ..."

„Mom! Mom! Es schneit!" Clara stürmte herein und tanzte in der Küche herum. „Wir fahren heute Abend mit dem Heuwagen zum Weihnachtsliedersingen. Wird es nicht toll sein, wenn es bis dahin weiterschneit?" Vor Jason blieb sie stehen und grinste ihn spitzbübisch an. „Tag."

„Selber Tag."

„Mom und ich bauen nachher einen Schneemann. Sie sagt, dass sie Weihnachten immer am besten werden. Wenn du willst, kannst du uns helfen."

Leonie hatte nicht gewusst, wie Clara darauf reagieren würde, Jason am Frühstückstisch vorzufinden, doch sie hatte sich umsonst Sorgen gemacht. Wie die vertrauliche Anrede bewies, betrachtete ihre Tochter ihn offenbar bereits als festen Bestandteil ihres Lebens. „Vorher musst du aber etwas essen."

„Ich habe bei Marcie schon Cornflakes bekommen."

„Hast du dich auch bei ihrer Mutter bedankt, dass du dort übernachten durftest?"

„Hm, ich glaube schon. Jedenfalls werden wir zwei Stück bauen und dann eine große Hochzeit mit allem Drum und Dran feiern. Das war Marcies Idee", teilte sie Jason mit.

„Clara wäre eine Schneeballschlacht vermutlich lieber gewesen", warf Leonie ein.

„Die können wir nachher immer noch machen. Vielleicht sollte ich doch eine Tasse Kakao trinken." Sie heftete den Blick auf die Keksdose und rechnete ihre Chancen aus, die nicht allzu groß waren.

„Ich mache dir welchen. Und Plätzchen bekommst du, wenn wir mit dem Schneemann fertig sind", sagte ihre Mutter, ohne sich umzudrehen. „Jetzt häng zuerst deinen Mantel auf."

Clara tat wie geheißen und setzte sich Jason gegenüber. „Du gehst doch nicht wieder nach Afrika, oder? Ich kann mir nicht vorstellen, dass man dort Weihnachten viel Spaß hat. Marcies Mutter sagt, du würdest wahrscheinlich woanders hinfahren."

„Ich werde in einigen Wochen in Hongkong erwartet." Er schaute zu Leonie, doch sie drehte sich nicht um. „Aber über die Feiertage werde ich hierbleiben."

„Hast du einen Christbaum in deinem Zimmer?"

„Nein."

Sie sah ihn ungläubig an. „Aber wo legst du denn dann deine Geschenke hin? Ohne Baum ist doch gar nicht richtig Weihnachten, stimmt's, Mom?"

Leonie dachte an Jasons Kindheit zurück, in der es weder das eine noch das andere gegeben hatte. Er hatte sich solche Mühe gegeben, so zu tun, als würde es ihm nichts ausmachen. „Ein Baum ist nur dazu da, anderen Leuten zu zeigen, dass Weihnachten ist, Clara."

„Na ja, vielleicht." Doch es klang nicht überzeugt.

„Zu mir hat deine Mutter früher dasselbe gesagt", erklärte Jason. „Außerdem wäre Mr. Beantree bestimmt nicht erfreut, wenn ich Tannennadeln auf seinen Teppich streuen würde."

„Unser Baum ist groß genug", sagte Clara großmütig. „Warum kommst du nicht einfach zu uns? Mom macht einen riesigen Truthahn, und Grandma und Grandpa kommen zu Besuch. Grandma bringt Kuchen mit, und dann essen wir alle, bis uns schlecht wird."

„Das klingt verlockend." Jason schmunzelte. „Ich war schon früher oft bei deinen Großeltern zum Truthahnessen."

„Echt wahr?" Clara betrachtete ihn interessiert. „Irgendwo habe ich gehört, dass du Moms Freund warst. Wieso habt ihr nicht geheiratet?"

„Hier ist dein Kakao, Clara." Leonie stellte die Tasse auf den Tisch. „Beeil dich lieber, Marcie wartet bestimmt schon."

„Und du?"

„Ich komme nach." Erleichtert, wie einfach ihre Tochter sich ablenken ließ, setzte sich Leonie an den Frühstückstisch. Jasons amüsiertes Gesicht ignorierte sie.

„Wir brauchen Karotten und einen Schal und Kohle und ..."

„Ich bringe alles mit."

„Und einen Hut?", beharrte Clara.

„Einen Hut auch."

Ein Schneeball zerbarst am Küchenfenster, und Clara sprang auf. „Da ist sie schon. Jetzt muss ich mich aber beeilen. Lass dir nicht zu viel Zeit mit dem Frühstück, Mom. Deine Schneemänner sind die besten."
„Knöpf dir den Mantel richtig zu."
An der Tür blieb Clara noch einmal stehen. „In meinem Zimmer ist noch ein Bäumchen im Topf", sagte sie zu Jason. „Wenn du willst, kannst du das haben."
Gerührt schaute er sie an. Sie ist genau wie ihre Mutter, dachte er, und verliebte sich zum zweiten Mal in seinem Leben. „Danke."
„Schon gut, tschüss!"
„Ein bemerkenswertes Kind", meinte Jason, als die Tür krachend ins Schloss gefallen war.
„Ich mag sie."
„Sobald wir aufgegessen haben, werde ich ihr bei ihrem Schneemann helfen."
„Du bist nicht dazu verpflichtet, Jason."
„Ich möchte es aber gern. Anschließend habe ich noch einiges zu erledigen." Er schaute auf die Uhr. Am Heiligabend schlossen die Geschäfte eher, und wenn ein Mann eine zweite Chance erhielt, durfte er keine Zeit vergeuden. „Darf ich heute Abend wiederkommen?"
„Du weißt doch, dass du keine Einladung brauchst."
„Bereite nichts vor, ich bringe das Essen mit."
„Ich ..."
„Nichts kochen", schärfte er ihr ein. Er stand auf und küsste sie. „Bis später."
Er nahm seinen Mantel vom Haken und verschwand durch die Tür.
Als er fort war, zerkrümelte Leonie nachdenklich ein Stück Toast. Hongkong. Wenigstens wusste sie diesmal, wo er hinging.

Jason war so mit Paketen beladen, dass er mit dem Fuß an die Hintertür klopfen musste. Es schneite immer noch unaufhörlich.
„Jason!" Leonie war fassungslos. „Was um alles in der Welt ..."
„Wo ist Clara?"
„Clara?" Sie strich sich das Haar aus dem Gesicht. „In ihrem Zim-

mer. Sie zieht sich an für die Fahrt auf dem Heuwagen."

„Sehr schön. Nimmst du mal die oberste Schachtel?"

„Jason, was hast du da?"

„Ganz oben ist Pizza drin, und wenn du nicht alles auf dem Fußboden haben möchtest, dann unternimm etwas!"

Lachend kam sie der Aufforderung nach und sah zu, wie er ein unförmiges Paket ins Wohnzimmer trug. „Was ist denn da drin?"

„Ein Geschenk", erwiderte er geheimnisvoll. So wohl hatte er sich noch nie gefühlt. „Frohe Weihnachten."

„Dir auch. Jason, was ist das?"

„Draußen ist es vielleicht kalt." Er rieb sich die Hände. „Hast du noch eine Tasse Kaffee für mich?"

„Jason!"

„Es ist für Clara."

„Du brauchst ihr doch nichts zu schenken", begann Leonie, aber dann gewann ihre Neugier die Oberhand. „Was hast du ihr denn gekauft?"

„Du meinst das hier?" Jason deutete auf die riesige Schachtel. „Ach, nichts Besonderes."

„Wenn du es mir nicht sagst, bekommst du keinen Kaffee. Und Pizza auch nicht."

„Spielverderberin. Es ist ein Schlitten." Er nahm sie am Arm und führte sie hinaus. „Als wir den Schneemann bauten, erwähnte sie, dass ein Junge aus ihrer Klasse einen solchen hat und damit wie eine Rakete den Berg hinunterschießt."

„Wie eine Rakete", wiederholte Leonie.

„Und wozu wäre so herrlicher Neuschnee sonst da?"

„Du hast dich um den Finger wickeln lassen!", rief Leonie und küsste ihn.

„Stell die Pizza ab und sag das noch mal", drohte er. Sie lachte und benutzte die Schachtel als Schild.

„Waaahnsinn!", schallte es plötzlich aus dem Wohnzimmer.

Leonie hob die Augenbrauen. „Ich glaube, sie hat die Schachtel entdeckt."

Clara kam hereingerannt. „Habt ihr das gesehen? Ich wusste doch,

dass noch eins dazukommt. Das Paket ist fast so groß wie du, Jason."
Sie packte ihn bei der Hand und zog ihn mit sich. „Und es hängt ein Zettel mit meinem Namen dran."

„Tatsächlich." Jason Law hob sie hoch und küsste sie auf beide Wangen. „Frohe Weihnachten."

Sie schlang ihm die Arme um den Hals. „Ich kann es kaum noch erwarten."

Leonie sah sie zusammen, und alles in ihr verkrampfte sich. Was sollte sie nur tun? Was konnte sie tun?

Jason drehte sich zu ihr um und stockte. Er bedurfte keiner Worte, um Kummer und inneren Aufruhr zu erkennen. „Leonie, was ist denn?"

Sie hielt die Pizzaschachtel so fest umklammert, dass ihre Nägel sich in die Pappe bohrten. „Nichts, gar nichts. Ich würde vorschlagen, dass wir jetzt essen, sonst wird alles kalt."

„Es gibt Pizza?" Aufgeregt hopste Clara auf und ab. „Kann ich zwei Stück haben? Weil Weihnachten ist?"

„Vielfraß", schalt Leonie liebevoll und zerzauste ihr das Haar. „Du darfst schon einmal den Tisch decken."

Ehe sie ihrer Tochter in die Küche folgen konnte, hielt Jason sie fest. „Leonie, du hast doch etwas."

„Nein." Sie musste sich unter Kontrolle bekommen. Für so lange war sie jetzt damit fertig geworden. „Du hast mich eben überwältigt." Lächelnd berührte sie seine Wange. „Das ist nicht das erste Mal. Komm, wir wollen essen."

Jason wusste, dass es zwecklos wäre weiterzufragen. Beeindruckt schaute er zu, wie Clara sich auf die Pizza stürzte. Einen solchen Appetit hätte er einem kleinen Mädchen nie zugetraut.

Clara schluckte den letzten Bissen hinunter. „Wenn ich heute schon ein Geschenk aufmachen würde, wäre morgen früh nicht so ein Durcheinander", schlug sie vor.

Leonie schien zu überlegen. „Ich mag Durcheinander", verkündete sie schließlich, und Jason begriff, dass auch diese Unterhaltung eine Tradition zwischen Mutter und Tochter war.

„Aber vielleicht könnte ich gleich einschlafen, wenn ich wenigstens ein kleines Päckchen geöffnet habe. Dann bräuchtest du nicht so lange zu warten, bis du die Strümpfe füllen kannst."

„Hm." Leonie trank noch einen Schluck von dem Wein, den Jason mitgebracht hatte. „Mir macht es aber Spaß, mitten in der Nacht durchs Haus zu schleichen."

„Und wenn ich nun ..."

„Kommt gar nicht infrage."

„Es dauert doch noch Stunden und Stunden, bis endlich Weihnachten ist!"

„Schlimm, ich weiß." Lächelnd betrachtete Leonie ihre Tochter. „Und in fünf Minuten wirst du abgeholt zum Weihnachtsliedersingen. Du solltest lieber schon deinen Mantel holen."

Clara brachte ihre Stiefel aus dem Vorraum. „Wenn ich zurückkomme, ist euch vielleicht ein Geschenk eingefallen, das wirklich nicht so wichtig ist, dass man bis morgen damit warten müsste", erklärte sie Leonie und Jason.

„Alle Geschenke unter dem Baum sind ungeheuer wichtig." Leonie stand auf, um ihr beim Anziehen zu helfen. „Ebenso wie die Anweisungen, die ich dir jetzt gebe. Bleib bei der Gruppe. Behalte unbedingt deine Handschuhe an, weil ich nicht möchte, dass du dir die Finger erfrierst. Verlier deine Mütze nicht. Und tu genau das, was Mr. und Mrs. Easterday sagen."

„Mom!" Clara trat von einem Fuß auf den anderen. „Du behandelst mich wie ein Baby."

„Du bist auch mein Baby." Sie gab ihrer Tochter einen dicken Kuss auf die Wange.

„Ich werde doch im Februar schon zehn. Das ist so gut wie morgen."

„Auch im Februar wirst du noch mein Baby sein. Viel Spaß, Schatz."

Clara seufzte. Niemand verstand sie. „Okay."

„Okay", äffte Leonie sie nach. „Sag schön Gute Nacht."

„Bleibst du auf, bis ich wiederkomme?"

„Natürlich."

Zufrieden trollte sie sich. „Also dann, bis später."

„Ungeheuer", bemerkte ihre Mutter und begann, den Tisch abzuräumen.

„Ich finde sie großartig." Jason half ihr dabei. „Vielleicht ein wenig klein für ihr Alter. Ich hatte ja keine Ahnung, dass sie schon fast zehn ist. Es ist schwer, sich vorzustellen ..." Er brach ab, als Leonie einen Teller fallen ließ. „Sie wird also im Februar zehn?"

„Hm. Ich kann es selbst kaum glauben. Manchmal kommt es mir so vor, als wäre es erst gestern gewesen, und dann wieder ..." Sie kehrte die Scherben zusammen und ließ Wasser in das Spülbecken ein. „Der Abwasch wird schnell erledigt sein. Wenn du willst, kannst du die Gläser schon einmal mit nach nebenan nehmen."

„Im Februar?" Jason fasste sie am Arm. Als er sie zu sich herumdrehte, sah er, dass alle Farbe aus ihrem Gesicht gewichen war. „Sie wird im Februar zehn. Wir haben im Juni miteinander geschlafen. Ich weiß nicht mehr, wie oft es in jener Nacht geschehen ist. Vor meiner Abreise. Ein paar Wochen später hatten wir keine Gelegenheit mehr, allein miteinander zu sein. Und du musst Tom im September geheiratet haben."

Leonie brachte keinen Ton hervor.

„Sie ist von mir", flüsterte er. „Clara ist meine Tochter."

Sie öffnete den Mund, um etwas zu sagen, doch die Stimme gehorchte ihr nicht. Schließlich nickte sie. Ihre Augen schwammen in Tränen.

„Großer Gott!" Er hielt ihre beiden Arme umklammert und drückte sie gegen die Wand. Sein Gesicht war wutverzerrt. „Wie konntest du nur! Verdammt, sie ist unser Kind, und du hast mir nie etwas gesagt. Du hast einen anderen Mann geheiratet und unser Baby bekommen. Hast du ihn auch belogen? Hast du ihn glauben lassen, Clara wäre sein Kind, damit du zu deinem gemütlichen Haus mit den Spitzenvorhängen kamst?"

„Jason, bitte ..."

„Ich hatte ein Recht darauf, es zu erfahren." Er schob sie von sich, weil er Angst hatte, er würde die Beherrschung verlieren und sie schlagen. „Du hast mir zehn Jahre mit meiner Tochter gestohlen!"

„Nein, so war es nicht! Jason, bitte! Du musst mir zuhören."

Nie mehr allein

„Geh zum Teufel." Er sprach ganz ruhig, aber sie fuhr zurück, als habe er sie geohrfeigt. Mit seinem Zornausbruch konnte sie fertig werden. Gegen die kalte Wut in seinen Augen war sie jedoch machtlos.

„Bitte, lass dir doch erklären ..."

„Nichts, was du sagst, könnte das entschuldigen, was du getan hast. Gar nichts." Er nahm seinen Mantel von der Garderobe und verließ das Haus.

„Jason Law, du bist ein verdammter Narr." Die Witwe Marchant saß in ihrem Schaukelstuhl und betrachtete ihn mit finsterem Gesicht.

„Sie hat mich angelogen. Jahrelang."

„Quatsch." Klänge aus der Nussknackersuite erfüllten den kleinen Raum. „Sie hat getan, was sie tun musste. Nicht mehr und nicht weniger."

Jason lief unruhig auf und ab. Er war immer noch nicht sicher, warum er hierhergekommen war, anstatt sich wie geplant in Clancys Bar zu betrinken. Über eine Stunde war er durch die Dunkelheit gelaufen, ehe er sich plötzlich vor Mrs. Marchants Haus wiederfand. „Sie haben es gewusst, nicht wahr? Sie wussten, dass ich Claras Vater bin."

„Ich habe mir so meine Gedanken gemacht." Der Schaukelstuhl knarrte leise. „Sie sieht aus wie du."

Ihre Worte ließen sein Herz schneller schlagen. „Aber sie ist das Abbild von Leonie", wandte er ein.

„Nur wenn man nicht genau hinsieht. Die Augenbrauen hat sie von dir und den Mund. Und – der Himmel steh uns bei! – das Temperament. Jason, wenn du vor zehn Jahren gewusst hättest, dass du Vater wirst, was hättest du dann gemacht?"

„Ich hätte Leonie zu mir geholt." Er drehte sich um und fuhr sich mit der Hand durchs Haar. „Vermutlich wäre ich in Panik geraten, aber ich hätte sie nicht im Stich gelassen."

„Das habe ich mir gedacht. Aber es ... Doch diese Geschichte muss Leonie dir erzählen. Am besten gehst du zu ihr und hörst sie dir an."

„Es ist nicht mehr wichtig."

„Ich konnte Märtyrer noch nie ausstehen."

Er wollte eine patzige Antwort geben, doch dann ließ er den Kopf sinken. „Es tut weh. Sie ahnen ja nicht wie sehr."

„So ist das Leben nun einmal. Willst du sie beide noch einmal verlieren?"

„Nein, das nicht. Aber ich weiß nicht, ob ich ihr vergeben kann."

Die alte Frau hob die Augenbrauen. „Zumindest solltest du Leonie eine Chance geben."

Ehe er antworten konnte, flog die Küchentür auf und Leonie kam hereingerannt. Ihr Gesicht war tränenüberströmt.

„Clara ..."

Jason Law fror plötzlich. Er ergriff ihre Hände. „Was ist mit Clara?"

„Sie wird vermisst."

9. KAPITEL

„Man wird sie finden." Jason führte Leonie, als sie sich durch den tiefen Schnee den Weg zurück zu ihrem Auto bahnten. „Bis wir da sind, ist sie wahrscheinlich schon wieder aufgetaucht."

„Einer der Jungen sagte, sie und Marcie wären hinter den Bauernhof gegangen, um sich die Pferde auf der Koppel anzusehen. Doch als sie nachschauten, waren die beiden verschwunden. Es ist schon ganz dunkel." Leonie ließ vor Nervosität die Autoschlüssel fallen.

„Lass mich fahren."

Widerspruchslos stieg sie auf der Beifahrerseite ein. „Lorna und Bill haben von der Farm aus die Polizei benachrichtigt. Inzwischen sucht schon die halbe Stadt nach den beiden. Aber es schneit unaufhörlich, und sie sind doch noch so klein. Jason ..."

Er drehte sich zu ihr um und legte ihr die Hände ums Gesicht. „Wir werden sie finden."

„Ja." Sie wischte sich die Tränen mit dem Handrücken ab. „Wir müssen uns beeilen."

Die Straße war nicht geräumt, und Jason konnte nur langsam fahren. Als sie in die Nähe der Farm kamen, setzte er die Geschwindigkeit noch weiter herunter, um keine Spuren zu übersehen. Doch die Schneedecke war unberührt.

Um die Farm herum war alles hell erleuchtet. Auf jedem Feldweg standen Autos mit aufgeblendeten Scheinwerfern, und freiwillige Helfer durchkämmten die Äcker in einer langen Kette.

Leonie lief auf den Sheriff zu.

„Wir haben sie noch nicht entdeckt, Leonie, aber das werden wir. Weit können sie nicht gekommen sein."

„Haben Sie auch Scheune und Stallungen durchsucht?"

Der Sheriff nickte auf Jasons Frage. „Jeden Zentimeter."

„Und die Felder in der anderen Richtung?"

„Sobald der nächste Trupp eintrifft, werde ich die Suche dorthin ausdehnen."

„Wir fahren schon einmal voraus."
Langsam bahnte Jason sich einen Weg durch die anderen Wagen. Er merkte nicht, dass er betete. Vor Jahren hatte er sich einmal an einer Suche in den Rocky Mountains beteiligt. Er hatte nicht vergessen, was Wind und Kälte anrichten konnten.

„Wenn ich nur darauf bestanden hätte, dass sie noch einen Pullover überzieht!" Leonie hatte die Hände im Schoß verkrampft. In der Eile hatte sie ihre Handschuhe vergessen, aber sie nahm ihre klammen Finger überhaupt nicht wahr. „Sie mag es nicht, wenn ich überfürsorglich bin, und ich wollte ihr den Abend nicht verderben. Weihnachten bedeutete ihr so viel." Ihre Stimme brach. „Ich hätte ... Halt an!"

Der Wagen rutschte weg, als Jason heftig auf die Bremse trat.

Leonie hatte die Tür aufgestoßen und war ausgestiegen. „Dort drüben!"

„Es ist ein Hund." Er hielt sie fest. „Es ist wirklich nur ein Hund."

„Wie entsetzlich, Jason!" Sie ließ sich gegen ihn sinken. „Sie ist doch noch so klein. Wo kann sie nur sein? Jason, wo ist sie? Ich hätte mitfahren müssen. Wenn ich dabei gewesen wäre ..."

„Hör auf!"

„Sie wird frieren, und bestimmt hat sie Angst."

„Und sie braucht dich." Er schüttelte sie. „Hörst du? Sie braucht dich!"

Leonie bot alle Kräfte auf, um sich wieder unter Kontrolle zu bekommen. Sie presste beide Hände gegen den Mund. „Lass uns weiterfahren."

„Warte im Auto, Leonie. Ich gehe noch ein Stück in das Feld hinein. Vielleicht entdecke ich etwas."

„Ich gehe mit, Jason."

„Allein komme ich schneller voran. Ich bin gleich wieder da." Er wollte ihr gerade wieder in den Wagen helfen, als er am anderen Ende des Ackers etwas bemerkte. „Warte mal. Siehst du dort drüben den roten Fleck?"

Leonie war bereits losgelaufen. „Das ist Clara. Sie hat einen roten Mantel an." Der Wind trieb ihr den Schnee in die Augen, aber sie achtete nicht darauf. „Clara! Clara!" Noch vor Jason hatte sie die beiden Mädchen erreicht und sie in die Arme geschlossen. „Clara, Marcie, ich hatte solche Angst. Ihr seid ja völlig durchgefroren! Kommt schnell, wir gehen zusammen zum Auto und fahren nach Hause. Wie glücklich ich bin. Jetzt ist alles wieder gut."

„Ist meine Mom böse auf mich?" Schluchzend verbarg Marcie den Kopf an Leonies Schulter.

„Nein, aber sie macht sich schreckliche Sorgen. Wie wir alle."

„Hinauf mit dir." Jason hob Clara hoch. Für einen kurzen Augenblick gab er sich dem berauschenden Gefühl hin, seine Tochter in den Armen zu halten. Er drehte sich um und sah Leonie, die den Arm um Marcie gelegt hatte. „Kommt ihr zurecht?"

Sie lächelte. „Natürlich."

„Dann auf, nach Hause."

„Wir wollten uns nicht verlaufen!" Claras Tränen liefen in seinen Kragen.

„Natürlich nicht."

„Wir wollten uns nur die Pferde anschauen, und auf einmal waren die anderen weg. Wir konnten niemanden finden. Ich hatte keine Angst." Sie presste ihr Gesicht gegen seines. „Aber Marcie."

Mein Kind. Jason wischte sich verstohlen die Augen und fasste sie fester. „Jetzt seid ihr sicher."

„Mom hat geweint."

„Ihr geht es wieder gut." Am Auto angekommen, fragte er Leonie: „Kannst du sie alle beide auf den Schoß nehmen? So ist es wärmer für sie."

„Selbstverständlich." Leonie setzte sich mit Marcie hinein, dann reichte Jason ihr Clara. Einen Augenblick lang trafen sich ihre Blicke.

„Vor lauter Schnee konnten wir die Lichter der Farm nicht sehen", murmelte Clara und kuschelte sich an ihre Mutter. „Und die Straße haben wir auch nicht gefunden. Es war schrecklich kalt. Aber meine Mütze habe ich nicht verloren."

„Ich weiß, Schatz. Komm, zieh deine nassen Handschuhe aus. Du auch, Marcie. Jason hat die Heizung voll aufgedreht, und ehe ihr es euch versieht, werdet ihr euch fühlen wie ein Puter im Bratrohr." Sie küsste die beiden eisigen Gesichter und kämpfte dagegen an, vor Erleichterung wieder in Tränen auszubrechen. „Welche Weihnachtslieder habt ihr denn gesungen?"

Marcie schluchzte auf. „Jingle Bells."

„Fein, das ist eins von denen, die ich am liebsten mag."

„Und ‚Joy to the World'", warf Clara ein. Die Heizung blies ihr warme Luft über Gesicht und Hände. „Das gefällt dir doch noch besser, oder?"

„Das stimmt, aber ich habe den Anfang vergessen. Wie geht es noch einmal, Marcie?" Leonie Monroe lächelte Clara zu und zog sie fester an sich.

Mit ziemlich wackeliger Stimme begann Marcie zu singen. Sie war gerade mit der ersten Strophe fertig, als sie auf den Suchtrupp stießen.

„Da ist mein Dad!" Aufgeregt hopste Marcie auf Leonies Schoß herum. „Er sieht überhaupt nicht sauer aus."

Leonie lachte und küsste sie. „Frohe Weihnachten, Marcie."

„Ihnen auch frohe Weihnachten, Mrs. Monroe. Bis morgen, Clara." Marcie warf sich in die Arme ihres Vaters.

„Was für eine Nacht!" Jason steuerte den Wagen vorsichtig durch die Schar der Helfer, die ihnen zuwinkten.

„Heute ist Heiligabend", meldete sich Clara. Für sie war die Welt wieder in Ordnung. „Vielleicht sollte ich das große Geschenk doch schon heute aufmachen."

„Kommt überhaupt nicht infrage", erklärte Jason und zupfte sie am Haar.

Leonie drehte Clara zu sich herum und drückte sie fest.

„Nicht weinen, Mom."

„Das muss ich aber. Es wird nicht lange dauern." Sie hielt Wort, denn als sie zu Hause ankamen, waren ihre Augen trocken. Clara döste schon an Jasons Schulter, als er sie ins Haus trug.

„Ich bringe sie ins Bett, Jason."

„Wir bringen sie beide ins Bett."

Leonie erhob keinen Einwand. Zusammen streiften sie Clara die nassen Sachen ab und wickelten sie in eine Decke. Obwohl sie krampfhaft versuchte, sich wach zu halten, fielen ihr immer wieder die Augen zu. „Heute ist Heiligabend", murmelte sie schläfrig. „Kann ich morgen ganz zeitig aufstehen?"

„So früh du willst", versprach ihre Mutter.

„Und zum Frühstück bekomme ich Kekse?"

„Ein halbes Dutzend." Vor Erleichterung schlug Leonie sämtliche Erziehungsgrundsätze in den Wind.

Clara strahlte und war im nächsten Augenblick fest eingeschlafen. Sorgsam deckte Leonie sie zu.

„Ich hatte Angst." Sie ließ die Hand auf der Wange ihrer Tochter ruhen. „Ich hatte Angst, dass ich sie nie wieder so sehen würde. Sicher und warm. Jason, ich weiß nicht, wie ich dir danken soll. Wenn ich allein gewesen wäre ..." Sie verstummte.

„Ich glaube, wir sollten nach unten gehen, Leonie."

Bei seinem Ton wusste sie, dass eine Aussprache unumgänglich war. Ich werde mich seinen Vorwürfen und Anschuldigungen stellen, nahm sie sich vor, ebenso wie seiner Bitterkeit und seinem Zorn.

„Ich würde gern etwas trinken", meinte sie, als sie im Wohnzimmer waren. „Am liebsten einen Cognac. Das Feuer scheint ausgegangen zu sein."

„Ich kümmere mich darum. Schenk du inzwischen ein. Wir müssen miteinander reden."

„Ja, ich weiß." Sie ging in die Küche und füllte zwei Gläser. Als sie zurückkam, brannte das Feuer wieder. Jason richtete sich auf und nahm das Glas, das sie ihm reichte. „Möchtest du dich nicht setzen?"

„Nein." Sie trank einen Schluck, aber sie wusste, dass ihre Nervosität mit Cognac nicht zu bekämpfen war. „Also, Jason – sag, was du zu sagen hast."

10. KAPITEL

Leonie stand hochaufgerichtet da und sah Jason ins Gesicht. Nur die Art, wie sie den Cognac-Schwenker umklammert hielt, verriet ihren inneren Aufruhr. Am liebsten wäre er zu ihr gegangen, hätte sie in die Arme geschlossen und nie wieder losgelassen. In einer Nacht hatte er ein Kind gefunden und dessen Mutter beinahe verloren. War darüber hinaus sonst noch etwas wichtig? Die Leere in seinem Inneren verlangte danach, ausgefüllt zu werden. Fragen mussten beantwortet werden, hinter denen sich Vorwürfe versteckten. Vertrauen und Verständnis mussten wieder zusammenfinden, denn ohne sie war auch keine Vergebung möglich. Doch wo anfangen?

Er ging zum Christbaum, an dessen Spitze ein silberner Stern befestigt war. „Ich weiß nicht recht, was ich sagen soll. Nicht viele Männer werden plötzlich mit der Tatsache überrascht, dass sie eine zehnjährige Tochter haben. Ich fühle mich um die Zeit betrogen, als sie laufen und sprechen lernte. Ganz gleich, was du sagst, diese Zeit kann mir niemand zurückgeben."

„Nein." Sie war sehr blass, wirkte aber gefasst. Es war ihr nicht anzusehen, welche Gefühle in ihr tobten. Dies war nicht mehr dieselbe Leonie, die er damals zurückgelassen hatte. Dieses Mädchen hätte niemals so viel Selbstbeherrschung aufgebracht wie die Frau jetzt.

„Keine Ausreden, Leonie?"

„Ich dachte, ich könnte genügend Gründe für mein Verhalten anführen, aber als ich heute Abend glaubte, ihr wäre etwas zugestoßen ..." Sie verstummte und schüttelte den Kopf. „Nein, Jason. Keine Ausreden."

„Sie denkt, Tom ist ihr Vater."

„Nein!" Ihre Augen funkelten. „Meinst du, ich würde sie glauben lassen, ihr Vater hätte sie versetzt? Dass er sich nicht um sie kümmert und ihr nicht schreibt? Was sie weiß, ist im Grunde die Wahrheit. Ich habe sie nie angelogen."

„Und was ist die Wahrheit?"

Sie atmete tief ein. „Dass ich ihren Vater geliebt habe und er mich auch. Aber dass er fortgehen musste, ehe er etwas von ihr wusste, und nicht zurückkommen konnte."

„Er wäre zurückgekommen."

Sie wandte sich ab. „Das habe ich ihr auch gesagt."

„Warum?" Die alte Wut stieg wieder in ihm auf, aber er bezähmte sich. „Ich muss wissen, warum du so gehandelt hast. Ich habe so viele Jahre verloren."

„Du?" Ihr Temperament ließ sich nicht so leicht unter Kontrolle bringen wie ihr Schmerz. Sie wirbelte herum. „Du hast etwas verloren? Vergiss nicht, du warst fort. Und ich war erst achtzehn und erwartete ein Kind."

Schuld stieg in ihm auf. Damit hatte er nicht gerechnet. „Ich hätte dich doch nie verlassen, wenn du es mir gesagt hättest."

„Als du gingst, wusste ich es selbst noch nicht. Erst eine Woche nach deiner Abreise stellte ich fest, dass ich unser Kind erwartete. Ich war überglücklich." Sie schlang die Arme um ihren Körper und wirkte plötzlich jung und verletzlich. „Tag und Nacht habe ich darauf gewartet, dass du anrufst, damit ich es dir sagen konnte. Aber du hast nicht angerufen, Jason."

„Ich brauchte Zeit, um alles vorzubereiten – eine feste Arbeit und eine Wohnung, die ich dir zumuten konnte."

„Du hast niemals begriffen, dass es mir gleichgültig war, wo wir wohnten, solange wir nur zusammen sein konnten." Ehe er darauf antworten konnte, schüttelte sie den Kopf. „Das ist jetzt nicht mehr wichtig. Eine Woche verging, dann zwei, schließlich ein ganzer Monat. Allmählich wurde mir klar, dass du nicht wiederkommen würdest. Eine Zeit lang war ich sehr böse, weil mir klar geworden war, dass du mich nicht genug liebtest. Mich, das Mädchen aus der Kleinstadt."

„Das stimmt nicht!"

Sie betrachtete ihn fast teilnahmslos. Im Kerzenlicht schimmerte sein Haar golden, doch die Augen blieben im Dunkel verborgen, Augen, die seit jeher ihre Geheimnisse bewahrt hatten. „Nein? Es stimmt doch, dass du unbedingt wegwolltest. Ich gehörte zu Quiet Valley, und es zog dich fort von hier."

„Aber ich wollte dich bei mir haben!"
„Nicht genug, um mich mitzunehmen. Nicht genug, um mich nachzuholen, ehe du das bewiesen hattest, was du beweisen wolltest. Ich habe das damals nicht verstanden, Jason. Erst als du wieder zurückkamst, wurde es mir klar."
„Du hattest nicht die Absicht, mir jemals von Clara zu erzählen, nicht wahr?"
Sie hörte die Bitterkeit in seinem Ton und schloss die Augen. „Ich weiß es nicht, Jason. Ich kann es dir wirklich nicht sagen."
Er trank einen Schluck Cognac in der Hoffnung, der Alkohol würde ihm helfen, die Barrieren niederzureißen, die er sich selber aufgebaut hatte. „Erzähl mir den Rest."
„Ich wollte das Baby haben, aber ich hatte solche Angst, dass ich nicht einmal wagte, meiner Mutter davon zu erzählen. Inzwischen habe ich begriffen, dass ich es hätte tun müssen, damals aber war ich viel zu sehr durcheinander."

„Warum hast du Tom geheiratet?" Als Jason die Frage stellte, wurde ihm bewusst, dass seine Eifersucht verflogen war, er wollte nur noch verstehen, was Leonie dazu getrieben hatte.
„Tom hat mich fast jeden Abend besucht. Wir haben uns unterhalten. Es schien ihn nicht zu stören, dass ich von dir sprach, und ich musste einfach mit jemandem reden. Eines Abends saßen wir auf der Veranda, als ich einen Nervenzusammenbruch hatte. Ich war im dritten Monat schwanger, und mein Körper veränderte sich bereits. An jenem Morgen war es mir nicht gelungen, den Reißverschluss an meinen Jeans hochzuziehen. Dieser banale Vorfall machte mir klar, dass es kein Zurück mehr gab. Ich berichtete ihm alles, und er machte mir einen Heiratsantrag. Natürlich lehnte ich ab, aber er zählte einfach die Tatsachen auf. Ich war schwanger, und du würdest nicht wiederkommen. Er sagte, dass er mich liebte und mich heiraten wollte. Das Baby würde einen Namen haben, ein Zuhause und eine Familie. Es klang so plausibel, wie er es sagte, und ich wollte, dass das Baby in Sicherheit ist. Das Baby und ich auch." Sie schenkte sich nach. „Es ist von Anfang an nicht gut gegangen. Er wusste, dass ich ihn nicht liebte, aber er

wollte mich trotzdem haben. Zumindest glaubte er das. In den ersten Monaten haben wir uns beide wirklich Mühe gegeben. Doch nachdem Clara zur Welt gekommen war, wurde er mit der Situation nicht mehr fertig. Ich konnte sehen, dass er jedes Mal, wenn er sie anblickte, an dich dachte. Die Tatsache, dass sie dein Kind war, ließ sich durch nichts ändern. Selbst wenn es möglich gewesen wäre, hätte ich es nicht gewollt. Solange ich Clara hatte, blieb mir auch ein Teil von dir. Tom wusste das, obwohl ich wirklich versuchte, so zu sein, wie er sich seine Frau vorstellte. Er fing an zu trinken, wurde streitsüchtig und kam nächtelang nicht nach Hause. Es schien, als legte er es darauf an, dass ich die Scheidung einreichte."

„Aber du hast es nicht getan."

„Nein. Ich hatte das Gefühl, ihm verpflichtet zu sein. Eines Tages kam ich dann von einem Spaziergang mit Clara zurück, und er war fort. Die Scheidungspapiere schickte er mit der Post, und seitdem habe ich nie wieder etwas von ihm gehört."

„Leonie, warum hast du denn nicht versucht, Kontakt mit mir aufzunehmen? Die Zeitungsredaktion hätte dir mitteilen können, wo ich bin."

„Was hätte ich denn sagen sollen? Jason, erinnerst du dich an mich? Übrigens, du hast eine Tochter. Komm doch bei Gelegenheit mal vorbei."

„Ein Wort von dir, und ich hätte sofort alles stehen und liegen lassen und wäre zurückgekehrt. Ich habe niemals aufgehört dich zu lieben."

Sie schloss die Augen.

„Ich sah zu, wie du fortgingst. Ich stand daneben, als du in den Bus stiegst. Weißt du, dass ich stundenlang an der Bushaltestelle gewartet habe, weil ich hoffte, du würdest unterwegs aussteigen und wiederkommen? Ich war diejenige, die zurückbleiben musste, Jason."

„Ich habe dich angerufen. Verdammt, Leonie, es hat doch nur ein halbes Jahr gedauert, bis ich eine Basis für uns geschaffen hatte."

Sie lächelte. „Und als du anriefst, war ich im achten Monat schwanger. Meine Mutter hat mir erst davon erzählt, als Tom mich verlassen hatte. Sie sagte, du hättest ihr das Versprechen abgenommen, mir nichts zu sagen."

„Ich hatte meinen Stolz."

„Das weiß ich."

„Du musst mich gehasst haben."

„Niemals! Wie hätte ich dich hassen können? Du warst nicht mehr da, aber du hattest mir ein unendlich wertvolles Geschenk zurückgelassen. Manchmal hatte ich Angst vor der Zukunft, aber jedes Mal, wenn ich Clara ansah, erinnerte ich mich daran, wie sehr ich dich liebte, und schöpfte neuen Mut."

„Und wie fühlst du dich jetzt?"

„Ziemlich durcheinander." Sie legte die Hände aneinander. „Ich muss es Clara sagen. Sie soll es von mir erfahren."

Bei dem Gedanken daran griff Jason wieder nach der Cognac-Flasche. „Was meinst du, wie sie es aufnehmen wird?"

„Clara hat gelernt, ohne einen Vater zurechtzukommen. Das bedeutet nicht, dass sie keinen gebraucht hätte." Sie sah ihm ins Gesicht. „Du hast natürlich das Recht, sie zu besuchen, wann immer du willst, aber ich will nicht, dass sie von einem Extrem ins andere gestoßen wird. Mir ist klar, dass du wegen deiner Arbeit nicht immer hier sein kannst. Du brauchst jedoch nicht zu glauben, dass es genügt, nur hin und wieder eine Postkarte oder ein Geschenk zu schicken. Du wirst dir Mühe geben müssen, den Kontakt mit ihr aufrechtzuerhalten."

Das war also noch ein Teil ihrer Angst, mit der sie lebte. Vielleicht hatte er es nicht anders verdient. „Du hast kein Vertrauen zu mir, nicht wahr?"

„Dafür ist Clara zu wichtig." Sie hielt inne. „Und", fuhr sie nach einer Pause fort, „du auch."

„Wenn ich dir sage, dass sie mein Herz erobert hat, ehe ich wusste, dass sie meine Tochter ist, würde das etwas ändern?"

Leonie dachte an den Schlitten und an den Ausdruck auf Jasons Gesicht, als Clara ihm die Arme um den Hals geschlungen hatte. „Sie braucht all die Liebe, die sie bekommen kann. Das tun wir alle. Sie ist dir so ähnlich, dass ..." Sie brach ab, als ihr die Tränen über die Wangen rollten. „Verdammt, ich will nicht weinen." Ungeduldig fuhr sie sich mit der Hand über die Augen. „Ich werde es ihr morgen sagen, Jason. Zu Weihnachten. Ich weiß, dass du bald wieder fortmusst, aber wenn du noch einige Tage länger bleiben könntest, wäre das für uns alle einfacher."

Jason massierte seine verkrampften Nackenmuskeln. „Du hast nie etwas von mir verlangt, Leonie, weißt du das?"

Sie lächelte versonnen. „Ich habe alles von dir verlangt. Wir waren nur damals beide zu jung, um es zu begreifen."

„Du hast immer schon an Zauberei geglaubt, Leonie." Er zog eine Schachtel aus seiner Tasche. „Es ist gleich Mitternacht. Mach sie auf."

„Jason." Sie fuhr sich mit der Hand durchs Haar. Wie konnte er jetzt bloß an Geschenke denken? „Dafür ist wohl nicht die richtige Zeit."

„Ich hätte dir das schon vor zehn Jahren geben sollen."

„Und ich habe nichts für dich."

Er berührte ihre Wange. „Hast du vergessen, dass du mir heute eine Tochter geschenkt hast?"

Ihr wurde ganz schwach vor Erleichterung. Statt Bitterkeit schwang Dankbarkeit in seinem Ton mit. Aus ihren Augen strahlte Liebe. „Jason..."

„Bitte, mach dein Päckchen auf."

Sie streifte das rote Glanzpapier ab und zog eine schwarze Samtschachtel heraus. Ihre Finger zitterten ein wenig, als sie sie öffnete. Darin lag ein Platinring mit einer tropfenförmigen Perle.

„Du hast das gekauft, ehe..."

„Jawohl, ehe ich wusste, dass ich die Mutter meines Kindes um ihre Hand bitten würde. Wir könnten eine richtige Familie werden, wir drei." Er nahm ihre Hand. „Gibst du mir eine zweite Chance, Leonie? Ich werde dich nicht noch einmal enttäuschen."

„Das hast du nie." Sie drückte seine Finger an ihre Wange. „Es war weder deine Schuld noch meine, sondern einfach das Leben. Jason, wie sehr ich mich danach gesehnt habe! Alles, was ich mir von Herzen wünschte, war, deine Frau zu werden und mit dir eine Familie zu gründen."

„Dann lass mich dir den Ring anstecken."

„Warte, Jason. Hier geht es nicht nur um dich oder mich. Wenn es so wäre, würde ich sofort mit dir gehen, sei es nach China, Sibirien oder an den Nordpol. Aber ich bin nicht allein, und deshalb kann ich nicht weg."

„Du bist nicht allein", wiederholte er und warf die Schachtel achtlos zur Seite. „Und deshalb muss ich hierbleiben. Glaubst du, ich würde dich noch einmal verlassen? Glaubst du, ich könnte meiner Tochter den Rücken kehren und ihren Geschwistern, die wir hoffentlich haben werden?"

„Aber du hast doch einen Auftrag in Hongkong erwähnt."

„Ich habe bei der Zeitung gekündigt." Er grinste jungenhaft, und plötzlich schien es, als fiele die Last vieler Jahre von ihm ab. „Heute Nachmittag. Das war eines der Dinge, die ich zu erledigen hatte. Ich werde ein Buch schreiben." Er legte ihr die Hände auf die Schultern. „Ich bin arbeitslos, wohne im Gasthaus und bitte dich, meine Frau zu werden."

Leonies Herz klopfte zum Zerspringen. Ja, sie hatte stets an Zauberei geglaubt. „Vor zehn Jahren war ich davon überzeugt, ich könnte dich auf keinen Fall mehr lieben, als ich es schon tat. Du warst ein Junge. In den letzten Tagen habe ich gelernt, dass es etwas ganz anderes ist, einen Mann zu lieben." Sie hielt inne. „Wenn du mich vor zehn Jahren gebeten hättest, dich zu heiraten, hätte ich bedingungslos Ja gesagt."

„Leonie ..."

Lachend schlang sie ihm die Arme um den Hals. „Und heute lautet die Antwort genauso. Ich liebe dich, Jason, mehr denn je."

„Wir haben Jahre nachzuholen."

„Ja." Sie erwiderte seinen Kuss hungrig. „Das werden wir. Alle drei."

„Einstweilen wir drei. Ich hoffe allerdings, dass es nicht dabei bleibt."

„Wir haben genügend Zeit, um für nächstes Jahr zu Weihnachten

ein Brüderchen oder Schwesterchen für Clara in Auftrag zu geben."
Die Kirchturmuhr schlug Mitternacht.
„Frohe Weihnachten, Leonie."
Sie spürte, wie Jason ihr feierlich den Ring an den Finger steckte. All ihre Wünsche hatten sich erfüllt. „Willkommen zu Hause, Jason."

– ENDE –

Nora Roberts

Zauber einer Winternacht

Roman

Aus dem Amerikanischen von
Patrick Hansen

1. KAPITEL

Verdammter Schnee. Gabriel schaltete in den zweiten Gang hinunter, verlangsamte das Tempo des Jeeps auf fünfzehn Meilen pro Stunde und starrte leise fluchend nach vorn, bis ihm die Augen schmerzten. Die Scheibenwischer glitten hektisch hin und her, aber mehr als eine weiße Wand war nicht zu sehen. Kein Winterwunderland. Der Schnee prasselte in Flocken herab, die so groß und gemein aussahen wie eine Männerfaust.

Auf ein Abebben dieses Schneesturms zu warten war sinnlos, das war ihm klar, als er die nächste Kurve im Kriechtempo nahm. Zum Glück kannte er nach sechs Monaten die schmale, windungsreiche Straße aus der Stadt. Er konnte praktisch nach Gefühl fahren, aber ein Neuling wäre chancenlos. Trotzdem schmerzten seine Schultern und sein Nacken vor Anspannung. Hier in Colorado konnten Schneestürme im Frühling nicht weniger heimtückisch sein als mitten im Winter. Und sie konnten eine Stunde oder einen Tag dauern. Dieser hatte jedenfalls alle überrascht – Einheimische, Touristen und den Nationalen Wetterdienst.

Er hatte nur noch fünf Meilen vor sich. Dann würde er seine Vorräte ausladen, das Feuer anzünden und den Aprilschnee von der warmen Hütte aus genießen können, mit einem heißen Kaffee oder einem eiskalten Bier.

Der Jeep erklomm die Steigung wie ein Panzer, und er war seinem Gefährt dankbar, dass es ihn nicht im Stich ließ. Wegen des unerwarteten Schneefalls würde er für die Zwanzig-Meilen-Strecke von der Stadt nach Hause vielleicht dreimal so lange wie sonst benötigen, aber er würde es mit Sicherheit schaffen.

Die Wischer mühten sich ab, um die Frontscheibe freizuhalten. Sekunden der Sicht auf nichts als Weiß folgten Sekunden der weißen Blindheit. Wenn es so weiterging, würde der Schnee bei Einbruch der Nacht mindestens einen halben Meter hoch liegen. Gabriel tröstete sich mit dem Gedanken, dass er bis dahin längst zu Hause sein würde, hörte aber nicht auf, leise vor sich hin zu fluchen. Wenn er am Tag zuvor nicht vergessen hätte, auf die Uhr zu sehen, dann hätte er heute genügend Vorräte gehabt und hätte über das Wetter nur lachen können.

Die Straße ging in eine gemächliche S-Kurve über, und Gabriel nahm sie vorsichtig. Normalerweise bevorzugte er ein schnelleres Vorankommen, doch der Winter hatte ihm eine gehörige Portion Respekt vor den Bergen und den in sie hineingesprengten Straßen eingeflößt. Das Schutzgeländer war zwar stabil, aber die Felsen, die darunter lagen, verziehen nicht den geringsten Fehler. Er hatte nicht so sehr Angst, selbst einen Fehler zu machen – in dem soliden Jeep konnte ihm nicht viel passieren. Mehr Sorgen machte er sich um die anderen, die möglicherweise zur selben Zeit die Passstraße befahren und an ihrem Rand oder gar in der Mitte gestoppt hatten.

Er brauchte eine Zigarette. Doch er packte das Lenkrad fester und unterdrückte das Verlangen. Den Luxus würde er sich erst später gönnen. Noch drei Meilen bis zur Hütte.

Die Anspannung in den Schultern ließ nach. Seit zwanzig Minuten hatte er keinen anderen Wagen mehr gesehen, und wahrscheinlich würde auf dem Rest der Strecke auch keiner mehr auftauchen. Kein vernünftiger Mensch war unter diesen Bedingungen noch unterwegs. Von jetzt an würde er blind nach Hause finden. Er war froh darüber. Neben ihm krächzte das Radio von gesperrten Straßen und abgesagten Veranstaltungen. Gabriel wunderte sich immer wieder, wie viele Tagungen, Essen, Aufführungen und Vorträge die Leute an einem einzigen Tag organisierten.

Muss wohl in der Natur der Menschen liegen, dachte er. Dauernd zog es sie zueinander, und wenn es nur darum ging, ein paar Kuchen oder Kekse zu verkaufen. Er selbst war lieber allein. Vorläufig jedenfalls. Sonst hätte er sich nicht die Hütte gekauft und sich darin die letzten sechs Monate vergraben.

Die Einsamkeit gab ihm die Freiheit zum Nachdenken, zum Arbeiten, zum Heilen. Und von allen dreien hatte er etwas geschafft.

Fast hätte er geseufzt, als er sah – oder besser fühlte –, wie die Straße wieder anstieg. Dies war die letzte Steigung, bevor er abbiegen musste. Nur noch eine Meile. Sein vor Konzentration hartes und straffes Gesicht entspannte sich. Es war kein gefälliges oder sonderlich gut aussehendes Gesicht. Es war zu schmal und kantig, um einfach nur angenehm zu wirken, und die Nase war leicht schief, was Gabriel einer hitzigen Auseinandersetzung mit seinem Bruder in ihren Teenager-Jahren verdankte. Aber Gabriel war nie nachtragend gewesen.

Weil er vergessen hatte, eine Mütze aufzusetzen, fiel ihm das dunkelblonde Haar etwas unordentlich ums Gesicht. Es war lang, reichte bis über den Kragen des Parka und war vor Stunden mit gespreizten Fingern hastig in Form gebracht worden. Seine dunkelgrünen Augen brannten von dem glitzernden Schnee, in den er unentwegt gestarrt hatte.

Während die Reifen auf dem schneebedeckten Asphalt knirschten, sah er auf das Zählwerk neben dem Tachometer. Eine Viertelmeile bis zum Ziel. Als er wieder auf die Straße blickte, tauchte vor ihm ein offenbar außer Kontrolle geratenes Fahrzeug auf.

Ihm blieb nicht einmal Zeit zum Fluchen. Er riss den Jeep gerade in dem Moment nach rechts, als der entgegenkommende Wagen seinen Schleuderkurs etwas zu verlangsamen schien. Der Jeep glitt über den am Straßenrand aufgetürmten Schnee und schwankte bedrohlich, bevor die Reifen endlich wieder Halt fanden. Sekundenlang hatte er fürchten müssen, dass der Jeep wie eine hilflose Schildkröte auf dem Rücken landen würde. Als der Schreck vorüber war, blieb ihm nichts anderes übrig, als ruhig sitzen zu bleiben und zu hoffen, dass der andere Fahrer ebenso viel Glück haben würde.

Dessen Wagen kam jetzt seitwärts die Straße herab auf den Jeep zu. Gabriel malte sich bereits aus, mit welcher Wucht er auf ihn prallen würde, als der andere Fahrer sein Gefährt buchstäblich in letzter Sekunde wieder unter Kontrolle bekam. Der Wagen drehte sich einmal um seine Achse, bis er nicht mehr mit der Breitseite, sondern mit dem Heck nach vorn über den Schnee glitt. Er verfehlte den Jeep nur um wenige Zentimeter und rutschte auf das Schutzgeländer zu. Gabriel zog die Handbremse an und sprang aus dem Jeep, als der Wagen mit dem stabilen Metall kollidierte.

Fast wäre er aufs Gesicht gefallen, doch die Profilsohlen gruben sich fest in den Schnee, während er über die Straße rannte. Es war ein Kleinwagen, jetzt sogar noch etwas kleiner als vom Hersteller vorgesehen. Die rechte Seite war eingedrückt, die Motorhaube über die gesamte Wagenbreite wie ein Akkordeon zusammengeschoben. Gabriel verzog das Gesicht bei der Vorstellung, was passiert wäre, wenn der Wagen mit der Fahrerseite gegen das Geländer geprallt wäre.

Er kämpfte sich durch den Schnee zu dem demolierten Wagen. Eine Gestalt saß zusammengesunken hinter dem Lenkrad. Er riss an der Tür. Sie war verschlossen. Das Herz schlug ihm bis zum Hals, während er gegen die Scheibe hämmerte.

Die Gestalt bewegte sich. Eine Frau, daran ließ das dichte weizenblonde Haar, das auf den dunklen Mantel fiel, keinerlei Zweifel. Er sah, wie sie eine Hand hob und sich die Skimütze vom Kopf streifte. Dann drehte sie das Gesicht zum Fenster und starrte ihn an.

Sie war weiß, weiß wie Marmor. Selbst ihre Lippen hatten jede Farbe verloren. Ihre Augen waren riesig und dunkel, jede Iris fast schwarz vor Schock. Und sie war schön, geradezu atemberaubend schön. Der Künstler in ihm sah sofort, was für Möglichkeiten ihr Gesicht bot, die makellosen Züge, die hervorstehenden Wangenknochen, die volle Unterlippe. Der Mann in ihm verwarf sie sofort und hämmerte erneut gegen die Scheibe.

Sie blinzelte mit den Augen und schüttelte den Kopf, als ob sie ihn erst wieder klar bekommen müsse. Als der Schock aus ihnen wich, sah er, dass ihre Augen blau waren, mitternachtsblau. Jetzt füllten sie sich mit Besorgnis. Mit rascher Bewegung kurbelte sie die Scheibe hinunter.

„Sind Sie verletzt?", fragte sie, bevor er etwas sagen konnte. „Habe ich Sie getroffen?"

„Nein, Sie haben das Schutzgeländer getroffen."

„Dem Himmel sei Dank." Sie ließ den Kopf kurz gegen die Sitzlehne zurückfallen. Ihr Mund war staubtrocken. Und ihr Herz raste, obwohl sie bereits um Fassung rang. „Oben an der Kuppe bin ich ins Schleudern gekommen. Ich dachte – ich hoffte –, dass ich ihn wieder in den Griff bekomme. Aber dann sah ich Sie und war mir sicher, dass ich mit Ihnen zusammenstoßen würde."

„Das wären Sie auch, wenn Sie nicht in Richtung auf das Geländer ausgewichen wären." Er sah nach vorn, zur Motorhaube. Der Schaden hätte größer ausfallen können, viel größer. Wenn sie schneller gefahren wäre ... Es hatte keinen Sinn, sich das auszumalen. Er wandte ihr wieder den Blick zu, suchte in ihrem Gesicht nach Anzeichen des Schocks oder einer Gehirnerschütterung. „Sind Sie in Ordnung?"

„Ja, ich glaube schon." Sie öffnete die Augen und versuchte, ihn anzulächeln. „Es tut mir leid. Ich muss Ihnen ja einen ziemlichen Schrecken eingejagt haben."

Er nickte nur. Aber jetzt war der Schrecken vorüber. Er war weniger als eine Viertelmeile von Heim und Herd entfernt und steckte mit einer wildfremden Frau und ihrem für mindestens einige Tage fahruntüchtigen Wagen im Schnee. „Was zum Teufel suchen Sie überhaupt hier draußen?"

Seine wütend hervorgestoßenen Worte ließen sie kalt. Ohne Hast löste sie den Sicherheitsgurt. „Vermutlich habe ich in dem Schneesturm die falsche Richtung genommen. Ich wollte nach unten, nach Lonesome Ridge, um dort zu übernachten. Nach der Karte ist das die nächste Stadt, und ich hatte Angst, am Straßenrand zu halten und einzuschneien." Sie sah zum Geländer hinüber und schüttelte sich. „Ich nehme nicht an, dass wir meinen Wagen wieder freibekommen."

„Heute nicht mehr."

Stirnrunzelnd schob Gabriel die Hände in die Taschen. Es schneite noch immer, und die Straße war verlassen. Wenn er sich jetzt umdrehte und zum Jeep zurückging, ohne sich weiter um sie zu kümmern, würde sie möglicherweise erfrieren, bevor ein Einsatzfahrzeug oder Schneepflug sie fand. So lästig ihm die Verpflichtung auch war, er konnte die Frau nicht einfach hilflos im Schnee zurücklassen.

„Mehr als Sie mitzunehmen kann ich nicht für Sie tun." In seinem Tonfall lag nicht die Spur von Liebenswürdigkeit. Die hatte sie allerdings auch nicht erwartet. Er hatte jedes Recht, wütend und ungeduldig zu sein. Schließlich hatte sie ihn fast gerammt.

„Es tut mir leid."

Er zuckte mit den Schultern. Ihm war klar, wie unfreundlich er war. „Die Abzweigung zu meiner Hütte ist oben auf dem Hügel. Sie werden Ihren Wagen hierlassen und mit mir im Jeep fahren müssen."

„Ich weiß Ihre Hilfe zu schätzen." Der Motor war abgestellt, das

Fenster offen, und die Kälte drang langsam durch ihre Kleidung. „Tut mir leid, wenn ich mich aufdränge, Mr. ...?"

„Bradley. Gabriel Bradley."

„Ich bin Laura." Sie streifte den Sicherheitsgurt ab, der sie zweifellos vor Verletzungen bewahrt hatte. „Im Kofferraum liegt ein Koffer. Würden Sie mir helfen, ihn herauszuholen?"

Gabriel nahm die Schlüssel und stapfte nach hinten. Wenn ich nur eine Stunde früher losgefahren wäre, dachte er, dann wäre ich jetzt zu Hause, und zwar allein.

Der Koffer war nicht sehr groß und alles andere als neu. Die Lady mit nur einem Namen reist mit leichtem Gepäck, ging es ihm durch den Kopf. Es wäre ungerecht, ihr böse zu sein oder sie herablassend zu behandeln. Wenn sie dem Jeep nicht in letzter Sekunde ausgewichen wäre, würden sie beide jetzt statt Kaffee und trockener Sachen wohl einen Arzt brauchen.

Gabriel beschloss, höflicher zu ihr zu sein, und drehte sich um. Sie stand reglos da und sah ihm zu, während der Schnee auf ihrem Haar eine Haube zu formen begann. In diesem Moment entdeckte er, dass sie nicht nur wunderschön, sondern auch sehr, sehr schwanger war.

„Oh Himmel", war alles, was er herausbrachte.

„Es tut mir wirklich leid, dass ich Ihnen so viel Ärger bereite", sagte Laura. „Und ich möchte Ihnen jetzt schon danken. Wenn ich von Ihrer Hütte aus telefoniere und einen Abschleppwagen bestelle, brauche ich Ihnen vielleicht nicht länger zur Last zu fallen."

Er hatte nicht ein Wort verstanden. Kein einziges. Alles, was er tun konnte, war, auf die beträchtliche Wölbung unter ihrem dunklen Mantel zu starren. „Sind Sie sicher, dass alles in Ordnung ist? Sie haben nichts davon gesagt, dass Sie ... Werden Sie einen Arzt brauchen?"

„Mir geht es gut." Diesmal lächelte sie, einigermaßen entspannt. Die Kälte hatte die Farbe in ihr Gesicht zurückkehren lassen. „Wirklich. Dem Baby ist nichts passiert. Es ist nur etwas verärgert, wenn ich die Tritte in meinem Bauch richtig deute. Den Aufprall haben wir beide kaum gespürt. Wir sind ja nicht frontal gegen das Geländer geprallt, sondern hineingeglitten."

„Aber vielleicht ist das Baby …" Er suchte fieberhaft nach dem richtigen Wort. „Vielleicht ist es durchgerüttelt worden."

„Es ist alles in Ordnung", beteuerte sie. „Ich war angeschnallt, und der Schnee ist zwar an allem schuld, aber er hat wenigstens für Dämpfung gesorgt." Er war noch nicht überzeugt, und sie warf ihr schneebedecktes Haar nach hinten. Trotz der mit Seide gefütterten Lederhandschuhe begannen ihre Finger gefühllos zu werden. „Ich verspreche Ihnen, dass ich das Kind nicht mitten auf der Straße bekommen werde. Es sei denn, Sie haben vor, hier noch ein paar Wochen zu verbringen."

Hoffentlich hat sie recht, dachte er inständig. So wie sie ihn anlächelte, kam er sich plötzlich idiotisch vor. Er beschloss, ihr zu glauben, und reichte ihr die Hand. „Lassen Sie mich Ihnen helfen."

Diese Worte, diese simplen Worte, gingen ihr sofort ans Herz. Sie hätte an den Fingern abzählen können, wie oft sie sie gehört hatte.

Er hatte keine Ahnung, wie man mit schwangeren Frauen umgehen musste. Waren sie zerbrechlich? Eigentlich hatte er immer geglaubt, dass das Gegenteil der Fall sein müsste. Schließlich mussten sie einiges durchmachen. Aber jetzt, wo er einer Schwangeren gegenüberstand, hatte er Angst, mit einer Berührung Schaden anzurichten.

Eingedenk der glatten Straße packte Laura seinen Arm mit festem Griff. „Es ist wunderschön hier", sagte sie, als sie den Jeep erreichten. Sie warf einen raschen Blick auf die hohe Stufe unterhalb der Tür. „Ich glaube, Sie werden mir einen Schubs geben müssen. Ich bin nicht mehr so beweglich wie sonst."

Gabriel verstaute ihren Koffer und überlegte dabei, wo er sie anfassen sollte. Schließlich hielt er mit der einen Hand ihren Ellbogen und legte die andere auf ihre Hüfte. Laura glitt mit weniger Mühe in den Sitz, als er erwartet hatte.

„Danke."

Seine Antwort war mehr geknurrt als gesprochen. Er knallte die Tür hinter ihr ins Schloss, ging um den Jeep herum und setzte sich hinters Steuer. Es bedurfte einiger Manöver, aber wenig später stand der Jeep wieder auf der Straße.

Verlässlich wie immer nahm der allradgetriebene Wagen die Steigung in Angriff. Laura streckte die Finger. Die Hände hatten endlich aufgehört zu zittern. „Ich war mir nicht sicher, ob hier oben jemand lebt. Wenn ich ein Haus gefunden hätte, wäre ich nicht weitergefahren. Mit einem Schneesturm habe ich im April nicht gerechnet."

„Wir bekommen sogar noch später im Jahr welche." Er schwieg einen Moment lang. Er respektierte die Privatsphäre anderer Menschen, denn das erwartete er auch von ihnen. Aber dies waren nun einmal ungewöhnliche Umstände. „Sie reisen allein?"

„Ja."

„Finden Sie das in Ihrem Zustand nicht etwas riskant?"

„Eigentlich wollte ich in ein paar Tagen schon in Denver sein." Sie legte sich eine Hand auf den Bauch. „Ich bin erst in sechs Wochen so weit." Laura holte tief Luft. Vielleicht war es gefährlich, ihm zu trauen, aber ihr blieb keine andere Wahl. „Leben Sie allein, Mr. Bradley?"

„Ja."

Sie drehte den Kopf, bis sie ihn unauffällig mustern konnte. Während sie den schneebedeckten Weg entlangfuhren, jedenfalls nahm sie an, dass es unter all dem Schnee so etwas wie einen Weg gab, betrachtete sie sein Profil. Sein Gesicht hatte etwas Hartes, Energisches an sich. Nichts Grobes, dachte sie. Dazu war es zu schmal und feinknochig. Es war von einer markanten Kühle, wie geschnitzt, wie das Gesicht eines mythischen Kriegshäuptlings.

Doch dann fiel ihr die männliche Hilflosigkeit in seinen Augen wieder ein, die Verblüffung, als er gesehen hatte, dass sie schwanger war. Bei ihm würde sie sicher sein. Jedenfalls glaubte sie das. Musste es glauben.

Er spürte ihren forschenden Blick und las mühelos ihre Gedanken. „Ich bin kein Irrer, der aus der Anstalt in die Berge geflohen ist", sagte er mit sanfter Stimme.

„Da bin ich aber froh." Sie lächelte leicht und sah wieder durch die Windschutzscheibe nach vorn.

Die Hütte war durch den wirbelnden Schnee hindurch kaum zu erkennen. Selbst dann nicht, als er direkt davor hielt. Aber das bisschen, das Laura sah, gefiel ihr ungemein. Es war ein stabiler Kasten aus Holz mit einer überdachten Veranda und Sprossenfenstern. Aus dem Schornstein stieg Rauch.

Vom Weg führten schneebedeckte, glatt behauene Felsplatten zu den Eingangsstufen. Unter dem Schnee lugten an den Ecken immergrüne Ranken hervor. Noch nie war ihr etwas so sicher und warm vorgekommen wie diese kleine Hütte mitten in den Bergen.

„Sie ist hübsch. Sicher sind Sie hier sehr glücklich."

„Die Hütte erfüllt ihren Zweck." Gabriel kam um den Jeep herum und half ihr heraus. Sie duftet wie der Schnee, dachte er, oder vielleicht doch mehr wie Wasser. Wie das klare, jungfräuliche Wasser, das im Frühling die Felswände herabgeströmt kam. „Kommen Sie", sagte er, während er sich noch über seine Reaktion und den unsinnigen Vergleich ärgerte. „Sie können sich am Feuer aufwärmen." Gabriel hielt ihr die Vordertür auf. „Gehen Sie hinein. Ich hole den Rest aus dem Jeep."

Er ließ sie allein. Der Schnee tropfte von ihrem Mantel auf den Webteppich, der innen vor der Tür lag.

Die Bilder. Laura stand wie angewurzelt da und starrte mit offenem Mund auf die Bilder. Sie bedeckten die Wände, standen in allen Ecken, stapelten sich auf Tischen. Nur einige von ihnen waren gerahmt. Sie benötigten keine zusätzliche Verzierung. Einige waren halb fertig, als hätte der Künstler das Interesse oder die Motivation verloren. Es gab welche in Öl, in lebendigen grellen Farben, und es gab Aquarelle, in weichen dunstigen Schattierungen wie aus einem Traum entsprungen. Laura schlüpfte aus dem Mantel und besah sie sich genauer.

Sie entdeckte ein Motiv aus Paris, aus dem Bois de Boulogne. Sie erinnerte sich nur zu gut an den Park. In ihren Flitterwochen war sie dort gewesen, und jetzt wurden ihre Augen feucht. Nach einem tiefen Atemzug zwang sie sich, das Bild anzusehen, bis ihre Gefühle sich wieder legten.

Eine Staffelei stand neben dem Fenster, sodass das Licht auf die Leinwand fiel. Sie widerstand der Versuchung, hinüberzugehen und einen Blick auf das Bild zu werfen. Schon jetzt hatte sie das Gefühl, ein Eindringling zu sein.

Was sollte sie bloß tun? Laura presste die Hände gegeneinander, als sie sich der Verzweiflung auslieferte, die in ihr aufstieg. Sie kam sich wie eine Schiffbrüchige vor. Ihr Wagen war hinüber, ihr Geld ging zur Neige. Und das Baby ... Das Baby würde nicht warten, bis sie die Dinge wieder in Ordnung gebracht hatte.

Wenn sie sie jetzt fanden ...

Sie würden sie nicht finden. Mit einem Blick auf ihre verschränkten Hände löste sie die Finger voneinander. Bis hierher hatte sie es geschafft. Niemand würde ihr das Baby wegnehmen. Jetzt nicht und niemals.

Als die Tür geöffnet wurde, drehte sie sich um. Gabriel wuchtete die Taschen ins Innere der Hütte und ließ sie auf einem Haufen liegen. Dann zog auch er den Mantel aus und hängte ihn über einen Haken neben der Tür.

Seine Figur war so schlank, wie es das Gesicht hatte erwarten lassen. Selbst wenn er nicht ganz eins achtzig groß war, so ließ ihn doch sein athletischer Körperbau hochgewachsen und kraftvoll erscheinen. Mehr wie ein Boxer als wie ein Künstler, ging es Laura durch den Kopf, als er heftig aufstampfte, um die Stiefel vom Schnee zu befreien. Mehr wie ein Mann, der das Leben im Freien gewohnt war, als einer, der in eleganten Landhäusern und den feinsten Kreisen zu Hause war.

Was sie über seine aristokratische Herkunft wusste, passte so gar nicht zu dem, was er trug. Flanellhemd und Cordhose waren das perfekte Outfit für diese rustikale Hütte in den Bergen. Laura stammte aus bescheideneren Verhältnissen und fühlte sich in ihrem dicken irischen Strickpullover irgendwie fehl am Platze.

„Gabriel Bradley", sagte sie und wies mit weit ausholender Geste auf die Wände. „Natürlich. Warum bin ich nicht früher darauf gekommen? Ich liebe Ihre Werke."

„Danke." Er bückte sich und griff nach zwei der Taschen.

„Lassen Sie mich Ihnen ..."

„Nein." Er ging mit schnellen Schritten in die Küche und ließ sie einfach stehen. Sie biss sich auf die Unterlippe.

Meine Gegenwart scheint ihn nicht gerade zu begeistern, dachte sie. Dann zuckte sie mit den Schultern. Es war nicht zu ändern. Sobald das Wetter es zuließ, würde sie wieder aufbrechen. Und bis dahin ... Bis dahin würde Gabriel Bradley, Künstler des Jahrzehnts, eben mit der Situation fertig werden müssen.

Sie widerstand der Versuchung, sich hinzusetzen und ihm alles Weitere zu überlassen. Früher hätte sie ihr nachgegeben, aber das Leben hatte sie verändert. Sie folgte ihm in die Küche. Wenn das Baby in ihrem Bauch mitgezählt wurde, befanden sich jetzt drei Personen in dem winzigen Raum, dessen Fassungsvermögen damit erschöpft war.

„Lassen Sie mich Ihnen wenigstens etwas Heißes zu trinken machen." Der uralte Zwei-Platten-Herd sah problematisch aus, aber sie war entschlossen, etwas zu tun.

Er drehte sich um, streifte dabei ihren runden Bauch und war erstaunt, wie unangenehm es ihm war. Und wie sehr ihn die Berührung zugleich faszinierte. „Hier ist der Kaffee", murmelte er und gab ihr eine frische Dose.

„Haben Sie eine Kanne?"

Die lag noch im Spülbecken voller Wasser, das schon nicht mehr schäumte. Gabriel hatte versucht, die Kanne von den Flecken zu säubern, die der letzte Gebrauch auf dem Porzellan hinterlassen hatte. Er drehte sich um, kollidierte erneut mit Laura und wich hastig zurück.

„Warum überlassen Sie mir das nicht?", schlug sie vor. „Ich verstaue die Vorräte und setze den Kaffee auf, während Sie den Abschleppwagen bestellen."

„Gut. Ich habe Milch mitgebracht. Frische."

Sie lächelte. „Tee haben Sie wohl keinen?"

„Nein."

„Dann tut Milch es auch. Danke."

Nachdem er gegangen war, machte Laura sich an die Arbeit. Die Küche war viel zu klein, um ihr technische Probleme zu bereiten. Sie brachte die Vorräte nach ihrem eigenen System unter, da Gabriel offensichtlich keins hatte. Laura hatte erst eine der Taschen geleert, als Gabriel bereits zurückkehrte.

„Die Leitung ist tot."
„Tot?"
„Es tut sich nichts. Passiert häufiger bei einem Schneesturm."
„Oh." Laura stand da mit einer Suppendose in der Hand. „Und dauert der Ausfall dann länger?"
„Kommt darauf an. Manchmal ein paar Stunden, manchmal eine Woche."
Sie hob eine Braue. Dann wurde ihr klar, dass er es ernst meinte. „Ich schätze, dann befinde ich mich wohl ganz in Ihren Händen, Mr. Bradley."
Er hakte die Daumen in die Hosentaschen. „In dem Fall nennen Sie mich besser Gabriel."
Laura blickte stirnrunzelnd auf die Suppendose hinab. Jetzt kam es darauf an, das Beste aus der verfahrenen Situation zu machen. „Möchten Sie etwas Suppe?"
„Ja. Ich werde ... äh ... Ihre Sachen ins Schlafzimmer bringen."
Laura nickte lediglich und begann mit der Suche nach einem Dosenöffner.
Die hat Format, entschied Gabriel, während er Lauras Koffer in sein Zimmer trug. Nicht dass er im Hinblick auf Frauen etwa ein Fachmann war, aber er war auch nicht gerade das, was man einen Anfänger nannte. Sie hatte nicht mit der Wimper gezuckt, als er ihr erzählt hatte, dass das Telefon nicht funktionierte und sie somit praktisch von der Außenwelt abgeschnitten waren. Oder, um es präziser zu formulieren, dass sie von allen Menschen außer ihm abgeschnitten war.
Gabriel blickte in den teilweise blinden Spiegel über seiner schäbigen Kommode. Soweit er wusste, hatte ihn noch niemand zuvor für harmlos gehalten. Ein rasches verwegenes Lächeln huschte über sein Gesicht. Wenn er es sich recht überlegte, war er nicht immer so harmlos gewesen.
Aber dies war natürlich eine völlig andere Situation.
Er wandte seine Überlegungen praktischeren Fragen zu. Schließlich hatte er einen Gast, eine einzelne Frau, die äußerst schwanger war. Und äußerst geheimnisvoll. Ihm war keineswegs entgangen, dass sie

ihm nur ihren Vornamen genannt hatte. Wer sie war, woher sie kam und warum sie wohin unterwegs war, das hatte sie ihm bisher verschwiegen. Da es wenig wahrscheinlich war, dass sie eine Bank ausgeraubt oder für die Russen Staatsgeheimnisse ausspioniert hatte, würde er es vorläufig dabei belassen.

Aber angesichts der Stärke des Schneesturms und der abgeschiedenen Lage der Hütte würden sie wohl einige Tage zusammen verbringen müssen. Er nahm sich vor, mehr über diese zurückhaltende und rätselhafte Laura herauszubekommen.

Was sollte sie jetzt nur tun? Laura starrte auf den leeren Teller in ihrer Hand und erkannte darin die Andeutung ihres Spiegelbilds. Wie sollte sie nach Denver oder Los Angeles oder Seattle – oder jede andere Großstadt, die weit genug von Boston entfernt war – gelangen, wenn sie hier eingeschlossen war? Hätte sie doch nur nicht diesen unwiderstehlichen Wunsch verspürt, gleich heute Morgen aufzubrechen. Wenn sie noch einen Tag länger in dem kleinen ruhigen Motelzimmer geblieben wäre, hätte sie die Dinge vielleicht noch unter Kontrolle gehabt.

Stattdessen steckte sie hier in dieser Hütte, mit einem Wildfremden. Nicht irgendein beliebiger Wildfremder. Sondern Gabriel Bradley – wohlhabender, angesehener Künstler aus wohlhabender, angesehener Familie. Aber er hatte sie nicht erkannt. Da war Laura sicher. Jedenfalls noch nicht. Was würde geschehen, wenn er es tat, wenn er herausbekam, vor wem sie auf der Flucht war? Es war keineswegs auszuschließen, dass die Eagletons eng mit den Bradleys befreundet waren. Die schützende Geste, mit der ihre Hand sich auf den Bauch legte, kam ganz automatisch.

Sie würden ihr Baby nicht bekommen. Mochten sie auch noch so viel Geld und Macht dafür einsetzen, ihr Baby würden sie nicht bekommen. Und wenn es nach ihr ging, würden sie niemals herausfinden, wo sie und ihr Baby sich aufhielten.

Sie stellte den Teller ab und drehte sich zum Fenster um. Es war eigenartig, hinauszusehen und nichts erkennen zu können. Irgendwie gab es ihr das beruhigende Gefühl, dass umgekehrt auch niemand hineinsehen konnte. Sie war praktisch aus der Welt. Abgesehen von

einem Mann, dachte sie, als ihr Gabriel in den Sinn kam.
Sie hörte ihn im Nebenraum herumrumoren, hörte die Tritte seiner Stiefel auf den Holzdielen, den dumpfen Aufprall, mit dem ein Scheit im Kaminfeuer landete. Nach all den Monaten der Einsamkeit gaben schon diese Geräusche allein ihr so etwas wie Geborgenheit.

„Mr. Bradley ... Gabriel?" Sie trat durch die Tür und sah, wie er den Kaminschirm vor dem Feuer zurechtrückte. „Könnten Sie den Tisch abräumen?"

„Den Tisch abräumen?"

„Damit wir essen können ... im Sitzen."

„Klar."

Sie verschwand wieder in der Küche, und er zerbrach sich den Kopf, wo er all die Farbtuben, Pinsel, Leinwandspanner und anderen Utensilien lassen sollte, von denen der Picknicktisch übersät war. Verärgert über diesen Eingriff in seine gewohnte Unordnung, verteilte er seine Arbeitsmaterialien im Raum.

„Ich habe uns auch einige Sandwiches gemacht." Sie hatte ein verbogenes Backblech in ein Tablett umfunktioniert und trug darauf Schüsseln, Teller und Tassen herein. Verlegen und gereizt zugleich nahm Gabriel es ihr ab.

„Sie sollten keine schweren Dinge tragen."

Sie zog die Brauen hoch. Als Erstes empfand sie Überraschung. Noch nie hatte jemand sie umsorgt. Nicht einmal in den letzten sieben Monaten, die ganz gewiss die schwierigste Phase ihres nie einfachen Lebens gewesen waren. Dann stieg die Dankbarkeit in ihr auf, und sie lächelte. „Danke, aber ich passe schon auf."

„Wenn Sie das wirklich täten, wären Sie jetzt in Ihrem eigenen Bett, mit hochgelegten Beinen. Und nicht hier bei mir im Schnee."

„Körperliche Betätigung ist wichtig." Aber sie setzte sich und ließ ihn den Tisch decken. „Und Essen ebenfalls." Mit geschlossenen Augen sog sie die Düfte ein. Heiß, schlicht, stärkend. „Ich hoffe, ich habe keine allzu große Lücke in Ihre Vorräte gerissen, aber als ich erst einmal losgelegt hatte, konnte ich nicht aufhören."

Gabriel griff nach einem dick mit Käse, Schinken und Tomatenscheiben belegten Sandwich. „Ich beschwere mich nicht." In Wahrheit hatte er sich angewöhnt, über der Spüle und direkt aus der Pfanne zu essen. Speisen, die ohne Hast und mit Sorgfalt zubereitet worden waren, schmeckten vom Teller wesentlich besser.

„Ich würde gern bezahlen, fürs Bett und fürs Essen."

„Machen Sie sich darüber keine Gedanken." Er musterte sie, während er die dampfende Muschelsuppe löffelte. Ihre Art, das Kinn vorzustrecken, ließ ihn an Stolz und Willenskraft denken. Gegenüber der zarten Haut und dem schlanken Hals gab das einen interessanten Kontrast ab.

„Das ist nett von Ihnen, aber ich möchte nichts umsonst."

„Dies ist nicht das Hilton." Sie trug keinen Schmuck, nicht einmal einen Goldring am Finger. „Sie haben das Essen gekocht, also sind wir quitt."

Sie wollte ihm widersprechen, ihr Stolz wollte es, aber sie besaß kaum noch Bargeld, abgesehen von dem, was sie für das Baby zurückgelegt hatte – versteckt im Futter ihres Koffers. „Ich bin Ihnen sehr dankbar." Sie nippte an der Milch, obwohl sie sie nicht ausstehen konnte. Der Kaffeeduft war aromatisch und verführerisch, aber sie blieb hart. „Leben Sie schon lange hier in Colorado?"

„Sechs oder sieben Monate, schätze ich."

Das gab ihr Grund zur Hoffnung. Der Zeitraum war ideal, zu günstig, um wahr zu sein. So wie die Hütte aussah, verbrachte er vermutlich nicht viel Zeit mit Zeitungslektüre, und einen Fernseher hatte sie noch nicht erspäht. „Es muss ein wunderbarer Ort zum Malen sein."

„Bis jetzt war er das."

„Ich konnte es gar nicht glauben, als ich hereinkam. Ich habe Ihre Arbeit sofort erkannt. Ich habe sie schon immer bewundert. Mein ... Jemand, den ich kannte, hatte einige Ihrer Bilder gekauft. Eins davon zeigt einen riesigen dichten Wald. Man hatte das Gefühl, mitten ins Bild steigen zu können, bis man von den Bäumen verschluckt wird."

Er erinnerte sich gut an das Bild, und seltsamerweise hatte es bei ihm genau dasselbe ausgelöst. Er war sich nicht sicher, glaubte aber, dass jemand von der Ostküste es gekauft hatte. New York, Boston, vielleicht auch Washington, D. C. Falls seine Neugier anhielt, würde es ihn nicht mehr als einen Anruf kosten, um seine Erinnerung aufzufrischen. Immerhin hatte sie ihm einen Anhaltspunkt geliefert.

„Sie haben mir noch gar nicht gesagt, woher Sie kommen."

„Nein." Sie aß weiter, obwohl ihr der Appetit plötzlich vergangen war. Wie hatte sie nur so dumm sein können, ihm das Bild zu beschreiben. Tony hatte es gekauft, vielmehr, er hatte mit den Fingern geschnippt und seine Anwälte mit dem Kauf beauftragt, nachdem Laura es bewundert hatte. „Ich habe eine Weile in Dallas gelebt."

Nach fast zwei Monaten dort hatte sie herausbekommen, dass die Privatdetektive der Eagletons diskrete Nachforschungen nach ihr betrieben.

„Sie klingen nicht wie eine Texanerin."

„Nein, das tue ich wohl nicht. Wahrscheinlich weil ich an den unterschiedlichsten Orten gelebt habe." Das stimmte, und das Lächeln fiel ihr jetzt leichter. „Sie stammen nicht aus Colorado."

„San Francisco."

„Ja, jetzt erinnere ich mich. Das stand in einem Artikel über Sie und lhre Arbeit." Sie hatte vor, über ihn zu reden. Aus Erfahrung wusste sie, dass man Männer leicht dadurch ablenken konnte, dass man das Thema auf sie selbst brachte. „Ich wollte immer einmal nach San Francisco. Es muss wunderschön sein, mit den Hügeln, den Buchten, den prachtvollen alten Häusern." Sie stöhnte leise auf und presste die Hand gegen den Bauch.

„Was ist los?"

„Das Baby, es ist unruhig." Sie lächelte, doch ihm entging nicht, wie erschöpft ihr Blick war und wie blass sie inzwischen wieder geworden war.

„Hören Sie, ich habe keine Ahnung, was Sie durchmachen, aber mein gesunder Menschenverstand sagt mir, dass Sie sich jetzt hinlegen sollten."

„Sie haben recht. Ich bin wirklich müde. Wenn es Sie nicht stört, würde ich mich gern ein paar Minuten ausruhen."

„Das Bett ist dort entlang." Er stand auf, unsicher, ob sie allein würde aufstehen und sich hinlegen können. Nach kurzem Zögern streckte er ihr die Hand entgegen.

„Ich kümmere mich später um das Geschirr, wenn ..." Sie verstummte, als ihre Knie nachzugeben begannen.

„Warten Sie, ich helfe Ihnen." Gabriel legte die Arme um sie und zuckte unmerklich zusammen, als er die Bewegung des Babys an seinem eigenen Körper spürte.

„Es tut mir leid. Es war ein langer Tag, und ich bin wohl schon viel zu lange auf den Beinen." Sie wusste, dass sie es nicht hätte tun dürfen, aber sich auf die harte, robuste Gestalt eines Mannes zu stützen war ein herrliches Gefühl. „Nach einem kurzen Schlaf geht es mir bestimmt wieder besser."

Anders als er es sich bislang vorgestellt hatte, zerbrach sie keineswegs unter seiner Berührung. Stattdessen fühlte sie sich so weich, so zart an, dass er fürchtete, sie könne sich in seinen Händen auflösen. Zu gern hätte er sie getröstet, sie an sich gezogen, das Vertrauen erwidert, das sie ihm offenbar schenkte. Er spürte, wie sehr sie jetzt jemanden brauchte, auf den sie sich verlassen konnte. Sei kein Dummkopf, sagte er sich, und hob sie einfach hoch.

Laura wollte protestieren, aber es tat so gut, nicht mehr auf den Füßen zu stehen. „Ich wiege bestimmt eine Tonne."

„Genau damit habe ich gerechnet, aber das tun Sie nicht."

Zu ihrer eigenen Überraschung konnte sie plötzlich lachen, obwohl die Erschöpfung sie fast benebelte. Mit halb geschlossenen Augen fühlte sie, wie sie vorsichtig auf ein Bett gelegt wurde. Auch wenn es vielleicht nicht mehr als eine Matratze und ein zerknülltes Laken war, sie kam sich vor wie im Himmel. „Ich möchte Ihnen danken."

„Das tun Sie schon seit einiger Zeit, ungefähr alle fünf Minuten." Er zog eine nicht gerade fabrikneu aussehende Tagesdecke über sie. „Wenn Sie mir wirklich danken wollen, dann schlafen Sie jetzt und bekommen keine Wehen."

„Faires Angebot. Gabriel?"

„Ja?"

„Probieren Sie weiter, ob das Telefon funktioniert?"

„Sicher." Sie war schon fast eingeschlafen. Er unterdrückte das Schuldgefühl, das sich einstellte, als ihm die Idee kam. Es mochte unfair sein, aber die Gelegenheit war zu günstig, um sie zu verpassen. In diesem Zustand wäre sie zu schwach gewesen, um auch nur eine Fliege fortzuscheuchen. „Soll ich jemanden für Sie anrufen? Ihren Mann vielleicht?"

Sie schlug die Augen auf und sah ihn an. Ihr Blick war schläfrig, aber er erkannte, dass sie genau wusste, was sie sagte.

„Ich bin nicht verheiratet", erklärte sie mit deutlicher Stimme. „Es gibt niemanden, den Sie für mich anrufen könnten."

2. KAPITEL

In dem Traum war Laura allein. Das machte ihr keine Angst. Sie hatte einen großen Teil ihres Lebens allein verbracht, also fühlte sie sich so wohler als in einer Menschenmenge. Der Traum hatte etwas Weiches, Nebelhaftes an sich – wie das Meeresbild, das sie an der Wand in Gabriels Hütte gesehen hatte.

Eigenartigerweise konnte sie ihn sogar hören, den in der Ferne rauschenden und gegen den Strand brandenden Ozean, obwohl ein Teil von ihr genau wusste, dass sie sich in den Bergen befand.

Sie schritt durch einen perlmuttfarbenen Nebel und lauschte den Wellen. Sie fühlte sich sicher und stark und irgendwie von jeder Last befreit. So frei, so vollkommen entspannt hatte sie sich schon lange nicht mehr gefühlt.

Sie wusste, dass sie träumte. Das war das Beste daran. Wenn es möglich gewesen wäre, hätte sie die Augen geschlossen gehalten, um für immer zu träumen, den Frieden zu genießen, sich der weich gezeichneten Fantasie hinzugeben.

Doch dann weinte das Baby. Es schrie geradezu. An ihrer Schläfe begann eine Ader fast schmerzhaft zu pulsieren, während sie dem schrillen Wehklagen des Kindes lauschte. Der Schweiß brach ihr aus, und der klare weiße Nebel wurde grau, bedrohlich grau. Die Luft war nicht mehr warm, sondern eisig, und drang ihr bis in die Knochen.

Das Weinen schien von überall und nirgends zu kommen. Sie tastete sich verzweifelt durch die widerhallenden Echos, die von allen Seiten auf sie eindrangen. Schluchzend und um Atem ringend kämpfte sie sich durch die Nebelschwaden, die immer dichter und einengender wurden. Das Schreien wurde lauter, dringlicher. Das Herz schlug ihr bis zum Hals, ihr Atem kam rasselnd, und ihre Hände zitterten.

Dann sah sie den Kinderkorb mit dem blütenweißen Stoff, den Stickereien und Rüschen in Pink und Blau. Die Erleichterung war so groß, dass ihr die Knie weich wurden.

„Es ist alles gut", murmelte sie, als sie das Kind in die Arme nahm. „Es ist ja alles gut. Ich bin jetzt bei dir." Sie spürte den warmen Atem des Babys an ihrer Wange, fühlte sein Gewicht, während sie es beruhigend und tröstend hin und her schaukelte. Der milde Duft des Puders umfing sie. Liebkosungen flüsternd presste sie das Baby fester an sich. Dann zog sie ihm die Decke vom Gesicht, um es anzusehen. Und dann hielt sie plötzlich nichts als die leere Decke in den Armen.

Gabriel saß am Picknicktisch und dachte an Laura, während er mit sicheren Strichen ihr Gesicht zeichnete. Als er sie aufschreien hörte, zuckte er zusammen. Der Bleistift zerbrach in zwei Teile, bevor er aufsprang und ins Schlafzimmer raste, wo sie noch immer verzweifelt stöhnte.

„He, kommen Sie." Er war unsicher, was er tun sollte. Doch dann griff er nach ihren Schultern. Sie wich zurück und wehrte sich so heftig gegen seine Berührung, dass er seine und ihre Panik bekämpfen musste, um nicht vorzeitig aufzugeben. „Immer mit der Ruhe, Laura. Haben Sie Schmerzen? Ist es das Baby? Laura, sagen Sie mir, was los ist."

„Sie haben mir mein Baby weggenommen!" Ihre Stimme hatte einen hysterischen Unterton, aber es war eine mit Wut vermischte Hysterie. „Helfen Sie mir! Sie haben mein Baby mitgenommen!"

„Niemand hat Ihr Baby mitgenommen." Sie wehrte sich noch immer, mit einer Kraft, die er ihr nicht zugetraut hätte. Ohne weiter nachzudenken, zog er sie in die Arme. „Sie träumen. Niemand hat Ihr Baby mitgenommen. Hier, sehen Sie." Er legte die Finger um ihr Handgelenk, in dem der Puls wie ein Presslufthammer schlug, und zog ihre Hand auf ihren Bauch. „Sie sind in Sicherheit, Sie und das Baby. Entspannen Sie sich, sonst tun Sie sich noch weh."

Als sie das ungeborene Leben unter ihrer Handfläche spürte, sank sie in Gabriels Armen zusammen, entspannte sich. Ihr Baby war in Sicherheit, in ihrem Körper, wo ihm niemand etwas tun konnte. „Es tut mir leid. Ich habe geträumt."

„Das ist schon in Ordnung." Ohne dass er sich dessen bewusst war, strich er ihr beruhigend übers Haar, schaukelte sie sanft hin und her, so wie sie es mit dem erträumten Kind getan hatte. „Tun Sie uns beiden den Gefallen und entspannen Sie sich."

Sie nickte, kam sich jetzt wieder geborgen und beschützt vor. Dieses Gefühl hatte sie in den fünfundzwanzig Jahren ihres Lebens äußerst selten empfunden. „Mir geht es gut. Wirklich. Wahrscheinlich ist es nur der Schock vom Unfall, der mich eingeholt hat."

Er schob sie behutsam von sich. Vor dem Fenster herrschte noch immer dichtes Schneegestöber, und nur durch die Tür zum Hauptraum drang Licht ins Schlafzimmer. Es war leicht gelblich und nicht sehr hell, aber er sah sie deutlich vor sich. Und er wollte, dass sie ihn ebenfalls sah. Er brauchte Antworten, und er brauchte sie jetzt.

„Lügen Sie mich nicht an. Unter normalen Umständen würde Ihr Privatleben mich überhaupt nichts angehen, aber momentan befinden Sie sich unter meinem Dach. Und wie es aussieht, werden Sie es noch eine Weile bleiben."

„Ich lüge Sie nicht an." Ihr Tonfall war so ruhig, so ausgeglichen, dass er ihr fast geglaubt hätte. „Es tut mir leid, wenn ich Sie beunruhigt habe."

„Vor wem laufen Sie davon, Laura?"

Sie erwiderte nichts, sondern starrte ihn nur aus dunkelblauen Augen an. Er murmelte einen Fluch, aber sie zuckte mit keiner Wimper.

Abrupt ließ er sie aufs Bett zurückfallen und blickte auf sie herunter. Sie erstarrte, und Gabriel hätte schwören können, dass sie sogar sekundenlang zu atmen aufhörte. Es war lächerlich, aber es kam ihm vor, als würde sie sich darauf vorbereiten, jeden Moment geschlagen zu werden.

„Ich weiß, dass Sie Probleme haben. Was ich wissen möchte, ist, wie groß diese Probleme sind. Wer verfolgt Sie, und warum?"

Sie schwieg weiter, aber ihre Hand wanderte automatisch zu ihrem Bauch.

Offenbar hatten ihre Probleme in erster Linie mit dem Baby zu tun. Gabriel beschloss, genau dort anzusetzen. „Das Baby hat einen Vater", sagte er ruhig. „Ist er es, vor dem Sie fortlaufen?"

Sie schüttelte den Kopf.

„Vor wem dann?"

„Es ist ziemlich kompliziert."

Er zog eine Braue hoch und wies mit dem Kopf auf das Fenster. „Hier oben haben wir genügend Zeit. Wenn es so weiterschneit, kann es eine Woche dauern, bis die Straßen wieder befahrbar sind."

„Sobald das der Fall ist, fahre ich. Je weniger Sie wissen, desto besser ist es für uns beide."

„Die Nummer zieht bei mir nicht." Er schwieg einen Moment lang, um seine Gedanken zu sortieren. „Mir scheint, das Baby bedeutet Ihnen sehr viel."

„Nichts könnte mir mehr bedeuten."

„Meinen Sie, dass der Stress, den Sie offenbar im Kopf mit sich herumschleppen, für das Baby gut ist?"

In ihren Augen sah er die Sorge, die Angst, aber er sah auch, wie sie sich in sich selbst zurückzuziehen begann. „Es gibt Dinge, die nicht zu ändern sind." Sie holte tief Luft. „Sie haben ein Recht, mir Fragen zu stellen."

„Aber Sie haben nicht vor, sie mir zu beantworten."

„Ich kenne Sie nicht. Ich muss Ihnen vertrauen, bis zu einem gewissen Punkt jedenfalls, weil mir keine andere Wahl bleibt. Ich kann Sie bloß bitten, das Gleiche zu tun."

Er legte kurz seine Hand an ihre Wange. „Warum sollte ich?"

Sie presste die Lippen aufeinander. Sie wusste, dass er recht hatte. Aber recht zu haben reichte manchmal eben nicht. „Ich habe kein Verbrechen begangen und werde nicht polizeilich gesucht. Es gibt keine Familie, keinen Mann, der nach mir sucht. Ist das genug für Sie?"

„Nein. Aber für heute begnüge ich mich damit, denn Sie brauchen Ihren Schlaf. Morgen früh reden wir weiter."

Es war eine Gnadenfrist, eine kurze nur, aber sie hatte gelernt, auch für kleine Dinge dankbar zu sein. Sie nickte und wartete darauf, dass er ging. Als die Tür sich hinter ihm schloss und das Zimmer wieder im Dunkeln lag, ließ sie sich ins Kissen zurücksinken. Aber es dauerte lange, sehr lange sogar, bis sie endlich einschlief.

Es war ruhig, absolut ruhig, als Laura erwachte. Sie öffnete die Augen und wartete darauf, dass die Erinnerung einsetzte. Sie hatte in so vielen Räumen, an so vielen Orten geschlafen, dass sie sich bereits an die leichte Verwirrung beim Aufwachen gewöhnt hatte.

Jetzt fiel ihr alles wieder ein ... Gabriel Bradley, der Schneesturm, die Hütte, der Albtraum. Und das Gefühl, voller Angst aufzuwachen und sich plötzlich in seinen Armen geborgen zu fühlen. Aber die Geborgenheit war nur vorübergehend, und seine Arme waren nicht für sie gedacht. Seufzend drehte sie den Kopf, um aus dem Fenster zu sehen.

Es schneite noch immer. Sie konnte es kaum glauben und beobachtete, wie die großen Flocken vom Himmel segelten, langsamer zwar und nicht mehr so dick, aber dafür unaufhörlich. Heute würde sie also nicht wegkommen.

Sie stützte das Kinn auf die Hand. Es war so leicht, sich zu wünschen, der Schnee möge niemals aufhören, aber dafür die Zeit. Dann könnte sie hierbleiben, in der sicheren Isolation, wie in einen Kokon eingesponnen. Doch die Zeit stand nicht still, das bewies das Kind, das sie in sich trug. Sie stand auf und öffnete ihren Koffer. Sie würde sich zurechtmachen, bevor sie Gabriel gegenübertrat.

Die Hütte war leer. Eigentlich hätte sie darüber froh sein sollen, doch das gemütlich flackernde Feuer und das polierte Holz gaben ihr ein Gefühl der Einsamkeit. Sie wollte ihn bei sich haben, selbst wenn sie ihn nur im Nebenraum hörte. Wohin er auch gegangen sein mochte, er würde zurückkommen. Sie machte sich auf den Weg zur Küche, um das Frühstück vorzubereiten.

Dann entdeckte sie die Skizzen, ein halbes Dutzend, verstreut auf dem Picknicktisch. Sein Talent war bei Bleistift- oder Kohlezeichnungen zwar noch nicht so entwickelt, aber auch bei dieser Technik war es nicht zu übersehen. Verunsichert und neugierig zugleich ging sie hinüber, um herauszufinden, wie jemand anderes – nein, Gabriel Bradley – sie wahrnahm.

Die Augen kamen ihr zu groß vor, der Blick zu gehetzt. Ihr Mund war zu weich, zu verletzlich. Stirnrunzelnd rieb sie mit dem Finger über die Zeichnung. Unzählige Male hatte sie ihr Gesicht gesehen, auf Hochglanzfotos, in der Idealpose. Man hatte sie in Seide und Pelz gehüllt, über und über mit Juwelen behängt. Ihr Gesicht, ihre Figur hatten literweise Parfum verkauft, hatten Modeschöpfern und Juwelieren ein Vermögen eingebracht.

Laura Malone. Fast hätte sie sie vergessen, die Frau, von der behauptet worden war, dass ihr Gesicht das Gesicht der Neunzigerjahre sein würde. Die Frau, die kurz, viel zu kurz, ihr Schicksal in den eigenen Händen gehalten hatte. Sie war verschwunden, ausradiert.

Die Frau in den Zeichnungen war sanfter, runder und unendlich zerbrechlicher. Und doch wirkte sie irgendwie stärker. Laura hob eine der Skizzen an und betrachtete sie näher. Oder bildete sie sich die Stärke nur ein, weil sie sie brauchte?

Als die Vordertür sich öffnete, drehte sie sich um, die Zeichnung noch in Händen. Gabriel kam schneebedeckt herein und warf die Tür mit einem Tritt hinter sich zu. Auf seinen Armen türmte sich Holz.

„Guten Morgen. Schon fleißig gewesen?"

Er knurrte und stampfte auf, um sich den gröbsten Schnee von den Stiefeln zu klopfen. Dann ging er, eine Nässespur hinterlassend, zum Kaminkasten und kippte das Holz hinein. „Ich dachte, Sie würden länger schlafen."

„Das hätte ich auch." Sie strich sich über den Bauch. „Aber er wollte es nicht. Soll ich Ihnen Frühstück machen?"

Er zog die Handschuhe aus und warf sie auf den Kamin. „Hatte schon was. Aber lassen Sie sich nicht abhalten."

Laura wartete, bis er aus dem Mantel geschlüpft war. Offenbar war jetzt ein freundlicherer Umgangston angesagt. Freundlich, aber mit leiser Zurückhaltung. „Der Schnee scheint etwas nachzulassen."

Er setzte sich auf den Kaminsockel, um sich die Stiefel abzustreifen. An den Schnürsenkeln haftete noch Schnee. „Er liegt jetzt fast einen Meter hoch, und wie es aussieht, wird es vor heute Nachmittag wohl nicht aufhören." Er zog eine Zigarette heraus. „Fühlen Sie sich also hier wie zu Hause."

„Das bin ich offenbar schon." Sie hielt die Zeichnung hoch. „Ich fühle mich geschmeichelt."

„Sie sind schön", sagte er wie beiläufig und stellte seine Stiefel auf den Kaminrost, um sie trocknen zu lassen. „Bei schönen Dingen kann ich nur selten widerstehen. Ich musste Sie einfach zeichnen."

„Sie haben Glück." Sie ließ das Blatt wieder auf den Tisch fallen. „Es ist viel, viel lohnender, Schönheit darstellen zu können, als selbst schön zu sein." Gabriel sah auf. In ihrem Tonfall lag Bitterkeit. Eine Spur nur, aber doch hörbar. „Es klingt seltsam", fuhr sie fort, „aber wenn die Menschen einen erst als schön ansehen, dann wird man schnell als Gegenstand betrachtet."

Sie drehte sich um und ging in die Küche. Er sah ihr stirnrunzelnd nach.

Sie kochte ihm frischen Kaffee und verbrachte den Rest des Morgens damit, die Küche aufzuräumen. Gabriel überließ sie sich selbst. Bis der Abend hereinbrach, würde er die gewünschten Antworten bekommen. Vorläufig gab er sich mit ihrer Gegenwart zufrieden und machte sich an die Arbeit.

Die Beschäftigung schien ihr ein Bedürfnis zu sein. Er hatte geglaubt, eine Frau in ihrem Zustand würde schlafen, sich hinlegen oder wenigstens den ganzen Tag lang sitzen und stricken. Aber vielleicht war sie dazu zu nervös oder gespannt auf die Konfrontation, die er ihr am Abend zuvor angekündigt hatte.

Sie stellte keine Fragen und sah ihm nicht über die Schulter, also ging der Vormittag ziemlich ereignislos vorüber. Als er einmal zu ihr hinüberblickte, saß sie zusammengekauert in einer Ecke des altersschwachen Sofas und las ein Buch über Geburtsvorbereitung. Später mixte sie in der Küche einige Zutaten zusammen und produzierte einen kräftigen, wohlriechenden Eintopf.

Sie sprach wenig. Er wusste, dass sie wartete. Darauf, dass er die Tür öffnete, die er am Abend zuvor schon aufgeschlossen hatte. Auch er wartete. Auf einen günstigen Moment. Es war schon Nachmittag, als er entschied, dass sie ausgeruht und entspannt genug wirkte. Er nahm seinen Zeichenblock und ein Stück Kohle und begann zu arbeiten, während sie ihm gegenübersaß und Äpfel schälte.

„Warum Denver?"

Nur ein leichtes Zucken des Messers verriet, dass sie überrascht war. Sie sah nicht auf und schälte weiter. „Weil ich noch nie dort war."

„Wäre in Ihrem Zustand nicht eine Stadt, die Sie kennen, besser?"

„Nein."

„Warum haben Sie Dallas verlassen?"

Sie legte den Apfel hin und nahm sich einen neuen. „Weil es an der Zeit war."

„Wo ist der Vater des Babys, Laura?"

„Tot." In ihrer Stimme lag nicht der geringste Hauch einer Gefühlsregung.

„Sehen Sie mich an."

Ihre Hände stellten die Arbeit ein, als sie langsam den Blick hob. Er sah ihr an, dass sie die Wahrheit gesagt hatte.

„Haben Sie keine Familie, die Ihnen helfen könnte?"

„Nein."

„Und was ist mit seiner?"

Diesmal zuckten ihre Hände. Die Messerschneide streifte einen Finger, und die Kuppe färbte sich rot. Gabriel ließ den Block fallen und griff nach ihrer Hand. Einmal mehr sah sie ihr aus zügigen Kohlestrichen entstandenes Gesicht.

„Ich hole Ihnen ein Pflaster."

„Es ist nur ein Kratzer", begann sie, aber er war schon fort. Als er zurückkam, betupfte er die Wunde mit einem Desinfektionsmittel. Erneut war Laura erstaunt, mit welcher Sorgfalt er vorging. Der Schmerz ließ nach, und sie spürte seine Berührung noch intensiver als zuvor.

Er kniete vor ihr und musterte die Wunde mit gerunzelter Stirn. „Wenn Sie so weitermachen, glaube ich bald, dass Sie Unfälle praktisch anziehen."

„Und ich glaube bald, dass Sie der wiedergeborene barmherzige Samariter sind." Sie lächelte, als er aufblickte. „Wir würden uns beide irren."

Gabriel klebte das Pflaster über den kleinen Schnitt und kehrte zu seinem Stuhl zurück. „Drehen Sie den Kopf etwas zur Seite, nach links." Sie kam der Bitte nach, er griff nach dem Block und schlug ein neues Blatt auf. „Warum wollen die das Baby?"

Ihr Kopf fuhr herum, aber er zeichnete ungerührt weiter.

„Ich möchte das Profil, Laura." Seine Stimme war leise, aber energisch. „Drehen Sie den Kopf zurück und versuchen Sie, das Kinn oben zu lassen. Ja, genau so." Er schwieg, während unter der Kohle ihr Mund Gestalt annahm. „Die Familie des Vaters will das Baby. Ich will wissen, warum."

„Das habe ich nie behauptet."

„Doch, das haben Sie." Er musste sich beeilen, wenn er das zornige

Flackern in ihren Augen einfangen wollte. „Lassen Sie uns nicht darüber streiten. Erzählen Sie mir einfach nur, warum."

Sie presste die Hände gegeneinander, und in ihrer Stimme lag ebenso viel Angst wie Zorn. „Ich muss Ihnen gar nichts erzählen."

„Nein." Die Kohle glitt über das Papier, und er spürte dabei einen Anflug von Erregung und, er konnte es kaum glauben, von Verlangen. Das Verlangen verwirrte ihn. Mehr noch, es beunruhigte ihn. Er schob es beiseite und konzentrierte sich wieder darauf, ihr die Antworten zu entlocken. „Aber ich gebe mich damit nicht zufrieden."

Da er wusste, wie er hinsehen musste, um jede Feinheit zu erkennen, entging ihm das subtile Spiel der Gefühle in ihrem Gesicht nicht. Angst, Zorn, Frustration. Es war die Angst, die ihn anstachelte, das Verhör fortzusetzen.

„Glauben Sie etwa, ich würde Sie und Ihr Baby diesen Leuten ausliefern? Wer immer sie auch sein mögen? Denken Sie doch einmal nach. Ich hätte überhaupt keinen Grund, das zu tun."

Er hatte damit gerechnet, dass er sie anschreien würde, wenn sie nicht antwortete. Jedenfalls war er kurz davor. Doch dann tat er etwas, das sie beide überraschte. Er streckte den Arm aus und griff nach ihrer Hand. Dass ihre Finger sich in seine schmiegten, erstaunte ihn mehr als sie. Als sie ihn ansah, stiegen in ihm Gefühle auf, von denen er geglaubt hatte, dass es sie nicht mehr gab.

„Sie haben mich gestern Abend um Hilfe gebeten."

Ihre Augen blickten voller Dankbarkeit, doch ihre Stimme klang hart und fest. „Sie können mir nicht helfen."

„Vielleicht kann ich das wirklich nicht. Vielleicht will ich es auch gar nicht." Obwohl es ihm eigentlich gegen das ging, was er für seinen Charakter hielt, wusste er, dass er es sehr wohl wollte. „Ich bin kein Samariter, Laura, weder ein barmherziger noch sonst einer. Und ich habe genug eigene Probleme, um mir nicht noch die anderer Leute aufzuhalsen. Aber es ist nun einmal eine Tatsache, dass Sie hier bei mir sind, und ich möchte wissen, wer Sie sind."

Sie war erschöpft, vom Weglaufen, vom Sichverstecken, von all dem, mit dem sie allein fertig werden musste. Sie brauchte jemanden. Jetzt, wo seine Hand auf ihrer lag und er sie ruhig ansah, glaubte sie beinahe, dass er es war, den sie brauchte.

„Der Vater des Babys ist tot", begann sie, jedes Wort sorgfältig wählend. Sie würde ihm genug erzählen, um ihn zufriedenzustellen, aber keineswegs alles. „Seine Eltern wollen das Kind. Sie wollen ... Ich weiß nicht, vielleicht wollen sie auf diese Weise ihren Sohn ersetzen. Um ... um die Erbfolge zu sichern oder so etwas. Sie tun mir leid, aber das Baby ist nun einmal nicht ihr Kind." Da war er wieder, dieser Blick, entschlossen, fast wild. Wie der einer Tigerin, die ihr Junges verteidigte. „Das Baby gehört mir."

„Das kann doch niemand bestreiten. Warum müssen Sie weglaufen?"

„Sie haben viel Geld, viel Macht."

„So?"

„So?" Ärgerlich zog sie die Hand zurück. Der Kontakt, der sie beide so sehr besänftigt hatte, war unterbrochen. „Sie können das leicht sagen. Sie stammen aus Ihrer Welt. Sie haben immer alles gehabt, brauchten nie zu staunen und sich etwas vergeblich zu wünschen. Leuten wie Ihnen nimmt niemand etwas weg, Gabriel. Niemand würde es wagen. Sie haben keine Ahnung, wie es ist, wenn das eigene Leben von den Launen anderer abhängt."

Dass sie das Gefühl nur zu gut kannte war nicht zu übersehen. „Geld zu besitzen bedeutet noch lange nicht, alles zu bekommen, was man will."

„Tut es das nicht?" Sie wandte ihm ihre eisige Miene zu. „Sie brauchten einen Ort zum Malen, zum Alleinsein. Mussten Sie lange darüber nachdenken, wie Sie einen bekommen? Mussten Sie Geld sparen, sich einschränken, oder haben Sie einfach nur einen Scheck ausgeschrieben und sind hier eingezogen?"

„Eine Hütte zu kaufen ist doch wohl etwas anderes, als einer Mutter ihr Baby wegzunehmen."

„Für manche Menschen nicht. Eigentum ist schließlich Eigentum", sagte sie.

„Machen Sie sich nicht lächerlich."

„Geben Sie sich nicht naiver, als Sie sind."

Sein Zorn verrauchte, machte Belustigung Platz. „Ein erstklassiger Konter, das muss ich Ihnen lassen. Aber meinen Sie, es ist dem Baby gegenüber fair, auf der Flucht durchs Land zu reisen?"

„Nein, es ist schrecklich unfair, das weiß ich. Aber es wäre viel schlimmer, aufzugeben und es ihnen auszuliefern. In ein paar Wochen werde ich in Denver in eine Klinik gehen und mein Baby zur Welt bringen. Dann verschwinden wir beide."

„Warum sind Sie so verdammt sicher, dass die Ihnen das Kind abnehmen würden, dass sie es überhaupt könnten?"

„Weil sie es mir gesagt haben. Sie haben mir erklärt, was ihrer Meinung nach das Beste für mich und das Kind sei, sie haben mir sogar Geld angeboten." Ihre Bitterkeit war schwarz und beißend. „Sie wollten mir mein Baby abkaufen, und als ich das ablehnte, drohten sie damit, es mir einfach wegzunehmen." Sie wollte die grauenhafte Szene nicht noch einmal durchleben und verdrängte die böse Erinnerung.

Er spürte, wie sehr ihn diese Menschen, die er nicht einmal kannte, plötzlich anwiderten. Kopfschüttelnd zwang er sich zur Vernunft. „Laura, was immer diese Leute wollen, sie können sich nicht einfach nehmen, was ihnen nicht gehört. Kein Gericht der Welt würde eine Mutter ohne guten Grund ihres Kindes berauben."

„Allein kann ich gegen sie nicht gewinnen." Sie schloss kurz die Augen, weil sie am liebsten den Kopf auf den Tisch gelegt und sich die Angst und die Verbitterung aus dem Leib geweint hätte. „Ich kann sie nicht mit ihren eigenen Mitteln schlagen, Gabriel. Und ich will meinem Kind das alles nicht zumuten. Die Sorgerechtsklagen, die Gerichtsverhandlungen, die Sensationsreporter, den Klatsch, die Gerüchte. Ein Kind braucht ein Zuhause und Liebe und Geborgenheit. Und ich werde dafür sorgen, dass meins das bekommt. Egal, was ich dafür tun muss, egal, wohin ich muss."

„Ich will nicht darüber diskutieren, was für Sie und das Kind das Richtige ist. Aber früher oder später werden Sie sich all dem stellen müssen."

„Wenn es so weit ist, werde ich das."

Er stand auf und ging zum Kamin, um sich eine neue Zigarette anzustecken. Vielleicht sollte er die Sache ruhen lassen, sie und das Baby sich selbst überlassen. Es ging ihn nichts an, war nicht sein Problem. Aber das stimmte nicht. In dem Moment, wo sie seinen Arm ergriffen hatte, um die schneeglatte Straße zu überqueren, war sie zu seiner persönlichen Angelegenheit geworden.

„Haben Sie genug Geld?"

„Etwas. Es reicht für den Arzt und noch etwas mehr."

Er war dabei, sich in Schwierigkeiten zu bringen. Das wusste er. Zum ersten Mal seit fast einem Jahr gab es etwas, an dem ihm wirklich etwas lag. Auf dem Kaminsockel sitzend, blies er den Rauch aus und musterte sie.

„Ich möchte Sie malen", sagte er plötzlich. „Ich zahle Ihnen das übliche Honorar fürs Modellsitzen, plus freie Unterkunft und Verpflegung."

„Ich kann Ihr Geld nicht annehmen."

„Warum nicht? Sie denken doch ohnehin, ich hätte mehr davon, als für mich gut ist."

Seine Worte beschämten sie, und ihre Wangen röteten sich. „Das habe ich nicht gemeint. So jedenfalls nicht."

Er machte eine abwehrende Handbewegung. „Was immer Sie gemeint haben, es bleibt dabei, dass ich Sie malen möchte. Ich habe mein eigenes Arbeitstempo, also werden Sie geduldig sein müssen. Von Kompromissen halte ich zwar nicht viel, aber angesichts Ihres Zustands bin ich zu einigen bereit. Wenn Sie müde sind oder das Sitzen Ihnen zu unbequem wird, legen wir eine Pause ein."

Es war ein äußerst verlockendes Angebot. Sie versuchte zu vergessen, dass sie früher schon vom Verkauf ihres Aussehens gelebt hatte, und dachte daran, was das zusätzliche Geld für das Baby bedeuten würde. „Ich würde das Angebot gern annehmen, aber Ihre Arbeiten sind zu bekannt. Wenn das Porträt ausgestellt wird, werden sie mich sofort erkennen."

„Das stimmt. Aber ich bin nicht verpflichtet, irgendjemandem zu erzählen, wo und wann ich Sie kennengelernt habe. Sie haben mein Wort, dass durch mich niemand auf Ihre Spur kommt."

Schweigend rang sie mit sich. „Würden Sie bitte zu mir kommen?"

Nach kurzem Zögern warf er seine Zigarette ins Feuer. Er stand auf, ging durchs Zimmer und hockte sich vor sie. Nicht nur er, auch sie hatte gelernt, in einem Gesicht zu lesen. „Ihr Ehrenwort?"

„Ja."
Einige Risiken waren es wert, eingegangen zu werden. Sie streckte ihm beide Hände entgegen und schenkte ihm mit ihnen auch ihr Vertrauen.

Da das Schneegestöber unvermindert anhielt, war es ein Tag ohne Sonnenaufgang oder -untergang, ohne Dämmerung. Er blieb trübe und ging irgendwann fast unmerklich in den Abend über. Schließlich hörte es auf zu schneien. Laura hätte es vielleicht gar nicht bemerkt, wenn sie nicht am Fenster gestanden hätte. Die Flocken wurden nicht von Minute zu Minute weniger, sondern verschwanden ganz plötzlich, als hätte jemand einen Schalter betätigt. Irgendwie war sie enttäuscht darüber, wie früher als kleines Mädchen, wenn sie die herumwirbelnde Pracht vermisst hatte. Kurz entschlossen stieg sie in ihre Stiefel und ging nach draußen auf die Veranda.

Obwohl Gabriel die Veranda im Laufe des Tages zweimal freigeschaufelt hatte, reichte der Schnee Laura bis zu den Knien. Ihre Stiefel sanken ein und verschwanden. Sie hatte das Gefühl, von einer weichen, wohltuenden Wolke verschluckt zu werden. Die Luft war dünn und kalt, und sie schlang die Arme um die Brust, bevor sie tief Atem holte.

Es gab keine Sterne. Es gab keinen Mond. Der Schein der Türlaterne reichte nur wenige Meter ins Dunkel hinaus. Sie sah nicht mehr als Weiß und hörte nicht mehr als Stille. Manche hätten die dicke Schneedecke vielleicht als eine Art Gefängnismauer empfunden, die die Hütte und ihre Bewohner einschloss. Laura empfand ihre von den Schneemassen umgebene Behausung eher als eine Festung, die ihr Sicherheit und Schutz gewährte.

Endlich hatte sie sich dazu durchgerungen, jemand anderem als nur sich selbst zu vertrauen. Sie sah in die Dunkelheit hinaus und wusste, dass die Entscheidung richtig gewesen war.

Er war kein sanfter Mann, vielleicht nicht einmal sonderlich ausgeglichen, aber er war freundlich und, da war sie sich sicher, ein Mann, der Wort hielt. Er, die Hütte und die Berge würden ihr ermöglichen, sich wieder einige Energiereserven zuzulegen. Die letzten Monate hatten viel Kraft gekostet. Nicht körperlich. Die Schwangerschaft verlief ohne Komplikationen, und sie war gesund und in guter Verfassung. Nein, es waren die geistigen und emotionalen Reserven, die aufgezehrt worden waren.

Die musste sie wieder aufbauen.

Gabriel verstand nicht, wozu die Eagletons fähig waren, was sie mit ihrem Geld und ihrer Macht erreichen konnten. Sie hatte es erlebt. Wie sie mit Schecks und Manipulationen die Fehler ihres Sohns vertuscht hatten. Wie sie es mit einigen Anrufen bei Leuten, die ihnen einen Gefallen schuldeten, geschafft hatten, seinen selbst verschuldeten Tod und den seiner Begleiterin in ein tragisches Unglück zu verwandeln.

In der Presse hatte kein Wort über Alkohol und Ehebruch gestanden. Die Zeitungsleser mussten glauben, dass Anthony Eagleton, Alleinerbe des riesigen Eagleton-Vermögens, einer glatten Straße und schadhaften Lenkung zum Opfer gefallen war – und nicht einer verantwortungslosen Trunkenheitsfahrt. Aus der Frau neben ihm, seiner Geliebten, hatten die Zeitungen seine Sekretärin gemacht.

Das Scheidungsverfahren, das Laura eingeleitet hatte, war gestoppt, eingestellt, aus den Akten getilgt worden. Kein Schatten eines Skandals würde auf das Andenken Anthony Eagletons und den Namen seiner Familie fallen. Sie selbst war dazu gebracht worden, die zutiefst erschütterte trauernde Witwe zu spielen.

Sie war erschüttert gewesen. Und sie hatte getrauert. Nicht um das, was auf jener einsamen Landstraße am Rande Bostons für immer aus ihrem Leben verschwunden war, sondern um das, was sie bereits so kurz nach ihrer Hochzeitsnacht verloren hatte.

Es war sinnlos, an die Vergangenheit zu denken. Jetzt, gerade jetzt musste sie sich auf die Zukunft konzentrieren. Was immer sich auch zwischen ihr und Tony zugetragen hatte, sie hatten zusammen neues Leben erschaffen. Und es war an ihr, dieses Leben zu beschützen und liebevoll für es zu sorgen.

„Woran denken Sie?"

Verdutzt drehte sie sich um und lachte Gabriel an. „Ich habe Sie gar nicht kommen gehört."

„Sie waren ja mit den Gedanken auch ganz woanders." Er zog die

Tür hinter sich zu. „Es ist kalt hier draußen."

„Ich finde es wundervoll. Wie hoch liegt der Schnee, was glauben Sie?"

„Einen Meter, vielleicht eineinhalb."

„Ich habe noch nie so viel Schnee gesehen. Man kann sich gar nicht vorstellen, dass er jemals schmilzt und wieder Gras wachsen lässt."

Er trug keine Handschuhe und stopfte die Hände in die Jackentaschen. „Als ich im November hier eintraf, lag bereits Schnee. Ich kenne es gar nicht anders."

Sie versuchte sich auszumalen, wie es sein musste, wenn der Schnee niemals schmolz. Nein, das würde sie nicht aushalten. Sie brauchte den Frühling, die Knospen, das Grün, die Hoffnung. „Wie lange werden Sie hierbleiben?"

„Ich weiß es nicht. Ich habe noch nicht darüber nachgedacht."

Sie lächelte, obwohl sie ihn ein wenig um sein sorgloses Leben beneidete. „All die Bilder. Sie werden sie ausstellen müssen."

„Später." Er zuckte mit den Schultern, fühlte sich plötzlich rastlos. San Francisco, seine Familie, seine Erinnerungen, alles schien so weit entfernt. „Keine Eile."

„Kunst will betrachtet und anerkannt sein", murmelte sie, ihre Gedanken aussprechend. „Es wäre schade, sie hier zu verstecken."

„Aber Menschen kann man hier ruhig verstecken?"

„Meinen Sie mich damit, oder tun Sie das auch, sich hier verstecken?"

„Ich arbeitete", erwiderte er ruhig.

„Ein Mann wie Sie könnte überall arbeiten, glaube ich. Sie schieben die Leute einfach beiseite und gehen ans Werk."

Er musste grinsen. „Kann schon sein. Aber hin und wieder brauche ich meine Ruhe. Wenn man sich erst einmal einen Namen gemacht hat, starren einem die Leute nur zu gern über die Schulter."

„Nun, ich bin jedenfalls froh, dass Sie hergekommen sind. Aus welchem Grund auch immer." Sie schob sich das Haar aus dem Gesicht. „Ich sollte wieder hineingehen, aber ich habe keine Lust." Lächelnd lehnte sie sich gegen den Pfosten.

Seine Augen verengten sich. Als er ihr Gesicht zwischen die Hände nahm, fühlten seine Finger sich kalt und fest an. „Ihre Augen haben etwas an sich", murmelte er und drehte ihr Gesicht ins Licht. „Sie drücken alles aus, was ein Mann sich von einer Frau ersehnt. Und eine Menge von dem, worauf er lieber verzichten würde. Sie haben alte Augen, Laura. Alte und traurige."

Sie schwieg. Nicht etwa, weil ihr die Worte fehlten, sondern weil seine Berührung etwas in ihr auslöste, das sie längst verschüttet geglaubt hatte. Nicht nur die rein körperliche Erregung. Auch eine Empfindung, ein Gefühl, gegen das sie sich nicht wehren konnte, es vielleicht auch nicht wollte.

„Ich frage mich, was Sie in Ihrem Leben schon alles gesehen haben."

Wie aus eigenem Willen strichen seine Finger ihr über die Wange. Sie waren lang, schlank, Künstlerhände. Vielleicht war es auch nur die Art eines Malers, sich mit dem Gesicht seines Modells noch näher vertraut zu machen. Was immer es zu bedeuten hatte, es verstärkte in ihr den Wunsch, geliebt zu werden, begehrt zu werden. Nicht als makellos schönes Gesicht, sondern als die Frau, die dahinter existierte.

„Ich werde langsam müde", sagte sie betont gleichmütig. „Ich glaube, ich gehe zu Bett."

Er gab ihr nicht gleich den Weg frei. Und seine Hand blieb, wo sie war. Er hätte nicht erklären können, warum er sich nicht rührte und in die Augen starrte, die ihn so sehr faszinierten. Dann trat er hastig einen Schritt zurück und öffnete ihr die Tür.

„Gute Nacht, Gabriel."

„Gute Nacht."

Er blieb draußen in der Kälte und fragte sich, was mit ihm los war. Einen Moment lang hatte er sie begehrt. Nein, verdammt, wesentlich länger als nur einen Moment. Von sich selbst angewidert, zupfte er eine Zigarette aus der Packung. Ein Mann musste ziemlich tief gesunken sein, wenn er an die Liebe mit einer Frau dachte, die im siebten Monat schwanger war, noch dazu von einem anderen Mann ...

Er brauchte viel Zeit, um sich davon zu überzeugen, dass er es sich nur eingebildet hatte.

3. KAPITEL

Er fragte sich, was wohl in ihrem Kopf vorging. Sie sah so gelassen aus, so ausgeglichen. Der pinkfarbene Pullover schmiegte sich am Kragen sanft an ihren Hals. Ihr Haar fiel schimmernd auf die Schultern herab. Auch jetzt trug sie keinen Schmuck, nichts, das von ihr ablenken konnte, nichts, das die Aufmerksamkeit auf sie lenken konnte.

Gabriel setzte bei der Arbeit nur selten Modelle ein, denn selbst wenn sie es schafften, die Pose so lange wie nötig einzuhalten, wirkten sie nach einer Weile doch gelangweilt oder rastlos. Laura dagegen sah aus, als ob sie mit dem leisen Lächeln auf dem Gesicht endlos dasitzen könnte.

Das war ein Teil dessen, was er in dem Porträt einzufangen hoffte. Diese innere Geduld, dieses ... Nun, dieses gelassene Akzeptieren der Zeit, so könnte er es nennen. Das Akzeptieren dessen, was gewesen war, und dessen, was noch vor ihr lag. Er selbst hatte nie viel Geduld besessen, weder mit Menschen noch mit seiner Arbeit, noch mit sich selbst. Es war ein Charakterzug, den er an ihr bewundern konnte, ohne sie darum zu beneiden.

Und da war noch etwas. Etwas jenseits der ungemein fraulichen Schönheit und der madonnenhaften Gelassenheit. Von Zeit zu Zeit entdeckte er an ihr eine Wildheit, eine fast kriegerische Entschlossenheit.

Sie hatte mehr zu erzählen, als er bisher von ihr erfahren hatte, das stand fest. Die Bruchstücke, die sie ihm bisher anvertraut hatte, sollten ihn lediglich von weiteren Fragen abhalten. Es war nicht seine Art, sich mit Teilantworten zufriedenzugeben. Andererseits wollte er sie auch nicht quälen. Er wusste, wie schwer es ihr fiel, über ihre Vergangenheit zu reden.

Ihm blieb noch etwas Zeit. Aus dem Radio kamen andauernd Meldungen über unpassierbare Straßen und drohende Schneefälle. Die Rockies konnten im Frühling sehr trügerisch sein. Gabriel schätzte, dass es zwei bis drei Wochen dauern würde, bis sie gefahrlos in die Stadt gelangen konnten.

Er verstand es selbst nicht, aber er war froh darüber, dass Laura ihn aus seiner selbst gewählten Isolation befreit hatte. Es war lange her, dass er sich an ein Porträt gewagt hatte. Vielleicht zu lange her. Aber er war nicht in der Lage gewesen, ein Wesen aus Fleisch und Blut zu malen, nicht seit Michael.

In der Hütte, abgeschnitten von seinen Erinnerungen und den Dingen, die sie auslösten, hatte er mit dem Selbstheilungsprozess begonnen. In San Francisco war er unfähig gewesen, einen Pinsel aufzuheben. Die Trauer hatte ihn mehr als schwach gemacht, sie hatte ihn – leer gemacht.

Aber hier, allein, in der Abgeschiedenheit der Berge, hatte er Landschaften gemalt, Stillleben, halberinnerte Träume und Seestücke nach alten Skizzen. Das hatte ihm gereicht. Erst jetzt, bei Laura, empfand er das Bedürfnis, wieder ein menschliches Gesicht zu malen.

Einst hatte er an die Fügung des Schicksals geglaubt, an einen Lebenslauf, der bereits vor der Geburt feststand. Michaels Tod hatte ihm diesen Glauben genommen. Von da an brauchte Gabriel etwas oder jemanden, dem er die Schuld geben konnte. Am einfachsten war es gewesen, die Schuld bei sich selbst zu suchen. Jetzt, wo er Laura zeichnete und über den Zufall nachdachte, durch den sie in sein Leben getreten war, begann er erneut über die Schicksalhaftigkeit nachzugrübeln.

Und worüber, das fragte er sich einmal mehr, grübelt sie nach?

„Sind Sie müde?"

„Nein." Sie antwortete, bewegte sich jedoch nicht. Er hatte einen Stuhl ans Fenster gestellt und ihn so ausgerichtet, dass sie ihm das Gesicht zuwandte, aber trotzdem hinaussehen konnte. Das Licht fiel auf sie, ohne einen Schatten zu werfen. „Ich sehe gern auf den Schnee hinaus. Es sind Spuren darin, und ich frage mich, welche Tiere wohl, von uns unbeobachtet, hindurchgelaufen sind. Und ich kann die Berge erkennen. Sie sehen so alt und zornig aus. Bei uns im Osten wirken sie zahmer, gutmütiger."

Geistesabwesend murmelte er etwas Zustimmendes und musterte die Zeichnung. Sie war gut, stimmte aber irgendwie noch nicht ganz. Er legte den Block zur Seite und sah stirnrunzelnd zu ihr auf.

Sie blickte zurück, geduldig und – wenn er den Ausdruck richtig deutete – belustigt. „Haben Sie etwas anderes, das Sie anziehen könnten? Etwas Schulterfreies vielleicht?"

Jetzt war ihre Belustigung kaum noch zu übersehen. „Tut mir leid, aber meine Garderobe ist momentan etwas begrenzt."

Er stand auf, ging hin und her, zum Kamin, zum Fenster, zurück zum Tisch. Als er zu ihr kam, ihren Kopf mit beiden Händen hin und her drehte, machte sie jede Bewegung folgsam mit. Nach drei Tagen des Posierens war sie daran gewöhnt. Sie kam sich vor wie ein Blumenarrangement oder wie eine Schale mit Obst. Es war, als hätte jener Augenblick der Erkenntnis auf der schneebedeckten Veranda nie existiert. Vermutlich hatte sie sich das, was sie in seinen Augen entdeckt zu haben glaubte, nur eingebildet. Ebenso wie ihre eigene Reaktion darauf.

Er war der Künstler. Sie war die Modelliermasse. Die Situation war für sie nicht neu.

„Sie haben ein absolut feminines Gesicht", begann er, mehr zu sich selbst als zu ihr. „Verführerisch und doch ernst – und sanft, trotz der leicht kantigen Form und der Wangenknochen. Es wirkt nicht bedrohlich, und dennoch ist es irgendwie – verwirrend. Dies hier ..." Sein Daumen rieb wie beiläufig über ihre Unterlippe. „Dies hier bedeutet Sex, während Ihre Augen gleichzeitig Liebe und Zuneigung versprechen. Und die Tatsache, dass Sie reif sind ..."

„Reif?" Sie lachte, und die Hände, die zusammengepresst auf ihrem Schoß gelegen hatten, entspannten sich.

„Das ist es doch, was Schwangerschaft in Wirklichkeit ist. Eine Art von Reife, die Sie umso faszinierender erscheinen lässt. Eine Frau, die ein Kind austrägt, hat etwas von Versprechung und Erfüllung an sich und – bei allem Fortschritt und trotz allen Wissens – etwas fesselnd Mysteriöses. Wie ein Engel."

„Wie denn das?"

Noch während er sprach, experimentierte er mit ihrem Haar. Er legte es nach hinten, türmte es auf, ließ es wieder hinabfallen. „Für uns sind Engel himmlische Wesen, rätselhaft, erhaben über menschliche Begierden und Fehler, aber die Tatsache bleibt bestehen, dass sie einst selbst Menschen waren."

Seine Worte berührten sie, ließen sie lächeln. „Glauben Sie an Engel?"

Seine Hand befand sich noch zwischen ihren Haaren, aber er hatte vollkommen vergessen, aus welchen praktischen Gründen sie dorthin gelangt war. „Das Leben wäre nicht viel wert, wenn man das nicht täte." Sie hatte das Haar eines Engels, blond schimmernd, seidig wie eine Wolke. In einem plötzlichen Anflug von Verlegenheit zog er die Hand zurück und steckte sie in die Tasche seiner ausgebeulten Cordhose.

„Möchten Sie eine Pause machen?", fragte sie ihn. Ihre Hände lagen wieder, zu kleinen Fäusten geballt, auf dem Schoß.

„Ja. Ruhen Sie sich eine Stunde aus. Ich muss das erst noch durchdenken." Automatisch wich er zurück, als sie aufstand. Außerhalb der Arbeit vermied er sorgfältig jeden körperlichen Kontakt mit ihr. Es war beunruhigend, wie sehr er sie immerzu berühren wollte. „Legen Sie die Beine hoch." Sie zog eine Augenbraue hoch und verunsicherte ihn damit. „Das empfiehlt jedenfalls das Buch, das Sie immer herumliegen lassen. Ich dachte mir, es schadet nichts, wenn ich einmal hineinsehe."

„Sie sind sehr freundlich."

„Reine Selbsterhaltung." Wenn sie so lächelte, gingen seltsame Dinge in ihm vor. Dinge, die er zwar richtig deutete, die er sich aber nicht eingestehen wollte. „Je mehr ich dafür sorge, dass Sie auf sich aufpassen, desto geringer ist die Gefahr, dass die Wehen kommen, bevor die Straßen wieder frei sind."

„Ich habe noch über einen Monat Zeit", erinnerte sie ihn. „Aber ich weiß Ihre Sorge um mich – um uns – zu schätzen."

„Legen Sie die Beine hoch", wiederholte er. „Ich hole Ihnen ein Glas Milch."

„Aber ich …"

„Sie hatten heute erst ein Glas." Mit ungeduldiger Geste wies er auf das Sofa, bevor er in der Küche verschwand.

Mit einem erleichterten Seufzer ließ Laura sich in die Polster sinken. Die Beine hochzulegen war nicht mehr so einfach wie früher, aber sie schaffte es, die Füße auf dem Rand des Couchtischs zu platzieren. Vom Kamin drang die Wärme des Feuers zu ihr herüber, und sie sehnte sich danach, sich davor zusammenzurollen. Wenn ich mich dazu verleiten lasse, dachte sie ironisch, komme ich ohne Kran nicht wieder hoch.

Sie musste an Gabriel denken, als aus der Küche Geklapper kam. Noch nie hatte jemand sie so behandelt. Als gleichrangig und doch wie jemand, der schutzbedürftig war. Als Freund. Ohne dass jeder Gefallen erwidert oder gar bezahlt werden musste. Eines Tages würde sie sich bei ihm revanchieren, das nahm sie sich ganz fest vor.

Wenn sie die Augen schloss und sich zur Ruhe zwang, sah sie die Zukunft deutlich vor sich. Sie würde ein kleines Apartment haben in der Stadt. Egal, in welcher. Das Baby würde ein eigenes Zimmer bekommen, in sonnigem Gelb und strahlendem Weiß, mit Märchenmotiven an den Wänden. Nachts, wenn der Rest der Welt schlief, würde sie mit dem Baby im Schaukelstuhl sitzen.

Dann würde sie nicht mehr allein sein.

Als Laura die Augen wieder aufschlug, stand Gabriel vor ihr. Sie träumte davon, einfach die Arme nach ihm auszustrecken und etwas von der Kraft und Zuversicht in sich aufzunehmen, die er ausstrahlte. Stattdessen nahm sie das Glas Milch, das er ihr reichte.

„Wenn das Baby geboren ist und ich es abgestillt habe, trinke ich keinen Tropfen Milch mehr."

„Mit der frischen Milch ist es jetzt vorbei. Ich kann Ihnen wegen des Schnees leider keine beschaffen. Ab morgen gibt's Trockenmilch oder die aus der Dose."

„Großartig." Mit wenig begeistertem Gesichtsausdruck leerte sie das Glas zur Hälfte. „Ich bilde mir immer ein, es wäre Kaffee. Starker schwarzer Kaffee." Sie nahm wieder einen Schluck. „Oder, wenn mir richtig verwegen zumute ist, Champagner. Französischer, in Kristallflöten."

„Zu schade, dass ich keine Weingläser habe. Dann wäre die Illusion perfekt. Haben Sie Hunger?"

„Das mit dem Für-zwei-Essen ist ein reines Gerücht. Außerdem, wenn ich noch mehr Gewicht zulege, fange ich bald an zu muhen." Sie lehnte sich zufrieden zurück. „Das Bild von Paris ... Haben Sie es hier gemalt?"

Er sah zu dem Bild hinüber. Also ist sie schon einmal dort gewesen, dachte er. Es war eine düstere, fast surrealistische Studie des Bois de Boulogne. „Ja, nach alten Zeichnungen und aus dem Gedächtnis. Wann waren Sie dort?"

„Ich habe nicht gesagt, dass ich in Paris war."

„Sonst hätten Sie es doch nicht erkannt." Er nahm ihr das leere Glas ab und stellte es zur Seite. „Je geheimnistuerischer Sie sind, desto neugieriger werde ich, Laura."

„Vor einem Jahr", sagte sie in nüchternem Tonfall. „Ich habe zwei Wochen dort verbracht."

„Wie hat es Ihnen gefallen?"

„Paris?" Sie zwang sich zur Entspannung. Es war so lange her, wie in einem anderen Leben. „Paris ist eine wunderschöne Stadt, wie eine sehr alte Frau, die noch immer zu flirten versteht. Alles blühte, und die Düfte waren unglaublich. Es regnete und regnete, drei Tage lang, und man konnte sitzen und sehen, wie die schwarzen Schirme vorbeihuschten und die Blüten sich entfalteten."

Fast automatisch legte er die Hand auf die nervös zuckenden Finger. „Sie waren nicht sehr glücklich dort, was?"

„In Paris im Frühling?" Ihre Hände entspannten sich, als sie sich darauf konzentrierte. „Nur ein Dummkopf wäre dort unglücklich."

„Der Vater des Babys ... War er mit Ihnen dort?"

„Was spielt das für eine Rolle?"

Eigentlich hätte es ihm gleichgültig sein sollen. Aber nun würde er jedes Mal, wenn er das Bild ansah, an sie denken müssen. Und er musste es wissen. „Haben Sie ihn geliebt?"

Hatte sie das? Laura blickte ins Feuer. Hatte sie Tony geliebt? Ihre Lippen verzogen sich wie von selbst. Ja, das hatte sie. Sie hatte den Tony geliebt, den sie sich in der Fantasie ausgemalt hatte. „Sehr sogar. Ich habe ihn sehr geliebt."

„Seit wann sind Sie allein?"

„Das bin ich nicht." Sie legte eine Hand auf den Bauch. Als sie fühlte, wie die Antwort erfolgte, wurde ihr Lächeln breiter. Sie nahm

Gabriels Hand und presste sie gegen die Rundung. „Fühlen Sie das? Unglaublich, nicht wahr? Da drin ist jemand."

Er fühlte, wie das Baby sich bewegte, zunächst vorsichtig, dann mit einer Kraft, die ihn erstaunte. „Das fühlte sich an wie eine linke Gerade. Mir scheint, es will so schnell wie möglich raus." Er wusste, wie es war, wenn man in einer Welt gefangen war und sich nach der anderen sehnte. „Wie fühlt es sich von der anderen Seite an?"

„Sehr lebendig." Lachend ließ sie ihre Hand auf seiner. „In Dallas konnte ich während der Untersuchung den Herzschlag des Babys hören. Er war so schnell, so ungeduldig. Es klang so herrlich wie nichts anderes auf der Welt. Und ich glaube ..."

Jetzt sah er ihr in die Augen, intensiv, bewusst. Ihre Hände berührten sich noch, ihre Körper waren einander nah. Die Wärme, das Intime des Moments, beides raubte ihr fast den Atem.

Der Wunsch, sie an sich zu ziehen, war so stark, dass es beinahe schmerzte. Jede Nacht, wenn er auf dem Fußboden des Nebenraums um Schlaf kämpfte, träumte er von ihr. Dann lagen sie aneinandergeschmiegt im Bett, und er spürte ihren Atem auf der Wange und ihr Haar zwischen den Fingern. Und wenn er dann aus dem Traum erwachte, erklärte er sich für verrückt. Das tat er auch jetzt und wich zurück.

„Ich möchte noch ein wenig arbeiten, wenn Sie sich wieder fit fühlen."

„Natürlich." Sie hätte weinen können. Ganz natürlich, dachte sie, schwangere Frauen weinen leicht.

„Ich habe eine Idee. Einen Augenblick."

Sie wartete. Kurz darauf kam er aus dem Nebenraum zurück. Mit einem marineblauen Hemd.

„Ziehen Sie das an. Es könnte sein, dass der Kontrast zwischen dem Männerhemd und Ihrem Gesicht das ist, was ich suche."

„Einverstanden." Laura ging ins Schlafzimmer und schlüpfte aus dem pinkfarbenen Pullover. Als sie den ersten Ärmel des Hemds überstreifte, stieg ihr sein Duft in die Nase. Unaufdringlich, aber doch auf eine unverschämte Weise sexy, haftete er an der dicken Baumwolle. Sie konnte nicht widerstehen und rieb die Wange über den Stoff. Das Material war weich. Der Duft war es nicht, trotzdem gab er ihr ein Gefühl von Sicherheit. Und zugleich spürte sie in sich eine dumpfe, tief sitzende Erregung.

Als sie ins Wohnzimmer zurückkehrte, ging Gabriel gerade seine Zeichnungen durch, verwarf die eine, sortierte sie aus, zog eine andere hervor, musterte sie kritisch, bis sie schließlich vor seinen Augen Gnade fand. Er sah zu Laura hoch, und sofort wurde ihm klar, dass das, was er sich vorgestellt hatte, von der Realität weit übertroffen wurde.

Sie sah wirklich wie ein Engel aus, mit goldenem Haar, eine Illusion und doch zugleich irdisch.

„Das ist schon eher der Look, den ich will", sagte er. „Die Farbe steht Ihnen, und der männliche Stil gibt einen schönen Kontrast ab."

„Das Hemd werden Sie so schnell nicht zurückbekommen. Es ist herrlich bequem."

„Betrachten Sie es als Leihgabe."

Nachdem sie sich hingesetzt hatte, ging er zu ihr und brachte sie in genau die Position, die sie vor der Pause schon eingenommen hatte. Nicht zum ersten Mal fragte Gabriel sich, ob sie das Posieren gewohnt war.

„Lassen Sie uns etwas anderes probieren." Er rückte sie zurecht, änderte ihre Position um wenige Zentimeter, murmelte dabei vor sich hin. Laura hätte fast gelächelt. Jetzt war sie wieder die Obstschale.

„Verdammt, hätten wir doch bloß ein paar Blumen. Eine Rose. Eine einzige Rose."

„Sie könnten sich eine vorstellen."

„Vielleicht." Er neigte ihren Kopf ein wenig nach links, richtete sich auf und betrachtete das Ergebnis seiner Bemühungen aus einiger Entfernung. „So gefällt es mir. Deshalb werde ich gleich auf Leinwand vorzeichnen. Mit den Rohskizzen habe ich schon zu viel Zeit verschwendet."

„Drei komplette Tage."

„Ich habe Bilder bereits in der halben Zeit vollendet, wenn es bei mir klickt."

„Hier sind aber einige erst halb fertig."

„Stimmungswechsel." Sein Bleistift glitt bereits zügig über die Leinwand. „Beenden Sie alles, was Sie anfangen?"
Sie dachte darüber nach. „Vermutlich nicht. Aber eigentlich sollte man das immer tun."
„Warum sollte man etwas, das nicht stimmt, in die Länge ziehen?"
„Manchmal verspricht man es eben", murmelte sie und dachte an das, was sie bei der Hochzeit gelobt hatte.
Da er sie sorgfältig beobachtete, entging ihm der bedauernde Blick nicht. Wie immer versuchte er sich dagegen abzuschotten, doch ihre Gefühle schlugen in ihm eine Saite an. „Manche Versprechen sind nicht zu halten."
„Ja, das ist wahr", erwiderte sie leise und schwieg von da an.

Gabriel arbeitete fast eine Stunde lang, ununterbrochen zwischen ihr und der Leinwand hin und her schauend, das Gezeichnete immer wieder verbessernd, bis es ihm perfekt erschien. Sie gab ihm genau die Stimmung, die er wollte. Nachdenklich, geduldig, sinnlich. Schon jetzt, vor dem ersten Pinselstrich, wusste er, dass das Bild eins seiner besten werden würde. Vielleicht sogar das beste. Und er wusste, dass er sie auch in anderen Stimmungen malen wollte.
Aber das lag in der Zukunft. Heute kam es darauf an, ihre Art, ihren Stil, ihre Ausstrahlung einzufangen. Schwarz auf weiß, mit wenigen Grauschattierungen. Morgen würde er die Zwischenräume ausfüllen, die Farbe hinzufügen, die Feinheiten herausarbeiten. Wenn er damit fertig war, würde er ihr ganzes Wesen auf die Leinwand gebannt haben und sie besser kennen, als es je ein Mensch getan hatte oder jemals tun würde.
„Darf ich sehen, wie es Gestalt annimmt?"
„Was?"
„Das Bild." Laura bewegte den Kopf nicht, als sie den Blick vom Fenster weg auf ihn richtete. „Ich weiß, dass Künstler sehr eigenwillig sind, wenn es um ihre unvollendeten Werke geht."
„Ich bin nicht eigensinnig." Er hob den Blick, als wollte er ihren Widerspruch herausfordern.

„Also darf ich es sehen?"

„Ist mir egal. Hauptsache Ihnen ist klar, dass ich nichts daran ändern werde, nur weil es Ihnen nicht gefällt."

Diesmal war das Lachen nicht zu unterdrücken. Es klang befreiter, herzhafter als zuvor. Seine Finger packten den Bleistift fester. „Sie meinen, wenn ich etwas entdecke, das meine Eitelkeit kränkt? Keine Angst, ich bin nicht eitel."

„Alle schönen Frauen sind eitel. Sie haben das Recht dazu."

„Die Menschen sind nur dann eitel, wenn ihr Aussehen für sie wichtig ist."

Das brachte ihn zum Lachen, aber sein Lachen fiel zynisch aus. Er legte den Bleistift hin. „Und Ihr Aussehen ist Ihnen nicht wichtig?"

„Schließlich habe ich nichts getan, um es mir zu verdienen. Eine Fügung des Schicksals. Ein glücklicher Zufall. Wenn ich schrecklich schlau oder talentiert wäre, würde ich mich wahrscheinlich über mein Aussehen ärgern, weil die Leute nur daran interessiert wären." Sie zuckte mit den Schultern und nahm dann mühelos wieder die alte Position ein. „Aber da ich keins von beidem bin, habe ich mich damit abgefunden, dass mein Aussehen ... ich weiß nicht, eine Eigenschaft ist, die für manches andere, das fehlt, entschädigt."

„Wogegen würden Sie Ihre Schönheit denn eintauschen?"

„Gegen alle möglichen Dinge. Aber andererseits bedeutet ein Tausch ja nicht, dass man sich die neue Eigenschaft ehrlich verdient hat. In dem Fall zählt es irgendwie nicht richtig. Würden Sie mir etwas sagen?"

„Kommt darauf an." Er zog einen Lappen aus der Gesäßtasche und wischte sich die Hände daran ab.

„Worauf bilden Sie sich mehr ein? Auf Ihr Aussehen oder auf Ihre Arbeit?"

Er warf den Lappen beiseite. Wie konnte sie nur so traurig, so ernst aussehen und ihn trotzdem zum Lachen bringen? „Mich hat noch niemand beschuldigt, gut auszusehen, also besteht da keinerlei Konkurrenz." Er machte sich daran, die Staffelei herumzurücken. Als sie aufstehen wollte, machte er eine abwehrende Handbewegung. „Nein, entspannen Sie sich. Betrachten Sie es von dort, und sagen Sie mir, was Sie davon halten."

Laura lehnte sich zurück und studierte die Zeichnung. Sie war weniger detailliert als viele seiner anderen. Ihr Gesicht und Torso, mit der rechten Hand locker unterhalb der linken Schulter ruhend. Aus irgendeinem Grund kam ihr die Pose schützend vor, nicht abwehrend, aber wachsam.

Was das Hemd betraf, so hatte er recht gehabt. Es ließ sie tatsächlich fraulicher erscheinen, als jede Menge Spitzen oder Seide es hätten tun können. Ihr Haar fiel lang und lose, in schweren, ungeordneten Locken, die im Widerspruch zur strengen Körperhaltung standen. Sie war überrascht, was er aus ihrem Gesicht gemacht hatte.

„Ich bin nicht so traurig, wie Sie mich aussehen lassen."

„Ich habe Sie gewarnt. Erwarten Sie nicht, dass ich etwas ändere."

„Es steht Ihnen frei, so zu malen, wie es Ihnen gefällt. Ich meine lediglich, dass Sie mich nicht richtig getroffen haben."

Ihr leicht beleidigter Tonfall amüsierte ihn. Er drehte die Staffelei wieder zu sich herum, gönnte seinem Werk jedoch keinen einzigen Blick. „Da bin ich anderer Ansicht."

„Ich wirke doch wohl kaum so tragisch."

„Tragisch?" Er wippte auf den Absätzen vor und zurück, während er sie musterte. „Die Frau auf dem Bild ist alles andere als tragisch. Tapfer, das ist das richtige Wort."

Sie stand etwas mühsam auf. „Tapfer bin ich ebenfalls nicht, aber schließlich ist es Ihr Bild."

„Darin sind wir uns einig."

„Gabriel!"

Ihr gestreckter Arm schoss hoch. Ihr eindringlicher Ton ließ ihn zu ihr hinübereilen. Besorgt ergriff er ihre Hand. „Was ist los?"

„Schauen Sie, dort draußen." Sie wies mit dem freien Arm durchs Fenster. Keine zwei Meter von der Hütte entfernt stand ein einzelner Rehbock. Die Läufe tief im Schnee, hob er witternd den Kopf. Ohne jede Spur von Angst, fast arrogant, starrte er durch die Scheibe ins Innere der Hütte.

„Er ist wundervoll. Ich habe noch nie einen so gewaltigen Bock gesehen, schon gar nicht aus einer so geringen Entfernung."

Es fiel ihm leicht, ihre Begeisterung zu teilen. Ein Reh, ein Fuchs, ein über ihm kreisender Habicht, das waren die Dinge, die mitgeholfen hatten, die Trauer zu überwinden.

„Vor einigen Wochen bin ich zu einem Bach gewandert, der eine Meile südlich von hier liegt. Auf dem Weg bin ich einem kompletten Rudel begegnet. Der Wind wehte in meine Richtung, und ich schaffte drei Skizzen, bevor die Ricke mich bemerkte."

„Er wirkt so majestätisch. Die ganze Gegend gehört ihm, und er weiß es. Vermutlich blickt er deshalb so selbstsicher drein." Sie lachte leise und presste die Hand gegen das vereiste Glas. „Es ist, als ob wir zur Schau gestellt werden und er einmal kurz zu einem Besuch im Zoo vorbeigekommen ist."

Der Bock schnupperte an der Schneedecke, als suche er das darunter verborgene Gras. Vielleicht witterte er auch ein anderes Tier. Um ihn herum tropften das tauende Eis und der schmelzende Schnee von den Bäumen.

Urplötzlich hob er den Kopf, und sein Geweih schien durch die klare Luft zu sausen. Mit weiten Sprüngen raste er über die weiße Lichtung und verschwand im Wald.

Lachend drehte Laura sich um, und schon war der einzigartige Anblick vergessen.

Sie hatte gar nicht bemerkt, wie nah sie und Gabriel einander gekommen waren. Er auch nicht. Ihre Hände berührten einander noch. Von draußen strömte das Sonnenlicht herein, das bereits seine Kraft verlor, während der Nachmittag in den Abend überging. Und in der Hütte war es wie in dem Wald, der sie zum Teil umgab, vollkommen still.

Seine Finger glitten über ihre Wangen. Er hatte nicht gewusst, dass er es tun wollte, aber jetzt wurde ihm klar, wie sehr er es brauchte. Sie zuckte nicht zurück. Vielleicht hätte er sich damit abgefunden, wenn sie es getan hätte. Aber sie tat es nicht.

Er war nervös. Und sie auch, das fühlte er an ihrer Hand, die er noch immer hielt. Wie sollte er dem widerstehen, was sein gesunder Menschenverstand ihm strikt verbot?

Aber ihre Haut fühlte sich warm an. Lebendig. Nicht ein Porträt, sondern eine Frau. Was auch immer in ihrem Leben geschehen war, was auch immer sie zu der Frau gemacht hatte, die sie jetzt war, es gehörte der Vergangenheit an. Dies war die Gegenwart. In ihren leicht geweiteten Augen las er mehr als nur einen Anflug von Angst. Sie rührte sich nicht. Sie wartete.

Er verfluchte sich innerlich, als er den Kopf senkte.

Es war Wahnsinn, ihm das zu gestatten. Es war mehr als Wahnsinn, es überhaupt zu wollen. Noch bevor sie seine Lippen auf ihren spürte, merkte sie, wie sie ihm nachgab. Und gleichzeitig wappnete sie sich gegen das, was kommen mochte, obwohl sie nicht wusste, was es sein würde.

Der erste. Das war Lauras einziger Gedanke, als Gabriel sie küsste. Nicht nur der erste Kuss von ihm, sondern der erste überhaupt. Niemand hatte sie je so geküsst. Sie kannte die Leidenschaft, jenes hastige, fast schmerzhafte Verlangen, das ebenso ungestüm wie kurzlebig war. Sie kannte die Anforderungen, die Männer stellten, und konnte einige davon erfüllen, andere nicht. Sie kannte das jähe Verlangen, das ein Mann für eine Frau empfinden konnte. Was sie nicht kannte, was sie sich nie hatte vorstellen können, war diese behutsame, geradezu ehrfürchtige Art von Zärtlichkeit.

Und dennoch spürte sie, dass dahinter noch etwas war. Etwas, das in Ketten lag, nur mühsam gebändigt wurde. Und das zu spüren machte die Umarmung noch erregender, noch inniger als jede andere, die sie erlebt hatte. Seine Hände fuhren ihr durchs Haar, suchend, erkundend, während seine Lippen scheinbar endlos über ihr Gesicht wanderten. Sie fühlte die Welt aus den Fugen geraten und wusste instinktiv, dass er sie wieder in Ordnung bringen würde.

Er musste aufhören. Er konnte nicht aufhören. Nur eine Kostprobe, sagte er sich. Nur noch eine einzige. Aber er beließ es nicht dabei, sondern wollte immer mehr davon. Es war, als ob er leer gewesen wäre und in diese Leere jetzt etwas Ungeahntes strömte. Und zwar mit einer Wucht, die ihn erschreckte.

Zögernd, irgendwie voller Unschuld, glitten ihre Hände an seinen Armen hinauf zu den Schultern. Als sie die Lippen öffnete, geschah es mit derselben eigenartigen Scheu. Er roch den Frühling, der noch unter dem Schnee begraben lag. Er roch ihn in ihrem Haar, auf ihrer Haut. Selbst der rauchige Geruch, der sonst immer die Hütte füllte, schaffte es nicht, ihn zu überdecken. Im Kamin verschoben sich knackend und knisternd einige Holzscheite, und die abendliche Brise fing sich wie mit einem klagenden Laut im Gebälk.

Nur zu gern hätte er seine Fantasien ausgelebt, sie hochgehoben und ins Schlafzimmer getragen. Um dort mit ihr auf dem Bett zu liegen, ihr das Hemd abzustreifen und ihre Haut an seiner zu spüren. Damit sie ihn berührte, sich an ihn klammerte, ihm vertraute.

In ihm wütete der Krieg. Sie war nicht bloß eine Frau, sie war eine Frau, die ein Kind in sich trug. Und in ihr wuchs nicht nur ein Kind, sondern das Kind eines anderen Mannes, eines Mannes, den sie geliebt hatte.

Sie war nicht für seine Liebe da. Und er nicht für ihr Vertrauen. Dennoch zog sie ihn an. Ihre Geheimnisse taten es. Ihre Augen, die so viel mehr als Worte sagten, und ihre Schönheit, die weit mehr umfasste als die Form und Beschaffenheit ihres makellosen Gesichts.

Also musste er sich Einhalt gebieten, bis er sich darüber klar war, was er eigentlich wollte, und bis sie ihm genug vertraute, um ihm die ganze Wahrheit zu sagen.

Er hätte sie von sich geschoben, aber sie presste ihr Gesicht gegen seine Schulter. „Bitte, sag jetzt nichts, nur eine Minute lang."

Ihre Stimme klang nach Tränen und berührte ihn mehr, als es der Kuss getan hatte. Das Kriegsgetümmel in seinem Inneren wurde stärker. Schließlich hob er die Hand, um ihr übers Haar zu streichen. Er fühlte, wie das Baby sich in ihr bewegte. Was um alles in der Welt sollte er bloß tun?

„Es tut mir leid." Sie hatte sich jetzt wieder unter Kontrolle, ließ ihn aber nicht los. Wie hätte sie auch ahnen können, wie sehr sie sich danach sehnte, festgehalten zu werden? Es war zu selten gewesen, dass jemand darauf Rücksicht genommen hatte. „Ich will mich nicht anklammern."

„Das tust du auch nicht."

Sie straffte sich und machte einen Schritt zurück. Tränen waren nicht zu sehen, aber ihre Augen schimmerten und ließen erkennen, wie mühsam sie sie unterdrückt hatte. „Du wirst jetzt sicher sagen, dass du nicht wolltest, dass das passiert. Aber das brauchst du nicht."

„Ich wollte nicht, dass das passiert", sagte er ruhig. „Aber das soll keine Entschuldigung sein."

„Oh." Etwas verdutzt tastete sie nach der Stuhllehne. „Ich meinte, ich möchte nicht, dass du das Gefühl hast ... Ich möchte nicht, dass du denkst ... Ach, was soll's." Sie setzte sich. „Ich versuche, dir zu sagen, dass ich nicht böse über den Kuss bin und es verstehe."

„Gut." Er zog sich einen Stuhl heran und setzte sich so, dass er die Arme auf die Lehne legen konnte. „Was verstehst du, Laura?"

Eigentlich hatte sie damit gerechnet, dass er es sich leichter machen und nicht weiter darüber reden würde. „Dass ich dir ein bisschen leidtat. Und irgendwie sind wir uns ja auch nähergekommen. Kein Wunder, in unserer Lage. Und dann das Bild, das du von mir malst." Warum beruhigte sich ihr Herzschlag nicht? Und warum sah er sie so an? „Du sollst nicht denken, ich hätte es missverstanden. Ich kann ja wohl kaum erwarten, dass du ..." Sie bewegte sich jetzt auf immer unsichererem Boden. Fast wäre sie verstummt, aber er hob herausfordernd eine Augenbraue und wedelte mit der Hand.

„Mir ist klar, dass du mich momentan nicht sehr attraktiv findest. Körperlich, meine ich. Und ich möchte das, was gerade zwischen uns passiert ist, nur als – eine Art Freundschaftsbeweis werten."

„Eigenartig." Mit gespielter Nachdenklichkeit kratzte er sich am Kinn. „So dumm siehst du gar nicht aus. Natürlich wirkst du auf mich attraktiv, sehr sogar. Mit dir zu schlafen mag gegenwärtig nicht möglich sein, aber das heißt doch nicht, dass ich dich nicht begehrenswert finde."

Sie öffnete den Mund, um zu sprechen. Doch dann hob sie nur die Hände und ließ sie wieder sinken.

„Die Tatsache, dass du ein Kind in dir trägst, ist nur ein Grund, warum ich nicht mit dir schlafen kann. Der andere ist vielleicht nicht so offensichtlich, aber ebenso wichtig. Ich brauche deine Geschichte, Laura. Und zwar die ganze."

„Ich kann nicht."

„Angst?"

Sie schüttelte den Kopf. Ihre Augen schimmerten verdächtig, aber sie reckte das Kinn. „Scham."

Mit jeder anderen Antwort hatte er gerechnet, mit der nicht. „Wieso? Weil du nicht mit dem Vater des Babys verheiratet warst?"

„Nein, das ist es nicht. Bitte, hör auf zu fragen."

Er wollte weiterbohren, zügelte sich jedoch. Sie sah blass und erschöpft aus. Und viel zu zerbrechlich. „Also gut. Lassen wir es vorläufig dabei. Aber denk einmal über das nach, was ich dir jetzt sage. Ich habe Gefühle für dich, und die wachsen schneller, als uns beiden vielleicht lieb ist. Und im Augenblick weiß ich verdammt noch mal nicht, was ich dagegen tun soll."

Als er aufstand, streckte sie die Hand aus und berührte ihn. „Gabriel, es gibt nichts, was du tun kannst. Du glaubst nicht, wie sehr ich mir wünsche, dass es anders wäre."

„Das Leben ist das, was man daraus macht, Engel." Er strich ihr übers Haar und drehte sich abrupt um. „Wir brauchen noch Holz."

Laura saß in der leeren Hütte und hoffte inständig, inständiger, als sie je etwas erhofft hatte, dass sie aus ihrem Leben endlich das machen würde, was sie sich ersehnte.

4. KAPITEL

Während der Nacht war neuer Schnee gefallen. Verglichen mit der Menge, die in den letzten Tagen vom Himmel gefallen war, glich er diesmal einer Schicht Puderzucker. Der Wind hatte ihn stellenweise zu kleinen Hügeln und Rillen zusammengetrieben. Vereinzelt lag er mannshoch. Miniaturgebirge drängten sich an die Fensterscheiben und veränderten bei jedem Windstoß ihre Gestalt.

Schon ließ die Sonne den Neuschnee schmelzen, und Laura konnte, wenn sie die Ohren spitzte, das Wasser wie Regen durch die Rinnen rauschen hören. Es war ein angenehmes Geräusch und ließ sie an heißen Tee am Kamin, ein gutes Buch am Nachmittag oder ein Schläfchen am frühen Abend denken.

Aber jetzt war es Morgen, erst ein oder zwei Stunden nach Tagesanbruch. Wie üblich hatte sie die Hütte für sich.

Gabriel hackte Holz. Von draußen drang das dumpfe Geräusch der Axt in die Küche, wo Laura Milch und eine Tafel Schokolade in der Pfanne erhitzte. Sie wusste, dass die Holzkiste wohlgefüllt und der Stapel an der Hüttenwand noch hoch war. Selbst wenn es bis Juni schneien sollte, an Holz würde es ihnen nicht mangeln. Künstler oder nicht, er war ein athletischer Mann, und sie konnte nachempfinden, dass er sich körperlich verausgaben wollte.

Alles kam ihr so – normal vor. Sie in der Küche, am Herd, er draußen, mit der Axt in der Hand, und am Dachvorsprung über den Fenstern lange glitzernde Eiszapfen. So war es jeden Morgen. Wenn sie aufstand, hatte er die Hütte schon verlassen, um Axt oder Schaufel zu schwingen. Sie kochte frischen Kaffee oder wärmte auf, was er in der Kanne gelassen hatte. Das Kofferradio brachte ihr die letzten Neuigkeiten aus der Außenwelt, aber irgendwie fand sie sie nie sehr wichtig. Nach einer Weile kam er herein, klopfte sich den Schnee vom Parka und den Stiefeln und nahm die Tasse Kaffee entgegen, die sie ihm reichte. Anschließend setzte er sich an seine Staffelei, und Laura setzte sich auf ihren Platz am Fenster.

Manchmal unterhielten sie sich. Manchmal nicht.

Hinter der Routine spürte sie bei ihm eine Art von Eile, deren Motiv sie nicht verstand. Obwohl er stundenlang, mit ruhigen kontrollierten Strichen malte, schien er die Fertigstellung des Bildes kaum abwarten zu können. Und tatsächlich näherte das Porträt sich immer schneller seinem Ende. Sie nahm auf der Leinwand Gestalt an. Genauer gesagt, die Frau, die er in ihr sah. Laura konnte beim besten Willen nicht verstehen, warum er sie so weltfern, so verträumt wirken ließ. Schließlich lebte sie in dieser Welt, sehr sogar, denn dafür sorgte das Baby, das in ihr wuchs.

Aber sie beschwerte sich nicht. Er reagierte ohnehin nicht auf ihren Protest.

Er hatte andere Skizzen angefertigt. Einige zeigten sie in voller Größe, andere nur ihr Gesicht. Es war sein gutes Recht, sie als Modell zu nutzen, schließlich hatte sie sonst nichts, was sie ihm für das Dach über dem Kopf geben konnte. Einige der Skizzen machten sie unruhig, wie diejenige, die er gezeichnet hatte, als sie eines Nachmittags auf dem Sofa eingeschlafen war. Sie hatte so – wehrlos ausgesehen. Und so hatte sie sich auch gefühlt, als ihr klar geworden war, dass er sie ohne ihr Wissen beobachtet und zu Papier gebracht hatte.

Nicht dass sie sich vor ihm fürchtete. Laura stocherte halbherzig in der Mischung aus Wasser, Trockenmilch und Schokolade herum. Er war zu ihr freundlicher gewesen, als sie es unter den Umständen hätte erwarten dürfen. Und obwohl er ab und zu brüsk und gereizt sein konnte, war er der sanfteste Mann, den sie kannte.

Vielleicht fand er sie wirklich attraktiv. Ihr Gesicht hatte auf viele Männer anziehend gewirkt. Aber ob das nun bei ihm der Fall war oder nicht, er behandelte sie jedenfalls mit Respekt und Fürsorge.

Mit einem Schulterzucken goss sie die Flüssigkeit in einen Becher. Jetzt war nicht der richtige Zeitpunkt, sich über Gabriels Gefühle Gedanken zu machen. Sie schloss die Augen, stellte sich eine cremige heiße Schokolade vor und kippte den Inhalt des Bechers hinunter. In einigen Tagen würde sie sich wieder auf den Weg nach Denver machen.

Ein plötzlicher Schmerz ließ sie nach dem Rand der Arbeitsplatte greifen. Sie biss die Zähne zusammen und unterdrückte den Impuls, Gabriel zu rufen. Es war nichts, sagte sie sich, als der Schmerz nachließ. Vorsichtig ging sie ins Wohnzimmer. Gabriels Axt sauste nicht mehr auf das Holz herab. In der Stille hörte sie das andere Geräusch. Ein Motor? Panik stieg in ihr auf, und sie wehrte sich dagegen. Es konnte nicht sein, dass sie sie gefunden hatten. Die Vorstellung war absurd. Trotzdem ging sie rasch nach vorn und sah durchs Fenster.

Ein Schneemobil. Der Anblick des blitzenden, spielzeugartigen Gefährts hätte sie vielleicht amüsiert, wenn sie nicht den Fahrer gesehen hätte. Es war ein uniformierter Beamter der Staatspolizei. Laura machte sich auf alles gefasst und öffnete die Tür einen Spalt.

Gabriel war ins Schwitzen geraten. Er liebte es, an der frischen Luft zu sein und sich zu bewegen. Es brachte ihn zwar nicht auf andere Gedanken – die drehten sich immer nur um Laura –, aber wenigstens half es ihm, einen klaren Kopf zu bekommen.

Sie brauchte Hilfe. Und die würde er ihr verschaffen.

Einige Leute, die ihn kannten, hätten auf diese Entscheidung ziemlich erstaunt reagiert. Sicher, niemand hätte ihn der Gefühllosigkeit beschuldigt. Dazu waren seine Bilder viel zu einfühlsam und ausdrucksstark. Aber es gab nur wenige, die ihn für einen großherzigen Menschen hielten.

Michael war derjenige mit dem großen Herzen gewesen.

Gabriel war immer in sich selbst vertieft gewesen. Genauer gesagt in seine Kunst, angetrieben von dem Bedürfnis, das Leben in all seinen Nuancen wiederzugeben. Michael dagegen hatte das Leben einfach ausgekostet.

Jetzt war er fort. Gabriel ließ die Axt hinuntersausen. Sein Atem stieß pfeifend durch die Zähne und produzierte eine weiße Wolke in der dünnen Luft. Und Michaels Verschwinden hatte eine so große Lücke hinterlassen, dass Gabriel nicht sicher war, ob sie je gefüllt werden könnte.

Er hatte die Axt gerade wieder gehoben, und sie befand sich auf dem höchsten Punkt ihrer Bahn, als er das Motorengeräusch hörte. Er ließ die Axt auf den Block fallen, sodass sie sich mit der Schneide ins Holz grub. Splitter flogen davon und gesellten sich zu den anderen auf dem festgetrampelten Schnee. Mit einem raschen Blick zum Küchenfenster hinüber ging er um die Hütte herum, um den Besucher zu empfangen.

Die Entscheidung, die Frau in der Hütte zu beschützen, traf er nicht bewusst. Das brauchte er nicht. Es war die natürlichste Sache der Welt.

„Wie geht's?" Der Polizist, dessen Wangen vom Wind und der Kälte gerötet waren, stellte den Motor ab und nickte Gabriel zu.

„Nicht schlecht." Der junge Beamte musste etwa fünfundzwanzig und halb erfroren sein. „Wie ist die Straße?"

Der Uniformierte lachte auf und stieg vom Schneemobil. „Sagen wir mal, ich hoffe, Sie haben keine dringenden Verabredungen."

„Nichts, das nicht warten könnte."

„Ihr Glück." Er streckte die behandschuhte Hand aus. „Scott Beecham."

„Gabriel Bradley."

„Ich habe schon gehört, dass jemand die alte McCampbell-Hütte gekauft hat." Die Hände in die Hüften gestemmt, musterte er das Holzhaus. „Da haben Sie sich ja den idealen Winter für den Einzug ausgesucht. Wir sind dabei, den Höhenzug abzuklappern, falls jemand Vorräte braucht oder krank geworden ist."

„Ich habe meine gerade aufgefrischt, als der Schneesturm losbrach."

„Gut für Sie." Er wies auf den Jeep. „Mit Ihrem Allrad kommen Sie ja einigermaßen durch. Mit dem, was wir in den letzten Tagen eingeschleppt haben, könnten wir einen Autofriedhof füllen. Übrigens ist ungefähr 'ne Viertelmeile von hier ein 84er Chevy in das Schutzgitter geschleudert. Vom Fahrer ist nichts zu sehen. Vielleicht hat er sich im Schneesturm verirrt."

„Meine Frau", sagte Gabriel. Laura stand in der Tür und riss die Augen auf. „Sie hatte Angst, dass mir etwas passiert sein könnte, und wollte mir entgegenfahren." Gabriel zog grinsend eine Zigarette aus der Packung. „Hätte mich fast gerammt. Wie die Dinge lagen, dachte ich mir, es sei das Beste, den Wagen stehen zu lassen und hier auf günstigeres Wetter zu warten. Bin noch nicht dazu gekommen, mir den Schaden genauer anzusehen."

„Hab in den letzten Tagen welche gesehen, die's schlimmer erwischt hat. Ist sie verletzt worden?"

„Nein. Aber die Sache hat uns beide um zehn Jahre altern lassen."

„Kann ich mir vorstellen. Fürchte, wir werden das Fahrzeug abschleppen lassen müssen, Mr. Bradley." Er sah zur Hütte hinüber. Seine Stimme klang beiläufig, aber Gabriel spürte, dass er wachsam war. „Ihre Frau, sagen Sie?"

„Das stimmt."

„Der Wagen ist auf eine Malone zugelassen, Laura Malone."

„Der Mädchenname meiner Frau", erwiderte Gabriel ungerührt.

Aus einem Impuls heraus schob Laura die Tür auf. „Gabriel?"

Die beiden Männer drehten sich zu ihr um. Der Polizist zog sich die Mütze vom Kopf. Gabriel runzelte die Stirn.

„Tut mir leid, euch zu unterbrechen", sie lächelte, „aber ich dachte mir, der Officer würde vielleicht einen heißen Kaffee mögen."

Der Beamte setzte die Mütze wieder auf. „Klingt äußerst verlockend, Ma'am, und ich danke Ihnen. Aber ich muss weiter. Das mit Ihrem Wagen tut mir leid."

„War meine eigene Schuld. Können Sie uns sagen, wann die Straße wieder frei ist?"

„Ihr Mann müsste es in ein oder zwei Tagen in die Stadt schaffen", erwiderte Beecham. „Ihnen würde ich eine Fahrt allerdings nicht empfehlen, Ma'am. Jedenfalls vorläufig nicht."

„Nein." Sie lächelte ihn an und verschränkte fröstelnd die Arme vor der Brust. „Schätze, ich werde wohl noch eine Weile bleiben, wo ich bin."

„Dann werde ich mal wieder." Beecham bestieg sein Schneemobil. „Haben Sie 'ne Kurzwelle, Mr. Bradley?"

„Nein."

„Wäre vielleicht keine schlechte Idee, sich eine zu holen, wenn Sie das nächste Mal in der Stadt sind. Die sind einfach zuverlässiger als das Telefon. Wann kommt Ihr Baby?"

Gabriel starrte ihn einen Moment lang an. „Ihr Baby" hatte er gesagt. „In vier oder fünf Wochen."

„Na, dann haben Sie ja noch 'ne Menge Zeit." Grinsend startete Beecham den Motor. „Ihr Erstes?"

„Ja", murmelte Gabriel. „Das ist es."

„Tolle Sache. Hab selbst zwei Mädchen. Das letzte wollte unbedingt an Thanksgiving geboren werden. Hatte gerade erst zwei Bissen Pumpkin Pie gehabt, als ich auch schon ins Krankenhaus fahren musste. Meine Frau behauptet steif und fest, dass es an der Füllung lag, die meine Mutter gemacht hat." Er hob eine Hand und seine Stimme. „Geben Sie auf sich acht, Mrs. Bradley."

Sie sahen ihm nach, als das Schneemobil den Weg entlangtuckerte. Und dann waren sie plötzlich wieder allein.

Gabriel räusperte sich und stieg die Stufen zur Hütte hinauf. Laura gab ihm wortlos den Weg frei und schloss die Tür hinter ihnen. Sie wartete, bis er auf dem Kaminsockel saß und sich die Stiefel aufschnürte.

„Danke."

„Wofür denn?"

„Dafür, dass du ihm gesagt hast, ich sei deine Frau."

Stirnrunzelnd streifte er sich einen Stiefel vom Fuß. „Dachte mir, auf die Art gibt es weniger Komplikationen."

„Für mich", stimmte Laura ihm zu. „Nicht für dich."

Schulterzuckend stand er auf, um in die Küche zu gehen. „Gibt's noch Kaffee?"

„Ja." Sie hörte, wie er die Glaskanne an den Becher hielt, wie die Flüssigkeit hineinströmte. Er hatte für sie gelogen, sie beschützt, und sie hatte bisher nur genommen, nicht gegeben. „Gabriel." Sie hoffte inständig, dass ihr Instinkt sie nicht trog, und ging zur Küchentür.

„Was zum Teufel ist das denn?" Er hielt die Pfanne in der Hand, in der sie die Milch erhitzt hatte.

Ihre Anspannung legte sich für einen Moment. „Heiße Schokolade. Man muss nur fest genug daran glauben."

„Es sieht aus wie ... Ist ja auch egal, wonach es aussieht." Er stellte die Pfanne auf den Herd zurück. „Dieses Trockenzeug schmeckt grauenhaft, was?"

„Ein wahres Wort. Ich werde nicht widersprechen."

„Ich versuche morgen, es in die Stadt zu schaffen."

„Wenn du es schaffst, könntest du ..." Plötzlich war es ihr peinlich, und sie verstummte.

„Was brauchst du?"

„Nichts. Nur eine dumme Idee. Hör mal, könnten wir uns eine Minute hinsetzen?"

Er ergriff ihre Hand, bevor sie zurückweichen konnte. „Was brauchst du aus der Stadt, Laura?"

„Marshmallows, um sie im Kamin zu rösten. Ich habe doch gesagt, es ist eine dumme Idee", murmelte sie und versuchte, ihre Hand wegzuziehen.

Er sehnte sich danach, sie einfach in die Arme zu nehmen. Es war unglaublich, wie sehr er sich danach sehnte. „Sind das echte Gelüste, oder ist das nur so ein spontaner Einfall?"

„Keine Ahnung. Es ist nur, dass ich den Kamin sehe und automatisch an Marshmallows denken muss." Weil er nicht über sie lachte, konnte sie unbeschwert lächeln. „Manchmal rieche ich sie förmlich."

„Marshmallows. Willst du denn nichts dazu? Meerrettich zum Beispiel?"

Sie zog eine Grimasse. „Auch so ein albernes Gerücht."

„Du bringst mich um sämtliche Vorurteile." Er hob ihre Hand an die Lippen und küsste sie. „Und du trägst das Hemd nicht mehr."

Jetzt dachte er wieder an das Bild, nicht an sie. Er war wieder der Künstler, sie sein Modell. „Ich ziehe mich um."

„Schön." Die kurze Berührung hatte ihn erneut spüren lassen, wie sehr er sie begehrte, und er drehte sich abrupt zur Arbeitsplatte und seinem Kaffee um.

Die Entscheidung fiel Laura plötzlich leicht. Vielleicht war sie auch schon in dem Moment getroffen worden, als sie ihn für sie lügen hörte. „Gabriel, ich weiß, dass du jetzt malen willst, aber ich möchte ... Ich finde, ich sollte ... Ich will dir jetzt alles erzählen, falls du es überhaupt noch hören willst."

Er drehte sich wieder um. Sein Blick war auffallend klar und intensiv. „Warum?"

„Weil es falsch wäre, dir nicht zu vertrauen. Und weil ich jemanden brauche. Wir beide brauchen jemanden."

„Setz dich bitte", sagte er schlicht und führte sie sanft zur Couch.

„Ich weiß nicht, womit ich beginnen soll."

Wahrscheinlich ist es für sie einfacher, wenn sie ganz von vorn anfängt, überlegte er sich, während er Holz aufs Feuer legte. „Woher stammst du?", fragte er, als er sich zu ihr auf die Couch setzte.

„Ich habe an vielen Orten gelebt. New York, Pennsylvania, Maryland. Meine Tante hatte eine kleine Farm im Osten. Bei ihr habe ich am längsten gelebt."

„Und deine Eltern?"

„Meine Mutter war sehr jung, als ich geboren wurde. Unverheiratet. Sie ... Ich habe dann bei meiner Tante gewohnt, bis ... sie Probleme bekam, in finanzieller Hinsicht. Danach kamen Pflegeeltern. Aber das ist nicht so wichtig."

„Nein?"

„Ich will nicht, dass du Mitleid für mich empfindest. Dazu erzähle ich dir das nicht."

Ihr Stolz war offensichtlich. In der Art, wie sie den Kopf neigte, in ihrem Tonfall. Es war genau der ruhige Stolz, den er auf die Leinwand bannen wollte. Seine Finger juckten nach dem Zeichenblock, so sehr wie danach, ihr Gesicht zu berühren. „Also gut, kein Mitleid."

Mit einem Nicken fuhr sie fort. „Nach dem, was ich später gehört habe, hat meine Mutter es nicht einfach gehabt. Sie war noch ein Kind. Möglicherweise wollte sie mich behalten, aber es klappte nicht. Meine Tante war älter, aber sie hatte eigene Kinder. Im Grunde genommen war ich nur ein weiteres Maul, das gestopft werden musste. Und als es zu kostspielig wurde, kam ich zu Pflegeeltern."

„Wie alt warst du?"

„Sechs, beim ersten Mal. Irgendwie hat es nie richtig hingehauen. Bei den einen blieb ich ein Jahr, bei den nächsten zwei. Es war schrecklich, nie dazuzugehören, nie das zu haben, was für andere ganz selbstverständlich schien. Als ich ungefähr zwölf war, bin ich für kurze Zeit zu meiner Tante zurückgekehrt. Aber ihr Mann hatte seine eigenen Probleme, und ich blieb nicht lange."

Irgendetwas in ihrer Stimme ließ ihn aufhorchen. „Was für Probleme?"

„Ist nicht mehr wichtig." Sie schüttelte den Kopf und wollte aufstehen, aber Gabriel ergriff ihre Hand und hielt sie fest.

„Du hast angefangen, Laura, jetzt bring es auch zu Ende."

„Er hat getrunken", sagte sie hastig. „Und dann wurde er immer gemein."

„Gemein? Soll das heißen, er wurde gewalttätig?"

„Ja. Wenn er nüchtern war, war er unzufrieden und nörglerisch. Betrunken war er ... konnte er bösartig sein." Sie rieb sich die Schulter, als ob sich dort eine alte Wunde befände. „Normalerweise war meine Tante sein Opfer, aber oft ließ er es auch an den Kindern aus."

„Hat er dich geschlagen?"

„Nur wenn ich ihm nicht schnell genug aus dem Weg ging." Ihr gelang ein zaghaftes Lächeln. „Und ich habe gelernt, schnell zu sein. Es klingt schlimmer, als es in Wirklichkeit war."

Das bezweifelte er stark. „Erzähl weiter."

„Das Jugendamt hat mich wieder weggeholt und bei neuen Pflegeeltern abgeliefert. Es war, als ob ich irgendwo geparkt würde. Ich weiß noch, wie ich sechzehn war und die Tage bis zu meiner Volljährigkeit zählte. Ich konnte es nicht abwarten, für mich selbst zu sorgen, meine eigenen Entscheidungen zu treffen. Dann war es endlich so weit. Ich zog nach Pennsylvania und suchte mir einen Job. Ich arbeitete als Verkäuferin in einem Kaufhaus in Philadelphia. Da war eine Kundin, die regelmäßig bei mir einkaufte. Wir freundeten uns etwas an, und eines Tages brachte sie einen Mann mit. Er war klein und fast kahlköpfig – wie eine Bulldogge. Er sah mich an, nickte der Frau zu und sagte, sie habe recht gehabt. Dann gab er mir eine Visitenkarte und bat mich, am nächsten Tag in sein Studio zu kommen. Natürlich hatte ich nicht vor, hinzugehen. Ich dachte ... Nun ja, ich hatte so meine Erfahrungen mit Männern ..."

„Das glaube ich", sagte Gabriel trocken.

Es war ihr noch immer unangenehm, und da er nicht nachfragte, vertiefte sie das Thema auch nicht. „Jedenfalls legte ich die Karte beiseite und hätte die ganze Sache vermutlich vergessen, wenn nicht eine junge Kollegin mir ganz begeistert erzählt hätte, wer der Mann war. Vielleicht kennst du den Namen. Geoffrey Wright."

Gabriel zog eine Augenbraue hoch. Wright war einer der renommiertesten Modefotografen der gesamten Branche. Nein, der renommierteste. Gabriel kannte sich in der Modebranche nicht aus, aber der Name Geoffrey Wright war über sie hinaus bekannt. „Kommt mir bekannt vor."

„Als ich erfuhr, dass er ein Profi ist, ein angesehener Fotograf, da beschloss ich, es einfach zu wagen. Kaum war ich in seinem Studio, ging alles auch schon ganz schnell. Er war ziemlich kurz angebunden, und bevor ich etwas sagen konnte, stand ich schon perfekt geschminkt im Scheinwerferlicht. Ich kam mir so deplatziert vor, doch er schien es nicht zu merken. Er brüllte mir seine Anweisungen zu, wie ich stehen, sitzen, mich bücken und drehen sollte. Dann holte er ein Zobelfell heraus, einen fast bis zum Boden reichenden Zobelmantel. Den legte er mir um die Schultern. Ich dachte, ich träume. Vermutlich habe ich es laut gesagt, denn er lachte, während er die Fotos schoss, und versprach mir, dass ich in einem Jahr schon zum Frühstück Zobel tragen würde."

Gabriel lehnte sich wortlos zurück. Er konnte sie sich in Pelze eingehüllt vorstellen. Es war wie ein Tritt in die Magengrube, als er sich ausmalte, wie sie eine von Wrights jungen und nach Gebrauch ausgemusterten Gespielinnen wurde.

„Binnen eines Monats hatte ich eine Fotoserie für ‚Mode' gemacht. Dann kam eine für ‚Her', dann eine für ‚Charm'. Es war unglaublich. Den einen Tag verkaufte ich Stoffe im Kaufhaus, am nächsten aß ich mit Modeschöpfern zu Abend."

„Und Wright?"

„Noch nie in meinem Leben war jemand so gut zu mir gewesen wie Geoffrey. Sicher, ich weiß, dass ich für ihn mindestens die halbe Zeit nicht mehr als eine – Ware gewesen bin, aber irgendwie war er für mich auch, ich weiß nicht, wie ein Wachhund. Er erzählte immer von seinen Plänen für mich. Ich sollte nicht zu schnell in zu vielen Hochglanzmagazinen erscheinen. Und dann, nach zwei Jahren, wäre mein Gesicht in der gesamten westlichen Welt bekannt. Es klang alles so aufregend. Den größten Teil meines Lebens war ich im Grunde anonym. Und das gefiel ihm. Dass ich aus dem Nichts, aus dem Nirgendwo gekommen war. Ich weiß, dass einige seiner Models ihn für

kalt und gefühllos hielten. Oft war er das auch. Aber er kam dem am nächsten, was ich mir immer unter einem Vater vorgestellt hatte."
„Hast du ihn so gesehen?"
„Ich glaube schon. Und dann, nach all dem, was er für mich getan hatte, nach all der Zeit, die er in mich investiert hatte, ließ ich ihn im Stich." Sie wollte aufstehen, aber Gabriel hinderte sie erneut daran.
„Wohin willst du?"
„Ich möchte einen Schluck Wasser."
„Bleib sitzen. Ich hole ihn dir."

Laura nutzte die Unterbrechung, um Kraft zu sammeln. Ihre Geschichte war erst zur Hälfte erzählt, und der schlimmste, schmerzlichste Teil kam noch. Gabriel brachte ihr ein Glas Wasser mit Eis. Laura nahm zwei Schluck und fuhr fort.

„Wir flogen nach Paris. Ich kam mir vor wie Aschenputtel, und zwar ohne dass ich Angst vor Mitternacht zu haben brauchte. Wir wollten einen Monat dortbleiben, und weil Geoffrey seinen Fotos eine sehr französische Note geben wollte, klapperten wir ganz Paris ab. Eines Abends gingen wir auf eine Party. Es war eine dieser traumhaften Frühlingsnächte, in denen alle Frauen wunderschön und alle Männer attraktiv aussehen. Und da traf ich Tony."

Ihm entging weder das leichte Zittern ihrer Stimme noch der leise Schatten in ihren Augen, und er wusste, dass sie jetzt über den Vater des Babys sprach.

„Er war so galant, so charmant. Ein Märchenprinz, wie geschaffen für Aschenputtel. In den folgenden zwei Wochen verbrachte ich jede freie Minute mit Tony. Wir gingen tanzen, wir aßen in kleinen Cafés und spazierten durch die Parks. Er war alles, wonach ich mich gesehnt hatte und von dem ich wusste, dass ich es nie bekommen würde. Er behandelte mich wie etwas Seltenes und Wertvolles, wie ein Diamanthalsband. Es gab eine Zeit, da glaubte ich, mich in ihn verliebt zu haben."

Sie schwieg, schien zu brüten. Genau das war ihr Fehler gewesen, ihre Sünde, ihre Eitelkeit. Selbst jetzt, ein Jahr danach, nagte das in ihr.

„Geoffrey murrte, redete von reichen Playboys, die sich junge

Dinger zum Zeitvertreib hielten, aber ich hörte nicht auf ihn. Ich wollte endlich einmal geliebt werden, wollte jemanden, der sich um mich kümmerte, dem ich etwas bedeutete. Als Tony um meine Hand anhielt, habe ich nicht lange überlegt."

„Du hast ihn geheiratet?"

„Ja." Sie sah ihn an. „Ich weiß, du musstest glauben, dass ich den Vater des Babys nicht geheiratet habe. Das schien mir die einfachste Erklärung zu sein."

„Du trägst keinen Ring."

Ihr Gesicht färbte sich rot. Vor Scham. „Ich habe ihn verkauft."

„Ich verstehe." In den beiden Worten schwang nichts von Verurteilung mit, aber sie empfand sie trotzdem.

„Wir verbrachten die Flitterwochen in Paris. Ich wollte in die Staaten fahren und seine Familie kennenlernen, aber er meinte, wir sollten dort bleiben, wo wir glücklich sind. Es klang vernünftig. Geoffrey war fuchsteufelswild, hielt mir Strafpredigten, schrie mich an, ich würde alles wegwerfen. Damals glaubte ich, er meinte meine Karriere, und ich ignorierte seine Warnung. Erst später ging mir auf, dass er mein Leben gemeint hatte."

Sie zuckte zusammen, als im Kamin ein glühender Scheit vom Stapel rutschte. Doch dann stellte sie fest, dass das Erzählen ihr leichter fiel, wenn sie dabei ins Feuer starrte. „Ich glaubte, ich hätte alles gefunden, was ich je wollte. Wenn ich zurückdenke, kommen mir die Wochen in Paris wie ein Zauber vor, wie etwas, das nicht ganz wirklich ist, das man aber für wirklich hält, weil man nicht klug genug ist, um die Illusion dabei zu durchschauen. Dann war es an der Zeit, nach Hause zu fahren."

Sie verschränkte die Hände und bewegte die Finger nervös hin und her. Diesmal griff er nicht nach ihnen, um sie zu beruhigen. „Am Abend vor unserer Abreise ging Tony weg. Angeblich, um irgendwelche Geschäfte zu erledigen. Ich wartete auf ihn und bemitleidete mich, weil mein frischgebackener Ehemann mich ausgerechnet am letzten Abend in Paris allein ließ. Dann, als es immer später wurde, verschwand das Selbstmitleid, und ich begann, mir Sorgen um ihn zu machen. Als er endlich zurückkam, war es bereits drei Uhr, und ich machte ihm Vorwürfe."

Als sie schwieg, zog er die Decke von der Sofalehne und legte sie ihr über den Schoß. „Ihr habt euch gestritten."

„Ja. Er war sehr betrunken und aggressiv. So hatte ich ihn noch nie erlebt, aber es sollte nicht das letzte Mal sein, dass ich ihn so sah. Ich fragte ihn, wo er gewesen sei, und er sagte … Nun, er ließ mich wissen, dass es mich nichts anging. Wir schrien uns an, und er erklärte mir, dass er mit einer anderen Frau zusammen gewesen wäre. Erst dachte ich, er behauptete das nur, um mich zu verletzen, doch dann sah ich ihm an, dass es stimmte. Ich fing an zu weinen."

Das war das Schlimmste, dachte sie. Wie sie buchstäblich zusammengebrochen war und geweint hatte. „Das machte ihn nur noch wütender. Er warf Dinge durch die Suite, wie ein trotziger kleiner Junge. Er sagte alles Mögliche, aber es lief darauf hinaus, dass ich mich daran gewöhnen müsste, wie er sein Leben führte. Ich hätte kein Recht, mich darüber aufzuregen, schließlich sei ich Geoffreys Hure gewesen."

Das letzte Wort brachte sie nur mit Mühe heraus, und sie hob das Glas, um sich die Kehle mit Wasser zu kühlen. „Das hat am meisten geschmerzt", stieß sie hervor. „Geoffrey war für mich wie ein Vater gewesen, nichts anderes. Und Tony wusste … er wusste genau, dass ich vor unserer Hochzeitsnacht noch mit keinem Mann geschlafen hatte. Ich war so verletzt, dass ich aufstand und ihn anschrie. Ich weiß nicht mehr, was ich gesagt habe, aber ich war außer mir. Und dann hat er …"

Gabriel sah, wie ihre Finger sich wie Drähte über der weichen Decke spannten. Und dann sah er, wie sie sie langsam, Schritt für Schritt, wieder entspannte. Es kostete ihn Mühe, seine Stimme ruhig klingen zu lassen. „Hat er dich geschlagen, Laura?"

Sie antwortete nicht, schien die nächsten Worte nicht aussprechen zu können. Er berührte ihre Wange und drehte ihr Gesicht zu sich herum. Ihre Augen waren voller Tränen.

„Es war viel schlimmer als bei meinem Onkel. Bei dem konnte ich immer weglaufen. Aber Tony war kräftiger und schneller. Mein Onkel schlug einfach auf jeden ein, der ihm über den Weg lief. Aber Tony tat es mit Absicht, voller Bosheit. Er wollte mir wehtun. Und dann …" Aber sie konnte sich nicht dazu bringen, ihm das auch noch zu erzählen.

Es dauerte eine Weile, bis sie weitersprach. Gabriel saß schweigend da, während der Zorn in ihm wuchs und sich aufstaute, bis er glaubte, er müsse gleich explodieren. Er wusste, was Temperament bedeutete, hatte selbst eins, das leicht erregbar war. Nie würde er jedoch verstehen oder gar verzeihen, wenn jemand einem schwächeren, kleineren Menschen absichtlich Schmerz zufügte.

„Als es vorbei war", fuhr sie mit wieder ruhigerer Stimme fort, „ging er einfach schlafen. Ich lag da und wusste nicht, was ich tun sollte. Es ist komisch, aber später, als ich mit Frauen darüber sprach, die das Gleiche erlebt hatten, da fand ich etwas heraus. Nämlich, dass fast jede von uns sich selbst ein Stück Schuld an dem gab, was passiert war. Und sei es auch nur, weil wir es hätten voraussahen müssen ..." Sie schüttelte den Kopf.

„Am nächsten Morgen weinte er und bat mich um Vergebung. Er versprach, dass es nie wieder geschehen würde. Nach dem Muster lief es ab, solange wir zusammenblieben."

„Du hast dich nicht von ihm getrennt?"

Auch diesmal sah er ihr an, dass sie sich schämte. „Wir waren immerhin verheiratet, und ich glaubte, es würde besser werden. Dann kehrten wir in das Haus seiner Eltern zurück. Sie hassten mich von Anfang an. Ihr Sohn, ihr Thronerbe, hatte hinter ihrem Rücken eine Bürgerliche geheiratet. Wir lebten bei ihnen, und es war zwar dauernd die Rede von unserem eigenen Haus, aber nichts tat sich. Man konnte mit ihnen an einem Tisch sitzen, eine Unterhaltung mit ihnen führen und trotzdem total ignoriert werden. Sie waren wirklich erstaunlich. Tony wurde immer unerträglicher. Er begann, sich mit anderen Frauen zu treffen, und machte keinen Hehl daraus. Seine Eltern wussten, was er tat, wie er sich mir gegenüber benahm, und sie verachteten mich umso mehr. Es war ein Teufelskreis. Ich wusste, dass ich dort raus musste. Ich sagte ihm, dass ich die Scheidung wollte.

Das schien ihn für eine kurze Zeit zur Besinnung zu bringen. Er machte Versprechungen, schwor, er würde sich einer Therapie unterziehen, einen Eheberater aufsuchen, alles Mögliche. Wir sahen uns sogar nach einem Haus um. Ich muss zugeben, dass ich ihn zu dem Zeitpunkt nicht mehr liebte und dass es falsch war, trotzdem bei ihm zu bleiben. Was ich allerdings nicht wusste, war, dass seine Eltern die Fäden in der Hand hielten und in eine andere Richtung zogen. Sie machten es ihm schwer, von zu Hause wegzuziehen. Dann merkte ich, dass ich schwanger war."

Sie legte die Hand auf den Bauch, spreizte die Finger. „Tony war, nun, mindestens unentschieden, was das Kind betraf. Seine Eltern waren begeistert. Seine Mutter fing sofort an, eine Art Nobelkinderzimmer einzurichten. Sie kaufte antike Kindermöbel, Krippen und Wiegen, silberne Löffel, feinstes irisches Leinen. Es machte mich nervös, wie sie alles in die Hand nahm, aber ich hoffte, dass das Kind uns irgendwie aussöhnen würde. Aber für sie war ich gar nicht die Mutter des Babys, ebenso wenig wie ich die Frau von Tony war. Es war ihr Enkelkind, ihr Erbe, ihr Familienstammbaum. Ich kam darin gar nicht vor. Wir hörten auf, nach einem eigenen Haus zu suchen, und Tony begann wieder zu trinken. Als er eines Abends betrunken heimkam und mich schlug, bin ich gegangen."

Laura holte tief Luft und starrte weiter ins Feuer. „Jetzt hatte er nicht mehr nur mich geschlagen, sondern auch das Kind. Das machte es mir unglaublich leicht, ihn zu verlassen. Ich schluckte meinen Stolz hinunter, rief Geoffrey an und bat ihn um ein Darlehen. Er wies mir telegrafisch zweitausend Dollar an. Ich besorgte mir eine eigene Wohnung, suchte mir einen Job und reichte die Scheidung ein. Zehn Tage später war Tony tot."

Der Schmerz kam dumpf und schleichend. Laura schloss die Augen und ertrug ihn. „Seine Mutter besuchte mich, flehte mich an, den Scheidungsantrag zurückzuziehen und als Tonys Witwe zur Beerdigung zu kommen. Ich tat, was sie von mir verlangte. Vielleicht auch deshalb, weil ich an jene ersten Tage in Paris dachte. Nach der Beerdigung fuhr ich mit ihnen in ihr Haus. Sie hatten gesagt, es gebe noch Dinge zu besprechen. Und dann erfuhr ich, worum es ihnen ging. Sie wollten sämtliche Kosten der Geburt bezahlen, mich in einer der besten Kliniken unterbringen. Und wenn das Baby auf der Welt war, wollten sie mir hunderttausend Dollar geben, damit ich auf alle Rechte verzichte. Als ich mich weigerte und ihnen entrüstet sagte, was ich von dem Vorschlag hielt, erklärten sie mir, dass sie sich das Baby einfach nehmen würden. Tonys Baby. Sie ließen keinen Zweifel daran, dass sie genug Geld und Einfluss haben, um sich das Sorgerecht vor Gericht zu erkämpfen."

Sie strich sich über den Bauch. „Sie drohten damit, meine angebliche Vergangenheit zur Sprache zu bringen. Mein ‚Verhältnis' mit Geoffrey. Sie hatten Nachforschungen anstellen lassen und wollten vor Gericht nachweisen, dass ich als einstiges Pflegekind keine geeignete Mutter für ihr Enkelkind sein würde. Sie als Großeltern würden dem Baby die angemessene Umgebung sichern. Sie gaben mir vierundzwanzig Stunden Bedenkzeit. Da bin ich davongelaufen."

Minutenlang sagte Gabriel nichts. Lauras Erzählung hatte einen bitteren Geschmack in seinem Mund hinterlassen. Er hatte ihre Geschichte hören wollen. Jetzt hatte er sie gehört, war sich aber nicht mehr sicher, ob er damit umgehen konnte.

„Laura, was immer sie dir erzählt haben, womit sie dir auch gedroht haben, ich glaube nicht, dass sie dir das Kind wegnehmen können."

„Reicht das denn nicht? Verstehst du mich denn nicht? Ich kann es nicht riskieren, solange sie auch nur die geringste Chance haben. Ich kann sie nicht mit ihren Mitteln bekämpfen. Mir fehlt das Geld, mir fehlen die Beziehungen."

„Wer sind sie?" Als sie zögerte, nahm er ihre Hand. „Das kannst du mir jetzt auch noch anvertrauen."

„Ihr Name ist Eagleton", sagte sie. „Thomas und Lorraine Eagleton aus Boston."

Er legte die Stirn in Falten. Den Namen kannte er. Wer kannte ihn nicht? Aber angesichts seiner eigenen Herkunft war es für ihn mehr als nur ein Name oder ein Bild aus den Gesellschaftskolumnen. „Du warst mit Anthony Eagleton verheiratet?"

„Ja." Sie sah ihn an. „Du kanntest ihn, nicht wahr?"

„Nicht sehr gut. Flüchtig. Er war mehr ..." ‚Mehr in Michaels Alter' hatte er sagen wollen. „Er war jünger. Ich habe ihn ein- oder zweimal getroffen, als er an der Westküste war." Und was er gesehen hatte, war nicht eindrucksvoll genug gewesen, um sich darüber ein Urteil zu bilden. „Ich habe gelesen, dass er bei einem Autounfall ums Leben gekommen ist. Vermutlich stand da auch etwas von einer Ehefrau, aber das letzte Jahr war für mich etwas schwierig, und ich habe nicht darauf geachtet. Meine Familie verkehrt ab und zu gesellschaftlich mit den Eagletons, ist aber nicht gut mit ihnen bekannt."

„Dann weißt du ja, dass es sich um eine alte, etablierte Familie mit altem, etabliertem Reichtum handelt. Und für sie ist dieses Kind ein Teil ihres – Vermögens. Sie haben mich quer durch das Land verfolgen lassen. Jedes Mal, wenn ich irgendwo von vorn anfangen wollte, merkte ich, dass mir die Privatdetektive auf den Fersen waren. Sie dürfen mich nicht finden. Sie werden mich nicht finden."

Er stand auf, ging hin und her, steckte sich eine Zigarette an. Er musste das Gehörte verarbeiten. Und seine Gefühle. „Ich möchte dich etwas fragen."

Sie seufzte müde. „Bitte."

„Einmal, als ich dich fragte, ob du dich fürchtest, sagtest du, nein, du schämtest dich. Ich möchte wissen, warum."

„Ich habe nicht zurückgekämpft, habe mich nicht gewehrt, habe alles über mich ergehen lassen. Ich habe mich missbrauchen und schlagen lassen. Es ist ungeheuer schwer, sich das einzugestehen. Dass man so sehr erniedrigt worden ist, dass man sich alles gefallen lassen hat."

„Fühlst du dich noch immer so?"

„Nein." Ihr Kinn hob sich. „Niemand wird jemals wieder die Kontrolle über mein Leben bekommen."

„Gut." Er setzte sich auf den Kaminsockel. Der Rauch aus seiner Zigarette driftete nach oben. „Ich finde, du bist durch die Hölle gegangen, Engel. Eine schlimmere Hölle, als irgendjemand sie verdient hat. Ob du dir das zum Teil selbst eingebrockt hast, was du offenbar glaubst, oder ob es an den Umständen lag, spielt jetzt keine Rolle mehr. Es ist vorbei."

„So einfach ist das nicht, Gabriel. Ich bin es nicht mehr allein, für die ich verantwortlich bin."

„Wie weit würdest du gehen, um die Eagletons zu bekämpfen?"

„Ich habe dir doch schon gesagt, dass ich nicht ..."

Er unterbrach sie mit einer Handbewegung. „Wenn du die Mittel hättest. Wie weit?"

„Bis zum Ende. So weit und so lange es gehen muss. Aber darauf kommt es nicht an, denn ich habe die Mittel nicht."

Er zog an seiner Zigarette, musterte sie mit offenkundigem Interesse und warf sie schließlich ins Feuer. „Du hättest sie, wenn du mit mir verheiratet wärst."

5. KAPITEL

Laura sagte nichts, konnte nichts sagen. Er saß auf dem Kaminsockel, die Knie angezogen, die Augen sehr kühl, sehr ruhig, den Blick auf ihr Gesicht gerichtet. Ein Teil seines enormen Talents bestand darin, sich auf einen Ausdruck zu konzentrieren und die sich dahinter verbergenden Gefühle herauszudestillieren. Vielleicht lag es daran, dass er seine eigenen Gefühle hinter einer Maske scheinbarer Ausdruckslosigkeit verstecken konnte.

Sie konnte hören, wie hinter ihm die Holzscheite zischten und knisterten. Die Morgensonne drang funkelnd durch die vereisten Fenster und beschien den Boden vor seinen Füßen. Er wirkte vollkommen entspannt, so als hätte er gerade vorgeschlagen, zum Lunch eine Suppe zu essen. Laura hätte beim besten Willen nicht sagen können, ob es mehr als das bedeutete.

Sie stützte sich auf den Tisch und erhob sich schwerfällig.

„Ich bin müde. Ich werde mich hinlegen."

„Na schön. Wir können später darüber reden."

Sie wirbelte herum, so gut es ging. Und was er in ihrem Gesicht sah, war nicht Sorge oder Angst, es war Zorn, heftig und ungebändigt. „Wie kannst du nur dasitzen und mir nach all dem, was ich dir erzählt habe, so etwas sagen?"

„Vielleicht gerade deshalb, weil du mir all das erzählt hast."

„Oh, da ist er wieder, der barmherzige Samariter." Die Bitterkeit in ihrer Stimme passte ihr nicht, aber sie konnte nichts dagegen tun. „Der weiße Ritter kommt angeritten, um die hilflose, unfähige Frau zu retten. Soll ich dir auf den Knien danken? Meinst du das? Dass ich mein Leben zum zweiten Mal aus den Händen gebe, erneut diesen erbärmlichen, selbstzerstörerischen Fehler begehe, nur weil ein Mann mir einen Ausweg bietet?"

Erst wollte er sich beherrschen, doch dann sprang er auf und ließ seinen Gefühlen freien Lauf. „Mir liegt absolut nichts daran, dein Leben in meine Hände zu nehmen. Außerdem, wie kommst du eigentlich dazu, mich mit einem jämmerlichen Alkoholiker zu vergleichen, der seine Frau verprügelt?"

„Mit wem dann? Mit dem Ritter auf dem Schimmel, der selbstlos in Not geratene Maiden vor Unheil bewahrt?"

„Auf die Idee ist nun wirklich noch niemand gekommen. Ich bin ziemlich eigensinnig, sonst hätte ich den Vorschlag vielleicht gar nicht gemacht. Ich bin launisch, was du ja wohl schon gemerkt haben dürftest. Ich bin temperamentvoll und kann wütend werden. Aber ich schlage keine Frauen, und ich missbrauche sie auch nicht."

Nur mühsam zügelte sie sich. „Das wollte ich auch nicht andeuten. Und ich wollte dich auch nicht mit irgendjemandem vergleichen. Es ist die Situation, die vergleichbar ist."

„Das eine hat mit dem anderen nichts zu tun. Die Tatsache, dass ich Geld habe, kann dir doch nur nützen."

„Ich habe Tony nicht wegen seines Geldes geheiratet."

„Nein." Sein Tonfall verlor an Schärfe. „Nein, das hast du sicher nicht. Aber in diesem Fall bin ich bereit, zu akzeptieren, dass du mich wegen meines Geldes heiratest."

„Warum?"

In seinen Augen blitzte etwas auf und verschwand wieder, bevor sie es entschlüsseln konnte. „Vielleicht ist das die Frage, die du zuallererst hättest stellen sollen?"

„Da hast du möglicherweise recht." Sie bereute ihren Ausbruch bereits. Das tat sie hinterher immer. „Aber ich stelle sie jetzt."

Mit einem Nicken stemmte er sich hoch und ging durchs Zimmer zu dem fast fertigen Porträt. Wie unzählige Male zuvor, so starrte er auch jetzt auf die Leinwand, um sich nicht nur über Laura, sondern auch über sich selbst klar zu werden.

„Ich empfinde etwas für dich. Ich weiß nicht genau, was es ist, aber es ist sehr stark. Stärker als alles, was ich je gefühlt habe." Er legte einen Finger auf das Gesicht vor ihm. „Ich fühle mich von dir angezogen, Laura, und mir ist aufgegangen, dass ich lange genug allein gewesen bin."

„Das mag ausreichend, gerade eben ausreichend für eine Heirat sein. Aber nicht für mich, nicht mit mir. Nicht mit all dem, was du damit auf dich nehmen würdest."

„Ich habe einiges an Schulden zurückzuzahlen", murmelte er und drehte sich wieder zu ihr um. „Dir zu helfen, dir und dem Kind, das könnte mein Schuldenkonto bereinigen."

Ihr Zorn war verflogen. Sie konnte der Trauer und der Zuneigung in seinen Augen nicht widerstehen. „Du hast uns schon geholfen. Mehr, als ich jemals zurückzahlen kann."

„Ich will keine Bezahlung." Er klang erneut unduldsam, gereizt. „Was ich will, bist du. Auf welche Art soll ich es dir denn noch sagen?"

„Ich glaube, ich will gar nicht, dass du es sagst." Sie zweifelte nicht daran, dass er meinte, was er sagte. Die Vorstellung, dass er sie wollte, faszinierte und ängstigte sie zugleich. „Verstehst du denn nicht? Ich habe schon einmal einen schrecklichen Fehler gemacht."

Er ging zu ihr hinüber, löste sanft ihre ineinander verschränkten Hände und legte sie in seine. „Ich bin dir nicht gleichgültig?"

„Nein, aber ..."

„Du hast keine Angst vor mir?"

„Nein."

„Dann lass mich dir helfen."

„Ich bekomme das Kind eines anderen Mannes."

„Nein." Er nahm ihr Gesicht in die Hände, weil er wollte, dass ihre Blicke sich trafen. „Heirate mich, und das Kind ist unseres. In jeder Hinsicht. Zwischen uns, in der Öffentlichkeit, völlig."

Die Tränen kehrten in ihre Augen zurück. „Sie werden kommen."

„Sollen sie. Sie werden dir nichts tun können, und sie werden das Baby nicht bekommen."

Sicherheit. War das, was sie sich immer ersehnt hatte, nur ein weit entferntes Versprechen? Sie öffnete den Mund, wusste, dass ihr das Ja auf der Zunge lag. Plötzlich wurde ihr das Herz schwer, und sie hob die Hand an seine Wange. „Wie konnte ich dir das alles nur antun?"

Seine Lippen gaben ihr die Antwort. Das Verlangen war da, das konnte sie nicht bestreiten. Sie schmeckte es, als er sie küsste. Sie fühlte es, als seine Hand ihr durchs Haar fuhr und sich beschützend und besitzergreifend in ihren Nacken legte.

Ich bin nicht die Einzige, die von der Vergangenheit gejagt wird, schoss es Laura durch den Kopf. Nicht die Einzige, die Liebe und Verständnis braucht. Weil er so stark war, merkte man ihm den

Schmerz vielleicht nicht so leicht an. Um ihm Wärme und Geborgenheit zu geben, zog sie ihn fester an sich.

Das war es, was er auf die Leinwand hatte bannen wollen. Ihre Menschlichkeit, ihr Wesen. Und das war es auch, was er niemals in ein Bild würde übersetzen können. Er gestand es sich ein. Dieser Teil ihrer Schönheit, dieser wichtigste Teil, war nicht zu malen. Aber er war zu erleben.

„Du brauchst mich", murmelte er. „Und ich brauche dich."

Sie nickte und legte den Kopf gegen seine Schulter, weil sich damit alles ausdrücken ließ.

Es hatte wieder zu schneien begonnen, und erst drei Tage später war an eine Fahrt in die Stadt zu denken. Laura sah Gabriel zu, wie er den letzten Becher Kaffee leerte und sich den Parka anzog.

„Ich komme so schnell wie möglich zurück."

„Es wäre mir lieber, du lässt dir Zeit und achtest auf die Straße."

„Der Jeep fährt wie ein Panzer." Er nahm die Handschuhe, die sie ihm reichte, streifte sie jedoch nicht über. „Ich lasse dich äußerst ungern allein."

„Gabriel, ich passe schon ziemlich lange allein auf mich auf."

„Die Dinge haben sich geändert. Meine Anwälte haben die Heiratslizenz wahrscheinlich schon geschickt."

Sofort widmete sie sich dem Frühstücksgeschirr. „Das wäre ja schnelle Arbeit."

„Sie werden für schnelles Arbeiten bezahlt und hatten immerhin drei Tage Zeit. Falls ich es schaffe, bringe ich aus der Stadt einen Friedensrichter mit."

Laura entglitt eine Tasse, und sie fiel ins Seifenwasser. „Heute?"

„Du hast es dir doch nicht etwa anders überlegt?"

„Nein, aber ..."

„Ich will, dass mein Name auf der Geburtsurkunde steht." Ihr Zögern ließ ihn sekundenlang in Panik geraten. „Es wäre alles wesentlich unkomplizierter, wenn wir vor der Geburt verheiratet sind."

„Ja, das macht Sinn." Es kam ihr so überstürzt vor. Sie steckte die Hände ins Wasser und begann mit dem Abwasch. Auch die erste

Hochzeit hatte überstürzt stattgefunden, ein Wirbelwind aus Blumen und Champagner und weißer Seide.

„Mir ist klar, dass du es vielleicht etwas festlicher lieber hättest, aber unter den Umständen ..."

„Nein." Sie drehte sich lächelnd um. „Nein, das ist mir nicht wichtig. Wenn du es für heute arrangieren kannst, ist das in Ordnung."

„Ich werde es jedenfalls versuchen. Warum legst du dich nicht hin, bis ich zurückkomme? Du hast nicht sehr gut geschlafen."

Nein, das hatte sie wirklich nicht. Der Albtraum war zurückgekehrt, und sie hatte sich erst beruhigt, als Gabriel zu ihr ins Bett geschlüpft war. „Keine Sorge, ich passe schon auf mich auf."

„Ein Abschiedskuss wird dich sicher nicht überanstrengen."

Das ließ sie lächeln. Mit tropfenden Händen drehte sie sich um und reckte ihm die Lippen entgegen.

„Noch nicht einmal verheiratet, und du küsst mich schon, als wären wir seit zwanzig Jahren zusammen." Ihre Stimmung besserte sich schlagartig, als er einfach nur an ihrer Unterlippe knabberte. Sekunden später war sie in seinen Armen, und der folgende Kuss fiel alles andere als flüchtig aus.

„Schon besser", flüsterte er. „Jetzt leg dich hin. Ich bin in spätestens zwei Stunden zurück."

„Fahr vorsichtig."

Er schloss die Tür. Kurz darauf hörte sie den Motor des Jeeps anspringen. Sie ging ins Wohnzimmer, um ihm nachzusehen.

Seltsamerweise fühlte sie sich nicht einsam, als sich die Stille über die Hütte senkte. Aber nervös, das musste sie sich eingestehen. Bräute haben das Recht, nervös zu sein, dachte sie mit leisem Lachen. Wenn es nach Gabriel ginge, würden sie heute Nachmittag heiraten. Und es ging meistens nach ihm.

Ihr Leben würde sich erneut ändern.

Diesmal zum Besseren. Sie würde es besser machen.

Als der Schmerz in ihrem Rücken stärker wurde, presste sie eine Hand dagegen. Sie gab der unruhigen Nacht die Schuld daran und ging, um sich abzulenken, zum Porträt hinüber.

Gabriel hatte es am Tag zuvor vollendet. Sie wusste, dass die Farbe noch mehrere Tage brauchen würde, um zu trocknen und sich abzulagern, also berührte sie es nicht. Stattdessen setzte sie sich auf den Hocker, den Gabriel manchmal benutzte, und studierte ihr Ebenbild. So sieht er mich also, dachte sie. Ihre Haut war bleich, mit nur einem Hauch von Farbe an den Wangenknochen. Es war dieses fast durchsichtige Weiß, das sie wie ein Engel wirken ließ. Und so nannte er sie auch ab und zu. Die Laura auf dem Bild wirkte verträumt, und genau das hatte sie getan, in den vielen Stunden, in denen Gabriel sie gemalt hatte – geträumt. In den Augen und um den Mund herum lag mehr Verletzlichkeit, als ihr lieb sein konnte. Die Art, wie sie den Kopf hielt, symbolisierte Stärke und Unabhängigkeit, aber der traurige Ausdruck in den Augen schien die Stärke wieder zunichtezumachen.

Ich interpretiere zu viel hinein, entschied Laura und rieb sich erneut den schmerzenden Rücken.

In wenigen Stunden würde sie heiraten. Ohne Hochzeitsgäste, ohne Glückwünsche, ohne einen Klavierspieler mit romantischen Stücken, ohne einen Teppich aus Rosenblüten. Aber auch so, ohne diese Äußerlichkeiten, würde sie eine Braut sein. Vielleicht würde es nicht sonderlich festlich aussehen, aber wenigstens aufgeräumt sollte es sein.

Sie wollte sich an die Arbeit machen, doch der Schmerz ließ es nicht zu. Sie legte sich hin. Zwei Stunden später hörte sie den Jeep die Auffahrt herunterkommen. Sie blieb noch einen Moment liegen, verdrängte den Schmerz und sehnte sich nach einem heißen Bad. Als sie das Wohnzimmer betrat, führte Gabriel gerade ein älteres Paar in die Hütte.

„Laura, dies sind Mr. und Mrs. Witherby. Mr. Witherby ist Friedensrichter."

„Hallo. Es ist nett, dass Sie den weiten Weg gemacht haben."

„Gehört zum Job", erwiderte Mr. Witherby und rückte seine schon leicht beschlagene Brille zurecht. „Außerdem war Ihr junger Mann hier ziemlich hartnäckig."

„Machen Sie sich um diesen alten Mann hier keine Sorgen." Mrs.

Witherby streichelte ihrem Mann den Arm und musterte Laura. „Er ist ein richtiger Jammerlappen."

„Kann ich Ihnen etwas anbieten? Kaffee vielleicht?"

„Lassen Sie nur. Mr. Bradley hat den Wagen voller Vorräte. Setzen Sie sich und überlassen Sie das ihm."

Schon legte sie Laura die zerbrechlich wirkenden Hände auf den Arm und führte sie zum Sofa. „Der Mann ist so nervös wie eine Gans zu Weihnachten", flüsterte sie. „Es tut ihm gut, wenn er eine Weile beschäftigt ist."

Laura glaubte zwar nicht, dass Gabriel sonderlich nervös war, aber vielleicht hatten die beiden Witherbys ja den geschulteren Blick. Sie hörte, wie er in der Küche mit Tüten und Dosen hantierte. „Ich sollte ihm wohl lieber helfen."

„Sie setzen sich jetzt hier hin." Mrs. Witherby winkte ihren Mann herüber. „Eine schwangere Frau hat das Recht, sich bedienen zu lassen. Wenn das Baby erst da ist, werden Sie kaum noch zum Sitzen kommen, das können Sie mir glauben."

Dankbar ließ Laura sich aufs Polster sinken. „Haben Sie Kinder?"

„Sechs davon. Und jetzt haben wir zweiundzwanzig Enkel und fünf Urenkel."

„Und eins ist noch unterwegs", fügte Mr. Witherby hinzu und zog seine Pfeife heraus.

„Das stinkende Ding steckst du gleich wieder weg", ermahnte ihn seine Frau. „Die junge Lady erwartet ein Kind, und du wirst ihr nicht das Zimmer verpesten."

„Ich will sie ja gar nicht anstecken." Er begann auf dem Mundstück herumzukauen.

Zufrieden, dass sie ihren Mann in die Schranken gewiesen hatte, wandte sie sich wieder Laura zu. „Das ist aber ein hübsches Bild." Sie zeigte auf eine großflächig gestaltete Landschaft, die durchaus einen sechsstelligen Preis erzielen konnte. „Ist Ihr Mann so 'n Künstlertyp?"

Ihr Mann. Die Formulierung rief bei Laura zugleich einen Anflug von Panik und eine freudige Erregung hervor. „Ja, Gabriel ist Künstler."

„Ich mag Gemälde", gab Mrs. Witherby im Plauderton zurück.

„Hab mir eins übers Sofa gehängt. Ein schönes Meeresufer."

Gabriel kam mit dem Arm voller Blumen aus der Küche. Er räusperte sich verlegen. „Die gab's auf dem Markt."

„Und er hat den ganzen Stand leer gekauft", bemerkte Mrs. Witherby schmunzelnd. Dann hievte sie sich mit pfeifendem Atem aus dem Sofa. „Haben Sie denn keine Vase? Sie kann doch nicht alle davon tragen."

„Nein, wenigstens ... Ich weiß nicht."

„Männer." Seufzend zwinkerte sie Laura zu. „Kommen Sie, ich kümmere mich schon darum. Sie könnten etwas Sinnvolles tun. Zum Beispiel mehr Holz aufs Feuer legen. Wir wollen doch nicht, dass Ihre Lady sich erkältet."

„Ja, Ma'am." Gehorsam ging Gabriel zum Kamin hinüber.

„Lassen Sie sich nicht herumscheuchen, mein Junge", riet Mr. Witherby. „Mich kommandiert sie seit fünfundzwanzig Jahren herum."

„Sonst würdest du Faulpelz doch überhaupt nichts mehr tun", rief Mrs. Witherby von der Küche her. Er schmunzelte.

„Ihr beide wisst hoffentlich, worauf ihr euch einlasst."

Gabriel wischte sich die Hände an den Jeans ab und grinste. „Nein."

„Das ist die richtige Einstellung." Witherby lachte und legte den Kopf an die Rückenlehne. „Essie, nun setz dein klappriges Knochengerüst, das du Körper nennst, schon in Bewegung. Diese beiden hier möchten heiraten, solange sie noch jung sind."

„Hüte deine Zunge", murmelte sie. „Zähne hast du ja schon fast keine mehr", fügte sie hinzu, als sie mit einer Gießkanne voller Blumen ins Zimmer kam. Sie stellte sie mitten auf den Couchtisch, nickte zufrieden und reichte Laura eine einzelne weiße Nelke.

„Danke schön. Sie sehen wunderbar aus." Laura wollte aufstehen und verzog das Gesicht, als der Schmerz sie zu durchbohren schien. Gabriel eilte an ihre Seite und half ihr hoch.

Dann standen sie vor dem Kamin. Hinter ihnen prasselte das Feuer, und der Duft der Blumen vermischte sich mit dem würzigen Geruch des brennenden Holzes. Die Worte waren schlicht und uralt. Mrs. Witherby hatte unzählige Hochzeiten erlebt, betupfte sich aber dennoch mit dem Taschentuch die Augen.

Zu lieben. Zu ehren. In guten wie in schlechten Zeiten.

Der Ring, den Gabriel Laura über den Finger streifte, war einfach, nur ein goldener Reif, der eine Nummer zu groß war. Sie sah auf ihre Hand hinab und spürte etwas in sich wachsen. Es war warm und eindringlich und atemberaubend. Sie ließ ihre Hand in seine gleiten, sprach die Worte nach, und jedes einzelne davon kam von Herzen.

Das soll der Mensch nicht scheiden ...

„Sie dürfen die Braut jetzt küssen", forderte Witherby ihn auf, doch Gabriel hörte es nicht.

Es war vollbracht. Es war nicht mehr rückgängig zu machen. Bis zu diesem Moment war ihm nicht recht klar gewesen, wie viel es ihm bedeuten würde.

Ohne ihre Hand loszulassen, küsste er Laura und besiegelte das Versprechen.

„Herzlichen Glückwünsch." Mrs. Witherby presste ihren Mund erst auf Gabriels, dann auf Lauras Wange. „Jetzt setzen Sie sich wieder hin, Mrs. Bradley. Ich mache Ihnen eine schöne Tasse Tee, bevor wir Ihren Mann wieder entführen."

„Vielen Dank, aber wir haben keinen Tee."

„Ich habe welchen gekauft", warf Gabriel ein.

„Und alles, was er sonst noch zwischen die Finger bekam. Komm schon, Ethan, hilf mir mal."

„Eine Tasse Tee solltest du doch allein hinbekommen."

Mrs. Witherby verdrehte die Augen. „Man sollte meinen, der alte Ziegenbock hätte etwas mehr Sinn für Romantik. Schließlich hat er in seinem Leben mehr als fünfhundert Paare getraut. Los jetzt, Ethan, ab in die Küche. Lass die beiden jungen Leute mal für fünf Minuten allein."

Er brummte etwas vom Abendbrot, das er jetzt haben wollte, und folgte ihr widerstrebend.

„Sie sind wunderbar", murmelte Laura.

„Es war ein hartes Stück Arbeit, ihn vom Fernseher wegzubekommen. Sie musste ihn buchstäblich aus dem Haus zerren."

Ein verlegenes Schweigen folgte. „Es war nett von dir, an die Blumen zu denken ... und an den Ring."

Er hob ihre Hand und musterte ihn. „In Lonesome Ridge gibt es keinen Juwelier. Solche wie diesen kann man im Eisenwarengeschäft kaufen. Sie liegen gleich neben den Nägeln. Kann sein, dass dein Finger sich davon grün färbt."

Sie lachte. Jetzt würde sie den Ring umso mehr schätzen. „Ob du es glaubst oder nicht, aber dadurch, dass du Tee gekauft hast, hast du vielleicht mein Leben gerettet."

„Ich habe auch Marshmallows gekauft."

Gegen ihren Willen begann sie zu weinen. „Tut mir leid. Irgendwie kann ich nicht anders."

„Ich weiß, es war nicht gerade die Hochzeit des Jahrhunderts. Wenn wir wieder in San Francisco sind, veranstalten wir eine Party oder einen Empfang oder so was."

„Nein, nein, das ist es nicht." Obwohl sie die Hände vor das Gesicht schlug, waren die Tränen nicht aufzuhalten. „Es war wunderschön, und ich weiß gar nicht, wie ich dir danken soll."

„Mit dem Weinen aufzuhören wäre ein guter Start." In seiner Tasche hatte er ein verschlissenes Halstuch, das er beim Malen häufiger als Lappen benutzte. Er zog es heraus und bot es ihr an. „Laura, wir sind jetzt rechtmäßig verheiratet. Das bedeutet, dass du mir nicht mehr für jeden Strauß Gänseblümchen dankbar sein musst."

Sie schluchzte in den Lappen und versuchte zu lächeln. „Ich glaube, es waren die Marshmallows."

„Mach so weiter, und du bekommst nie mehr welche."

„Ich möchte, dass du weißt ..." Sie trocknete sich das Gesicht ab. „Du sollst wissen, dass ich alles tun werde, um dich glücklich zu machen. Damit du nie bereuen musst, was du heute getan hast."

„Ich werde es bereuen", erwiderte er ungeduldig, „wenn du weiterhin so tust, als hätte ich dir auf einem sinkenden Schiff die einzige Schwimmweste gegeben. Ich habe dich geheiratet, weil ich es wollte, nicht um den edlen Retter zu markieren."

„Ja, aber ich ..."

„Halt den Mund, Laura." Um ganz sicherzugehen, hielt er ihn ihr selbst zu. Mit den Lippen. Und zum ersten Mal fühlte sie die wahre Wucht seiner Leidenschaft, seines Verlangens, seines Begehrens. Mit einem Überraschungslaut zog sie ihn fester an sich.

„Bald reicht mir das nicht mehr", sagte er, und sie fühlte, wie seine Lippen sich bewegten. „Ich möchte mit dir schlafen, Laura. Und danach wirst du gar nicht mehr die Kraft haben, um mir zu danken."

Bevor ihr eine Antwort einfiel, erschien Mrs. Witherby mit dem Tee. „Nun gönnen Sie dem armen Ding 'ne Erholungspause. Hier, trinken Sie das, solange es noch heiß ist." Sie stellte die Tasse vor Laura auf den Tisch. „Ich störe Sie an Ihrem Hochzeitstag nur ungern, Mr. Bradley, aber je früher Sie uns wieder in die Stadt fahren, desto früher sind Sie auch wieder hier und können Ihrer Frau das prächtige Steak machen, das Sie gekauft haben."

Sie griff nach ihrem Mantel. Laura konnte nicht anders, sie musste der alten Dame einfach eine Blume schenken. Sie zupfte eine aus der Gießkanne und brachte sie ihr. „Ich werde Sie nie vergessen, Mrs. Witherby", sagte sie.

Mrs. Witherby schnüffelte gerührt an der Blüte. „Passen Sie gut auf sich und das Baby auf. Beweg dich, Ethan."

„Es wird nicht länger als eine Stunde dauern", versicherte Gabriel ihr. „Die Straßen sind ziemlich passierbar. Ich finde wirklich, du solltest dich ausruhen, Laura. Du siehst erschöpft aus."

„Eigentlich sollte ich ja strahlen. Aber ich verspreche dir, bis du zurückkommst, werde ich nichts Schwereres heben als eine Teetasse."

Als sie diesmal dem Jeep nachsah, rieb sie mit dem Finger über ihren Ehering. So wenig Aufwand, um ihr Leben so sehr zu ändern.

Sie krümmte sich, um den Schmerz im Rücken zu lindern, und ging durchs Zimmer, um ihren Tee zu trinken.

Noch nie hatte ihr der Rücken so wehgetan, nicht einmal, als sie auf der Farm ihrer Tante einen ganzen Tag lang gearbeitet hatte. Der Schmerz war dauerhaft und tief. Sie versuchte es mit einer Streckbewegung, kauerte sich zusammen, streckte sich wieder. Dann konzentrierte sie sich darauf, den Tee aufzuwärmen und Marshmallows zu rösten.

Sie war noch keine zehn Minuten allein, als die ersten Wehen einsetzten.

Es war nicht der vage Schmerz, von dem sie gelesen hatte. Es war intensiv und unablässig. Sie war nicht darauf vorbereitet gewesen und schaffte es nicht, sich mit ruhigem Atmen darüber hinwegzuretten. Stattdessen verkrampfte sie sich, kämpfte dagegen an und sank schließlich auf dem Sofa zusammen, als der Schmerz endlich etwas nachließ.

Das konnten nicht die Geburtswehen sein. Ihr brach der Schweiß aus, als sie den Gedanken verwarf. Es war viel zu früh, einen ganzen Monat zu früh, und es war viel zu plötzlich gekommen. Das müssen die einsetzenden Vorwehen sein, redete sie sich ein. Ausgelöst durch ihre Nervosität und die ganze Aufregung.

Aber da waren die Rückenschmerzen. Sie bemühte sich, ruhig zu bleiben, und setzte sich wieder gerade hin. War es möglich, dass sie den ganzen Morgen hindurch Senkwehen gehabt hatte?

Nein, es mussten die Vorwehen sein. Es mussten sie einfach sein.

Aber als sie zum zweiten Mal einsetzten, begann sie die Zeit zu nehmen.

Sie lag im Bett, als Gabriel zurückkehrte, konnte ihn aber nicht rufen, weil gerade erneut die Wehen eingesetzt hatten. Die Furcht, die sie vor einer Stunde gepackt hatte, war etwas schwächer geworden. Jetzt war er wieder da, und das bedeutete, dass alles gut werden würde. Sie hörte, wie er Holz aufs Feuer legte, holte nochmals tief Luft, als der Schmerz nachließ, und rief nach ihm.

Die Dringlichkeit in ihrer Stimme ließ ihn das Zimmer mit drei raschen Schritten durchqueren. An der Schlafzimmertür blieb er stehen. Das Herz schlug ihm bis zum Hals.

Halb liegend, halb sitzend lehnte sie sich gegen die Kissen in ihrem Rücken. Ihr Gesicht war schweißnass. Ihre ohnehin schon dunklen Augen waren fast schwarz.

„Ich werde unser Abkommen nicht ganz einhalten können", stieß sie hervor und bemühte sich um ein Lächeln, weil sie in seinem Gesicht dieselbe Angst erkannte, die sie selbst fühlte. „Das Baby hat beschlossen, etwas früher zu kommen."

Er stellte keine Fragen, und für seinen gewohnten trockenen Humor war jetzt auch nicht die Zeit, das wusste er. Er eilte zu ihr, ergriff ihre Hand. „Mach dir keine Sorgen. Ich rufe einen Arzt."

„Gabriel, das Telefon funktioniert nicht." Ihre Stimme klang mal brüchig, mal ruhig. „Ich habe es schon probiert."

„Okay." Er zwang sich zur Ruhe und schob ihr das feuchte Haar aus dem Gesicht. „Auf der Straße hat es einen Unfall gegeben. Vermutlich ist eine Leitung gerissen. Ich hole ein paar zusätzliche Decken und bringe dich in die Stadt."

Sie presste die Lippen zusammen. „Gabriel, es ist zu spät. Ich schaffe es nicht mehr." Sie wollte schlucken, aber die Furcht hatte ihr Mund und Kehle ausgetrocknet. „Ich liege seit Stunden in den Wehen, den ganzen Morgen schon, und wusste es nicht. Es sind Geburtswehen, aber ich habe nicht darauf geachtet, weil ich dachte, dass es an den Nerven und dem fehlenden Schlaf liegt."

„Seit Stunden", murmelte er und setzte sich behutsam auf die Bettkante. Ihre Finger krallten sich in seine Hand. „Wie weit liegen sie auseinander?"

„Fünf Minuten. Ich bin …" Sie ließ den Kopf zurückfallen und begann, kurz und hastig zu atmen. Gabriel legte die Hand auf und fühlte, wie ihr Unterleib sich verhärtete.

Er hatte Lauras Bücher über Geburtsvorbereitung und Babypflege durchgeblättert. Um sich die Zeit zu vertreiben, so hatte er es für sich begründet, aber es hatte mehr dahintergesteckt. Er hatte wissen und verstehen wollen, was sie durchmachte. Vielleicht war es reiner Instinkt gewesen, dass er sich jedes Detail, jede Anweisung gemerkt hatte. Doch jetzt, wo sie mit schmerzverzerrtem Gesicht vor ihm lag, schien ihm das Gelesene nicht wieder einzufallen.

Als die Kontraktion vorüberging, schimmerte ihr Gesicht vor frischem Schweiß. „Sie kommen jetzt schneller", flüsterte sie. „Es ist bald so weit." Obwohl sie sich auf die Lippe biss, entrang sich ihr ein Schluchzen. „Ich darf das Baby nicht verlieren."

„Dem Baby wird nichts passieren – und dir auch nicht." Er drückte ihr beruhigend die Hand. Sie würden Handtücher brauchen, eine Menge. Faden und Schere mussten sterilisiert werden. In den Büchern hatte alles so einfach ausgesehen. Er hoffte nur, dass es sich auch so einfach in die Tat umsetzen ließ.

„Ich bin gleich wieder da. Ich muss ein paar Sachen holen." Er sah, wie in ihren Augen der Zweifel aufblitzte, und beugte sich über sie. „Ich lasse dich nicht allein. Ich kümmere mich um dich, Laura. Vertrau mir."

Sie nickte und schloss die Augen.

Als er wieder ins Schlafzimmer kam, starrte sie gegen die Decke und atmete stoßartig. Nachdem er die frischen Handtücher ans Fußende gelegt hatte, breitete er eine weitere Decke über ihr aus. „Ist dir kalt?"

Sie schüttelte den Kopf. „Aber das Baby wird warm gehalten werden müssen. Es kommt zu früh."

„Der Kamin heizt kräftig, und wir haben eine Menge Decken." Behutsam wischte er ihr mit einem kühlen Tuch das Gesicht ab. „Du hast mit den Ärzten geredet, du hast die Bücher gelesen. Also weißt du, was auf dich zukommt."

Sie sah zu ihm hoch. Ja, sie wusste es, aber nur theoretisch. Mit der Realität hatte das wenig zu tun.

„Die haben gelogen." Als er die Stirn runzelte, verzogen sich ihre Mundwinkel zu einem schwachen Lächeln. „Die wollen einem weismachen, dass der Schmerz erträglich wird, wenn man ihn akzeptiert."

Er hob ihre Hand an den Mund und ließ sie dort. „Schrei, so viel du willst. Schrei, bis das Dach wegfliegt. Niemand wird es hören."

„Ich will das Baby nicht auf die Welt schreien." Keuchend grub sie die Finger in seine Hand. „Ich kann nicht ..."

„Doch, du kannst. Hechle. Hechle, Laura. Drück meine Hand. Fester. Konzentriere dich nur darauf." Er sah ihr in die Augen, während sie den Atem herausstieß. „So ist es richtig. Du machst das hervorragend." Als ihr Körper sich entspannte, ging er ans Fußende. „Der Abstand ist geringer geworden, ja?" Noch während er sprach, kniete er sich aufs Bett und schob die Decke fort.

„Es ist fast keiner mehr zu merken."

„Dann hast du es bald geschafft. Denk dran."

Sie wollte sich die Lippen befeuchten, doch ihre Zunge war geschwollen. „Falls mir etwas passiert, versprich, dass ..."

„Nichts wird dir passieren", fiel er ihr ins Wort. Ihre Blicke begegneten sich erneut, ihrer fast glasig vor Schmerz, seiner dunkel vor

Entschlossenheit. „Verdammt, ich werde keinen von euch beiden verlieren, verstanden? Wir drei schaffen das. Und jetzt wirst du arbeiten müssen, Engel."

Jedes Mal, wenn die Schmerzen sie durchströmten, litt er mit. Die Zeit zog sich zäh dahin, während sie Welle auf Welle überstand. Doch dann, wenn sie sich erschöpft ausruhte, schien die Zeit zu rasen. Gabriel wechselte permanent den Standort, arrangierte die Kissen, wischte ihr den Schweiß aus dem Gesicht, kniete sich ans Fußende, um den Fortgang der Geburt zu überprüfen.

Er hörte das Feuer im Kamin prasseln, machte sich aber noch immer Sorgen, es könnte in der Hütte zu kalt sein. Dann wiederum war es die Hitze, die ihm zu schaffen machte, denn Lauras von Wehen geschüttelter Körper schien wie ein Ofen zu glühen.

Er hatte nicht gewusst, was eine Geburt der Frau abverlangte. Er wusste, dass Laura total erschöpft und fast am Ende ihrer Kraft war. Dennoch hielt sie durch, nutzte die kurzen Pausen, um ihre schwindenden Energiereserven anzuzapfen. Der Schmerz schien sie auseinanderzureißen. Sein Hemd war schweißdurchtränkt, und immer wieder feuerte er sie an zu atmen, zu hecheln, sich zu konzentrieren. Sein ganzer Ehrgeiz, seine Freude, seine Trauer, alles in ihm verdichtete sich zu dem einen Wunsch, Laura zu helfen. Sein komplettes Leben schrumpfte auf diesen einen Moment, auf dieses Zimmer, auf die Frau vor ihm zusammen.

Er bewunderte ihren Mut, ihre Tapferkeit, ihre Kraft.

„Hast du schon einen Namen ausgesucht?", fragte er, um sie abzulenken.

„Ich habe Listen geschrieben. Manchmal versuche ich mir nachts vorzustellen, wie es wohl aussieht, und dann ... Oh Gott."

„Halte durch. Atme tief durch, Engel. Atme ganz ruhig."

„Ich kann nicht. Ich muss pressen."

„Noch nicht, noch nicht. Warte noch." Er beugte sich vor und ließ die Hände über ihren Bauch gleiten. „Hechle, Laura."

Ihre Konzentration schwand und kehrte wieder. Wenn sie ihm in die Augen starrte, aus ihnen die nötige Kraft sog, dann würde sie es schaffen. „Ich halte es nicht mehr länger aus."

„Das brauchst du auch nicht. Ich sehe schon den Kopf." In seiner Stimme lag Faszination, als er wieder zu ihr hochsah. „Ich kann es sehen. Presse mit der nächsten."

Fast besinnungslos vor Anstrengung gab sie alles an Kraft, was sie noch besaß. Sie hörte das tiefe, lang gezogene Aufstöhnen, ohne zu wissen, dass sie es war. Gabriel rief ihr etwas zu, und automatisch begann sie wieder zu hecheln.

„So ist es gut, wunderbar." Nur mit Mühe erkannte er seine eigene Stimme, seine eigenen Hände. Beide zitterten. „Ich habe den Kopf. Dein Baby ist wunderschön. Als Nächstes kommen die Schultern."

Sie stemmte den Oberkörper hoch, wollte es sehen. „Oh Gott." Tränen vermischten sich mit Schweiß, als sie die Hände vor den Mund schlug. „Es ist so winzig."

„Und stark wie ein Ochse. Du musst die Schultern herauspressen." Der Schweiß tropfte ihm von der Stirn, während er den Kopf des Babys von hinten mit den Händen umfasste und sich darüberbeugte. „Komm schon, Laura, ich will den Rest auch noch zu sehen bekommen."

Ihre Finger krallten sich in die Decke, und ihr Kopf fiel zurück. Dann gebar sie. Über ihrem eigenen keuchenden Atem hörte sie den ersten Schrei.

„Ein Junge." Gabriel wurden die Augen feucht, als er das zappelnde neue Leben in den Händen hielt. „Du hast einen Sohn."

Die Tränen liefen ihr übers Gesicht, und sie begann zu lachen. Der Schmerz und die Angst waren vergessen. „Ein Junge. Ein kleiner Junge."

„Mit einem lauten Mundwerk, zehn Fingern und zehn Zehen." Er griff nach ihrer Hand und drückte sie fest. „Er ist perfekt, Engel."

Ihre Finger verschränkten sich über dem Baby, und die Hütte hallte wider vom schrillen, protestierenden Geschrei des Neugeborenen.

Sie fand keine Ruhe. Laura wusste, dass Gabriel ihr gesagt hatte, sie solle schlafen, aber es gelang ihr nicht, die Augen zu schließen. Das Baby, beinahe eine Stunde alt, war in Decken eingehüllt, und sie hielt es in den Armen. Er schläft, dachte sie, aber sie musste ihm einfach mit der Fingerspitze übers Gesicht fahren.

So winzig. Vier Pfund und 466 Gramm auf der Küchenwaage, die Gabriel im Abstellraum gefunden und abgeschrubbt hatte. Vierundvierzigeinhalb Zentimeter groß, mit einem blassblonden Flaum auf dem Kopf. Sie musste ihn immerzu ansehen.

„Er verschwindet nicht, weißt du, wenn du wegschaust."

Laura sah zur Tür hinüber und lächelte. Die Erschöpfung hatte sie so blass werden lassen, dass ihre Haut fast durchsichtig wirkte. Ihre Augen glühten triumphierend. „Ich weiß." Sie streckte ihm eine Hand entgegen. „Ich freue mich, dass du gekommen bist", sagte sie, als er sich aufs Bett setzte. „Ich weiß, wie kaputt du sein musst, aber bleib doch eine Minute."

„Du hast die ganze Arbeit gemacht", murmelte er und rieb dem Baby mit dem Daumen über die Wange.

„Das ist nicht wahr. Und das möchte ich dir sagen. Ohne dich hätten wir es nicht geschafft."

„Natürlich hättet ihr das. Ich war eigentlich nur so eine Art Cheerleader."

„Nein." Ihre Hand schloss sich fester um seine, bis er sie ansah. „Du bist für dieses Leben so verantwortlich wie ich. Nicht nur, weil dein Name auf der Geburtsurkunde stehen wird, weil du uns helfen willst. Es ist mehr als das. Du hast ihn auf die Welt geholt. Nichts, was ich sagen oder tun könnte, wäre Dank genug. Guck nicht so." Sie lachte leise und ließ sich in die Kissen zurücksinken. „Ich weiß, du kannst es nicht ausstehen, wenn man dir dankt, aber das tue ich ja auch gar nicht."

„Nein?"

„Nein." Sie legte das Baby aus ihren Armen in seine. Es war eine Geste, die weit mehr aussagte als die Worte, die ihr folgten. „Ich will dir sagen, dass du heute mehr als eine Ehefrau bekommen hast." Das Baby schlief zwischen ihnen friedlich weiter. Er wusste nicht, was er antworten sollte. Er berührte die winzige Hand und sah zu, wie sie sich automatisch zusammenzog. Als Künstler hatte er gedacht, die Schönheit in ihrer ganzen Breite zu kennen. Aber bis heute hatte er das nicht wirklich getan.

„Ich habe über Frühgeborene nachgelesen", begann er. „Sein Gewicht ist in Ordnung, und in dem Buch stand, dass ein nach der vierunddreißigsten Woche geborenes Baby in ziemlich guter Verfassung ist. Trotzdem möchte ich euch beide in ein Krankenhaus bringen. Meinst du, du bist kräftig genug, um morgen nach Colorado Springs zu fahren?"

„Wir sind beide kräftig genug."

„Dann brechen wir gleich morgens auf. Möchtest du jetzt etwas essen?"

„Nur ein Pferd, mehr nicht."

Er grinste, aber es fiel ihm schwer, ihr das Baby wiederzugeben. „Du wirst dich mit einem Beefsteak zufriedengeben müssen. Hat er denn keinen Hunger?"

„Ich könnte mir vorstellen, dass er uns das schon merken lässt."

Wie zuvor Laura, so gab auch er dem unwiderstehlichen Drang nach, das Gesicht des Kindes nachzuzeichnen. „Was ist mit dem Namen? Wir können ihn doch nicht immer ,er' nennen."

„Nein, das können wir nicht." Laura strich dem Baby über den weichen Flaum. „Ich dachte mir, du würdest vielleicht gern den Namen aussuchen."

„Ich?"

„Ja, du hast doch bestimmt einen Lieblingsnamen oder den einer Person, die dir wichtig ist. Ich möchte, dass du einen aussuchst."

„Michael", murmelte er und sah auf den schlafenden Säugling hinab.

6. KAPITEL

San Francisco. Es stimmte, dass Laura die Stadt schon immer hatte sehen wollen. Aber sie hatte nie erwartet, dass sie mit einem zwei Wochen alten Sohn und einem Ehemann dort ankommen würde. Und sie hatte auch nie erwartet, in ein großes würdevolles Haus an der Bucht gebeten zu werden.

Gabriels Haus. Und meins, dachte sie voller Nervosität, während sie mit dem Daumen über ihren Ehering rieb. Es war kindisch, so aufgeregt zu sein, nur weil das Haus so schön und gewaltig war. Es war lächerlich, sich so klein und unsicher zu fühlen, nur weil Reichtum und Prominenz in der Luft lagen und man sie bei jedem Atemzug zu riechen glaubte.

Sie tat es trotzdem.

Sie betrat die gekachelte Eingangshalle und sehnte sich sofort wieder nach der kleinen Hütte in den Bergen. Als sie Colorado verließen, hatte es erneut zu schneien begonnen, und obwohl die milde Frühlingsbrise und die winzigen Knospen wundervoll waren, wünschte sie sich in die Kälte und Wildheit der Rocky Mountains zurück.

„Es ist wunderschön", sagte sie leise und sah zu der sanft geschwungenen Treppe hinauf.

„Es hat meiner Großmutter gehört." Gabriel stellte das Gepäck ab und betrachtete seine gewohnte Umgebung. Es war ein Haus, dessen zurückhaltende Schönheit und ausgewogenen Stil er immer geschätzt hatte. „Sie hat es nach ihrer Heirat behalten. Soll ich dich herumführen, oder möchtest du dich lieber ausruhen?"

Fast hätte sie das Gesicht verzogen. Es war, als spräche er mit einem Gast. „Wenn ich mich so oft ausruhen würde, wie du möchtest, würde ich den Rest des Jahres im Schlaf verbringen."

„Dann zeige ich dir den oberen Stock." Er wusste, dass er höflich klang, übertrieben höflich, aber seit sie aus dem Flugzeug gestiegen waren, war seine Nervosität stetig gewachsen. Je weiter sie sich von Colorado entfernt hatten, desto weiter hatte Laura sich von ihm zurückgezogen. Es war nichts, worauf er den Finger hätte legen können, nichts Konkretes, aber es war da.

Er griff nach den beiden Koffern und ging zur Treppe. Er brachte seine Frau und seinen Sohn nach Hause. Und wusste nicht richtig, was er ihnen sagen sollte. „Ich habe dieses Schlafzimmer benutzt." Er betrat den Raum und stellte die Koffer ans Fußende eines großen Eichenholzbetts. „Falls du lieber ein anderes möchtest, können wir das arrangieren."

Laura nickte. Sie hatten zwar ein Motelzimmer geteilt, während das Baby im Krankenhaus untersucht wurde, und ein Bett in der Hütte, in der Nacht vor Michaels Geburt. Aber hier war das anders. Alles war hier anders.

„Es ist ein wunderschönes Zimmer."

Das war es wirklich. Mit der hohen Decke und den auf Hochglanz restaurierten Antiquitäten. Es gab eine Terrasse, und durch die Glastür konnte sie den Garten mit seinen grünen Blättern sehen. Der Fußboden glänzte dunkel und ließ wie der Orientteppich mit seinen blassen Farben erkennen, wie alt und selbstverständlich der Wohlstand in diesem Haus war.

„Dort geht es zum Bad", erklärte Gabriel, während sie mit dem Finger über die geschnitzten Verzierungen einer schmalen Kommode fuhr. „Mein Atelier liegt am Ende des Flurs. Dort ist das Licht am besten. Gleich neben diesem ist ein Raum, der als Kinderzimmer dienen kann."

Wenn sie über das Baby sprachen, entspannte sich die Atmosphäre zwischen ihnen. „Ich möchte es sehen. Nach all den Tagen im Brutkasten hat Michael ein eigenes Zimmer verdient."

Sie folgte Gabriel ins benachbarte Zimmer. Es war in Blau und Grau gehalten, mit einem majestätischen Vier-Pfosten-Bett und einem mit vielen Kissen gepolsterten Erkersitz. Wie in den anderen Räumen, die sie eben gesehen hatte, so hingen auch hier Bilder an den Wänden, manche von Gabriel, andere von Malern, deren Arbeit er respektierte.

„Es ist schön, aber wo willst du all diese Sachen lassen?"

„Die können gelagert werden." Mit einem Schulterzucken tat er die wertvollen Möbel ab. „Michael kann in unserem Zimmer bleiben, bis es fertig ist."

„Macht dir das auch nichts aus? Es wird noch Wochen dauern, bis er nachts durchschläft."

„Wenn es für euch beide bequemer ist, kann ich euch in einem Hotel unterbringen, bis hier alles erledigt ist."

Sie wollte etwas sagen, doch dann sah sie den Ausdruck in seinen Augen. „Tut mir leid. Ich kann mich an das alles noch nicht gewöhnen."

„Gewöhne dich daran." Er legte ihr eine Hand unters Kinn. Wenn er das tat, war sie fast bereit zu glauben, dass ein Traum Wirklichkeit geworden war. „Mir fehlt vielleicht die Ausstattung, um ihn zu füttern, aber ich werde lernen, wie man Windeln wechselt. Man sagt mir geschickte Hände nach."

Bevor sie sich entscheiden konnte, ob sie sich umarmen lassen oder sich von ihm lösen sollte, schrie das Baby und ließ ihr keine Wahl mehr. „Wo wir gerade vom Füttern reden ..."

„Im Schlafzimmer, dort ist es am bequemsten. Ich erledige inzwischen ein paar Anrufe."

Sie wusste, was kommen würde. „Deine Familie?"

„Sie werden dich treffen wollen. Kann ich dir das schon heute Abend zumuten?"

Sie wollte ihn anfahren, ihm sagen, dass sie keine Invalidin sei. Aber sie wusste, dass er nicht ihren körperlichen Zustand meinte. „Ja, natürlich."

„Schön. Ich kümmere mich um die Kinderzimmereinrichtung. Hast du dir bestimmte Farben gedacht?"

„Nun, ich ..." Sie hatte erwartet, das Zimmer selbst zu streichen, und sich irgendwie darauf gefreut. Aber jetzt war alles anders. Die Hütte war rasch ihr gemeinsames Zuhause geworden, doch dieses Haus gehörte ihm allein. „Gelb würde mir gefallen", sagte sie. „Und weiß."

Sie saß in einem Sessel am Fenster, während Michael seinen Hunger stillte. Endlich hatte sie ihn immer bei sich, konnte ihn dauernd ansehen und berühren. Es war ihr schwergefallen, ihn im Krankenhaus zurückzulassen und im Motel auf seine Entlassung zu warten. Auch wenn sie ihn so oft wie möglich besucht hatte.

Lächelnd sah sie auf ihn hinab. Seine Augen waren geschlossen, und seine Hand lag an ihrer Brust.

Er nahm bereits zu. Gesund, hatte der Arzt in Colorado Springs gesagt. Kerngesund. Und auf der Bandcrole um sein Handgelenk hatte Michael Monroe Bradley gestanden.

Sie fragte sich, wer dieser Michael wohl sein mochte. Gabriels Michael. Sie hatte ihn nicht gefragt, wusste jedoch, dass der Name, die Person ihm viel bedeutete.

„Jetzt bist du Michael", murmelte sie, als das Baby an ihrer Brust zu schlummern begann.

Später legte sie ihn aufs Bett und umgab ihn mit Kissen, obwohl sie wusste, dass er noch nicht krabbeln konnte. Dann holte sie eine Haarbürste aus ihrem Koffer. Es kam ihr unsinnig vor, aber sie wollte dem Raum ihre persönliche Note geben und legte die Bürste auf Gabriels Kommode, bevor sie hinausging.

Sie fand ihn unten, in einer dunkel getäfelten Bibliothek mit weichem grauen Teppichboden. Er telefonierte gerade, und sie wollte sich rasch zurückziehen, doch er winkte sie herein und sprach weiter.

„Die Bilder müssten Ende der Woche hier sein. Ja, ich bin wieder im Geschäft. Du solltest sie dir erst einmal ansehen. Nein, ich werde hier ein paar Tage zu tun haben, aber trotzdem danke. Ich lasse es dich wissen." Er legte auf und warf Laura einen fragenden Blick zu. „Michael?"

„Er schläft. Ich weiß, bisher war keine Zeit dazu, aber er wird ein eigenes Bett brauchen. Ich dachte mir, ich gehe eins kaufen, wenn du inzwischen auf ihn aufpasst."

„Mach dir darum keine Gedanken. Meine Eltern kommen bald herüber."

„Oh."

Er setzte sich auf die Schreibtischkante und runzelte die Stirn. „Sie sind keine Ungeheuer, Laura."

„Natürlich nicht. Es ist nur, dass … Es kommt mir nur so riskant vor", platzte sie heraus. „Je mehr Leute von Michael wissen, desto gefährlicher wird es."

„Du kannst ihn doch nicht in eine Glaskugel sperren. Ich dachte, du vertraust mir."

„Das tue ich", versicherte sie rasch, aber nicht rasch genug für ihn.

„Du hast eine Entscheidung getroffen, Laura. An dem Tag, an dem er geboren wurde, hast du ihn mir gegeben. Nimmst du ihn jetzt wieder zurück?"

„Nein. Aber hier ist alles anders. Die Hütte war …"

„Ein ideales Versteck. Für uns beide. Hier und jetzt müssen wir uns dem stellen, was als Nächstes passiert."

„Was passiert als Nächstes?"

Er griff nach einem Briefbeschwerer, einer Bernsteinkugel mit goldfarbenen Fäden im Inneren. Er legte ihn wieder hin und ging zu ihr. Sie hatte schnell an Gewicht verloren. Ihr Bauch war fast wieder flach, ihre Brüste straff und wohlgeformt, ihre Taille unglaublich schmal. Er fragte sich, wie es wäre, sie in den Armen zu halten, jetzt, wo das Warten vorüber war.

„Wir könnten hiermit anfangen."

Er küsste sie, erst behutsam, dann, als er ihre Reaktion spürte, wilder. Danach hatte er sich so sehr gesehnt, nach dieser Nähe, dieser Zärtlichkeit. Als er sie an sich zog, schmiegte sie sich an ihn, als wären ihre Körper füreinander geschaffen. Genau so hatte er es sich ausgemalt. Ihr Haar war hochgebunden, und es bedurfte nur einer kurzen Handbewegung, um es auf ihre Schultern hinabfließen zu lassen. Sie murmelte etwas, einen Laut der Überraschung oder der Zustimmung, und schlang die Arme um ihn.

Leidenschaft, kaum gebändigt, und Verlangen, auf Erfüllung drängend, ging von ihm auf sie über. In ihr kam etwas an die Oberfläche, das lange vergraben gewesen war, und es nahm zu, bis sie sich an ihn presste und seinen Namen flüsterte.

Dann glitten seine Lippen über ihr Gesicht. Sie tasteten sich über ihren Hals, schienen die Haut zunächst zu versengen, dann zu kühlen, während seine Hände die neu gewonnene Freiheit nutzten und ihren Körper erkundeten.

Zu früh. Ein Teil seines Ichs bewahrte die Vernunft und wusste, dass es zu früh war für mehr als einen Kuss, eine Berührung. Aber je mehr er sich gestattete, desto ungeduldiger wurde er. Er schob sie an den Schultern von sich und rang um Atem.

„Vielleicht vertraust du mir nicht mehr so wie früher, Engel. Aber diesem hier kannst du vertrauen. Ich will dich."

Sie presste das Gesicht gegen seine Schulter. „Gabriel, ist es falsch, wenn ich mir wünsche, dass es nur uns drei gibt?"

„Nicht falsch." Er starrte über ihren Kopf hinweg, während er ihr übers Haar strich. „Aber nicht möglich und nicht sehr fair Michael gegenüber."

„Du hast recht." Sie holte tief Luft und machte einen Schritt zurück. „Ich werde nach ihm sehen."

Die Gefühle, die Gabriel in ihr hervorgerufen hatte, wirkten noch nach, als Laura die Treppe hinaufging. Auf halbem Weg blieb sie wie angewurzelt stehen.

Sie war in ihn verliebt. Es war nicht die Art von Liebe, die sie bereits akzeptiert hatte, die sich aus Dankbarkeit und Abhängigkeit ergab. Es war nicht einmal das starke wunderbare Band, das sie vereinte, als sie gemeinsam Michael zur Welt gebracht hatten. Es war viel simpler, viel natürlicher, viel elementarer. Es war die Liebe, die eine Frau für einen Mann empfand. Und zugleich machte diese Liebe ihr Angst.

Ihre Finger klammerten sich um das Geländer. Diese Frau durfte sie nicht wieder werden, wollte sie nicht wieder werden. Das war es, was dieses Haus in ihr ausgelöst hatte. In ein solches Haus war sie schon einmal gekommen, in ein Haus, in dem sie fehl am Platze war und sich ständig hilflos gefühlt hatte.

Nicht schon wieder, sagte sie sich und schloss die Augen. Nie wieder.

Was immer sie für Gabriel empfand, es durfte sie nicht in die Art von Frau zurückverwandeln. Sie hatte ein Kind, das ihren Schutz brauchte.

Es läutete an der Tür. Laura warf einen kurzen Blick über die Schulter und floh die Stufen hinauf.

Als Gabriel öffnete, umgaben ihn sofort die Weichheit eines Pelzes und der Duft eines starken Parfums. Es war seine Mutter, eine Frau von unerschütterlicher Schönheit und unerschütterlichen Ansichten. Von flüchtigen Wangenküssen hatte sie noch nie etwas gehalten, sie pflegte zu umarmen, lang und fest.

„Ich habe dich vermisst. Dass es einen wichtigen Grund gab, der dich aus den Bergen gelockt hat, habe ich mir gedacht. Aber darauf, dass es eine Ehefrau und ein Baby sein würden, wäre ich nie gekommen."

„Hallo, Mutter." Er begrüßte sie lächelnd, und sein prüfender Blick erfasste ihr beharrlich blondes Haar und die glatten Wangen. Sie hatte Michaels Augen. Das Grün war dunkler als seins, mit Spuren von Grau. Sie zu sehen brachte Schmerz und Freude zugleich. „Du siehst großartig aus."

„Du auch. Abgesehen davon, dass du ungefähr zehn Pfund verloren hast und dir das nicht leisten kannst. Also, wo sind sie?" Mit diesen Worten marschierte Amanda Bradley ins Haus.

„Gönne dem Jungen doch eine Atempause, Mandy." Gabriel ließ sich von seinem Vater umarmen, einem hochgewachsenen schlanken Mann mit stetig betrübt wirkender Miene und rasiermesserscharfem Verstand. „Bin froh, dass du wieder zurück bist. Jetzt kann sie endlich wieder an deinem Käfig rütteln und lässt meinen in Ruhe."

„Ich werde mit euch beiden fertig." Sie streifte sich bereits mit raschen, sparsamen Bewegungen die Handschuhe ab. „Wir haben eine Flasche Champagner mitgebracht. Wenn wir schon die Hochzeit, die Geburt und alles versäumt haben, sollten wir wenigstens auf die Heimkehr anstoßen. Um Himmels willen, Gabriel, steh doch nicht so herum. Ich sterbe vor Neugier."

„Laura ist nach oben gegangen, um nach dem Baby zu sehen. Setzen wir uns doch erst einmal hin."

„Hier entlang, Mandy", sagte Cliff Bradley und ergriff den Arm seiner Frau, als sie protestieren wollte.

„Also gut. Ich gebe dir fünf Minuten, in denen du mir über deine Arbeit erzählen kannst. Aber danach will ich sie sehen."

„Nun." Er sah zu, wie seine Eltern sich setzten, konnte sich jedoch nicht genug entspannen, um es ihnen gleichzutun. „Ich habe Marion bereits angerufen. Die Bilder, die ich in Colorado gemalt habe, müssten Ende der Woche in ihrer Galerie angeliefert werden."

„Das ist wunderbar. Ich kann es kaum abwarten, sie zu sehen."

Mit den Händen in den Taschen ging er im Raum auf und ab. Seinen Eltern entging nicht, wie rastlos er war. „Ein Bild gefällt mir be-

sonders gut. Ich habe vor, es dort aufzuhängen, über dem Kamin."
Amanda hob eine Braue und schaute zur leeren Wand über dem Sims hinüber. „Es muss wirklich etwas Besonderes sein."

„Das wirst du selbst beurteilen müssen." Er zog eine Zigarette heraus, legte sie jedoch wieder hin, als Laura in den Türrahmen trat.

Sie sagte einen Moment lang nichts, sondern musterte das Paar auf der Couch. Seine Eltern. Seine Mutter war hübsch, ihre glatte Haut fast faltenlos, das Haar nach hinten gekämmt, sodass es ihre aristokratischen Züge und den feinen Knochenbau betonte. Am Hals und an den Ohren trug sie Smaragde. Über den Schultern des rosefarbenen Seidenkostüms lag, wie achtlos hingeworfen, eine Fuchsstola.

Sein Vater war groß und schlank, wie Gabriel. Laura entging nicht, dass an seinem kleinen Finger ein Diamant funkelte. Er sah traurig und in sich gekehrt aus, aber der Blick, den er auf sie richtete, war scharf und prüfend.

„Dies sind meine Frau Laura und unser Sohn."

Gegen alles gewappnet, was kommen mochte, betrat Laura das Zimmer, ihr Baby schützend an die Brust gepresst. Amanda erhob sich als Erste, aber nur weil sie sich stets rascher als andere zu bewegen schien.

„Ich freue mich, dass wir uns endlich kennenlernen." Amanda war skeptisch, sehr sogar, aber sie lächelte höflich. „Gabriel hat uns gar nicht erzählt, wie hübsch du bist."

„Danke." Laura spürte ein ängstliches Hämmern im Hals. Die Frau hatte Format und war alles andere als harmlos. Instinktiv hob Laura das Kinn. „Ich bin froh, dass ihr kommen konntet. Alle beide."

Amanda registrierte die kleine Geste des Stolzes und der Selbstbehauptung. Was sie sah, gefiel ihr. „Wir wollten euch vom Flughafen abholen, aber Gabriel hat uns einen Korb gegeben."

„Zu Recht", warf Cliff in seinem gewohnt gemächlichen und besänftigenden Tonfall ein. „Wenn es nach mir gegangen wäre, hätten wir euch noch einen Tag Erholung gegönnt, aber Mandy war nicht zu bremsen."

„Unsinn. Ich will meinen Enkel sehen. Darf ich?"

Lauras Arme legten sich automatisch fester um das Baby. Dann sah sie zu Gabriel hinüber und lockerte ihren Griff. „Natürlich." Sehr behutsam legte sie Amanda das kleine Wesen in die Arme.

„Oh, wie hübsch er ist." Die kühle, feine Stimme zitterte vor Rührung. „Wie wundervoll." Der Duft von Puder und Seife und zarter Babyhaut ließ sie seufzen. „Gabriel sagte, er sei eine Frühgeburt. Keine Probleme?"

„Nein, es geht ihm gut."

Als ob er es beweisen wollte, öffnete Michael die Augen und starrte eulenhaft nach oben. „Da, er hat mich angesehen." Die Smaragde funkelten auf ihrer Haut, als Amanda beglückt lächelte und sich mit einem Koselaut nach vorn beugte. „Du hast deiner Granny direkt in die Augen geschaut, stimmt's?"

„Mich hat er angesehen." Cliff beugte sich näher heran, um den Daumen unter das winzige Kinn zu legen.

„Unsinn. Warum sollte er dich wohl ansehen wollen? Mach dich nützlich, Cliff, und öffne den Champagner." Sie schnalzte und gurrte, während Laura danebenstand und nicht wusste, wo sie die Hände lassen sollte. „Ich hoffe, du darfst ihn trinken. Ich habe gar nicht gefragt, ob du stillst."

„Das tue ich, aber ich glaube nicht, dass ein kleiner Schluck einem von uns schaden würde."

Zum zweiten Mal gefiel Amanda, wie Laura reagierte. Sie ging zur Couch, und Laura machte instinktiv einen Schritt nach vorn. Doch dann zügelte sie sich. Dies war nicht Lorraine Eagleton, und sie selbst war nicht mehr die Frau, die sich einschüchtern ließ. Und doch wurde sie das Gefühl nicht los, am Rande zu stehen und nicht so richtig zur Familie zu gehören.

„Ich würde ja Gläser holen", sagte sie lahm, „aber ich weiß nicht, wo sie sind."

Gabriel ging wortlos zu einer Schrankkommode und holte vier Champagnerflöten heraus.

Cliff nahm Lauras Arm. „Warum setzt du dich nicht, Liebes? Du musst doch müde sein nach der Reise."

„Das klingt wie Gabriel." Laura ertappte sich bei einem Lächeln, als sie sich auf einem Sessel niederließ.

Die Gläser wurden herumgereicht. Amanda hob ihres. „Wir trinken auf ... Du meine Güte, ich weiß gar nicht, wie das Kind heißt."

„Er heißt Michael", sagte Laura. Sie sah den Schmerz, der in Amandas Augen aufblitzte, bevor sie sie schloss. Als sie die Augen öffnete, glitzerten sie feucht.

„Auf Michael", murmelte sie, nippte am Glas und beugte sich vor, um die Wange des Babys zu küssen. Sie sah wieder auf und lächelte Gabriel zu. „Dein Vater und ich haben dem Baby etwas mitgebracht. Würdest du es aus dem Wagen holen?"

Sie berührten sich nicht, und der Blick dauerte nur einen Moment, aber Laura entging nicht, dass zwischen ihnen etwas ausgetauscht wurde. „Es dauert nur eine Minute."

„Wir fressen sie schon nicht, um Himmels willen", murmelte Amanda, als ihr Sohn das Zimmer verließ.

Cliff rieb Laura lachend über die Schulter. Die Geste kam ihr irgendwie bekannt vor. Genau, Gabriel tat das auch immer. Es war dieselbe unbeschwerte Nähe, die sich darin ausdrückte.

„Bist du schon einmal zuvor in San Francisco gewesen?", fragte er Laura und riss sie damit aus ihren Gedanken.

„Nein, ich ... Nein. Ich würde euch gern etwas anbieten, aber ich weiß nicht, was wir haben." Ich weiß nicht einmal, wo die Küche ist, dachte sie betrübt.

„Das macht nichts." Cliff legte den Arm auf die Rückenlehne. „Wir verdienen ohnehin keine Bewirtung, nachdem wir gleich am ersten Tag angestürmt kamen."

„Familien stürmen nicht heran", warf Amanda ein.

„Unsere ja." Verschmitzt lächelnd beugte er sich herüber und stupste dem Baby erneut das Kinn. „Hat mich angestrahlt."

„Hat eine Grimasse gezogen, meinst du." Jetzt musste auch Amanda lachen. Sie küsste ihrem Mann die Wange. „Großvater."

„Ich nehme an, die Wiege ist für Michael, und die Rosen sind für mich." Gabriel kam herein. In den Armen hielt er eine Wiege aus dunklem Pinienholz, auf der ein Stapel rüschenverzierter Decken und, ganz oben, ein Strauß pinkfarbener Rosen lagen.

„Oh, die Blumen. Die hatte ich ganz vergessen. Nein, die sind ganz bestimmt nicht für dich, sondern für Laura." Amanda reichte ihrem Mann das Baby und stand auf. Laura zuckte hoch, doch dann sah sie, wie Cliff sich das Baby unbekümmert, aber behutsam in die Armbeuge legte. „Wir müssen sie ins Wasser stellen", entschied Amanda. „Nein, nein, ich kümmere mich schon darum."

Niemand widersprach, als sie mit den Blumen hinausmarschierte.

„Sie ist sehr hübsch", begann Laura und fuhr mit dem Finger über das glatte Holz der Wiege. „Gerade vorhin haben wir darüber gesprochen, dass das Baby ein eigenes Bett braucht."

„Das Bradley-Bett", bemerkte Cliff. „Mach sie ihm zurecht, Gabriel, und lass uns sehen, was der Kleine von ihr hält."

„Diese Wiege ist eine Familientradition." Gehorsam nahm Gabriel die zusätzlichen Decken heraus und strich das weiße Leinen glatt. „Mein Urgroßvater hat sie gebaut, und seitdem sind alle Bradley-Kinder darin geschaukelt worden." Er nahm seinem Vater das Baby ab. „So, mal sehen, ob du hineinpasst, alter Bursche."

Laura sah ihm zu, wie er das Baby hineinlegte und der Wiege einen sanften Schubs gab. In ihr schien etwas zu zerbrechen. „Gabriel, ich kann nicht", flüsterte sie.

Er kniete ihr zu Füßen neben der Wiege und sah hoch. In seinem Blick lag eine Warnung und, da war sie sicher, ein vergrabener Zorn. „Was kannst du nicht?"

„Es ist nicht richtig, nicht fair." Sie nahm das Baby aus der Wiege und auf den Arm. „Sie müssen es erfahren." Sie wäre auf der Stelle geflüchtet, wenn Amanda nicht mit einer Kristallvase voller Rosen zurückgekehrt wäre.

„Wo möchtest du sie haben, Laura?"

„Ich weiß nicht, ich kann nicht ... Gabriel, bitte."

„Ich glaube, dort am Fenster würden sie schön aussehen", erwiderte Amanda mit milder Stimme, ging zum Fenster und arrangierte die Blumen zu ihrer Zufriedenheit. „Also, meint ihr drei Gentlemen nicht auch, ihr solltet euch eine Weile beschäftigen, während Laura und ich uns in Ruhe unterhalten?"

Panik stieg in Laura auf, und sie sah von einem zum anderen, dann

zurück zu ihrem Ehemann. „Gabriel, du musst es ihnen sagen."
Er nahm das Baby und bettete es in seine Armbeuge. Als ihre Blicke sich trafen, funkelten seine Augen klar und zornig. „Das habe ich bereits." Dann ließ er sie mit seiner Mutter allein.

Amanda machte es sich wieder auf dem Sofa bequem. Sie schlug die Beine übereinander und strich den Rock glatt. „Zu schade, dass kein Feuer brennt. Für diese Jahreszeit ist es noch kühl."

„Wir sind noch nicht dazu ..."

„Oh, Liebes, du musst dich doch nicht entschuldigen." Sie wedelte mit der Hand. „Möchtest du dich nicht lieber setzen?" Als Laura es wortlos tat, hob sie eine Augenbraue. „Bist du immer so folgsam? Das hoffe ich doch nicht, denn du hast mir besser gefallen, als du mir das Kinn entgegengestreckt hast."

Laura faltete die Hände auf dem Schoß. „Ich weiß nicht, was ich sagen soll. Mir war nicht klar, dass Gabriel es euch schon mitgeteilt hatte. So wie ihr euch benommen habt ..." Sie verstummte. Als Amanda geduldig abwartete, versuchte sie es erneut. „Ich dachte, ihr glaubtet, Michael wäre, nun, biologisch gesehen, Gabriels Sohn."

„Sollte das einen so großen Unterschied machen?"

Jetzt war sie wieder ruhig, wenigstens äußerlich, und in der Lage, Amandas fragendem Blick zu begegnen. „Das hatte ich erwartet, jedenfalls bei einer Familie wie eurer."

Amanda legte nachdenklich die Stirn in Falten. „Soll ich dir sagen, dass Lorraine Eagleton eine Bekannte von mir ist?" Sie sah die Angst, die unvermittelt und voller Wucht in Laura aufstieg, und bremste sich. Ihr Taktgefühl ließ häufig zu wünschen übrig, aber grausam war sie nicht. „Wir reden ein anderes Mal über sie. Jetzt, finde ich, sollte ich dir etwas über mich erzählen. Ich bin eine befehlsgewohnte Frau, Laura, aber es stört mich nicht, wenn man meine Befehle verweigert oder mir welche erteilt."

„Darin bin ich nicht sehr gut."

„Dann wirst du es lernen müssen, nicht wahr? Ob wir Freundinnen werden oder nicht, kann ich noch nicht beurteilen, aber ich liebe meinen Sohn. Als er vor Monaten verschwand, war ich nicht sicher, ob ich ihn je wiedersehen würde. Du hast ihn mir, aus welchen Gründen auch immer, zurückgebracht, und dafür bin ich dankbar."

Laura schwieg.

„Und was Michael betrifft, so sieht Gabriel ihn als seinen Sohn an. Tust du das ebenfalls?"

„Ja."

„Es freut mich, dass du mit der Antwort keine Sekunde gezögert hast. Also, wenn ihr beide Michael als Gabriels Sohn anseht, warum sollten Cliff und ich es nicht tun?"

„Blutsbande."

„Lassen wir die Eagletons vorläufig einmal außen vor", erwiderte Amanda. Laura starrte sie wortlos an. „Angenommen, Gabriel hätte keine eigenen Kinder haben können und deshalb eines adoptiert, würde ich es doch auch lieben und als mein Enkelkind ansehen. Meinst du nicht, du solltest also mit dem Unsinn aufhören und die Dinge so akzeptieren, wie sie sind?"

„So wie du es sagst, klingt es so einfach."

„Für mich klingt es so, als ob dein Leben bisher schon kompliziert genug gewesen wäre." Amanda griff nach dem Glas Champagner, das sie zuvor abgestellt hatte. „Hast du etwas dagegen einzuwenden, dass wir Michaels Großeltern sind?"

„Ich weiß nicht."

„Eine ehrliche Frau." Amanda nahm einen Schluck.

„Hast du etwas dagegen einzuwenden, dass ich Gabriels Frau bin?"

Mit der leisesten Andeutung eines Lächelns prostete Amanda Laura zu. „Ich weiß nicht. Wir werden wohl beide abwarten müssen. Bis dahin fände ich es schrecklich, wenn ich Gabriel oder Michael nicht sehen dürfte, weil wir uns noch nicht entschieden haben."

„Nein, natürlich nicht. Das würde ich dir nie antun. Schon wegen Gabriel. Ich würde ihm nie wehtun, das schwöre ich."

„Liebst du ihn?"

„Wir haben ... Gabriel und ich haben noch nicht darüber gesprochen. Ich brauchte Hilfe, und für ihn war es wichtig, sie geben zu können."

Amanda verzog den Mund und musterte ihr Glas. „Ich glaube

nicht, dass das meine Frage beantwortet."

Das Kinn ging wieder in die Höhe. „Darüber sollte ich erst mit Gabriel reden, glaube ich."

„Du bist zäher als du aussiehst. Dem Himmel sei Dank." Sie leerte ihr Glas und stellte es ab. „Vielleicht werde ich dich gerade deshalb mögen, Laura. Aber es ist auch möglich, dass wir uns eines Tages nicht mehr ausstehen können. Wie auch immer, Gabriel hat sich für dich und das Kind entschieden, und damit gehört ihr zur Familie." Sie lehnte sich zurück, zog beide Brauen hoch und spürte, wie die Zuneigung in ihr aufkeimte. „So wie du dreinschaust, begeistert der Gedanke dich offenbar nicht sonderlich."

„Es tut mir leid. Ich bin es nicht gewohnt, zu einer Familie zu gehören."

„Du hast eine schwere Zeit durchgemacht, nicht wahr?" Das Mitgefühl war zu hören, aber es war nicht übertrieben. Amanda nahm sich insgeheim vor, ein paar Nachforschungen über die Eagletons anzustellen.

„Ich hoffe, sie bald vergessen zu können."

„Viel Erfolg. Manche Dinge sollten im Gedächtnis bleiben, andere vergisst man besser."

„Darf ich etwas fragen?"

„Natürlich."

„Nach wem hat Michael seinen Namen bekommen?" Amandas Blick schweifte zur Wiege hinüber und verharrte dort. Ihr Gesicht wurde plötzlich traurig, ihre Miene sanft, und Laura konnte nicht anders, als die Hand auf ihre zu legen. „Nach meinem Sohn, Gabriels jüngerem Bruder. Er starb vor etwas mehr als einem Jahr." Mit einem langen Seufzen erhob sie sich. „So, wir gehen jetzt lieber, damit ihr euch in Ruhe hier einrichten könnt."

„Vielen Dank fürs Kommen."

„Um eins möchte ich dich noch bitten, Laura." Amanda lächelte. „Nenn mich bitte Amanda oder Mandy oder sonst etwas, aber um Himmels willen nicht Mutter Bradley. Es hört sich scheußlich an."

„Einverstanden." Sie zögerte, weil sie nie genau wusste, was von ihr erwartet wurde. Dann gab sie dem nach, was sie im Herzen empfand, und küsste Amanda auf die Wange. „Vielen Dank für die Wiege. Es bedeutet mir viel, dass wir sie benutzen dürfen."

„Mir auch." Sie strich mit der Hand darüber, bevor sie den Raum verließ. „Clifton, hast du nicht gesagt, wir sollten höchstens eine halbe Stunde bleiben?", rief sie in der Halle.

Von oben kam eine unverständliche Antwort. „Dauernd schnüffelt er in Gabriels Atelier herum, dabei kann der arme Kerl einen Monet nicht von einem Picasso unterscheiden. Aber er liebt Gabriels Arbeiten."

„Er hat in Colorado einige wunderschöne Bilder gemalt. Du musst sehr stolz auf ihn sein."

„Jeden Tag mehr." Sie hörte ihren Mann herunterkommen und sah zur Treppe hinüber. „Lass mich wissen, wenn ich dir helfen kann, das Kinderzimmer einzurichten oder einen guten Kinderarzt zu finden. Außerdem wirst du wohl Verständnis dafür haben, wenn ich die Baby-Boutiquen leer kaufe."

„Ich möchte nicht ..."

„Gut, dann verstehst du es eben nicht. Aber du wirst es erdulden müssen. Gib deiner neuen Schwiegertochter einen Abschiedskuss, Cliff."

„Dazu brauchst du mich nicht erst aufzufordern." Statt einen förmlichen, bedeutungslosen Kuss auf die Wange zu bekommen, wurde Laura voller Herzlichkeit in die Arme genommen. „Willkommen bei den Bradleys, Laura."

„Danke." Sie unterdrückte den Wunsch, die Umarmung zu erwidern. „Ich hoffe, ihr lasst euch wieder sehen. Vielleicht nächste Woche, zum Dinner, wenn ich mich hier zurechtgefunden habe."

„Kochen kann sie auch?" Er kniff ihr scherzhaft in die Wange. „Saubere Leistung, Gabriel."

Nachdem sie gegangen war, stand Laura in der Halle und rieb sich die Wange. „Sie sind sehr nett."

„Ja, das habe ich schon immer gefunden."

Seine Stimme klang noch immer etwas gekränkt, also nahm sie ihren Mut zusammen und sah ihn ernst an. „Ich muss mich bei dir entschuldigen."

„Vergiss es." Er machte sich auf den Weg zur Bibliothek, blieb jedoch stehen und drehte sich um. „Hast du geglaubt, ich würde ihnen über Michael etwas vorlügen? Hast du wirklich geglaubt, ich würde das tun müssen?"

Sie hielt seinem Zorn stand. „Ja."

Er öffnete den Mund, ohne etwas zu sagen. Ihre schlichte Antwort hatte ihm die Sprache verschlagen.

„Ich habe es wirklich geglaubt", fuhr sie fort. „Aber ich bin froh, dass ich mich geirrt habe. Deine Mutter war sehr freundlich zu mir, und dein Vater ..."

„Was ist mit meinem Vater?"

Er hat mich in die Arme genommen, wollte sie sagen. Aber sie glaubte nicht, dass er verstehen würde, wie nah ihr das gegangen war. „Er ist dir so ähnlich. Ich werde versuchen, sie nicht zu enttäuschen. Und dich auch nicht."

„Vor allem solltest du dich selbst nicht enttäuschen." Gabriel fuhr sich mit der Hand durchs Haar. Es war durcheinander und gefiel ihr so am besten. „Verdammt, Laura, du stehst hier nicht vor Gericht. Du bist meine Frau, dies ist dein Zuhause, und die Bradleys sind deine Familie, ob ihr euch nun vertragt oder nicht."

„Du musst mir Zeit lassen, mich an den Gedanken zu gewöhnen", erwiderte sie ruhig. „Die einzigen Familien, die ich je kannte, haben mich bloß geduldet. Davon habe ich endgültig genug." Mit einem Ruck drehte sie sich um und ging zur Treppe. „Und Michaels Zimmer werde ich selbst streichen."

Nicht wissend, ob er fluchen oder lachen sollte, stand Gabriel am Fuß der Treppe und starrte ihr nach.

7. KAPITEL

Laura strich die Fußbodenleisten in strahlendem Weiß. In der einen Hand hielt sie ein Stück Pappe und deckte damit die gelben Wände ab, mit der anderen trug sie den umweltfreundlichen Emaillelack vorsichtig auf. Aus einem Kofferradio in der Zimmerdecke drang Rockmusik. Sie hatte es leise eingestellt, um Michael sofort hören zu können, wenn er aufwachte. Es war das Radio, das in der Hütte auf der Arbeitsplatte gestanden hatte.

Gabriel war noch immer böse auf sie. Laura tauchte den Pinsel schulterzuckend wieder in den Topf. Vielleicht waren sie zu verschieden. Sie war noch immer Laura Malone, die von der falschen Seite der Bahnlinie stammte, die von Pflegefamilie zu Pflegefamilie weitergereicht worden war.

Und er war Gabriel Bradley, dessen Platz in der Gesellschaft in dem Moment festgestanden hatte, wo er geboren wurde. Ein Mann, der sich nie würde fragen müssen, ob er diesen Platz auch morgen noch innehatte.

Das war es, was sie für Michael wollte. Nur das. Das Geld, den Namen, das große geräumige Haus mit den breiten Fenstern und ausladenden Terrassen, darauf kam es gar nicht so sehr an. Viel wichtiger war es, irgendwo dazuzugehören. Und weil sie das wollte, wartete sie darauf, selbst jemandem zu gehören. Gabriel.

Aber er hielt sich von ihr fern. Er hatte sich angewöhnt nachts zu arbeiten und verbrachte seine Freizeit entweder ebenfalls im Atelier oder in der Galerie. Auch er konnte geduldig sein, ihr die Zeit lassen, die ihr Körper brauchte, um sich von den Strapazen der Schwangerschaft und der Geburt zu erholen.

„Immer noch dabei?"

Laura zuckte zusammen, und die Farbe tropfte ihr auf die Hand. Sie ließ sich auf die Absätze zurückfallen. „Ich habe dich gar nicht gehört."

„Bleib da hocken", bat er. „Du gibst ein prächtiges Bild ab." Er trat ins Zimmer, sah erst auf die sonnigen Wände, dann zu ihr hinunter. Sie trug ein altes Paar Jeans, das offenbar aus seinen Beständen stammte, denn der viel zu weite Bund wurde von einer Wäscheleine zusammengehalten. Darüber flatterte eines seiner Hemden.

„Meins?"

„Ich hoffe, du hast nichts dagegen." Sie wischte sich die Hand an einem Lappen ab. „Es waren schon Farbflecken darauf."

„Vielleicht kennst du den Unterschied zwischen Malerei und ..." er zeigte auf die frisch gestrichene Wand, „Malen nicht."

Sie war kurz davor, sich zu entschuldigen, doch dann ging ihr auf, dass er scherzte. Vielleicht war die kritische Stimmung jetzt vorüber, vielleicht waren sie jetzt wieder Freunde. „Im Gegenteil. Ich habe mir von der Hose künstlerische Inspiration erhofft."

„Du hättest sie dir direkt von der Quelle holen können."

Sie legte den Pinsel quer über die offene Farbdose. „Ich hätte niemals vorzuschlagen gewagt, dass der berühmte Gabriel Bradley sein geniales Talent an einer mickrigen Fußbodenleiste verschwendet."

Alles schien so einfach, wenn sie so war, entspannt, mit einem Anflug von Belustigung in den Augen. „Du hattest einfach nur Angst, dich vor mir zu blamieren."

Sie lächelte ein wenig zögerlich. So hatte er sie seit Tagen nicht mehr angesehen. Hastig richtete sie sich halb auf, als er neben ihr in die Knie ging. „Oh, Gabriel, nicht. Du wirst dich mit Farbe bekleckern, dabei siehst du gerade so gut aus."

Er hielt den Pinsel schon in der Hand. „Tue ich das?"

„Ja." Sie wollte ihn ihm abnehmen, aber er ließ nicht los. „Du siehst immer so elegant aus, wenn du zur Galerie fährst."

Seine Miene wirkte wenig begeistert.

„Doch", fuhr sie fort und unterdrückte den Wunsch, ihm das Haar aus der Stirn zu streichen. „So ganz anders als in Colorado. Dort warst du ein richtig rauer Freilufttyp. Aber das gefiel mir auch."

„Ein rauer Freilufttyp?"

„Genau. Cord und Flanell, das zerzauste Haar und das unrasierte Gesicht. Mit einer Axt in der Hand wärst du das ideale Motiv für Geoffrey gewesen ..." Plötzlich merkte sie, dass ihre Hand seine auf dem Pinselstiel bedeckte. Schnell zog sie sie fort. „Ich war lange genug in der Modebranche, um zu sehen, dass deine Sachen für die Arbeit viel zu schade sind."

Auch ihm war der plötzliche Stimmungswechsel nicht entgangen. Er sah ihr in die Augen. Es war, als wären sie wieder in der Hütte.

Sie beugte sich zu ihm hinüber. Der Lappen glitt ihr aus der Hand.

Und dann begann das Baby zu schreien.

Sie zuckten beide zusammen, wie Kinder, die dabei erwischt wurden, wie sie an die Keksdose gingen.

„Er wird hungrig sein ... und nass, nehme ich an", sagte sie beim Aufstehen. Gabriel hielt ihre Hand fest.

„Komm wieder her, wenn du dich um ihn gekümmert hast."

Verlangen und Nervosität vermischten sich in ihr und verwirrten sie. „Ja. Und mach dir keine Gedanken wegen der Unordnung hier. Ich bringe das nachher in Ordnung."

Sie blieb über eine Stunde bei Michael und war etwas enttäuscht, dass Gabriel nicht kam, wie er es sonst häufiger tat. Dann nahm er das Baby auf den Arm oder spielte mit ihm, bevor es wieder einschlief. Sie liebte diese Gelegenheiten, die kurzen Zeiten des Familienlebens.

Nachdem sie Michael versorgt hatte, ging sie ins angrenzende Bad und wusch sich die Farbe aus dem Gesicht. Sonderlich verführerisch sah sie in der Männerkleidung und mit dem Pferdeschwanz nicht aus. Trotzdem hatte sie vorhin im Kinderzimmer auf Gabriel gewirkt, daran hatten seine Blicke keine Zweifel gelassen.

War es das, was sie wollte? Auf ihn wirken, ihn verführen?

Und was dann?

Unwillkürlich dachte sie daran, wie es einmal gewesen war. Einseitig, ohne Liebe, die doch eigentlich dazugehörte.

Es war falsch, sich dauernd daran zu erinnern. Sie hatte eine Therapie gemacht, mit Beratern gesprochen. Und mit anderen Frauen, denen das Gleiche passiert war. Aber da sie immer unterwegs gewesen war, um von einem Fototermin zum nächsten zu ziehen, hatte sie die Gruppe immer wieder wechseln müssen. Trotzdem hatten die Gespräche ihr geholfen, denn sie hatten ihr das Gefühl gegeben, nicht allein zu sein, nicht die Einzige, die so etwas hatte durchleiden müssen.

Sie musste die bösen Erinnerungen überwinden, wieder zu einer ganz normalen Frau mit ganz normalen Wünschen und Sehnsüchten werden.

Sie sah sich in dem luxuriösen Bad um. Es war so groß wie manches der Zimmer, in denen sie gelebt hatte. Weiß und strahlend lud es dazu ein, sich in der gefüllten Wanne zu entspannen und sich dann ein edel duftendes Parfum auf die rosige Haut zu tupfen. Sie hatte noch die Flasche, die Geoffrey ihr in Paris gekauft hatte. Und was dann?

Außer der Umstandskleidung besaß sie kaum etwas. Ihre schönen Sachen hatte sie auf der Flucht quer durch die Staaten nach und nach versetzen müssen. Was machte das schon? Es war lange her, dass sie sich als Frau gefühlt hatte. Irgendwie wusste sie schon gar nicht mehr, was ein Mann an Weiblichkeit von ihr erwarten konnte.

Abrupt wandte sie sich vom Spiegel ab und ging hinaus, um Gabriel zu suchen.

Sie betrat das Kinderzimmer und blieb wie angewurzelt stehen. Wände und Fußbodenleisten waren fertig gestrichen, die Farbdosen wieder verschlossen, die Pinsel gereinigt. Gabriel blickte hoch und faltete den farbbeschmierten Lappen zusammen.

„Du hast zu Ende gestrichen", stieß sie ungläubig hervor.

„Und zwar ohne allzu viel Schaden anzurichten."

„Es ist wunderschön. Genau so, wie ich es mir immer vorgestellt habe." Im Geiste richtete sie das leere Zimmer bereits ein. „Wir brauchen noch Vorhänge, weiße, vielleicht gepunktet, aber das wäre wohl nicht das Richtige für einen Jungen."

„Das weiß ich nicht, aber es klingt jedenfalls so. Es ist warm, daher habe ich das Fenster offen gelassen." Er warf den Lappen auf die Trittleiter. „Wir bringen Michael erst her, wenn der Farbgeruch völlig verschwunden ist."

„Gut", stimmte sie mit abwesendem Blick zu, denn sie überlegte bereits, ob sie das Kinderbett zwischen die Fenster stellen sollte.

„So, jetzt wo das erledigt wäre, habe ich etwas für dich. Ein verspätetes Muttertagsgeschenk."

„Aber du hast mir doch schon Blumen geschenkt."

Er zog eine kleine Schachtel aus der Tasche. „Die waren von Michael. Außerdem blieb zwischen Motel und Krankenhaus nicht viel Zeit. Dies hier ist von mir."

„Du brauchst mir nichts zu geben."

„Du wirst lernen müssen, Geschenke anzunehmen."

Natürlich, er hatte recht. Aber Tony war mit seinen Geschenken immer so verschwenderisch, so beiläufig und ohne tieferen Sinn gewesen. Sie hatten ihr kaum etwas bedeutet. „Danke." Sie nahm die Schachtel, öffnete sie und starrte hinein.

Der Ring sah aus wie ein Kreis aus Feuer. Die Diamanten funkelten in ihrem goldenen Bett. Automatisch strich sie mit der Fingerspitze darüber.

„Er ist wunderschön. Aber ..."

„Du brauchst einen."

„Aber es ist ein Ehering, und ich habe doch schon einen."

Er nahm ihre linke Hand und musterte sie. „Ich wundere mich, dass dir bei diesem Ding noch nicht der Finger abgefallen ist."

„Mir gefällt er", erwiderte sie und zog ihre Hand fort.

„So sentimental, Engel?" Er griff wieder nach ihrer Hand und hielt sie diesmal fester als zuvor. Jetzt würde er vielleicht endlich herausfinden, was sie wirklich für ihn empfand. „Hängst du so sehr an einem kleinen Stück Metall?"

„In den Bergen war es uns gut genug. Ich brauche nichts anderes."

„Es war nur eine Übergangslösung. Ich verlange ja nicht von dir, ihn aus dem Fenster zu werfen. Aber denk einmal ein wenig praktisch. Du musst dauernd aufpassen, dass das Ding dir nicht vom Finger rutscht."

„Ich könnte ihn enger machen lassen."

„Wie du meinst." Er streifte ihn ihr ab und ersetzte ihn durch den Diamantring. „Dann hast du eben zwei Eheringe." Er gab ihr den schlichten Metallring, und Laura ballte die Hand darum. „Der neue hat dieselbe Bedeutung."

„Er ist wunderschön." Trotzdem schob sie den alten Ring auf ihren rechten Zeigefinger, wo er fester saß. „Danke, Gabriel."

„Das haben wir schon einmal besser gekonnt."

Er brauchte sie nicht daran zu erinnern. Die Bilder stiegen in ihr auf, als er die Arme um sie legte. Und mit den Erinnerungen kamen die Emotionen, kaum dass sie seinen Mund auf ihrem spürte. Seine Lippen waren fest und warm und verrieten seine Ungeduld. Obwohl seine Arme sie locker und behutsam hielten, erahnte sie, welch Vulkan in ihm brodelte und auf den Ausbruch wartete.

Wie um ihn zu besänftigen, hob sie die Hand und streichelte ihm die Wange.

Die Berührung steigerte sein Verlangen. Seine Arme legten sich fester um ihren Körper, der Mund verstärkte seinen Druck, sie reagierte mit einem leisen Aufstöhnen, das er kaum hörte, und einem Erschauern, das er kaum fühlte.

Er war kein unerfahrener Mann. Warum kam ihm dies wie eine vollkommen neue Erfahrung vor? Laura war nicht die erste Frau, die er in den Armen hielt, und doch hatte er eine solche Sanftheit, eine solche Zartheit noch nie erlebt.

Er schickte seinen Mund auf eine Erkundungstour über ihr Gesicht, das Kinn entlang, den Hals hinab, jeden Flecken ihrer Haut auskostend. Seine Hände glitten unter ihr Hemd, wanderten nach oben. Erst genügte ihm ihr schlanker Rücken, das kurze Erzittern, doch dann steigerte sich der Drang, sie zu berühren, sie zu besitzen. Als sein Mund wieder zu ihrem zurückkehrte, schloss seine Hand sich zunächst leicht, dann fordernder um ihre Brust.

Die erste Berührung raubte ihr den Atem. Hastig sog sie die Luft ein und stieß sie langsam wieder aus. Wie hätte sie wissen sollen, wie verzweifelt sie sich nach seinen Händen sehnte? Dies war es, was sie wollte. Ihm zu gehören, auf jede denkbare Weise. Die Konfusion, die Zweifel, die Ängste, alles wich von ihr. Keine bösen Erinnerungen drängten sich zwischen sie und ihn. Keine Einflüsterungen aus der Vergangenheit verfolgten sie. Es gab nur ihn und das Versprechen eines neuen Lebens und dauernder Liebe.

Ihre Knie zitterten, und sie suchte an ihm Halt. Ihr Körper bog sich ihm einladend entgegen, und die Versuchung, sie anzunehmen, war groß.

Der Raum duftete nach Farbe, und durch die leeren Fenster strömte das Sonnenlicht herein. Er war leer und ruhig. Gabriel malte sich aus, wie er sie mit sich auf den Boden zog, an ihrer Kleidung zerrte und schließlich ihre Haut an seiner spürte. Die Vorstellung, sie hier und jetzt, auf dem polierten Parkett, zu nehmen, folgte von ganz allein.

Mit jeder anderen Frau hätte er diese Vorstellung in die Tat umgesetzt, ohne an das Wo und Wann zu denken, und nur wenig mehr an das Wie. Aber nicht mit Laura.

Innerlich aufgewühlt, schob er sie von sich. Ihre Augen waren dunkel, ihr Mund weich und voll. Mit einer Selbstbeherrschung, die er sich kaum zugetraut hatte, fluchte er nur in Gedanken.

„Ich muss arbeiten."

Sie schien zu schweben, auf einem Nebel, der so fein war, dass er nur zu fühlen, nicht zu sehen war. Seine Worte brachten sie mit Gewalt auf den festen Boden zurück. „Wie bitte?"

„Ich muss arbeiten", wiederholte er und löste sich von ihr. Er verachtete sich dafür, dass er so weit gegangen war, obwohl sie körperlich noch gar nicht imstande war, seine Wünsche zu erfüllen. „Ich bin im Atelier, falls du mich brauchst."

Falls ich ihn bräuchte? Laura dachte über seine Worte nach, während seine Schritte draußen verhallten. Hatte sie ihm nicht gerade gezeigt, wie sehr sie ihn brauchte? Er musste es doch gefühlt und verstanden haben. Sie murmelte etwas wenig Damenhaftes und ging ans Fenster, um in den Garten hinabzusehen, wo es bereits zu blühen begann.

Sie schüttelte den Kopf. Zu lange war sie passiv gewesen, zu oft hatte sie sich ihren ständig wechselnden Umgebungen angepasst, wie eine Puppe, deren Glieder sich in die gewünschte Position biegen ließen. Erst das Baby hatte sie aktiv werden lassen. Sie hatte es schützen müssen und sich zur Wehr gesetzt. Und dabei hatte sie eine innere Kraft gespürt, von deren Existenz sie nichts geahnt hatte, weil all die Jahre des Gehorsams sie verschüttet hatten.

Ruckartig drehte sie sich um und ging hinaus. Mit jedem Schritt wuchs ihre Entschlossenheit. Doch an der Tür zu seinem Atelier zögerte sie und rieb sich mit dem Handballen über die Brust, in der der Schmerz der Unsicherheit saß. Dann holte sie tief Luft und ging hinein.

Gabriel stand an der langen Fensterreihe, mit dem Pinsel in der Hand, und arbeitete an einem der halb vollendeten Bilder, die in der Hütte an der Wand gelehnt hatten. Es war eine Schneelandschaft, kahl und einsam und gerade dadurch faszinierend. Das Weiß, das kalte Blau und die Silbertöne gaben dem Ganzen etwas Herausforderndes.

Laura war froh darüber. Eine Herausforderung war genau das, was sie jetzt brauchte.

Vertieft in seine Arbeit, hatte er sie nicht hereinkommen gehört. In diesem Stadium ging es nicht um grobe Striche oder kühne Akzente. Jetzt kam es auf jede Einzelheit an, und er war dabei, winzige Details hinzuzufügen. Er tat es mit einer solchen Exaktheit, dass sie fast den Winterwind hören konnte.

„Gabriel?" Es war erstaunlich, welch Mut dazu gehörte, seinen Namen auszusprechen.

Sofort unterbrach er die Arbeit, und als er sich umdrehte, war die Verärgerung deutlich an seinem Gesicht abzulesen. In seinem Atelier duldete er keine Störungen. Allein in diesem Haus lebend, hatte er das auch nie nötig gehabt.

„Was ist?" Die Frage kam kurz und scharf, und er blieb vor der Staffelei stehen, ohne den Pinsel hinzulegen.

„Ich muss mit dir reden."

„Kann das nicht warten?"

Fast hätte sie die Frage bejaht, doch dann riss sie sich zusammen. „Nein." Sie ließ die Tür offen, um das Baby hören zu können, und ging zur Zimmermitte. Im Magen breitete sich ein flaues Gefühl aus. Unbewusst hob sie das Kinn. „Genauer gesagt, selbst wenn es warten könnte, will ich es nicht warten lassen."

Er hob eine Augenbraue. Den Tonfall hatte er von ihr bisher nur selten zu hören bekommen. „Also gut, aber beeile dich, ja? Ich will das hier noch fertig bekommen."

„Dann formuliere ich es in einem einzigen Satz. Wenn ich deine Frau sein soll, dann behandle mich gefälligst auch so."

„Entschuldige, ich verstehe nicht, was du meinst."

Sie war zu wütend, um zu erkennen, wie verblüfft und verwirrt er war. „Das tust du sehr wohl, und entschuldigt hast du dich noch nie im Leben. Jedenfalls nicht ernsthaft. Das hast du nie nötig gehabt. Du tust nur das, was dir passt. Wenn es dir passt, freundlich zu sein, kannst du der freundlichste Mann der Welt sein. Aber wenn es dir in den Kram passt, arrogant zu sein, bist du unausstehlich."

Betont vorsichtig legte er den Pinsel hin. „Ich weiß nicht, worauf du hinauswillst, Laura."

„Willst du mich oder willst du mich nicht?"

Er starrte sie wortlos an. Wenn sie weiter dort stehen blieb, in den strahlenden Sonnenschein gehüllt, die Augen dunkel und herausfordernd, die Wangen gerötet, dann würde vielleicht sogar er betteln. „Ist das der Punkt?", fragte er ruhig.

„Du sagst mir, du willst mich, und dann ignorierst du mich. Du küsst mich, dann gehst du einfach weg." Sie fuhr sich mit der Hand durchs Haar, und als ein Finger sich im Band verfing, streifte sie es verärgert ab. Fein und hell fiel ihr das Haar auf die Schultern. „Ich weiß, dass Michael der Hauptgrund für unsere Ehe ist, aber ich möchte trotzdem erfahren, woran ich bin. Bin ich in diesem Haus als Gast, der entweder geduldet oder ignoriert wird, oder bin ich als deine Frau hier?"

„Du bist meine Frau." Mit wachsender Erregung glitt er von seinem Hocker. „Mit Ignorieren hat das nichts zu tun. Ich habe einfach nur viel Arbeit nachzuholen."

„Du arbeitest keine vierundzwanzig Stunden am Tag. Und nachts …" Ihr Mut ließ nach. Wie gehetzt stieß sie die restlichen Worte hervor. „Warum schläfst du nicht mit mir?"

Er war froh, den Pinsel hingelegt zu haben. Anderenfalls hätte er ihn vermutlich in zwei Teile zerbrochen. „Erwartest du, dass ich dir auf Befehl zur Verfügung stehe, Laura?"

Seine Antwort schockierte sie. Denn genau das war einst von ihr erwartet worden, und sie schämte sich über alle Maßen, dass er ihr zutraute, was sie damals hatte erleiden müssen. „Nein, so habe ich es nicht gemeint. Ich dachte nur, du solltest wissen, wie ich mich fühle." Sie drehte sich um. „Ich überlasse dich wieder deiner Arbeit."

„Laura!" Ihr Zorn war ihm sehr viel lieber als die Erniedrigung, die er in ihrer Miene gesehen hatte. „Warte!" Noch während sie herumwirbelte, ging er auf sie zu.

„Du brauchst dich nicht zu entschuldigen."

„Also gut." Erleichterung stieg in ihm auf, aber er war nicht sicher, ob sie schon gerechtfertigt war. „Ich liefere dir einfach nur eine ehrliche Erklärung."

„Das ist nicht nötig." Sie wollte zur Tür gehen, doch er packte sie beim Arm und riss sie herum. Die Angst, die er dabei in ihren Augen sah, traf ihn wie ein Keulenschlag.

„Verdammt, sieh mich nicht so an. Sieh mich nie wieder so an." Ohne dass er es merkte, schlossen seine Finger sich fester um ihren Arm. Als sie das Gesicht verzog, ließ er sie los. „Ich kann deinetwegen keinen anderen Menschen aus mir machen, Laura. Wenn ich schreien muss, schreie ich, und ich kämpfe, wenn ich kämpfen muss. Aber ich habe es dir schon einmal gesagt, und ich sage es dir jetzt wieder. Ich schlage keine Frauen."

„Ich weiß, dass du du selbst bleiben willst und musst. Aber ich kann mich ebenfalls nicht ändern. Selbst wenn ich es könnte, wüsste ich nicht, wie, denn ich habe keine Ahnung, was du willst. Ich weiß, dass ich dir dankbar sein sollte."

„Zur Hölle damit!"

„Ich sollte dankbar sein", wiederholte sie. „Und das bin ich auch. Aber in diesem letzten Jahr ist mir eines klar geworden: Ich will nie wieder für jemanden den Fußabtreter spielen. Selbst für dich nicht."

„Glaubst du, dass ich das will?"

„Ich kann nicht wissen, was du willst, Gabriel, solange du es selbst nicht weißt." Jetzt würde sie die Sache auch zu Ende bringen. „Hör endlich auf, mich als deine lebende gute Tat anzusehen. Sieh mich als Person, denn nur so wird diese Ehe funktionieren."

„Du hast keine Ahnung, wie ich dich sehe."

„Nein, vermutlich nicht." Sie lächelte. „Vielleicht wäre dann alles leichter. Für uns beide." Das Baby schrie, und sie schaute den Flur hinunter. „Irgendwie kommt er heute nicht zur Ruhe."

„Ich hole ihn gleich. Er kann doch nicht schon wieder Hunger haben." Wenn sie ehrlich sein konnte, konnte er es auch. Er legte ihr die Hand auf den Arm und hielt sie zurück. „Ein Missverständnis lässt sich leicht aufklären. Wenn ich bisher nicht mit dir geschlafen habe, dann nicht, weil ich es nicht wollte, sondern weil es dazu zu früh ist."

„Zu früh?"

„Für dich."

Sie begann den Kopf zu schütteln. Dann verstand sie. „Gabriel, Michael ist über vier Wochen alt."

„Ich weiß, wie alt er ist. Ich war dabei." Er hob die Hand, bevor sie etwas sagen konnte. „Verdammt, Laura, ich habe gesehen, was du durchmachen musstest. Was immer ich für dich empfinde, ich kann erst danach handeln, wenn ich sicher bin, dass du dich völlig erholt hast."

„Ich habe ein Baby bekommen, keine tödliche Krankheit." Sie atmete geräuschvoll aus. Nicht aus Ärger oder gar Belustigung, sondern aus Freude. Aus jener seltenen unvermittelten Freude, die sich einstellte, wenn man umsorgt wurde. „Mir geht es gut. So gut wie noch nie in meinem Leben."

„Trotzdem. Du hast gerade erst ein Baby zur Welt gebracht. Nach dem, was ich gelesen habe ..."

„Das hast du auch nachgelesen?"

Ihr ungläubiges Staunen und der Anflug von Belustigung in den weit aufgerissenen Augen provozierten ihn. „Ich werde dich nicht anrühren", sagte er förmlich, „bis ich sicher bin, dass du dich vollständig erholt hast."

„Was willst du, ein ärztliches Attest?"

„So ungefähr." Er wollte ihre Wange berühren, und seine Hand zuckte schon hoch, da überlegte er es sich anders. „Ich sehe nach Michael."

Er ließ sie auf dem Flur zurück. Sie schwankte zwischen Verärgerung und Belustigung und Freude. Nur eins war ihr klar, und das war die Tatsache, dass sie fühlte. Und im Mittelpunkt ihrer Gefühle stand Gabriel.

8. KAPITEL

„Ich kann gar nicht glauben, wie schnell er wächst." Sich sehr großmütterlich fühlend, aber mit hochmodisch gestyltem Haar, saß Amanda in dem Bugholz-Schaukelstuhl in Michaels neuem Kinderzimmer. Auf ihrem Schoß saß das Baby.

„Er holt auf, was ihm durch die Frühgeburt gefehlt hat." Laura war sich noch nicht sicher, was sie für ihre Schwiegermutter empfand, und konzentrierte sich darauf, die winzigen Kleidungsstücke zusammenzulegen, die gerade aus der Wäscherei gekommen waren. „Wir haben uns heute durchchecken lassen, und die Ärztin meinte, Michael sei gesund wie ein Pferd." Sie hielt sich einen Schlafanzug an die Wange. Er war weich, fast so weich wie die Haut ihres Sohns. „Vielen Dank, dass du mir Dr. Sloane empfohlen hast. Sie ist wunderbar."

„Gut. Aber ich weiß auch ohne Kinderärztin, dass dieses Kind gesund ist. Sieh dir bloß diesen Griff an." Amanda schmunzelte, als Michael mit seinen Fingern nach ihren fasste. Aber dass er an ihrem Saphirring nuckeln wollte, ging ihr dann doch zu weit. „Er hat deine Augen, weißt du das?"

„Wirklich?" Erfreut baute Laura sich vor den beiden auf. Das Baby duftete nach Puder, Amanda nach Paris. „Es dauert noch eine Weile, bis es endgültig feststeht, aber gehofft habe ich es."

„Kein Zweifel." Amanda musterte ihre Schwiegertochter, ohne mit dem Schaukeln aufzuhören. „Und was hat dein Durchchecken ergeben? Wie geht es dir?"

„Mir geht es gut." Laura dachte an das Stück Papier, das sie in die oberste Schublade ihrer Kommode gelegt hatte.

„Du siehst etwas müde aus." Es war keine Mitleidsbezeugung, sondern eine sachliche Feststellung, und so klang es auch. „Hast du dir denn noch niemanden besorgt, der dir hilft?"

Lauras Rückgrat straffte sich automatisch. „Ich brauche keine Hilfe."

„Das ist natürlich absurd. Ein Haus in dieser Größe, ein anspruchsvoller Ehemann und ein neugeborenes Baby, da brauchst du sämtliche Hilfe, die du bekommen kannst. Aber du musst es ja wissen."

Michael begann zu gurren, und Amanda strahlte. „Sprich mit Gran, mein Herz. Erzähl deiner Gran, wie es dir geht." Das Baby antwortete ihr mit einem gurgelnden Geräusch. „Hör sich einer das an. Bald wirst du eine Menge zu sagen haben. Und zu den ersten Sätzen, die du lernst, muss ‚Meine Gran ist hübsch' gehören. Versprichst du mir das, du süßer Bursche?" Sie küsste ihn auf die Augenbraue, bevor sie zu Laura hochsah. „Ich würde sagen, hier ist ein Windelwechsel angesagt, und den überlasse ich dir nur zu gern." Mit einem Gesichtsausdruck, der verriet, dass sie das als großmütterliches Privileg ansah, reichte sie Laura das nasse Baby. Sie blieb sitzen, während Laura mit Michael zum Wickeltisch ging.

Es gab eine Menge, was Amanda ihr gern gesagt hätte. Normalerweise hielt sie mit ihrer Meinung nicht hinter dem Berg, aber sie hatte in den letzten paar Wochen viel über die Eagletons und Lauras Aufenthalt bei ihnen erfahren. Sie probierte eine neue Taktik.

„Gabriel verbringt viel Zeit in der Galerie."

„Ja. Ich glaube, er hat sich schon fast zu einer neuen Ausstellung entschieden." Sie presste die Nase gegen Michaels Hals.

„Bist du schon mal dort gewesen?"

„In der Galerie? Nein, noch nicht."

Amanda klopfte mit einem perfekt gepflegten Fingernagel auf die Lehne des Schaukelstuhls. „Ich hätte gedacht, du würdest dich für Gabriels Arbeit interessieren."

„Das tue ich." Sie hielt Michael über den Kopf, und er blubberte lächelnd. „Ich wollte nur nicht mit Michael dort auftauchen und stören."

Amanda lag auf der Zunge, dass Michael Großeltern besaß, die ihn nur zu gern einige Stunden für sich gehabt hätten, aber sie schluckte die Antwort hinunter. „Ich bin sicher, Gabriel hätte nichts dagegen. Er liebt den Jungen über alles."

„Ja, das tut er." Laura schnürte Michael die blauen Minischuhe wieder zu. „Aber ich verstehe, dass er während der Arbeit seine Ruhe braucht." Sie gab ihrem Sohn einen kleinen Stoffhasen, und der stopfte sich sofort ein Schlappohr in den Mund. „Hast du eine Ahnung, warum Gabriel so sehr mit der Ausstellung zögert?"

„Hast du ihn danach gefragt?"

Laura drehte sich stirnrunzelnd um. „Nein, ich will ihn nicht unter Druck setzen."

„Etwas Druck ist vielleicht genau das, was er braucht."

Lauras Stirnrunzeln vertiefte sich. „Wieso?"

„Es hat mit Michael zu tun, mit meinem Sohn Michael. Ich würde es vorziehen, wenn du Weiteres von Gabriel erfragtest."

„Standen die beiden sich sehr nahe?"

„Ja." Amanda lächelte. Sich zu erinnern schmerzte weniger als der Versuch zu vergessen. „Sie waren sich sehr nah, aber sehr verschieden. Gabriel war tief erschüttert, als Michael getötet wurde. Die Zeit in den Bergen hat ihm seine Kunst wiedergegeben. Und ich glaube, du und das Baby haben ihm sein Herz wiedergegeben."

„Das würde mich freuen. Er hat mir mehr geholfen, als ich je zurückzahlen kann."

Amanda warf ihr einen scharfen Blick zu. „Zwischen einem Ehemann und seiner Frau sind keine Zahlungen nötig."

„Vielleicht nicht."

„Bist du glücklich?"

Um Zeit zu gewinnen, legte Laura das Baby ins Bett und zog die darüber aufgehängte Spieluhr auf, damit ihr Sohn danach greifen konnte. „Natürlich. Warum sollte ich es nicht sein?"

„Das ist meine nächste Frage."

„Ich bin sehr glücklich." Sie machte sich wieder daran, die Babysachen zusammenzulegen. „Es war nett von dir, mich zu besuchen, Amanda. Ich weiß, wie beschäftigt du bist."

„Glaub ja nicht, dass du mich hinauskomplimentieren kannst, bevor ich dazu bereit bin."

Laura drehte sich um und sah das amüsierte Lächeln, das um Amandas Mundwinkel spielte. Sie errötete. „Entschuldigung", sagte sie.

„Kein Grund. Ich kann kaum erwarten, dass du dich in meiner Gegenwart schon wohlfühlst. Ich bin mir noch nicht ganz sicher, ob es mir bei dir nicht ebenso geht."

Laura lächelte zurück. „Ich bin überzeugt, du fühlst dich in jeder Situation wohl. Darum beneide ich dich. Und es tut mir wirklich sehr leid, Amanda."

Amanda winkte ab und stand auf, um sich im Zimmer umzusehen. Ihr gefiel, wie ihre Schwiegertochter es eingerichtet hatte.

„Es ist ein bezauberndes Zimmer. Das denke ich jedes Mal, wenn ich hereinkomme." Sie strich dem riesigen Teddybären über den flauschigen Kopf. „Aber du kannst dich hier nicht für immer verstecken."

„Ich weiß nicht, was du meinst." Sie wusste es ganz genau.

„Du bist noch nie zuvor in San Francisco gewesen. Und was hast du dir schon angesehen? Nichts. Bist du ins Museum gegangen oder ins Theater? Bist du zu Fisherman's Wharf hinuntergespaziert oder durch Chinatown?"

„Nein", erwiderte Laura kühl. „Aber ich bin auch erst wenige Wochen hier, vergiss das nicht."

Amanda entschied, dass es an der Zeit sei, mit dem Herantasten aufzuhören und zur Sache zu kommen. „Lass uns einmal von Frau zu Frau reden, Laura. Vergiss einfach, dass ich Gabriels Mutter bin. Wir sind unter uns. Und dort bleibt auch alles, worüber wir sprechen."

„Ich weiß nicht, was du von mir hören willst."

„Was immer gesagt werden muss." Als Laura schwieg, nickte Amanda. „Also gut, dann fange ich an. Du hast in deinem Leben einige kritische Phasen gehabt, einige waren sogar tragisch. Gabriel hat uns das Nötigste erzählt, aber ich habe eine ganze Menge mehr erfahren, indem ich den richtigen Leuten die richtigen Fragen gestellt habe." Sie setzte sich wieder und schlug die Beine übereinander. Das Aufblitzen in Lauras Augen entging ihr nicht. „Warte, bis ich fertig bin. Danach kannst du so wütend auf mich sein, wie du möchtest."

„Ich bin nicht wütend", erwiderte Laura kühl. „Aber ich sehe keinen Sinn darin, die Vergangenheit aufzuwärmen."

„Wenn man das Vergangene nicht richtig bewältigt hat, kommt man vielleicht auch mit dem Zukünftigen nicht zurecht." Amanda versuchte, forsch und sachlich zu klingen, aber auch ihre Fassung hatte Grenzen. „Ich weiß, dass Tony Eagleton dich missbraucht hat und dass seine Eltern das ungeheuerliche, ja kriminelle Verhalten ihres Sohnes nicht zur Kenntnis nehmen wollten. Es tut mir von ganzem Herzen leid, dass du das durchmachen musstest."

„Bitte ..." Lauras Stimme klang erstickt. Sie schüttelte den Kopf. „Hör auf."

„Willst du kein Mitgefühl, nicht einmal von Frau zu Frau?", wollte Amanda wissen.

Sie schüttelte erneut den Kopf. Aus Angst, es zu akzeptieren, und, noch schlimmer, es zu brauchen. „Ich kann Mitleid nicht ertragen."

„Mitgefühl und Mitleid sind zwei vollkommen unterschiedliche Dinge."

„Das liegt alles hinter mir. Ich bin jetzt jemand anders."

„Da ich dich erst seit Kurzem kenne, kann ich das nicht beurteilen. Aber so, wie du die letzten Monate durchgestanden hast, musst du über große Reserven an Kraft und Entschlossenheit verfügen. Meinst du nicht, es wäre an der Zeit, sie einzusetzen und zurückzukämpfen?"

„Ich habe zurückgekämpft."

„Du hast dir eine Zuflucht gesucht, eine, die du dringend nötig hattest. Ich bestreite nicht, dass das Mut und Durchhaltevermögen gekostet hat. Aber irgendwann kommt der Zeitpunkt, an dem man sich entscheiden muss."

„Wozu? Dazu, vor Gericht zu gehen, in die Schlagzeilen zu kommen und den ganzen hässlichen Schmutz vor aller Welt auszubreiten?"

„Falls das nötig ist, ja." In Amandas Stimme schwang ein Stolz mit, der in keiner Ecke des Zimmers zu überhören gewesen wäre. „Die Bradleys fürchten sich nicht vor einem Skandal."

„Ich bin keine ..."

„Natürlich bist du das", erklärte Amanda bestimmt. „Du bist eine Bradley und das Kind auch. Es ist vor allem Michael, an den ich denke, und zwar auf längere Sicht. Aber auch an dich. Was macht es schon aus, was jemand über dich weiß? Es gibt nichts, dessen du dich schämen müsstest."

„Ich habe es zugelassen", sagte Laura mit einer Art von dumpfem Zorn. „Dafür werde ich mich immer schämen."

„Mein liebes Kind." Amanda konnte nicht anders, sie musste aufstehen und die Arme um Laura legen. Nach dem ersten Schock ließ Laura sich gehen. Vielleicht lag es daran, dass der Trost von einer Frau kam, jedenfalls riss er die bereits angeknackste Fassade vollends ein.

Amanda ließ sie weinen, weinte sogar mit. Dass sie es tat, dass sie es konnte, war tröstender, als alle Worte es je hätten sein können. Wange an Wange, Frau an Frau, hielten sie einander umarmt, bis der Sturm der Emotionen sich gelegt hatte.

Das Band, das Laura zwischen ihnen für unmöglich gehalten hatte, kam unter Tränen zustande. Den Arm um ihre Schulter gelegt, führte Amanda sie zur Liege.

„So, das brauchten wir wohl beide", sagte sie sanft und wischte sich mit einem spitzenbesetzten Taschentuch über die Augen. „Und jetzt hör mir mal zu", fuhr sie mit gefestigter Stimme fort. „Du warst jung und allein, und es gibt nichts, nicht das Geringste, dessen du dich schämen müsstest. Das wird dir eines Tages auch noch klar werden, aber vorläufig mag es genügen zu wissen, dass du nicht mehr allein bist."

„Manchmal bin ich so wütend, weil ich so lange als eine Art Zubehör, als Sandsack oder Statussymbol benutzt wurde." Es war erstaunlich, wie ruhig diese Wut sie machte. „Heute weiß ich, dass ich mir das nie wieder bieten lassen würde."

„Dann bleib wütend."

„Aber die Wut ist meine persönliche Angelegenheit." Sie sah zum Kinderbett hinüber. „Erst wenn ich an Michael denke und daran, dass sie ihn mir wegnehmen wollen, kommt die Angst."

„Jetzt haben sie es nicht mehr allein mit dir zu tun, nicht wahr?" Laura sah wieder zu Amanda zurück. Ihre Miene war entschlossen. Ihre Augen glitzerten. Daher hat Gabriel also seine Kämpfernatur, dachte Laura und fühlte, wie eine neue Liebe sich in ihr zu regen begann. Amandas Hand in ihre zu nehmen kam ihr plötzlich wie die natürlichste Sache der Welt vor. „Nein, das haben sie nicht."

Sie hörten beide, wie unten die Tür geöffnet und wieder geschlossen wurde. Laura fuhr sich sofort mit beiden Händen übers Gesicht. „Das muss Gabriel sein. Er kommt aus der Galerie. Ich will nicht, dass er mich so sieht."

„Ich gehe nach unten und beschäftige ihn." Amanda gab einem Impuls nach und sah auf ihre Armbanduhr. „Hast du heute Nachmittag schon etwas vor?"

„Nein. Nur ..."
„Gut. Komm herunter, nachdem du dich zurechtgemacht hast."

Zehn Minuten später betrat Laura das Wohnzimmer. Gabriel saß etwas eingeschüchtert in einem Sessel und starrte in ein Glas Club-Soda.

„So, das wäre erledigt." Amanda brachte ihre Frisur in Form und lächelte zufrieden. „Laura. Gut. Bist du bereit?"

„Bereit? Wozu?"

„Ich habe Gabriel gerade gesagt, dass wir beide einen Einkaufsbummel machen werden. Und von meiner Idee, dass ihr in zwei Wochen einen Empfang geben werdet, war er geradezu begeistert." Die Idee mit dem Empfang war ihr auf dem Weg nach unten gekommen.

„Er hat sich damit abgefunden", verbesserte er, aber nicht ohne seiner Mutter zuzulächeln. Das Lächeln verging ihm, als er zu Laura hinübersah. „Was ist los?"

„Nichts." Hatte sie wirklich geglaubt, ihn mit einem Schwall kalten Wassers und frischem Make-up täuschen zu können? „Deine Mutter und ich haben uns etwas Rührung über deinen Sohn gegönnt."

„Was deine Frau braucht, ist ein Nachmittag in der City." Amanda stand auf und gab Gabriel einen Kuss. „Eigentlich müsste ich mit dir schimpfen, weil du sie hier einsperrst, aber dazu liebe ich dich viel zu sehr."

„Ich habe sie nie ..."

„Sie nie nach draußen geschickt", beendete seine Mutter den Satz. „Also muss ich das tun. Hol deine Handtasche, Liebes. Wir werden dir etwas Prächtiges für den Empfang aussuchen. Gabriel, ich könnte mir vorstellen, dass sie deine Kreditkarten braucht."

„Meine ... Ach so." Er griff nach seiner Brieftasche.

„Die müssten reichen." Amanda zupfte zwei heraus und reichte sie Laura. „Bist du bereit?"

„Nun, ich ... Ja. Michael ist frisch gefüttert und gewickelt. Er dürfte dir keine Mühe machen."

„Ich komme schon klar." Gabriel kam sich irgendwie ausgeschlossen vor, sehr sogar. Und bei dem Gedanken, ganz allein mit dem Kind zu sein, wurde ihm doch etwas mulmig. Was, wenn es plötzlich Hunger bekam?

Amanda sah ihn an, was er dachte, und küsste ihn erneut. „Sei brav, dann bringen wir dir vielleicht ein Geschenk mit."

Er konnte ein Grinsen nicht unterdrücken. „Raus", befahl er.

Niemand konnte etwas dafür, dass Michael ausgerechnet an diesem Nachmittag alles an Zeit und Aufmerksamkeit forderte, was ein Säugling nur fordern konnte. Gabriel trug ihn umher, schaukelte ihn, legte ihn trocken, liebkoste ihn, und zur Not hätte er sogar einen Handstand vorgeführt. Michael seinerseits blubberte, starrte Gabriel beglückt an – und weinte jedes Mal herzzerreißend, wenn er wieder hingelegt wurde. Bloß schlafen, das tat er nicht.

Schließlich gab Gabriel die Hoffnung auf, an diesem Tag noch arbeiten zu können, und trug Michael mit sich herum. Das Baby lag friedlich in seiner Armbeuge, während er eine Hähnchenkeule verspeiste und die Zeitung durchblätterte. Da niemand da war, der sich über ihn hätte amüsieren konnte, ging er mit Michael die Weltpolitik und die Ergebnisse der Football-Liga durch.

Nachdem es ihm gelungen war, eine der kleinen Strickmützen zu finden, spazierte er mit Michael durch den Garten. Begeistert sah er zu, wie die Wangen des Babys sich rosig färbten und seine Augen voller Interesse die Umwelt wahrnahmen.

Er hat Lauras Augen, dachte Gabriel. Die gleiche Form, die gleiche Farbe, aber ohne die Schatten, die ihre Augen zugleich traurig und faszinierend wirken ließen.

Zunächst begann Michael zu wimmern, doch dann fand er sich mit seinem Schicksal ab, als Gabriel ihn in die kleine Babyschaukel setzte. Nachdem er das Baby warm in Decken gepackt hatte, streckte er sich vor der Schaukel aus und machte Stretching-Übungen.

Um ihn herum begann sich ein buntes Blütenmeer zu entfalten, und zum ersten Mal seit seiner eigenen Tragödie empfand Gabriel so etwas wie inneren Frieden.

Den Winter hindurch, in den Bergen, hatte die Wunde zu heilen begonnen. Aber hier, zu Hause, umgeben vom Frühling, akzeptierte er endgültig, dass das Leben weiterging.

Er sah zu dem Baby hinüber, das fröhlich schaukelte und mit den winzigen Händen in der warmen Luft herumwedelte. Sein kleines Gesicht nahm bereits feste Form an und verriet die junge Persönlichkeit, die da heranwuchs.

„Ich liebe dich, Michael."

Und als er das sagte, sagte er es sowohl zu dem, der nicht mehr war, als auch zu dem, der zufrieden vor ihm schaukelte.

Eigentlich hatte sie nicht so lange fortbleiben wollen. Doch die wenigen chaotischen Stunden, in denen sie die Geschäfte abklapperten, hatten sie ein bisschen in die Zeit zurückversetzt, in der sie allein, unabhängig und neugierig auf das Leben gewesen war.

Ein- oder zweimal hatte sie ein schlechtes Gewissen verspürt, weil sie Gabriels Kreditkarten so unbekümmert nutzte. Doch dann, mit Amandas Hilfe, war es ihr immer leichter gefallen, die Einkäufe zu rechtfertigen. Sie war jetzt Laura Bradley.

Sie besaß ein natürliches Empfinden für Farben und Stil, das durch ihre Arbeit als Model noch geschärft worden war. Also fiel das, was sie aussuchten, weder extravagant noch bieder aus. Laura hatte zufrieden registriert, dass Amanda bei jeder Wahl zustimmend nickte.

Es ist ein Schritt, dachte Laura, als sie die Tüten und Kartons zur Haustür trug. Ein Schritt, dessen Bedeutung vielleicht nur eine Frau verstehen konnte, aber ein wichtiger Schritt. Sie war dabei, ihr Leben wieder in die eigenen Hände zu nehmen, und sei es auch nur, indem sie das Bedürfnis nach neuer Kleidung empfand und dem nachging. Summend ging sie nach oben.

Und dort fand sie die beiden. Gabriel lang ausgestreckt auf dem Bett, Michael in seinen gekrümmten Arm geschmiegt. Ihr Mann schlief fest. Ihr Sohn hatte sich aus der leichten Decke freigestrampelt und streckte seine Rassel in die Luft.

Leise stellte sie die Taschen ab und ging zu ihnen hinüber. Es war eine ungemein männliche Szene. Der Mann auf dem Bett, die Schuhe noch an, ein Spionage-Thriller mit dem Buchrücken nach oben auf der Tagesdecke, auf dem antiken Nachttisch ein Ring, den ein einstmals eiskaltes Glas dort hinterlassen hatte.

Das Kind schien zu verstehen, dass es ein Bestandteil dieser männlichen Welt war, und lag ruhig da, in seine eigenen Gedanken vertieft.

Hätte sie nur etwas von Gabriels Talent! Dann hätte sie die beiden gezeichnet, und die Schönheit dieser Szene wäre für immer festgehalten.

Einen schlafenden Mann zu beobachten hatte etwas Intimes. Zu gern hätte sie das dunkelblonde Haar auf seiner Stirn berührt oder die markanten Züge seines Gesichts nachgezogen, doch sie hatte Angst, ihn aufzuwecken. Dann würde er nicht mehr so verletzlich wirken, und der Blick auf seine verborgene Seite wäre wieder versperrt.

Michael stieg der Duft seiner Mutter in die Nase, und er beschloss, dass jetzt eine Mahlzeit angesagt war. Er wurde unruhig, und Laura beugte sich über ihn. Sie öffnete zwei Knöpfe ihrer Bluse. Michael bekam seinen Willen.

„Tut mir leid, wenn ich dich geweckt habe", flüsterte sie, als Gabriel sich neben ihnen regte und sie aus schläfrigen Augen, aber lächelnd ansah.

„Hat er dich so sehr ermüdet?" Sie erwiderte das Lächeln.

„Wir haben nur einmal eine Pause eingelegt." Es faszinierte ihn immer wieder, von welch perfekter Schönheit Laura war, wenn sie das Baby stillte. „Ich wusste gar nicht, dass ein so kleines Wesen einem so viel Energie abverlangen kann."

„Es wird noch schlimmer. Beim Einkaufen habe ich eine Mutter mit einem Kleinkind gesehen. Sie war permanent dabei, ihren davongelaufenen Sprössling wieder einzufangen. Und deine Mutter hat nur erzählt, wie kaputt sie nachmittags war, wenn du endlich Ruhe gabst."

„Alles Lügen!" Er schob sich einige Kissen in den Rücken. „Ich war ein äußerst wohlerzogenes Kind."

„Dann muss es ein anderes Kind gewesen sein, das mit Buntstiften über die Seidentapete hergefallen ist."

„Künstlerische Ausdruckskraft. Ich war ein Wunderkind."

„Ohne Zweifel."

Er hob eine Augenbraue. Dann entdeckte er die Taschen. „Ich

wollte fragen, ob du dich mit meiner Mutter amüsiert hast, aber die Antwort dürfte wohl klar sein."

Fast hätte sie sich entschuldigt. Damit ist jetzt Schluss, sagte sie sich. „Es war toll, Schuhe zu kaufen und sie im Stehen sehen zu können. Und ein Kleid mit enger Taille."

„Es muss schwer sein, während der Schwangerschaft seine Figur immer mehr zu verändern."

„Ganz im Gegenteil. Als ich das erste Mal eine Hose nicht mehr zubekam, war ich geradezu ekstatisch. Trotzdem bin ich froh, dass ich nicht mehr wie ein Flugzeugträger aussehe."

„Wie ein Luftschiff, meinst du wohl."

„Du wieder mit einem deiner bezaubernden Komplimente!"

Er wartete, bis sie Michael an die andere Brust gelegt hatte. In ihm war plötzlich der Wunsch erwacht, den Finger dorthin zu legen, über die Stelle, an der Michael genuckelt hatte. Mit Sex oder gar Romantik hatte das nichts zu tun, mehr mit unbändigem Staunen. Doch dann verschränkte er die Hände hinter dem Kopf.

„Ich habe uns ein paar Reste zusammengemixt. Keine Ahnung, ob es genießbar ist."

Erneut unterdrückte sie den Impuls, sich zu entschuldigen, und lächelte nur. „Bei meinem Hunger esse ich alles, was auch nur annähernd genießbar ist."

„Gut." Jetzt beugte er sich doch vor, aber nur, um Michael mit der Fingerspitze über den Kopf zu streichen. „Komm runter, sobald er seinen Appetit gestillt hat. Irgendwie habe ich nach diesem Nachmittag das Gefühl, er wird wie ein Stein schlafen, wenn er sich erst das Bäuchlein vollgeschlagen hat."

„Ich komme gleich runter." Als Gabriel gegangen war, schloss sie die Augen und hoffte inständig, dass sie den Mut haben würde, das zu tun, was sie sich für den Rest des Abends vorgenommen hatte.

Laura stand vor der verspiegelten Wand, die von ihrem Bad noch beschlagen war. Endlich sah sie wieder wie eine Frau aus. Ihr Nachthemd war von einem blassen Blau, fast weiß. Sie hatte es ausgesucht, weil es sie an den Schnee in den Bergen Colorados erinnerte. Spitzenverziert strömte es unterhalb der dünnen Träger an ihrem Körper hinab. Sie strich mit der Hand darüber. Der Stoff war sehr zart und sehr weich.

Gabriel streifte sich gerade das Hemd ab, als sie die Tür zum angrenzenden Schlafzimmer öffnete. Einen Moment lang fiel das von hinten kommende Licht auf ihr Haar und schimmerte durch das dünne Material ihres Nachthemds. Atemlos starrte er zu ihr hinüber. Es war wie eine lang ersehnte Premiere, über der sich gerade der Vorhang erhob. Er spürte die Hitze und die Anspannung in der Magengrube.

Dann löschte er das Badezimmerlicht und zog sich das Hemd ganz aus.

„Ich habe nach Michael gesehen." Gabriel war erstaunt, dass er überhaupt Worte herausbrachte, aber sie klangen normal genug. „Er schläft. Ich dachte, ich arbeite noch eine Stunde oder zwei."

„Oh." Ihre Hände zuckten, und fast hätte sie wieder ihre Finger geknetet. Sie war eine erwachsene Frau. Eine erwachsene Frau, die eigentlich wissen sollte, wie sie ihren Ehemann verführen konnte. „Du hast einiges an Zeit verloren, weil ich ausgegangen bin."

„Es hat mir Freude gemacht, auf ihn aufzupassen." Sie war so schlank, so wunderschön zart, mit ihrer milchigen weißen Haut und dem blauweißen Nachthemd. Vor ihm stand wieder der Engel, diesmal mit blonder Lockenpracht statt des Heiligenscheins.

„Du bist ein wunderbarer Vater, Gabriel." Sie machte einen Schritt auf ihn zu.

„Michael macht es mir sehr leicht."

Hätte sie wissen können, wie schwer es war, einfach nur einen Raum zu durchqueren? „Mache ich es dir schwer, ein Ehemann zu sein?"

„Nein." Er hob den Handrücken an ihre Wange. Ihre Augen waren um etliche Schattierungen dunkler als die Seide auf ihrer Haut. Überrascht, wie nervös er war, wich er zurück. „Du musst müde sein."

Sie verschluckte ein Seufzen und wandte sich ab. „Offenbar kann ich das hier nicht sehr gut. Dich zu verführen klappt nicht so recht, also gehen wir es sachlicher an."

„War es das, was du versucht hast?" Er wollte sich darüber amüsieren, doch seine Muskeln waren zu gespannt. „Mich zu verführen?"

„Ohne Erfolg." Sie zog die Schublade auf und holte einen kleinen

Zettel heraus. „Dies ist die Bescheinigung meiner Ärztin. Darin steht, dass ich eine normale gesunde Frau bin. Möchtest du es lesen?"

Diesmal zuckten seine Lippen. „Du denkst an alles, was?"

„Du hast gesagt, du willst mich." Sie zerknüllte das Papier in ihrer Hand. „Ich dachte, du meinst es ernst."

Bevor sie zurückweichen konnte, hatte er schon die Arme um sie gelegt. Ihre Augen waren trocken, doch ihr ins Wanken geratener Stolz entging ihm auch so nicht. Was sie mit ihm verband, war erst ein zartes Pflänzchen. Er durfte keinen Fehler machen, sonst würde es eingehen, bevor es überhaupt erblüht war.

„Ich habe es ernst gemeint, Laura. Das habe ich vom ersten Tag an getan. Es war nicht leicht für mich, mit dir zusammen zu sein, dich so sehr zu brauchen und dich nicht berühren zu können."

Sie legte ihm eine Hand auf die Brust. „Jetzt kannst du es."

Er ließ die Hände nach oben, zu ihren Schultern gleiten, bis er mit den Fingern die dünnen Träger ertastete. Vielleicht war es ein Fehler, aber ihm blieb keine andere Wahl, als ihn zu begehen. „Jedenfalls spricht kein körperlicher Grund dagegen", sagte er. „Wenn ich mit dir ins Bett gehe, darf es nur uns beide geben. Keine Gespenster aus der Vergangenheit. Keine Erinnerungen." Als sie den Blick senkte, zog er sie fester an sich, bis sie ihn wieder hob. „Du wirst an niemanden anderen als an mich denken."

Ohne zu wissen, ob er das nun als Drohung oder als Versprechen gemeint hatte, senkte er seinen Mund auf ihren. Ihre Hände zuckten, bis ihre beiden Körper sie gefangen hielten.

Es waren bloß seine Lippen, die sie fühlte, und doch begann ihr Herz heftig zu schlagen. Die Erregung, die er so mühelos in ihr auslöste, breitete sich, vom Bauch ausgehend, in ihr aus. Lange bevor ihre Lippen sich ihm öffneten, hatte sie von ihrem gesamten Körper Besitz ergriffen.

Obwohl sie die Hände kaum bewegen konnte, fühlte sie sich nicht wehrlos. Sein Mund war stürmisch, aber er ängstigte sie nicht. Je tiefer und fordernder der Kuss wurde, desto ausschließlicher dachte sie an ihn und sonst niemanden.

Diesmal gibt es kein Zurück, dachte er, während ihr heftiger werdender Atem das Ticken der Wanduhr im Flur zu übertönen begann. Es war dunkel, es war ruhig, sie waren allein. In dieser Nacht würde er Laura zur Frau nehmen.

Er spürte ihren Herzschlag an seiner nackten Brust, und durch den zarten Stoff ertastete er jedes Seufzen und jedes Zittern, zu dem er sie brachte.

Während seine Hände abwärtswanderten, sog er ihre Lippe zwischen die Zähne. In einer Geste äußersten Vertrauens signalisierte ihr Körper ihm, wozu sie bereit war, und rief damit in ihm Emotionen hervor, die sein Verlangen milderten. Eine unbändige Zärtlichkeit trat an seine Stelle.

Ihre Hände waren frei. Das zerknüllte Papier schwebte zu Boden, als sie die Arme um ihn legte. Zaghaft noch.

Sie fühlte seine Rückenmuskeln, seine Kraft. Es faszinierte sie, wie ein so starker athletischer Mann so sanft und zärtlich sein konnte. Seine Lippen glitten einladend, fast herausfordernd über ihre Haut, als wollten sie es ihr überlassen, das Tempo zu bestimmen.

Es war wie ein Hunger, was sie jetzt packte. Ihr Kuss wurde heftiger, ungeduldiger. Dann hob er sie auf die Arme. Im Halbdunkel sah sie seine Augen, nur seine Augen, in deren klarem Grün das Verlangen deutlich zu erkennen war. Ihre Blicke ließen einander nicht los, als er sie behutsam aufs Bett legte.

Hast war es, womit sie rechnete. Begierde, Wildheit. Sie hätte es ihm nicht verdenken können. An ihrer Liebe zu ihm hätte sich auch dadurch nichts geändert. Sein Körper drängte sich an ihren, sie fühlte, wie erregt er war. Sie schlang die Arme um ihn, bereit, ihm zu geben, was er brauchte.

Aber Hast war nicht, woran ihm lag. Und seine Begierde bestand darin, nicht nur zu nehmen, sondern auch zu geben.

Als er ihren Hals mit Küssen bedeckte, straffte auch sie sich. Sie flüsterte immer wieder seinen Namen, während sein Mund über ihre Schultern glitt, dann hinab zu den Brüsten, um schließlich zum Hals und zu den Lippen zurückzukehren.

Er musste behutsam vorgehen. Ihretwegen. Die erste Berührung hatte ihn vor Angst zittern lassen. Sie war mit einem anderen

Mann zusammen gewesen, sie hatte ein Kind bekommen, und doch wusste er, wie unschuldig sie im Grunde noch immer war. Er hatte es gesehen, Stunde um Stunde, während er sie malte. Er hatte es gefühlt, wann immer er sie an sich zog. Ihr diese Unschuld zu nehmen musste ein Akt vollkommener Schönheit und grenzenloser Zärtlichkeit sein.

Sie war so – einfühlsam. Ihr Körper reagierte auf jede einzelne seiner Berührungen. Wo immer er ihre Haut schmeckte, erwärmte sie sich. Doch selbst darin lag noch immer eine Scheu, ein kaum merkliches Zögern. Er wollte ihr helfen, das zu überwinden.

Langsam, mit Bewegungen, die wenig mehr als ein Flüstern auf ihrer Haut waren, schob er das Nachthemd nach unten und folgte dem spitzenverzierten Ausschnitt mit den Lippen. Ihr erstes leises Aufstöhnen raubte ihm fast die Sinne. Er hatte nicht geahnt, dass ein Laut, nicht mehr als ein Laut, so erregend, so verführerisch sein konnte. Mit zarten Küssen erweckte er ihre Haut vollends zum Leben, bis er das Prickeln spüren zu können glaubte. Im Schein der Lampe war sie makellos, die Haut wie Marmor, das Haar wie Silber. In ihren Augen lagen Verlangen und Verunsicherung zugleich.

So wie er einst sein Talent, sein Einfühlungsvermögen eingesetzt hatte, ihre Gefühle auf die Leinwand zu bannen, so nutzte er sie jetzt, um ebendiese Gefühle freizusetzen.

Nie hatte sie geahnt, dass es zwischen einem Mann und einer Frau ein solches Maß an Sensibilität geben konnte. Selbst durch die Nebel der Erregung hindurch spürte sie seine Geduld. Nie war in ihr der Wunsch, der Drang, einen Mann zu berühren, so stark gewesen. Mit den Fingerspitzen und den Handflächen, mit den Lippen und der Zunge entdeckte sie ihn. Das Bedürfnis, ihn einfach nur festzuhalten, sich um ihn zu wickeln, wurde stärker.

Dann, ohne Vorwarnung, steigerte er ihre Erregung ins Unermessliche, bis sie sich ihm entgegenbog und vor Spannung den Atem anhielt. Geist und Körper waren nun nichts als pure Empfindung. Für Bruchteile von Sekunden spürte sie die plötzliche Angst, die Kontrolle über sich zu verlieren. Sein Name entrang sich ihren Lippen, als die angestaute Erregung sich explosionsartig Erlösung verschuf und sie entspannt und benommen aus dem Taumel der Leidenschaft zurückfinden ließ.

„Bitte, ich kann nicht … Ich habe noch nie …"

„Ich weiß." Ihr Eingeständnis rührte ihn mehr, als er gedacht hatte. Er hatte geben wollen, aber er hatte nicht gewusst, dass er so viel dafür zurückerhalten würde. „Entspann dich. Kein Grund zur Eile."

„Aber du bist noch nicht …"

Er lachte gegen ihren Hals. „Das werde ich schon noch. Wir haben viel Zeit. Ich will dich berühren", murmelte er und machte sich erneut auf die langsame, verführerische Reise.

Es war nicht möglich. Sie hätte es nicht für möglich gehalten, dass ihr Körper sofort wieder so ungestüm auf seine Berührungen reagierte. Doch binnen weniger Momente zitterte sie bereits wieder voller Erregung und Verlangen. Seine Zunge strich über ihren Bauch, tauchte zu den Schenkeln hinab, bis sie sich wand, das Erlebte noch immer auskostend, das Kommende voller Spannung erwartend.

Dann, und sie konnte es kaum glauben, erreichte die Erregung erneut den Punkt, an dem es keine Umkehr mehr gab. Als sie diesmal aufstöhnte und sich ihm entgegenbog, kam er zu ihr.

Sein Aufstöhnen verschmolz mit ihrem.

Haut rieb sich an Haut, während sie sich bewegten. Noch nie hatte sie sich so stark, so vollkommen befreit gefühlt wie jetzt, als die Nähe zu Gabriel nicht mehr größer werden konnte.

Sie war alles, was er je gewollt, sich je erträumt hatte. Auch jetzt war es wie ein Traum, was mit ihm geschah. Er presste das Gesicht gegen ihren Hals und sog den Duft ein, den leicht provozierenden ihres Parfums und den schweren, erdigen der Leidenschaft.

Ihr Atem drang heftig und ekstatisch in sein Ohr. Und ihr Körper tat es ihm gleich. Er spürte, wie ihre Fingernägel sich in seinen Rücken gruben.

Nie würde er auch nur die geringste Einzelheit vergessen.

Und dann vergaß er alles um sich herum und ließ sich gehen.

9. KAPITEL

*E*s hatte eine Zeit gegeben, eine kurze Zeit, als Laura sich elegant gekleidet hatte und auf elegante Partys gegangen war. Sie hatte Leute getroffen, deren Namen in schicken Magazinen standen und die Schlagzeilen der Boulevardblätter zierten. Sie hatte mit Berühmtheiten getanzt und mit Modezaren diniert.

Sie hatte es genossen, für Geoffrey Modell zu stehen. Sicher, die Arbeit war hart gewesen, aber sie war jung und unerfahren genug gewesen, um sich von dem Glamour blenden zu lassen – auch dann noch, wenn sie zehn Stunden auf den Beinen gestanden hatte.

Geoffrey hatte ihr beigebracht, wie sie stehen und gehen musste, hatte sie sogar gelehrt, interessiert auszusehen, obwohl ihr fast die Augen zufielen. Er hatte ihr gezeigt, welche Wirkung sich mit Make-up erzielen und welche Stimmung sich mit einer Frisur ausdrücken ließ.

All das hatte ihr geholfen, ihr Image aufrechtzuerhalten, wenn sie sich mit den Eagletons in der Öffentlichkeit zeigte. Es war ihr gelungen, sich kühl und unbeschwert zugleich zu geben. Manchmal boten Äußerlichkeiten einen großen Schutz.

Sie hatte keine Angst, sich oder Gabriel auf dem Empfang zu blamieren, den seine Eltern auf ihrem Anwesen in Nob Hill gaben. Aber sie wollte auch keinen Rückschritt in ihrem Leben machen.

Laura steckte sich die Ohrringe an, prachtvoll glitzernde Geschmeide aus blauen Steinen, die sie die Woche zuvor gekauft hatte.

Als die Tür geöffnet wurde, drehte sie sich um.

„Wenn du so weit bist, können wir ..."

Gabriel verstummte und starrte sie an. Das war die Frau, von der sie ihm bisher nur erzählt hatte, die die Titelblätter der Hochglanzmagazine geschmückt und dem Publikum Zobel und Nerze präsentiert hatte. Langgliedrig und schlank stand sie in einem mitternachtsblauen Abendkleid vor dem großen, mit Facettenschliff versehenen Spiegel. Was sie trug, war äußerst schlicht und ließ Halspartie und Schultern frei, um dann von der Taille abwärts ganz gerade bis zu den Füßen herunterzufallen.

Sie hatte das Haar nach hinten gekämmt und es hochgesteckt, sodass lediglich einige weizenblonde Locken ihre Schläfen umspielten. Sie war schön, atemberaubend schön, doch obwohl er sich von ihrem Anblick angezogen fühlte, kam sie ihm wie eine Fremde vor.

„Du siehst wundervoll aus." Aber er ließ die Hand auf dem Türgriff und etwas Distanz zwischen ihnen. „Ich muss dich unbedingt so malen." Schönheit aus Eis, dachte er, kühl, distanziert und unnahbar. Das Einzige, was noch fehlte, waren Saphire um den Hals. „Es ist noch frisch draußen. Hast du eine Stola?"

„Ja." Von seinem Tonfall irritiert, ging sie zum Bett und riss den breiten Seidenschal mit seinen juwelenhaften, ins Auge stechenden Farben an sich. Erst jetzt fiel ihm auf, dass das Kleid einen raffinierten, wenn nicht gewagten Schlitz aufwies.

„Ich könnte mir vorstellen, dass du in dem Ding ganz schön Aufsehen erregst."

Sie zuckte innerlich zusammen, verzog jedoch keine Miene. „Sag's doch einfach, wenn es dir nicht gefällt." Sie warf sich den Schal über die Schultern. „Zum Umziehen ist es jetzt zu spät, aber glaub mir, ich werde es nie wieder tragen."

„Augenblick mal." Er griff nach ihrer Hand. Am Zeigefinger fühlte er den schlichten Ehering. Sie ist noch immer meine Laura, dachte er. Er brauchte nur in ihre Augen zu sehen, um sich davon zu überzeugen.

„Ich muss Michael fertig machen", murmelte sie und wollte an ihm vorbei hinausgehen.

„Erwartest du von mir eine Entschuldigung, bloß weil ich ehrlich genug bin, dir meine Eifersucht zu zeigen?"

Ihr Blick wurde ausdruckslos. „Ich trage es nicht, um andere Männer anzulocken. Ich habe es gekauft, weil es mir gefiel, und ich dachte, es würde mir stehen."

Er berührte ihr Gesicht und knurrte unwillig, als sie zurückzuckte. „Sieh mich an. Nein, verdammt noch mal, mich, nicht ihn." Laura funkelte ihn an. „Erinnere dich daran, wer ich bin, Laura. Und eins solltest du nicht vergessen. Ich bin es leid, dass jede meiner Stimmungen, jedes meiner Worte mit denen eines anderen verglichen wird."

„Ich versuche ja, es nicht zu tun."

„Vielleicht versuchst du es, aber es gelingt dir nicht."

„Du erwartest von mir, dass ich mein Leben über Nacht vollkommen umkrempele. Aber das kann ich nicht."

„Nein." Erneut strich er mit dem Daumen über den Ring. „Das kannst du wohl wirklich nicht. Aber du kannst daran denken, dass ich ein Teil deines neuen Lebens bin und mit dem alten nichts zu tun habe."

„Du bist mit ihm nicht zu vergleichen, das weiß ich. Manchmal ist es eben leichter, das Schlimmste zu erwarten, als das Beste zu erhoffen."

„Das Beste kann ich dir nicht versprechen."

Nein, Versprechungen, die er nicht halten konnte, machte er nicht. Das liebte sie an ihm. „Halt mich einfach nur fest. Das reicht mir schon."

Als er die Arme um sie legte, presste er ihre Wange gegen die Schulter seines schwarzen Dinnerjackets. Es duftete nach ihm, und das nahm ihr auch den letzten Rest an Anspannung.

„Wahrscheinlich war ich ebenfalls eifersüchtig."

„So?"

Lächelnd bog sie sich nach hinten, um ihm ins Gesicht zu sehen. „Du siehst heute Abend so gut aus."

„Wirklich?" Es klang, als wäre es ihm fast peinlich.

„Ich habe dich noch nie so festlich gesehen." Sie fuhr mit dem Finger an dem dunklen Revers hinunter, das ein strahlend weißes Hemd bedeckte.

„Lange werde ich es in diesem Kostüm nicht aushalten." Er strich ihr über die Nase. „Lass uns das Baby holen. Meine Mutter mag es nicht, wenn man zu spät kommt, und das lässt sie einen merken."

Michael hatte sich in einem solchen Aufzug wohlgefühlt, und er hatte Partys wie diese in vollen Zügen ausgekostet. Er liebte das Lachen, die Leute und den Klatsch, dachte Gabriel, während er an dem scheinbar endlos fließenden Champagner nippte. Gerüchte waren für seinen Bruder wie ein Lebenselixier gewesen. Eigentlich hatte es kaum jemanden gegeben, der Michael nicht mochte. Dazu war er zu lebenslustig, zu offenherzig, zu kontaktfreudig gewesen.

Gabriel vermisste ihn noch immer so sehr, dass er es manchmal kaum aushielt.

Auch an diesem Abend kamen wieder Gäste zu ihm, die Michael gekannt hatten. Vielleicht kam es ihm deshalb so schlimm vor. Weil es sein Elternhaus war, in dem er und Michael aufgewachsen waren und in dem sie so vieles gemeinsam gehabt hatten.

Aber irgendwie ging das Leben weiter. Als ob ein Teil der Existenz einfach stillgelegt und ein neuer dafür eröffnet wurde. Gabriel sah durch den Raum dorthin, wo Laura sich mit seinem Vater unterhielt.

Falls es so etwas wie Engel gab, dann hatte einer von ihnen an ihn gedacht und ihm Laura geschickt, als er sie am nötigsten brauchte.

Irgendwo ertönte ein helles Lachen. Gläser klirrten. In der Luft lag eine Komposition aus Champagnerduft, Blumen und edlen Parfums. Die Nacht hatte der Party einen Vollmond beschert, der hinter den weit geöffneten Türen die Terrasse in schimmerndes Licht tauchte. Der Raum selbst war in strahlende Helligkeit getaucht. Gabriel sehnte sich plötzlich nach Ruhe und Einsamkeit. Unauffällig ging er nach oben, um nach seinem Sohn zu sehen. „Jedes Mal wenn ich ihn sehe, sieht der Junge dir ein Stück ähnlicher", sagte Cliff.

„Meinst du wirklich?" Lauras Augen funkelten. Vielleicht war sie doch nicht so uneitel, wie sie immer gedacht hatte.

„Absolut. Obwohl niemand auf die Idee kommen würde, dass du eine frischgebackene Mutter bist. So wie du aussiehst."

Er streichelte ihr die Wange auf eine Weise, die sie immer scheu und glücklich zugleich machte. „Mein Sohn hat einen exzellenten Geschmack."

„Schäm dich, Cliff, mit einer schönen Frau zu flirten, wenn deine Frau nicht herübersieht", ertönte plötzlich eine Stimme.

„Marion." Cliff knickte aus seiner beträchtlichen Höhe ein, um der neu Hinzugekommenen einen Kuss zu geben. „Wie immer zu spät."

„Amanda hat mich bereits getadelt." An ihrem Champagner nippend, drehte sie sich um und musterte Laura gründlich. „Das ist also die mysteriöse Laura."

„Meine neue Tochter." Cliff drückte Laura kurz die Schulter. „Eine alte Freundin, Marion Trussault. Die Galerie Trussault betreut Gabriels Bilder."

„Ja, ich weiß. Ich freue mich, Sie kennenzulernen." Sie ist keine schöne Frau, dachte Laura, aber trotzdem auf seltsame Weise aufsehenerregend. Sie hatte kurz geschnittenes dunkles Haar und ebenso dunkle, forschend blickende Augen. Das perfekt sitzende Kleid floss an ihrer schlanken Figur herab und wirkte mit seinen Regenbogenfarben zugleich künstlerisch und edel.

„Ich ebenfalls, denn schließlich haben wir beide etwas gemeinsam, nicht wahr?" Sie klopfte mit dem Finger an den Rand ihres Glases und lächelte, ohne dass ihr Blick sich dabei erwärmte. „Sie haben Gabriels Herz und ich seine Seele, um es einmal so zu formulieren."

„Dann wollen wir sicher beide das Beste für ihn."

„Oh." Marion hob das Glas. „Ganz gewiss. Cliff, Amanda hat mich gebeten, dir etwas zu sagen: Vom Gastgeber wird erwartet, dass er sich unter die Gäste mischt."

Er zog eine Grimasse. „Sklaventreiberin. Laura, du musst dich auf jeden Fall zum Büfett durchkämpfen. Du wirst mir schon zu dünn." Lächelnd drehte er sich um, um seinen Pflichten nachzugehen.

„In der Tat. Für jemanden, der gerade ein Kind bekommen hat, sind Sie erstaunlich schlank. Wie lange ist es jetzt her? Einen Monat?"

„Fast zwei." Laura nahm ihr mit kohlensäurehaltigem Mineralwasser gefülltes Glas in die andere Hand. Mit dieser Art von verdeckten Attacken hatte sie noch nie gut umgehen können.

„Die Zeit verfliegt." Marion berührte ihre Oberlippe mit der Zungenspitze. „Ich wundere mich, dass Sie noch gar nicht in der Galerie vorbeigeschaut haben."

„Stimmt. Ich muss mir Gabriels Arbeiten einmal in der angemessenen Umgebung ansehen." Sie durfte sich nicht einschüchtern lassen oder anfangen, zwischen den Zeilen zu lesen. Falls es zwischen Gabriel und Marion jemals irgendwelche romantischen Bande gegeben haben sollte, gehörte das der Vergangenheit an. „Er verlässt sich auf Sie, wissen Sie. Ich hoffe, Sie werden ihn dazu bringen, einer neuen Ausstellung zuzustimmen."

„Ich bin mir noch nicht sicher, ob dass zu diesem Zeitpunkt eine so gute Idee wäre." Marion lächelte quer durch den Raum jemandem zu, der ihren Namen gerufen hatte.

„Wieso? Die Bilder sind großartig."

„Es geht nicht nur darum." Sie warf Laura einen raschen glitzernden Blick zu. Zwischen ihr und Gabriel hatte es nie etwas gegeben. Jedenfalls nichts Körperliches. Ihre Gefühle für Gabriel Bradley gingen darüber weit hinaus. Gabriel war ein Künstler, ein begnadeter sogar, und sie wollte ihm zum Erfolg verhelfen. Und so sollte es auch bleiben.

Wenn er bei seiner Heirat in den gewohnten Kreisen geblieben wäre oder sich jemanden gesucht hätte, der seiner Karriere förderlich wäre, hätte sie nichts dagegen gehabt. Aber dass er sich, und damit auch ihre ehrgeizigen Pläne, weggeworfen hatte, um ein schönes Gesicht mit zweifelhaftem Ruf zu heiraten, war mehr, als Marion ertragen konnte.

„Hab ich schon erwähnt, dass ich Ihren ersten Mann kannte?"

Laura hätte nicht schockierter sein können, wenn Marion ihr den Drink ins Gesicht gekippt hätte. Die schützende Hülle, die sie um sich und Michael gelegt hatte, bekam den ersten Riss.

„Nein. Wenn Sie mich jetzt bitte entschuldigen ..."

„Ein faszinierender Mann. Das habe ich immer gedacht. Sicher, jung und etwas wild, aber faszinierend. Wie tragisch, dass er sterben musste, ohne sein Kind zu sehen." Sie leerte ihr Glas bis auf einen winzigen Rest, der schäumend vor sich hin prickelte.

„Michael ist Gabriels Kind", erwiderte Laura ruhig.

„So hat man mir gesagt." Sie lächelte erneut. „Kurz vor und nach Tonys Tod gab es die wildesten Gerüchte. Angeblich war er drauf und dran, sich von Ihnen scheiden zu lassen, und er hatte Sie bereits aus dem Stammsitz der Familie entfernt, weil Sie, nun, indiskret waren." Mit einem Schulterzucken stellte Marion ihr Glas ab. „Aber das ist ja jetzt alles Vergangenheit. Sagen Sie, wie geht es eigentlich den Eagletons? Es ist ewig her, dass ich mit Lorraine gesprochen habe."

Wenn es ihr nicht gelang, die in ihr aufsteigende Übelkeit zu unterdrücken, würde sie den illustren Gästen der Bradleys ein erniedrigendes Spektakel bieten. „Warum tun Sie das?", flüsterte sie. „Was geht Sie das überhaupt an?"

„Oh, meine Liebe, mich geht alles an, was Gabriel betrifft. Ich will, dass er ganz nach oben kommt, und lasse es nicht zu, dass er hinabgezogen wird. Das ist ein hübsches Kleid", fügte sie rasch hinzu und schwebte davon, als sie Amanda näher kommen sah.

„Laura, geht es dir gut? Du bist weiß wie ein Laken. Komm, ich suche dir einen Stuhl."

„Nein, ich brauche frische Luft." Laura flüchtete durch die offenen Glastüren auf die Marmorterrasse.

„Setz dich." Amanda war ihr gefolgt und nahm ihren Arm, um sie zu einem Stuhl zu führen. „Gabriel wird gleich hier sein. Wenn er dich in diesem Zustand sieht, wird er mir die Hölle heißmachen, weil ich dich all diesen Leuten ausgesetzt habe."

„Damit hat es nichts zu tun."

„Aber mit Marion." Amanda nahm ihr das Wasserglas aus der sich immer fester darum schließenden Hand. „Falls sie den Eindruck erweckt hat, dass es zwischen ihr und Gabriel etwas gegeben hat, so kann ich dir versichern, dass daran kein Wort wahr ist."

„Das ist nicht wichtig."

Mit einem leisen Auflachen warf Amanda einen Blick zurück in den Raum. „Wenn das dein Ernst ist, bist du eine bessere Frau als ich. Eine der einstigen Bekannten meines Mannes kenne ich jetzt seit über fünfunddreißig Jahren. Ich könnte ihr noch immer ins Gesicht spucken."

Laura sog die mild duftende Abendluft ein. „Ich weiß, dass Gabriel mir treu ist."

„Das solltest du auch. Und du solltest ebenfalls wissen, dass Marion niemals Gabriels Geliebte war. Ich kann nicht behaupten, dass ich über sämtliche von Gabriels Affären Bescheid weiß, aber ich weiß genau, dass er und Marion als einzige Gemeinsamkeit die Kunst haben. Was hat sie denn gesagt, um dich so sehr aufzuregen?"

„Es war nichts." Laura rieb sich flüchtig über die Schläfen. „Eigentlich bin ich selbst schuld. Ich habe einfach überreagiert. Sie hat erwähnt, dass sie meinen ersten Mann kannte."

„Ich verstehe." Amanda schaute verärgert zum Salon hinüber. „Nun, ich muss schon sagen, ich finde es äußerst taktlos, das Thema ausgerechnet auf eurem Hochzeitsempfang anzuschneiden. Man sollte

meinen, eine Frau wie Marion hätte mehr Geschmack."
Laura straffte die Schultern. „Ich wäre dir dankbar, wenn du Gabriel gegenüber nichts davon erwähntest. Es gibt keinen Grund, ihn auch noch aufzuregen."
„Du hast recht. Ich werde selbst mit Marion sprechen."
„Nein." Laura griff nach ihrem Glas und nippte bedächtig. „Falls es etwas zu besprechen gibt, werde ich das selbst tun. Könntest du an einem der nächsten Tage auf Michael aufpassen? Ich möchte mir in der Galerie Gabriels Bilder ansehen."

Laura erwachte atemlos und fröstelnd. Sie hatte sich einen Weg aus dem Albtraum erkämpft und schlug in Gabriels Armen die Augen auf.
„Beruhige dich. Es ist alles in Ordnung."
Sie schnappte nach Luft und atmete langsam wieder aus. „Tut mir leid", murmelte sie und fuhr sich mit der Hand durchs Haar.
„Möchtest du etwas? Ein Glas Wasser vielleicht?"
„Nein, danke." Die Angst war fort, jetzt kam die Verärgerung. Die leuchtende Digitalanzeige des Weckers stand auf vier Uhr fünfzehn. Erst vor drei Stunden waren sie zu Bett gegangen, und jetzt lag sie unruhig und hellwach da.
Ohne seinen Arm von ihren Schultern zu nehmen, ließ Gabriel sich aufs Kissen zurücksinken. „Seit Michaels Geburt ist das der erste Albtraum. Ist auf der Party etwas passiert?"
Sie dachte an Marion und biss die Zähne zusammen. „Wie kommst du darauf?"
„Mir fiel auf, dass du ziemlich aufgeregt warst. Und meine Mutter reichlich verärgert."
„Hast du angenommen, ich hätte mich mit ihr gestritten?" Sie musste lächeln und schmiegte sich enger an ihn. „Nein, ganz im Gegenteil. Wir beide verstehen uns prächtig."
„Das klingt, als würde dich das überraschen."
„Ich habe nicht erwartet, dass wir Freundinnen werden würden. Irgendwie habe ich immer damit gerechnet, dass sie ihren spitzen Hut und den Besen herausholt."

Lachend küsste er ihr die Schulter. „Versuch nur mal, in ihrem Beisein an meiner Arbeit herumzumäkeln."

„Das würde ich nie wagen." Ohne dass es ihr bewusst wurde, fuhr sie ihm mit den Fingern durchs Haar. In solchen Situationen hatte sie immer das Gefühl, mit allem fertig zu werden, was ihre neue Familie bedrohte. „Sie hat mir das Wandgemälde im Salon gezeigt. Das mit all den Sagengestalten."

„Ich war zwanzig und sehr romantisch." Und er hatte seine Mutter ein Dutzend Mal gebeten, es überstreichen zu lassen.

„Es gefällt mir."

„Kein Wunder, dass du dich mit ihr verstehst."

„Es gefällt mir wirklich." Sie veränderte ihre Lage, bis sie den Arm auf seine Brust legen konnte. Dass sie das ohne zu überlegen, ganz automatisch getan hatte, war ihr nicht bewusst. „Was hast du gegen Einhörner und Pferde mit Menschenköpfen und Feen?"

„Die muss es vermutlich auch geben." Aber momentan interessierte ihn nur eines, nämlich sie zu lieben.

„Gut. Dann meinst du doch sicher auch, dass die Seitenwand in Michaels Zimmer der ideale Ort für ein Wandgemälde ist."

Er zupfte an einer Locke, die ihr auf die Wange fiel. „Soll das ein Auftrag sein?"

„Nun, ich habe ein paar deiner Arbeiten gesehen, und die waren nicht schlecht."

Er zog fester. „Nicht schlecht?"

„Vielversprechend." Lachend duckte sie sich, bevor er erneut an ihrem Haar ziehen konnte. „Warum legst du mir nicht einige Entwürfe vor?", fragte sie ihn.

„Und mein Honorar?"

Laura begann zu dämmern, dass der Albtraum auch seine guten Seiten hatte. „Das ist verhandelbar."

„Ich sag dir etwas. Ich male das Wandgemälde, aber nur unter einer Bedingung."

„Und die wäre?"

„Dass du dich noch einmal von mir malen lässt. Nackt."

Ihre Augen weiteten sich. Das musste ein Scherz sein. Sie lachte.

„Lass mich wenigstens eine Baskenmütze tragen."

„Du hast zu viele alte Filme gesehen. Also gut, du kannst eine Baskenmütze tragen, aber sonst nichts."

„Das kann ich nicht."

„Na schön, streichen wir die Baskenmütze."

„Gabriel, du machst dich über mich lustig."

„Das tue ich nicht." Um es ihr zu beweisen und weil ihm danach war, ließ er eine Hand über ihren Körper gleiten. „Du hast eine wunderschöne Figur ... wie eine Tänzerin, mit sanfter weißer Haut und einer Wespentaille."

„Gabriel." Er sollte nur mit dem Reden aufhören, nicht mit dem Streicheln. Er machte mit beidem weiter.

„Seit wir das erste Mal zusammen geschlafen haben, will ich dich nackt malen. Ich habe noch immer vor Augen, wie du aussahst, als ich dir das Nachthemd herunterstreifte. Diese Weiblichkeit, diese unterschwellige Erotik einzufangen wäre ein Triumph."

Sie legte ihre Wange auf sein Herz. „Ich würde mich genieren."

„Warum? Ich kenne deinen Körper, jeden Zentimeter davon." Er umfasste ihre Brüste, strich mit den Daumen behutsam über die Spitzen. Ihre Erregung sprang auf ihn über.

„Aber sonst niemand." Ihre Stimme klang jetzt heiser. Fast wie von selbst glitten ihre Hände über seine Haut.

Die Vorstellung hatte etwas unglaublich Aufregendes an sich. Niemand sonst kannte die Geheimnisse ihres Körpers, die kleinen versteckten Einzelheiten. Niemand sonst wusste, wie eine Berührung hier, eine Liebkosung dort ihre Scheu in Leidenschaftlichkeit verwandeln konnte. Das wollte er auf die Leinwand bannen, ihre Schönheit, die Anmut ihrer Hemmungen. Die gerade erst entdeckte Leidenschaft. Aber er konnte warten.

„Ich könnte auch ein Modell engagieren."

Ihr Kopf fuhr hoch. „Du ..." Die Eifersucht raubte ihr die Sprache.

„Es geht um Kunst, Engel", sagte er belustigt und kein bisschen verärgert. „Nicht um ein ausklappbares Foto in einem Männermagazin."

„Du willst mich erpressen."

„Schlaues Kind."

Ihre Augen verengten sich. Sie veränderte ihre Position, sodass ihr Körper verlockend über seinen rieb. „Aber ich suche das Modell aus."

Sein Puls dröhnte. Als sie den Kopf senkte, um seine Brust mit Küssen zu bedecken, schloss er die Augen. „Laura."

„Nein, Mrs. Drumberry. Ich habe sie vorhin kennengelernt."

Er schlug die Augen auf. Sie streifte mit den Zähnen eine Brustwarze, und er bäumte sich unter ihr auf. „Mabel Drumberry ist hundertfünf."

„Genau." Schmunzelnd setzte sie ihre Erkundung fort, mit wachsender Entdeckerlust und einem Gefühl von Macht. „Glaubst du etwa, ich würde dich mit einer kurvenreichen rothaarigen Sexbombe in deinem Atelier allein lassen?"

Er wollte lachen, doch heraus kam ein Stöhnen, denn ihre Hand wanderte jetzt abwärts. „Meinst du nicht, ich könnte einer rothaarigen Sexbombe widerstehen?"

„Natürlich, aber sie dir nicht." Sie rieb ihre Wange über sein Kinn, an dem sich bereits die ersten Morgenstoppeln zeigten. „Du bist so schön, Gabriel. Wenn ich malen könnte, würde ich es dir beweisen."

„Was du da tust, treibt mich in den Wahnsinn."

„Das hoffe ich", murmelte sie und legte die Lippen auf seinen Mund.

Sie hatte nie den Mut besessen, die Initiative zu übernehmen, war sich ihrer Fähigkeiten und Vorzüge nie sicher gewesen. Doch jetzt genoss sie es, ihn herauszufordern, mit ihm zu spielen.

Ihre Selbstsicherheit wuchs, und indem sie ihn entdeckte, entdeckte sie auch sich selbst. Hier und jetzt war sie seine Partnerin, gleichberechtigt in jeder Hinsicht. Trotz ihrer Erregung nahm sie mit bestechender Deutlichkeit wahr, wie sie ihn schwach machen, ihn zur Verzweiflung bringen, ihn erzittern lassen konnte.

Auf dem Flur schlug die Wanduhr gerade fünf, als sich ihr ein leises triumphierendes Lachen entrang. Dann schlang er die Arme um ihren Hals. Er spürte, dass dies nicht mehr die scheue, unschuldige Frau war, die er geheiratet hatte. Dies war eine Frau, die ihm alles an wilder Leidenschaft entlockte, wozu er fähig war. Sein Mund presste sich ungestüm, fast schmerzhaft auf ihre Lippen. Was sie dabei durchzuckte, war keine Angst, nicht die leiseste Spur davon, sondern ein atemberaubendes Gefühl des Sieges.

Wie im Rausch rollten sie über das Bett, fordernd, nehmend, mit einer Begierde, die sie an nichts anderes denken ließ als daran, einander Lust zu bereiten. Laura fühlte gar nicht, wie er ihr hastig, ohne Rücksicht auf den zarten Stoff und die feinen Spitzen, das Nachthemd vom Körper streifte. Seine Hände waren überall, und sie nahmen sich, was sie wollten.

Es gab keine Scham. Es gab keine Scheu. Dafür gab es Freiheit, eine andere Art von Freiheit als die, die er ihr bereits gezeigt hatte. Als er zu ihr kam, durchliefen Vibrationen ihren Körper, schockartig, Welle auf Welle.

Als sie sich ihm hingab, mehr forderte und mehr bekam, wurde Laura endgültig klar, dass es tatsächlich ein Glück gab, das die Zeit zum Stehenbleiben bringen konnte.

10. KAPITEL

Als der Himmel sich verdunkelte, war Laura im Garten. Sie hatte es sich zur Gewohnheit gemacht, dort den Morgen zu verbringen, während das Baby im Sonnenschein schlief oder in seiner Schaukel saß. Irgendwie fand sie drinnen nur selten etwas zu tun, denn das Haus schien sich selbst in Ordnung zu halten, und Gabriel neigte nur im Atelier zu Schlampigkeit, was sie ihn bereits hatte wissen lassen.

Außerdem gab es zu viele Räume, in denen sie sich noch nicht zu Hause fühlte. Im Kinderzimmer, das sie selbst eingerichtet hatte und in dem sie Tag und Nacht eine Menge Stunden verbrachte, fühlte sie sich wohl. Der Rest des Hauses, mit seinen Erbstücken, prachtvollen alten Teppichen, polierten Parkettböden und verblichenen Tapeten, blieb ihr fremd.

Aber im Laufe des Frühlings hatte sie eine Begeisterung und ein Talent fürs Gärtnern entdeckt, für die Weite und Frische des Gartens. Sie mochte den Sonnenschein und die Art, wie die Erde in ihren Händen duftete und sich anfühlte. Sie verschlang Bücher über Pflanzen, so wie sie es über Schwangerschaft und Geburt getan hatte. Bald waren ihr die Blumen und Sträucher und die Pflege, die sie brauchten, wohlvertraut.

Die Tulpen begannen zu blühen, und die Azaleen trugen schon schwer an ihren Blüten. Zwar hatte jemand anders sie gepflanzt, aber Laura schloss sie alle dennoch ins Herz. Schließlich blühten sie jedes Jahr aufs Neue. Unbekümmert setzte sie mit Löwenmäulern und Beetrosen ihre eigenen gärtnerischen Akzente.

Schon plante sie, im Herbst neue Zwiebeln und Knollen zu setzen, Taglilien, Klatschmohn und Krokusse. Dann, im Winter, wollte sie ihre eigenen Frühjahrsblumen aussäen und in kleinen Tontöpfen aufziehen. Wozu gab es schließlich den Wintergarten an der Ostseite des Hauses?

„Nächstes Jahr zeige ich dir, wie man sie pflanzt", versprach sie Michael. Sie malte sich bereits aus, wie er auf seinen kurzen Beinchen durch den Garten tobte, auf die Erde klopfte und nach Schmetterlingen schnappte.

Dann würde er lachen. Es würde vieles geben, über das er lachen könnte. Und sie würde ihn hochnehmen und durch die Luft wirbeln können, bis seine Augen, die noch immer so blau waren wie ihre, leuchteten und sein freudiges Lachen die Luft erfüllte. Dann würde Gabriel den Kopf durchs Atelierfenster stecken und fragen, was es zu lachen gab.

„Ich liebe deinen Daddy", erklärte sie Michael. Das tat sie mindestens einmal am Tag. „Ich liebe ihn so sehr, dass es mich an Happy Ends glauben lässt."

Als der Schatten auf sie fiel, sah Laura auf. Die ersten dunklen Wolken schoben sich vor die Sonne. Sie war versucht, sie zu ignorieren. Und das hätte sie auch getan, wenn sie nicht genau gewusst hätte, dass es länger dauern würde, die Gartengeräte, Michaels Sachen und das Baby selbst zusammenzusammeln.

„Nun, wenigstens freuen die Blumen sich über den Regen, was?" Sie verstaute die Geräte, den Torf und den Dünger in dem kleinen Schuppen neben dem Hintereingang und holte anschließend Michael. Mit der Routine einer geschulten Mutter trug sie das Baby, die kleine Kiste mit Spielzeugen und die zusammengeklappte Schaukel ins Haus.

Kaum hatte sie den Fuß auf die erste Stufe nach oben gesetzt, da ließ der erste Donnerschlag sie und Michael auch schon zusammenzucken. Als er zu wimmern begann, unterdrückte sie ihre eigene Angst vor dem Gewitter und tröstete ihn.

Er beruhigte sich schneller wieder als sie, während sie ihn durchs Haus trug und besänftigend auf ihn einsprach. Obwohl der Regen noch auf sich warten ließ, konnte sie durch Michaels Fenster erkennen, was für ein Unwetter sich am Himmel zusammenbraute. Blitze zuckten auf und ließen das Grau malvenfarben erscheinen.

Schließlich begann Michael zu dösen, aber sie behielt ihn auf dem Arm. Irgendwie gab er ihr denselben Halt, den sie ihm gab.

„Dumm, was?", murmelte sie. „Eine erwachsene Frau fürchtet sich mehr vor einem Gewitter als ein winziges Baby." Als der Regen gegen das Haus zu prasseln begann, legte sie ihn in sein Bettchen, um die Fenster schließen zu können.

Ihr fielen Gabriels Bilder ein, und sie eilte als Erstes ins Atelier. Sie war froh, dass das Gewitter die Stromversorgung nicht unterbrochen hatte. Das Licht flackerte auf, als sie den Schalter betätigte. Vor den Fenstern war der Fußboden feucht, aber dort standen glücklicherweise keine Bilder.

Sie wollte schon einen Wischlappen holen, da ging ihr auf, dass sie zum ersten Mal vollkommen allein in Gabriels Allerheiligstem war. Er hatte ihr den Zutritt nie verboten, aber gerade weil sie selbst in ihrem Leben so wenig davon gehabt hatte, respektierte sie die Privatsphäre anderer.

Der Raum duftete nach ihm. Es war jene Kombination aus Farbe und Terpentin und einem Hauch Kreide, die häufig an seiner Kleidung und seinen Händen haftete. Ein Duft, der sie immer wieder beruhigte, der sie aber auch erregte.

Sie ging zur Staffelei hinüber, um nachzusehen, woran er gerade malte. Es war ein Bild von Michael. Oberhalb der Leinwand war eine grobe Skizze befestigt, und das Porträt nahm gerade erst Gestalt an. Die Skizze war vielleicht eine Woche alt. Mit einem prüfenden Blick stellte Laura fest, dass Michael in der kurzen Zeit bereits sichtlich gewachsen war. Aber es war schön zu wissen, dass dieser eine Moment in seinem so jungen Leben für immer festgehalten worden war.

Sie drehte sich um und musterte den Raum. Ohne Gabriel hatte er nicht dieselbe Wirkung. Weniger – dramatisch, dachte sie. Dann musste sie lachen, denn ihr war klar, wie sehr ihm diese Beschreibung missfallen würde.

Warum hatte sie ihn eigentlich noch nicht nach einem Bild für Michaels Zimmer gefragt? Die Poster, die sie ausgesucht hatte, waren farbenfroh, aber eins von Gabriels Bildern hätte eine größere Bedeutung. Das war es, was sie im Hinterkopf hatte, als sie sich bückte und die Leinwände durchging.

Mit welcher Leichtigkeit er dem Betrachter Gefühle entlockte. Eine in Pastelltönen gehaltene Landschaft ließ einen träumen. Eine hart gezeichnete, realistische Ansicht eines Slums ließ einen erschauern. Und dann die Porträts. Das eines uralten Mannes, der sich an einer Bushaltestelle auf seinen Stock stützte. Das dreier junger Mädchen, die kichernd vor einer Boutique standen. Die spektakuläre Aktstudie einer auf weißem Satin ausgebreiteten Brünetten. Laura betrachtete das Bild nicht voller Eifersucht, sondern geradezu ehrfürchtig.

Sie ging noch ein Dutzend weiterer Bilder durch und fragte sich, warum er sie so sorglos hingestellt hatte. Viele waren ungerahmt, alle wandten der Wand die Vorderseite zu. Sie gehören nicht hierher, dachte sie, sie sind viel zu schön, um hier in einem Raum zu stehen, wo niemand sie sehen, bewundern und sich von ihnen rühren lassen konnte.

Jedes Bild trug in einer Ecke seine Signatur, darunter das Jahr. Und alle, die sie gefunden hatte, waren vor mindestens einem Jahr gemalt worden, aber keins war älter als zwei Jahre.

Sie drehte die letzte Leinwand um und hielt unwillkürlich den Atem an. Es war ein weiteres Porträt, aber eins, das mit Liebe gemalt worden war.

Es zeigte einen jungen Mann, höchstens dreißig, mit einem leicht verwegenen Lächeln, als hätte er alle Zeit der Welt, das zu verwirklichen, was er sich vorgenommen hatte. Sein Haar blond, um einige Nuancen heller als Gabriels und nach hinten, aus einem schmalen gut aussehenden Gesicht gekämmt. Es war eine ungezwungen wirkende Studie, die den Mann in voller Größe zeigte, in einem Sessel, die Beine von sich gestreckt und unten übereinandergelegt. Aber trotz der lässigen Pose strahlte der Mann Dynamik und Energie aus.

Sie kannte den Sessel. Er stand im Salon der Bradley-Villa in Nob Hill. Und sie kannte das Gesicht, denn es glich dem ihres Mannes. Dies war Gabriels Bruder. Dies war Michael.

Ihr ging auf, dass es durchaus möglich war, um jemanden zu trauern, den man nie gekannt hatte. Dass man auch so den Verlust und den Schmerz empfinden konnte. Dass Gabriel seinen Bruder sehr geliebt hatte, machte jeder Pinselstrich deutlich. Nicht nur geliebt, sondern auch respektiert. Mehr als zuvor hoffte sie jetzt, dass er das Vertrauen aufbrächte, mit ihr über Michael, sein Leben und seinen Tod zu reden. In der Skizze des Babys, die Gabriel an seiner großen Staffelei befestigt hatte, war die gleiche bedingungslose Liebe zu spüren gewesen.

Behutsam drehte sie die Leinwand wieder zur Wand und stellte die anderen davor.

Nachdem der Regen aufgehört hatte, beschloss Laura, Amanda anzurufen und den beabsichtigten Besuch in der Galerie auch tatsächlich zu unternehmen. Wenn sie wollte, dass Gabriel einen weiteren Schritt auf sie zumachte, musste sie einen auf ihn zumachen. Sie hatte die Galerie bisher absichtlich gemieden, weil sie sich in der Rolle der Frau des prominenten Künstlers unwohl gefühlt hatte. Unsicherheit, das wusste sie, war nur durch einen zuversichtlichen Schritt nach vorn zu überwinden. Auch wenn dieser Schritt alles an Mut erforderte, was man aufbringen konnte.

Sie hatte sich im letzten Jahr verändert. Sie war nicht nur stärker geworden, sondern so stark, wie sie es sein musste. Vielleicht hatte sie den Gipfel noch nicht erreicht, aber wenigstens mühte sie sich nicht mehr am Fuß des Berges ab.

Es kostete sie nur eine Frage. Nachdem ihr Dank abgewehrt worden war, legte Laura den Hörer auf und sah auf die Uhr. Wenn Michael sich an seinen gewohnten Tagesablauf hielt, würde er spätestens in einer Stunde aufwachen und gefüttert werden wollen. Anschließend würde sie ihn zu Amanda bringen, das war der erste große Schritt, und dann zur Galerie fahren. Sie sah auf ihre an den Knien verschmutzten Jeans hinab. Als Erstes würde sie sich umziehen.

Sie war halb die Treppe hinauf, als es an der Haustür läutete. Ihre Stimmung war zu optimistisch, als dass sie sich über die Störung geärgert hätte, und sie öffnete.

Und dann brach in ihr eine Welt zusammen.

„Laura." Lorraine Eagleton nickte forsch und betrat mit großen Schritten die Halle. Dort blieb sie stehen und sah sich betont beiläufig um, während sie sich die Handschuhe auszog. „Donnerwetter, du hast ja das große Los gezogen, was?" Sie steckte die Handschuhe in eine gelbbraune Krokohandtasche „Wo ist das Kind?"

Laura brachte kein Wort heraus. Ihre Zunge war wie gelähmt, und die Luft schien sich in der Lunge zu stauen, bis ihr der Brustkorb schmerzte. Ihre Hand, noch immer auf dem Türgriff, war eiskalt, obwohl sie den panikartigen Rhythmus ihres Herzens in jeder Fingerspitze spürte. Ganz plötzlich blitzte in ihr die Erinnerung an die letzte, schreckliche Begegnung mit dieser Frau auf. Als ob sie gerade erst ausgesprochen worden wären, kamen ihr die Drohungen, die Forderungen und die Erniedrigungen in den Sinn. Sie fand ihre Stimme wieder.

„Michael schläft."

„Umso besser. Wir haben etwas zu besprechen."

Der Regen hatte die Luft kühler werden lassen, und sie duftete noch nach ihm. Wässriges Sonnenlicht kroch durch die Tür, die Laura noch immer nicht geschlossen hatte. Die Vögel begannen schon wieder zuversichtlich zu zwitschern. Ganz normal. Alles ist so normal, schoss es ihr durch den Kopf. Die Welt hörte nicht auf zu existieren, wenn das Leben eines Menschen in die Krise geriet.

Obwohl ihre Finger sich noch immer um den Türgriff klammerten, schaffte sie es, Blick und Stimme ruhig wirken zu lassen.

„Sie befinden sich jetzt in meinem Haus, Mrs. Eagleton."

„Frauen wie dir gelingt es immer wieder, reiche, leichtgläubige Ehemänner zu finden." Sie zog eine Augenbraue hoch, offenbar befriedigt, dass Laura noch immer blass und verkrampft an der Tür stand. „Aber das ändert nichts daran, wer du bist, was du bist. Und die Tatsache, dass du dir schlauerweise Gabriel Bradley geangelt hast, wird mich nicht daran hindern, mir das zu holen, was mir gehört."

„Ich habe nichts, was Ihnen gehört. Ich möchte, dass Sie jetzt gehen", sagte Laura.

„Das kann ich mir denken", erwiderte Lorraine lächelnd. Sie war eine hochgewachsene, eindrucksvolle Frau mit dunklem, sorgfältig frisiertem Haar und einem faltenlosen Gesicht. „Glaube mir, ich habe weder den Wunsch noch die Absicht, länger als nötig zu bleiben. Ich will das Kind haben."

Laura hatte plötzlich die Vorstellung, im Nebel zu stehen, mit einer leeren Decke auf dem Arm. „Nein."

Lorraine wischte die Weigerung wie einen Fussel auf ihrem Revers beiseite. „Ich besorge mir einfach einen Gerichtsbeschluss."

An die Stelle der eisigen Furcht trat heißer Zorn, und Laura konnte sich wieder bewegen. Wenn auch nur, um eine straffere Haltung einzunehmen. „Dann tun Sie das. Aber bis dahin lassen Sie uns in Ruhe."

Noch immer dieselbe, dachte Lorraine, etwas widerspenstiger vielleicht, wenn sie mit dem Rücken an der Wand steht, aber immer noch leicht zu manipulieren. Selbst wenn sie wütend war, hob Lorraine nie die Stimme. Schon seit Langem hielt sie Verachtung für eine schlagkräftigere Waffe als Lautstärke.

„Du hättest das Angebot akzeptieren sollen, das mein Mann und ich dir gemacht haben. Es war großzügig, und wir werden es nicht wiederholen."

„Sie können mein Baby nicht kaufen. Ebenso wenig wie Sie Tony zurückkaufen können."

Schmerz zuckte über Lorraines Gesicht. Ein Schmerz, der so real und so schneidend war, dass Laura automatisch Worte des Mitgefühls formulierte. Sie konnten jetzt reden, mussten jetzt reden, von Mutter zu Mutter. „Mrs. Eagleton ..."

„Mit dir rede ich nicht über meinen Sohn", gab Lorraine zurück, während sich der Schmerz in Bitterkeit verwandelte. „Wenn du gewesen wärst, was er brauchte, würde er noch leben. Das werde ich dir nie verzeihen."

Es hatte eine Zeit gegeben, da hätten diese Worte sie zutiefst erschüttert, und sie hätte sich sofort wieder schuldig gefühlt. Aber Lorraine hatte sich geirrt. Sie war nicht mehr dieselbe. „Wollen Sie mir das Baby wegnehmen, um mich zu bestrafen oder einfach nur, um Ihren Willen durchzusetzen? Warum auch immer, es ist falsch, das müssen Sie wissen."

„Ich kann und werde beweisen, dass du ungeeignet bist, das Kind aufzuziehen. Ich werde Material vorlegen, nach dem du dich vor und nach der Ehe mit meinem Sohn anderen Männern zur Verfügung gestellt hast."

„Sie wissen, dass das nicht wahr ist."

Lorraine fuhr fort, als hätte Laura nicht gesprochen. „Hinzu kommt dein zerrütteter Familienhintergrund. Falls sich herausstellt, dass das Kind von Tony ist, wird es wegen des Sorgerechts eine gerichtliche Anhörung geben. Und deren Ergebnis dürfte ja wohl außer Frage stehen."

„Sie werden Michael nicht bekommen, nicht mit Geld, nicht mit Lügen." Ihre Stimme hob sich von selbst, und sie senkte sie wieder. Jetzt die Fassung zu verlieren würde nichts einbringen. Laura wusste nur zu gut, wie lässig Lorraine Gefühle mit einem einzigen kalten, vernichtenden Blick zur Seite fegen konnte. Sie glaubte, musste glauben, dass es einen Weg gab, auf vernünftige Weise mit ihr zu reden.

„Wenn Sie Tony je geliebt haben, werden Sie wissen, wie weit ich gehen werde, um meinen Sohn zu behalten."

„Und du solltest wissen, wie weit ich gehen werde, um zu verhindern, dass ein Eagleton auch nur in deiner Nähe aufwächst."

„Mehr ist er für Sie nicht, ein Name, ein Symbol für Unsterblichkeit." Sie konnte ihre Stimme nicht mehr davon abhalten, verzweifelt zu klingen, und die Knie nicht davon, ins Zittern zu geraten. „Sie lieben ihn nicht."

„Gefühle haben damit nichts zu tun. Ich wohne im Fairmont. Du hast zwei Tage, dich zu entscheiden, ob du einen öffentlichen Skandal willst oder nicht." Lorraine zog ihre Handschuhe wieder heraus. Sie war sicher, dass es dazu nicht kommen würde. Lauras schreckensbleiche Miene gab ihr diese Zuversicht. „Ich glaube kaum, dass die Bradleys sehr begeistert wären, von deinen vergangenen Indiskretionen zu erfahren. Daher zweifle ich nicht daran, dass du vernünftig sein wirst, Laura. Du wirst doch nicht gefährden, was du dir bequemerweise verschafft hast." Sie ging durch die Tür und die Stufen hinab, wo eine graue Limousine auf sie wartete.

Laura wartete nicht, bis sie losfuhr, sondern warf die Tür zu und verriegelte sie. Sie war atemlos, als hätte sie einen Dauerlauf hinter sich. Und Weglaufen war das Erste, woran sie dachte. Sie raste die Treppe hinauf in Michaels Zimmer und begann, seine Sachen in eine Tasche zu werfen.

Sie würde mit leichtem Gepäck reisen. Nur das Nötigste würde sie mitnehmen. Noch vor Sonnenuntergang konnten sie mehrere Meilen entfernt sein. In nördlicher Richtung, dachte sie. Vielleicht nach Kanada.

Sie hatte noch genügend Geld, um zu entkommen, um mit Michael zu verschwinden. Eine Rassel glitt ihr aus der Hand und fiel klappernd zu Boden. Sie ließ sich von der Verzweiflung überwältigen, setzte sich auf die Liege und schlug die Hände vors Gesicht.

Sie konnten nicht davonlaufen. Selbst wenn sie die finanziellen Möglichkeiten gehabt hätten, sich ein Leben lang zu verstecken, wäre Davonlaufen unmöglich gewesen. Es wäre ungerecht. Ungerecht gegenüber Michael, gegenüber Gabriel und auch gegenüber ihr selbst. Sie durften das Leben hier nicht einfach aufgeben, das Leben, das sie sich immer gewünscht hatte, das sie ihrem Sohn bieten wollte.

Aber wie konnte sie es davor bewahren, zerstört zu werden?

Indem sie sich wehrte, dem Angriff standhielt. Und nicht nachgab. Aber Nachgeben war das, was sie immer am besten gekonnt hatte. Sie hob den Kopf und wartete darauf, dass ihre Atmung sich beruhigte. Aber das war die Einstellung der alten Laura, und genau darauf verließ sich Lorraine. Die Eagletons wussten, wie leicht sie sich hatte manipulieren lassen. Sie rechneten damit, dass sie davonlaufen würde, und würden dieses impulsive, verzweifelte Verhalten gegen sie verwenden. Vielleicht erwarteten sie auch, dass sie ihr Baby opfern würde, um ihren Ruf bei den Bradleys nicht zu gefährden.

Aber die Eagletons kannten sie nicht gut genug. Sie hatten es nie für nötig befunden, ihre Schwiegertochter wirklich kennenzulernen. Diesmal würde sie nicht nachgeben, nicht mit ihrem Sohn davonlaufen. Diesmal würde sie um ihn kämpfen.

Der Zorn stieg in ihr auf, und es war ein wunderbares Gefühl. Zorn war eine hitzige, lebendige Empfindung, ganz anders als die lähmende Kälte der Angst. Sie würde zornig bleiben, wie Amanda es ihr geraten hatte. Denn voller Zorn würde sie nicht nur einfach kämpfen, sondern mit allen Tricks und Raffinessen kämpfen. Den Eagletons stand eine gewaltige Überraschung bevor.

Als Laura vor der Galerie eintraf, hatte sie sich wieder unter Kontrolle. Michael war bei Amanda in Sicherheit, und Laura war dabei, den ersten Schritt auf dem Weg zu unternehmen, an dessen Ende es für ihn keine Gefahr mehr geben würde.

Die Trussault-Galerie befand sich in einem geschmackvoll restaurierten alten Gebäude. Die sorgfältig gepflegten Blumen, die den

Haupteingang säumten, waren noch feucht vom Regen. Der Duft der Rosen stieg Laura in die Nase, als sie die Tür aufzog. Innen war durch Oberlichter der noch immer bewölkte Himmel zu erkennen, aber die Galerie selbst war dank der versteckt angebrachten Beleuchtung hell wie ein strahlender Sommertag. Es war so still wie in einer Kirche. Und als Laura sich umschaute, kam es ihr tatsächlich wie ein Andachtsort vor. Diese Galerie diente der geradezu ehrfürchtigen Bewunderung von Kunst. Skulpturen aus Marmor und Holz, aus Eisen und Bronze waren geschickt platziert. Sie konkurrierten nicht miteinander, sondern harmonierten. Genau wie die geschmackvoll arrangierten Bilder an den Wänden.

Sie erkannte eines von Gabriels, eine besonders ruhige, fast schwermütige Ansicht eines ergrünenden Gartens. Es war nicht hübsch und schon gar nicht fröhlich. Während sie es betrachtete, musste sie an das Wandgemälde denken, das er seiner Mutter gemalt hatte. Derselbe Mann, der Fantasien für wichtig genug hielt, um sie zum Leben zu erwecken, war auch Realist, manchmal vielleicht zu sehr. Auch das hatten sie gemeinsam.

An diesem verregneten Nachmittag in der Woche waren nur wenige Kunden in der Galerie. Die hatten Zeit, sich in Ruhe umzusehen. Sie selbst nicht. Als sie einen Wächter entdeckte, ging sie zu ihm.

„Entschuldigung, ich suche Gabriel Bradley."

„Tut mir leid, Miss. Er ist nicht zu sprechen. Falls Sie eine Frage zu einem seiner Bilder haben, sollten Sie sich an Mrs. Trussault wenden."

„Nein. Sehen Sie, ich ..."

„Laura." Marion kam aus einer Nische geschwebt. Heute trug sie zarte Pastelltöne, einen langen schmal geschnittenen Rock in Hellblau, der ihr bis zu den Knöcheln reichte, und einen hüftlangen Pullover in sanftem Pink. Die ruhigen Farben unterstrichen ihr exotisches Aussehen. „Also haben Sie sich doch noch zu einem Besuch durchgerungen."

„Ich möchte Gabriel sprechen."

„Wie schade." Mit einer knappen Handbewegung schickte Marion den Wächter fort. „Er ist momentan nicht hier."

Lauras Finger schlossen sich noch fester um den Verschluss ihrer

Handtasche. Die Lage war so kritisch, dass sie sich hier ganz bestimmt nicht mehr einschüchtern lassen würde. „Wann erwarten Sie ihn zurück?"

„Eigentlich müsste er bald wieder hier sein. Wir sind in …", sie schaute auf die Uhr, „einer halben Stunde zum Drink verabredet."

Sowohl der Blick als auch der Tonfall waren dazu gedacht, sie abzuwimmeln, aber Laura war über derartige Spielchen längst hinaus. „Dann warte ich."

„Das können Sie natürlich gern tun, aber ich fürchte, Gabriel und ich haben geschäftliche Dinge zu besprechen. Es würde Sie nur langweilen."

In ihrem Kopf verspürte sie einen dumpf pochenden Schmerz, und sie war viel zu erschöpft, um mit Marion die Klingen zu kreuzen. Sie musste sich ihre Energie für einen wesentlich wichtigeren Kampf aufsparen. „Ich weiß Ihre Aufmerksamkeit zu schätzen, aber an Gabriels Arbeit gibt es nichts, was mich langweilen könnte."

„So spricht die treu sorgende Ehefrau." Marion legte den Kopf auf die Seite. Ihr Lächeln hatte nichts von Wärme an sich. „Sie sehen so blass aus. Ärger im Paradies?"

Da dämmerte es Laura. Als ob Marion es laut und deutlich ausgesprochen hätte, wusste sie plötzlich, wie Lorraine sie gefunden hatte. „Nichts, womit ich nicht fertig werden würde. Warum haben Sie sie angerufen, Marion?"

Das Lächeln blieb unverändert, kühl und zuversichtlich. „Wie bitte?"

„Sie gab doch schon eine Menge Geld für Privatdetektive aus. Mehr als eine Woche oder zwei wäre mir doch ohnehin nicht geblieben."

Marion dachte einen Moment lang nach, drehte sich dann zu einem Bild um und machte sich am Rahmen zu schaffen. „Ich habe noch nie etwas von Zeitverschwendung gehalten. Je schneller Lorraine mit Ihnen fertig wird, desto früher kann ich Gabriel wieder aufs richtige Gleis setzen. Lassen Sie mich Ihnen etwas zeigen."

Marion durchquerte die Galerie und betrat vor Laura einen separaten Raum, dessen Wände und Boden ganz in Weiß gehalten waren. In der Ecke führte eine ebenfalls weiße Wendeltreppe nach oben, auf eine runde Galerie. Unter der Treppe wuchsen drei geschickt arrangierte Zierbäume, vor denen eine Ebenholzskulptur aufragte, ein Mann und eine Frau in leidenschaftlicher, aber dennoch irgendwie verzweifelt wirkender Umarmung.

Es war das Porträt, das ihre Aufmerksamkeit erregte, sie geradezu forderte. Von der Leinwand blickte Laura ihr eigenes Gesicht an, von der Leinwand, die Gabriel in jenen langen ruhigen Tagen in Colorado bemalt hatte.

„Ja, es ist wirklich atemberaubend." Marion rieb sich mit dem Finger über die Lippe, während sie es studierte. Als Gabriel es ausgepackt hatte, war sie versucht gewesen, es in Stücke zu schneiden. Doch die Versuchung war rasch wieder verschwunden, denn ihre Kunstbegeisterung war viel zu groß, als dass persönliche Gefühle dabei eine Rolle hätten spielen können. „Es ist eins seiner besten und romantischsten Werke. Es hängt erst seit drei Wochen, und ich habe bereits sechs ernsthafte Angebote dafür bekommen."

„Ich habe das Bild schon gesehen, Marion."

„Ja, aber ich bezweifle, dass Sie es verstehen. Er hat es ‚Engel' genannt. Das müsste Ihnen doch etwas sagen."

„Gabriels Engel", murmelte Laura. Die Wärme breitete sich in ihr aus, als sie einen Schritt darauf zumachte. „Was müsste es mir denn sagen?"

„Dass er sich, wie Pygmalion in der griechischen Sage, als Künstler etwas in sein Modell verliebt hat. Damit ist hin und wieder zu rechnen, manchmal wird es sogar gefördert, weil es zu Meisterwerken wie diesem inspiriert." Sie pochte mit dem Finger gegen den Rahmen. „Aber Gabriel ist ein viel zu praktischer Mann, um eine solche Fantasie lange auszuspinnen. Das Porträt ist fertig, Laura. Er braucht Sie nicht mehr."

Laura drehte den Kopf, um Marion direkt ansehen zu können. Was die Galeristin gerade gesagt hatte, war ihr selbst unzählige Male in den Sinn gekommen. Sie erklärte Marion, was sie auch sich selbst bereits erklärt hatte. „Dann wird er es mir sagen müssen."

„Er ist ein ehrenwerter Mann. Auch das gehört zu seinem Charme. Aber wenn ihm klar wird, dass er einen Fehler gemacht hat, versucht er natürlich, den Schaden möglichst gering zu halten. Ein Mann glaubt nur an ein Image", sagte sie, auf das Porträt zeigend, „solange dieses Image unbeschmutzt ist. Nach dem, was Lorraine mir erzählt hat, bleibt Ihnen nicht mehr viel Zeit."

Einmal mehr wehrte sie den Wunsch ab, einfach davonzulaufen. Eigenartigerweise fiel ihr das viel leichter als zuvor. „Wenn Sie davon so überzeugt sind, warum geben Sie sich dann so große Mühe, mich loszuwerden?"

„Es kostet mich keine große Mühe." Marion lächelte erneut und nahm die Hand vom Bild. „Ich betrachte es als Teil meines Berufs, dafür zu sorgen, dass Gabriel sich auf seine Karriere konzentriert und Auseinandersetzungen aus dem Wege geht, die ihn bloß ablenken würden. Wie ich bereits erklärt habe, ist die Beziehung mit Ihnen unakzeptabel. Das wird er bald selbst einsehen."

Kein Wunder, dass sie Lorraine angerufen hat, dachte Laura. Die beiden sind vom gleichen Schlag.

„Sie vergessen etwas, Marion. Michael. Was immer Gabriel für mich empfindet oder nicht empfindet, er liebt Michael."

„Eine Frau, die ein Kind als Waffe einsetzt, ist schon sehr bedauernswert."

„Da haben Sie recht." Laura wich Marions arrogantem Blick nicht aus. „Sie haben sogar sehr recht." Als sie sah, dass sie mit dieser Antwort einen Nerv getroffen hatte, fuhr sie ruhig fort: „Ich werde hier auf Gabriel warten. Ich wäre Ihnen dankbar, wenn Sie es ihm sagen würden, sobald er zurückkommt."

„Damit Sie sich hinter seinem Rücken verstecken können?"

„Ich glaube nicht, dass Lauras Gründe, mich zu sehen, dich etwas angehen."

Gabriel stand im Durchgang. Beide Frauen drehten sich zu ihm um. Auf Marions Gesicht sah er Wut, auf Lauras Verzweiflung. Vor seinen Augen gewannen sie ihre Fassung wieder. Jede auf ihre Art. Marion zog eine Braue hoch und lächelte. Laura faltete die Hände und hob das Kinn.

„Darling. Du weißt, es gehört zu meinem Beruf, die Künstler vor übernervösen Ehepartnern und Liebhabern zu schützen." Sie ging zu ihm hinüber und legte ihm eine Hand auf den Arm. „Wir sind in ein paar Minuten mit den Bridgetons verabredet, wegen der drei Bilder. Ich will nicht, dass du abgelenkt oder rastlos bist."

Der Blick, den er ihr zuwarf, war flüchtig, aber Marion entnahm ihm, dass er zu viel gehört hatte. „Um meine Stimmungen kümmere ich mich schon selbst. Und jetzt entschuldige uns bitte."

„Die Bridgetons ..."

„Sollen Bilder kaufen oder zur Hölle gehen. Lass uns allein, Marion."

Sie warf Laura einen hinterhältigen Blick zu und verließ den Raum. Ihre Absätze klapperten auf den Fliesen. „Tut mir leid", sagte Laura nach einem tiefen Atemzug, „ich bin nicht gekommen, um für Aufregung zu sorgen."

„Warum dann? So wie du aussiehst, bist du gewiss nicht hier, um den Nachmittag mit Kunstbetrachtung zu verbringen." Bevor sie antworten konnte, stand er schon vor ihr. „Verdammt, Laura, es gefällt mir nicht, wenn ihr beide über mich streitet, als wäre ich ein Objekt bei einer Versteigerung. Marion ist eine Geschäftspartnerin, du bist meine Frau. Damit werdet ihr euch beide abfinden müssen."

„Das verstehe ich völlig." Ihr Tonfall war härter geworden, hatte sich seinem angepasst. „Und du solltest verstehen, dass ich dich längst verlassen hätte, wenn ich glauben würde, dass ihr zwei ein Verhältnis habt."

Was immer er hatte sagen wollen, es blieb ihm förmlich im Halse stecken. Ihre Entschlossenheit faszinierte ihn. „Einfach so?"

„Einfach so. Ich habe schon einmal eine Ehe durchgemacht, in der Treue nichts bedeutete. Ich werde nicht noch eine durchmachen."

„Ich verstehe." Schon wieder die Vergleiche, dachte er. Am liebsten hätte er sie angeschrien. Stattdessen antwortete er mit sanfter, zu sanfter Stimme. „Dann bin ich also gewarnt."

Sie wandte sich ab, um einen Moment lang die Augen zu schließen. In ihrem Kopf dröhnte es unbarmherzig. Sie musste sich wieder unter Kontrolle bekommen, sonst würde sie sich ihm in die Arme werfen und um Hilfe betteln. „Ich bin nicht hergekommen, um über die Regeln unserer Ehe zu diskutieren."

„Vielleicht wäre das aber besser. Möglicherweise ist es an der Zeit, an den Ausgangspunkt zurückzukehren und sie ein für alle Mal festzulegen."

Kopfschüttelnd drehte sie sich wieder zu ihm um. „Ich wollte dir nur mitteilen, dass ich morgen früh einen Anwalt konsultieren werde."

Er fühlte, wie eine Art von Lähmung in ihm hochkroch. Sie wollte die Scheidung. Dann stieg der Zorn in ihm auf. Anders als Laura hatte er sich nie künstlich kampfbereit machen müssen. „Wovon redest du, zum Teufel?"

„Es lässt sich nicht mehr aufschieben. Ich kann nicht mehr so tun, als wäre es unnötig." Erneut sehnte sie sich danach, seine Arme um sich zu spüren. Doch sie trat einen Schritt zurück. „Jetzt beginnt eine schwierige und hässliche Phase, und ich wollte sie nicht einleiten, ohne es dir vorher zu sagen."

„Sehr edel von dir." Er wirbelte herum und fuhr sich mit der Hand durchs Haar. Über ihm lächelte ihr Porträt milde auf ihn herab. Es kam ihm vor, als stünde er zwischen zwei Frauen, zwischen zwei Bedürfnissen. „Was um alles in der Welt ist los? Glaubst du, du könntest mir an der Haustür einen Abschiedskuss geben und ein paar Stunden später mit Anwälten drohen? Warum hast du es mir nicht gesagt, wenn du unglücklich bist?"

„Ich weiß nicht, wovon du redest, Gabriel. Wir wussten beide, dass es irgendwann dazu kommen würde. Du warst es doch, der mir gesagt hat, ich müsste mich wehren. Dazu bin ich jetzt bereit. Ich möchte dir lediglich die Chance geben, auszusteigen, bevor es zu spät ist."

Ihm ging auf, dass das, woran er gedacht hatte, mit dem, worüber sie sprach, nichts zu tun hatte. „Warum willst du morgen früh einen Anwalt aufsuchen?"

„Lorraine Eagleton war vorhin bei mir. Sie will Michael."

Obwohl jetzt endgültig klar war, dass sie sich nicht scheiden lassen wollte, stieg keine Erleichterung in ihm auf. Für die war jetzt kein Raum mehr. Stattdessen kam erst Panik, dann der Zorn. „Meinetwegen kann sie den Mond wollen, denn den wird sie ebenso wenig bekommen." Er strich ihr über die Wange. „Bist du in Ordnung?"

Sie nickte. „Vorhin nicht, aber jetzt bin ich in Ordnung. Sie droht mit einer Vormundschaftsklage."

„Mit welcher Begründung?"

Sie presste die Lippen aufeinander, doch ihr Blick blieb fest. „Mit der Begründung, dass ich ungeeignet sei, für ihn zu sorgen. Sie will beweisen, dass ... es vor und während der Ehe mit Tony andere Männer gegeben hat."

„Wie kann sie etwas beweisen, das nicht wahr ist?"

Also glaubte er an sie. So einfach war es. Laura griff nach seiner Hand. „Menschen tun oder sagen eine Menge, wenn man sie gut genug bezahlt. Ich habe selbst miterlebt, wie die Eagletons so etwas arrangieren."

„Hat sie dir gesagt, wo sie in San Francisco wohnt?"

„Ja."

„Dann ist es an der Zeit, dass wir mit ihr reden."

„Nein." Sie nahm seine Hand, bevor er davongehen konnte. „Bitte, ich möchte noch nicht, dass du sie triffst. Ich muss erst mit einem Anwalt sprechen, um herauszufinden, was möglich ist und was nicht. Wir können uns nicht den Luxus erlauben, aus Wut einen Fehler zu machen."

„Ich brauche keinen Anwalt, um zu wissen, dass sie nicht einfach in mein Haus marschiert kommen und damit drohen kann, uns Michael wegzunehmen."

„Gabriel, bitte!" Ihre Finger klammerten sich um seinen Arm, und sie spürte, dass er vor Zorn bebte. „Hör mir zu. Du bist wütend. Das war ich auch, und verängstigt. Mein erster Gedanke war Davonlaufen. Ich habe sogar angefangen zu packen."

Er dachte daran, wie es gewesen wäre, ein leeres Haus vorzufinden. Die Rechnung, die er mit den Eagletons zu begleichen hatte, wurde immer höher. „Warum bist du nicht davongelaufen?"

„Weil es nicht richtig gewesen wäre. Nicht für Michael, nicht für dich oder mich. Weil ich euch beide viel zu sehr liebe."

Er nahm ihr Gesicht zwischen die Hände und bemühte sich, in ihren Augen zu lesen. „Du wärest nicht sehr weit gekommen."

Das Lächeln breitete sich langsam auf ihrem Gesicht aus. „Ich hoffe nicht. Gabriel, ich weiß, was ich tun muss, und ich weiß auch, dass ich es tun kann."

Er schwieg, dachte über ihre Worte nach. Erst redete sie von Liebe und gleich danach davon, was sie allein tun würde, nicht davon, was sie beide tun würden. „Allein?"

„Falls nötig. Ich weiß, du siehst Michael auch als dein Kind an. Dennoch musst du wissen, dass es ziemlich mies und schmutzig werden wird, wenn Lorraine wirklich ihre Klage durchzieht. Und was dabei über mich behauptet werden wird, wird auch dich und deine Familie betreffen." Sie zögerte, während sie all ihren Mut zusammennahm, um ihm die Wahl zu lassen. „Wenn du mit dem, was mir jetzt bevorsteht, lieber nichts zu tun haben möchtest, so verstehe ich das."

Seit er sie zum ersten Mal gesehen hatte, waren seine Wahlmöglichkeiten beständig geringer geworden. Als sie ihm Michael in die Arme gelegt hatte, waren sie gleich null geworden. Weil er nicht wusste, wie er es ihr erklären sollte, ging er die Sache einfach ganz konkret an.

„Wo ist Michael?"

Die Erleichterung ließ sie fast schwindlig werden. „Er ist bei deiner Mutter."

„Dann holen wir ihn jetzt ab und nehmen ihn mit nach Hause."

11. KAPITEL

Schlafen konnte sie nicht. Erinnerung und Fantasie, beide arbeiteten gegen Laura, während sie Revue passieren ließ, was geschehen war und was noch geschehen konnte. Es war jetzt fast ein Jahr her, dass sie aus Boston geflohen war. Und nun, Tausende von Meilen entfernt, hatte sie beschlossen, den Kampf aufzunehmen. Aber sie war nicht mehr allein.

Gabriel hatte sich nicht damit begnügt, um einen Sprechstundentermin bei seinem Anwalt zu bitten. Er hatte angerufen und noch für den Abend ein Treffen arrangiert.

Ihr Leben, ihr Kind, ihre Ehe und ihre Zukunft waren bei Kaffee und Keksen im Salon durchdiskutiert worden, während sich von der Bucht her eine tief liegende Nebelbank über das Land geschoben hatte. Die anfängliche Peinlichkeit, mit einem Fremden über ihr Leben, ihre erste Ehe und ihre Fehler zu sprechen, war fast unerträglich geworden und hatte sich dann gelegt. Es kam ihr vor, als redete sie über die Erfahrungen eines anderen Menschen, je offener darüber gesprochen wurde, je genauer die Details geklärt wurden, desto weniger Scham empfand sie.

Matthew Quartermain war seit vierzig Jahren der Anwalt der Bradleys. Er war ein barscher, mit allen Wassern gewaschener Mann und, trotz seiner übertrieben konservativen Aufmachung, nicht so leicht zu schockieren. Er nickte, machte sich Notizen und stellte Fragen, bis Laura der Mund vor lauter Antworten trocken wurde.

Quartermains unbeteiligte, sachliche Art machte es ihr leichter, darüber zu reden. Und als die Wahrheit endlich heraus war, fühlte sie sich wie nach einem inneren Reinigungsprozess.

Endlich hatte sie alles ausgesprochen, all den Schmerz und das Elend in Worte gefasst. Sie hatte sich die Vergangenheit buchstäblich von der Seele geredet.

Quartermain war von ihrem Entschluss wenig begeistert gewesen, aber sie hatte sich nicht davon abbringen lassen. Bevor irgendwelche juristischen Schritte unternommen würden, würde sie noch einmal mit Lorraine sprechen, von Angesicht zu Angesicht.

Neben Laura lag Gabriel, ohne einschlafen zu können. Wie ihr, so ging auch ihm das Gespräch mit dem Anwalt nicht aus dem Kopf. Jedes Wort, das ihm wieder in den Sinn kam, steigerte seinen Zorn. Laura hatte Dinge erwähnt, die sie ihm nie erzählt hatte, und Details, die sie ihm zuvor erspart hatte.

Er hatte nichts von dem blauen Auge gewusst, das sie fast eine Woche lang ans Haus fesselte, nichts von der aufgerissenen Lippe, die Lorraine Gästen gegenüber mit der angeblichen Ungeschicklichkeit ihrer Schwiegertochter erklärte. Laura hatte ihm nichts von den Schlägen erzählt, die es setzte, wenn Tony mitten in der Nacht betrunken nach Hause kam. Nichts von seinen Eifersuchtsanfällen, wenn sie einmal mit einem anderen Mann sprach. Und nichts von der angedrohten Rache und Gewalt, mit der er auf ihren Entschluss, ihn zu verlassen, reagierte.

Jetzt kannte er jede Einzelheit, jede Grausamkeit, jede Qual.

Er hatte sie nicht berührt, als sie zu Bett gegangen waren. Er fragte sich, wie sie seine Berührungen überhaupt ertragen konnte.

Egal, wie behutsam er mit ihr umging, wie zärtlich er zu ihr war, zwischen ihnen lag der Schatten eines anderen Mannes und einer anderen Zeit.

Sie hatte ihm gesagt, sie liebe ihn. Sosehr er das auch glauben wollte, er konnte nicht verstehen, wie jemand, der eine solche Hölle durchgemacht hatte, je wieder einem Mann trauen, ihn sogar lieben konnte.

Dankbarkeit, Respekt, mit Michael als einigendem Band, das konnte er nachvollziehen. Und das, dachte Gabriel, während er ins Dunkel starrte, ist mehr, als manche Menschen jemals bekommen.

Er wollte mehr für sie, hatte fast geglaubt, dass es zwischen ihnen schon mehr gab. Aber das war gewesen, bevor all die Worte ausgesprochen wurden, unten im Salon, während die laue Frühlingsbrise die Vorhänge hin und her wehte.

Dann drehte Laura sich zu ihm um. Ihre Körper berührten einander. Er erstarrte.

„Entschuldigung. Habe ich dich geweckt?"

„Nein." Er wollte von ihr abrücken, doch sie schob sich näher, bis ihr Kopf an seiner Schulter lag.

Ihre natürliche unkomplizierte Geste riss ihn innerlich in zwei Teile. In den, der brauchte, und den, der Angst hatte zu fragen.

„Ich kann auch nicht schlafen. Ich fühle mich, als ob ich einen Hindernislauf hinter mir hätte und mein Körper völlig erschöpft ist. Nur der Kopf ist topfit und gibt keine Ruhe."

„Du solltest aufhören, dauernd an morgen zu denken."

„Ich weiß." Laura schob ihr Haar beiseite und machte es sich noch bequemer als zuvor. Sie schloss die Augen und fragte sich, ob er jetzt, wo er alles wusste, weniger von ihr hielt.

„Mach dir keine Sorgen. Es wird schon klappen."

Würde es das wirklich? Sie tastete im Dunkeln nach seiner Hand.

„Das Problem ist, mir gehen ständig die verschiedensten Szenen durch den Kopf. Was ich sage, was sie sagt. Wenn ich nicht ..." Sie ließ den Satz unvollendet, da das Baby zu weinen begann. „Klingt, als könnte noch jemand nicht schlafen."

„Ich hole ihn."

Obwohl sie die Decke bereits zurückgeschlagen hatte, nickte sie. „Tu das. Ich stille ihn dann hier, falls er Hunger hat."

Sie setzte sich auf und zog die Knie an die Brust, während Gabriel sich einen Bademantel überwarf und ins Kinderzimmer ging. Wenig später verstummte das Weinen, um gleich darauf wieder einzusetzen. Damit vermischt hörte sie Gabriels Stimme, tröstend und besänftigend.

Aus dem Kinderzimmer fiel ein Lichtschein auf den Flur, und darin sah sie, wie Gabriels Schatten sich bewegte. Das Weinen wurde gedämpfter, steigerte sich dann zu einem herzzerreißenden Geschrei.

„Er zahnt", murmelte sie, als Gabriel den schluchzenden Michael ins Schlafzimmer trug. Sie schaltete die Nachttischlampe ein und lächelte ihm zu. „Ich werde ihn stillen, vielleicht hilft ihm das ein wenig."

„So, alter Junge, jetzt bekommst du den besten Platz im Haus." Behutsam legte er ihn in Lauras Arme. Das Weinen ging in ein leises Wimmern über und hörte dann ganz auf, als das Baby zu nuckeln begann. „Ich hole mir einen Brandy. Möchtest du etwas?"

„Nein. Oder doch, einen Saft. Was immer da ist."

Als Gabriel zurückkam, stellte er ihr das Glas mit Saft hin. Sie berührte seinen Arm. „Kann ich an deinem Brandy schnuppern?"

Er hielt ihr den Schwenker unter die Nase und sie atmete genüsslich den Duft ein.

„Danke." Sie hob ihr Saftglas und stieß mit ihm an. „Cheers." Anstatt, wie sie gehofft hatte, zu ihr ins Bett zu kommen, ging er ans Fenster. „Gabriel?"

„Ja?"

„Lass uns eine Abmachung treffen. Du sagst mir, was du denkst, und dann beantworte ich deine Fragen, falls du welche hast."

„Meinst du nicht, du hast für heute genügend Fragen beantwortet?"

Also das war es. Laura stellte ihr Glas ab und legte Michael an die andere Brust. „Dir gehen die Sachen nicht aus dem Kopf, die ich Mr. Quartermain erzählt habe."

„Wundert dich das?" Er wirbelte herum, und der Brandy schwappte bis dicht unter den Rand des Schwenkers. Laura sagte nichts, als er die Hälfte davon hinunterkippte und auf und ab zu gehen begann.

„Es tut mir leid, dass das alles angesprochen werden musste. Ich hätte selbst gern darauf verzichtet."

Er nahm noch einen Schluck Brandy. „Daran zu denken, es mir vorzustellen, bringt mich um. Ich habe Angst, dich anzufassen."

„Es gab eine Zeit, da hätte ich keinen Mann auch nur drei Meter an mich herangelassen. Aber das habe ich überwunden, durch eine Therapie, dadurch, dass ich mit anderen Frauen gesprochen habe, die das auch geschafft hatten." Sie sah zu ihm hinüber. Die Hände zu Fäusten geballt und in den Taschen vergraben, stand er im Schatten. „Wenn du mich berührst, wenn du mich festhältst, dann bringt das nichts von der Vergangenheit zurück. Dann fühle ich mich so, wie ich mich immer fühlen wollte."

„Wenn er noch leben würde", sagte Gabriel ruhig, „würde ich ihn umbringen wollen. Irgendwie bedauere ich, dass er schon tot ist."

„Das darfst du nicht denken." Sie streckte die Hand nach ihm aus, doch er schüttelte nur den Kopf und ging wieder ans Fenster. „Er war krank. Das wusste ich damals nicht, jedenfalls war es mir nicht bewusst. Und ich habe es noch verlängert, weil ich nicht sofort gegangen bin."

„Du hattest Angst. Und niemanden, zu dem du hättest gehen können."

„Ich hätte zu Geoffrey gehen können. Aber daran lag es nicht. Ich bin geblieben, weil ich mich schämte und unsicher war. Als ich dann schließlich doch ging, war es wegen des Babys. Aber von da fand ich zu mir selbst. Und dich zu finden war für mich die beste Medizin, denn durch dich konnte ich mich wieder als Frau fühlen."

Er schwenkte sein Glas und starrte aus dem Fenster. „Als du heute in der Galerie von den Anwälten anfingst, dachte ich, du wolltest dich scheiden lassen. Ich habe mich fast zu Tode erschreckt. Du standest in dem Raum, vor dem Porträt, und ich konnte mir nicht vorstellen, wie mein Leben ohne dich aussehen würde."

Pygmalion, dachte sie. Wenn er das Bild liebt, wird er vielleicht bald auch die Frau lieben. „Ich verlasse dich nicht, Gabriel. Ich liebe dich. Du und Michael, ihr seid mein gesamtes Leben."

Er setzte sich zu ihr auf die Bettkante und nahm ihre Hand. „Ich werde es nicht zulassen, dass irgendjemand euch etwas tut."

Ihre Finger schlossen sich fester um seine. „Ich muss wissen, dass wir das, was wir tun, zusammen tun."

„Das haben wir von der ersten Minute an getan." Er beugte sich vor und küsste sie. Das Baby schlummerte zwischen ihnen. „Ich brauche dich, Laura, vielleicht sogar zu sehr."

„Zu sehr kann es nicht geben."

„Lass mich ihn wieder hinlegen", murmelte er. „Dann können wir fortsetzen, was wir gerade angefangen haben."

Er nahm das Baby, doch kaum hatte er ihn angehoben, fing Michael wieder an zu weinen.

Abwechselnd gingen sie mit ihm auf und ab, wiegten ihn in den Armen und rieben ihm den zarten Gaumen. Jedes Mal, wenn Michael in sein Bettchen gelegt wurde, wachte er schreiend auf. Vor Erschöpfung fast schwindlig, beugte Laura sich übers Gitter und streichelte ihm den Rücken. Jedes Mal, wenn sie die Hand fortnahm, fing er wieder an zu weinen.

„Ich schätze, wir verziehen ihn", murmelte sie.

Gabriel saß im Schaukelstuhl. Ihm fielen fast die Augen zu. „Das ist unser gutes Recht. Außerdem schläft er die meiste Zeit wie ein Murmeltier."

„Ich weiß. Das Zahnen macht ihm zu schaffen. Warum legst du dich nicht hin? Wir müssen doch nicht beide auf sein."

„Dies ist meine Schicht." Er stand auf und fand heraus, dass man sich um fünf Uhr morgens um Jahrhunderte älter fühlen konnte, als man war. „Du gehst zu Bett."

„Nein ..." Sie unterbrach ihn gähnend. „Wir stehen das zusammen durch, wie abgemacht."

„Jedenfalls bis einer von uns einschläft."

Sie wollte lachen, doch ihr fehlte die Kraft dazu. „Vielleicht setze ich mich einfach nur hin."

„Weißt du, ich habe ja schon so manchen Sonnenaufgang beobachtet, nach einer durchzechten Nacht oder einem ausgedehnten Kartenspiel oder – einer anderen Art von Freizeitvergnügen." Er streichelte Michael den Rücken, während Laura sich in den Schaukelstuhl fallen ließ. „Aber noch nie habe ich mich gefühlt, als hätte mich ein Lastwagen überfahren."

„Das ist eine der Freuden des Elternseins." Sie schloss die Augen. „Eigentlich erleben wir gerade einen der Höhepunkte unserer Ehe."

„Gut, dass du mich daran erinnerst. Ich glaube, er beruhigt sich."

„Das liegt an deiner Art, ihn zu streicheln", murmelte sie, schon halb im Schlaf.

Ganz vorsichtig, Zentimeter um Zentimeter, zog Gabriel seine Hand fort. Ein Mann, der sich aus einem Tigerkäfig schleicht, hätte nicht vorsichtiger sein können. Als er einen Meter vom Kinderbett entfernt war, hätte er gern erleichtert aufgeatmet, ließ es jedoch lieber sein.

Er sah zu Laura hinüber, die in äußerst unbequemer Haltung auf dem Schaukelstuhl schlief. Hoffend, dass seine Energie noch für weitere fünf Minuten reichen würde, hob er sie in die Arme. Sie schmiegte sich automatisch an ihn. „Michael?", murmelte sie, als er sie aus dem Kinderzimmer trug.

„Der ist ausgezählt." Er ging mit ihr ins Schlafzimmer, legte sie jedoch nicht aufs Bett, sondern trug sie ans Fenster. „Sieh mal, die Sonne geht schon auf."

Laura öffnete blinzelnd die Augen. Durchs Fenster konnte sie den östlichen Himmel erkennen, und wenn sie genau genug hinschaute, sogar das Wasser der Bucht, das wie ein Nebel in der Ferne lag. Die Sonne schien zu vibrieren, während sie langsam höher kletterte. Ihre Strahlen erweckten die Farben zum Leben. Pink, Malve, Gold. Und je mehr die Nacht zurückwich, desto kräftiger wurden sie. Sanftes Pink verwandelte sich in glühendes Rot.

„So sehen deine Bilder manchmal aus", dachte sie laut und schmiegte den Kopf an seine Schulter. „Ich glaube, ich habe noch nie einen schöneren Sonnenaufgang gesehen."

Seine Haut fühlte sich an ihrer Wange warm an, seine Arme hielten sie fest und sicher. Sie spürte seinen Herzschlag. Als die ersten Vögel zu singen begannen, drehte sie ihm das Gesicht zu. „Ich will dich, Gabriel", flüsterte sie und strich ihm über die Wange. „Ich habe noch nie jemanden so gewollt, wie ich dich will."

Das Zögern war ihm anzumerken, und sie half ihm mit einem Kuss darüber hinweg. „Du hattest recht", murmelte sie anschließend.

„Womit?"

„Ich denke wirklich nur an dich, wenn wir uns lieben."

Sie war so wunderbar offen. Das machte es ihm möglich, ja sogar leicht, den Teil ihres Lebens zu vergessen, der ihn so bitter und zornig machte. Ohne den Mund von ihren Lippen zu lösen, trug er sie zum Bett. Sie schlang die Arme um ihn, als er sich zu ihr legte. Einen Moment lang reichte ihm das vollkommen.

Morgendliche Umarmungen, Küsse bei Sonnenaufgang nach einer langen schlaflosen Nacht. Ihr Gesicht war blass vor Müdigkeit, und doch zitterte sie vor Sehnsucht nach seiner Nähe. Ihr Körper reckte sich genießerisch seinen zärtlichen Händen entgegen.

Die Morgenluft drang mild durchs geöffnete Fenster und strich über ihre Haut. Sie öffnete seinen Bademantel und streifte ihn von den Schultern, um ihm selbst den Körper zu wärmen. Genauso behutsam zog er ihr das Nachthemd aus. Nackt lagen sie auf den zerknüllten Laken und kosteten ohne jede Hast den Luxus ihrer Liebe aus.

Keiner von ihnen bestimmte das Tempo. Es war nicht nötig. Ohne

Worte, ohne Gesten fanden sie zu perfekter Harmonie. Worte und Gesten gehörten zur Nacht, in der sich die Leidenschaft heiß und wild ausleben ließ. Jetzt, in der grauer werdenden Morgendämmerung, passte sich ihr Verlangen wie von selbst dem langsam erwachenden Tag an.

Vielleicht ließ sich die Liebe, die sie für ihn empfand, auf diese Weise am besten ausdrücken. Sie spürte die Stoppeln auf seiner Wange, als sie ihm zärtlich darüberstrich.

Die Ehe war mehr als der Ring an ihrem Finger oder die nicht mehr zu zügelnde Erregung in der Dunkelheit. Die Ehe war, sich auf diese zärtliche Weise in den Tag hinein zu lieben. Als sie zueinanderkamen, strömte bereits das helle Licht über das Bett, und später, noch immer umschlungen, schliefen sie.

„Ich weiß, dass ich das Richtige tue." Dennoch zögerte Laura, als sie in Lorraines Hotel aus dem Fahrstuhl stiegen. „Und ich werde nicht klein beigeben, egal, was passiert." Sie ergriff Gabriels Hand und hielt sie fest. Der Schlafmangel hatte seltsamerweise bewirkt, dass sie sich beschwingt und bereit zum Kampf fühlte. „Ich bin wirklich froh, dass du hier bist."

„Ich habe es dir schon einmal gesagt, mir gefällt der Gedanke überhaupt nicht, dass du sie persönlich aufsuchst. Es wäre mir lieber, wenn ich das allein übernähme."

„Gabriel …"

„Was?"

„Bitte, verliere nicht die Fassung." Sie musste schmunzeln, als er erstaunt die Augenbrauen hochzog. „Ich meine nur, es bringt nichts, wenn du Lorraine anschreist."

„Ich schreie nie. Ab und zu hebe ich vielleicht einmal die Stimme, um jemandem etwas klarzumachen."

„Wenn wir uns darüber einig sind, werde ich jetzt klopfen." Als sie es tat, stieg wieder die altbekannte Panik in ihr auf. Hastig unterdrückte sie sie, bevor Lorraine mit herablassender Miene die Tür öffnete.

„Laura." Nach einem kaum merklichen Nicken wandte sie sich Gabriel zu. „Mr. Bradley. Ich freue mich, Sie kennenzulernen. Laura hat nichts davon gesagt, dass Sie sie heute Nachmittag begleiten würden."

„Alles, was Laura und Michael betrifft, betrifft auch mich, Mrs. Eagleton." Ohne darauf zu warten, dass Lorraine sie hereinbat, betrat er die Suite. Laura hätte das nie getan.

„Das ist sehr verantwortungsbewusst von Ihnen." Lorraine ließ die Tür mit einem leisen Klicken ins Schloss fallen. „Allerdings handelt es sich bei einigen von den Dingen, die Laura und ich zu besprechen haben, um Familienangelegenheiten. Ich bin sicher, Sie verstehen das."

„Ich verstehe das sehr gut." Sein Blick stand ihrem an kühler Schärfe in nichts nach. „Meine Frau und mein Sohn sind meine Familie."

Der Kampf lief schweigend ab, und Laura hielt unwillkürlich den Atem an, bis Lorraine sich schließlich geschlagen gab. „Wenn Sie darauf bestehen. Bitte setzen Sie sich doch. Ich werde Kaffee bestellen. Der Service hier ist ganz passabel."

„Nicht nötig." Laura war die Nervosität kaum anzuhören, als sie sich einen Platz suchte. „Ich glaube nicht, dass wir lange brauchen werden."

„Wie du meinst." Lorraine nahm ihnen gegenüber Platz. „Mein Mann wäre ebenfalls gern hier gewesen, aber er ist durch eine Geschäftsreise verhindert. Ich spreche allerdings auch in seinem Namen." Wie um diese Aussage zu unterstreichen, legte sie die Hände auf die Sessellehnen. „Ich wiederhole einfach, was bereits gesagt wurde. Ich beabsichtige, mit Tonys Sohn nach Boston zurückzufliegen und ihm dort eine angemessene Erziehung zu verschaffen."

„Und ich wiederhole, Sie bekommen ihn nicht." Ein letztes Mal würde sie es mit sachlichen Argumenten versuchen. Sie beugte sich vor. „Er ist ein Baby, kein Erbstück, Mrs. Eagleton. Er hat ein gutes Zuhause und Eltern, die ihn lieben. Er ist ein gesundes, hübsches Kind. Dafür sollten Sie dankbar sein. Wenn Sie über ein vernünftig geregeltes Besuchsrecht reden wollen …"

„Das werden wir", fiel Lorraine ihr ins Wort. „Über deins. Und wenn es nach mir geht, werden die Besuche kurz und selten sein. Mr. Bradley", fuhr sie fort, sich von Laura abwendend. „Sie wollen doch sicher nicht das Kind eines anderen Mannes aufziehen wollen. Es hat nicht Ihr Blut. Und Ihren Namen auch nur deshalb, weil Sie, aus welchen Gründen auch immer, seine Mutter geheiratet haben."

Gabriel holte eine Zigarette heraus und zündete sie gemächlich an. Laura hatte ihn gebeten, nicht die Fassung zu verlieren. So schwer ihm das auch fiel, jetzt war tatsächlich nicht der richtige Zeitpunkt dafür. „Sie irren sich gewaltig", entgegnete er nur.

Sie seufzte fast ein wenig mitleidig. „Ich verstehe, dass Sie etwas für Laura empfinden. Das hat mein Sohn auch getan."

Das erste Glied der Kette, die er um seinen Zorn gelegt hatte, zerbrach in zwei saubere Hälften. Das war seinen Augen anzusehen und jedem Wort anzuhören, das wie ein Pistolenschuss aus seinem Mund kam. „Wagen Sie es nicht noch einmal, meine Gefühle für Laura mit denen Ihres Sohnes zu vergleichen."

Lorraine wurde etwas blasser, aber ihr Tonfall blieb unverändert. „Ich habe keine Ahnung, was sie Ihnen möglicherweise erzählt hat ... "

„Ich habe ihm die Wahrheit erzählt." Bevor Gabriel etwas sagen konnte, legte Laura ihm die Hand auf den Arm. „Ich habe ihm erzählt, dass Tony krank war, emotional instabil. Und Sie wissen, dass das wahr ist."

Jetzt war es Lorraine, die die Fassung zu verlieren begann. Sie stand aus ihrem Sessel auf. Ihr Gesicht war gerötet und wirkte auf einmal erschöpft. „Ich werde mir nicht anhören, wie mein Sohn in den Dreck gezogen wird."

„Sie werden zuhören." Lauras Finger krallten sich in Gabriels Arm. „Sie werden mir so zuhören, wie Sie mir früher nie zugehört haben, wenn ich Hilfe brauchte. So wie Sie nie hinhörten, wenn Tony herumbrüllte. Er war Alkoholiker, ein emotionales Wrack, der einen schwächeren Menschen missbrauchte. Sie wussten, dass er mir wehtat. Sie haben die blauen Flecken gesehen und sie ignoriert oder entschuldigt. Sie wussten, dass es andere Frauen gab. Mit Ihrem Schweigen haben Sie seinem jämmerlichen Treiben zugestimmt."

„Was sich zwischen dir und Tony abspielte, ging mich nichts an."

„Damit müssen Sie leben. Aber ich warne Sie, Lorraine. Wenn

Sie den Deckel öffnen, werden Sie sich wundern, was alles herauskommt."

Lorraine setzte sich wieder, wenn auch nur, weil Lauras Tonfall eine ungewohnte Schärfe bekommen und sie sie erstmals beim Vornamen genannt hatte. Jetzt waren sie gleichwertige Gegnerinnen. Dies war nicht mehr die verängstigte, leicht einzuschüchternde Frau, wie sie sie noch vor einem Jahr gekannt hatte.

„Drohungen von jemandem wie dir erschrecken mich nicht. Die Gerichte werden darüber entscheiden, ob irgendeine Herumtreiberin mit lockerer Moral das Sorgerecht für einen Eagleton behält oder ob er in einer Umgebung aufwächst, die seiner Herkunft entspricht."

„Falls Sie jemals wieder so von meiner Frau reden, werden Sie mit mehr fertig werden müssen als nur mit Drohungen." Mit gespitztem Mund blies er den Rauch aus. „Mrs. Eagleton."

„Es macht mir nichts aus." Laura drückte seine Hand. Sie wusste, er war kurz davor, die Kontrolle über sich zu verlieren. „Sie jagen mir keine Angst mehr ein, Lorraine, und Sie werden auch nicht erreichen, dass ich Sie anbettle. Sie wissen ganz genau, dass ich Tony immer treu gewesen bin."

„Ich weiß, dass Tony daran gezweifelt hat."

„Woher wissen Sie denn dann, dass das Kind von ihm ist?", warf Gabriel trocken ein. Danach herrschte einen Moment lang Totenstille. Laura wollte etwas sagen, aber Gabriels Blick hielt sie davon ab. Lorraine fand nur mit Mühe die Stimme wieder.

„Das hätte sie nie gewagt ..."

„Hätte sie nicht? Wie seltsam. Sie wollten beweisen, dass Laura ihrem Sohn untreu war, und jetzt behaupten Sie, dass sie es nicht war. Wie auch immer: Sie stehen vor einem Problem. Wenn Laura eine Affäre mit irgendjemandem hatte. Mit mir zum Beispiel." Lächelnd drückte er die Zigarette aus. „Oder haben Sie sich noch gar nicht gefragt, warum wir so schnell geheiratet haben? Oder, wonach Sie bereits gefragt haben, warum ich das Kind als mein eigenes akzeptiere?" Er gab ihr Zeit, sich an den Gedanken zu gewöhnen, bevor er fortfuhr. „Wenn Laura untreu war, kann das Kind von irgendjemandem stammen. Wenn sie nicht untreu war, haben Sie nichts gegen sie in der Hand."

Lorraine ballte die Hände zu Fäusten und spreizte anschließend die Finger. „Mein Mann und ich sind entschlossen, die Vaterschaft des Kindes klären zu lassen. Ich würde ja wohl kaum den Bastard eines Fremden in mein Haus aufnehmen."

„Nehmen Sie sich in Acht", sagte Laura so leise, dass die Worte in der Luft zu vibrieren schienen. „Nehmen Sie sich gewaltig in Acht, Lorraine. Ich weiß, dass Michael als Person für Sie keinerlei Bedeutung hat."

Lorraine kämpfte um die Selbstbeherrschung, die zu ihren stärksten Waffen gehört hatte. „Ich mache mir große Sorgen um Tonys Sohn."

„Sie haben sich nie nach ihm erkundigt, nie gefragt, ob es ihm gut geht oder wie er aussieht. Sie wollten ihn nie sehen, nicht einmal ein Foto oder ein ärztliches Gutachten. Sie haben ihn nie bei seinem Namen genannt. Wenn Sie es getan hätten, wenn ich auch nur einen Funken Liebe oder Zuneigung zu dem Baby bei Ihnen entdeckt hätte, würde ich anders über das denken, was ich Ihnen jetzt sage." Der Mut kam, ohne dass sie sich darum bemühen musste.

„Es steht Ihnen frei, eine Sorgerechtsklage anzustrengen", fuhr Laura fort. „Gabriel und ich haben bereits unseren Anwalt eingeschaltet. Wir werden kämpfen – und wir werden gewinnen. Und in der Zwischenzeit werden Sie die Geschichte meines Lebens mit den Eagletons aus Boston in der Zeitung lesen können."

Lorraines Nägel bohrten sich in den Sesselbezug. „Das würdest du nie wagen."

„Das würde ich, und nicht nur das, wenn es darum geht, meinen Sohn zu schützen."

Lorraine konnte sie sehen, die ruhige, unerschütterliche Entschlossenheit in Lauras Augen. „Niemand würde dir glauben."

„Oh doch", gab Laura zurück. „Die Leute haben ein Gespür für die Wahrheit."

Lorraine wandte sich mit starrer Miene Gabriel zu. „Können Sie sich vorstellen, was das für den Ruf Ihrer Familie bedeuten würde? Wollen Sie Ihren Namen und den Ihrer Eltern aufs Spiel setzen? Für eine Frau und ein Kind, das nicht einmal Ihr Blut in den Adern hat?"

„Mein Ruf kann das ab, und, um ehrlich zu sein, meine Eltern freuen sich geradezu auf den Kampf." Der herausfordernde Ton, der in seiner Stimme lag, war nicht gekünstelt. „Michael mag nicht von meinem Blut sein, aber er ist mein Kind."

„Lorraine." Laura wartete, bis sie sich wieder ansahen. „Sie haben Ihren Sohn verloren, und Sie tun mir leid, aber Sie werden Ihren Sohn nicht durch meinen Sohn ersetzen. Wie hoch der Preis auch ist, den es kostet, Michaels Wohlergehen zu sichern, ich werde ihn zahlen. Und Sie auch."

Gabriel schob eine Hand unter ihren Arm und zog sie mit sich hoch. „Ihr Anwalt kann uns Ihre Entscheidung mitteilen."

Sobald sie den Flur erreicht hatten, nahm Gabriel Laura in die Arme. Er fühlte, wie sie zitterte, und hielt sie noch eine Weile fest. „Du warst wunderbar." Er küsste sie aufs Haar, bevor er sie losließ. „Eigentlich, Engel, warst du sogar faszinierend. Lorraine wird eine Menge Zeit brauchen, bis sie sich davon erholt hat. Wenn sie es überhaupt jemals tut."

Ein Gefühl des Stolzes durchströmte sie warm und irgendwie erregend. „Es war nicht so schlimm, wie ich erwartet hatte", sagte sie und hielt seine Hand, während sie zum Lift gingen. „Was hatte ich früher für eine Angst vor ihr. Keine zwei Worte habe ich herausgebracht. Jetzt sehe ich sie endlich als das, was sie ist. Eine einsame Frau, gefangen im Netz ihrer selbst auferlegten Familienehre."

Gabriel lachte geringschätzig, als die Fahrstuhltür sich öffnete. „Mit Ehre hat das nicht viel zu tun."

„Nein. Aber sie sieht es so."

„Ich sage dir was." Er drückte auf den Knopf für die Hotelhalle. „Wir werden den Rest des Tages nicht mehr an Lorraine Eagleton denken. Wir werden sogar eine ganze Weile nicht mehr an sie denken. In der Nähe gibt es ein kleines Restaurant. Nur ein paar Blocks entfernt. Nicht zu ruhig und sehr teuer."

„Es ist zu früh fürs Abendessen."

„Wer hat etwas von Abendessen gesagt?" Er legte ihr den Arm um die Taille, als sie die Hotelhalle betraten. „Wir suchen uns einen Tisch am Wasser und leeren eine Flasche Champagner. Und ich werde beobachten, wie alle meine wunderschöne Frau anstarren."

Seine Worte ließen es ihr warm ums Herz werden, und es schlug heftiger, als er ihre Hand an die Lippen führte. „Meinst du nicht, wir sollten mit dem Feiern warten, bis Lorraine sich entschieden hat?"

„Dann werden wir auch feiern. Aber jetzt möchte ich etwas anderes feiern. Ich bin der erste Mensch, der einen Feuer speienden Engel erlebt hat."

Lachend ging sie mit ihm nach draußen. „Vielleicht nicht zum letzten Mal. Eigentlich ..."

„Eigentlich was?"

Sie sah zu ihm hoch. „Eigentlich speie ich ganz gern Feuer."

„Das klingt, als müsste ich mich zukünftig gehörig in Acht nehmen."

12. KAPITEL

„Du siehst erschöpft aus." Amanda warf Laura einen fragenden Blick zu, als sie ins Haus trat.

„Michael zahnt." Die Erklärung war durchaus plausibel, aber es lag nicht nur an ihrem unruhigen Baby, dass Laura nachts wenig Schlaf fand. „Er schläft seit ganzen zehn Minuten. Vielleicht hält er ja mal eine Stunde am Stück durch."

„Warum gönnst du dir nicht auch ein Nickerchen?"

Amanda war bereits in den Salon geeilt, und Laura folgte ihr. „Weil du angerufen und deinen Besuch angekündigt hast."

„Oh." Mit einem leisen Lächeln nahm Amanda Platz und warf ihre Handtasche auf den Tisch. „Das habe ich. Nun, ich will dich nicht lange aufhalten. Gabriel ist nicht zu Hause?"

„Nein. Er sagte, er müsse sich um etwas kümmern." Laura setzte sich ihrer Schwiegermutter gegenüber hin und ließ den Kopf in den Nacken fallen. Auch der kleinste Luxus war manchmal himmlisch. „Kann ich dir etwas holen? Kaffee oder etwas Kaltes?"

„Du siehst nicht aus, als ob du wieder auf die Beine kommst. Nein, danke, ich möchte nichts. Wie geht's Gabriel?"

„Der hat in der letzten Zeit auch nicht viel Ruhe bekommen."

„Das wundert mich nicht. Habt ihr schon etwas von Lorraine Eagleton oder ihrem Anwalt gehört?"

„Nichts."

„Ich nehme nicht an, dass du dich zu der Auffassung durchringen kannst, keine Nachricht sei eine gute Nachricht."

Laura lächelte schwach. „Ich fürchte, das kann ich wirklich nicht. Je länger diese Sache dauert, desto schlimmer werden die Dinge, die ich mir ausmale."

„Und wenn sie damit vor Gericht zieht?"

„Dann werden wir kämpfen." Trotz ihrer Erschöpfung fühlte sie, wie die neu gewonnene Kraft sich in ihr regte. „Ich habe jedes Wort gemeint, das ich ihr gesagt habe."

„Das wollte ich hören." Amanda lehnte sich zurück und rückte die Nadel an ihrem Revers zurecht. Etwas zu schmal, etwas zu blass, dachte sie, während sie Laura musterte. Aber alles in allem schien ihre Schwiegertochter die Sache gut zu verkraften. „Wenn ihr das hinter euch gebracht habt, könnt ihr euch überlegen, wie ihr euch das weitere Leben einrichten wollt."

Laura zwang sich, wach zu bleiben. „Was meinst du damit?"

„Nun, Gabriel hat seine Kunst, ihr beide habt Michael und dann vielleicht noch so viele Kinder, wie ihr haben möchtet."

Amandas Worte vertrieben ihre Müdigkeit schlagartig. Über mögliche Geschwister für Michael hatten sie noch nie gesprochen. Wollte Gabriel überhaupt welche? Wollte sie selbst welche? Sie strich sich mit der Hand über den inzwischen wieder flachen Bauch und stellte sich ein neues Kind darin vor. Diesmal wäre es Gabriels Kind, vom allerersten Moment an. Ja, das wollte sie. Sie blickte zu Amanda hinüber, die sie ruhig und verständnisvoll musterte.

„Es ist schwer, Entscheidungen zu treffen, wenn man in einer Situation wie dieser steckt."

„Ganz genau. Aber die geht vorüber. Und wenn das vorüber ist, womit willst du dich dann beschäftigen? Da ich über zwei Jahrzehnte mit Gabriel unter einem Dach gelebt habe, weiß ich, dass er sich für Stunden und Tage in seinem Atelier vergräbt, wenn ihn die Muse ruft."

„Das stört mich nicht. Wie sollte es auch? Ich sehe doch, was dabei herauskommt."

„Eine Frau braucht eine sinnvolle Aufgabe ebenso sehr wie ein Mann. Sicher, sie kann sich um ihre Kinder kümmern, aber ..." Sie griff nach der Handtasche, öffnete sie und holte eine Visitenkarte heraus. „In der Innenstadt gibt es ein Beratungszentrum für misshandelte und missbrauchte Frauen. Es ist ziemlich klein und nicht sehr gut ausgestattet. Noch nicht", fügte sie hinzu, denn sie wollte daran etwas ändern. „Sie brauchen ehrenamtliche Mitarbeiterinnen, Frauen, die verstehen, die wissen, dass es auch nach der Hölle wieder ein normales Leben geben kann."

„Ich bin keine Therapeutin."

„Man braucht kein Studium, um dort mitzuhelfen."

„Nein." Laura starrte auf die Visitenkarte. Die Idee begann sich bereits in ihrem Kopf festzusetzen. „Ich weiß nicht. Ich ..."

„Denk einfach mal darüber nach."
„Amanda, bist du in dem Beratungszentrum gewesen?"
„Ja. Cliff und ich sind gestern hingefahren. Wir waren sehr beeindruckt."
„Warum seid ihr hingefahren?"
„Weil es jemanden gibt, der uns sehr viel bedeutet und den wir besser verstehen wollen. Bleib sitzen." Amanda stand auf. „Ich finde schon allein hinaus. Grüß Gabriel von mir und sage ihm, sein Vater möchte wissen, ob sie jemals wieder Poker spielen werden. Der Mann liebt es, sein Geld zu verlieren."

„Amanda." Laura streifte sich die Schuhe ab, bevor sie sich in den Sessel kuschelte. „Ich habe nie eine Mutter gehabt, und die, die ich mir immer vorgestellt habe, war ganz anders als du." Sie lächelte, noch während ihr die Augen zufielen. „Ich kann nicht sagen, dass ich darüber enttäuscht wäre."

„Du machst dich", sagte Amanda und ließ eine bereits schlafende Laura zurück.

Laura saß noch immer zusammengekuschelt im Sessel, als Gabriel zurückkam. Er lehnte das sperrige Paket gegen die Wand. Als selbst das Rascheln des Papiers sie nicht weckte, ging er zur Couch. Selbst die Energie, seinen Skizzenblock zu nehmen, fehlte ihm. Er streckte die Beine von sich und schlief Sekunden später ein.

Das Baby weckte sie beide. Gabriel stöhnte nur und zog sich ein Kissen übers Gesicht. Laura richtete sich auf, blinzelte erst orientierungslos im Raum herum, dann zu Gabriel hinüber und tastete sich schließlich nach oben.

Kurz darauf folgte er ihr.

„Mein Timing ist ausgezeichnet", entschied er, als er sah, dass Laura gerade eine frische Windel verschloss.

„Ich habe mich auch schon gefragt, was mit deinem Timing los ist." Aber sie lächelte, während sie Michael in die Luft hob, um ihn zum Lachen zu bringen. „Seit wann bist du zu Hause?"

„Lange genug, um mitzubekommen, dass meine Frau den Tag verschläft." Sie runzelte in gespielter Entrüstung die Stirn, und er nahm

ihr Michael ab. „Meinst du, er würde heute Nacht durchschlafen, wenn wir ihn jetzt beschäftigen und ihn so wach halten?"
„Ich finde, wir sollten nichts unversucht lassen."
Gabriel setzte sich mit Michael auf den Fußboden und erfand eine ganze Reihe von Spielen, bei denen das Baby sehr zu seiner Freude erst gekitzelt, dann geschaukelt und schließlich zu einem fliegenden Menschen gemacht wurde.
„Du kommst so gut mit ihm zurecht." Laura hatte ihre Erschöpfung überwunden und setzte sich zu den beiden auf den Fußboden. „Kaum zu glauben, dass du als Vater ein Anfänger bist."
„Ich habe nie darüber nachgedacht, wie es ist, einer zu sein. Offenbar bin ich ein echtes Naturtalent."
„Gabriel, deine Mutter ist vorbeigekommen."
„Sollte mich das überraschen?"
Sie beugte sich vor, damit Michael an ihrem Haar zupfen konnte. „Sie hat mir eine Visitenkarte dagelassen, von einem Beratungszentrum für missbrauchte Frauen."
„So?" Er befreite ihre Locke aus Michaels schon ziemlich festem Griff. „Willst du die Therapie wieder aufnehmen?"
„Nein ... jedenfalls habe ich das nicht vor." Sie sah zu ihm hinüber. Michael kaute gerade wie ein Kannibale an Gabriels Kinn herum. Mehr als die beiden, die ihr gegenübersaßen, brauchte sie an Therapie nicht. „Amanda schlug mir vor, mich dort als ehrenamtliche Mitarbeiterin zu bewerben."
Er legte die Stirn in Falten, während er Michael an seinem Fingerknöchel knabbern ließ. „Damit du dich jeden Tag aufs Neue an das alles erinnerst?"
„Nur an das, was ich in meinem Leben habe ändern können."
„Ich dachte, du würdest irgendwann wieder als Model arbeiten wollen."
„Nein, dazu habe ich nicht die geringste Lust. Ich traue mir die Arbeit mit den Frauen zu und würde es gern versuchen."
„Falls du mich um meine Zustimmung bittest, die brauchst du nicht."
„Ich möchte sie trotzdem haben."

„Dann hast du sie. Es sei denn, ich merke, dass du unter der Arbeit leidest."

Sie musste lächeln. Offenbar hielt er sie noch immer für zerbrechlicher, als sie war oder je hätte sein dürfen. „Weißt du, ich habe nachgedacht ... Bei all dem, was passiert ist und worum wir uns kümmern mussten, ist uns gar keine Zeit geblieben, viel über den anderen zu erfahren."

„Ich weiß, dass du viel zu lange im Bad bleibst und bei offenem Fenster schläfst."

Sie nahm den Stoffhasen, auf dem Michael so gern herumkaute, und reichte ihn Gabriel. „Es gibt noch andere Dinge."

„Zum Beispiel?"

„Erinnerst du dich an die Nacht, in der ich dir alles über meine Vergangenheit erzählt habe?"

„Ich erinnere mich."

„Wir hatten vereinbart, dass jeder den anderen alles fragen darf und Antworten bekommt. Ich habe meinen Teil der Vereinbarung eingehalten. Aber du noch nicht."

Er veränderte seine Position so, dass er sich mit dem Rücken gegen die Liege lehnen konnte. „Möchtest du etwas über meine missratene Jugend erfahren?"

„Reicht die Zeit dazu aus?"

„Du schmeichelst mir."

„Nein, ich wollte dich eigentlich nach etwas anderem fragen. Vor einigen Tagen, als es regnete, bin ich in dein Atelier gegangen, um die Fenster zu schließen. Ich habe einige von deinen Bildern durchgesehen. Vielleicht hätte ich es nicht tun sollen."

„Ich habe nichts dagegen."

„Ich meine ein bestimmtes. Das von Michael. Deinem Bruder. Ich möchte, dass du mir von ihm erzählst."

Sein Schweigen dauerte so lange, dass sie die Bitte fast wieder zurückgenommen hätte. Aber dazu war es viel zu wichtig. Sie war sicher, dass es der Tod seines Bruders gewesen war, der ihn in die Einsamkeit von Colorado getrieben hatte und der ihn auch nach all den Monaten noch immer von einer neuen Ausstellung abhielt.

„Gabriel." Zaghaft legte sie ihm die Hand auf den Arm. „Du hast mich gebeten, dich zu heiraten, damit du dich um meine Probleme kümmern kannst. Du wolltest, dass ich dir vertraue, und das tue ich. Solange du dieses Vertrauen nicht erwiderst, bleiben wir Fremde."

„Wir sind keine Fremden mehr, seit wir uns das allererste Mal sahen, Laura. Ob mit oder ohne deine Probleme, ich hätte dich auf jeden Fall gebeten, meine Frau zu werden."

Jetzt schwieg auch sie. Die Überraschung raubte ihr die Stimme. Erst als der Überraschung die Hoffnung folgte, sprach sie weiter. „Meinst du das ernst?"

Er setzte sich das Baby auf die Schulter. „Ich sage nicht immer alles, was ich meine, aber ich meine, was ich sage." Als Michael zu wimmern begann, stand er auf, um mit ihm auf und ab zu gehen. „Du brauchtest jemanden, und dieser Jemand wollte ich für dich sein. Und obwohl ich das erst richtig merkte, als du schon zu meinem Leben gehörtest, brauchte ich auch jemanden."

Sie wollte ihn fragen, wie er sie brauchte und warum, und ob dieses Brauchen etwas mit Liebe zu tun hatte. Aber wenn es für sie eine Zukunft geben sollte, mussten sie noch weiter in die Vergangenheit zurück.

„Bitte erzähl mir von ihm."

Gabriel wusste nicht, ob er es schaffen würde, ob der Schmerz es zulassen würde. Es war so lange her, dass er über Michael geredet hatte. „Er war drei Jahre jünger als ich", begann er schließlich. „Wir sind ganz gut miteinander ausgekommen, weil Michael ein ausgeglichener Typ war. Jedenfalls solange man ihn nicht in die Enge trieb. Wir hatten nicht viele gemeinsame Interessen. Eigentlich nur Baseball. Es machte mich rasend, dass ich ihn nie besiegen konnte. Später wandte ich mich dann der Kunst zu und Michael dem Recht. Das Recht faszinierte ihn."

„Jetzt erinnere ich mich", murmelte sie. „Ich habe einmal einen Artikel über dich gelesen, und darin stand auch etwas über ihn. Er hat in Washington gearbeitet."

„Als Pflichtverteidiger. Die Entscheidung löste bei vielen Leuten ein Kopfschütteln aus. Fette Honorare und Firmenrecht interessierten ihn nicht. Viele Leute dachten, na gut, der braucht das Geld nicht, der hat ohnehin genug davon. Aber die verstanden nicht, dass er auch ohne das Aktienpaket seiner Familie genau dasselbe getan hätte. Er war kein Heiliger." Gabriel setzte Michael in sein Bettchen und zog das Mobile auf. „Aber er war der Beste von uns, der Beste und Klügste, wie mein Vater immer sagte."

Sie war aufgestanden, aber unsicher, ob sie zu ihm hinübergehen sollte. „Das sieht man an seinem Porträt. Du musst ihn sehr geliebt haben."

„Man denkt über so etwas nicht nach. Dass ein Bruder den anderen liebt. Entweder ist es so oder es ist nicht so. Man redet nicht darüber, weil es nicht ausgesprochen werden muss. Und dann bedauert man, dass man es nicht getan hat."

„Er hat bestimmt gewusst, dass du ihn liebst. Er brauchte nur das Porträt anzusehen."

Mit den Händen in den Taschen ging Gabriel zum Fenster. Darüber zu reden fiel ihm leichter, als er erwartet hatte. „Jahrelang habe ich ihn genervt, damit er für mich Modell sitzt. Die ganze Familie hat sich darüber amüsiert. Und dann haben wir um fünf Sitzungen gepokert. Ich gewann, ein Herz-Flush gegen seinen Drilling." Der Schmerz krallte sich in ihn, nicht mehr frisch, aber noch immer stechend. „Das war das letzte Mal, dass wir spielten."

„Was ist mit ihm passiert?"

„Ein Unglück. Ich habe nie an Unglücke geglaubt. Pech, Schicksal, Bestimmung, aber sie nannten es ein Unglück. Er war in Virginia, um für einen Fall zu recherchieren, und nahm eine kleine Zubringermaschine nach New York. Wenige Minuten nach dem Start stürzte sie ab. Er wollte nach New York, weil ich dort eine Ausstellung hatte."

Jetzt gab es kein Zögern mehr. Sie ging rasch zu ihm hinüber und legte die Arme um ihn. „Und du gibst dir die Schuld an seinem Tod. Das darfst du nicht."

„Er wollte meinetwegen nach New York. Um für mich da zu sein. Ich habe erlebt, wie meine Mutter zum ersten und einzigen Mal in ihrem Leben vollkommen zusammengebrochen ist. Ich musste mitansehen, wie mein Vater durch sein eigenes Haus lief, als wäre es für ihn eine völlig unbekannte Umgebung. Ich wusste nicht, was ich sagen oder tun sollte."

Sie strich ihm über den Rücken. „Ich habe noch nie jemanden verloren, den ich liebte, aber jetzt, wo ich dich und Michael habe, kann ich mir vorstellen, wie erschütternd es sein muss. Dinge geschehen eben manchmal, ohne dass man jemandem die Schuld geben kann. Ob das nun ein Unglück oder Schicksal ist, weiß ich nicht."

Er legte die Wange an ihr Haar und sah zu den Blumen hinaus, die sie gepflanzt hatte. „Ich ging für eine Weile nach Colorado, um allein zu sein und herauszufinden, ob ich wieder würde malen können. Hier konnte ich es nicht mehr. Als ich dich fand, war ich schon dabei, mein Leben langsam wieder in den Griff zu kriegen. Ich konnte wieder arbeiten, konnte wieder daran denken, nach Hause zurückzukehren. Aber etwas fehlte noch." Er sah sie an und nahm ihr Gesicht zwischen die Hände. „Und die Lücke hast du gefüllt."

Ihre Finger schlossen sich um sein Handgelenk. „Das freut mich."

Wir werden es schaffen, dachte sie. Was immer geschieht, wir werden es schaffen. Manchmal reicht es, wenn man gebraucht wird.

„Gabriel." Sie ließ die Finger nach unten gleiten. „Die Bilder in deinem Atelier. Die gehören dort nicht hin. Es ist falsch, sie dort zu verstecken, gegen die Wand gelehnt, als existierten sie überhaupt nicht. Wenn dein Bruder so stolz auf dich war, dass er deine Ausstellung besuchen wollte, ist es an der Zeit, deine Bilder wieder öffentlich zu zeigen. Er würde es wollen. Widme ihm die Ausstellung. Es gibt keinen besseren Weg, zu beweisen, wie sehr du ihn geliebt hast."

Er war drauf und dran gewesen, ihre Worte als Trost abzutun, doch der letzte Satz war weit mehr als das. „Er hätte dich gemocht."

„Wirst du es tun?"

„Ja." Er küsste sie auf ihren Mund, der sich zu einem Lächeln verzogen hatte. „Ja, es ist an der Zeit. Das weiß ich schon länger, ich bin nur nicht fähig gewesen, den letzten Schritt zu machen. Ich werde Marion alles Notwendige arrangieren lassen." Sie verkrampfte sich, und obwohl die Veränderung minimal war, entging sie ihm nicht. Er sah ihr ins Gesicht. „Gibt es ein Problem?"

„Nein, natürlich nicht."

„Du tust eine Menge Dinge gut, Engel. Aber Lügen gehört nicht dazu."

„Gabriel, nichts würde mich mehr freuen als eine neue Ausstellung. Das ist die Wahrheit."

„Aber?"

„Kein Aber. Ich hinke schon hinter meinem gewohnten Zeitplan zurück. Michael müsste längst gebadet sein."

„Noch etwas zu warten wird ihm nicht schaden." Er brauchte sie nicht festzuhalten. Es genügte, ihr mit den Händen über die Arme zu streicheln. „Ich weiß, dass zwischen dir und Marion Spannungen herrschen. Dass sie und ich eine rein geschäftliche Beziehung führen, habe ich dir ja bereits erklärt."

„Das verstehe ich. Ich habe dir gesagt, was ich getan hätte, wenn das nicht der Fall gewesen wäre."

„Ja, das hast du." Sie hätte ihre Taschen gepackt, um ihn zu verlassen, wäre aber keine drei Meter weit gekommen. „Also, wo ist das Problem?"

„Es gibt kein Problem."

„Ich würde es vorziehen, wenn ich mir die Antwort nicht von Marion holen müsste."

„Ich ebenfalls." Ihr Kinn fuhr hoch. „Hör auf, mich zu drängen, Gabriel."

Er nickte und ließ die Hände zu ihren Schultern hinaufwandern. „Diesen Gesichtsausdruck bekommst du äußerst selten. Und wenn du ihn bekommst, würde ich dich am liebsten auf der Stelle nehmen." Als sie errötete, presste er sie lachend an sich.

„Lach nicht über mich." Sie wollte sich aus seinen Armen winden, doch sein Griff war fest.

„Entschuldigung. Ich habe nicht über dich gelacht, mehr über die Situation." Vielleicht war jetzt ein behutsameres Vorgehen angebracht, doch ihm fehlte die Geduld dazu. „Willst du dich mit mir streiten?"

„Im Moment nicht."

„Wenn du nicht besser lügen kannst, wirst du nie eine gute Pokerspielerin", murmelte er. „Ich habe zufällig mitbekommen, worüber du mit Marion geredet hast, als ich in die Galerie kam."

„Dann brauche ich es dir ja nicht groß zu erklären. Sie glaubt, dass ich dich an der Arbeit hindere, dein volles Talent blockiere. Und dagegen hat sie etwas unternommen. Vermutlich hätten die Eagletons uns in ein paar Tagen ohnehin gefunden. Trotzdem verzeihe ich ihr nicht, dass sie sie angerufen hat. Die Tatsache, dass sie deine Galeristin ist, zwingt mich, in der Öffentlichkeit ihr gegenüber höflich zu sein. Aber mehr als das ist nicht drin."

Die Belustigung war aus seinem Gesicht verschwunden, und er hatte Laura fester an den Schultern gepackt. „Soll das heißen, dass Marion die Eagletons angerufen hat?"

„Ich denke, du hast unser Gespräch gehört, also ..."

„Alles habe ich nicht mitbekommen." Er trat einen Schritt zurück. „Warum hast du mir das nicht früher gesagt? Dann hätten wir ihr gesagt, sie soll zur Hölle gehen."

„Ich habe nicht geglaubt, dass du ..." Sie verstummte und starrte ihn an. „Oder hättest du doch?"

„Verdammt, Laura, was muss ich denn noch tun, um dich davon zu überzeugen, dass ich ganz auf deiner und Michaels Seite bin?"

„Aber sie hat gesagt ..."

„Was macht es für einen Unterschied, was sie gesagt hat? Es kommt darauf an, was ich sage, oder etwa nicht?"

„Ja." Laura faltete die Hände, senkte den Blick jedoch nicht. Genau darauf kam es an. Was er sagte. Und dass er sie liebte, hatte er noch kein einziges Mal gesagt. „Ich wollte mich nicht in deine beruflichen Angelegenheiten einmischen."

„Und ich werde es nicht tolerieren, wenn Marion sich in mein Leben einmischt. Lass mich nur machen."

„Was willst du tun?"

Konsterniert fuhr er sich mit der Hand durchs Haar. „Erst redest du so, als dürfte ich mein Werk der Menschheit nicht vorenthalten, und dann wieder so, als müsste ich betteln gehen, um eine andere Galerie zu finden."

„Du willst deine Bilder aus Marions Galerie nehmen?"

Er murmelte etwas Unverständliches und drehte eine weitere

Runde durchs Zimmer. „Ich glaube, wir müssen uns einmal ernsthaft unterhalten. Aber vielleicht gibt es noch ein besseres Mittel." Er machte einen Schritt auf sie zu und fluchte leise, als das Telefon läutete. „Bleib hier." Er drehte sich auf dem Absatz um und eilte hinaus.

Laura ging zu Michael und gab ihm seinen geliebten Hasen. Warum sollte sie nicht überrascht sein, dass er ihretwegen mit Marion brach? Aber tut er es wirklich meinetwegen?, fragte sie sich und beugte sich zu dem Baby hinunter. Nein, eher seinetwegen. Marion hatte den Fehler begangen, sich in Dinge einzumischen, die sie nichts angingen.

Auf die Gründe kam es nicht an, sondern auf die Resultate. Sie war an diesem Nachmittag einen gewaltigen Schritt weitergekommen. Endlich hatte er ihr anvertraut, was er für seinen Bruder empfand. Es war ihr gelungen, ihn dazu zu bringen, seine Arbeiten auszustellen, und Marion war aus ihrem Leben so gut wie verschwunden.

„Das müsste für einen Tag eigentlich reichen", murmelte sie Michael zu. Blieb noch die Sache mit den Eagletons. Aber daran wollte sie jetzt nicht denken.

„Er braucht uns, Michael." Auch das hätte ihr reichen sollen. Vielleicht waren sie nur ein Ersatz für jemanden, den er geliebt und verloren hatte. Aber er hatte sich bereits zu dem Baby bekannt und liebte es. Und ihr hatte er die Treue versprochen. Das war mehr, als sie je gehabt und für sich erwartet hatte. Und dennoch reichte es nicht.

„Laura."

Sie drehte sich um, verärgert über ihr Selbstmitleid. „Was gibt's?"

„Das war Quartermain am Telefon." Er sah die Angst in ihr aufsteigen, sah aber auch, wie die Entschlossenheit an ihre Stelle trat. „Es ist vorbei", sagte er, bevor sie fragen konnte. „Der Anwalt der Eagletons hat ihn vor ein paar Minuten angerufen."

„Vorbei?" Mehr als flüstern konnte sie nicht. Die Kraft, die sie aufgebaut und mühsam konserviert hatte, war fast erschöpft.

„Sie geben auf. Es wird keine Sorgerechtsklage geben. Jetzt nicht, niemals. Sie wollen mit dem Baby nichts mehr zu tun haben."

Sie schlug die Hände vors Gesicht. Ihr kamen die Tränen, doch sie schämte sich nicht deswegen. Nicht einmal, als Gabriel sie in die Arme nahm. „Ist es sicher? Wenn sie es sich nun anders überlegen ..."

„Es ist ganz sicher. Hör mir zu." Er hielt sie ein wenig von sich ab. Er wusste nicht, wie sie auf den Rest reagieren würde. „Sie wollen notariell sicherstellen, dass Michael keinerlei Anspruch auf das Eagleton-Erbe hat. Er wird sein Erbe verlieren."

„Das Vermögen?" Sie öffnete die Augen wieder. „Ich bezweifle, dass ihm das etwas ausmachen wird. Mir macht es nichts aus. Was die Familie betrifft, so hat er bereits eine. Gabriel, ich weiß nicht, wie ich dir danken soll."

„Dann lass es. Du bist diejenige, die sich nicht hat unterkriegen lassen."

„Das stimmt." Sie wischte sich die Tränen ab und fiel ihm lachend um den Hals. „Ja, das stimmt. Niemand wird ihn uns je wegnehmen. Ich möchte feiern. Tanzen gehen, eine Party geben." Sie lachte strahlend und drückte ihn an sich. „Aber erst nach einer Woche Schlaf."

„Abgemacht."

Er küsste sie, und sie schmiegte sich an ihn. Ein Neuanfang, dachte er, und diesmal machen wir ihn richtig. „Ich möchte meine Eltern anrufen und sie informieren."

„Ja, tu das. Ich werde Michael baden und dann herunterkommen."

Es dauerte fast eine Stunde, bis sie es tat, mit einem mehr als zufriedenen Michael auf dem Arm. Das frisch gebadete Baby war hellwach und wollte unterhalten werden.

Lauras Jeans waren nass geworden, und sie hatte sich eine lavendelfarbene Bluse und eine passende Cordhose angezogen. Das Haar lag ihr lose auf den Schultern, und wie Michael duftete auch sie nach Seife und Puder. Gabriel holte sie am Fuß der Treppe ab.

„Komm, ich nehme ihn." Er legte sich Michael in den gekrümmten Arm und kitzelte ihn am Bauch. „Du siehst topfit aus, mein Kleiner. Vermutlich würdest du mich beim Baseball vom Platz fegen."

„Das würde aber ein hartes Match werden", meinte Laura und unterdrückte ein Gähnen. „Wie schaffst du es bloß, so frisch auszusehen? Du hast doch nicht mehr Schlaf bekommen als ich."

„Drei Jahrzehnte gesundes Leben. Und ein Körper, der es gewohnt ist, bis zum Morgen durchzupokern."

„Dein Vater möchte mit dir spielen. Michael könnte ja zusehen."

„Das könnte er." Er hob ihr Kinn an. „Und du könntest auf der Stelle einschlafen, was?"

„Ich habe mich noch nie in meinem Leben wohler gefühlt."

„Und kannst die Augen kaum noch offen halten."

„Fünf Stunden Schlaf, und ich bin wieder voll da."

„Ich möchte dir etwas zeigen. Danach solltest du nach oben gehen und dich hinlegen. Michael und ich amüsieren uns allein." Sein Daumen strich an ihrem Kiefer entlang. Erst seit Laura wusste er, was für einen erregenden Duft Seife und Puder abgeben konnten. „Wenn du dich ausgeruht hast, veranstalten wir unsere private Feier."

„Dann gehe ich jetzt gleich nach oben."

Lachend hielt er sie am Arm fest. „Erst musst du dir etwas ansehen, Engel."

„Okay, ich bin zu geschwächt, um dir zu widersprechen."

„Das werde ich mir für später merken." Das Baby auf dem einen Arm, den anderen um Laura gelegt, ging er in den Salon.

Sie hatte das Bild entstehen sehen, vom ersten bis zum letzten Pinselstrich. Dennoch wirkte es hier, über dem Kamin, ganz anders. In der Galerie hatte sie es als meisterhaftes Kunstwerk bewundert, als etwas, das von Kunststudenten und Kennern studiert, von Kritikern und potenziellen Käufern analysiert werden konnte. Hier, am späten Nachmittag im Salon, war es eine persönliche Aussage des Malers, etwas, das zu allen dreien von ihnen gehörte.

Erst jetzt ging ihr auf, wie sehr es ihr missfallen hatte, dass es in Marions Galerie hing. Und erst jetzt wurde ihr klar, was es wirklich bedeutete, es hier zu sehen. Es gab ihr das Gefühl, endlich ein Zuhause gefunden zu haben.

„Es ist wunderschön", murmelte sie.

Er verstand, wie sie es meinte. Es war nicht Eitelkeit oder Selbstüberschätzung. „Noch nie in meinem Leben habe ich etwas wie dieses gemalt. Und ich bezweifle sehr stark, dass ich es jemals wieder tun werde. Setz dich, ja?"

Irgendetwas an seinem Tonfall ließ sie zu ihm hinübersehen, bevor sie es sich auf der Couch bequem machte. „Ich hatte keine Ahnung, dass du es hier aufhängen wolltest. Du hattest doch Angebote dafür."

„Ich habe nie vorgehabt, es zu verkaufen. Es war immer für diesen Platz gedacht." Er stützte das Baby auf seine Hüfte und ging zum Porträt hinüber. „Seit ich hier in diesem Haus lebe, habe ich nichts gemalt oder woanders entdeckt, was ich an diese Stelle hängen wollte. Wenn ich nicht in Colorado gewesen wäre und du nicht auf der Flucht, wenn es nicht geschneit hätte … Erst unser Zusammentreffen und das der Situationen, in denen wir uns gerade befanden, hat dieses Bild möglich gemacht."

„Als du es gemalt hast, habe ich mich immer wieder gefragt, warum du wie im Rausch gearbeitet hast. Jetzt verstehe ich es."

„Wirklich?" Mit einem Lächeln drehte er sich zu ihr um. „Ich frage mich, was du verstehst, Engel. Erst vor kurzer Zeit ist mir aufgegangen, dass du keine Ahnung hast, was ich für dich empfinde."

„Ich weiß, dass du mich brauchst, mich und Michael. Wir haben gemeinsam das Beste aus unserer Lage gemacht."

„Und mehr nicht? Du hast gesagt, du liebst mich. Ich weiß, dass Dankbarkeit dabei eine große Rolle spielt, aber ich möchte auch wissen, ob da noch mehr ist."

„Was möchtest du, dass ich sage?"

„Ich möchte, dass du hinschaust." Er streckte ihr die Hand hin. Als sie sich nicht rührte, ging er zur Couch und zog sie auf die Füße. „Schau dir das Porträt an, und erzähl mir, was du siehst."

„Mich selbst."

Heute scheint der Tag der Kraftproben zu sein, dachte Gabriel. Rasch brachte er den schlafenden Michael in sein Zimmer und legte ihn ins Kinderbett. Wieder bei Laura, fasste er sie an den Schultern und postierte sie so, dass sie das Porträt betrachtete. „Erzähl mir, was du siehst."

„Ich sehe mich selbst. So wie du mich damals gesehen hast. Vielleicht etwas zu verletzlich, etwas zu traurig."

Er schüttelte sie ungeduldig. „Du siehst nicht genug."

„Ich will Stärke sehen", platzte sie heraus. „Ich glaube, ich sehe sie. Und eine Frau, die bereit ist, das zu schützen, was ihr gehört."

„Sieh dir ihre Augen an, Laura. Sag mir, was du in ihnen siehst."

„Es sind die Augen einer Frau, die dabei ist, sich zu verlieben." Sie schloss ihre eigenen. „Du musst es gewusst haben."

„Nein." Er legte die Arme von hinten um sie, sodass sie beide weiterhin das Porträt betrachten konnten. „Nein, ich wusste es nicht. Und zwar weil ich mir permanent eingeredet habe, ich würde nur das malen, was ich sehen wollte und was ich selbst fühlte."

Das Herz schlug ihr bis zum Hals. Was immer er fühlte, das konnte er auch malen. Zu dem Ergebnis war sie selbst gekommen. „Was hast du gefühlt?"

„Ich fühle es noch immer. Siehst du es denn nicht?"

„Ich will es nicht in dem Bild sehen." Sie drehte sich um und packte sein Hemd. „Ich will es hören."

Er war nicht sicher, ob er die richtigen Worte finden würde, Worte kamen so viel schwerer als Gefühle. Er konnte seine Empfindungen malen, sie sogar herausschreien, aber ruhig über sie zu reden war schwierig, wenn sie so bedeutend waren.

Er berührte ihr Gesicht, ihr Haar, dann ihre Hand. „Gleich von Anfang an hast du mich auf eine Art angezogen, wie es noch nie jemand getan hatte und nie jemand tun wird. Ich dachte, ich wäre verrückt. Du warst schwanger, vollkommen von mir abhängig, dankbar für meine Hilfe."

„Ich war dankbar. Das werde ich immer sein."

„Ich will deine Dankbarkeit nicht, verdammt noch mal", stieß er hervor, während er sich von ihr wegdrehte.

„Es tut mir leid, dass du so denkst." Sie war jetzt vollkommen ruhig, und auch sein wütendes Funkeln änderte nichts an ihrer Gelassenheit. So würde sie ihn immer in Erinnerung behalten. Mit dem Haar, das seine Hände immer wieder in Unordnung gebracht hatten. In dem grauen Hemd mit den bis zu den Ellbogen hochgeschobenen Ärmeln. Mit dem Gesicht voller Ungeduld.

„Weil ich vorhabe, den Rest meines Lebens dankbar zu sein. Und das hat nichts damit zu tun, dass ich ebenfalls vorhabe, dich für den Rest meines Lebens zu lieben", sagte sie.

„Wie kann ich da sicher sein?"

„Sei's einfach. Du hast nicht nur das gemalt, was du sehen wolltest. Das tust du nie. Du malst die Wahrheit." Sie machte einen Schritt auf ihn zu, den wichtigsten Schritt, den sie je gemacht hatte. „Ich habe dir die Wahrheit gegeben, Gabriel. Jetzt muss ich dich auch um sie bitten. Stecken deine Gefühle in dem Porträt, in einer Vorstellung von mir, sind sie das Ergebnis deiner Liebe zu Michael, oder gelten sie mir?"

„Ja." Er nahm ihre Hände. „Ich liebe die Frau, die ich gemalt habe, die Mutter meines Sohnes und dich. Jede für sich und alle drei in einer Person. Wir hätten uns sonst wo treffen können, egal, unter welchen Umständen, und ich hätte mich trotzdem in dich verliebt. Vielleicht wäre es nicht so schnell gegangen, vielleicht wäre es nicht so kompliziert abgelaufen, aber passiert wäre es auf jeden Fall." Sie wollte sich an ihn schmiegen, doch er hielt sie zurück. „Ich habe dich aus rein egoistischen Gründen geheiratet. Ich wollte dir damit keinen Gefallen tun."

Sie lächelte. „Dann werde ich dir auch nicht dafür dankbar sein."

„Danke." Er hob ihre Hände an die Lippen, erst die, an der sie den alten Ehering trug, und dann die, an deren Ringfinger der neue steckte. „Ich möchte dich noch einmal malen."

„Jetzt gleich?"

„Bald."

Dann waren seine Hände in ihrem Haar und sein Mund auf ihren Lippen. Sie schlang die Arme um ihn und erwiderte den Kuss, der immer fordernder, immer leidenschaftlicher wurde. Nichts hinderte ihre Liebe mehr daran, das Verlangen noch zu steigern.

Sie wollte protestieren, als er sie zu Boden zog. Doch als sie fühlte, wie er ihr die Bluse aufzuknöpfen begann, ging der Protest in einem leisen Stöhnen unter.

„Michael …"

„Der schläft." Er schob ihr das Haar aus dem Gesicht. Alles, was er hatte sehen wollen, sah er darin. „Bis er aufwacht, gehörst du mir allein. Ich liebe dich, Laura. Jedes Mal, wenn du das Bild anschaust, wirst du das wissen. Du bist mein gewesen, seit ich dich das erste Mal berührt habe."

Dein, dachte sie und zog ihn an sich. Gabriels Engel war mehr als ein Porträt. Endlich wusste sie, wohin sie gehörte. Und zu wem.

– ENDE –

Nora Roberts

Wünsche werden wahr
Roman

Aus dem Amerikanischen von
Heike Warth

1. KAPITEL

Taylor's Grove hatte zweitausenddreihundertundvierzig Einwohner. Mittlerweile einen mehr, dachte Nell, als sie die Aula der Highschool betrat. Sie lebte erst seit zwei Monaten hier, aber sie fühlte sich in der kleinen Stadt mit ihren hübschen Vorgärten und kleinen Läden bereits heimisch. Vor allem genoss sie die gemächliche Lebensart, die freundlichen Schwätzchen mit den Nachbarn, liebte die Schaukeln auf der Veranda, die holprigen Gehsteige.

Wenn ihr jemand vor einem Jahr prophezeit hätte, dass sie Manhattan gegen einen winzigen Flecken im westlichen Maryland eintauschen würde, sie hätte ihn für verrückt erklärt. Und jetzt war sie die neue Musiklehrerin in Taylor's Grove und fühlte sich pudelwohl in ihrer Rolle.

Sie hatte den Ortswechsel dringend nötig gehabt. Im letzten Jahr hatte ihre Mitbewohnerin geheiratet, und da sie sich die Miete allein nicht leisten konnte, hatte sie eine Nachfolgerin gesucht. Aber ihre neue Wohnungsgenossin war nicht lange geblieben und hatte bei ihrem Auszug alles mitgenommen, was auch nur den geringsten Wert besaß. Und das hatte dann letztlich den Anstoß dazu gegeben, dass sie mit Bob brach. Er hatte ihrer Naivität und Dummheit die Schuld an dem Desaster gegeben, und das war der letzte Tropfen gewesen, der das Fass zum Überlaufen gebracht hatte.

Sie hatte Bob kaum den Laufpass gegeben, als die Schule, in der sie seit drei Jahren unterrichtete, ihren Stab „verschlankte", wie man die Maßnahme schönfärberisch nannte: Nell wurde entlassen, die Stelle der Musiklehrerin gestrichen.

Von ihrem Leben waren eine leer geräumte Wohnung, die sie sich nicht mehr leisten konnte, ein ehemaliger Verlobter, der ihr die Schuld an allem gab, und die Aussicht auf Arbeitslosigkeit übrig geblieben. Da beschloss sie, New York den Rücken zu kehren.

Nachdem die Entscheidung einmal gefallen war, ging alles sehr schnell. Sie beschloss, in eine Kleinstadt zu gehen, wenn sie auch den Grund dafür nicht so recht benennen konnte. Aber ihr Gefühl hatte sie richtig geleitet. Nach diesen zwei Monaten war ihr, als hätte sie schon ihr ganzes bisheriges Leben hier verbracht.

Sie wohnte in einem renovierten alten Haus, und die Miete war so günstig, dass sie nicht auf eine Mitbewohnerin angewiesen war. Das Schulgelände mit Grund- und weiterführender Schule bis hin zur Highschool war zu Fuß erreichbar.

Sie unterrichtete seit zwei Wochen, und die erste Nervosität war längst von ihr abgefallen. Jetzt freute sie sich auf den ersten Chortermin mit ihren Schülern, entschlossen, ein Programm auf die Beine zu stellen, das die Zuhörer zu Begeisterungsstürmen hinreißen würde.

Das alte Klavier stand mitten auf der Bühne, und Nell setzte sich davor. Die kleinen Sänger würden bald eintrudeln, bis dahin hatte sie noch ein paar Augenblicke für sich.

Sie ließ die Finger über die Tasten gleiten und stimmte einen Blues an. Auf alten verkratzten Klavieren musste man einfach Blues spielen.

„Mensch, total cool", sagte Holly zu ihrer Freundin Kim, als sie die Tür zur Aula öffnete.

„Ja, echt." Kim hatte den Arm um ihre beiden kleinen Cousins gelegt. „Mr. Striker hat nie solche Sachen gespielt."

„Und was sie trägt, ist auch absolute Spitze." Bei Holly mischte sich Bewunderung mit ein wenig Neid, als sie Nells enge Hose und das lange Hemd mit der gestreiften Weste darüber begutachtete. „Ich kann mir überhaupt nicht vorstellen, warum jemand aus New York ausgerechnet zu uns kommt. Hast du ihre Ohrringe gesehen? Die hat sie bestimmt aus einem tollen Laden in der Fifth Avenue."

Nells Schmuck war in der kurzen Zeit, die sie jetzt hier war, unter ihren Schülerinnen bereits legendär geworden. Sie trug nur ausgefallene und einzigartige Stücke. Ihr fast schulterlanges dunkles Goldhaar war immer wie unabsichtlich ein wenig zerzaust, ihr etwas heiseres Lachen und ihre natürliche Art hatten ihr vom ersten Augenblick an die Zuneigung der Kinder eingebracht.

„Sie ist echt super." Kim war im Augenblick mehr von der Musik als von Nells äußerer Erscheinung beeindruckt. „Wenn ich doch auch so spielen könnte."

„Und ich würde gern so toll aussehen wie sie", seufzte Holly.
Nell sah sich um und lachte. „Kommt, Mädchen. Ich gebe ein kostenloses Konzert."

„Es klingt ganz toll, Miss Davis." Kim hatte ihre beiden Schützlinge fest im Griff, als sie jetzt auf die Bühne zusteuerte. „Was ist das?"

„Muddy Waters. Ich glaube, ich werde den Lehrplan um ein paar Bluesstücke erweitern." Nell betrachtete die Jungen an Kims Seite. „Hallo, ihr zwei."

Die beiden lächelten, und dabei bildeten sich bei beiden identische Grübchen auf der linken Wange. „Können Sie auch ‚Chopsticks' spielen?", fragte der Junge an Kims rechter Seite.

Bevor Kim sich noch einmischen konnte, legte Nell schon los. „Na, wie war das?", erkundigte sie sich, als der letzte Ton verklungen war.

„Spitze."

„Entschuldigen Sie, Miss Davis. Ich muss die zwei eine Stunde hüten. Das sind Zeke und Zach Taylor."

„Die Taylors von Taylor's Grove", meinte Nell und drehte sich zu den Kindern um. „Ich wette, ihr seid Brüder. Ich kann da eine kleine Familienähnlichkeit entdecken."

Die beiden Jungen kicherten. „Wir sind Zwillinge", erklärte Zach.

„Tatsächlich? Und jetzt soll ich wahrscheinlich raten, wer wer ist." Nell kam an den Bühnenrand, setzte sich und sah die beiden prüfend an. Beiden fehlte der linke obere Schneidezahn. Sie grinsten.

„Zeke", sagte Nell und wies mit dem Finger auf einen Zwilling. „Und Zach."

Die beiden nickten erfreut. „Woran haben Sie das gemerkt?"

Sie hatte es einfach nur geraten. Immerhin standen die Chancen fünfzig zu fünfzig. Aber das würde die Kinder nur enttäuschen. „Zauberei", behauptete sie. „Singt ihr gern?"

„Na ja."

„Dann könnt ihr heute zuhören. Ihr setzt euch in die erste Reihe und seid unser Testpublikum."

„Danke, Miss Davis", sagte Kim und schob die Zwillinge zur vorderen Sitzreihe. „Und da bleibt ihr sitzen", befahl sie mit der Autorität der älteren Cousine.

Nell zwinkerte den beiden zu, stand auf und winkte dann die anderen Kinder, die sich allmählich eingefunden hatten, nach vorne. „Kommt. Fangen wir an."

Die Zwillinge schienen die Vorgänge auf der Bühne eher zu langweilen. Zuerst wurde hauptsächlich geredet, dann wurden die Noten verteilt und die Jungen und Mädchen nach ihren Stimmen eingeteilt.

Zach beobachtete Nell. Sie hatte schöne Haare und große braune Augen. Wie mein Hund Zark, dachte er angetan. Ihre Stimme war zwar ein bisschen komisch, irgendwie kratzig und ziemlich tief, aber doch nett. Immer wieder sah sie zu ihm herüber und lächelte ihn an. Und dann schlug sein Herz immer ein bisschen schneller, als wäre er gerade gerannt.

Jetzt sang sie den Kindern auf der Bühne etwas vor. Es war ein Weihnachtslied. Zach wusste zwar nicht genau, wie es hieß, aber er hatte es seinen Vater schon spielen hören.

„Das ist sie", zischte er und gab Zeke einen Stoß in die Rippen.

„Wer?"

„Die Mom, die wir uns gewünscht haben."

Zeke unterbrach das Spiel mit seiner Plastikfigur und sah auf die Bühne, wo Nell angefangen hatte, die Altstimmen zu dirigieren. „Kims Lehrerin?"

„Ganz bestimmt." Zach war schrecklich aufgeregt. „Der Weihnachtsmann hat unseren Brief inzwischen bestimmt bekommen", flüsterte er. „Und sie sieht genauso aus, wie wir sie uns gewünscht haben. Und außerdem ist sie nett und mag uns."

„Meinst du ehrlich?" Zeke war noch nicht ganz überzeugt. Aber hübsch war Nell schon, und sie lachte viel, auch wenn die großen Kinder einen Fehler machten. Das hieß aber noch lange nicht, dass sie Hunde mochte oder Plätzchen backen konnte.

Zach sah Zeke an. Sein Bruder war manchmal wirklich schwer von Begriff. „Aber sie hat genau gewusst, wer von uns wer ist. Zauberei, hat sie gesagt. Sie ist es bestimmt."

„Zauberei", wiederholte Zeke und betrachtete Nell mit großen Augen. „Glaubst du, wir müssen bis Weihnachten warten, bis wir sie kriegen?"

„Ich glaube schon." Genau wusste er es zwar nicht, aber das bekam er schon noch heraus.

Mac Taylor stellte seinen Kombi vor der Highschool ab und versuchte, Ordnung in seine Gedanken zu bringen. Er musste sich überlegen, was er den Kindern zum Abendessen kochen sollte, wie er das Problem mit dem Boden in der Meadow Street lösen wollte und wann er am besten ins Einkaufszentrum fuhr und Unterwäsche für die Jungen kaufte. Als er letztes Mal die Wäsche zusammengelegt hatte, war ihm aufgefallen, dass sie dringend der Erneuerung bedurfte. Morgen früh würde er sich gleich um die Holzlieferung kümmern, und heute Abend musste er unbedingt noch den Papierkram erledigen.

Dazu kam noch, dass Zeke in ein paar Tagen sein erstes Prüfungsdiktat schrieb und sehr aufgeregt war.

Mac steckte die Wagenschlüssel in die Hosentasche. Er hatte heute mehrere Stunden den Hammer geschwungen, und seine Schultern schmerzten. Aber das störte ihn nicht weiter. Er war zwar körperlich müde, aber es war eine gute Müdigkeit. Sie bedeutete, dass er etwas geschafft hatte. Die Renovierungsarbeiten an seinem Haus in der Meadow Street liefen ganz nach Plan, auch mit dem Geld kam er hin. Wenn er fertig war, musste er sich überlegen, ob er das Haus verkaufen oder vermieten wollte. Natürlich hatte sein Steuerberater da ein Wort mitzureden, aber die letzte Entscheidung lag bei ihm selbst.

Als er gemächlich vom Parkplatz zur Schule schlenderte, sah er sich aus alter Gewohnheit um. Sein Urururgroßvater hatte die Stadt gegründet. Damals war sie ein winziges Dorf am Ufer des Taylor's Creek gewesen, heute erstreckte sie sich über die Hügel bis hin zu Taylor's Meadow.

Er selbst lebte nach zwölfjähriger Abwesenheit schon seit sechs Jahren wieder in Taylor's Grove, aber immer wieder konnte er sich an der herrlichen Umgebung mit den hohen Bergen in der Ferne freuen. Das würde sich wahrscheinlich nie ändern.

Der Wind war kühl geworden. Aber noch hatten sie keinen Frost gehabt, und das Laub an den Bäumen war noch so grün wie im Sommer. Das gute Wetter machte das Leben leichter für ihn. So konnte er die Außenarbeiten am Haus unter angenehmen Bedingungen vollenden, und die Jungen konnten nachmittags im Garten spielen.

Ein Anflug von schlechtem Gewissen stieg in ihm hoch, als er jetzt die schwere Schultür aufstieß. Seine Arbeit hatte ihn länger aufgehalten als vorgesehen, und seine Schwester war selbst zu beschäftigt gewesen, als dass er ihr die Kinder hätte aufhalsen wollen. Also war Kim eingesprungen und hatte die Zwillinge mit zur Chorprobe genommen. Natürlich hätten sie auch einmal allein zu Hause bleiben können, aber er wollte nicht, dass aus seinen Söhnen Schlüsselkinder wurden. Jetzt war er hier, um sie und Kim abzuholen. Das ersparte seiner Schwester die Fahrt.

In ein paar Monaten machte Kim selbst den Führerschein. Sie sprach jetzt schon kaum noch von etwas anderem. Allerdings konnte er sich nur schwer vorstellen, dass er seine beiden Jungen seiner sechzehnjährigen Nichte anvertrauen würde, so gern er sie auch hatte und so vernünftig sie auch sein mochte.

Seine Schwester warf ihm ständig vor, dass er die Jungen viel zu sehr verzärtelte. Er konnte ihnen die Mutter nicht ersetzen, er wusste es ja selbst. „Wenn du dir keine Frau suchen willst, dann ist das deine Sache. Aber du musst lernen, die Kinder loszulassen." Er hörte die Stimme seiner Schwester förmlich. Aber es fiel ihm im Traum nicht ein, noch einmal zu heiraten!

Als er sich der Aula näherte, hörte er die jungen Stimmen und musste lächeln. Weihnachtslieder, von Kindern gesungen, hatten etwas so Anheimelndes.

Er öffnete die Tür, trat geräuschlos ein und blieb stehen, um zuzuhören. Ein Mädchen saß am Klavier. Hübsches kleines Ding, dachte er.

Gelegentlich sah das Mädchen auf und nickte, als wolle es die anderen Kinder zu noch größerer Leistung ermuntern. Wo mochte die Musiklehrerin sein?

Mac entdeckte seine Söhne in der ersten Zuschauerreihe und ging leise zu ihnen. Als Kim ihn entdeckte, hob er grüßend die Hand. Er setzte sich hinter die Jungen und beugte sich zu ihnen vor.

„Sie singen schön, finde ich."

„Dad!" Zach drehte sich aufgeregt um. „Das sind Weihnachtslieder."

„Genauso klingt es. Singt Kim gut?"

„Ganz toll." Zeke war stolz auf seine neu erworbenen musikalischen Kenntnisse. „Sie kriegt ein Solo."

„Ist das wahr?"

„Ehrenwort. Sie ist ganz rot geworden, als Miss Davis gesagt hat, sie soll ihr etwas vorsingen, aber dann hat sie es doch getan." Zeke war im Augenblick viel mehr an Nell interessiert. „Ist sie nicht hübsch?"

Diese Bemerkung erstaunte Mac ein wenig. Die Zwillinge mochten Kim zwar, aber mit Komplimenten hatten sie sich bisher nicht aufgehalten. Er nickte. „Ja, finde ich auch. Sie ist das hübscheste Mädchen der Schule."

„Wir könnten sie doch einmal zum Essen einladen", schlug Zach verschwörerisch vor.

Mac fuhr seinem Sohn liebevoll durchs Haar. „Aber Kim kann doch immer zu uns kommen, wenn sie will", meinte er ein wenig verwundert.

„Aber doch nicht Kim." Zach verdrehte die Augen. „Miss Davis!"

„Und wer ist Miss Davis?"

„Die M…" Zeke verstummte abrupt, als er den Ellbogen seines Bruders an den Rippen spürte.

„Die Lehrerin", sagte Zach und warf Zeke einen warnenden Blick zu. „Die hübsche da." Er wies mit dem Finger auf Nell.

„Das ist die Lehrerin?" Bevor Mac sich noch von seiner Überraschung erholt hatte, verklang die Musik, und Nell stand auf.

„Das habt ihr wirklich gut gemacht für die erste Probe", lobte sie und schob sich das Haar aus dem Gesicht. „Aber wir haben trotzdem noch viel Arbeit vor uns. Ich würde die nächste Probe gern für Montag nach der Schule ansetzen. Drei Uhr fünfundvierzig."

Eine ziemlich große Unruhe war aufgekommen, und Nell musste

ihre Stimme erheben, um auch den Rest ihrer Anweisungen loszuwerden. Dann drehte sie sich mit einem zufriedenen Lächeln zu den beiden kleinen Zuhörern in der ersten Reihe um und fand sich unerwartet einer erheblich älteren und sehr viel verwirrenderen Ausgabe der Zwillinge gegenüber. Verwirrt hielt sie inne.

Das war eindeutig der Vater, daran bestand nicht der geringste Zweifel. Er hatte das gleiche dunkle lockige Haar, die gleichen blauen Augen, eingerahmt von dunklen Wimpern. Sein Gesicht war ausgeprägter als das der Jungen, natürlich, aber darum nur umso attraktiver. Er war groß und sehnig und wirkte kräftig, ohne muskulös zu sein, und er war braun gebrannt und ziemlich schmutzig. Ob er wohl auch ein Grübchen in der linken Wange bekam, wenn er lächelte?

„Mr. Taylor." Sie hüpfte von der Bühne, ohne den Umweg über die Stufen zu nehmen, und streckte ihm die ringgeschmückte Hand hin.

„Miss Davis." Er nahm ihre Hand und dachte erst zu spät daran, dass seine nicht besonders sauber war. „Ich hoffe, die Kinder haben Sie bei der Probe nicht gestört."

„Im Gegenteil. Ich arbeite immer besser, wenn ich Publikum habe." Sie sah auf die Zwillinge hinunter. „Na, wie hat es euch gefallen?"

„Super", erklärte Zeke. „Weihnachtslieder mögen wir am allerliebsten."

„Ich auch."

Kim gesellte sich zu ihnen. „Hallo, Onkel Mac."

Mac wusste nicht so recht, was er sagen sollte. Diese Miss Davis sah für eine Lehrerin viel zu jung aus. Das lag wahrscheinlich daran, dass sie so zierlich war und eine so zarte makellose Haut besaß. Sie war attraktiv, zweifellos.

„Ihre Nichte ist sehr begabt." Nell legte den Arm um Kim. „Sie hat eine wunderschöne Stimme und viel Gefühl für Musik. Ich bin sehr froh darüber, dass ich sie in meinem Chor habe."

„Wir haben sie auch gern in der Familie", sagte Mac mit einem Lächeln, und Kim errötete.

Zach wurde unruhig. Mussten sie jetzt unbedingt über Kim reden? Als gäbe es nichts Wichtigeres. „Wollen Sie uns nicht einmal besuchen, Miss Davis?", fragte er zuvorkommend. „Wir wohnen in dem großen braunen Haus an der Mountain View Road."

„Das werde ich bestimmt einmal tun." Nell stellte fest, dass sein Vater über die Einladung offenbar nicht in große Begeisterung geriet. „Und ihr zwei dürft jederzeit wieder zur Chorprobe kommen, wenn ihr Lust dazu habt. Kim, du arbeitest bitte an deinem Solo."

„Ja, Miss Davis. Danke."

„Ich freue mich, dass ich Sie kennengelernt habe, Mr. Taylor", sagte Nell, und als sie nur ein Brummen als Antwort erhielt, kletterte sie auf die Bühne zurück, um ihre Noten zu holen.

Schade, dass der Vater nicht den Charme seiner Söhne hat, dachte sie.

2. KAPITEL

Für Nell gab es kaum etwas Schöneres, als an einem milden Herbstnachmittag übers Land zu fahren. In New York war sie samstags immer zum Einkaufen gegangen oder hatte vielleicht einmal einen Spaziergang im Park gemacht. Vom Joggen hielt sie nichts, wenn man in gemächlicherem Tempo ebenso ans Ziel kam.

Und am meisten genoss sie das Autofahren. Sie hatte gar nicht gewusst, wie schön es war, nicht nur ein Auto zu besitzen, sondern mit geöffneten Fenstern bei Musik in voller Lautstärke über enge, kurvige Landstraßen zu düsen.

Die Blätter hatten angefangen, sich zu verfärben, und das Grün hatte bereits bunte Flecken. Nell war spontan in eine Straße abgebogen, über der sich die Kronen riesiger Bäume wölbten. Sie fühlte sich wie in einem lichtdurchflirrten Tunnel. „Mountain View" stand auf einem Straßenschild.

Ein großes braunes Haus, hatte Zach gesagt. Es gab nicht so viele Häuser hier draußen, drei Kilometer vor der Stadt, und die wenigen verbargen sich hinter hohen dichten Bäumen und schimmerten nur zwischen den Stämmen durch. Rötliche, weiße, blaue Häuser, manche direkt am Wasser, andere auf Hügeln mit schmalen Auffahrten.

Es muss schön sein, hier zu wohnen, dachte Nell. Gerade auch, wenn man Kinder hat. Und so steif und wortkarg Mac Taylor auch sein mochte: Seine kleinen Söhne waren gut geraten.

Nell wusste, dass er sie allein erzog. In kleinen Städten erfuhr man so etwas sehr schnell: hier eine Bemerkung, da eine scheinbar nebensächliche Frage, und schon hatte sie die komplette Lebensgeschichte der Taylors in Erfahrung gebracht.

Mac Taylor war vor zwölf Jahren mit seinen Eltern aus dem Ort nach Washington gezogen und vor sechs Jahren mit den Zwillingen zurückgekommen. Seine Schwester hatte ihn offenbar dazu überredet, nachdem seine Frau ihn verlassen hatte.

„Die armen kleinen Würmchen hatten nur den Vater", hatte Mrs. Hollis Nell vor dem Brotregal im Supermarkt anvertraut. „Die Frau ist einfach weggelaufen und hat sich nie mehr gemeldet. Der junge

Macauley Taylor ersetzt seinen Zwillingen seither die Mutter."

Vielleicht, dachte Nell sarkastisch, wäre seine Frau geblieben, wenn er gelegentlich einmal das Wort an sie gerichtet hätte. Aber nein, so etwas durfte sie nicht denken. Es gab keine Entschuldigung für eine Mutter, die ihre kleinen Kinder verließ und sich dann nie wieder meldete – jedenfalls fiel ihr keine ein. Was für ein Ehemann Mac Taylor auch gewesen sein mochte, die Kinder konnten nichts dafür.

Nell hatte Kinder immer schon gerngehabt, und die Zwillinge von Mac Taylor hatten es ihr doppelt angetan. Sie erschienen inzwischen zu jeder Chorprobe, und Zeke hatte ihr sogar sein erstes Diktat gezeigt. Einen silbernen Stern hatte er dafür von der Lehrerin bekommen. Wenn er das eine Wort nicht falsch geschrieben hätte, hätte er sogar einen goldenen bekommen, hatte er Nell stolz erklärt.

Natürlich waren ihr auch die verstohlenen Blicke von Zach nicht entgangen, sein Lächeln und Erröten, bevor er die Augen wieder senkte. Es war ein schönes Gefühl, die „erste Liebe" eines kleinen Jungen zu sein.

Sie stieß einen zufriedenen Seufzer aus, als sie aus der flimmernden Allee wieder ins Licht fuhr. Vor ihr lagen die Berge, die der Straße ihren Namen gegeben hatten. Hoch ragten sie in den strahlend blauen Himmel, dunkel, leicht verschwommen und voller Dramatik.

Zu beiden Seiten der Straße stieg das Land an und ging in Hügel und Felsformationen über. Nell nahm den Fuß vom Gaspedal, als sie auf einem Hügel ein Haus entdeckte. Es war ein braunes Haus, vermutlich aus Zedernholz, gebaut auf einem Fundament aus Stein und mit viel Glas. Den ganzen ersten Stock entlang zog sich ein breiter Balkon. An einem Baum hing eine Schaukel.

Ob hier die Taylors wohnten? Es war ein schönes Haus, und sie hätte es ihren neuen kleinen Freunden gegönnt. Am Straßenrand, am Ende einer schmalen Zufahrt, stand der Briefkasten. „M. Taylor und Söhne" stand darauf, und Nell musste lächeln. Nett, dachte sie und gab wieder Gas. Aber der Wagen machte nur einen Ruck, und der Motor fing an zu spucken.

Sie nahm den Fuß vom Pedal und drückte es dann erneut nieder. Diesmal starb der Motor ganz ab. „So etwas Dummes." Sie machte die

Zündung aus und wieder an und drehte am Anlasser. Auf dem Armaturenbrett leuchtete das rote Lämpchen der Benzinanzeige auf.

So viel Dummheit war wirklich sträflich. Warum hatte sie nur nicht getankt, bevor sie aus der Stadt gefahren war? Nell lehnte sich zurück und seufzte resigniert. Sie hatte ja tanken wollen, gestern schon, genau genommen nach der Schule.

Jetzt war sie drei Kilometer außerhalb der Stadt gestrandet und hatte nicht einmal einen Benzinkanister dabei. Sie blies sich eine Haarsträhne aus der Stirn und sah zum Haus der Taylors hinüber. Es mochte vier-, fünfhundert Meter entfernt sein. Das war besser als drei Kilometer. Außerdem war sie mehr oder weniger eingeladen worden.

Nell nahm ihre Schlüssel und setzte sich in Bewegung.

Sie hatte noch nicht die Hälfte des Weges hinter sich gebracht, als die Jungen sie entdeckten. Sie kamen in wildem Galopp den holprigen Weg heruntergerast, sodass Nell fast das Herz stehen blieb. Hinter ihnen jagte ein riesengroßer hellbrauner Hund her.

„Miss Davis! Hallo, Miss Davis! Wollen Sie uns besuchen?"

„Na ja, wie man es nimmt." Sie ging lachend in die Hocke und umarmte die beiden. Dabei nahm sie einen schwachen Schokoladenduft wahr. Der Hund drängte sich zwischen sie und die Kinder und legte die Pfoten auf ihre Schenkel.

Zach hielt den Atem an und war dann ganz erleichtert, als Nell sich zu dem Tier hinunterbeugte und es am Kopf kraulte. „Du bist ja ein prächtiger Kerl."

„Er heißt Zark."

Zark leckte ihr begeistert die Hand, und Nell fing den zufriedenen Blick auf, den die Zwillinge tauschten.

„Mögen Sie Hunde?", erkundigte Zeke sich.

„Und wie! Vielleicht kaufe ich mir auch einen. In New York konnte ich keinen halten, denn da hätte er die ganze Zeit in der Wohnung bleiben müssen." Sie lachte, als Zark sich setzte und höflich die Pfote hob. „Zu spät für Formalitäten", erklärte sie ihm, schüttelte die Pfote aber trotzdem. „Ich habe einen Ausflug mit dem Auto gemacht, und genau vor eurem Haus ist mir das Benzin ausgegangen. Ist das nicht lustig?"

Zach grinste von einem Ohr zum anderen. Sie mochte Hunde. Und das Auto war genau hier stehen geblieben. Alles eindeutige Hinweise, davon war er überzeugt. „Dad wird es wieder richten. Er richtet alles." Er nahm Nells Hand, und Zeke, der nicht nachstehen wollte, ergriff schnell die andere.

„Dad ist in der Werkstatt hinten. Er baut an einem alten Stuhl."

„Was wird das denn? Ein Schaukelstuhl vielleicht?", wollte Nell wissen.

„Nein, es ist irgend so ein Stuhl von früher."

Sie zogen sie hinters Haus. Dort lag eine zweite Veranda, von der ein paar Stufen zu einem gefliesten Vorplatz führten. Die Werkstatt, wie das Haus aus Zedernholz, sah groß genug aus, um eine vierköpfige Familie zu beherbergen. Hämmern war daraus zu vernehmen.

Aufgeregt rannte Zeke voraus. „Dad! Dad! Rate mal, was passiert ist!"

„Ihr habt mir wieder fünf Jahre meines Lebens gestohlen", erwiderte er belustigt und gut gelaunt.

Nell zögerte, als sie seine Stimme hörte. „Ich möchte ihn eigentlich nicht gern bei der Arbeit stören", meinte sie. „Vielleicht rufe ich einfach nur in der Tankstelle an, damit sie jemanden schicken."

„Quatsch", beschied Zach ihr formlos und zog sie zur offenen Werkstatttür.

„Siehst du?", sagte Zeke wichtig zu seinem Vater. „Sie ist wirklich gekommen."

„Ja, das sehe ich." Nells unerwarteter Besuch brachte Mac aus dem Gleichgewicht. Er legte seinen Hammer ab, schob die Schirmmütze zurück und runzelte die Stirn. „Guten Tag, Miss Davis."

„Es tut mir leid, wenn ich Sie störe, Mr. Taylor", begann Nell, dann sah sie, woran er gearbeitet hatte. „Sie restaurieren ja einen dieser typischen Stühle aus der Kolonialzeit", stellte sie interessiert fest. „Er wird sehr schön."

„Ja." Ob er ihr Kaffee anbieten sollte? Oder eine Führung durchs Haus? Sie sollte nicht so hübsch sein, dachte er ohne jeden Zusammenhang. An sich war nichts an ihr besonders auffällig. Die Augen vielleicht. Sie waren braun und sehr groß. Aber der Rest war ganz normal. Vermutlich liegt es an der Kombination, entschied er. Deshalb sieht sie irgendwie aufregend aus.

Nell war sich noch nicht darüber im Klaren, wie sie Macs Blicke aufnehmen sollte, und stürzte sich in eine Erklärung für ihren Besuch. „Ich war mit dem Auto unterwegs, weil ich die Gegend ein bisschen kennenlernen wollte. Ich lebe erst seit zwei Monaten hier."

„Tatsächlich?"

„Miss Davis kommt aus New York, Dad", erinnerte Zach ihn. „Das hat Kim dir doch erzählt."

„Ja, stimmt." Er nahm seinen Hammer in die Hand und legte ihn wieder hin. „Schöner Tag für einen Ausflug."

„Ja, das fand ich auch. Und darüber habe ich das Tanken vergessen. Das Benzin ist mir ausgegangen. Ausgerechnet vor Ihrem Haus."

Ein Anflug von Misstrauen huschte über sein Gesicht. „Wie praktisch."

„Nicht eigentlich." Ihre Stimme war deutlich kühler geworden. „Wenn ich vielleicht Ihr Telefon benutzen dürfte, könnte ich die Tankstelle in der Stadt anrufen."

„Ich habe Benzin da", brummte er.

„Sehen Sie? Ich habe ja gesagt, dass Dad es wieder richten kann." Zach bebte fast vor Stolz. „Wir haben Schokoladenkuchen", fügte er hinzu, verzweifelt nach einem Weg suchend, Nell zum Bleiben zu bewegen. „Dad hat ihn gebacken. Sie können ein Stück haben."

„Ich dachte mir doch schon, dass du nach Schokolade riechst." Sie hob Zach hoch und roch an ihm. „Da macht mir so leicht niemand etwas vor."

Mac nahm ihr den Jungen weg. „Ihr holt den Kuchen, wir das Benzin."

„Gut!" Die Zwillinge rannten davon.

„Ich hatte nicht vor, Ihren Sohn zu verführen, Mr. Taylor."

„Das habe ich auch nicht angenommen." Er setzte sich in Bewegung und warf ihr einen Blick über die Schulter zu. „Das Benzin ist im Schuppen."

Nell folgte ihm ins Freie. „Haben Sie in Ihrer Jugend vielleicht traumatische Erfahrungen mit Ihrer Lehrerin gemacht, Mr. Taylor?", erkundigte sie sich.

„Nein, warum?"

„Ich wüsste nur gern, ob hier ein persönliches oder vielleicht ein tiefergehendes psychologisches Problem vorliegt."

„Ich habe überhaupt kein Problem." Mac blieb an einem kleinen Gartenschuppen stehen. „Es ist doch wirklich ein merkwürdiger Zufall, dass Ihnen das Benzin ausgerechnet hier ausgeht."

Nell holte tief Atem, während er sich nach einem Kanister bückte und wieder aufrichtete. „Hören Sie, das macht mich so wenig glücklich wie Sie, wahrscheinlich noch sehr viel weniger nach diesem herzlichen Empfang. Das ist mein erstes Auto, und deshalb passiert mir hin und wieder so eine Dummheit. Letzten Monat ging mir das Benzin zum Beispiel vor dem Supermarkt aus. Sie dürfen das gern nachprüfen."

Er kam sich plötzlich ziemlich albern vor. „Entschuldigen Sie."

„Vergessen Sie es. Sie bekommen Ihr Benzin zurück."

„Das muss nicht sein."

„Ich möchte Ihnen keine Mühe machen." Nell bückte sich nach dem Kanister. In seiner Wange bildete sich ein Grübchen.

„Lassen Sie mich das machen."

Nell trat einen Schritt zurück und blies sich eine Haarsträhne aus dem Gesicht. „Na schön. Wenn es sein muss, dürfen Sie gern den starken Mann spielen."

Als sie ums Haus bogen, kamen die Zwillinge ihnen mit Kuchen beladen entgegen.

„Dad backt den besten Schokoladenkuchen auf der Welt", behauptete Zach und hielt Nell eine Papierserviette voll mit kleinen Kuchenstücken hin.

Nell nahm sich ein Stück und biss hinein. „Damit könntest du recht haben", musste sie mit vollem Mund zugeben. „Dabei ist meiner auch nicht schlecht."

„Können Sie auch backen?", fragte Zeke interessiert.

„Ich bin hochberühmt für meine Schokoladentaler." Sie war ein wenig verwirrt, als die beiden Jungen sich ansahen und feierlich zunickten. „Ihr könnt mich ja einmal besuchen, dann könnt ihr euch davon überzeugen."

„Wo wohnen Sie denn?" Zeke nutzte die Gelegenheit und steckte sich ein ganzes Kuchenstück in den Mund, als sein Vater seine Augen gerade woanders hatte.

„An der Market Street. Sie geht direkt vom Platz ab. Das alte Ziegelhaus mit den drei Veranden. Ich wohne im obersten Stockwerk."

„Das Haus gehört Dad", sagte Zach aufgeregt. „Er hat es gekauft und neu gemacht und repariert, und jetzt vermietet er es. Wir machen in Immobilien."

„Oh." Nell musste sich das Lachen verkneifen. „Interessant."

„Ist alles in Ordnung mit der Wohnung?", wollte Mac wissen.

„Ja, danke. Ich fühle mich sehr wohl dort. Und es ist nicht weit zur Schule."

„Dad kauft und repariert dauernd Häuser." Zeke fragte sich, ob er wohl noch ein Kuchenstück riskieren konnte, ohne dass sein Vater etwas merkte. „Das macht er gern."

Das sah man ihrem Haus an. „Sind Sie Schreiner?", fragte Nell mehr aus Höflichkeit.

„Bei Bedarf." Sie waren am Auto angekommen, und Mac ermahnte die Jungen, auf den Hund aufzupassen und nicht auf die Straße zu laufen. Er schraubte den Tankdeckel auf und sagte, ohne sich auch nur einmal umzusehen: „Zeke, wenn du noch ein Stück Kuchen isst, werde ich dir leider den Magen auspumpen lassen müssen."

Verlegen legte Zeke das Kuchenstück zurück.

„Exzellentes Radarsystem", bemerkte Nell anerkennend und lehnte sich an den Wagen, während Mac das Benzin nachfüllte.

„Das ist auch notwendig." Er sah sie an. Sie war eine wirklich hübsche Frau. Ihr Haar war vom Wind zerzaust, und ihr Gesicht war leicht gerötet. Es gefiel ihm ganz und gar nicht, dass sein Puls auf einmal schneller ging. „Wie sind Sie nach Taylor's Grove gekommen? Das liegt nicht unbedingt auf dem Weg nach New York."

„Genau das war der Grund." Nell atmete tief durch und sah sich um. „Es gefällt mir hier."

„Nach New York muss es Ihnen bei uns ziemlich ereignislos vorkommen."

„Das passt mir wunderbar."

Mac hob nur die Schultern. In spätestens sechs Monaten langweilte sie sich wahrscheinlich zu Tode und verschwand wieder. „Kim ist ganz begeistert von Ihrem Musikunterricht. Sie redet fast genauso viel davon wie von ihrem zukünftigen Führerschein."

„Das ist ein wahres Kompliment. Ich werde Kim übrigens für den staatlichen Schülerchor empfehlen."

Mac schob seine Kappe noch weiter zurück. „Ist sie tatsächlich so gut?"

„Das scheint Sie zu überraschen."

Wieder hob er die Schultern. „Ihr alter Musiklehrer hat nie besonders viel Aufhebens um sie gemacht."

„Nach allem, was ich gehört habe, hat er sich nicht sehr für seine Schüler interessiert."

„Das war wohl so. Mr. Striker war ein alter …" Er unterbrach sich gerade noch rechtzeitig und sah auf seine Kinder hinunter, die mit gespitzten Ohren neben ihm standen. „Er war alt", fuhr er fort. „Und er war für Neues nicht mehr sehr aufgeschlossen. Das Weihnachtsprogramm war jedes Jahr dasselbe."

„Ja, ich weiß. Das wird sich ändern. Ich habe gehört, dass noch nie ein Schüler aus Taylor's Grove im staatlichen Schülerchor war."

„Nicht dass ich wüsste."

„Dann wird es Zeit. Und Kim ist gut genug dafür." Nell war zufrieden. Immerhin hatten sie doch noch so etwas wie eine Unterhaltung zustande gebracht. Sie warf das Haar zurück. „Singen Sie auch?"

„Unter der Dusche." Wieder zeigte sich sein Grübchen, als die Zwillinge anfingen zu kichern. „Verratet mich nicht."

„Er singt wirklich", verriet Zeke, „ganz laut. Und dann jault Zark immer."

„Das wäre bestimmt eine hübsche Nummer." Nell kraulte den Hund zwischen den Ohren, und er wedelte freundlich. Dann sprang er unvermittelt in langen Sätzen zum Haus zurück.

„Hier, Miss Davis." Die Zwillinge drückten ihr hastig den restlichen Kuchen in die Hand und rannten hinter ihrem Hund her.

„Die beiden sind wohl so schwer zu hüten wie ein Sack Flöhe", vermutete Nell.

„Jedenfalls waren sie heute bemerkenswert gesittet. Die beiden mögen Sie."

„Ich bin auch ein durchaus netter Mensch." Sie lächelte ihn an. Irgendetwas an ihr schien sein Missfallen zu erregen. „Meistens jedenfalls. Stellen Sie doch den Kanister einfach in den Kofferraum. Ich werde ihn voll zurückbringen."

„Nicht nötig." Mac schraubte den Tankdeckel zu und nahm den Kanister an sich. „Wir sind auch durchaus nette, hilfsbereite Menschen in Taylor's Grove. Meistens jedenfalls."

„Teilen Sie mir mit, wann meine Bewährungszeit abgelaufen ist." Nell beugte sich in den Wagen, um den Kuchen abzulegen, und Mac hatte den beunruhigenden Anblick ihres runden, jeansumhüllten Pos zu verkraften.

„So habe ich es nicht gemeint."

Sie tauchte wieder auf und leckte Schokolade von einem Finger. „Vielleicht nicht. Wie auch immer, ich bedanke mich für Ihre Hilfe." Sie lachte. „Und für den Kuchen."

„Jederzeit", hörte er sich antworten.

Nell setzte sich hinters Lenkrad und ließ den Motor an. Mac fuhr erschrocken zusammen, als sie Vollgas gab. „Vielleicht sollten Sie manchmal zu unserer Chorprobe kommen, Mac, statt draußen auf dem Parkplatz zu warten. Sie könnten etwas dabei lernen."

Er war sich nicht so sicher, ob er das wollte. „Schnallen Sie sich an", knurrte er.

„Zu Befehl." Sie zog den Gurt um sich. „Ich muss mich erst noch daran gewöhnen. Sagen Sie den Zwillingen einen Gruß von mir." Damit gab sie Gas und fuhr mit einem Ruck an. Im Fahren winkte sie ihm noch nachlässig zu.

Mac sah ihr nach, bis sie hinter der Kurve verschwunden war, dann setzte er sich langsam in Bewegung. Irgendetwas an dieser Frau gab ihm das Gefühl, als würde er nach langer, langer Zeit auftauen.

3. KAPITEL

Noch eine halbe Stunde, schätzte Mac. Dann konnte er die Wand im großen Schlafzimmer verputzen. Er sah auf die Uhr. Inzwischen waren die Jungen wahrscheinlich zu Hause, aber heute war Mrs. Hollis bis fünf Uhr da, sodass er Zeit hatte, seine Arbeit fertig zu stellen und anschließend sauber zu machen.

Vielleicht sollte er sich und den Kindern heute eine Pizza spendieren. Das Kochen machte ihm inzwischen zwar nichts mehr aus, aber die Zeit, die er dazu aufwenden musste – für die Planung, die Vorbereitung, das Abspülen anschließend –, fehlte ihm. Sechs Jahre als alleinerziehender Vater hatten ihn die Leistung seiner Mutter nachträglich sehr schätzen gelehrt.

Er sah sich um. Er hatte Wände niedergerissen und neue hochgezogen und alte undichte Fenster ersetzt. Oberlichter ließen die blasse Oktobersonne hereinfallen. Aus den vier kleinen Zimmern und der überdimensionierten Diele der alten Wohnung waren drei großzügige Räume geworden.

Wenn er seinen Zeitplan einhielt, würde er Weihnachten fertig sein, sodass er ab Anfang des nächsten Jahres Mieter suchen konnte. Ich sollte die Wohnung eigentlich verkaufen, dachte Mac und strich prüfend über die neue Wand. Aber das fiel ihm schwer. Jedes Haus, jede Wohnung, die er umbaute, nahm er vom Gefühl her auch in Besitz.

Das lag ihm vermutlich im Blut. Schon sein Vater hatte sein Geld damit verdient, dass er heruntergekommene, zu sanierende Häuser aufgekauft, wieder hergerichtet und renoviert und dann vermietet hatte. Schon damals hatte er entdeckt, wie befriedigend es war, etwas zu besitzen, das man mit den eigenen Händen geschaffen hatte.

Das alte Ziegelgebäude, in dem Nell lebte, war auch eines dieser Häuser. Ob sie wohl wusste, dass es über einhundertfünfzig Jahre alt war, dass es bereits eine lebendige Geschichte hatte? Und ob ihr wohl wieder einmal das Benzin ausgegangen war?

In letzter Zeit musste er ziemlich oft an Nell Davis denken. Das sollte ich lieber lassen, dachte er und bückte sich nach dem Klebeband und seinem Werkzeug. Frauen bedeuteten Schwierigkeiten, so oder so. Ein Blick auf Nell hatte ihm genügt, um die Gewissheit zu haben, dass sie keine Ausnahme machte.

Ihrem Vorschlag, sich doch einmal die Chorprobe anzuhören, war er noch nicht gefolgt. Zwar hatte er zwei-, dreimal einen Anlauf dazu genommen, aber die Vernunft hatte ihn jedes Mal zurückgehalten. Nell Davis war seit sehr, sehr langer Zeit die erste Frau, auf die er reagierte. Er wollte das nicht, er konnte sich bei seinen vielen Verpflichtungen solche Ablenkungen gar nicht leisten. Seine Zeit war sehr begrenzt, und sein Leben drehte sich ausschließlich um seine beiden Söhne.

Es war schon lästig genug, wenn man von einer Frau träumte. Das führte nur dazu, dass man seine Arbeit vernachlässigte und, ja, unruhig wurde. Aber noch schlimmer war es, wenn man versuchte, diese Träume Realität werden zu lassen. Frauen erwarteten, dass man mit ihnen ausging, sie unterhielt und verwöhnte. Und wenn man sich dann in sie verliebte, und zwar wirklich verliebte, gab man ihnen zu viel Macht und riskierte nur, verletzt zu werden.

Mac hatte nicht die Absicht, dieses Risiko einzugehen, auch nicht um seiner Söhne willen.

Er hielt ohnehin nichts von diesem Unsinn, dass Kinder angeblich die Fürsorge einer Frau, die Liebe einer Mutter brauchten. Von dem berühmten Band zwischen Mutter und Kindern hatte er bei seiner Frau nichts bemerkt. Nur weil eine Frau eine Frau war, hatte sie noch nicht automatisch mütterliche Gefühle. Es hieß einfach nur, dass sie biologisch in der Lage war, ein Kind auszutragen, nicht dass sie es auch liebte, wenn es einmal geboren war.

Mac ärgerte sich. Seit Jahren hatte er nicht mehr an Angie gedacht, jedenfalls nicht intensiv. Als er es jetzt tat, spürte er, dass die alte Wunde noch immer nicht ganz verheilt war und ihn schmerzte. Das kommt davon, dachte er, wenn man sich mit Frauen einlässt.

Schlecht gelaunt riss er das letzte Stück Klebeband von der Rolle. Er sollte sich wieder auf seine Arbeit konzentrieren und sich nicht dummen Gedanken überlassen. Entschlossen, heute noch fertig zu werden, ging er die Treppe hinunter. Im Wagen hatte er noch mehr Klebeband.

Das Tageslicht wurde wegen der hereinbrechenden Dämmerung weicher. Kürzere Tage, das heißt noch weniger Zeit, dachte er trübsinnig.

Er sah Nell erst, als er schon auf der Straße stand. Sie stand am Rande des Vorgartens und sah mit einem kleinen Lächeln zum Haus hinauf. Zur verblichenen Jeans trug sie eine Wildlederjacke in gedämpftem Orange. Von ihren Ohren baumelten glitzernde Steine herab, und über einer Schulter hing der Riemen einer abgewetzten Aktentasche.

„Oh, hallo!", entfuhr es ihr überrascht, als sie ihn entdeckte. Das machte ihn sofort misstrauisch. „Ist das Ihr Haus?"

„Ja." Er ging an ihr vorbei zu seinem kleinen Lieferwagen. Warum musste sie nur so verführerisch duften?

„Es gefällt mir." Nell holte tief Atem. „Der Abend scheint schön zu werden."

„Ja, sieht so aus." Er hatte sein Klebeband gefunden und blieb ein wenig unschlüssig stehen. „Ist Ihnen wieder das Benzin ausgegangen?"

„Nein." Sie lachte fröhlich. „Aber ich gehe um diese Zeit immer gern spazieren. Genau genommen war ich zu Ihrer Schwester unterwegs. Sie wohnt gleich da vorne, nicht wahr?"

Seine Augen wurden schmal. Es missfiel ihm, dass diese Frau, die ihn viel zu sehr beschäftigte, zu seiner Schwester Kontakt hatte. „Ja. Warum?"

„Warum?" Nell war in die Betrachtung seiner Hände vertieft gewesen. Sie waren groß und kräftig. Ihr Puls tat einen unregelmäßigen Schlag. „Warum was?"

„Warum wollen Sie zu Mira?"

„Oh! Ich wollte Kim ein paar Noten bringen."

„Tatsächlich?" Er lehnte sich an seinen Wagen und betrachtete sie abschätzend. Zu freundliches Lächeln, entschied er. Und viel zu attraktiv. „Gehören Hausbesuche zu Ihren Aufgaben als Lehrerin?"

Ein leichter Wind fuhr durch ihre Haare, und sie schob sie zurück. „Nicht unbedingt. Aber Arbeit muss auch Spaß machen. Sonst wird sie unerträglich." Sie sah das Haus an. „Ihnen macht Ihre Arbeit doch auch Spaß, habe ich recht? Sie kaufen etwas und gestalten es zu etwas Eigenem um."

Er wollte etwas Abfälliges dazu erwidern, stellte aber zu seiner Überraschung dann fest, dass sie den Nagel genau auf den Kopf getroffen hatte. „Ja. Es klingt zwar nicht besonders lustig, wenn man Wände niederreißt und im Schutt versinkt, aber es macht trotzdem Spaß." Er lächelte ein wenig.

„Darf ich sehen, was Sie machen?" Nell legte den Kopf zur Seite und blickte ihn fragend an. „Oder gehören Sie zu den Künstlern, die es nicht ertragen können, wenn man ihnen bei der Arbeit zusieht?"

„Viel gibt es nicht zu sehen." Mac hob die Schultern. „Aber wenn Sie wollen, schauen Sie es sich an."

„Danke." Sie setzte sich in Bewegung und blieb wieder stehen, als er keine Anstalten machte, ihr zu folgen. „Bekomme ich denn keine Führung?"

Widerstrebend gesellte er sich zu ihr.

„Haben Sie meine Wohnung auch selbst ausgebaut? Mit den ganzen Holzarbeiten?"

„Ja."

„Sie ist wunderschön. Das meiste ist Kirschholz, oder?"

Dass sie das wusste, verblüffte ihn. „Ja."

„Haben Sie die Farben auch selbst ausgesucht?"

„Ja." Er hielt ihr die Tür auf. „Gefallen sie Ihnen nicht?"

„Doch, sehr sogar. Vor allem die schieferblauen Platten und malvenfarbenen Bodenfliesen in der Küche." Nell schwieg und durchquerte das Wohnzimmer, das noch in Arbeit war.

„Oh, was für eine herrliche Treppe."

Die fließend geschwungene Treppe war sein ganzer Stolz. Er hatte das alte Holz herausgerissen und durch dunkle Kastanie ersetzt. Die unteren Stufen verbreiterten sich, sodass der Eindruck leicht und elegant war. Ja, er war stolz auf sein Werk.

„Das haben Sie auch gemacht?" Nell fuhr anerkennend über das glatt polierte Geländer.

„Die alte Treppe war völlig verrottet. Sie musste ersetzt werden."

Nell lief die Treppe hinauf und drehte sich oben lachend zu ihm um. „Hervorragende Arbeit", lobte sie, „aber zu vollkommen."

„Zu vollkommen?", wiederholte er verständnislos.

„Zu Hause bin ich früher nachts oft heimlich die Treppe hinuntergeschlichen, und es waren immer ein paar knarzende Stufen dabei, die ich meiden musste, damit Mom nicht wach wurde. Es war immer schrecklich aufregend."

„Die Treppe ist aus Kastanienholz", war alles, was ihm dazu einfiel.

„Jedenfalls ist sie wunderschön. Ich hoffe, es ziehen Leute mit Kindern ein."

Sein Mund wurde unerträglich trocken. „Warum?"

„Darum." Nell schwang sich aufs Geländer und stieß sich ab. Ohne dass er es vorgehabt hatte, fing er sie unten auf. „Ideal zum Rutschen", erklärte sie atemlos und lachte ihn an.

Als ihre Blicke sich trafen, geschah etwas mit ihr. Auf einmal fühlte sie sich ganz schwach. Nervös räusperte sie sich und suchte nach einer unverfänglichen Bemerkung.

„Ich sehe Sie dauernd irgendwo", sagte Mac rau. Er sollte sie endlich loslassen, aber seine Hände wollten ihm nicht gehorchen.

„Es ist eine kleine Stadt."

Mac schüttelte nur den Kopf. Seine Hände lagen jetzt an ihrer Taille, und er ließ sie zu ihrem Rücken gleiten und bewegte sie gegen seinen Willen auf und ab. Er fühlte ihr Zittern. Aber vielleicht war er das auch selbst.

„Ich habe keine Zeit für Frauen", sagte er und versuchte, sich selbst davon zu überzeugen.

„Nun …" Sie wollte schlucken, aber ihre Kehle war wie zugeschnürt. „Ich bin selbst ziemlich beschäftigt." Sie atmete langsam aus. Seine Hände machten sie ganz hilflos. „Und ich bin auch nicht besonders interessiert. Ich habe eine unangenehme Beziehung hinter mir und glaube …"

Sie konnte keinen klaren Gedanken fassen. Seine Augen waren von einem unglaublich intensiven Blau, als er sie jetzt forschend ansah. Sie wusste nicht, was er sah oder wonach er suchte, sie spürte nur, dass ihre Beine sie nicht mehr lange tragen würden.

„Ich glaube, es wäre für uns beide von Vorteil, wenn Sie sich einigermaßen schnell entscheiden könnten, ob Sie mich küssen wollen

oder nicht", sagte sie. „Ich halte das nicht mehr lange aus."
Ihm ging es nicht anders. Trotzdem ließ er sich Zeit. Schließlich war er ein Mann, der gründlich und mit Bedacht vorging. Bei allem. Langsam senkte er den Kopf, und ein kleiner Laut entfuhr Nell.
Die Umgebung verschwamm vor ihren Augen, als seine Lippen leicht wie eine Feder über ihren Mund strichen. Er war unerträglich geduldig, und sie hätte schreien können. Wie ein Gourmet erschien er ihr, der jede Köstlichkeit langsam und mit Genuss auf der Zunge zergehen ließ. Ganz allmählich erst vertiefte er seinen Kuss, bis sie sich nur noch willenlos an ihn klammern konnte.
Niemals war sie so geküsst worden. Sie hatte gar nicht gewusst, dass es überhaupt möglich war – so langsam, so tief und verführerisch, und ihre Füße schienen sich vom Boden zu lösen, als er auch noch anfing, an ihrer Unterlippe zu saugen.
Ein Zittern durchlief Nell, und sie stöhnte auf und ließ sich einfach fallen.
Sie stieg ihm zu Kopf. Wie sie duftete, sich anfühlte, schmeckte, das überwältigte ihn. Mac wusste, dass er in Gefahr war, sich zu verlieren, für den Moment, für ein ganzes Leben. Sie drückte sich an ihn, ihre Hände waren in seinem Haar, und sie hatte den Kopf zurückgebogen, öffnete sich ihm.
Das Blut rauschte ihm in den Ohren. Er wollte sie anfassen, wollte sie ausziehen, Stück für Stück, bis er nur noch ihre Haut sah und fühlte. Verlangend fuhr er mit der Hand unter ihren Pullover, über ihre weiche heiße Haut an ihrem Rücken, während er den Kuss auskostete.
Dann stellte er sich vor, wie sie unter ihm lag, auf dem Holzboden, im Gras, und er stellte sich ihr Gesicht vor, wenn sie sich ihm hingab, ihn aufnahm.
Es war so lange her, viel zu lange. Und es machte ihm Angst.
Unsicher hob er den Kopf und zog sich zurück. Aber als er sich gerade von ihr lösen wollte, lehnte sie sich an ihn und legte den Kopf auf seine Brust. Er konnte ihr einfach nicht widerstehen.
„Mir ist schwindlig, um mich dreht sich alles", sagte sie leise. „Was war das?"

„Nur ein Kuss." Vor allem sich selbst musste er davon überzeugen. Das nahm vielleicht die Anspannung von ihm.

„Ich habe dabei die Sterne gesehen." Sie war noch immer ganz benommen, als sie jetzt zu ihm aufsah. Sie lächelte, aber das Lächeln erreichte ihre Augen nicht. „Das ist mir noch nie passiert."

Wenn er nicht ganz schnell etwas unternahm, war der nächste Kuss unausweichlich. Er schob sie entschlossen von sich. „Das ändert nichts."

„Sollte denn etwas geändert werden?"

Es war fast dunkel geworden. Das half ihm, denn er konnte sie nicht mehr deutlich erkennen. „Ich habe keine Zeit für Frauen. Und ich bin nicht daran interessiert, irgendetwas anzufangen."

„Oh." Das tat weh, auch wenn Nell den Grund für den Schmerz nicht hätte benennen können. „Für einen so völlig desinteressierten Mann war das ein beachtlicher Kuss." Sie bückte sich und hob ihre Aktentasche auf, die sie vor ihrer Rutschpartie abgestellt hatte. „Keine Angst, ich werde Ihre Kreise nicht stören. Schließlich möchte ich Sie nicht Ihrer wertvollen Zeit berauben."

„Sie brauchen nicht gleich eingeschnappt zu sein."

„Eingeschnappt?" Sie bohrte ihm einen Finger in die Brust. „Ich werde doch nicht meine Energie verschwenden. Was glauben Sie – dass ich hergekommen bin, um Sie zu verführen?"

„Ich habe keine Ahnung, warum Sie gekommen sind."

„Ich werde Sie jedenfalls in Zukunft nicht mehr belästigen, wenn Sie das beruhigt." Sie hängte sich ihre Aktentasche um und schob das Kinn vor. „Niemand hat Ihnen etwas getan."

Er empfand eine unangenehme Mischung aus Lust und schlechtem Gewissen. „Ihnen auch nicht."

„Ich wollte mich keinesfalls entschuldigen! Wissen Sie, ich kann mir überhaupt nicht vorstellen, wie ein gefühlloser Klotz wie Sie zu zwei so reizenden Kindern kommt."

„Lassen Sie meine Jungen da raus!"

Ihre Augen wurden schmal. „Ach, Sie denken, ich hätte es auch auf die beiden abgesehen? Sie sind ein Dummkopf, Mac." Sie stürmte davon und drehte sich nur an der Tür noch einmal um. „Ich kann nur hoffen, dass die beiden Ihre haarsträubende Einstellung gegenüber Frauen nicht erben."

Sie warf die Tür mit einem lauten Knall hinter sich ins Schloss. Mac schob verärgert die Hände in die Hosentaschen. So ein Unsinn! Er hatte keine haarsträubende, sondern eine völlig realistische Einstellung Frauen gegenüber! Und seine Kinder gingen nur ihn etwas an.

4. KAPITEL

Nell stand in der Bühnenmitte und hob die Hände. Sie wartete, bis auch die letzte kleine Sängerin, der letzte Sänger die Unterhaltung eingestellt und nur noch Augen für sie hatte.

Der Zusammenklang der jungen Stimmen machte ihr jedes Mal wieder Freude. Sie hörte und sah genau hin, nichts entging ihrer Aufmerksamkeit, als sie sich beim Dirigieren über die Bühne bewegte. Dieses Lied gefiel den Kindern natürlich besonders gut: Bruce Springsteens Version von „Santa Clause Is Coming to Town". Das war mehr als verständlich. War das Lied doch Lichtjahre von den Weihnachtsliedern entfernt, die unter dem früheren Musiklehrer Standardrepertoire gewesen waren.

Die Augen der Kinder leuchteten, als sie in den Rhythmus fanden. Nell ließ die Bassstimmen stärker kommen, den Sopran hell und klar einsetzen, die Tenöre, wieder die Bassstimmen.

Sie nickte mit einem zufriedenen Lächeln, als der Chor verstummt war. „Sehr schön", lobte sie. „Die Tenöre ein bisschen kräftiger nächstes Mal, sonst geht ihr in den Bässen unter. Holly, Kopf hoch beim Singen. So, jetzt haben wir noch Zeit, ‚I'll Be Home for Christmas' einmal durchzugehen. Kim?"

Kim versuchte, das nervöse Flattern ihres Magens zu unterdrücken. Holly gab ihr einen kleinen Stoß mit dem Ellbogen, und sie trat aus ihrem Platz in der zweiten Reihe heraus, stellte sich ans Mikrofon und sah grimmig in den leeren Zuschauerraum hinunter.

„Lächeln ist erlaubt und erwünscht", meinte Nell und lächelte ihr aufmunternd zu. „Und vergiss nicht, richtig zu atmen. Sing das ganze Lied einmal durch, mit Gefühl. Tracy, bitte." Sie gab dem Mädchen am Klavier ein Zeichen.

Das Lied begann ruhig mit einem harmonischen Summen des Chors. Dann kam Kims Einsatz. Er war noch zu zögernd und klang unsicher, aber das würde sich geben, wenn sie daran arbeiteten.

Nach wenigen Takten hatte Kim sich so eingesungen, dass die Nervosität von ihr abfiel. Nell war sehr stolz auf sie. In den letzten Wochen hatte ihre Schülerin sehr viel dazugelernt, gerade auch, was den Ausdruck betraf. Das etwas sentimentale Lied lag ihr, es passte zu ihrem Aussehen und ihrer ganzen Persönlichkeit.

Nell hielt den Chor zurück. Er sollte nicht mehr sein als ein Hintergrund für Kims Stimme, und diese Aufgabe erfüllte er vollkommen. Beim Weihnachtskonzert würde wahrscheinlich kein Auge trocken bleiben.

„Wunderschön", sagte sie, als der letzte Ton verhallt war. „Wirklich wunderschön. Ihr habt alle sehr viel gelernt, und ich bin sehr stolz auf euch. Und jetzt ab mit euch! Ich wünsche euch ein schönes Wochenende." Damit ging sie zum Klavier, um ihre Noten einzusammeln.

„Das war wirklich toll", sagte Holly zu Kim.

„Ehrlich?"

„Ehrlich. Brad fand das auch." Holly sah verstohlen zum Herzensbrecher der Schule hinüber, der gerade seine Jacke anzog.

„Der hat ja noch gar nicht gemerkt, dass es mich überhaupt gibt."

„Inzwischen schon. Er hat die ganze Zeit nur dich angeschaut." Holly seufzte. „Wenn ich doch nur aussehen würde wie Miss Davis! Dann würde ich ihm vielleicht auch einmal auffallen."

Kim lachte, warf Brad aber schnell einen unauffälligen Blick unter ihren langen Wimpern zu. „Ja, Miss Davis ist echt klasse. Sie redet schon ganz anders als Mr. Striker."

„Der war ja echt ätzend. Bis später."

„Ja, okay." Zu mehr reichte Kims Kraft nicht mehr, denn es sah tatsächlich und wahrhaftig so aus, als steuere Brad auf sie zu!

„Hi." Er lachte sie an, und Kims Herz machte einen Sprung. „Du warst echt spitze."

„Danke." Kims Kehle war wie zugeschnürt, und sie brachte nicht ein Wort mehr heraus. Brad spricht mit mir, dachte sie überwältigt. Der Kapitän der Fußballmannschaft! Ein Junge aus der oberen Klasse. Vorsitzender des Schülerrats. Blond und grüne Augen. Mann!

„Miss Davis ist echt cool, findest du nicht?"

„Ja." Du musst etwas sagen, befahl Kim sich innerlich. „Sie kommt heute Abend zu uns. Meine Mom hat ein paar Leute eingeladen. Holly kommt auch und ein paar andere aus der Schule." Das Herz schlug ihr bis zum Hals, und sie nahm all ihren Mut zusammen. „Wenn du Lust hast, komm doch auch vorbei."

„Super. Wann?"

Kim gelang es, ihre Erschütterung zu überwinden. Sie schluckte. „So ungefähr um acht Uhr." Sie war bemüht, lässig zu klingen. „Ich wohne ..."

„Ich weiß, wo du wohnst." Er lachte sie wieder an, und ihr Herz blieb fast stehen. „Gehst du noch mit Chuck?"

„Chuck?" Wer war Chuck? „Ach, nein. Das war im Sommer schon aus."

„Dann bis später."

Brad gesellte sich zu einer Gruppe von anderen Jungen, die gerade die Bühne verließen.

„Ein netter Junge", meinte Nell da hinter Kim.

„Ja", stieß Kim mit einem tief empfundenen Seufzer aus. Ein verträumter Glanz stand in ihren Augen.

„Kimmy hat einen Geliebten", sang Zeke mit dieser quietschenden Stimme, die er für kleinere Kinder oder Cousinen reserviert hatte. „Kimmy hat ..."

„Halt die Klappe!"

Zeke kicherte nur und fing an, mit seinem Bruder zu dem Vers auf der Bühne herumzutanzen. Nell sah die Mordlust in Kims Blick und schritt ein.

„Wie ist das mit euch beiden? Habt ihr Lust, ‚Jingle Bells' zu üben?"

„Ja, ja!" Zach sauste zum Klavier. „Ich weiß, welches das ist", verkündete er und machte sich über Nells Noten her. „Ich suche es."

„Nein, ich!", rief Zeke, aber sein Bruder hielt das Notenblatt schon triumphierend in die Höhe.

„Das ging ja schnell." Nell setzte sich auf die Klavierbank zwischen die Zwillinge und spielte ein paar schräge Noten, mit denen sie die beiden zum Kichern brachte. „Dann los."

Inzwischen konnte man die Töne, die die Zwillinge von sich gaben, tatsächlich als eine Art Gesang bezeichnen. Am Anfang hatten sie mehr oder weniger gebrüllt. Aber was ihnen an Feinheiten fehlte, machten sie durch ihre Begeisterung wett.

Als sie am Ende angelangt waren, lachte selbst Kim wieder.

„Und jetzt müssen Sie uns etwas vorspielen, Miss Davis." Zeke setzte seinen ganzen Charme ein und sah Nell mit schmelzender Hingabe an. „Bitte."

„Euer Daddy wartet bestimmt schon auf euch."

„Nur ein Lied."

„Nur eins", bettelte auch Zeke.

Sie kannte die beiden erst wenige Wochen, aber sie fand es bereits unmöglich, ihnen zu widerstehen. „Also gut, aber wirklich nur ein Lied." Nell kramte in ihren Noten. „Ich habe etwas gefunden, das euch bestimmt gefällt. Ihr kennt doch bestimmt die ‚Kleine Meerjungfrau'."

„Wir haben sie schon tausendmal gesehen", behauptete Zeke. „Wir haben sie auf Video."

„Dann erkennt ihr das Lied bestimmt." Nell stimmte eine Melodie daraus an.

Mac zog die Schultern hoch, um sich gegen den Wind zu schützen, als er in die Schule eilte. Er hatte die Warterei auf dem Parkplatz satt. Die anderen Kinder waren vor zehn Minuten schon aus der Schule gekommen, nur seine Kinder waren noch nicht aufgetaucht.

Als hätte er nichts anderes zu tun! Vor allem, nachdem er heute Abend auch noch zu Miras dummer Party gehen musste. Dabei hasste er Partys!

Er lief mit großen Schritten den Korridor hinunter. Die Türen zur Aula waren geschlossen, aber er hörte Nells volle tiefe Stimme durch, auch wenn er den Text nicht verstand. Sie hatte eine sehr sinnliche und verführerische Stimme. Sexy, dachte er nicht zum ersten Mal.

Sie sang ein Kinderlied, und das warf ihn fast um. Er kannte es aus diesem Zeichentrickfilm, den die Jungen ständig anschauten. Kein Mann, der halbwegs bei Verstand war, geriet in Verwirrung, nur weil eine Frau ein Kinderlied sang. Vermutlich war er nicht ganz bei Verstand. Aber das war er ja schon nicht mehr, seit er den Fehler begangen hatte, sie zu küssen.

Und er wusste genau, dass er sie auch jetzt ohne jede Hemmung geküsst hätte, wenn sie nur allein gewesen wäre.

Aber sie war nicht allein. Kim stand hinter ihr, und seine Zwillinge saßen zu beiden Seiten neben ihr. Manchmal sah sie auf einen der beiden hinunter und lächelte. Zeke lehnte an ihr und hatte den Kopf auf die Seite gelegt, wie er es immer tat, bevor er ihm auf den Schoß kletterte.

Das Bild rührte etwas tief in ihm an. Ein sehr schmerzhaftes, Angst machendes – und zugleich sehr süßes – Gefühl erfasste ihn.

Mac schob die Hände in die Taschen und ballte sie. Das musste aufhören. Was immer da mit ihm geschah, er musste ihm ein Ende setzen.

Er holte tief Luft, als das Lied ausklang, und ihm kam es vor, so albern das war, als läge ein Zauber in der Luft.

„Es ist spät. Kommt, Kinder", rief er in die Stille, um den Bann zu brechen.

Vier Köpfe drehten sich zu ihm um. Die Zwillinge hüpften vor Freude. „Dad! He, Dad! Wir können ‚Jingle Bells' schon ganz toll. Sollen wir es dir vorsingen?"

„Das geht jetzt leider nicht." Er versuchte zu lächeln, um ihre Enttäuschung zu mindern. „Ich bin ohnehin schon zu spät dran, Leute."

„Tut mir leid, Onkel Mac." Kim knöpfte ihren Mantel zu. „Irgendwie haben wir uns vertrödelt."

Während Mac nervös von einem Fuß auf den anderen trat, flüsterte Nell seinen Söhnen etwas ins Ohr. Es musste etwas Schönes gewesen sein, denn die Enttäuschung schwand schlagartig aus ihren Mienen, und sie fingen an zu lächeln. Dann umarmten sie Nell stürmisch nacheinander und rannten los, um ihre Mäntel zu holen.

„Auf Wiedersehen, Miss Davis."

„Danke, Miss Davis", sagte Kim. „Bis später."

Nell stand auf, um ihre Noten einzusammeln, und summte dabei leise vor sich hin.

Sie zeigte ihm eindeutig die kalte Schulter. „Danke fürs Aufpassen."

Nell hob den Kopf und schob ohne auch nur die Andeutung eines Lächelns eine Augenbraue in die Höhe. Dann wandte sie den Blick wieder ab.

Genau so wünschte er sich das Verhältnis zu ihr. Er hatte ohnehin kein Verlangen, sich mit ihr zu unterhalten oder sonst wie abzugeben.

5. KAPITEL

Sie musste ihn ja nicht gleich so vollständig übersehen! Mac nippte an dem Apfelmost, den sein Schwager ihm in die Hand gedrückt hatte, und betrachtete missmutig Nells Rücken.

Seit mindestens einer Stunde hatte sie ihn keines Blickes mehr gewürdigt.

Sie hat einen schönen Rücken, musste er widerstrebend zugeben, während er dem Bürgermeister mit halbem Ohr zuhörte, schmal und gerade und mit hübsch gerundeten Schultern. Er fand überhaupt, dass sie in dem pflaumenfarbenen Jäckchen mit dem kurzen Kleid darunter sehr verführerisch aussah.

Sie hatte fantastische Beine. Er konnte sich nicht erinnern, ihre Beine schon einmal gesehen zu haben. Daran hätte er sich bestimmt erinnert. Bis jetzt hatte sie jedes Mal Hosen getragen, wenn er sie getroffen hatte. Für das Kleid hatte sie sich wahrscheinlich entschieden, weil sie ihn quälen wollte.

Mac ließ den Bürgermeister einfach mitten im Satz stehen und ging geradewegs auf Nell zu. „Hören Sie, das ist albern."

Nell sah zu ihm auf. Sie hatte sich gerade sehr nett und angeregt mit Miras Freundinnen unterhalten – und großen Genuss daran gefunden, deren Bruder ganz und gar zu ignorieren.

„Wie bitte?"

„Es ist einfach albern", wiederholte er.

„Dass wir versuchen, Geld für die künstlerische Erziehung an der Schule zu sammeln?", fragte sie gespielt verständnislos. Sie wusste sehr gut, dass es nicht darum ging.

„Was? Nein. Zum Kuckuck, Sie wissen ganz genau, wie ich das meine."

„Tut mir leid." Nell wollte sich wieder dem Kreis höchst interessierter Frauen zuwenden, aber Mac nahm sie einfach am Arm und zog sie weg. „Wollen Sie vielleicht im Haus Ihrer Schwester eine Szene machen?", zischte sie.

„Nein." Er zog sie einfach weiter, um den Esstisch herum und in die Küche. Seine Schwester füllte gerade eine Platte mit belegten Brötchen auf. „Lass uns eine Minute allein", befahl er ihr.

„Mac, ich habe zu tun." Mira fuhr sich geistesabwesend über das kurze brünette Haar. „Wärst du wohl so nett und sagst Dave, dass uns der Apfelmost langsam ausgeht?" Sie lächelte Nell ein wenig verlegen zu. „Irgendwie ist mir der Überblick verloren gegangen."

„Lass uns eine Minute allein", wiederholte Mac.

Mira wollte protestieren, aber dann gab sie nach. „Sieh da, sieh da", murmelte sie belustigt und erfreut zugleich. „Ich wollte mir ohnehin Kims Schwarm näher anschauen." Sie packte ein Tablett und verschwand.

„Und?" Nell steckte sich ein Stück Karotte in den Mund. „Was haben Sie auf dem Herzen, Macauley?"

„Sie brauchen nicht so ... so ..."

„So?", nahm sie seinen unterbrochenen Faden auf. „So was?"

„Sie reden absichtlich nicht mit mir."

Sie lächelte. „Das stimmt."

„Das ist albern."

Sie hatte eine offene Flasche mit Weißwein entdeckt und schenkte sich ein Glas ein. „Das finde ich nicht. Ich habe den Eindruck, dass Sie sich ohne für mich erkennbaren Grund über mich ärgern. Da ich Ihre Familie sehr nett finde, ist es doch nur logisch und höflich, Ihnen weitestmöglich aus dem Weg zu gehen." Sie trank einen Schluck Wein und lächelte. „War das alles? Dann würde ich gern wieder zurückgehen. Ich unterhalte mich nämlich ganz hervorragend."

„Ich ärgere mich nicht über Sie." Da er keine andere Beschäftigung für seine Hände fand, nahm er eine Karotte und brach sie entzwei. „Ich wollte mich entschuldigen."

„Wofür? Dass Sie mich geküsst haben? Oder dass Sie so unausstehlich waren?"

Er warf die Karottenstücke auf den Tisch. „Sie machen es mir nicht leicht, Nell."

„Moment!" Sie legte eine Hand ans Ohr und tat, als lausche sie. „Ich muss mich wohl verhört haben. Oder haben Sie gerade tatsächlich meinen Namen gesagt?"

„Hören Sie auf damit", sagte er. Und dann noch einmal absichtlich: „Nell."

Nell hob ihr Glas. „Ein großer Augenblick", erklärte sie. „Macauley Taylor hat mich von sich aus angesprochen und dann auch noch meinen Namen gesagt. Ich fühle mich unendlich geschmeichelt."

„Hören Sie." Er hatte eitel Lust, sie an den Schultern zu packen und zu schütteln. „Ich wollte nur die Atmosphäre reinigen."

Sie sah ihm ins Gesicht. „Ihre Beherrschung ist wirklich bewundernswert, Mac. Ich frage mich, wie es wohl wäre, wenn Sie wenigstens einmal die Kontrolle verlören."

„Wenn man allein zwei Kinder erziehen muss, braucht man viel Selbstbeherrschung."

„Ja, da haben Sie wohl recht", gab sie zurück. „Wenn das jetzt alles war ..."

„Ich wollte mich wirklich bei Ihnen entschuldigen, Nell", wiederholte er.

Dieses Mal gab sie nach. „Angenommen." Sie war noch nie nachtragend gewesen. „Vergessen wir es, und lassen Sie uns Freunde sein." Sie streckte ihm die Hand hin.

Ihre Hand war zart und klein, und er brachte es nicht über sich, sie wieder loszulassen. Auch ihr Blick war weich geworden. Sie hatte große schimmernde Augen. Wie eine Elfe, dachte er. „Sie sehen – nett aus."

„Danke. Sie auch."

„Gefällt Ihnen die Party?"

„Die Leute gefallen mir." Ihr Puls ging unregelmäßig. Das ärgerte sie. „Ihre Schwester ist außerordentlich nett. Und so voller Energie und Einfälle."

„Wenn Sie nicht aufpassen, hat sie Sie in null Komma nichts für irgendein Projekt engagiert." Er lächelte leicht.

„Die Warnung kommt zu spät. Ich bin bereits Mitglied des Kunstausschusses. Und ich habe mich freiwillig für die Recyclingkampagne gemeldet."

„Der Trick besteht darin, dass man im entscheidenden Moment wegtaucht."

„Aber es macht mir nichts aus. Ich glaube, es wird mir sogar sehr viel Spaß machen." Er fuhr jetzt leicht mit dem Daumen über die Innenseite ihres Handgelenks. „Mac, Sie sollten nichts anfangen, an dessen Vollendung Ihnen doch nichts liegt."

Er sah auf ihre ineinander verschlungenen Hände hinunter. „Ich muss dauernd an Sie denken. Aber ich habe eigentlich gar keine Zeit dafür. Ich will es auch nicht."

Es passierte schon wieder. Ihr Puls schlug schneller, und in ihrem Bauch krampfte sich etwas zusammen. „Und was wollen Sie?"

Er sah ihr in die Augen. „Eben das macht mir Schwierigkeiten."

Die Küchentür schwang auf, und eine Horde Teenager kam unter Kims Führung hereingestürmt. Wie auf ein geheimes Kommando blieben alle abrupt stehen. Kims Augen wurden groß, als sie registrierte, dass ihr Onkel die Hand ihrer Lehrerin hielt und die beiden auseinanderfuhren wie ein Paar, das bei unerlaubten Zärtlichkeiten ertappt worden war.

„Entschuldigung. Entschuldigung", sagte sie noch einmal und bekam den Mund kaum wieder zu. „Wir wollten nur ..." Sie drehte sich auf dem Absatz um und schob die kichernde Horde wieder hinaus.

„Das gibt dem Ganzen erst die richtige Würze", stellte Nell trocken fest. Sie war lange genug in der Stadt, um ihre Mechanismen zu verstehen. Morgen früh würden sie und Macauley Taylor Stadtgespräch sein. Sie sah ihn an. „Hören Sie, warum fangen wir nicht noch einmal ganz normal an? Wollen Sie morgen Abend mit mir essen gehen? Oder ins Kino? Oder haben Sie auf etwas anderes Lust?"

Mac traute seinen Ohren nicht. „Sie meinen eine Verabredung? Sie wollen sich mit mir verabreden?"

Nell zeigte die ersten Anzeichen von Ungeduld. „Ja, ich meine eine Verabredung. Eine ganz normale Verabredung. Ich möchte Ihnen keine weiteren Kinder schenken, wenn Sie das befürchten. Andererseits ist es wahrscheinlich vernünftiger, wenn wir es lassen."

„Ich möchte Sie anfassen." Mac konnte kaum glauben, dass er das wirklich gesagt hatte. Aber jetzt war es zu spät, um es wieder zurückzunehmen.

Nell nahm ihr Weinglas in die Hand, als wollte sie sich daran festhalten. „Nun, das ist einfach."

„Nein, das ist es nicht."

Sie nahm ihren Mut zusammen und sah zu ihm auf. „Nein, Sie haben recht", sagte sie. „Es ist nicht einfach." Wie oft hatte sie in den letzten Wochen an ihn denken müssen? Sie konnte es nicht sagen. In jedem Fall zu oft.

Irgendetwas muss geschehen, beschloss Mac. Tu etwas, befahl er sich. Dann werden wir schon sehen, was passiert. „Ich war schon seit einer Ewigkeit nicht mehr ohne die Kinder im Kino. Es dürfte nicht so schwierig sein, einen Babysitter zu finden."

„Gut." Sie betrachtete ihn so abschätzend wie er sie. „Rufen Sie mich an, wenn Sie einen gefunden haben. Ich bin morgen den ganzen Tag zu Hause, weil ich korrigieren muss."

Mac fand es nicht einfach, sich auf das alte Spiel einzulassen, auch wenn Nell es ihm leicht machte. Es ärgerte ihn, dass er vor seiner Verabredung mit ihr so nervös war wie ein Teenager vor seinem ersten Rendezvous.

Es ärgerte ihn fast so sehr wie das alberne Grinsen seiner Nichte und ihre anzüglichen Fragen, als er sie gebeten hatte, die Zwillinge zu hüten.

Als er jetzt die Treppe zu Nells Wohnung hinaufstieg, fragte er sich, ob es nicht klüger gewesen wäre, dieses ganze Theater gar nicht erst anzufangen.

Nell hatte zu beiden Seiten der Tür Vasen mit getrockneten Blumen aufgestellt. Schön, dachte er. Er mochte es, wenn seine Mieter liebevoll mit ihrer Wohnung umgingen.

Er klopfte an ihre Tür und wartete. Wir gehen schließlich nur ins Kino, beruhigte er sich und stellte, als sie ihm öffnete, erleichtert fest, dass sie ganz leger in einen langen Pulli über Leggings gekleidet war.

Dann lächelte sie, und sein Mund wurde trocken.

„Hallo, Sie sind pünktlich. Möchten Sie hereinkommen und sich anschauen, was ich mit Ihrer Wohnung angestellt habe?"

„Es ist Ihre Wohnung", gab er zurück, aber sie hatte ihn schon an der Hand gefasst und zog ihn herein.

Mac hatte aus den ursprünglich kleinen engen Zimmern einen einzigen großzügigen Raum mit Ess- und Küchenecke gemacht. Besser als Nell hätte man ihn gar nicht einrichten können.

Den Mittelpunkt bildete eine ausladende Couch, die übers Eck ging und in einem ziemlich kühnen Blumenmuster gehalten war. Auf einem kleinen Tisch unter dem Fenster stand eine Vase mit getrockneten Herbstblättern. An den Wänden zogen sich Regale entlang, voll mit Büchern, einer Stereoanlage und einem kleinen Fernsehapparat und all dem Kleinkram, auf den Frauen so viel Wert legten.

Nell hatte die Essecke zu einem kombinierten Musik- und Bürobereich umfunktioniert. Ein Schreibtisch stand dort und ein kleines Spinett. Auf einem Notenständer lag eine Flöte.

„Ich habe kaum etwas aus New York mitgebracht", erklärte sie, während sie in ihre Jacke schlüpfte, „nur die Sachen, an denen ich hänge. Was ich noch brauche, suche ich mir auf Flohmärkten und in Antiquitätenläden zusammen."

„Davon gibt es hier jede Menge", meinte er. „Ich finde, Sie wohnen sehr schön." Das war ehrlich gemeint. Er betrachtete den alten verblassten Teppich auf dem Boden, die altmodischen Spitzenvorhänge an den Fenstern. „Es sieht gemütlich aus."

„Das ist mir wichtig. Gehen wir?"

„Ja, gern."

Es wurde gar nicht so schlimm, wie er befürchtet hatte. Er hatte sie gebeten, den Film auszusuchen, und sie hatte sich für eine Komödie entschieden. Er fand es erstaunlich entspannend, neben ihr im Kino zu sitzen, mit ihr zu lachen und sich einen Becher Popcorn zu teilen.

Als sie später noch eine Pizza essen gingen, schien das nur die natürliche Fortsetzung zu sein. Der Vorschlag kam von ihm, und sie ergatterten mit einiger Mühe und in harter Konkurrenz mit einer Handvoll Teenagern einen Tisch in der gut besuchten Pizzeria.

Nell machte es sich bequem. „Macht Zeke beim Diktatschreiben Fortschritte?"

„Er hat ziemlich zu kämpfen. Aber er gibt sich große Mühe. Es ist wirklich merkwürdig. Zach hat nicht die geringsten Schwierigkeiten mit der Rechtschreibung, aber Zeke muss fast jedes Wort buchstabieren."

„Dafür ist er im Rechnen gut."

„Ja, das stimmt." Mac wusste selbst nicht, wie er damit umgehen sollte, dass sie solchen Anteil an seinen Kindern nahm. „Die beiden mögen Sie sehr."

„Das ist gegenseitig." Nell fuhr sich durch die Haare. „Es klingt vielleicht komisch, aber ..." Sie zögerte, unsicher, wie sie es in Worte fassen sollte. „Aber bei dieser allererreren Chorprobe, als ich die beiden zum ersten Mal sah, hatte ich dieses Gefühl – ich weiß gar nicht, wie ich es beschreiben soll ... Es war, als hätte ich auf die beiden gewartet, und jetzt waren sie auf einmal da. Wenn Kim einmal ohne sie kommt, fehlen sie mir richtig."

„Ja, man gewöhnt sich an sie."

Es war mehr als das, aber sie wusste nicht, wie sie es ihm erklären sollte. Außerdem war schwer zu sagen, wie er es aufnehmen würde, dass sie sich ganz einfach in seine Kinder verliebt hatte. „Ich finde es schön, wenn sie mir von der Schule erzählen."

„Bald gibt es das erste Zeugnis." Mac lachte. „Ich bin fast so aufgeregt wie die beiden."

„Ich finde, es wird zu viel Wert auf Noten gelegt."

Seine Augenbrauen fuhren in die Höhe. „Das sagt ausgerechnet eine Lehrerin?"

„Warum nicht? Ich finde, man sollte viel mehr Wert auf Begabung, aufgewandte Mühe und die Lust am Lernen legen. Das ist doch viel wichtiger als irgendwelche Zahlen. Aber ich kann Ihnen ganz vertraulich mitteilen, dass Kim in Singen und Musikgeschichte die Beste in der Klasse ist."

„Im Ernst?" Er empfand regelrechten Stolz auf seine Nichte. „Das war sie doch früher nie."

„Mr. Striker und ich haben unterschiedliche Unterrichtsmethoden."

„Das kann ich mir lebhaft vorstellen. Es gibt ein Gerücht in der Stadt, dass der Chor dieses Jahr sensationell gut sein soll. Wie haben Sie das geschafft?"

„Nicht ich habe es geschafft, sondern die Kinder." Nell setzte sich auf, als die Pizza kam. „Wichtig ist nur, dass sie sich wie eine Gruppe fühlen. Ich möchte ja nichts gegen Mr. Striker sagen ..." Sie schob sich ein großzügig bemessenes Stück Pizza in den Mund. „Aber ich habe den Eindruck, als hätte er seine Zeit bis zur Pensionierung abgesessen. Wenn Sie Kinder unterrichten, müssen Sie sie mögen und respektieren. Es steckt eine Menge Talent in ihnen, auch wenn es zum Teil noch sehr ungeschliffen ist."

Sie lachte, und ihre Wangen färbten sich dabei. „Und manche werden den Rest ihres Lebens nirgendwo anders als unter der Dusche singen – und dafür sollte die Welt ihnen dankbar sein." Wieder lachte sie. „Aber es macht ihnen Spaß, und nur das zählt. Dafür gibt es auch Kinder wie Kim, die eine ganz besondere Gabe haben. Ich werde sie und zwei andere Schüler nächste Woche zum Vorsingen beim staatlichen Chor schicken. Und nach den Ferien fange ich mit der Arbeit für ein Musical an."

„Das hat es seit Jahren nicht mehr gegeben."

„Dann wird es Zeit. Und es wird fantastisch werden."

„Sie werden viel Arbeit damit haben."

„Das macht mir nichts aus. Außerdem werde ich dafür bezahlt. Vergessen Sie das nicht."

Mac spielte mit seiner Pizza. „Sie sind wirklich gern Lehrerin, nicht wahr? Und bei uns gefällt es Ihnen?"

„Ja, natürlich. Warum auch nicht? Es ist eine schöne Schule und ein schöner Ort."

„Es ist nicht Manhattan."

„Eben."

„Warum sind Sie von dort weggangen?" Er räusperte sich. „Entschuldigen Sie, das geht mich natürlich nichts an."

„Lassen Sie nur. Ich hatte ein schlechtes Jahr hinter mir. Vorher war zwar auch nicht alles eitel Sonnenschein gewesen, aber dieses letzte Jahr war einfach der Tiefpunkt. Meine Stelle in der Schule wurde aus finanziellen Gründen gestrichen." Sie hob die Schultern. „Es sind immer die künstlerischen Fächer, an denen gespart wird. Aber, na ja. Meine Mitbewohnerin heiratete, und ich konnte mir die Miete allein nicht leisten. Also suchte ich einen Ersatz für sie." Sie seufzte. „Ich ließ mir Referenzen zeigen und war wirklich vorsichtig. Und dann, drei Wochen nach dem Einzug, war die Nachfolgerin verschwunden und hatte alles mitgenommen, was nicht niet- und nagelfest war."

Mac hörte auf zu essen. „Sie hat sie beraubt? Im Ernst?"

„Ja. Alles war weg: Fernseher, Stereoanlage, mein Schmuck, das Bargeld, alles. Es war deprimierend. Ich fühlte mich in meiner Wohnung einfach nicht mehr wohl. Und dann fing auch noch mein Freund an, mir Vorwürfe zu machen: Ich sei zu vertrauensselig gewesen, viel zu naiv, sträflich dumm, und es sei mir nur recht geschehen."

„Ein reizender Mensch", meinte Mac. „Sehr hilfreich."

„Das kann man sagen. Nun ja, ich sah ihn mir noch einmal genau an und kam zu dem Schluss, dass er recht hatte – und zwar im Hinblick auf unsere sogenannte Beziehung. Also beendete ich sie."

„Gut."

„Ja, das finde ich auch." Sie sah Mac an. Er war anders, das spürte sie. „Erzählen Sie mir doch von dem Haus, das Sie gerade renovieren."

„Ich fürchte, Sie werden nicht viel von Installationsarbeiten verstehen."

Sie lächelte nur. „Ich habe eine schnelle Auffassungsgabe."

Es war fast Mitternacht, als Mac den Wagen zum Stehen brachte. Er hatte nicht vorgehabt, so lange auszubleiben, und ganz sicher hatte er nicht damit gerechnet, dass er über eine Stunde lang über das Verlegen von Leitungen, Installationen und tragende Wände sprechen und auch noch Baupläne auf Servietten zeichnen würde.

Irgendwie hatte er es geschafft, den Abend zu überstehen, ohne sich dumm vorzukommen oder das Gefühl zu haben, in eine Falle geraten zu sein. Nur eines beschäftigte ihn: Er wollte Nell wiedersehen.

„Ich finde, das war ein guter Anfang." Nell legte die Hand auf seine und küsste ihn auf die Wange. „Danke."

„Ich bringe Sie noch zur Tür."

Sie hatte die Hand schon auf dem Griff. Es war wohl sicherer für sie beide, wenn er gleich weiterfuhr. „Das ist nicht nötig. Ich kenne den Weg."

„Ich begleite Sie trotzdem." Er stieg aus, und sie gingen zusammen die Treppe hinauf. In der unteren Wohnung brannte noch Licht, und gedämpfte Stimmen aus dem Fernsehapparat drangen nach draußen. Der Wind hatte aufgehört, und der Himmel war sternenübersät.

„Wenn wir das wiederholen, werden die Leute anfangen, über uns zu reden", begann Mac. „Sie werden sagen, dass wir ..." Er wusste nicht so recht, wie er sich ausdrücken sollte.

„Stört Sie das?", fragte Nell.

„Ich möchte nicht, dass die Kinder auf falsche Ideen kommen oder anfangen, sich zu fürchten." Sie waren auf ihrem Treppenabsatz angelangt, und er sah auf sie hinunter. „Es muss an Ihrem Aussehen liegen."

„Was?"

„Dass ich dauernd an Sie denke." Das war eine vernünftige Erklärung, fand er. Körperliche Anziehung. Schließlich war er ein Mann, wenn er auch sehr zurückhaltend war. „Und daran ..."

Er legte die Hände um ihr Gesicht. Es war eine unendlich zärtliche Geste, und Nell fühlte sich ganz schwach. Der Kuss war so langsam und so erregend sinnlich wie der erste. Sein Mund auf ihrem, seine Geduld, die unglaublichen Gefühle, die er in ihr auslöste, das alles drohte sie zu überwältigen.

Kann es das sein?, fragte sie sich. Ist es das, worauf ich gewartet habe? Kann es dieser Mann sein?

Er löste sich von ihr und hörte sie leise seufzen. Aber er wusste, dass es ein Fehler wäre, noch zu bleiben, und so ließ er die Hände fallen, bevor er sie nicht mehr unter Kontrolle hatte, und trat einen Schritt zurück.

Nell fuhr sich mit der Zungenspitze über die Lippen, als wollte sie den Kuss nachkosten. „Sie küssen fantastisch, Macauley Taylor", sagte sie. „Wirklich fantastisch."

„Sagen wir, ich habe viel aufgespart." Aber er glaubte selbst nicht, dass das alles war. Und das beunruhigte ihn zutiefst. „Gute Nacht."

Sie nickte nur kraftlos, als er sich von ihr abwandte. Und als sie ihn wegfahren hörte, lehnte sie noch immer verträumt an der Tür und hätte schwören können, dass himmlische Klänge für einen Augenblick die Luft erfüllten.

6. KAPITEL

Ende Oktober gab es mehrere Lehrerkonferenzen und den Elternsprechtag und zusätzlich für die Schüler einen lange herbeigesehnten schulfreien Tag. Mac musste bei diesen Anlässen die Zwillinge zusätzlich bei seiner Schwester, Kim und Mrs. Hollis unterbringen, dazu fiel in diese Zeit noch eine Geschäftsreise und eine zeitaufwendige Inspektion.

Als er beim Elternsprechtag auf den Parkplatz des Schulkomplexes einbog, war er mit den Nerven am Ende. Er hatte keine Ahnung, was ihn erwartete. Wahrscheinlich würde man ihm erklären, dass seine Kinder sich absolut unmöglich benahmen, sobald er sie aus den Augen ließ. Er hatte sich bestimmt nicht genügend um ihre Schularbeiten gekümmert und sie auch nicht ausreichend auf die Schule vorbereitet.

Seine Jungen würden asoziale, neurotische Analphabeten werden, und das war alles nur seine Schuld.

Er wusste, dass seine Befürchtungen lächerlich waren, aber er kam nicht dagegen an.

„Mac!" Hinter ihm hupte jemand, und als er sich umdrehte, entdeckte er seine Schwester. Sie lehnte aus dem Wagenfester. „Wo hast du denn gesteckt? Ich habe dauernd versucht, dich anzurufen."

Er ging zu ihr. „Ich habe Elternsprechstunde."

„Ich weiß."

„Ich möchte nicht zu spät kommen."

„Keine Angst, sie werden dir schon keinen Verweis geben. Ich komme gerade von einem Ausschusstreffen über die Chorgewänder. Die alten sind schon zwölf Jahre alt, und es wird langsam Zeit, sie zu ersetzen."

„Ganz meine Meinung. Ich werde eine Spende beisteuern. Aber jetzt muss ich wirklich weiter." Im Geiste sah er schon vor sich, wie sein Zu-spät-Kommen seinen Kindern angekreidet wurde.

„Ich wollte nur sagen, dass Nell irgendetwas hat. Sie war völlig unkonzentriert." Mira sah ihren Bruder misstrauisch an. „Du hast doch wohl nichts angestellt?"

„Wieso ich?"

„Keine Ahnung. Aber du warst immerhin mit ihr aus."
„Wir waren im Kino."
„Und beim Pizzaessen", ergänzte Mira. „Ein paar von Kims Freunden haben euch gesehen."

Kleinstadt!, dachte Mac und schob die Hände in die Taschen. „Ja, und?"

„Nichts ,und'. Gut für dich. Ich mag Nell, und Kim ist ganz hingerissen von ihr. Ich mache mir nur einfach Gedanken. Irgendetwas ist mit ihr. Vielleicht sagt sie es dir."

„Ich habe nicht die Absicht, in ihrem Privatleben herumzuschnüffeln."

„So wie ich das sehe, bist du Teil ihres Privatlebens. Bis später." Mira fuhr davon, ohne ihm die Gelegenheit zu einer passenden Entgegnung zu geben.

Mac stieß einen undefinierbaren Laut aus und ging mit weit ausholenden Schritten zur Grundschule. Als er zwanzig Minuten später wieder herauskam, war ihm viel leichter zumute. Seine Kinder waren offenbar keine kleinen Monster mit mörderischen Neigungen, sondern ihre Lehrerin war sehr mit ihnen zufrieden und hatte sie über den grünen Klee gelobt.

Als hätte er das nicht längst gewusst!

Vielleicht vergaß Zeke gelegentlich irgendwelche Regeln und schwatzte mit seinem Banknachbarn, und vielleicht war Zach ein bisschen schüchtern und meldete sich nur, wenn er die Antwort hundertprozentig wusste. Aber die beiden fügten sich gut in die Klasse ein.

Nachdem diese Last von ihm genommen war, wandte Mac sich, ohne nachzudenken ganz automatisch der Highschool zu. Er wusste zwar nicht, wie lange der Elternsprechtag an der Highschool dauerte, aber der Parkplatz war nahezu leer. Außerdem entdeckte er Nells Auto und dachte, es könne nicht schaden, wenn er einfach einmal bei ihr vorbeischaute.

Erst als er schon im Gebäude war, fiel ihm auf, dass er gar nicht wusste, wo er sie finden würde.

Er steckte den Kopf in die Aula. Sie war leer. Aber nachdem er schon so weit gekommen war, beschloss er, sich im Sekretariat zu erkundigen. Eine Sekretärin zeigte ihm den Weg.

Die Tür zu Nells Klassenzimmer stand offen. Ein Klavier war da, Notenständer und Instrumente, ein Kassettenrekorder. Auch eine Tafel gab es, sauber gewischt. Ein Schreibtisch stand davor.

Nell saß daran und arbeitete.

Mac beobachtete sie eine Weile und registrierte, wie ihr das Haar ins Gesicht fiel, wie sie den Stift hielt, wie ihr Pullover sich an ihren Oberkörper schmiegte. Wenn ich je eine Lehrerin mit so einem Aussehen gehabt hätte, könnte ich heute wahrscheinlich viel mehr mit Musik anfangen. Das ging ihm durch den Kopf.

„Hallo."

Sie hob mit einem Ruck den Kopf. Kampfgeist lag in ihrem Blick, und sie hatte das Kinn kriegerisch vorgeschoben. Als sie ihn entdeckte, holte sie tief Luft und brachte ein Lächeln zustande.

„Hallo, Mac. Willkommen im Irrenhaus."

„Das sieht nach viel Arbeit aus." Nells Schreibtisch war mit Papieren, Büchern, Noten und Computerausdrucken bedeckt.

„Das ist es auch. Noten malen, Organisation, Planung, Konzertvorbereitung, Jonglieren mit Geldmitteln …" Nell gab sich Mühe, ihre schlechte Laune nicht überborden zu lassen, und setzte sich zurück. „Und wie war Ihr Tag?"

„Gut. Ich habe gerade mit der Lehrerin der Zwillinge gesprochen. Sie ist sehr zufrieden mit ihnen."

„Die beiden sind gut geraten, Sie haben wirklich keinen Anlass, sich Sorgen zu machen."

„Sorgen macht man sich automatisch, wenn man Kinder hat, das kann man gar nicht verhindern. Und was macht Ihnen zu schaffen?", fragte er, bevor er sich noch an seinen Vorsatz erinnern konnte, dass er sich eigentlich nicht in ihr Privatleben einmischen wollte.

„Haben Sie Zeit?", fragte sie ironisch zurück.

„Reichlich." Er setzte sich auf die Kante ihres Schreibtischs. Am liebsten hätte er die kleine steile Falte zwischen ihren Augenbrauen weggestrichelt. „Haben Sie einen schweren Tag hinter sich?"

Nell hob die Schultern und stand auf. Sie konnte einfach nicht länger ruhig sitzen bleiben. „Ich hatte schon leichtere Tage." Sie seufzte.

„Wissen Sie, wie viel Unterstützung der Schul- und Gemeindesport bekommt?" Sie fing an, Kassetten in einen Karton zu ordnen, einfach nur, um sich irgendwie zu beschäftigen. „Selbst das Schulorchester bekommt Geld. Aber für den Chor müssen wir um jeden Dollar betteln."
„Und das ärgert Sie."
„Würde es Sie an meiner Stelle nicht ärgern?" Sie fuhr herum. Ihre Augen funkelten. „Es ist nicht das geringste Problem, Trikots für die Fußballmannschaft zu organisieren, nur damit eine Handvoll Jungen sich um einen Ball streiten kann. Aber ich muss eine Stunde auf den Knien herumrutschen, wenn ich achtzig Dollar brauche, um das Klavier stimmen zu lassen." Sie atmete tief durch. „Ich habe nichts gegen Fußball, im Gegenteil. Sport ist wichtig, das weiß ich auch."
„Ich kenne einen Klavierstimmer", sagte Mac. „Er ist sicher bereit, seine Zeit umsonst zur Verfügung zu stellen. Ich werde ihn gleich anrufen."
Nell rieb sich den Nacken. Dad richtet alles, dachte sie. Hast du ein Problem? Dann erzähl es Mac.
„Das wäre wunderbar", sagte sie und brachte tatsächlich ein Lächeln zustande. „Vorausgesetzt, ich siege über die Bürokratie. Man kann ohne endlosen Papierkram nicht einmal Geschenke annehmen." Das ließ ihren Ärger wieder zunehmen. „Das Schlimmste am Lehrerberuf sind diese Formulare. Ich hätte wirklich weiter in Clubs spielen sollen."
„Sie sind in einem Club aufgetreten?"
„Das war in einem anderen Leben", sagte sie und machte eine wegwerfende Handbewegung. „Damit habe ich mir das College finanziert. Es war besser als die üblichen Jobs als Bedienung. Wie auch immer, im Grunde ist es gar nicht so sehr der Geldmangel, der mich so ärgert, oder nicht einmal der Mangel an Interesse. Daran bin ich schließlich gewöhnt."
„Wollen Sie mir erzählen, was es dann ist? Oder wollen Sie weiter allein herumgrummeln?"
„Ich habe mich beim Grummeln bestens unterhalten, vielen Dank." Wieder seufzte sie und sah dann zu ihm auf. Er wirkte so stabil und zuverlässig. „Vielleicht bin ich doch zu sehr Stadtmensch. Ich habe

heute meine erste Bekanntschaft mit ländlicher Sturheit gemacht und bin mit meinem Latein am Ende. Kennen Sie Hank Rohrer?"

„Ja, natürlich. Die Molkerei an der Old Oak Road gehört ihm. Ich glaube, sein ältester Sohn ist in der Klasse von Kim."

„Hank junior, ja. Er ist einer meiner Schüler, ein kräftiger Bariton, sehr begabt. Er komponiert sogar selbst."

„Im Ernst? Das ist doch großartig."

„Sollte man annehmen, oder?" Nell warf den Kopf zurück und fing an, ihre bereits geordneten Papiere neu zu sortieren. „Ich bat Mr. und Mrs. Rohrer heute zu mir, weil Junior plötzlich nicht mehr zum Vorsingen kommen wollte. Dabei hat er wirklich eine gute Chance, und ich wollte mit seinen Eltern über die Möglichkeit eines Stipendiums sprechen. Ich erzählte ihnen also, wie begabt ihr Sohn ist und dass ich hoffte, sie könnten ihn überreden, doch an dem Vorsingen teilzunehmen. Hank senior führte sich auf, als hätte ich ihn beleidigt." Bitterkeit mischte sich mit Ärger. „Keiner seiner Söhne werde seine Zeit mit Singen verschwenden so wie …"

Nell schwieg, zu wütend, um Mr. Rohrers Meinung über Musiker weiterzugeben. „Die beiden wussten nicht einmal, dass ihr Sohn in meiner Klasse ist, stellen Sie sich das nur vor. Sie fanden, er solle sich lieber mit Buchhaltung beschäftigen. Um die Molkerei zu führen, brauche er keine Gesangsstunden. Und ganz bestimmt würden sie ihm nicht erlauben, an einem Samstag irgendwohin zum Vorsingen zu fahren und seine Arbeit zu vernachlässigen. Ich solle gefälligst aufhören, dem Jungen Flausen in den Kopf zu setzen."

„Die Rohrers haben vier Kinder", warf Mac vorsichtig ein. „Es könnte finanzielle Probleme geben."

„Wenn das ihre Sorge wäre, könnte sie vermutlich durch ein Stipendium von ihnen genommen werden." Nell klappte mit einem Ruck ihr Notenbuch zu. „Wir haben hier einen begabten, intelligenten Jungen, der einen Traum hat. Und diesen Traum wird er nie leben können, weil seine Eltern es nicht erlauben. Oder sein Vater", verbesserte sie sich. „Die Mutter sagte die ganze Zeit über keine zwei Sätze."

„Vielleicht bearbeitet sie ihren Mann, wenn sie mit ihm allein ist."

„Oder er lässt seinen Zorn auf mich an ihr und dem Jungen aus."

„So ist Hank nicht. Er ist stur und bildet sich ein, dass er alles weiß, aber er ist nicht böse."

„Ich finde es ein bisschen schwierig, ihn positiv zu sehen, nachdem er mich …", Nell holte tief Luft, „als arrogante Flachländerin bezeichnet hat, die ihn seine schwer verdienten Steuern kostet. Ich hätte etwas aus dem Jungen machen können", murmelte sie und setzte sich endlich wieder. „Das weiß ich."

„Wenn nicht bei ihm, dann bei einem anderen Kind. Sie haben schon so viel für Kim getan, Nell."

„Danke." Nell lächelte kurz. „Das hilft mir ein wenig."

„Ich meine es ehrlich." Er konnte es nicht ertragen, sie in so gedämpfter Stimmung zu sehen. „Sie hat mehr Zutrauen zu sich bekommen. Früher war sie viel verschlossener, jetzt öffnet sie sich plötzlich."

Das tat gut, und Nells Lächeln kam bereitwilliger. „Ich soll mit dem Grübeln aufhören, wollen Sie damit sagen."

„Es passt nicht zu Ihnen." Er überraschte sich und sie, als er ihr über die Wange strich. „Lächeln steht Ihnen viel besser."

„Ich kann sowieso nie lange schlecht gelaunt bleiben. Bob sagte immer, das käme von meiner Oberflächlichkeit."

„Und wer ist Bob?"

„Der Mann, den ich in die Wüste geschickt habe."

„Dort gehört er eindeutig hin."

Sie lachte. „Ich bin froh, dass Sie vorbeigekommen sind. Sonst hätte ich hier wahrscheinlich noch eine Stunde gesessen und mich geärgert."

Mac stand auf. „Ich muss weiter und mich um die Halloween-Kostüme kümmern."

„Brauchen Sie dabei Hilfe?"

„Ich …" Das Angebot war verlockend, zu verlockend – und viel zu gefährlich. Es konnte nicht gut gehen, wenn sie in Familientraditionen einbezogen wurde. „Nein, danke. Ich habe alles im Griff."

Nell gelang es ziemlich gut, ihre Enttäuschung zu verbergen. „Sie kommen doch alle drei am Samstagabend zum Halloween-Schulfest?"

„Ja, natürlich. Bis dann." Er setzte sich in Bewegung, aber unter der Tür drehte er sich noch einmal zu ihr um. „Nell?"

„Ja?"

„Veränderungen brauchen ihre Zeit. Sie machen manche Menschen unsicher."

Sie legte den Kopf ein wenig zurück. „Meinen Sie damit die Rohrers, Mac?"

„Auch. Bis Samstagabend."

Nell sah noch auf die offene Tür, als seine Schritte schon verklungen waren. Glaubte er, dass sie ihn zu verändern versuchte? Und wollte sie das? Sie setzte sich zurück und schob die Papiere von sich. Jetzt konnte sie sich ohnehin nicht mehr konzentrieren.

Es war immer dasselbe, wenn Macauley Taylor in ihrer Nähe war. Wann hatte das angefangen? Im ersten Augenblick, gestand sie sich ein, als er in die Aula gekommen war, um Kim und die Zwillinge abzuholen.

Liebe auf den ersten Blick? Nein, an so etwas glaubte sie nicht. Außerdem war sie viel zu intelligent, um sich in einen Mann zu verlieben, der ihre Gefühle nicht erwiderte. Oder sie nicht erwidern will, dachte sie. Und das war noch schlimmer.

Es durfte keine Rolle spielen, dass er seinen Kindern gegenüber liebevoll und zärtlich war, dass er gut aussah, stark und sexy war. Wenn sie bei ihm war, an ihn dachte, kamen Sehnsüchte in ihr hoch, Sehnsüchte nach einem Heim, einer Familie, nach Lachen in der Küche, Leidenschaft im Bett. Aber damit wurde sie problemlos fertig.

Sie stieß einen langen Atemzug aus. So problemlos war es nicht, wie sie sich einreden wollte. Im Gegenteil. Das alles waren Riesenprobleme für eine Frau, die im Begriff war, sich zu verlieben.

7. KAPITEL

Es war Mitte November geworden, und die Bäume hatten ihre Blätter abgeworfen. Aber für Nell lag selbst in dieser Kargheit große Schönheit. Sie liebte das Herbe und Strenge, das Rascheln der trockenen Blätter, den morgendlichen Reif, der die Natur wie mit weiß schimmerndem Diamantenstaub überzog.

Immer wieder ertappte sie sich dabei, wie sie aus dem Fenster sah und auf die ersten Schneeflocken wartete, so wie sie es als Kind immer getan hatte.

Diese Tage vor Einbruch des Winters waren etwas Wundervolles. Die Welt schien für Augenblicke stillzustehen und der Erinnerung an vergangene Herbsttage nachzuhängen.

Nell dachte an Halloween, an die Kinder, die als Piraten und Prinzessinnen verkleidet an ihre Tür geklopft hatten. Zeke und Zach hatten kaum an sich halten können, als sie so getan hatte, als erkenne sie sie in ihren von Mac aufwendig konstruierten Astronautenkostümen nicht.

Sie dachte an das Konzert, das sie mit Mac besucht hatte, an die Freude, als sie ihn und die Jungen letzte Woche bei Weihnachtseinkäufen getroffen hatte.

Als sie jetzt an dem Haus vorbeispazierte, das er renovierte, musste sie wieder an ihn denken. Er war richtig rührend gewesen, als er das Geschenk für Kim ausgesucht hatte. Macauley Taylor machte sich wirklich Gedanken, wenn er einem Menschen, an dem ihm lag, etwas schenken wollte. Es musste genau das Richtige sein.

Nell war inzwischen zu der Überzeugung gelangt, dass er einfach wunderbar war.

Sie war strahlender Laune, denn heute Nachmittag hatte sie erfahren, dass zwei ihrer Schüler in den staatlichen Schülerchor aufgenommen worden waren, darunter Kim.

Das war ihr Werk gewesen, und es machte sie glücklich und stolz. Auch die anderen Kinder freuten sich mit Kim und dem Jungen. In den letzten Wochen war der Chor zu einer richtigen Gemeinschaft zusammengewachsen. Ihre Kinder!

„Ist es nicht zu kalt für einen Spaziergang?"

Nell fuhr zusammen und musste dann über sich selbst lachen, als sie Mac hinter einem Baum im Garten seiner Schwester hervorkommen sah. „Sie haben mich vielleicht erschreckt!"

„Keine Angst. Räuber haben wir hier kaum. Wollten Sie zu Mira?"

„Nein. Ich brauchte nur ein bisschen Bewegung. Zu Hause habe ich es einfach nicht mehr ausgehalten." Sie strahlte ihn an. „Haben Sie die guten Nachrichten schon gehört?"

„Ja. Ich gratuliere."

„Das war nicht ich ..."

„Doch. Zum großen Teil wenigstens." Er sah zum Haus zurück und schüttelte den Kopf. „Mira und Kim weinen sich gerade die Augen aus dem Kopf."

„Sie weinen? Aber ..."

„Nein, nein, nicht richtig." Weibliche Tränen waren ihm ein Gräuel. „Vor Glück."

„Oh." Nell spürte, wie ihre eigenen Augen brannten. „Wie nett."

„Dave stolziert herum wie ein aufgeblasener Pfau und ruft Gott und die Welt an, um mit seiner Tochter anzugeben."

„Na ja, es ist ja auch eine feine Sache."

„Ich weiß." Er lachte. „Ich gestehe, dass ich selbst auch ein paar Leute angerufen habe. Aber Sie sind sicher auch stolz auf den Erfolg."

„Und ob. Am schönsten waren die Gesichter der Kinder, als ich es ihnen heute gesagt habe. Jetzt werden hoffentlich auch die Spenden fließen." Sie fröstelte, als der Wind auffrischte.

„Ihnen ist kalt. Ich fahre Sie nach Hause."

„Das wäre nett. Glauben Sie, dass es schneien wird?"

Er hob prüfend den Kopf. „Lange wird es nicht mehr dauern." Er öffnete ihr die Wagentür. „Die Kinder haben ihre Schlitten schon herausgeholt."

„Vielleicht kaufe ich mir auch einen." Sie lehnte sich entspannt zurück. „Wo sind die Jungen?"

„Sie übernachten heute bei einem Freund." Er wies auf ein Haus schräg gegenüber. „Ich habe sie gerade abgesetzt."

„Wahrscheinlich können sie es kaum noch erwarten, bis der Weihnachtsmann endlich kommt."

„Dieses Jahr ist es ganz merkwürdig. Normalerweise bombardieren sie mich nach Halloween mit ellenlangen Wunschzetteln und Spielzeugkatalogen und irgendeinem Kram aus der Fernsehwerbung." Er wendete seinen Wagen und schlug die Straße zum Hauptplatz ein. „Aber dieses Jahr haben sie mir erklärt, sie hätten keine besonderen Wünsche. Fahrräder hätten sie gern, das habe ich zufällig mitbekommen." Er runzelte die Stirn. „Irgendetwas stimmt da nicht. Sie stecken ständig die Köpfe zusammen und tun furchtbar geheimnisvoll, aber sie wollen mir nichts verraten."

„Weihnachten ist die beste Zeit für Geheimnisse", meinte Nell. „Was ist mit Ihnen?" Sie lächelte ihn an. „Was wünschen Sie sich zu Weihnachten?"

„Mehr als die zwei Stunden Schlaf, die ich normalerweise herausschlage."

„Das kann nicht alles sein."

„Wenn ich die Jungen strahlen sehe, brauche ich nichts anderes." Er hielt vor ihrem Haus an. „Verbringen Sie die Ferien in New York?"

„Nein. Dort zieht mich nichts hin."

„Und Ihre Familie?"

„Ich bin ein Einzelkind, und meine Eltern fahren über Weihnachten immer in die Karibik. Wollen Sie noch auf einen Kaffee mit hereinkommen?"

Das war verlockender, als in sein leeres Haus zurückzukehren. „Ja, gern." Sie gingen nebeneinander die Treppe hinauf. „Waren Sie als Kind über Weihnachten auch immer in der Karibik?"

„Nein. Wir lebten in Philadelphia und haben immer ganz traditionell gefeiert. Dann ging ich nach New York zum Studieren, und meine Eltern zogen nach Florida." Sie sperrte die Tür auf und zog ihren Mantel aus. „Wir stehen uns im Grunde nicht besonders nahe. Meine Eltern waren über mein Musikstudium nur mäßig begeistert."

Er hängte seine Jacke auf, während sie in die Küchenecke ging, um Wasser in die Kaffeemaschine zu füllen. „Deshalb waren Sie wegen Junior wahrscheinlich so außer sich."

„Vielleicht. Aber eigentlich waren meine Eltern nicht unbedingt gegen dieses Studium. Sie konnten nur einfach nichts damit anfangen. Seit wir so weit auseinander leben, kommen wir sehr viel besser miteinander aus." Sie sah über die Schulter zu ihm hinüber. „Ich glaube, deshalb bewundere ich Sie so."

Er wandte den Blick von der Spieldose aus Rosenholz und sah sie verblüfft an. „Mich?"

„Ja. Es gefällt mir, wie Sie sich um Ihre Kinder und Ihre Familie kümmern. Das hat so etwas Solides, Verlässliches." Sie warf das Haar zurück und füllte aus der Gebäckdose Plätzchen auf einen Teller. „Nicht alle Eltern nehmen ihre Aufgabe so ernst." Sie lächelte. „Habe ich Sie jetzt in Verlegenheit gebracht?"

„Nein. Oder doch", gab er zu und nahm sich ein Plätzchen. „Sie haben mich noch gar nicht nach Zachs und Zekes Mutter gefragt." Als Nell nichts erwiderte, sprach er trotzdem weiter. „Ich war gerade mit dem College fertig, als ich sie kennenlernte. Sie arbeitete als Sekretärin im Immobilienbüro meines Vaters. Wir gingen ein paar Mal miteinander aus und schliefen zusammen, und dann wurde sie schwanger."

Seine Stimme war bar jeder Gefühlsregung, und Nell sah ihn forschend an. Er biss in sein Plätzchen, aber ihm war, als schmeckte es bitter. „Ich weiß, was Sie jetzt wahrscheinlich denken – dass sie mich hereingelegt hat. Vielleicht war es so. Aber ich war alt genug, um zu wissen, was ich tat. Und ich war alt genug, um die Verantwortung zu tragen."

„Und was war mit der Liebe?"

„Liebe." Es fiel ihm nicht leicht, darüber zu sprechen. „Ich fühlte mich zu Angie hingezogen, und umgekehrt war es auch so. Oder ich dachte es wenigstens. Erst nach unserer Hochzeit fand ich heraus, dass sie sich ‚den Sohn des Chefs' ganz planmäßig ‚geangelt' hatte. Sie hat es wörtlich so ausgedrückt. Sie sah darin eine Möglichkeit, ihren Lebensstandard zu heben. Mit Liebe hatte das alles nichts zu tun."

Nach all diesen Jahren schmerzte es ihn noch immer, dass er auf so schäbige Weise gebraucht worden war.

„Um es kurz zu machen: Sie hatte nicht mit Zwillingen gerechnet und sich auch nicht vorgestellt, wie viel Arbeit Kinder machen. Als die

Jungen vier Wochen alt waren, räumte sie mein Bankkonto leer und machte sich aus dem Staub."

„Ach, Mac, das tut mir so leid", sagte Nell leise. Sie wollte, sie hätte ein Mittel gewusst, den Schmerz, die Härte aus seinen Augen zu vertreiben. „Das muss schrecklich für Sie gewesen sein."

„Es hätte schlimmer sein können." Er schenkte Nell einen kurzen Blick und wandte sich dann wieder ab. „Sie nahm noch einmal Kontakt mit mir auf. Sie wollte, dass ich die Scheidung bezahle, dafür könne ich die Kinder dann ‚umsonst' behalten. Das war es dann. Ende der Geschichte."

„Wirklich?" Nell kam zu ihm und nahm seine Hände. „Sie hat Ihnen sehr wehgetan."

Sie hob sich auf die Zehenspitzen und küsste ihn auf die Wange, um ihn zu trösten. Der Ausdruck in seinen Augen wandelte sich, Schmerz kam hinzu. Das erklärt so viel, dachte sie. Er ist bitter enttäuscht worden, ist wahrscheinlich am Boden zerstört gewesen. Aber statt seinen Schmerz und die Trauer zuzulassen oder irgendjemanden um Hilfe zu bitten, hat er seine Söhne genommen und ein neues Leben angefangen, ein Leben, das er nur den beiden widmet.

„Sie hatte Sie und die Zwillinge nicht verdient."

Er konnte einfach nicht den Blick von ihrem Gesicht wenden. Es war weniger ihr Mitgefühl, sondern das Verständnis, das er in ihren Augen sah, was es ihm so schwer machte. „Ich habe es nicht bereut. Die Jungen sind einfach wunderbar, ich empfinde sie als Geschenk. Ich wollte nicht den Eindruck erwecken, als wäre es ein Opfer für mich gewesen."

„Das klang auch nicht so." Ihr Herz flog ihm zu, als sie die Arme um ihn legte. Es sollte einfach nur eine tröstende Geste werden, aber noch ein anderes, tieferes Gefühl, das aus ihrem Innersten kam, war daran beteiligt. „Ich finde es wunderbar, wenn ein Mann seine Kinder als Geschenk betrachtet."

Er hielt sie in den Armen, ohne dass er so recht wusste, wie es so weit gekommen war. Aber es fühlte sich ganz natürlich an. „Wenn man so ein Geschenk bekommt, muss man sorgsam damit umgehen." Seine Stimme wurde rau. Seine Kinder. Nell. Irgendetwas war in ihrem

Blick, in ihrem Lächeln, das ihn unvermittelt traf. Er hob die Hand und strich ihr übers Haar. „Ich sollte gehen."

„Bleib." Es war ganz einfach. „Du weißt, dass ich dich will."

Er konnte den Blick einfach nicht abwenden. Die Sehnsucht war so viel größer und süßer, als er je für möglich gehalten hatte. „Das macht alles nur noch komplizierter, Nell. Ich schleppe so viel mit mir herum, ich ..."

„Es ist mir egal." Sie atmete zittrig aus. „Ich habe nicht einmal mehr meinen Stolz. Liebe mich, Mac." Sie stieß einen Seufzer aus und zog seinen Kopf zu sich herunter, um ihn zu küssen. „Liebe mich. Nur heute Nacht."

Er konnte ihr nicht widerstehen. Davon hatte er geträumt, seit er sie zum ersten Mal gesehen hatte. Sie war so weich und warm, und er hatte schon so lange auf diese Wärme, die nur Frauen so schenken konnten, verzichten müssen.

Und als ihre Lippen sich jetzt berührten und sie sich umfangen hielten, wünschte er sich nichts anderes mehr.

Er hatte sich nie für einen romantischen Mann gehalten. Ob eine Frau wie Nell wohl lieber Kerzenlicht, leise Musik und zarten Duft gehabt hätte? Aber jetzt konnte er nichts mehr ändern. Jetzt konnte er sie nur noch auf die Arme heben und ins Schlafzimmer tragen.

Er machte das Licht an und wunderte sich darüber, wie plötzlich seine Nervosität verschwunden war, als er sah, wie angespannt sie auf einmal wirkte.

„Ich habe so oft daran gedacht", gestand er jetzt leise. „Immer wenn ich dich anfasse, möchte ich dich nackt sehen."

„Gut." Sie lächelte zu ihm auf und entspannte sich langsam.

Er trug sie zum Bett und legte sich zu ihr, strich ihr übers Haar und über die Schultern, dann senkte er den Kopf und küsste sie.

Es war so leicht und einfach, als hätten sie diese Nähe seit Jahren erlebt. Und es war so aufregend, als wäre es für sie beide das erste Mal.

Eine Berührung, ein Verweilen, ein Murmeln, ein zarter Seufzer. Er drängte sie nicht, blieb geduldig, streichelte sie nur und löste die wunderbarsten Gefühle in ihr aus. Sachte öffnete er dabei Knöpfe und hielt inne, um weiterzuforschen.

Ihr wurde heiß unter seinen Händen. Ihr Puls hämmerte, beschleunigte sich unter seinen Fingern, seiner Zunge. Ihre Hände zitterten, und sie stöhnte mit einem heiseren Lachen auf, als sich endlich Haut an Haut schmiegte.

Endlich liebten sie sich. Niemals waren diese Worte wahrhaftiger gewesen. Nell erfuhr eine nie erlebte Zärtlichkeit, verbunden mit lustvoller Neugier, die ihre Sinne zu überwältigen drohte.

Immer wieder küsste er sie, und mit jedem Mal versank sie noch tiefer im Strudel ihrer Gefühle. Es gab schon lange nur noch ihn. Und mehr brauchte sie auch nicht.

Sie gab sich ihm mit einer Unbefangenheit und so rückhaltlos hin, dass es ihn bis ins tiefste Innere anrührte. Ihre Körper passten erregend gut zusammen, und immer wenn er fürchtete, die Beherrschung zu verlieren, fand er wieder zurück in ihren gemeinsamen Rhythmus.

Dann bewegten sie sich langsam und mit Genuss.

Nell war klein und zierlich, und ihre Zerbrechlichkeit machte ihn noch zärtlicher. Selbst als sie sich aufbäumte und einen kleinen Schrei ausstieß, ließ er sich noch Zeit. Es war so wundervoll, ihr Gesicht zu beobachten, dieses so unglaublich ausdrucksvolle Gesicht, all die Gefühle, die sich darin widerspiegelten.

Er bekämpfte das Verlangen, zu ihr zu kommen, gerade lange genug, um sie beide zu schützen. Ihre Blicke verfingen sich ineinander, als er endlich in sie glitt. Sie hielt einen winzigen Moment den Atem an und nahm ihn dann langsam und zittrig in sich auf. Sie lächelte.

Draußen rüttelte der Wind an den Fenstern, und es war, als klängen von irgendwoher Schlittenglöckchen. Und dann fing es langsam und sanft an zu schneien.

8. KAPITEL

Mac konnte nicht genug von Nell bekommen. Im schlimmsten Fall war es eine Art Irrsinn, die ihn befallen hatte, im besten eine vorübergehende Verirrung. Ganz gleich, wie viel oder wie wenig Zeit er hatte, sein ganzes Sein war von Nell besetzt, und er dachte immer wieder an sie, Tag und Nacht.

So zynisch es war: Er wünschte, es wäre nur Sex, was ihn zu ihr hinzog. Denn dann könnte er alles auf die Hormone schieben und sich wieder anderen Dingen zuwenden. Aber wenn er an sie dachte, stellte er sie sich nicht nur im Bett vor. Manchmal stand sie dann vor einer Gruppe von Kindern, dirigierte ihre jungen Stimmen, oder sie saß am Klavier zwischen den Zwillingen und lachte mit ihnen. Oder sie spazierte einfach durch die Stadt, die Hände in den Taschen, das Gesicht zum Himmel gerichtet.

Das machte ihm Angst.

Sie nahm immer alles so leicht und unproblematisch und überlegte sich nie, ob etwas richtig oder falsch war, ob sie das oder jenes sagen durfte oder nicht. Sie machte ihn ganz einfach verrückt.

Aber er konnte sich nicht leisten, verrückt zu sein. Er musste an seine Kinder denken, an sein Geschäft. Und er hatte einen Haushalt zu versorgen. Was das betraf: Sobald er nach Hause kam, musste er die Waschmaschine anwerfen und dann – oh nein! Er hatte schon wieder vergessen, das Hühnchen aufzutauen!

Dann werden wir uns eben auf dem Weg zum Konzert Hamburger kaufen, entschied er. Er hatte auch so schon genug zu tun, ohne sich ständig um das Abendessen kümmern zu müssen. Außerdem kam Weihnachten bedrohlich nahe, und die Kinder verhielten sich nach wie vor äußerst merkwürdig.

Wir wünschen uns nur Fahrräder, Dad, hatten sie gesagt. Der Weihnachtsmann kümmert sich dieses Jahr um das große Geschenk.

Was mochte das für ein großes Geschenk sein? Mac hatte nicht die geringste Vorstellung, und die beiden hielten eisern dicht, so geschickt er auch nachfragte. Das war etwas ganz Neues, und es beunruhigte ihn. Er wusste, dass sie in ein oder, wenn er Glück hatte, zwei Jahren ohnehin nicht mehr an den Weihnachtsmann und seine Zauberkraft glauben würden. Das war das Ende der kindlichen Unschuld. Was immer es war, was sie sich so dringend zu Weihnachten wünschten, er hätte gern dafür gesorgt, dass sie es auch unter dem Baum fanden.

Aber sie kicherten nur aufgeregt, wenn er versuchte, das Geheimnis aus ihnen herauszukitzeln, und alles, was er erfuhr, war, dass es sich um ein Geschenk für sie alle drei handelte.

Mac maß die Fußleiste aus und fing an, sie festzunageln. Wenigstens war der Baum schon aufgestellt und geschmückt, und die Plätzchen waren gebacken. Er verspürte einen Anflug von schlechtem Gewissen, weil er trotz Bitten der Kinder Nells Angebot, bei der Dekoration zu helfen, ausgeschlagen hatte.

War er denn der Einzige, dem klar war, was für ein Fehler es sein würde, wenn seine Kinder sich zu sehr an Nell gewöhnen würden? Sie war erst seit wenigen Monaten in der Stadt und konnte jederzeit wieder gehen. Sie fand seine Kinder sicher süß und nett, aber das war schon alles. Er würde verhindern, dass sie mehr Gefühle investierten.

Das klang ja, als wären Zach und Zeke Anlagescheine! Aber so meinte er es natürlich nicht. Er würde nur ganz einfach nicht zulassen, dass seine Söhne ein zweites Mal verlassen wurden. Dieses Risiko ging er nicht ein, um nichts in der Welt, auch nicht für ein kurzfristiges Glück.

Nachdem er schließlich das letzte Leistenstück angebracht hatte, nickte er zufrieden. Er machte sehr gute Fortschritte mit dem Haus. Hier bewegte er sich auf sicherem Boden. Er wusste genau, was er tat. So wie er wusste, was er mit den Jungen zu tun hatte. Wüsste er nur ebenso gut, wie es mit Nell weitergehen sollte!

„Vielleicht passiert es heute Abend." Zeke sah seiner weißen Atemwolke nach. Er saß mit seinem Zwillingsbruder im Baumhaus, mit Mantel und dickem Schal gegen die Dezemberkälte geschützt.

„Aber es ist doch noch gar nicht Weihnachten."

„Aber heute ist das Weihnachtskonzert." Zeke fand, dass sie lange genug gewartet hatten. „Beim Chor haben wir sie zum ersten Mal gesehen. Und außerdem gibt es da Musik und einen Baum und lauter solche Sachen. Es wird genau wie an Weihnachten sein."

„Ich weiß nicht." Zach war von der Vorstellung durchaus angetan, aber er war vorsichtiger. „Geschenke bekommt man immer erst, wenn richtig Weihnachten ist."

„Aber wir kriegen auch welche, wenn Mr. Perkins im Feuerwehrhaus den Weihnachtsmann spielt. Das ist noch eine ganze Woche vor Weihnachten, und er schenkt trotzdem allen Kindern etwas."

„Das sind aber nicht die *echten* Geschenke, die man sich gewünscht hat." Aber Zach erwärmte sich langsam für die Idee seines Bruders. „Vielleicht, wenn wir es uns ganz fest wünschen. Dad mag sie richtig gern. Und Tante Mira hat zu Onkel Dave gesagt, dass Dad die richtige Frau gefunden hat, auch wenn er es nicht weiß." Er kräuselte die Stirn. „Wieso weiß er es nicht, wenn er sie gefunden hat?"

„Keine Ahnung. Tante Mira sagt dauernd solche Sachen, die man nicht versteht", gab Zeke altklug zurück. „Dad wird sie heiraten, und dann zieht sie zu uns und ist unsere Mom. Ganz bestimmt. Wir haben uns so angestrengt, brav zu sein."

„Hm." Zach wackelte mit der Fußspitze. „Glaubst du, dass sie uns lieb hat und das alles?"

„Wahrscheinlich." Zeke warf seinem Bruder einen Blick zu. „Ich habe sie lieb."

„Ich auch", gestand Zach, und ein breites Lächeln erhellte sein Gesicht. Alles würde gut ausgehen, davon war er inzwischen überzeugt.

„Also gut, Leute." Nell erhob ihre Stimme über das Stimmengewirr im Chorraum, der an Konzertabenden als Garderobe hinter der Bühne diente. Die Kinder liefen kreuz und quer herum, überprüften Kleider, Frisur und Make-up und versuchten, ihr Lampenfieber zu besiegen, indem sie sich in voller Lautstärke unterhielten. „Ruhe."

Ein Junge hatte den Kopf zwischen den Knien und kämpfte verzweifelt gegen seine Nervosität an. Nell schenkte ihm ein verständnisvolles Lächeln. Langsam beruhigten sich alle.

„Ihr habt alle hart für dieses Konzert heute Abend gearbeitet und seid nervös, weil draußen eure Familien und Freunde sitzen. Aber ihr braucht keine Angst zu haben, denn ihr seid wirklich gut. Bitte, denkt daran, dass ihr genauso ruhig und geordnet auf die Bühne geht, wie wir es geprobt haben." Ein paar Kinder kicherten, und Nell hob eine Augenbraue hoch. „Oder sagen wir so: Versucht es bitte geordneter und ruhiger als bei der Probe. Und haltet euch gerade. Kopf hoch, und vor allem: lächeln." Sie machte eine kleine Pause und hob die Hand. „Und was am wichtigsten ist: Freut euch und genießt euren Auftritt. So, und jetzt hinaus mit euch, und zeigt es ihnen."

Ihr eigenes Herz schlug auch schneller, als sie jetzt die Kinder auf die Bühne schickte und darauf achtete, dass sie sich richtig aufstellten. Langsam verstummte das Murmeln im Zuschauerraum. Nell wusste, dass dieses Konzert ihre große Bewährungsprobe war. Heute würde sich entscheiden, ob die Gemeinschaft sie als Musiklehrerin akzeptierte.

Sie holte tief Luft, zupfte am Saum ihres Samtjacketts und betrat die Bühne. Höflicher Applaus empfing sie.

„Ich möchte Sie herzlich zum Weihnachtskonzert der Taylor's Grove Highschool begrüßen", begann sie ihre Ansprache ins Mikrofon.

„Oh, Dad, ist Miss Davis nicht furchtbar hübsch?"

„Ja, Zach, das ist sie."

Sie sah in ihrem grünen Samtkostüm, mit dem dezenten Haarschmuck und dem etwas nervösen Lächeln hinreißend aus. Ob sie wusste, wie sie wirkte?

Aber im Augenblick wusste Nell nur, dass sie nervös war. Sie wollte, sie hätte irgendwelche Gesichter erkennen können, aber das Bühnenlicht blendete sie zu sehr. Nach ein paar einführenden Worten wandte sie sich ihrem Chor zu und lächelte aufmunternd.

„Also los, Leute", sagte sie so leise, dass nur die Kinder es hören konnten. „Lasst es rocken."

Das Konzert begann spektakulär mit der Springsteen-Nummer, und die Wirkung auf die Zuhörer war eindrucksvoll. Das war nicht das einschläfernde Programm, das die meisten aus leidvoller Erfahrung erwartet hatten.

Als der Beifall aufbrandete, fiel die Spannung von Nell ab. Sie hatte die erste Hürde genommen. Weiter ging es mit einem traditionellen Lied, dann mit „Cantate Domine" und „Adeste Fideles", bevor der Swing wieder mit einer flotten Version von „Jingle Bells" die Bühne beherrschte. Dazu bewegten die Kinder sich im Rhythmus und klatschten in die Hände.

Dann trat Kim vor und sang mit ihrer hellen glockenreinen Stimme die ersten Töne, und Nell drohte das Herz überzugehen.

„Oh, Dave." Mira umfasste gerührt die Hand ihres Mannes, dann die ihres Bruders. „Unser kleines Mädchen." Viele Augen wurden feucht.

Den Abschluss des Konzerts bildete „Stille Nacht" ohne Klavierbegleitung, so wie es ursprünglich geschrieben worden war und nur junge Stimmen es singen konnten. Nach dem letzten Ton stand das Publikum geschlossen auf und applaudierte begeistert.

Nell war glücklich, als sie in die leicht geröteten Gesichter ihrer kleinen Sänger sah. Als der Geräuschpegel gesunken war, trat sie ans Mikrofon.

„Waren sie nicht fantastisch?"

Beifall und Bravorufe setzten erneut ein, und sie wartete, bis sie wieder verebbt waren.

„Ich möchte mich bei Ihnen allen sehr herzlich bedanken, dass Sie gekommen sind, vor allem auch bei den Eltern unserer Sängerinnen und Sänger für ihre Geduld und ihr Verständnis. Immerhin mussten sie mir ihre Sprösslinge jeden Tag für ein paar Stunden überlassen. Die Kinder haben alle sehr hart für dieses Konzert gearbeitet, und ich freue mich, dass Ihnen das Ergebnis offenbar gefallen hat. Ich möchte noch darauf hinweisen, dass die Blumen auf der Bühne von Hill Florists gespendet wurden und für drei Dollar pro Topf erworben werden können. Der Erlös geht an den Chor für neue Kostüme. Fröhliche Weihnachten, und kommen Sie wieder!"

Bevor sie sich abwenden konnte, waren Kim und Brad an ihre Seite getreten.

„Wir sind noch nicht ganz fertig." Brad räusperte sich, und das Gemurmel im Zuschauersaal legte sich. „Der Chor möchte Miss Davis für all ihre Mühe etwas schenken." Brad geriet etwas ins Stocken und lächelte verlegen. „Das war Miss Davis' erstes Konzert an unserer

Schule, und ..." Er konnte sich einfach nicht mehr daran erinnern, was er und Kim alles an Nettigkeiten aufgeschrieben hatten, und so sagte er einfach, was er fühlte. „Sie ist einfach toll. Danke, Miss Davis."

„Wir hoffen, es gefällt Ihnen", sagte Kim noch, als sie Nell ein buntes Päckchen überreichte. „Der Chor hat zusammengelegt."

„Ich ..." Nell wusste nicht, was sie sagen sollte. Vor Rührung hätte sie ohnehin kein Wort herausgebracht. Sie öffnete das Päckchen und sah mit feuchten Augen auf die Brosche in Form eines Violinschlüssels hinunter.

„Wir wissen, dass Sie Schmuck mögen", fuhr Kim fort, „deshalb dachten wir ..."

„Sie ist wunderschön. Wunder-, wunderschön." Nell drehte sich zu ihrem Chor um. „Vielen Dank. Ihr wisst gar nicht, was ihr mir mit diesem Geschenk für eine Freude gemacht habt. Fröhliche Weihnachten."

„Sie hat ein Geschenk bekommen", erklärte Zach wichtig. Sie warteten vor der Aula auf Kim. „Das bedeutet, dass wir sie heute auch bekommen können."

„Aber dann darf sie nicht gleich heimgehen." Zeke hatte alles genau durchdacht und wartete nur noch auf den richtigen Augenblick. Als Nell auftauchte, fing er an zu hüpfen, damit sie ihn auch nicht übersah. „Miss Davis! Hier sind wir, Miss Davis!"

Mac rührte sich nicht. Er konnte es nicht. Irgendetwas war mit ihm geschehen, als er sie da auf der Bühne beobachtet, ihr Lächeln und ihre feuchten Augen gesehen hatte.

Er liebte sie. Das war ein ganz neues Gefühl für ihn, und er wusste nicht, wie er damit umgehen sollte. Die Flucht erschien ihm als die eleganteste Lösung, aber er stand da wie festgewurzelt.

„Hallo!" Sie beugte sich zu den Jungen hinunter und küsste sie auf die Wange. „Hat es euch gefallen?"

„Es war echt gut. Kim war am besten."

„Das finde ich auch", flüsterte Nell Zeke ins Ohr, „aber das muss unser Geheimnis bleiben."

„Wir verraten nichts." Zeke lächelte seinem Bruder stolz zu. „Wir haben auch ein Geheimnis, schon ganz lange, und wir haben es noch niemandem verraten."

„Wollen Sie mit uns nach Hause kommen, Miss Davis?" Zach fasste nach Nells Hand und warf seinen ganzen Charme in die Waagschale. „Bitte. Sie müssen unbedingt unseren Baum anschauen und die Lichter. Man kann sie schon von der Straße aus sehen."

„Ich würde gern mitkommen." Nell sah zu Mac auf. „Aber vielleicht ist euer Vater müde."

Mac war nicht müde, er fühlte sich wie erschlagen. Ihre Wimpern schimmerten noch immer feucht, und die kleine Brosche glänzte an ihrer Jacke. „Du kannst gern kommen, wenn dir die Fahrt nicht lästig ist."

„Dann nehme ich die Einladung an. Ich bin immer noch ganz aufgedreht." Nell richtete sich auf und forschte in Macs Gesicht nach irgendeinem Zeichen von Freude oder Ablehnung. „Wenn du dir wirklich sicher bist, dass ich nicht störe?"

„Nein, du störst mich nicht." Seine Stimme klang belegt. „Ich möchte ohnehin mit dir sprechen."

„Ich komme nach, sobald ich hier fertig bin." Damit verschwand sie in der Menge.

„Sie hat richtige Wunder bewirkt", sagte Mrs. Hollis zu Mac. „Ein Jammer, dass wir sie verlieren müssen."

„Wieso müssen wir sie verlieren?" Mac sah auf seine Söhne hinunter, aber sie flüsterten eifrig miteinander und waren ganz mit sich beschäftigt. „Wie meinen Sie das?"

„Ich habe von Mr. Perkins, der es wiederum von Addie McVie im Sekretariat hat, gehört, dass man Miss Davis ab nächstem Herbst wieder ihre alte Stelle in New York angeboten hat. Nell und der Direktor hatten deswegen heute Morgen eine Besprechung." Macs Blick ging ins Leere. „Es ist wirklich schade, dass sie wieder geht. Sie hat den Kindern so gutgetan."

Mrs. Hollis hatte eine ihrer Freundinnen erspäht und machte sich auf den Weg zu ihr.

9. KAPITEL

Mac hatte sich gut im Griff. Wenigstens in den letzten sieben Jahren hatte er keine Schwierigkeiten gehabt, sich zu beherrschen. Und auch jetzt schaffte er es, seine gereizte Stimmung vor den Kindern zu verbergen.

Die Zwillinge freuten sich so auf Nells Besuch und machten eine halbe Staatsaffäre daraus. Sie zündeten alle Lichter an und verteilten Plätzchenteller in der Wohnung, damit sie sich auch wohlfühlte.

Die beiden lieben sie auch, dachte Mac. Das machte die Sache wirklich kompliziert.

Er hätte es besser wissen müssen. Er *hatte* es ja auch besser gewusst. Aber irgendwie war es dann doch passiert. Er hatte nicht aufgepasst und auch noch die Kinder mit hineingezogen.

Jetzt musste er sehen, wie er wieder Ordnung in dieses Chaos brachte. Mac machte sich eine Flasche Bier auf. Darin galt er schließlich berufsmäßig als Meister.

„Damen trinken aber gern Wein", teilte Zach ihm weltmännisch mit. „So wie Tante Mira."

Richtig. Auf Miras Party hatte Nell auch Wein getrunken. „Ich habe aber keinen da", erwiderte Mac.

Er sah so unglücklich aus, dass Zach ihn zu trösten versuchte. „Du kannst ja für nächstes Mal eine Flasche kaufen."

Mac strich ihm übers Haar. Es tat fast körperlich weh, wie er seine Kinder liebte. „Du weißt auch immer eine Antwort, nicht wahr?"

„Du magst sie doch auch gern, Dad, oder?"

„Ja, sie ist nett."

„Und sie mag uns doch auch, oder?"

„Na, wer mag denn so liebe Zwillinge nicht?" Mac setzte sich an den Küchentisch und zog Zach auf seinen Schoß. Für ihn war es immer noch wie ein Wunder, dass er so nette kleine Söhne hatte, und er kannte nichts Schöneres, als sie in den Arm zu nehmen. „Sogar ich mag euch die meiste Zeit."

Zach kicherte und schmiegte sich an seinen Vater. „Sie muss ganz allein wohnen. Hast du das gewusst?" Er fing an, mit den Knöpfen an

Macs Hemd zu spielen. Das war aller Erfahrung nach ein Anzeichen dafür, dass er auf etwas hinauswollte.

„Viele Leute wohnen allein."

„Aber wir haben ein ganz großes Haus. Und zwei Zimmer sind immer leer, wenn Grandma und Pop uns nicht besuchen kommen."

Mac war alarmiert, und er zupfte seinen Sohn am Ohr. „Zach, was willst du damit sagen?"

„Nichts." Zach zog einen kleinen Schmollmund und nahm sich den nächsten Knopf vor. „Ich habe nur gedacht, dass sie vielleicht zu uns ziehen kann." Er warf seinem Vater einen vorsichtigen Blick zu. „Dann wäre sie nicht so einsam."

„Niemand hat gesagt, dass sie einsam ist", gab Mac zurück. „Ich finde, du solltest lieber ..."

Es läutete an der Tür. Der Hund fing an zu bellen und sprang aufgeregt herum. Zeke raste in die Küche. „Sie ist da! Sie ist da!"

Mac fuhr Zach zärtlich durch die Haare und setzte ihn auf dem Boden ab. „Dann lasst sie herein. Es ist kalt draußen."

„Ich mache auf!"

„Nein, ich!"

Die Zwillinge lieferten sich ein Wettrennen, das unentschieden endete. Nach einem kurzen Kampf um die Klinke rissen sie die Tür auf und zerrten Nell förmlich ins Haus.

„Das hat aber lange gedauert", beschwerte Zeke sich. „Wir warten schon ewig. Ich habe schon Weihnachtsmusik angemacht und den Baum angezündet und alles."

„Ja, das sehe ich."

Nell ließ sich von den Jungen zum Baum ziehen, damit sie ihn näher begutachtete. „Das habt ihr großartig gemacht", lobte sie. „Dagegen sieht mein Baum richtig mickrig aus."

„Wir können einen Strumpf für Sie hinhängen und Ihren Namen draufschreiben", bot Zach großzügig an.

„Das kann man machen lassen", informierte Zeke sie. „Sie kriegen auch einen ganz großen Strumpf."

Nell war überwältigt von so vielen Liebesbeweisen. Sie ging in die Hocke und umarmte die beiden. „Ihr seid wirklich süß." Sie musste lachen, als sich jetzt auch noch Zark dazwischendrängte. Mac kam aus der Küche, und sie lächelte ihn an. „Hallo! Tut mir leid, dass es so lange gedauert hat. Aber die Kinder wollten das Konzert in allen Einzelheiten durchsprechen und wissen, was sie alles falsch gemacht haben."

Es sollte verboten werden, wie sie da mit den Kindern und dem Hund im Arm vor dem Weihnachtsbaum kniete und ein so vollkommenes Bild der Harmonie abgab.

„Ich habe keine Fehler gehört."

„Ein paar waren dabei. Aber die werden wir auch noch ausbügeln."

Nell setzte sich auf ein großes Bodenkissen, ohne die Jungen loszulassen. Als wollte sie sie behalten und nie mehr loslassen, dachte Mac.

„Wir haben leider keinen Wein", gestand Zach betrübt. „Aber wir haben Milch und Wasser und Limonade und Bier. Oder ..." Er warf seinem Vater einen hoffnungsvollen Blick zu, „oder wir könnten Kakao machen."

„Das gehört zu meinen Spezialitäten." Nell stand auf und zog ihren Mantel aus. „Wo ist die Küche?"

„Ich kümmere mich darum", sagte Mac.

„Dann helfe ich dir." Sie verstand gar nicht, warum er so betont Abstand von ihr hielt. „Oder magst du keine Frauen in deiner Küche?"

„Es kommt selten vor. Du hast gut ausgesehen auf der Bühne."

„Danke. Es hat auch Spaß gemacht."

Er sah an ihr vorbei in die großen erwartungsvollen Augen seiner Kinder. „Wollt ihr nicht schon einmal euren Schlafanzug anziehen? Bis ihr fertig seid, ist auch der Kakao fertig."

„Wir sind schneller", wettete Zeke und rannte die Treppe hinauf.

„Es gilt nicht, wenn ihr eure Kleider einfach auf den Boden werft." Mac machte sich auf den Weg in die Küche.

„Tun sie das?", erkundigte Nell sich.

„Zach hängt seine Sachen auf, woraufhin sie auf den Boden fallen, und Zeke schiebt seine der Einfachheit halber gleich unters Bett."

Nell lachte und sah ihm zu, wie er Milch und Kakaopulver hervorholte. „Vor ein paar Tagen habe ich die beiden schwer beeindruckt", erzählte sie. „Sie kamen mit Kim zur Chorprobe und hatten vorher die Pullover vertauscht. Aber ich habe sie trotzdem auseinandergehalten. Sie konnten es gar nicht glauben."

„Und wie hast du das geschafft?"

„Ach, das war gar nicht so schwierig. Die beiden sind ja ganz unterschiedliche kleine Persönlichkeiten. Wenn Zeke sich über etwas freut, werden seine Augen immer ganz schmal, und Zach schaut dann so halb unter den Wimpern hervor." Sie öffnete einen Schrank, um nach Tassen zu suchen. „Nuancen in der Stimme, Körperhaltung, Gesten. Es gibt viele kleine Unterschiede, wenn man aufpasst. Ah, da sind sie ja." Sie nahm vier Tassen aus dem Schrank und stellte sie auf die Küchentheke. Mac sah ihr dabei zu. Als wollte er sich über irgendetwas klar werden, dachte sie. „Stimmt etwas nicht?"

„Ich muss mit dir sprechen." Er stellte die Milch auf die Herdplatte.

„Das hast du schon gesagt." Sie hielt sich an der Theke fest. „Mac, verstehe ich da etwas falsch, oder soll das ein Rückzugsgefecht werden?"

„So würde ich es nicht nennen."

Er würde ihr wehtun, das spürte sie, und sie wappnete sich dagegen. „Wie würdest du es denn nennen?", fragte sie, so ruhig sie konnte.

„Ich mache mir Gedanken um die Jungen. Was mit ihnen sein wird, wenn du weiterziehst. Sie gewöhnen sich an dich." Warum klang das nur so dumm? Und warum fühlte er sich so dumm dabei?

„Sie?"

„Ich glaube, wir haben ihnen einen falschen Eindruck vermittelt, und es wäre ratsam, wenn wir das richtigstellen, bevor es zu spät ist." Er konzentrierte sich auf seinen Kakao, als handelte es sich dabei um ein hochkompliziertes chemisches Experiment. „Wir sind ein paar Mal miteinander ausgegangen, und wir …"

„Wir haben miteinander geschlafen", vollendete sie seinen Satz kühl. Zur Schau getragene Kälte war ihr einziger Schutz.

Er drehte sich um und sah sie prüfend an. Die Zwillinge waren noch oben. Er konnte sie hören. „Ja, wir haben miteinander geschlafen, und es war sehr schön. Das Problem ist, dass Kinder mehr mitbekommen, als man denkt, und sich etwas in den Kopf setzen. Sie hängen sich an einen."

„Und das willst du nicht." Ja, dachte sie, es wird wehtun, sehr weh. „Und du willst es auch für dich nicht."

„Ich glaube einfach, es wäre ein Fehler, es noch weitertreiben zu lassen."

„Das war klar ausgedrückt: Hände weg!"

„So ist es nicht, Nell." Er legte den Löffel hin und machte einen Schritt auf sie zu. Aber es gab da eine Linie, die konnte er nicht überqueren. Er selbst hatte sie gezogen. Wenn er nicht darauf bestand, dass jeder auf seiner Seite dieser Linie blieb, dann würde sich sein ganzes Leben, das er so sorgfältig im Griff hatte, verändern. „Ich habe hier ein geregeltes Dasein, und das soll so bleiben. Die Kinder haben nur mich, und ich habe nur sie. Das kann ich nicht kaputt machen lassen."

„Du brauchst mir nichts zu erklären." Ihre Stimme klang belegt, und sie wusste, dass sie sie nicht mehr lange in der Gewalt haben würde. „Das hast du ja von Anfang an klargemacht. Es ist wirklich komisch: Du lädst mich zum ersten Mal in dein Haus ein, und dann nur, um mich hinauszuwerfen."

„Ich werfe dich nicht hinaus. Ich versuche nur, etwas zu reparieren."

„Ach, scher dich zum Teufel. Ich bin doch nicht eines deiner Häuser!" Damit stürmte sie aus der Küche.

„Nell, geh nicht so." Er folgte ihr ins Wohnzimmer, aber sie hatte schon ihren Mantel geholt. Die Jungen kamen in heller Aufregung die Treppe heruntergepoltert.

„Warum gehen Sie schon wieder, Miss Davis? Sie haben ja noch gar nicht ..." Sie blieben erschrocken stehen, als sie die Tränen sahen, die Nell über das Gesicht strömten.

„Es tut mir leid." Es war zu spät, ihnen etwas vorzumachen, und so ging sie einfach weiter. „Ich muss noch etwas erledigen. Es tut mir leid."

Dann war sie verschwunden. Mac stand hilflos mitten im Wohnzimmer. Die Jungen sahen ihn aus großen Augen an, und er suchte verzweifelt nach einer Erklärung. Aber bevor er noch etwas sagen konnte, brach Zach in Tränen aus.

„Sie hat geweint, und du bist schuld, dass sie weggelaufen ist!"

„Das wollte ich nicht. Sie ..." Er ging auf seine Söhne zu, um sie in den Arm zu nehmen, aber er traf auf erbitterten Widerstand.

„Du hast alles kaputt gemacht!" Auch in Zekes Augen standen Tränen, aber er war auch wütend. „Wir haben getan, was wir konnten, und du hast es kaputt gemacht."

„Sie kommt nie mehr zurück." Zach setzte sich auf die unterste Treppenstufe und schluchzte. „Jetzt wird sie nie unsere Mom werden."

„Was?", fragte Mac fassungslos. Er fuhr sich mit beiden Händen durch die Haare. „Was redet ihr da überhaupt?"

„Du bist schuld", klagte Zeke.

„Jetzt hört einmal zu. Miss Davis und ich hatten eine – Meinungsverschiedenheit. Das ist doch nicht das Ende der Welt." Er wollte nur, es würde sich nicht so anfühlen wie ein Weltuntergang.

„Der Weihnachtsmann hat sie geschickt." Zach rieb die Augen mit den Fäusten. „Genau wie wir es uns gewünscht haben. Und jetzt ist sie weg."

„Was soll das heißen: ‚Der Weihnachtsmann hat sie geschickt'?" Mac setzte sich neben Zach und zog ihn und den widerstrebenden Zeke auf seinen Schoß. „Miss Davis ist aus New York zu uns gekommen, nicht vom Nordpol."

„Das wissen wir auch." Zeke barg das Gesicht an der Brust seines Vaters. „Aber sie ist gekommen, weil wir dem Weihnachtsmann einen Brief geschrieben haben, schon vor vielen Monaten, damit er auch genug Zeit hat."

„Zeit wofür?"

„Um die richtige Mom auszusuchen." Zach atmete zittrig durch und schniefte. Dann sah er zu seinem Vater auf. „Wir wollten eine nette Mom, die gut riecht und Hunde mag und gelbe Haare hat. Das haben wir geschrieben, und dann ist sie gekommen. Und du hättest sie heiraten sollen, dann wäre sie unsere Mom geworden."

Mac musste um seine Beherrschung kämpfen. „Warum habt ihr mir nie erzählt, dass ihr euch eine Mutter wünscht?"

„Nicht irgendeine Mutter", berichtigte Zeke. „Sondern genau die richtige Mom. Und das war Miss Davis, aber sie ist weg. Wir haben sie lieb, und jetzt mag sie uns nicht mehr, weil sie wegen dir geweint hat."

„Natürlich mag sie euch noch." Ihn würde sie hassen, aber sie würde es die Jungen nicht spüren lassen. „Aber ihr beide seid doch alt genug, um zu wissen, dass der Weihnachtsmann keine Mom bringt."

„Er hat sie aber doch geschickt, weil wir sie uns gewünscht haben. Wir wollten sonst gar nichts haben, nur Fahrräder." Zach sank in sich zusammen. „Wir haben uns keine Spielsachen oder Spiele gewünscht. Nur eine Mom. Du musst sie wiederholen, Dad. Du musst wieder alles in Ordnung bringen."

„So leicht geht das leider nicht, mein Sohn. Mit Menschen ist das nicht so einfach wie mit kaputtem Spielzeug oder alten Häusern. Es war nicht der Weihnachtsmann, der sie geschickt hat. Miss Davis ist hergekommen, um hier zu arbeiten."

„Und er hat sie doch geschickt." Zach stieß sich vom Schoß seines Vaters ab. „Vielleicht willst du sie nicht haben, aber wir wollen sie."

Damit marschierten die Zwillinge nebeneinander die Treppe hinauf, eine kleine Gemeinschaft, zu der er keinen Zugang hatte. Mac fühlte sich leer und ausgepumpt. Aus der Küche roch es nach verbranntem Kakao.

10. KAPITEL

Ich sollte für ein paar Tage wegfahren, dachte Nell, irgendwohin, nur weg von hier. Es gab nichts Trostloseres, als Weihnachten allein zu Hause zu sitzen und mitzubekommen, wie alle anderen geschäftig herumeilten, um das Fest vorzubereiten.

Sie hatte mehrere Einladungen erhalten und alle unter irgendeinem Vorwand, der selbst in ihren eigenen Ohren ziemlich lahm klang, abgelehnt. Dieses Trübsalblasen sah ihr überhaupt nicht ähnlich. Aber andererseits hatte sie noch niemals an einem gebrochenen Herzen gelitten.

Als sie sich von Bob getrennt hatte, war ihr Stolz gekränkt gewesen, und das war ganz überraschend, geradezu peinlich schnell vorübergegangen.

Jetzt hatte sie ausgerechnet an Weihnachten, dem Fest der Liebe, Liebeskummer.

Mac fehlte ihr, und sie ärgerte sich darüber. Ihr fehlten sein langsames, so zögerndes Lächeln, seine ruhige Stimme, seine Sanftheit und Wärme. In New York hätte sie sich ins Gewühl stürzen und ihn wenigstens für ein paar Stunden vergessen können. Aber hier erinnerte sie alles an ihn.

Sie würde sich kurzerhand in ihr Auto setzen und einfach losfahren, irgendwohin, ins Blaue. Das Ziel würde sie dem Zufall überlassen.

Dabei sehnte sie sich nach den Kindern. Gestern hatte es geschneit. Ob die beiden schon Schlitten fahren gewesen waren? Und zählten sie die Stunden, bis endlich Weihnachtsmorgen war? Planten sie aufzubleiben, bis sie den Schlitten des Weihnachtsmannes mit den Rentieren davor auf dem Dach hörten?

Unter ihrem Baum lagen Geschenke für die Zwillinge. Sie würde sie ihnen über Kim oder Mira zukommen lassen. Dabei hatte sie sich so sehr darauf gefreut, ihre Gesichter zu sehen, wenn sie sie auspackten.

Es sind nicht deine Kinder, sagte sie sich vor. Darauf hatte Mac sie mehr als deutlich hingewiesen. Seine Liebe zwischen ihr und den

Jungen zu teilen war ihm schon schwer genug gefallen. Aber von der Zuneigung der beiden etwas an sie abzugeben, das schaffte er überhaupt nicht.

Nell zwang sich, sich zu bewegen. Sie würde einfach ein paar Sachen zusammenpacken, ihre Reisetasche ins Auto werfen und fahren, bis sie Lust hatte, irgendwo zu bleiben. Hier hielt sie es doch nicht aus.

Die nächsten zehn Minuten verbrachte Nell hauptsächlich damit, völlig planlos Kleidungsstücke in einen Koffer zu stopfen. Nachdem sie sich einmal entschlossen hatte, sollte es möglichst schnell gehen. Sie klappte den Deckel zu, trug den Koffer zur Tür und wollte ihren Mantel holen.

Als es an die Tür klopfte, biss sie die Zähne zusammen. Wenn das der nächste wohlmeinende Nachbar war, der ihr fröhliche Weihnachten wünschen oder sie zum Essen einladen wollte, würde sie einen Schreikrampf bekommen.

Sie öffnete die Tür und erstarrte. „Ah, Macauley, das ist eine Überraschung ... Bist du unterwegs, um deinen Mietern schöne Feiertage zu wünschen?"

„Darf ich hereinkommen?"

„Warum?"

„Nell, bitte."

„Wenn es denn sein muss. Die Wohnung gehört dir schließlich." Sie wandte ihm den Rücken zu. „Tut mir leid, ich kann dir nicht einmal etwas zu trinken anbieten, und besonders unterhaltsam bin ich auch nicht."

„Ich muss mit dir reden." Seit Tagen hatte er versucht, den richtigen Einstieg, die richtigen Worte zu finden.

„Ach, ja? Du wirst entschuldigen, wenn ich darüber nicht in Jubelrufe ausbreche. Ich kann mich noch zu gut daran erinnern, wie es war, als du das letzte Mal mit mir reden musstest."

„Ich wollte dich nicht zum Weinen bringen."

„Ich habe nahe am Wasser gebaut. Du solltest mich sehen, wenn sie im Fernsehen Werbung für Welpenfutter machen." Aber sie hielt ihren Sarkasmus nicht lange durch und stellte ihm schließlich doch die Frage, die ihr am meisten am Herzen lag: „Wie geht es den Kindern?"

„Sie reden kaum noch mit mir." Nell sah ihn verständnislos an, und er wies zum Sofa. „Willst du dich nicht setzen? Das ist eine etwas komplizierte Geschichte."

„Ich bleibe lieber stehen. Ehrlich gesagt habe ich nicht viel Zeit. Ich wollte gerade aufbrechen."

Mac folgte ihrem Blick und entdeckte den Koffer. Sein Mund wurde schmal. „Nun, das hat ja nicht lange gedauert."

„Darf ich fragen, wie du das meinst?"

„Ich nehme an, dass du das Stellenangebot angenommen hast und wieder nach New York gehst."

„Wie schnell sich so etwas doch herumspricht. Nein, ich gehe nicht nach New York zurück. Es gefällt mir hier, und ich habe vor zu bleiben. Ich wollte nur in die Ferien fahren."

„Am Heiligen Abend um fünf Uhr nachmittags?"

„Ich kann fahren, wann ich will. Nein, du brauchst deinen Mantel nicht auszuziehen", fuhr sie ihn an. Die Tränen drohten zu kommen. „Sag, was du zu sagen hast, und dann geh bitte. Noch bezahle ich die Miete. Wenn ich es mir genau überlege, wäre es mir am liebsten, du gingst gleich. Ich halte auch nicht endlos viel aus."

„Die Jungen glauben, dass der Weihnachtsmann dich geschickt hat."

„Wie bitte?"

Die erste Träne lief ihr über die Wangen, und er wischte sie mit dem Daumen weg. „Nicht weinen, Nell. Nicht meinetwegen."

„Fass mich nicht an." Sie wich zurück und zog ein Taschentuch hervor.

Er entdeckte, was es für ein Gefühl war, wenn es einem das Herz zerriss. „Entschuldige." Langsam ließ er die Hand sinken. „Ich weiß, was du mir gegenüber empfinden musst."

„Du hast nicht die geringste Ahnung." Sie putzte sich geräuschvoll die Nase. „Was war das mit den Jungen und dem Weihnachtsmann?"

„Sie haben ihm im Herbst, kurz bevor du hierherkamst, schon einen Brief geschrieben, weil sie sich zu Weihnachten eine Mutter wünschten. Nicht irgendeine, sondern sie hatten ziemlich klare Vorstellungen." Nell sah ihn leicht verwirrt an. „Sie sollte gelbe Haare haben und viel lachen, Kinder und Hunde mögen und Kuchen backen können. Sie wünschten sich zwar auch Fahrräder, aber das war nicht so wichtig. Eigentlich wollten sie nur eine Mutter."

„Oh." Nell ließ sich abrupt auf die Sofalehne fallen. „Das erklärt nun einiges." Sie sah ihn an. „Das hat dich in eine peinliche Situation gebracht, nehme ich an. Ich weiß, dass du die Kinder liebst, Mac, aber mit mir eine Beziehung anzufangen, nur um den Kindern damit eine Freude zu machen, treibt die Vaterliebe dann doch ein bisschen zu weit."

„Ich wusste nichts davon. Du glaubst doch wohl nicht, ich würde auf diese Weise mit ihren oder deinen Gefühlen spielen?", fragte er empört.

„Ganz bestimmt nicht mit ihren", gab sie hohl zurück. „Nicht mit ihren."

Er dachte daran, wie zart und zerbrechlich sie ihm erschienen war, als sie zusammen geschlafen hatten. Jetzt wirkte sie noch zerbrechlicher ... und sie war blass, kein rosiger Schimmer lag auf ihren Wangen, ihre Augen leuchteten nicht. „Ich weiß, wie schlimm so eine Verletzung sein kann, Nell. Ich hätte dir niemals absichtlich wehtun können. Die Zwillinge haben mir erst von dem Brief erzählt, als ... an dem Abend warst du nicht die Einzige, die meinetwegen geweint hat. Ich versuchte, den beiden zu erklären, dass das mit dem Weihnachtsmann anders funktioniert, aber sie haben sich in den Kopf gesetzt, er hätte dich geschickt."

„Wenn du willst, rede ich mit ihnen."

„Ich verdiene nicht, dass du ..."

„Nicht deinetwegen", unterbrach sie ihn. „Ich tue es für sie."

Er nickte. „Ich wollte einfach wissen, was du von diesem Weihnachtswunsch hältst."

„Stell meine Geduld nicht auf die Probe, Mac."

Er kam näher. „Du solltest auch ein Geschenk für mich sein. Deshalb haben sie mir nichts davon gesagt. Du warst unser aller Weihnachtspräsent." Er berührte ihr Haar. „Was sagst du dazu?"

„Was soll ich denn dazu sagen?" Sie schlug seine Hand weg und stand auf, um ans Fenster zu treten. „Ich habe mich fast auf den ersten Blick in euch alle drei verliebt, und es tut weh. Also geh jetzt bitte, und lass mich in Ruhe. Das alles quält mich viel zu sehr."

Die Brust war ihm eng geworden. „Ich dachte, du würdest von hier weggehen und uns allein lassen. Ich habe einfach nicht gewagt zu glauben, dass du vielleicht unseretwegen bleiben würdest – weil wir dir wichtig sind."

„Dann warst du ein Idiot", murmelte sie.

„Du hast recht." Er sah, wie sich das Licht in ihrem Haar verfing, und gab jeden weiteren Versuch auf, Abstand zu halten. „Ich war der größte Idiot überhaupt, weil ich mich vor deinen und vor meinen Gefühlen fürchtete. Ich habe mich nicht sofort in dich verliebt. Jedenfalls habe ich es nicht gemerkt, erst am Konzertabend. Ich wollte es dir sagen, aber ich wusste nicht, wie. Dann erzählte mir jemand von deiner Stelle in New York und gab mir damit den idealen Vorwand, dich zu verdrängen. Ich dachte, ich schütze damit die Kinder davor, verletzt zu werden." Nein, dachte er. Ich kann nicht immer die Kinder vorschieben. „Das stimmt nur zum Teil. Ich habe mich selbst schützen wollen. Ich konnte meine Gefühle einfach nicht steuern, und das machte mir Angst."

„Es hat sich nichts geändert, Mac."

„Es könnte sich ändern." Er legte ihr die Hände auf die Schultern und drehte sie zu sich herum. „Meine eigenen Söhne haben mir zeigen müssen, dass man sich manchmal einfach etwas wünschen muss. Verlass mich nicht, Nell. Verlass uns nicht."

„Ich hatte nicht vor, von hier fortzugehen."

„Verzeih mir." Sie wollte den Kopf abwenden, aber er legte die Hand an ihre Wange und hinderte sie daran. „Bitte. Ich kann das alles nicht mehr ungeschehen machen, aber gib mir noch eine Chance. Ich brauche dich. Wir brauchen dich."

Nell sah ihn an, und ihr Kummer legte sich. „Ich liebe dich", sagte sie. „Ich liebe euch alle drei, ob ich will oder nicht."

Er war unendlich erleichtert und dankbar. „Ich liebe dich", sagte er und küsste sie zärtlich. „Und ich will es gar nicht ändern." Er zog sie an sich und bettete ihren Kopf an seiner Schulter. „Wir waren so lange nur zu dritt, und ich wusste einfach nicht, wie ich Platz für dich machen sollte. Aber ich werde es schaffen." Er schob sie ein kleines Stück von sich und griff in die Tasche. „Ich habe ein Geschenk für dich."

„Mac!" Nell hatte sich noch nicht ganz von der Achterbahnfahrt ihrer Gefühle erholt und rieb sich die feuchten Wangen. „Es ist doch noch gar nicht Weihnachten."

„Aber fast. Wenn du es gleich aufmachst, dann bin ich erleichtert."

Sie wischte sich eine Träne fort. „Dann betrachten wir es als Friedensangebot. Vielleicht beschließe ich sogar ..." Die Stimme versagte ihr, als sie das kleine Kästchen öffnete und den Ring sah. Es war ein goldener Ring mit einem kleinen Diamanten.

„Heirate mich, Nell", sagte Mac ruhig. „Und schenk meinen Kindern die Mom, die sie sich so wünschen."

Sie sah ihn an. „Das geht ja sehr schnell für jemanden, der sich sonst alles dreimal überlegt."

Er beobachtete sie, als er den Ring aus dem Etui nahm. „Ich dachte, der Heilige Abend ist vielleicht der richtige Tag, um etwas zu riskieren."

„Eine gute Idee." Sie hielt ihm mit einem Lächeln die Hand hin. „Eine sehr gute Idee." Als der Ring an ihrem Finger steckte, hob sie die Hand an seine Wange. „Wann?"

Er hätte wissen müssen, dass es einfach sein würde. Mit ihr war immer alles einfach. „In einer Woche ist Silvester. Wäre das nicht ein schöner Anfang für das neue Jahr? Für ein neues Leben?"

„Ja."

„Kommst du heute Abend mit mir nach Hause? Ich habe die Kinder bei Mira gelassen. Wir könnten sie abholen, und dann feierst du Weihnachten dort, wo du hingehörst." Bevor sie noch antworten konnte, küsste er ihre Hand. „Gepackt hast du ja schon."

„Vielleicht war doch der Weihnachtsmann im Spiel."

„Allmählich glaube ich auch daran." Er nahm ihr Gesicht in beide Hände und küsste sie lange und nachdrücklich. „Ich habe mir vielleicht nicht direkt eine neue Frau gewünscht, aber du bist trotzdem mein allerschönstes Weihnachtsgeschenk, Nell."

Er rieb die Wange an ihrem Haar und sah durchs Fenster auf die hellen Lichter hinaus. „Hast du das gehört?"

„Ja", sagte sie verträumt und schmiegte sich lächelnd an ihn. „Weihnachtsglöckchen."

– ENDE –

Nora Roberts

Das schönste Geschenk
Roman

Aus dem Amerikanischen von
Patrick Hansen

1. KAPITEL

Die Morgensonne schien hell über die Berggipfel und ließ mit ihren Strahlen die ersten bunten Herbstblätter im tiefdunklen Grün der Bäume golden erscheinen. Sharon ging den Weg neben den mit Heckenkirschen überwucherten Zäunen entlang. Die letzten Blüten verbreiteten einen süßen Duft, Vögel zwitscherten, und in der Ferne holte ein Bauer auf seinem Feld das letzte Heu ein. Ein Auto fuhr vorbei. Der Fahrer hob freundlich grüßend die Hand. Sharon winkte zurück. Es war schön, wieder zu Hause zu sein.

Wie sie es so oft als Kind getan hatte, brach Sharon im Vorbeigehen eine Blüte der Heckenkirschen ab. Wenn man die rosafarbenen Kelche zwischen den Fingern zerrieb, verstärkte sich der süße Duft, der für Sharon ebenso zum Sommer gehörte wie der Rauch des Gartengrills und der Geruch von frischem grünen Gras. Doch der Sommer neigte sich bereits seinem Ende zu.

Sharon freute sich auf den Herbst, denn dann waren die Berge und Wälder am schönsten. Die Luft war klar und frisch. Und wenn Wind aufkam, wirbelte das bunte Laub durch die Luft, der Waldboden raschelte geheimnisvoll, und es roch nach Holzfeuer.

Nach vier Jahren in der Stadt war Sharon nach Hause zurückgekehrt. Das schmale zweistöckige Haus ihrer verstorbenen Großmutter gehörte jetzt ihr und auch das dazugehörige Wäldchen.

Die Berge und Wälder waren dieselben geblieben, Sharon jedoch hatte sich verändert ...

Zwar sah sie noch genauso aus wie damals, als sie Maryland verlassen hatte, um eine Stelle an einer höheren Schule in Baltimore anzunehmen. Sharons zierliche Figur hatte nie die üppigen Kurven entwickelt, die sie sich immer erträumt hatte. Wenn sie lächelte, zeigten sich in ihrem herzförmigen Gesicht mit dem glatten pfirsichfarbenen Teint zwei Grübchen. Dabei hätte Sharon viel lieber hohe Wangenknochen gehabt. Ihre Stupsnase war übersät mit Sommersprossen, die ihrem Gesicht einen lebhaften, fröhlichen Ausdruck verliehen.

Die Augen leuchteten groß und dunkelbraun unter den schmalen geschwungenen Brauen. Jede Gefühlsregung spiegelte sich in ihnen

wider. Sharon trug ihr Haar kurz, die honigfarbenen Locken gaben einen reizvollen Rahmen für ihr Gesicht.
Die meisten Leute bezeichneten sie als niedlich. Sharon hasste dieses Wort, aber sie hatte sich inzwischen daran gewöhnt. Sie war eben keine Schönheit mit Sex-Appeal. Daran ließ sich nichts ändern. Ihre Attraktivität bestand in einer gesunden Vitalität.
Als sie um die letzte Wegbiegung kam und der Ort vor ihr auftauchte, sah sie sich sekundenlang als Kind, als junges Mädchen und als fast erwachsene junge Frau diesen Weg gehen. Hier war ihr Zuhause, ihre Heimat.

Fröhlich lief Sharon die letzten Meter und stürmte in das Lebensmittelgeschäft ihrer Freundin Donna. Die Ladenglocke bimmelte laut, als sie ungestüm die Tür hinter sich zuschlug.
„Hallo!", begrüßte sie die Freundin vergnügt.
„Guten Morgen", sagte Donna lachend. „Du bist aber heute schon früh unterwegs."
„Als ich aufstand, merkte ich, dass mir der Kaffee ausgegangen ist." Sie entdeckte eine Schachtel mit frischen Krapfen auf dem Ladentisch und leckte sich genüsslich die Lippen. Zielstrebig ging sie auf das frische Gebäck zu. „Oh Donna, sind die mit Konfitüre gefüllt?"
„Ja." Donna seufzte, während sie mit einem Anflug von Neid zusah, wie Sharon einen Krapfen nahm und herzhaft hineinbiss. Fast zwanzig Jahre lang hatte sie die Freundin jede Menge essen sehen, und dabei hatte Sharon nicht ein Gramm zugenommen.
Obwohl die beiden praktisch zusammen aufgewachsen waren, unterschieden sie sich in jeder Hinsicht voneinander. Sharon war blond, Donna war dunkel, Sharon war klein, Donna war groß und besaß üppige Kurven. Von klein auf hatte sie Sharon die Führungsrolle überlassen. Denn Sharon war immer die Abenteuerlustige gewesen, während Donna sie stets zu bremsen versucht hatte, um dann jedoch jeden Plan, den Sharon ausheckte, mitzumachen.
„Na, hast du dich gut eingelebt?", erkundigte sich Donna.
„Ziemlich", erwiderte Sharon mit vollem Mund.

„Ich habe dich seit deiner Rückkehr kaum zu Gesicht bekommen."
„Es gibt so viel im Haus zu tun. Großmutter hat sich in den letzten Jahren nicht mehr so recht um alles kümmern können." In ihrer Stimme schwangen Zärtlichkeit und Trauer. „Sie hat sich immer mehr für ihren Garten als für das undichte Dach interessiert. Wenn ich bei ihr geblieben wäre ..."

„Oh, fang doch nicht wieder an, dir Vorwürfe zu machen", unterbrach Donna sie. „Du weißt, wie sehr sie sich wünschte, dass du die Stelle als Lehrerin annahmst. Sie ist vierundneunzig Jahre alt geworden. Den wenigsten Menschen ist ein so langes Leben vergönnt. Und sie war bis zur letzten Minute eine energische alte Dame."

Sharon lachte. „Da hast du recht. Manchmal habe ich das Gefühl, sie sitzt in ihrem Schaukelstuhl in der Küche und passt auf, dass ich auch das Geschirr spüle."

„Ich bin froh, dass du wieder hier bist", meinte Donna lächelnd. „Wir haben dich vermisst."

Sharon lehnte sich lässig an die Theke. „Wo ist Benji?"

„Dave passt auf ihn auf." Donna sah richtig stolz aus, wenn sie von ihrem Mann und dem kleinen Sohn sprach. „Wenn ich den Wildfang frei im Laden herumlaufen lasse, gibt es immer Ärger. Nach dem Mittagessen übernimmt Dave das Geschäft, und ich gehe nach oben."

„Es ist schon sehr praktisch, dass ihr direkt über eurem Laden wohnt", bemerkte Sharon.

Das war das Stichwort, auf das Donna gewartet hatte. Sofort ging sie auf das Thema ein. „Sharon, trägst du dich immer noch mit dem Gedanken, dein Haus umzubauen?"

„Ich bin fest entschlossen", erklärte Sharon. „Ein kleiner Antiquitätenladen hat in dieser Gegend bestimmt Aussicht auf Erfolg, zumal mit dem Museum, das ich angliedern will."

„Aber ein eigenes Geschäft ist ein solches Risiko", gab Donna zu bedenken, die der Glanz in Sharons Augen beunruhigte. Er zeigte sich immer dann, wenn sie einen ihrer waghalsigen Pläne ausheckte. „Denk doch nur an die Ausgaben ..."

„Ich habe genug Geld", tat Sharon Donnas pessimistischen Einwand ab. „Und genug Ware, um den Laden fürs Erste zu füllen. Das Haus ist vollgestellt mit Antiquitäten. Ich werde diesen Plan verwirklichen, Donna", versicherte sie, um die Skepsis der Freundin zu zerstreuen. „Mein eigenes Haus, mein eigenes Geschäft." Sie deutete auf die gefüllten Regale ringsum. „Gerade du solltest das doch verstehen."

„Ja, aber ich habe Dave, der mir hilft und in jeder Situation zur Seite steht. Ich glaube nicht, dass ich das Geschäft ganz allein führen könnte."

„Es wird schon gut gehen. Ich weiß bereits ganz genau, wie alles aussehen wird, wenn es fertig ist."

Versonnen blickte sie vor sich hin.

„Aber bedenke doch nur die Umbauten."

„An der Architektur des Hauses werde ich nichts ändern", erklärte Sharon. „Das Wichtigste sind die Reparaturen, und die hätte ich ohnehin vornehmen müssen."

„Aber du brauchst einen Gewerbeschein und alle möglichen anderen Papiere."

„Ich habe bereits alles beantragt."

Donnas resignierten Seufzer tat sie mit einem sorglosen Lachen ab. „Die Lage meines Landes ist zwar nicht erstklassig, aber ich weiß genug über Antiquitäten, und ich kann dir jede Schlacht des amerikanischen Bürgerkrieges auswendig hersagen."

Donna konnte auf diese Behauptung nicht näher eingehen, denn in diesem Moment bimmelte die Ladenglocke, und ein Kunde trat ein. „Hallo, Stuart", begrüßte sie den jungen Mann, mit dem sie die nächsten zehn Minuten die Neuigkeiten des kleinen Ortes besprach, während sie seine Einkäufe zusammenpackte und das Geld kassierte.

„Stuart ist noch immer ganz der Alte", sagte Donna, nachdem der junge Mann den Laden verlassen hatte. „Kannst du dich noch an unsere Schulzeit erinnern? Er war ein paar Klassen über uns, Kapitän der Fußballmannschaft und sogar im verschwitzten Trainingsanzug noch der bestaussehende Junge."

„Dafür hat er nie viel im Kopf gehabt", bemerkte Sharon trocken.

„Ich weiß, du warst immer mehr für die intellektuellen Typen. Hej," fuhr sie fort, ehe Sharon etwas erwidern konnte, „ich habe vielleicht einen für dich."

„Was hast du?"

„Einen Intellektuellen. So kommt er mir wenigstens vor. Er ist außerdem dein Nachbar", fügte sie mit verschmitztem Lächeln hinzu.

„Mein Nachbar?", fragte Sharon verständnislos.

„Er hat das Haus vom alten Farley gekauft. Letzte Woche ist er eingezogen."

„Das Haus vom alten Farley?" Fragend hob Sharon die Brauen. „Nach dem Feuer damals ist doch von dem Haus nicht mehr viel übrig geblieben. Welcher Dummkopf kauft denn so einen heruntergekommenen Schuppen?"

„Er heißt Victor Banning und kommt aus Washington", erklärte Donna.

Sharon zuckte die Schultern. „Das Land ist wahrscheinlich einiges wert, auch wenn mit dem Haus nicht mehr viel anzufangen ist." Sie ging zu einem Regal, nahm sich ein Pfund Kaffee heraus und stellte die Dose auf den Ladentisch. „Bestimmt hat er das Grundstück gekauft, damit er etwas von der Steuer abschreiben kann."

„Das glaube ich nicht." Donna tippte die Preise für den Pfannkuchen und den Kaffee in die Ladenkasse und wartete, bis Sharon ein paar Geldscheine aus ihrer Hosentasche gefischt hatte. „Er renoviert das Haus."

„Der Typ muss Unternehmungsgeist besitzen." Abwesend steckte Sharon das Wechselgeld ein.

„Und er macht alles ganz allein", fügte Donna hinzu, während sie ein paar Schachteln mit Süßigkeiten auf dem Ladentisch zurechtrückte. „Ich glaube nicht, dass er viel Geld dafür ausgeben kann. Er hat nämlich keine Arbeit."

„Oh." Sofort war Sharons Mitleid geweckt.

„Ich habe gehört, er soll sehr geschickt sein. Archie Moler hat ihm vor ein paar Tagen eine Ladung Bauholz geliefert. Er sagte, dass er die alte Veranda schon durch eine neue ersetzt hätte. Aber der Mann besitzt kaum Möbel. Kisten voller Bücher, sonst nichts. Und …" Sie hielt einen Moment inne und meinte dann verträumt: „Er sieht toll aus."

„Du bist eine verheiratete Frau. Vergiss das nicht", erinnerte Sharon sie lachend, während sie bereits überlegte, welche Möbel sie dem Mann abtreten könnte.

„Ich schaue ihn trotzdem gern an", seufzte Donna. „Er ist groß und dunkelhaarig, mit einem etwas verschlossenen Gesicht, sehr markant. Etwas schüchtern. Und erst seine Schultern!"

„Breite Schultern hast du ja schon immer gemocht."

Donna lachte. „Mir wäre er ein bisschen zu schlank. Aber mit dem Gesicht würde ich ihn trotzdem nehmen. Er lebt sehr abgeschieden, spricht kaum ein Wort."

„Es ist nicht einfach hier für Fremde. Vor allem, wenn man keine Arbeit hat. Was glaubst du ..."

Hier wurde sie vom Läuten der Ladenglocke unterbrochen. Sie blickte auf und vergaß, was sie die Freundin hatte fragen wollen.

Victor Banning war groß, so wie Donna gesagt hatte. In den wenigen Sekunden, in denen sie sich anschauten, nahm Sharon jedes Detail seiner Erscheinung in sich auf. Ja, er war schlank. Die Schultern waren breit und die Arme muskulös. Sein Gesicht war gebräunt. Sharon fiel das feste energische Kinn auf, das dichte dunkle Haar, das ihm in die hohe Stirn fiel. Und vor allem der Mund. Sein Mund war richtig schön. Seine klaren dunkelblauen Augen blickten kühl. Er hatte etwas Arrogantes, Entrücktes an sich und strahlte doch geballte Energie aus.

Sharon lächelte. Der Mann nickte ihr knapp zu und ging dann in den hinteren Teil des Ladens.

„Wann willst du dein Geschäft eröffnen?", fragte Donna, während sie aus dem Augenwinkel den Mann beobachtete.

„Was?", fragte Sharon zerstreut.

„Ich spreche von deinem Geschäft", erklärte Donna vielsagend.

„Oh, in drei Monaten wahrscheinlich." Abwesend schaute sie sich um, als sähe sie den Laden ihrer Freundin heute zum ersten Mal. „Es gibt noch eine Menge zu tun, bevor es so weit ist."

Er kam mit einem Liter Milch zurück, den er auf die Ladentheke stellte, während er seine Brieftasche zog. Als Donna ihm sein Wechselgeld zurückgab, warf sie Sharon einen verstohlenen Blick zu. Und dann verließ der Mann den Laden, ohne dass er auch nur ein einziges Wort gesprochen hatte.

„Das", erklärte Donna großspurig, „war Victor Banning."

„Ja", sagte Sharon und atmete unwillkürlich tief aus. „Das habe ich mir gedacht."

„Jetzt kannst du dir vielleicht vorstellen, was ich gemeint habe. Er sieht großartig aus, aber als freundlich kann man ihn nicht bezeichnen."

„Nein." Mehr sagte Sharon nicht dazu. Sie ging zur Tür. „Bis später, Donna."

„Sharon!", rief Donna ihr lachend hinterher. „Du hast deinen Kaffee vergessen."

„Was? Nein, danke", meinte sie zerstreut. „Ich trinke später eine Tasse."

Die Tür fiel hinter ihr zu. Donna stand mit der Büchse Kaffee in der Hand da und schaute ihr verständnislos nach. „Was ist denn jetzt in sie gefahren?", fragte sie sich laut.

Es war, als hätte sie ihr ganzes Leben lang auf dieses kurze stumme Zusammentreffen mit diesem Mann gewartet. Wiedererkennen. Warum kam ihr dieses Wort plötzlich in den Sinn?

Ja, sie hatte ihn erkannt, und zwar nicht aufgrund von Donnas Beschreibung, sondern aus einem instinktiven Wissen um ihre Bedürfnisse und Sehnsüchte heraus. Er war der Mann, auf den sie immer gewartet hatte.

Lächerlich, dachte sie. Vollkommen idiotisch. Sie kannte ihn nicht, hatte nicht einmal seine Stimme gehört. Kein vernünftiger Mensch konnte einem Fremden gegenüber so stark empfinden. Wahrscheinlich hatte sie so heftig auf ihn reagiert, weil sie und Donna gerade über ihn gesprochen hatten.

Sie bog von der Hauptstraße ab und stieg den steilen Feldweg bergan, der zu ihrem Haus hinführte.

Durch die Bäume konnte sie das Gebäude sehen, und wie immer

erfüllte sie dieser vertraute Anblick mit Stolz und Freude. Es gehörte ihr. Der Wald, der schmale gewundene Bach, die Felsen, das alles gehörte ihr.

Sanfte grüne Hügelketten, Wälder und die blauen Berge am Horizont bildeten den Hintergrund für das vor über hundert Jahren aus grauem Feldstein errichtete Haus.

Ihre Großmutter hatte stets darauf geachtet, dass niemand in ihre Abgeschiedenheit eindrang. Von ihrem Grundstück aus konnte Sharon kein anderes Gebäude sehen. Wenn sie Gesellschaft haben wollte, musste sie fast einen halben Kilometer laufen. Und wenn sie keine Lust hatte, jemanden zu sehen, blieb sie einfach zu Hause. Nach vier Jahren in überfüllten Klassenzimmern freute sie sich auf das einsame Leben hier draußen.

Und mit etwas Glück würde sie bis Weihnachten ihren Antiquitätenladen eröffnet haben. Sobald das Dach und die Veranda repariert waren, würde sie mit den Umbauten im Haus beginnen. Sie wusste schon ganz genau, wie alles aussehen sollte.

Das Erdgeschoss wollte sie in zwei Bereiche unterteilen. Der eine Teil sollte Museum werden, in dem anderen würde sie ihre Antiquitäten zum Verkauf anbieten. Sie besaß genug Familienerbstücke, um ein kleines Museum damit zu füllen. Darüber hinaus waren die sechs Zimmer des Hauses vollgestopft mit antiken Möbeln. Wenn sie außerdem noch zu ein paar Auktionen ging, um ihren Bestand zu erweitern, würde sie einen guten Start haben.

Sie hatte ein wenig Geld gespart, und da das Haus mit keiner Hypothek belastet und auch ihr Auto abbezahlt war, konnte sie jeden Cent in ihr Geschäft stecken.

Während Sharon auf das Haus zuging, blieb sie kurz stehen und blickte auf den überwucherten Feldweg, der zu dem ehemaligen Besitz des alten Farley führte. Sie war neugierig, was denn dieser Victor Banning mit dem verkommenen Haus anstellte. Und, das gestand sie sich ehrlich ein, sie wollte ihn einfach wiedersehen. Schließlich würden sie Nachbarn sein. Es war vielleicht ratsam, dass sie sich vorstellte, um von Anfang an ein freundschaftliches Verhältnis mit ihm herzustellen.

Das Haus war noch nicht in Sicht, da hörte Sharon bereits das gedämpfte Echo von Hammerschlägen. Ihr gefiel dieses Geräusch. Es bedeutete Arbeit und Fortschritt. Sie beschleunigte ihre Schritte.

Sharon befand sich noch im Schatten der Bäume, als sie Victor Banning sah.

Er stand auf der neu gebauten Veranda und war gerade damit beschäftigt, das Geländer anzubringen. Er hatte sein Hemd ausgezogen, und seine gebräunte Haut glänzte in der Sonne.

Als er das schwere Geländer aufhob und auf die Stützpfosten legte, traten die Muskeln auf seinem Rücken und seinen Schultern hervor. Er konzentrierte sich so auf seine Arbeit, dass er Sharon, die am Waldrand stand und ihn beobachtete, gar nicht bemerkte. Trotz der anstrengenden Arbeit schien er völlig entspannt zu sein. Jetzt wirkte sein Mund nicht mehr hart, und auch der Ausdruck von Kälte war aus seinen Augen verschwunden.

Sharon betrat die Lichtung, und im selben Moment blickte Victor Banning abrupt auf. Sofort nahm sein Gesicht einen verärgerten, misstrauischen Ausdruck an. Doch Sharon sah darüber hinweg. Lächelnd ging sie auf ihn zu.

„Hallo." Die Grübchen in ihren Wangen vertieften sich. „Ich bin Sharon Abbott. Mir gehört das Haus am anderen Ende des Feldwegs."

Victor betrachtete sie stumm. Was will sie von mir?, dachte er, während er den Hammer hob, um das Geländer festzunageln.

Sharon lächelte noch immer. Eingehend betrachtete sie das Haus. „Sie haben sich ja ein schönes Stück Arbeit vorgenommen", erklärte sie unbefangen und steckte die Hände in die Hosentaschen. Sie blickte an dem Haus empor. „Es ist jammerschade, dass das Feuer einen so großen Schaden angerichtet hat. Und dann hat sich jahrelang niemand um das Haus gekümmert." Interessiert schaute sie ihn an. „Sind Sie Schreiner?"

Victor zögerte einen Moment und zuckte dann gleichgültig die Schultern. Es entsprach ja teilweise der Wahrheit. „Ja", sagte er knapp.

„Wie praktisch." Sharon erklärte sich sein Zögern damit, dass es ihm peinlich war, arbeitslos zu sein. „Wenn Sie aus Washington kommen, muss das Leben hier ja eine ziemliche Umstellung für Sie bedeuten." Als er daraufhin fragend die Brauen hob, lachte sie. „Entschuldigen Sie. Das ist der Fluch der Kleinstadt. Neuigkeiten verbreiten sich rasend schnell. Vor allem, wenn jemand aus dem Flachland zuzieht."

„Flachland?" Victor lehnte sich an den Pfosten des Geländers.

„Sie kommen aus der Stadt. Das ist für uns Flachland." Sie lachte vergnügt. „Auch wenn Sie zwanzig Jahre hier wohnen, sind Sie noch ein Zugereister. Genauso wie dieses Haus immer das Haus des alten Farley bleiben wird."

„Es ist mir ziemlich egal, wie man dieses Haus nennt", bemerkte er abweisend.

Bei dieser unfreundlichen Antwort fiel ein Schatten über ihr Gesicht. Sie ahnte, dass er viel zu stolz war, um einen Gefallen von ihr anzunehmen. Sie musste es anders anfangen.

„Auch ich renoviere gerade mein Haus", sagte sie vorsichtig. „Meine Großmutter hat es nie über sich gebracht, etwas wegzuwerfen. Können Sie nicht vielleicht ein paar Stühle gebrauchen? Ich muss sie sonst auf den Dachboden schleppen. Es wäre mir ganz lieb, wenn ich sie loswerden könnte."

Ausdruckslos schaute er sie an. „Ich habe alles, was ich benötige."

Sharon hatte mit dieser Antwort gerechnet. „Falls Sie Ihre Meinung ändern, sie stehen auf dem Speicher. Das ist ein hübsches Stück Land", bemerkte sie, während sie über die grünen Weiden schaute, die zu dem Anwesen gehörten. „Wollen Sie Vieh halten?"

Er betrachtete sie mit gerunzelter Stirn. „Warum?"

Die Frage klang kalt und unfreundlich. Doch Sharon bemühte sich, darüber hinwegzuhören. „Ich kann mich noch daran erinnern, dass es hier einmal Kühe gab. Das war vor dem Feuer. Ich war damals noch ein kleines Mädchen. Wenn ich nachts im Bett lag, konnte ich im Sommer die Kühe muhen hören. Ich fand das wunderschön."

„Ich habe nicht vor, mir Kühe zu halten", antwortete er knapp und nahm wieder seinen Hammer in die Hand. Die Geste besagte eindeutig, dass er sie loswerden wollte.

Überrascht schaute Sharon ihn an. Nein, er war nicht schüchtern, sondern ganz einfach grob und unhöflich. „Ich bedaure, Sie bei Ihrer Arbeit gestört zu haben", erklärte sie kühl. „Da Sie ein Fremder sind, möchte ich Ihnen einen Rat geben: Wenn Sie keine Eindringlinge wünschen, dann stellen Sie Verbotsschilder an den Grenzen Ihres Grundstücks auf." Damit wandte sie sich ab und verschwand zwischen den Bäumen.

2. KAPITEL

*S*o eine naseweise kleine Person, dachte Victor, während er nachdenklich mit dem Hammer gegen seine Hand klopfte. Er wusste, dass er sich unhöflich verhalten hatte, aber das störte ihn nicht im Geringsten. Er hatte nicht ein abgelegenes Stückchen Land in einem gottverlassenen Nest gekauft, um Gäste zu empfangen. Er kam sehr gut ohne Gesellschaft aus, vor allem ohne dieses blonde Naturkind mit seinen großen braunen Augen und den Grübchen.

Was erwartete sie nur von ihm? Wollte sie sich mit ihm unterhalten? Oder das Haus sehen? Er lachte verächtlich. Sie war wohl auf gute Nachbarschaft bedacht? Mit drei heftigen Schlägen trieb er einen Nagel in das Geländer. Er brauchte keine Nachbarn. Was er brauchte, war Zeit für sich selbst. Wie viele Jahre war es her, dass er sich diesen Luxus hatte leisten können?

Erneut schlug er einen Nagel in das Geländer. Es hatte ihm sehr missfallen, dass er sich vorhin in dem Lebensmittelladen sekundenlang so stark zu ihr hingezogen fühlte. Frauen spürten solch eine Schwäche mit sicherem Instinkt. Aber er würde sich nicht noch einmal ausnutzen lassen. Zu viele Narben erinnerten ihn daran, dass sich hinter großen unschuldigen Augen meist Berechnung verbarg.

Jetzt bin ich also Schreiner, dachte er. Das heruntergekommene Haus wieder aufzubauen war eine sinnvolle Arbeit, eine Arbeit, die ihm dabei helfen würde, wieder zu sich selbst zu finden. Der Vizepräsident seines Bauunternehmens konnte die Firma ruhig einmal für ein paar Monate allein führen. Er hatte einen Urlaub nötig. Und die kleine Blonde sollte sich um ihre eigenen Angelegenheiten kümmern. Er war an einer nachbarschaftlichen Beziehung nicht interessiert.

Victor hörte plötzlich Blätter rascheln und drehte sich um. Sharon war zurückgekommen.

Zielstrebig ging sie auf ihn zu. Er fluchte leise vor sich hin. Langsam legte er den Hammer aus der Hand, um sie verärgert anzuschauen. „Nun?", fragte er.

Sharon ließ sich von Victors Zurückhaltung nicht einschüchtern.

An der untersten Verandastufe blieb sie stehen, um seinen abweisenden Blick ebenso zu erwidern. „Ich weiß, dass Sie sehr beschäftigt sind", erklärte sie kühl. „Aber ich dachte, es würde Sie vielleicht interessieren, dass sich direkt am Weg ein Nest mit Mokassinschlangen befindet, und zwar auf Ihrer Seite des Grundstücks."

Skeptisch schaute Victor sie an. Unbeweglich hielt sie seinem prüfenden Blick stand. Als er nichts erwiderte, wandte sie sich zum Gehen. Sharon hatte sich kaum zwei Meter von ihm entfernt, als er sie zurückrief. „Warten Sie einen Moment. Sie müssen mir zeigen, wo es ist."

„Ich muss Ihnen überhaupt nichts zeigen", fing Sharon an, bevor ihr auffiel, dass er im Haus verschwunden war. Warum hatte sie ihm nur etwas von dem Nest gesagt? Warum war sie nicht einfach weitergegangen und hatte es ignoriert?

Sie hörte die Haustür zufallen und schaute auf. Mit einem Gewehr in der Hand kam Victor auf sie zu. „Gehen wir", sagte er knapp und ging voraus, ohne sich nach ihr umzuschauen.

Stumm ging Sharon an ihm vorbei, um die Führung zu übernehmen. Nach wenigen Schritten blieb sie stehen und deutete auf ein paar Felsbrocken und vermoderte Blätter. „Hier ist es."

Victor trat einen Schritt näher. An dem Muster der kupferfarbenen Schlangenleiber konnte er die gefährlichen Tiere erkennen. Er hätte das Nest bestimmt nicht entdeckt. Es sei denn, er wäre direkt hineingetreten.

Schweigend beobachtete Sharon, wie er mit einem dicken Stock die Felsbrocken umdrehte. Im selben Moment hörte sie das drohende Zischen der Schlangen.

Weil Sharon die gereizten Tiere ansah, bemerkte sie nicht, wie Victor das Gewehr anlegte. Als der erste Schuss fiel, zuckte sie zusammen. Erschrocken schaute sie zu, wie Victor mit vier weiteren Schüssen den Giftschlangen den Garaus machte.

Nachdem er die Waffe gesichert hatte, schaute er Sharon an, deren Gesicht eine grünliche Färbung angenommen hatte. „Was ist los?", erkundigte er sich.

„Sie hätten mich warnen sollen", sagte sie mit zitternder Stimme. „Dann hätte ich das eben nicht mit ansehen müssen."

Victor warf einen Blick auf das Bild des Grauens. Im Stillen verwünschte er sich für seine Unachtsamkeit. „Kommen Sie mit mir zurück ins Haus", sagte er und nahm sie an ihrem Arm.

„Es geht mir schon wieder besser", entgegnete Sharon abwehrend, während sie sich seinem Griff zu entziehen versuchte. Es war ihr peinlich, dass sie in seiner Gegenwart die Nerven verloren hatte. „Ich brauche Ihre Gastfreundschaft nicht", setzte sie verärgert hinzu.

„Ich will nur vermeiden, dass Sie auf meinem Grundstück in Ohnmacht fallen", gab er zurück, fasste ihren Arm fester und zog sie in Richtung der Veranda. „Warum sind Sie nicht einfach weitergegangen, nachdem Sie mir das Nest gezeigt hatten?"

„Oh, entschuldigen Sie", sagte Sharon betreten. „Sie sind der unfreundlichste, unhöflichste Mann, der mir je begegnet ist."

„Und ich dachte, meine Manieren seien tadellos", entgegnete Victor, während er die Haustür öffnete und sie durch einen großen leeren Raum in die Küche führte.

Interessiert schaute sich Sharon in der Küche um. Victor hatte die Fensterrahmen erneuert, sie gebeizt und mit farblosem Lack überzogen. Er hatte die tragenden Balken freigelegt und das Holz aufgearbeitet, den alten Eichenfußboden abgezogen, versiegelt und gewachst. Er schien zu wissen, wie man mit Holz umging. Bei der Veranda hatte es sich nur um einfache Schreinerarbeit gehandelt. Doch die Renovierung der Küche bewies, dass er Stilempfinden und Sinn fürs Detail besaß.

Es erschien ihr unfair, dass ein Mann mit solchen Talenten arbeitslos war. Wahrscheinlich hatte er all seine Ersparnisse aufbringen müssen, um die Anzahlung für das Anwesen zu leisten. Denn selbst wenn er das Haus billig hatte erwerben können, so war das Grundstück erstklassiges Land und bestimmt sehr teuer gewesen. Dass er hier in diesen kahlen Räumen leben musste, tat ihr leid. Mitfühlend schaute sie ihn an.

Victor stellte einen Kessel mit Wasser auf den Herd. „Ich werde Ihnen Kaffee kochen."

„Vielen Dank", sagte sie lächelnd.

Victor hatte ihr den Rücken zugekehrt, um einen Becher vom Regal zu nehmen. „Sie müssen sich aber mit Pulverkaffee begnügen", bemerkte er.

Sharon seufzte. „Mr. Banning ... Victor", verbesserte sie sich nach einigem Zögern und wartete darauf, dass er sich umdrehte. „Vielleicht haben Sie einen falschen Eindruck von mir gewonnen. Ich bin keine neugierige, naseweise Nachbarin. Es hat mich interessiert, was Sie aus dem alten Haus machen und wer Sie sind. Ich kenne jeden hier in einem Umkreis von fünf Kilometern." Sie zuckte die Schultern und stand auf. „Ich wollte Sie nicht belästigen."

Als sie an ihm vorbeigehen wollte, fasste Victor sie beim Arm. Sie war noch immer sehr blass, und ihre Haut fühlte sich kalt an. „Setzen Sie sich ... Sharon", sagte er.

Sekundenlang studierte sie sein Gesicht. Er wirkte distanziert und unnachgiebig, doch sie spürte, dass sich Freundlichkeit dahinter verbarg. Das stimmte sie etwas milder. „Ich trinke meinen Kaffee mit Unmengen von Milch und Zucker", warnte sie.

Er ließ sich zu einem zurückhaltenden Lächeln herab. „Das ist ja abscheulich."

„Ja. Ich weiß. Haben Sie Zucker im Haus?"

„Auf dem Küchentisch."

Victor goss kochendes Wasser in den Becher, und nachdem er einen Moment gezögert hatte, nahm er einen zweiten Becher vom Regal, um auch sich einen Kaffee aufzubrühen. Dann stellte er die beiden Becher auf einen alten Klapptisch und setzte sich zu Sharon.

„Das ist wirklich ein wunderschönes Stück", meinte Sharon und strich mit den Fingern über die Tischplatte. „Wenn es erst restauriert ist, wird es einiges wert sein." Sie füllte drei gehäufte Löffel Zucker in ihren Kaffee. „Verstehen Sie etwas von Antiquitäten?"

„Nicht allzu viel."

„Sie sind meine Leidenschaft. Ich habe vor, einen Antiquitätenladen zu eröffnen." Abwesend strich sie sich die blonden Locken aus der Stirn. „Komisch, wir lassen uns beide zur gleichen Zeit hier nieder. Ich habe die letzten vier Jahre amerikanische Geschichte an einer höheren Schule in Baltimore unterrichtet."

„Und Sie haben Ihren Beruf aufgegeben?" Victor bemerkte, dass ihre Hände ebenso zierlich waren wie ihre übrige Gestalt. Ihre Handgelenke waren schmal, ihre Finger schlank.

„In diesem Beruf muss man sich an zu viele Vorschriften halten", erklärte Sharon.

„Und Vorschriften mögen Sie nicht?"

„Nur meine eigenen." Lachend schüttelte sie den Kopf. „Ich war eigentlich eine recht gute Lehrerin. Nur mit der Disziplin hatte ich Probleme."

„Und Ihre Schüler haben das ausgenutzt?"

Sharon nickte zustimmend. „Bei jeder nur möglichen Gelegenheit."

„Trotzdem haben Sie vier Jahre lang unterrichtet?"

„Ich konnte doch nicht so schnell aufgeben." Sie stützte die Ellbogen auf den Tisch und legte das Kinn in die Hände. „Wie so viele Leute, die in der Kleinstadt groß geworden sind, habe auch ich mir eingebildet, in der Stadt mein Glück zu finden. Ich wollte teilhaben an dem hektischen Leben, mich amüsieren. Aber die vier Jahre haben mir gereicht." Sie trank einen Schluck Kaffee. „Und dann wiederum gibt es Leute, die aus der Stadt aufs Land ziehen, um Tomaten zu züchten und sich Ziegen zu halten. Man ist eben nie zufrieden mit dem, was man hat."

„Da mögen Sie recht haben", sagte er abwesend, während er sie beobachtete. Victor entdeckte winzige goldene Pünktchen in ihrer Iris.

„Warum sind Sie ausgerechnet nach Sharpsburg gezogen?", fragte Sharon.

Victor zuckte lässig die Schultern. Fragen zu seiner Person wich er aus. „Ich habe in Hagerstown zu tun gehabt. Dadurch wurde ich auf diese Gegend aufmerksam. Sie gefiel mir."

„Das Leben in dieser Abgeschiedenheit kann manchmal sehr unbequem sein. Besonders im Winter. Obwohl es mir nie etwas ausgemacht hat, eingeschneit zu werden. Einmal ist der Strom zweiunddreißig Stunden lang ausgefallen. Großmutter und ich haben uns am Holzofen abgewechselt, wir haben sogar darauf gekocht. Wir hatten das Gefühl, die einzigen Menschen auf der Welt zu sein."

„Und das hat Ihnen nichts ausgemacht?"

„Zweiunddreißig Stunden lang fand ich es schön", meinte sie la-

chend. „Ich bin kein Einsiedler."
„Sie lieben die Berge, nicht wahr?"
Sharon schaute ihn an. „Ja."
Sie wollte ihn anlächeln, doch so weit kam es nicht. Als sich ihre Blicke trafen, war es so wie bei ihrem ersten Zusammentreffen in Donnas Laden. Nur viel beunruhigender. Sharon ahnte, dass es immer wieder passieren würde. Sie brauchte Zeit, um zu entscheiden, was sie dagegen unternehmen konnte. Unvermittelt stand sie auf, trug ihren Becher zur Spüle und wusch ihn aus.

Ihre Reaktion gefiel Victor. „Sie sind eine attraktive Frau", sagte er. Er verstand es, seiner Stimme einen weichen, schmeichelnden Klang zu geben.

Lachend drehte Sharon sich zu ihm um. „Das perfekte Gesicht für eine Haferflockenreklame, was?" Ihr verschmitztes Lächeln war äußerst anziehend. „Ich wäre zwar lieber sexy, aber ein gesundes Aussehen ist auch nicht zu verachten."

Ihr Verhalten war arglos und unbefangen. Wieder fragte Victor sich, was wohl dahintersteckte. Nachdenklich beobachtete er sie.

Sharon war so damit beschäftigt, die Küche anzuschauen, dass ihr sein prüfender Blick entging. Eifrig drehte sie sich zu ihm um. „Ich habe eine Idee", verkündete sie. „Bevor ich meinen Laden eröffnen kann, muss ich noch eine Menge Umbauten und Reparaturen vornehmen. Die einfacheren Arbeiten und das Streichen kann ich selbst erledigen, aber mit den Schreinerarbeiten werde ich nicht allein fertig."

Aha, dachte Victor. Jetzt lässt sie die Katze aus dem Sack. Sie will einen Dummen finden, der ihr die Arbeit macht. Sie mimt das hilflose Weibchen und glaubt damit, an meine Eitelkeit und meine männlichen Beschützerinstinkte zu appellieren.

„Ich habe genug mit meinem Haus zu tun", erwiderte er kühl.

„Oh, ich weiß, dass Sie nicht viel Zeit aufbringen können. Aber vielleicht finden wir trotzdem einen Weg." Ihre Idee gefiel ihr so gut, dass sie nicht mehr zu bremsen war. „Ich kann Ihnen natürlich nicht das zahlen, was Sie in der Stadt bekommen würden. Vielleicht fünf Dollar die Stunde? Wenn Sie zehn oder fünfzehn Stunden pro Woche bei mir arbeiten könnten ..." Sie biss sich auf die Unterlippe. Es war ein jämmerlicher Betrag. Aber mehr konnte sie im Moment wirklich nicht aufbringen.

Ungläubig schaute Victor sie an. „Sie wollen mir einen Job anbieten?"

Sharon errötete ein wenig. Sie hatte ihn doch hoffentlich nicht beleidigt? „Nur einen Teilzeitjob, falls Sie daran Interesse hätten. Ich weiß, dass Sie woanders mehr verdienen können, und wenn Sie eine andere Arbeit finden, wäre ich Ihnen nicht böse, wenn Sie bei mir wieder aufhörten. Aber in der Zwischenzeit ..." Sie hielt inne, um seine Reaktion abzuwarten.

„Meinen Sie das ernst?", fragte Victor nach einer Weile.

„Nun ... ja."

„Warum?"

„Ich brauche einen Schreiner, und Sie sind einer. Es gibt eine Menge Arbeit in meinem Haus. Vielleicht wollen Sie damit nichts zu tun haben. Aber warum denken Sie nicht darüber nach und kommen morgen bei mir vorbei, um sich das Haus anzusehen?"

Sie ging zur Tür und hatte schon die Klinke in der Hand, da drehte sie sich noch einmal zu ihm um. „Vielen Dank für den Kaffee."

Nachdem die Tür hinter ihr ins Schloss gefallen war, stand Victor einige Minuten da und blickte nachdenklich die Tür an. Dann fing er an zu lachen. Es war zu komisch, was ihm da gerade widerfahren war.

Am nächsten Morgen stand Sharon schon früh auf. Sie hatte sich eine Menge vorgenommen und wollte ihre Pläne systematisch durchführen.

Sie brauchte eine Aufstellung der Dinge, die sie behalten, zum Verkauf anbieten oder im Museum ausstellen würde.

Sharon hatte beschlossen, im Erdgeschoss anzufangen und sich dann langsam ins zweite Stockwerk vorzuarbeiten. Jetzt stand Sharon mit einem Notizblock im Wohnzimmer und betrachtete ihre Schätze. Sie durfte jetzt nicht sentimental werden. Wäre ihre Großmutter noch am Leben gewesen, dann hätte sie ihr den Rat gegeben, ihren Plan durchzuführen, solange sie von seiner Richtigkeit überzeugt war. Und Sharon wusste, dass ihr Vorhaben richtig war.

An einer Wand hing ein Regal, auf dem ein paar Stücke standen, die für ihr Museum bestimmt waren. Sie riss ein Blatt Papier von ihrem Block. Da lagen eine Soldatenmütze aus dem Bürgerkrieg und eine Gürtelschnalle, eine zerbeulte Trompete, der Säbel eines Kavallerie-Offiziers und eine Feldflasche. Sharon wollte jedes Stück auflisten, datieren und in Glasvitrinen ausstellen.

Ebenso wie ihre Großmutter hing auch Sharon an den Erinnerungsstücken der Geschichte. Doch sie ging bei Weitem nicht so nachlässig damit um. Und deshalb war sie darauf bedacht, diese Dinge endlich angemessen aufzubewahren und auszustellen. Gedankenverloren nahm sie die alte Trompete vom Regal und legte sie in einen Karton. Vorsichtig packte sie ein Stück nach dem anderen in Seidenpapier, bis das Regal fast leer war. Nur auf dem obersten Bord standen noch ein paar Dinge, die sie jedoch nicht erreichen konnte.

Weil sie keine Lust hatte, die schwere Leiter herbeizuschleppen, zog sie sich einfach einen Stuhl heran. Sie war gerade daraufgestiegen und reckte sich nach dem obersten Bord, als es an der Tür klopfte.

„Es ist offen!", rief sie, während sie einen gefährlichen Balanceakt auf dem Stuhl vollführte. Als sie trotz aller Bemühungen das oberste Bord immer noch nicht erreichte, schimpfte sie unterdrückt. Sie stellte sich auf die Zehenspitzen und versuchte es noch einmal. In diesem Moment packte sie jemand beim Arm. Sie verlor die Balance und wurde im selben Augenblick von Victor Banning aufgefangen. „Sie haben mich zu Tode erschreckt!", sagte sie vorwurfsvoll.

„Wissen Sie nicht, dass man nie einen Stuhl als Leiter benutzen sollte?" Er fasste sie um die Taille und hob sie vom Stuhl. Ihr Haar war zerzaust, und sie hielt sich an seinen Armen fest, während sie zu ihm auflächelte. Ohne zu überlegen, was er tat, beugte sich Victor zu ihr hinab.

Sharon wehrte sich nicht dagegen. Im Gegenteil, sie stellte fest, dass sie freudig überrascht war. Dann entspannte sie sich. Obwohl sie mit diesem Kuss so früh noch nicht gerechnet hatte, war ihr klar gewesen, dass es irgendwann so kommen musste. Und deshalb gab sie sich ganz ihren Empfindungen hin.

Sein Kuss war hart, ohne jede Spur von Zärtlichkeit, keine Geste der Zuneigung oder gar Liebe. Doch sie fühlte, dass Victor auch zärtlich sein konnte. Sharon hob die Hand, um seine Wange zu streicheln und den Aufruhr der Gefühle zu besänftigen, den sie in ihm spürte. Sofort ließ Victor sie los. Die Berührung ihrer Hand war zu vertraulich gewesen.

Irgendwie ahnte Sharon, dass sie auf sein impulsives Verhalten besser nicht einging. Auch wenn sie sich danach sehnte, noch einmal von ihm in die Arme genommen zu werden. Lächelnd blickte sie zu ihm auf. „Guten Morgen", sagte sie so unbefangen wie möglich.

„Guten Morgen", erwiderte er zurückhaltend.

„Ich mache gerade Bestandsaufnahme", erklärte sie mit einer weit ausholenden Handbewegung. „Ich will jedes Stück auflisten, bevor ich das Erdgeschoss ausräume. In diesem Raum hier möchte ich das Museum einrichten, in den übrigen Zimmern mein Geschäft. Könnten Sie vielleicht das oberste Bord für mich abräumen?"

Schweigend kam Victor ihrem Wunsch nach. Dass sie den Kuss mit keinem Wort erwähnt hatte, verwirrte ihn.

„Die alte Küche hier unten umzubauen und eine neue im ersten Stock einzurichten wird am meisten Zeit in Anspruch nehmen", fuhr Sharon fort. Sie wusste, dass Victor auf irgendeine Reaktion von ihr wartete, und sie war entschlossen, ihm diese zu versagen. „Natürlich müssen auch ein paar Wände herausgerissen und einige Türrahmen erweitert werden. Aber ich will auf jeden Fall die Atmosphäre des Hauses erhalten."

„Sie scheinen ja alles schon genau geplant zu haben." Ist sie wirklich so kühl?, fragte sich Victor im Stillen.

„Selbstverständlich." Sharon schaute sich im Zimmer um. „Ich habe den notwendigen Papierkram schon erledigt. Das war vielleicht ein Unternehmen! Weil ich absolut keinen Geschäftssinn habe, kostet mich alles doppelt so viel Mühe. Aber ich muss es lernen. Dieser Laden ist meine große Chance." Bei den letzten Worten hatte ihre Stimme fest und entschlossen geklungen.

„Wann wollen Sie eröffnen?"

„Wenn möglich, Anfang Dezember. Es hängt davon ab, wie schnell ich mit den Umbauten vorankomme. Ich zeige Ihnen den Rest des

Hauses, dann können Sie entscheiden, ob Sie mir bei der Arbeit helfen wollen."

Ohne auf Victors Zustimmung zu warten, ging Sharon in den hinteren Teil des Hauses. „Die Küche ist ziemlich groß. Wenn die Schränke ausgebaut werden, habe ich eine Menge Platz in diesem Raum."

Sie betraten das Esszimmer mit seinen hohen altmodischen Fenstern. Victor fiel die Zielstrebigkeit auf, mit der sie sich bewegte. Sie schien genau zu wissen, was sie wollte.

„Der Kamin ist jahrelang nicht benutzt worden. Ich weiß gar nicht, ob er noch funktioniert." Sie ging zum Esstisch und strich liebevoll über die Tischplatte. „Dies ist das Prunkstück aus der Sammlung meiner Großmutter. Der Tisch wurde vor über hundert Jahren aus England herübergebracht. Die Stühle sind von Hepplewhite." Sie streichelte die herzförmige Rückenlehne eines der sechs Stühle. „Es tut mir richtig weh, diese Sachen zu verkaufen. Großmutter liebte diesen Tisch und die Stühle ..." Ihre Stimme klang plötzlich wehmütig. „Ich habe keinen Platz, sie unterzustellen. Und den Luxus, sie für mich aufzuheben, kann ich mir nicht leisten. Der Geschirrschrank stammt aus der gleichen Zeit."

„Sie sollten all diese Sachen behalten, das Haus lassen, wie es ist und eine Stelle an der hiesigen Schule annehmen", unterbrach Victor sie.

Es hatte etwas Rührendes, wie sie tapfer die Schultern straffte, während ihre Stimme zitterte. „Nein." Sharon schüttelte den Kopf. „Ich eigne mich nicht zur Lehrerin. Ich würde nach kurzer Zeit ebenso die Schule schwänzen wie meine Schüler. Sie verdienen ein besseres Vorbild." Wieder strich sie nachdenklich über die Tischplatte. Dann ging sie langsam durchs Zimmer. „An diesem Raum möchte ich nichts ändern. Nur den Türrahmen etwas erweitern."

Gegen seinen Willen erwachte in Victor plötzlich Interesse an dem Projekt. Der Umbau dieses Hauses bedeutete eine Herausforderung für ihn, eine Herausforderung ganz anderer Art als die Aufgabe, die er sich mit seinem eigenen Haus vorgenommen hatte, um seine Fähigkeiten zu testen.

Sharon spürte seine veränderte Haltung. Mit sicherem Instinkt nutzte sie die Gunst der Stunde. Sie nahm seinen Arm und zog ihn mit sich fort. „Neben dem Wohnzimmer liegt ein kleiner Sommerraum. Er soll der Eingang zum Geschäft werden. Das Esszimmer wird Ausstellungsraum."

Der Sommerraum maß kaum mehr als zehn Quadratmeter. Die Tapete war verblichen und die Holzdielen zerkratzt. Doch Victor entdeckte auch hier ein paar wertvolle Möbelstücke. Auf dem kurzen Rundgang hatte er kein Möbel gesehen, das weniger als hundert Jahre alt gewesen wäre. Die Möbel sind ein kleines Vermögen wert, aber die Tür fällt aus den Angeln, dachte er.

„Dieser Raum hat dringend eine Renovierung nötig", erklärte Sharon, während sie ein Fenster öffnete, um den etwas modrigen Geruch hinauszulassen. „Die Jahre haben ihn arg mitgenommen. Ich nehme an, Sie wissen eher als ich, wie man ihn wieder auf Hochglanz bringen kann."

Skeptisch betrachtete Victor die abgesplitterten Holzdielen und die unzähligen Sprünge in den Tapetenleisten. Sharon bemerkte, dass ihm nichts entging, und sie hatte außerdem den Eindruck, dass er über den beklagenswerten Zustand des Hauses nicht erfreut war. Und dabei hatte er nicht einmal das Obergeschoss gesehen.

„Das obere Stockwerk sollte ich Ihnen lieber noch nicht zeigen", bemerkte sie.

„Und warum nicht?"

„Weil es im Obergeschoss doppelt so viel zu tun gibt wie hier unten. Mir liegt sehr viel daran, dass Sie den Job übernehmen, und ich möchte Sie nicht von vornherein entmutigen."

„Sie brauchen wirklich dringend jemanden, der Ihnen bei der Renovierung hilft", bemerkte er. Er wusste, dass er mit seinem eigenen Haus mehr als genug zu tun hatte. Der Wiederaufbau würde schwere körperliche Arbeit und viel Zeit erfordern. Sharons Haus hingegen konnte nur von einem Fachmann renoviert werden, der die vorhandene Bausubstanz behutsam zu erhalten suchte. Die Aufgabe reizte ihn.

„Victor ..." Sharon zögerte einen Moment und beschloss dann, das Risiko einzugehen. „Ich könnte Ihnen sechs Dollar die Stunde zahlen, plus Mittagessen und so viel Kaffee, wie Sie trinken können. Meine

Kunden werden die Qualität Ihrer Arbeit sehen, und das könnte Ihnen zu größeren Aufträgen verhelfen."

Zu ihrer Überraschung lächelte er amüsiert. Plötzlich bekam sie erwartungsvolles Herzklopfen. Sein jungenhaftes Lächeln machte ihn viel liebenswerter als sein stürmischer Kuss.

„Na gut, Sharon", stimmte Victor impulsiv zu, „ich nehme den Auftrag an."

3. KAPITEL

Sehr zufrieden mit sich selbst und höchst erfreut über das umgängliche Verhalten, das Victor auf einmal an den Tag legte, beschloss Sharon, ihm doch noch das Obergeschoss zu zeigen. Obwohl sie sich sein belustigtes Lächeln nicht erklären konnte, hielt sie es für angebracht, seine gute Stimmung auszunutzen. Spontan fasste sie ihn bei der Hand, um ihn die steile Treppe hinaufzuführen.

„Hier oben befinden sich drei Schlafzimmer", erklärte Sharon, als sie auf dem obersten Treppenabsatz angekommen waren. „Meines will ich lassen, wie es ist, aus dem Schlafzimmer meiner Großmutter ein Wohnzimmer machen, und das dritte soll meine Küche werden. Wenn die Hauptarbeit getan ist, kann ich das Streichen und Tapezieren selbst übernehmen."

Sie blieb stehen und wandte sich zu ihm um.

Victor schaute sie an. Dann hob er spontan die Hand und strich mit der Fingerspitze über ihre Nase. Ihre Blicke trafen sich. „Ihr Gesicht ist ganz staubig", sagte er leise.

„Oh." Lachend wischte sich Sharon übers Gesicht.

„Hier." Mit seinem rauen Daumen strich er über ihre Wange. Ihre Haut fühlte sich genauso an, wie sie aussah, weich und samtig. Wahrscheinlich schmeckt sie auch so, dachte er, während er ihr Kinn berührte. Als er ihre Lippen ansah, merkte er, wie ein Zittern durch ihren schlanken Körper lief. Mit großen Augen sah sie ihn an. Abrupt ließ Victor die Hand sinken.

Sharon räusperte sich. Hastig stieß sie die Schlafzimmertür auf, während sie sich um Fassung bemühte. „Dies war das Schlafzimmer meiner Großmutter", sagte sie und fuhr sich nervös mit den Fingern durchs Haar. „Der Fußboden sieht ziemlich verkommen aus. Deshalb möchte ich ihn abziehen." Erleichtert atmete sie auf. Ihr Pulsschlag normalisierte sich allmählich. „Meine Großmutter hielt nichts von Neuerungen", erklärte sie. „An diesem Zimmer ist in den dreißig Jahren seit dem Tod ihres Mannes nichts verändert worden. Die Fenster klemmen, das Dach ist undicht, und der Kamin zieht nicht. Außer kleineren Reparaturen ist an diesem Haus nie etwas getan worden."

„Wann ist Ihre Großmutter gestorben?", fragte Victor.

„Vor drei Monaten." Sharon hob den Rand der Patchworkdecke hoch, die über dem Bett lag, und ließ ihn wieder fallen. „Sie ist einfach eines Morgens nicht mehr aufgewacht. Ich hatte einen Sommerkursus an meiner Schule übernommen und konnte erst jetzt zurückkommen."

Ihre Worte verrieten, dass sie Schuldgefühle hatte. „Hätten Sie denn etwas ändern können, wenn Sie hier gewesen wären?", fragte er.

„Nein." Sharon ging zum Fenster. „Aber dann wäre sie nicht allein gestorben."

Victor wollte etwas sagen, unterließ es dann aber. Wie sie so vor dem Fenster stand, wirkte sie sehr klein und schutzlos. „Was soll mit den Wänden geschehen?", erkundigte er sich.

„Was?" Abwesend drehte Sharon sich zu ihm um.

„Die Wände", wiederholte er. „Möchten Sie welche herausreißen?"

Sekundenlang schaute sie mit verlorenem Blick auf die verbliechene Tapete. „Nein ... nein", wiederholte sie dann mit etwas festerer Stimme. „Aber ich will den Türrahmen verbreitern."

Prüfend besah sich Victor die Türöffnung. „Ist das eine tragende Wand?"

Sharon verzog das Gesicht. „Ich habe keine Ahnung. Woher soll ..."

Ein Klopfen an der Haustür unterbrach sie. „Wer kann denn das sein? Schauen Sie sich doch am besten selbst hier oben um. Ich bin gleich wieder da." Mit diesen Worten rannte sie die Treppe hinunter.

Wortlos nahm Victor einen Zollstock aus seiner Tasche und maß die Schlafzimmertür aus.

Kaum hatte Sharon die Haustür geöffnet, da schwand ihr freundliches Lächeln. „Carl", sagte sie gedehnt.

Tadelnd blickte ihr Besucher sie an. „Willst du mich nicht hereinbitten?", fragte er vorwurfsvoll.

„Oh, natürlich." Zögernd trat Sharon zur Seite. Vorsichtig schloss sie die Tür, machte aber keine Anstalten, ins Wohnzimmer zu gehen. „Wie geht es dir, Carl?", fragte sie höflich.

„Ausgezeichnet, ganz ausgezeichnet."

Natürlich, wie soll es ihm auch sonst gehen?, dachte Sharon verärgert. Carl Trainer junior ging es immer gut. Seine Stimmung war ebenso untadelig wie seine ganze Erscheinung. Und nach der dezenten Eleganz seines Anzugs zu urteilen, schien er es inzwischen auch zu Wohlstand gebracht zu haben.

„Und dir, Sharon?"

„Ausgezeichnet, ganz ausgezeichnet." Sie wusste, dass ihm der Sarkasmus ihrer Worte überhaupt nicht auffallen würde.

„Es tut mir leid, dass ich dich nicht schon letzte Woche besucht habe. Ich hatte es mir fest vorgenommen, aber mein Geschäft ließ mir keine Zeit dazu."

„Die Geschäfte gehen also gut?", fragte sie ohne das geringste Interesse. Doch auch ihre Gleichgültigkeit entging ihm.

„Die Leute geben wieder mehr Geld aus." Er rückte seine Krawatte zurecht. „Der Immobilienmarkt sieht vielversprechend aus, besonders hier auf dem Land."

Geld steht also immer noch an erster Stelle, dachte Sharon. „Und wie geht es deinem Vater?", erkundigte sie sich.

„Gut. Er zieht sich langsam aus dem Geschäft zurück. Du solltest ihn einmal besuchen." Er hielt einen Moment inne, als hätte er ihr eine wichtige Mitteilung zu machen. „Du lässt dich jetzt also hier nieder", bemerkte er dann beiläufig.

Sharon beobachtete, wie er seinen Blick über ihre Umzugskisten schweifen ließ. „Ja", sagte sie knapp.

„Weißt du, Sharon, dieses Haus befindet sich in einem beklagenswerten Zustand. Aber dafür ist seine Lage erstklassig." Sein Lächeln wirkte etwas herablassend. „Ich bin sicher, du könntest einen guten Preis dafür erzielen."

„Ich bin an einem Verkauf nicht interessiert, Carl. Ist das der Grund deines Kommens? Willst du mein Haus schätzen?"

Auf seinen Zügen malte sich angemessene Bestürzung. „Aber Sharon!"

„Irgendeinen Grund muss dein Besuch doch haben", sagte Sharon gelassen.

„Ich bin nur vorbeigekommen, um zu sehen, wie es dir geht. Man sagt, du willst versuchen, einen Antiquitätenladen aufzumachen. Aber das ist wahrscheinlich wieder nur ein verrücktes Gerücht."

„Es ist kein Gerücht, und verrückt ist es schon gar nicht, Carl. Ich werde tatsächlich einen Laden eröffnen."

Er seufzte und blickte sie dann mit jenem väterlich-nachsichtigen Ausdruck an, den sie so sehr verabscheute. „Sharon, hast du überhaupt eine Vorstellung, wie schwierig, ja riskant es ist, bei der heutigen Wirtschaftslage ein Geschäft zu eröffnen?"

„Ich bin sicher, du wirst es mir gleich erzählen", murmelte Sharon.

„Meine Liebe", erwiderte er in ruhigem Ton. „Du bist Lehrerin mit vier Jahren Berufserfahrung. Es ist äußerst unklug, deine Karriere für eine verrückte Laune aufs Spiel zu setzen."

„Ich habe schon immer sehr unklug gehandelt, nicht wahr, Carl?" Kühl blickte sie ihn an und fuhr schärfer als beabsichtigt fort: „Das hast du mir doch oft vorgehalten, obwohl wir angeblich unheimlich verliebt ineinander waren."

„Aber Sharon, ich wollte dich doch nur ein wenig in deiner Impulsivität bremsen."

„Meine Impulsivität bremsen!" Sharon reagierte auf diese Aussage mehr erstaunt als ärgerlich. „Du hast dich nicht verändert, nicht im Geringsten", bemerkte sie. „Ich wette, du rollst deine Socken noch immer zu ordentlichen kleinen Bällen zusammen und trägst stets ein zweites Taschentuch bei dir."

„Wenn du je den Wert praktischen Denkens schätzen gelernt hättest ...", fing er an.

„Dann hättest du mich nicht zwei Monate vor der Hochzeit sitzen lassen, was?", unterbrach sie ihn wütend.

„Wirklich, Sharon, so darfst du es nicht sehen. Ich habe nur zu deinem Besten gehandelt."

„Zu meinem Besten!", brachte sie hervor. „Ich will dir mal was sagen." Sie stieß ihm mit ihrem staubigen Zeigefinger vor die Brust. „Du kannst dir dein praktisches Denken an den Hut stecken, Carl. Und dein Scheckbuch und deine Schuhständer ebenfalls. Damals habe ich gedacht, du hättest mich verletzt. Heute weiß ich, dass du mir einen großen Gefallen getan hast. Ich hasse praktisches Denken und Zimmer, die nach Putzmittel riechen, und aufgerollte Zahnpastatuben."

„Ich weiß nicht, was das mit unserer Diskussion zu tun hat."

„Sehr viel!", gab sie gereizt zurück. „Und ich werde dir noch etwas sagen: Ich bin fest entschlossen, meinen Laden aufzumachen. Und wenn ich kein Vermögen damit verdienen kann, so wird es mir wenigstens Spaß machen."

„Spaß?" Carl schüttelte den Kopf. „Das ist keine ausreichende Basis für ein Geschäft."

„Ich will nichts weiter als mein eigener Herr sein", gab Sharon zurück. „Ich brauche kein sechsstelliges Einkommen, um glücklich zu sein."

Abschätzend lächelte er sie an. „Du hast dich nicht verändert."

Sharon riss die Haustür auf. Finster schaute sie ihn an. „Geh deine Häuser verkaufen", sagte sie.

Mit einer Würde, um die sie ihn beneidete und die sie gleichzeitig verachtete, ging Carl an ihr vorbei.

Erst als sie die Tür hinter Carl zugeschlagen hatte, machte Sharon ihrer Wut Luft. Heftig hieb sie mit der geballten Faust gegen die Wand.

„Au!", rief sie und presste die schmerzende Hand an den Mund. Dann drehte sie sich um. Erst jetzt sah sie, dass Victor am Fuß der Treppe stand und sie ernst anschaute. Vor Verlegenheit stieg ihr die Röte in die Wangen. „Ich hoffe, die Vorstellung hat Ihnen gefallen!", rief sie ihm entgegen und lief in die Küche, wo sie sich geräuschvoll zu schaffen machte. Sie hatte nicht gemerkt, dass Victor hinter ihr hergekommen war. Als er sie behutsam bei der Schulter fasste, wirbelte sie wütend herum.

„Zeigen Sie mir Ihre Hand", sagte er ruhig.

„Meiner Hand fehlt gar nichts!", wehrte sie ab.

Mit leichtem Druck presste er seine Finger auf ihre Knöchel. Vor Schmerz hielt Sharon den Atem an. „Es ist Ihnen zum Glück nicht gelungen, sich die Hand zu brechen", sagte er. „Aber Sie werden einen dicken Bluterguss bekommen."

„Sie brauchen gar nichts zu sagen", fuhr Sharon ihn an. „Ich weiß selbst, dass ich mich lächerlich gemacht habe."

Victor untersuchte noch immer ihre Finger. „Entschuldigen Sie", sagte er schließlich. „Ich hätte mich bemerkbar machen sollen."

Sharon atmete tief ein. Dann entzog sie ihm ihre Hand. „Es macht nichts", sagte sie leise und ging zum Herd, um Teewasser aufzusetzen.

Er betrachtete sie. „Es macht mir keinen Spaß, Sie in Verlegenheit zu bringen."

„Wenn Sie hier eine Weile wohnen, werden Sie ohnehin von mir und Carl hören. So haben Sie es eben ein bisschen eher erfahren." Doch im Grunde genommen hatte er gar nichts erfahren. Und sein Interesse an der Geschichte störte ihn. Bevor er jedoch etwas sagen konnte, knallte Sharon den Deckel auf den Teekessel.

„In seiner Gegenwart komme ich mir immer wie ein kompletter Idiot vor."

„Warum?"

Heftig riss sie eine Schranktür auf. „Er macht stets korrekte i-Punkte und hat immer einen Regenschirm im Kofferraum seines Wagens", stieß sie zornig hervor.

„Das genügt", meinte Victor, während er ihre hastigen, ruckartigen Bewegungen verfolgte.

„Und niemals macht er einen Fehler. Er ist immer vernünftig." Sie stellte laut zwei Becher auf den Tisch. „Hat er mich etwa angeschrien?" Sie fuhr herum und blickte Victor böse an. „Hat er geflucht oder sonst irgendwie die Beherrschung verloren? Der Mann hat eben kein Temperament!", rief sie voller Wut. „Der kann ja nicht einmal schwitzen!"

„Haben Sie ihn geliebt?"

Sekundenlang blickte Sharon ihn ausdruckslos an. Dann seufzte sie bekümmert. „Ja. Ich habe ihn wirklich geliebt. Als wir uns kennenlernten, war ich sechzehn Jahre alt." Sie ging zum Kühlschrank, während Victor stillschweigend das Gas unter dem Teekessel anstellte, weil sie das in ihrer Erregung vergessen hatte. „Er war so perfekt, so smart, so gewandt. Carl ist der geborene Verkäufer. Er kann über alles sprechen."

Schon jetzt war ihm dieser Carl höchst unsympathisch. Auch wenn diese Abneigung ganz und gar unbegründet war. Als Sharon die Keramikschale mit dem Zucker auf den Tisch stellte, schimmerten sekundenlang die weichen blonden Locken im goldenen Sonnenlicht. Victor ertappte sich dabei, wie er ihr fasziniert nachblickte.

„Ich war verrückt nach ihm", fuhr Sharon fort, und Victor musste sich zusammenreißen, um sich auf ihre Worte zu konzentrieren. Die geschmeidigen Bewegungen ihres Körpers fesselten ihn. „Als ich achtzehn wurde, machte er mir einen Heiratsantrag. Wir besuchten beide das College, und er hielt eine Verlobungszeit von einem Jahr für schicklich. Alles, was Carl tut, ist schicklich", fügte sie grimmig hinzu.

Was für ein gefühlloser Narr, dachte Victor, während er ihre Brüste betrachtete, die sich deutlich unter dem T-Shirt abzeichneten. Verärgert versuchte er, sich auf ihr Gesicht zu konzentrieren. Doch er konnte nichts dagegen unternehmen, dass sein Pulsschlag sich beschleunigte.

„Ich wollte sofort heiraten, aber wie immer hielt er mir vor, ich sei zu impulsiv. Als ich ihm vorschlug, mit mir zusammenzuziehen, war er schockiert."

Geräuschvoll stellte sie die Milch auf den Tisch. „Ich war jung und verliebt, und ich begehrte ihn. Er hielt es für seine Pflicht, meine ... niederen Instinkte zu kontrollieren."

„Der Mann muss ein Vollidiot sein", sagte Victor leise. Doch da in diesem Moment der Teekessel zu pfeifen anfing, hatte Sharon seine Worte nicht gehört.

„Während unserer Verlobungszeit versuchte er, mich umzuerziehen. Und ich bemühte mich, so zu sein, wie er mich haben wollte: würdevoll und vernünftig. Doch es gelang mir nicht." Betrübt schüttelte Sharon den Kopf, während sie an jenes lange enttäuschende Jahr zurückdachte. „Wenn ich mit ein paar Kommilitonen eine Pizza essen ging, hielt er mir vor, wir müssten jeden Pfennig zur Seite legen. Er hatte bereits ein Auge auf ein kleines Haus am Stadtrand geworfen. Sein Vater war der Meinung, es sei eine gute Geldanlage."

„Und Sie fanden es scheußlich", bemerkte Victor.

Überrascht drehte Sharon sich zu ihm um. „Ich verabscheute es.

Es war das perfekte amerikanische Reihenhaus mit weißer Aluminiumverschalung und einer Hecke drumherum. Als ich Carl sagte, dass ich es in diesem Haus nicht aushalten würde, lachte er und strich mir väterlich übers Haar."

„Warum haben Sie sich nicht von ihm getrennt?", erkundigte sich Victor.

Sharon warf ihm einen schnellen Blick zu, während sie den Tee in die Becher goss. „Haben Sie schon einmal geliebt?", fragte sie leise. Da es mehr eine Antwort als eine Frage war, erwiderte Victor nichts darauf. „Wir hatten in diesem Jahr ständig Streit", fuhr sie fort. „Ich schrieb das den sexuellen Spannungen zu, die das lange Verlobungsjahr mit sich brachte. Er redete mir ein, das würde sich ändern, wenn wir erst einmal verheiratet wären. Und meistens habe ich ihm das auch geglaubt!"

„Er scheint ja wirklich ein langweiliger Idiot zu sein."

Obwohl die Verachtung in seinem Ton sie überraschte, lächelte Sharon. „Vielleicht. Aber er konnte auch lieb und nett sein. Dann vergaß ich, wie streng und unnachgiebig er war, bis er mich aufs Neue mit seinen Maßregelungen attackierte. Über den Plänen für unsere Hochzeitsreise haben wir uns dann endgültig zerstritten. Ich wollte auf die Fidschi-Inseln fahren."

„Auf die Fidschi-Inseln?", wiederholte Victor.

„Ja", erwiderte Sharon trotzig. „Ich wünschte mir eine exotische, romantische Hochzeitsreise. Schließlich war ich gerade erst neunzehn geworden. Aber er hatte bereits Pläne gemacht. Er wollte in eines dieser Plastik-Hotels für Flitterwöchner fahren. In so ein Ding, wo alle Aktivitäten von der Hotelleitung geplant werden." Sie setzte sich an den Tisch und trank in einem Zug ihren Tee aus.

Victor stand neben ihr und nippte an seinem Tee, während er sie beobachtete. „Und da haben Sie die Hochzeit abgeblasen?" Er war gespannt, ob sie die Gelegenheit wahrnehmen und auf diese Frage einfach mit Ja antworten oder ob sie ihm die Wahrheit sagen würde.

„Nein." Sharon schob ihren leeren Becher beiseite. „Wir hatten einen fürchterlichen Streit. Ich lief davon und verbrachte den Abend mit ein paar Freunden in einer kleinen Studentenkneipe. Vorher hatte ich

Carl gesagt, dass ich keine Lust hätte, meine erste Nacht als verheiratete Frau mit Bingospielen oder bei einer drittklassigen Hotelshow zu verbringen."

Victor unterdrückte nur mit Mühe ein amüsiertes Lächeln. „Das leuchtet mir ein", sagte er.

„Nachdem ich mich beruhigt hatte, gelangte ich zu der Einsicht, dass es völlig unwichtig war, wohin wir fuhren, wenn wir nur endlich zusammen waren. Ich redete mir ein, dass Carl recht hatte und ging zu ihm nach Hause, um mich zu entschuldigen. Da hat er mir sehr ruhig und mit sehr vernünftigen Worten den Laufpass gegeben."

Victor schwieg eine Weile, bevor er langsam einen Stuhl heranzog, um sich neben sie zu setzen. „Sie haben mir doch gesagt, er hätte niemals einen Fehler gemacht."

Sekundenlang schaute Sharon ihn überrascht an. Dann lachte sie. „Danke. Das habe ich gebraucht." Impulsiv lehnte sie den Kopf an seine Schulter.

Jetzt, wo sie sich alles von der Seele geredet hatte, war ihre Wut auf einmal verflogen.

Die Zärtlichkeit, die er für sie empfand, veranlasste Victor zur Vorsicht. Trotzdem konnte er der Versuchung nicht widerstehen, ihr über die blonden Locken zu streichen. Ihr Haar fühlte sich dick und weich an. Er merkte gar nicht, dass er eine Strähne um seinen Finger gewickelt hatte.

„Lieben Sie ihn noch immer?", hörte er sich fragen.

„Nein. Aber ich muss ihn nur sehen, und schon komme ich mir wieder wie eine unverantwortliche Romantikerin vor."

„Sind Sie denn eine?"

Sie zuckte die Schultern. „Meistens."

„Was Sie vorhin zu ihm gesagt haben, war völlig begründet." Victor begehrte sie. Und weil er über seinem Verlangen seine Vorsicht vergaß, zog er sie an sich.

„Ich habe ihm eine Menge Dinge an den Kopf geworfen."

„Dass er Ihnen einen Gefallen getan hat", sagte Victor leise, während er mit den Fingern ihren Hals streichelte. Sharon seufzte. Er

Das schönste Geschenk

wusste nicht, ob es eine Antwort auf seine Bemerkung oder eine Reaktion auf seine Liebkosung war. „Und dass es Sie wahnsinnig gemacht hätte, seine Socken zu kleinen Bällen aufgerollt zu sehen."

Lachend legte Sharon den Kopf zurück, um zu ihm aufzublicken. Aus reiner Dankbarkeit küsste sie ihn leicht auf die Wange.

Victor schaute auf sie hinab. Ihr Mund war sehr verlockend. Er begehrte ihre vollen Lippen. Sanft legte er die Hand in ihren Nacken, um sie festzuhalten. Sharon zeigte weder Schüchternheit noch Zurückhaltung. Einladend öffnete sie die Lippen.

Ihre Zungen trafen sich. Sein Kuss wurde heiß und drängend. Er brauchte ihre Süße, ihre unkomplizierte Freigiebigkeit. Er wollte die frische, klare Leidenschaft, die sie ihm so willig darbot, ganz auskosten. Er biss zart in ihre vollen weichen Lippen, und sie zog ihn noch enger an sich.

„Victor", flüsterte sie benommen.

Sofort ließ er sie los und stand auf. „Ich habe eine Menge Arbeit vor mir", sagte er knapp. „Ich werde Ihnen eine Liste der Materialien zusammenstellen, die ich für die Renovierung benötige. Sie werden von mir hören." Und dann war er durch die Hintertür verschwunden, noch ehe Sharon ihm hatte antworten können.

Fassungslos starrte Sharon auf die Tür. Was hatte sie Victor getan, dass er sie so wütend angeschaut hatte? Wie war es möglich, dass er sie in der einen Minute leidenschaftlich küsste und in der nächsten abrupt von sich stieß? Traurig blickte sie vor sich hin. Sie hatte schon immer dazu geneigt, sich etwas vorzumachen.

Aber vielleicht ließen sich ihre Bedürfnisse gar nicht erfüllen. Sie wollte ihre Unabhängigkeit behalten und gleichzeitig ihre romantischen Träume mit einem Mann teilen. Sie wollte für sich selbst verantwortlich sein, aber sich an einer starken Hand festhalten können.

Sharon hatte in der ersten Sekunde gespürt, dass Victor anders war als alle Männer, die sie bisher kannte. Als sie ihn in Donnas Geschäft zum ersten Mal sah, spürte sie: Das ist er.

Plötzlich erschrak sie. Hatte sie ihn etwa beleidigt? Schließlich arbeitete er für sie. Nach dem Kuss dachte er vielleicht, dass sie mehr für ihr Geld wollte als nur die Renovierung ihres Hauses. Bei diesem

Gedanken musste sie lachen. Nein, sie war nicht der Typ, der Männer verführte. Und es fiel ihm bestimmt nicht schwer, einer Frau zu widerstehen, deren Gesicht dreckverschmiert war und die vor Wut mit den Fäusten die Wände attackierte. Nein, ihre Fantasie war wohl mit ihr durchgegangen. Seufzend stand sie auf, um ihre Arbeit wieder aufzunehmen.

4. KAPITEL

Victor konnte nicht schlafen. Er hatte bis spät in die Nacht hinein gearbeitet, in der Hoffnung, darüber seine Wut und sein Verlangen zu vergessen. Mit der Wut konnte er leben. Er kannte dieses Gefühl zu gut, als dass es ihm den Schlaf rauben konnte. Auch dass er eine Frau begehrte, war nichts Neues für ihn. Aber dass dieses Begehren einer kleinen romantischen Geschichtslehrerin galt, störte und beunruhigte ihn.

Verärgert stand er auf und ging auf die Veranda hinaus. Wenn er geradeausschaute, konnte er den Waldrand sehen. Auf der anderen Seite des dunklen, geheimnisvollen Dickichts schlief Sharon in ihrem alten Bett in dem kleinen Zimmer mit verblichenen Tapeten. Ihr Fenster würde geöffnet sein, um die Düfte und die Geräusche der Nacht hereinzulassen.

Er fluchte leise. Wie konnte er nur solch albernen Gedanken nachhängen! Nein, er hätte diesen Job niemals annehmen dürfen. Ihr Angebot hatte ihn belustigt und gereizt. Sechs Dollar die Stunde! Er lachte kurz auf. Wann hatte er zum letzten Mal für einen Stundenlohn gearbeitet? Er versuchte sich zu erinnern. Vor fünfzehn Jahren? War die Zeit so schnell vergangen?

Er war damals noch ein Teenager gewesen und arbeitete in der Baufirma seiner Mutter. „Du musst das Handwerk von der Pike auf lernen", hatte sie zu ihm gesagt, und er stimmte eifrig zu. Holz zu bearbeiten faszinierte ihn schon immer. Er hatte keine Lust gehabt, in Konferenzen zu sitzen und Papierkram zu erledigen.

Doch es war ihm keine Wahl geblieben. Seine Mutter erlitt ganz plötzlich einen Herzinfarkt und erholte sich davon nie wieder vollständig. Sie hatte ihn angefleht, die Leitung der Firma Riverton zu übernehmen. Als Witwe mit nur einem Kind war es ihr größter Wunsch gewesen, die Firma, die sie geerbt hatte, ihrem Sohn zu übergeben. Er konnte ihr die Bitte nicht abschlagen.

Wenn es sich erwiesen hätte, dass er nicht zum Manager taugte, hätte er einen anderen zum Generaldirektor bestellt und sich aus der Geschäftsführung zurückgezogen. Doch unter seiner Leitung war die Firma Riverton zu einem riesigen Unternehmen herangewachsen. Und dann war ihm Amelia begegnet. Er verzog die Lippen zu einem zynischen Lächeln. Die sanfte, verführerische Amelia mit ihrem roten Haar und dem weichen Akzent der Südstaaten. Monatelang hielt sie ihn hin, bis er fast verrückt vor Begehren gewesen war.

Denn wenn er bei Sinnen gewesen wäre, hätte er sie durchschaut, bevor er ihr den Ring an den Finger gesteckt hatte ...

Amelia hatte Victors Geld mit vollen Händen ausgegeben, hatte sich Kleider, Pelze und Autos gekauft. Zunächst störte ihn das nicht, im Gegenteil. Er war der Ansicht gewesen, dass ihre überirdische Schönheit nach Luxus verlangte. Und er liebte sie – oder jedenfalls die Frau, als die er sie sah. Es hatte ihm Freude gemacht, sie mit Luxusgütern zu überhäufen, und er bezahlte die Rechnungen stillschweigend, die ununterbrochen ins Haus flatterten. Ein- oder zweimal ermahnte er sie liebevoll, als die Beträge ihm zu hoch erschienen. Wie schrecklich zerknirscht war sie gewesen, und mit welch hinreißendem Charme hatte sie sich bei ihm entschuldigt. Es war ihm kaum aufgefallen, dass weiterhin übermäßig hohe Rechnungen ins Haus kamen.

Dann bemerkte er, dass sie sein Bankkonto plünderte, um die kränkelnde Baufirma ihres Bruders zu unterstützen. Tränenreich reagierte sie auf seine Vorwürfe, liebevoll bat sie um Fürbitte für ihren Bruder. Ihrem Argument, nicht im Luxus leben zu können, während ihr Bruder bankrottging, konnte er nichts entgegensetzen.

Weil ihn ihr Mitgefühl für ihren Bruder gerührt hatte, bot er ihm ein Darlehen an, weigerte sich jedoch, Geld in eine schlecht geführte kleine Firma zu pumpen. Amelia hatte geschmeichelt und geschmollt. Als sie jedoch merkte, dass er sich nicht erweichen ließ, griff sie ihn an wie eine Raubkatze. Mit ihren lackierten Fingernägeln zerkratzte sie ihm das Gesicht, und in ihrer Wut warf sie ihm an den Kopf, warum sie ihn geheiratet hatte. Nicht aus Liebe, sondern nur seines Geldes und seiner Position wegen, und weil sie sich durch die Ehe mit ihm Hilfe für die kleine Firma ihrer Familie versprochen hatte. Erst da begriff Victor, was sich hinter der Fassade der sanften kleinen Verführerin verbarg. Es war der erste Schock einer langen Reihe von

Schrecken und Enttäuschungen gewesen.

Über zwei Jahre bemühte sich Victor, seine Ehe zu retten. Doch dann sah er ein, dass die Frau, die er geheiratet hatte, ein Trugbild gewesen war.

Schließlich schlug er ihr die Scheidung vor. Mit höhnischem Lachen hatte Amelia zugestimmt. Wenn er ihr die Hälfte seines Vermögens und seiner Firma überschriebe, würde sie ihm sofort seine Freiheit zurückgeben. Aber nicht ohne eine aufsehenerregende Gerichtsverhandlung und viel Publicity.

Da diese Bedingungen unannehmbar für ihn gewesen waren, lebte Victor ein weiteres Jahr mit ihr zusammen. Als er entdeckte, dass Amelia sich Liebhaber nahm, tat es ihm nicht weh. Seine Gefühle für sie waren längst abgestorben. Langsam und diskret begann er, Beweise gegen sie zu sammeln, die ihm seine Freiheit zurückgeben konnten. Um sich selbst und seine Firma vor ihrem Zugriff zu bewahren, war er sogar willens gewesen, den Kampf vor Gericht unter den Augen der Öffentlichkeit auszutragen. Doch so weit war es nicht gekommen. Einer ihrer enttäuschten Liebhaber hatte ihr eine Kugel durch den Kopf geschossen und ihrem Leben ein Ende gesetzt.

Victor hatte auf ihren Tod nicht mit Trauer reagieren können, sondern eher Erleichterung empfunden. Das jedoch hatte ihm Schuldgefühle verursacht, die er mit Arbeit zu betäuben versuchte. Frieden jedoch hatte er nicht gefunden.

Schließlich beschloss er, sich das heruntergekommene Haus in den Bergen zu kaufen, und übertrug die Geschäfte auf unbestimmte Zeit seinem Geschäftsführer. Er sehnte sich nach Einsamkeit, nach der handwerklichen Arbeit, die er liebte. Und jetzt, wo er schon geglaubt hatte, den richtigen Entschluss gefasst zu haben, war ihm Sharon Abbott begegnet.

Sie war keine Schönheit wie Amelia, keine der eleganten, weltgewandten Frauen, mit denen er nach Amelias Tod geschlafen hatte. Sharon war frisch und vital. Instinktiv fühlte er sich von ihrer Großherzigkeit angezogen. Doch das Vermächtnis, das seine erste Frau ihm hinterlassen hatte, bestand aus Zynismus und Misstrauen. Victor wusste, dass nur ein Narr sich zweimal von der Maske der Unschuld täuschen lässt. Und er war kein Narr.

Nachdenklich ging er zurück ins Haus. Nein, er würde sich nicht von einer Frau den Schlaf rauben lassen. Trotzdem warf er sich die ganze Nacht unruhig im Bett hin und her.

Es war ein wunderbarer Morgen. Als Sharon die Fenster aufstieß, strahlte der Himmel in einem tiefen Blau, die Vögel zwitscherten, die Luft war warm, und es duftete nach Blumen. An solch einem Tag konnte sie unmöglich im Haus arbeiten.

Sie zog sich ein altes T-Shirt und ausgeblichene rote Shorts an und ging in den Keller, wo sie tatsächlich einen Eimer mit weißer Farbe und einen Pinsel fand.

Um die vordere Veranda zu reparieren, reichten ihre Talente nicht aus. Doch die hintere war noch ziemlich stabil. Nach zwei neuen Anstrichen würde sie wieder freundlich und einladend aussehen. Sharon holte sich ihr Kofferradio und ging dann mit ihren Utensilien nach draußen. Nachdem sie einen Sender gefunden hatte, der ihr zusagte, stellte sie das Gerät auf volle Lautstärke und begann mit den Vorbereitungen.

Eine halbe Stunde später hatte sie die Veranda gefegt und mit dem Gartenschlauch abgespritzt. Während die Holzplanken in der warmen Sonne trockneten, öffnete sie den Farbeimer, um sorgfältig den weißen Lack umzurühren. Ein- oder zweimal schaute sie zum Feldweg hinüber und fragte sich, wann sie wohl von Victor hören würde. Dann nahm sie ihren Eimer und den Pinsel und ging ans äußere Ende der Veranda, wo sie sich auf den Boden kniete, um mit der Streichaktion zu beginnen.

Als Victor etwas später auf ihr Haus zuging, blieb er am Ende des Feldwegs stehen und beobachtete Sharon eine Weile. Sie hatte fast ein Drittel der Veranda gestrichen. Ihre Arme waren übersät mit weißen Farbspritzern, das Kofferradio plärrte in voller Lautstärke, und während sie laut mitsang, wiegte sie die Hüften im Takt der Musik. Dabei spannten sich die dünnen Shorts über ihrem kleinen runden Po. Dass sie ihrer Beschäftigung mit wahrer Hingabe nachging, war ebenso offensichtlich wie ihr mangelndes Talent. Als Sharon sich über den

Eimer beugte und dabei mit beiden Händen die frisch gestrichenen Holzbohlen berührte, lächelte er belustigt. Sie schimpfte vor sich hin und wischte dann nachlässig die Hände am Hosenboden ab.

„Hatten Sie nicht gesagt, Sie könnten streichen?", bemerkte Victor, als er herantrat.

Erschrocken fuhr Sharon herum. Dabei hätte sie fast den Eimer mit der Farbe umgestoßen. Fröhlich lächelte sie zu ihm auf. „Ich habe nie behauptet, dass ich besonders talentiert auf diesem Gebiet bin", gab sie zurück. „Sind Sie gekommen, um mich bei der Arbeit zu beaufsichtigen?"

Er schüttelte den Kopf. „Dazu ist es leider wohl etwas zu spät."

Sharon hob die Brauen. „Es wird sehr gut aussehen, wenn ich erst einmal fertig bin."

Victor zog es vor, sich dazu nicht zu äußern. „Ich habe Ihnen aufgeschrieben, was ich an Material brauche. Und ich muss noch ein paar Räume ausmessen."

„Das ging aber schnell." Sie beugte sich vor, um das Radio leiser zu stellen. „Es gibt noch ein Problem", sagte sie. „Die vordere Veranda."

Victor blickte auf die mehr schlecht als recht gestrichenen Holzplanken. „Haben Sie die etwa auch gestrichen?"

Sharon verzog das Gesicht. „Nein."

„Gott sei Dank. Was hielt Sie davon ab?"

„Sie fällt auseinander. Vielleicht wissen Sie, was ich dagegen unternehmen kann. Oh, schauen Sie!" Aufgeregt fasste sie ihn bei der Hand, während sie auf eine Wachtelfamilie deutete, die im Gänsemarsch durchs Gras marschierte. „Das sind die ersten Wachteln, die ich seit meiner Rückkehr aus der Stadt sehe." Fasziniert beobachtete sie die Vögel, bis sie außer Sichtweite waren. „Es gibt auch Rehe hier. Ich habe Spuren gesehen, aber leider noch kein Tier zu Gesicht bekommen." Plötzlich fiel ihr ein, dass ihre Hand mit weißer Farbe beschmiert war. „Oh Victor, entschuldigen Sie!", rief sie erschrocken. „Haben Sie Farbe abbekommen?"

Statt einer Antwort hob er die Hand hoch und betrachtete seine weiße Handfläche.

„Es tut mir wirklich leid", brachte sie unter Lachen hervor. „Warten Sie." Mit dem Rand ihres T-Shirts wischte sie über seine Handfläche. Dabei zeigte sich ein Stück weiche helle Haut.

„So reiben Sie die Farbe erst richtig hinein", bemerkte Victor, der sich die größte Mühe gab, nicht dauernd auf ihre nackte Taille zu schauen.

„Es geht ganz leicht ab", versicherte Sharon, die noch immer lachen musste. „Ich habe bestimmt irgendwo Terpentin." Obwohl sie sich bemühte, es zu unterdrücken, brach sie erneut in Gekicher aus. „Es tut mir so leid", versicherte sie und lehnte den Kopf an seine Brust. „Wenn Sie mich nicht so komisch anschauen würden, müsste ich auch nicht lachen."

„Wie schaue ich Sie denn an?"

„Geduldig."

„Und das bringt Sie zum Lachen?" Wieso fiel ihm ausgerechnet in diesem Moment ein, dass ihr Mund nach Honig schmeckte? War es, weil ihm der zarte Duft ihres Haares in die Nase stieg?

„Viel zu viele Dinge bringen mich zum Lachen", gab sie zu. Sie richtete sich auf und holte tief Luft, ließ jedoch die Hand auf seiner Brust liegen.

Plötzlich merkte Sharon, dass Victor seine Hände auf ihre Arme gelegt hatte und mit dem Daumen ihre nackte Haut streichelte, während er sie mit rätselhaftem Gesichtsausdruck beobachtete. Sie schaute zu ihm auf. Er schien sich seiner vertraulichen Geste gar nicht bewusst zu sein. Ihr erster Impuls war, sich auf die Zehenspitzen zu stellen und ihn zu küssen. Sie begehrte ihn, und sie spürte, dass auch er so empfand. Doch eine innere Stimme warnte sie davor, den ersten Schritt zu tun. Stattdessen blieb sie unbeweglich stehen. Ruhig und offen schaute sie ihm in die Augen. Zu verbergen hatte nur er etwas, das wussten sie in diesem Moment beide.

Als Victor schließlich auffiel, dass er sie festhielt, dass er den Wunsch hatte, sie an sich zu ziehen, ließ er sie abrupt los. „Sie gehen jetzt besser wieder an die Arbeit", sagte er. „Und ich werde die Räume ausmessen."

„Okay." Sharon blickte ihm nach, wie er zur Tür ging. „In der Küche ist heißes Wasser, falls Sie sich einen Tee machen wollen."

Was für ein seltsamer Mann, dachte sie. Unbewusst strich sie über die Stelle, wo seine Finger ihren Arm berührt hatten. Wieso hatte er ihr so durchdringend in die Augen geschaut? Sie zuckte die Schultern und befasste sich wieder mit ihrer Arbeit.

Victor blieb an der Treppe zum Obergeschoss stehen und warf einen Blick ins Wohnzimmer. Es war blitzsauber und bis auf die Möbel vollständig ausgeräumt. Jeder Gegenstand war weggepackt und in sorgfältig beschriftete Kartons verstaut worden. Sie muss hart gearbeitet haben, dachte er und stieg die Stufen hinauf.

Sharon musste auch im zweiten Stockwert wie eine Wilde geschuftet haben. Im Schlafzimmer ihrer Großmutter stapelten sich beschriftete Kartons, und nur vor ihrem Zimmer schien ihre Organisationswut haltgemacht zu haben. Papiere, Listen, Notizblätter und Rechnungen lagen in wüstem Durcheinander auf ihrem alten Schreibtisch herum, auf dem Fußboden häuften sich Antiquitätenkataloge, nicht weit davon standen ein Paar alte Turnschuhe, und über einem Stuhl lag achtlos hingeworfen ihr Nachthemd.

Es bestand kein Zweifel daran, dass Sharons Lebensstil ganz erheblich von ihrem Arbeitsstil abwich.

Victor musste plötzlich an die eleganten, ordentlichen Zimmer von Amelia denken. Sie hatte nirgends auch nur die geringste Unordnung geduldet. Sogar ihre zahllosen Cremetöpfe und Parfumflaschen standen in Reih und Glied auf ihrer Schminkkommode. In Sharons Zimmer gab es so ein Möbel nicht, auf dem Schreibtisch standen an persönlichen Dingen nur ein kleines Emaillendöschen, ein gerahmtes Foto und ein einziges Parfumfläschchen. Victor betrachtete die Aufnahme. Es war ein Schnappschuss von Sharon als Teenager und einer weißhaarigen alten Frau in sehr aufrechter Haltung.

Das ist also ihre Großmutter, dachte Victor. Die beiden standen im hohen Gras mit dem Rücken zum Bach. Die Großmutter trug ein Hauskleid, das junge Mädchen ein gelbes T-Shirt und abgeschnittene Jeans. Jene Sharon auf dem Bild unterschied sich kaum von der jungen Frau, die draußen gerade die Veranda strich. Zwar trug sie ihr Haar

länger und sie war etwas dünner, aber das vergnügte Lachen war das Gleiche. Victor fand sie mit kurzem Haar attraktiver. Es umschmeichelte so hübsch ihr Gesicht.
Unwillkürlich überlegte er, ob Carl wohl dieses Bild aufgenommen hatte. Die Vorstellung missfiel ihm.
Was hat sie nur an ihm gefunden?, fragte er sich, während er anfing, die Zimmer sorgfältig auszumessen. Dieser Dummkopf hätte sie mit Bestimmtheit den Rest ihres Lebens zu bevormunden versucht, dachte Victor weiter, als er wieder nach unten ging.

Victor maß gerade die vordere Veranda aus, als Sharon sich mit zwei Bechern Tee zu ihm gesellte. „Die Veranda sieht schlimm aus, nicht wahr?", fragte sie vergnügt.
Victor schaute auf. „Es ist ein Wunder, dass sich hier noch niemand ein Bein gebrochen hat", bemerkte er.
„Sie wird kaum noch benutzt", erklärte Sharon, während sie geschickt einigen besonders morschen Holzplanken auswich. „Großmutter hat immer nur die Hintertür benutzt, und alle meine Besucher tun das auch."
„Aber nicht Ihr Freund."
Sharon warf ihm einen nachsichtigen Blick zu. „Carl würde niemals die Hintertür benutzen, und außerdem ist er nicht mein Freund. Also, was soll ich machen?"
„Ich denke, Sie haben diese Geschichte schon erledigt, und zwar sehr erfolgreich."
Nachdem sie ihn einen Moment angeschaut hatte, lachte sie. „Ich spreche nicht von Carl, sondern von der Veranda."
„Reißen Sie das verdammte Ding ab."
„Oh." Sharon setzte sich auf die oberste Verandastufe. „Die ganze Veranda? Ich dachte, ich könnte die schlimmsten Planken erneuern und …"
„Das Ding wird zusammenbrechen, sobald mehr als drei Leute daraufstehen", unterbrach Victor sie. „Ich verstehe nicht, wie man etwas so vernachlässigen kann."
„Regen Sie sich doch nicht auf", meinte Sharon gelassen und hielt

ihm den Becher mit Tee hin. „Wie viel wird mich die Sache kosten?"

Victor überschlug im Kopf die Kosten und nannte ihr dann eine Summe. Er sah die Verzweiflung in ihren Augen, bevor sie tief aufseufzte.

„Okay." Das letzte Fünkchen Hoffnung, die Esszimmergarnitur ihrer Großmutter doch behalten zu können, schwand. „Na gut, wenn es sein muss, dann erledigen wir es besser gleich. Das Wetter kann jeden Tag umschlagen." Sie brachte ein halbherziges Lächeln zustande. „Ich möchte schließlich nicht, dass mein erster Kunde durch die Verandaplanken fällt."

„Sharon." Mit ernstem Gesicht stellte Victor sich vor sie hin. Da sie auf der obersten Treppenstufe saß, befanden sich ihre Gesichter fast auf gleicher Höhe. Ihr Blick war direkt und offen. Trotzdem zögerte Victor einen Moment, bevor er weitersprach. „Wie viel Geld haben Sie?", fragte er dann rundheraus.

„Es reicht zum Leben." Und als er sie nur stumm ansah, fügte sie etwas verlegen hinzu: „Gerade so eben. Aber ich werde schon über die Runden kommen, bis mein Geschäft den ersten Gewinn abwirft."

Wieder zögerte Victor. Er hatte sich vorgenommen, sich nicht in diese Sache hineinziehen zu lassen. Doch jedes Mal, wenn er Sharon sah, verstrickte er sich mehr. „Ich möchte nicht die gleichen Töne anschlagen wie Ihr Freund", sagte er.

„Dann unterlassen Sie es", unterbrach Sharon ihn schnell. „Und er ist nicht mein Freund."

„Okay." Nachdenklich blickte er in seinen Teebecher. Wie konnte er Geld von einer Frau annehmen, die jeden Cent umdrehen musste? Er trank einen Schluck Tee und überlegte, wie er ihr ausreden konnte, ihm einen Stundenlohn zu zahlen. „Sharon, was mein Gehalt angeht ..."

„Oh Victor, ich kann es im Moment nicht erhöhen." Verzweifelt schaute sie ihn an. „Später, wenn mein Geschäft erst einmal läuft ..."

„Nein."

Verlegen und verärgert legte Victor ihr die Hand auf den Arm. „Ich wollte Sie nicht um eine Lohnerhöhung bitten."

„Aber ..." Sie hielt inne. Sharon dachte daran, wie er sie nach dem

Kuss in der Küche verlassen hatte, und glaubte verstanden zu haben, was er meinte. Plötzlich traten ihr Tränen in die Augen. Hastig stellte sie ihren Teebecher ab und stand auf. „Das ist furchtbar nett von Ihnen", stammelte sie, während sie sich ein paar Schritte von ihm entfernte. „Aber es ist wirklich nicht notwendig. Ich wollte nicht den Eindruck erwecken, dass ich ..." Sie brach ab und blickte abwesend zu den Bergen hinüber.

Im Stillen verfluchte sich Victor. Er ging zu ihr hinüber und legte ihr die Hände auf die Schultern. „Hören Sie, Sharon ..."

„Nein, bitte." Abrupt drehte sie sich zu ihm um. Noch immer schimmerten ihre Augen feucht. „Es ist sehr lieb von Ihnen, mir das anzubieten."

„Nein, das ist es nicht", erwiderte Victor knapp. „Aber Sharon, verstehen Sie denn nicht? Es ist nicht das Geld ..."

„Sie sind wirklich ein sehr netter Mann", unterbrach sie ihn. Impulsiv schlang sie die Arme um seine Taille und legte ihr Gesicht an seine Brust.

Victor verstrickte sich immer tiefer in das Chaos seiner Gefühle. „Nein, das bin ich nicht", sagte er leise. Obwohl er sie von sich stoßen und einen Ausweg aus der Situation finden wollte, legte er ihr erneut die Hände auf die Schultern. Und ohne dass er es merkte, spielte er mit ihrem Haar.

Nein, er konnte Sharon nicht wegstoßen. Nicht, wenn sie ihre kleinen festen Brüste an ihn presste und er ihre blonden Locken um seine Finger kringelte. Wie weich ihr Haar war – wie Seide. Das Verlangen nach ihr übermannte ihn. Er barg sein Gesicht in ihrem Haar und flüsterte ihren Namen.

Irgendetwas in seinem Ton, die leise Verzweiflung, die sie herauszuhören glaubte, erweckte Sharons Mitgefühl. Sie spürte seinen Kummer. Sie schmiegte sich enger an Victor, während sie beruhigend seinen Rücken streichelte. Bei dieser Berührung war es um Victors Beherrschung geschehen. Mit einer einzigen schnellen Bewegung bog er ihren Kopf zurück und presste seinen Mund auf ihre Lippen.

Sharon empfand zunächst nur Angst. Doch dann packte auch

sie wilde, elementare Leidenschaft, und heftig erwiderte sie seinen Kuss.

Nichts und niemand hatte sie je an diesen Punkt gebracht, in jenes wahnsinnige Begehren, jenes unerträgliche Verlangen getrieben. Als er sie zart in die Unterlippe biss, stöhnte sie vor Erregung auf. Nicht eine Sekunde lang war es ihr in den Sinn gekommen, ihn von sich zu weisen. Sie wusste, dass sie zu ihm gehörte.

Seine Erregung brachte ihn fast um den Verstand. Er musste sie berühren, die Geheimnisse ihres zierlichen Körpers erforschen. Stundenlang hatte ihn in der vergangenen Nacht das Verlangen gequält. Jetzt musste er es befriedigen. Ohne von ihrem Mund zu lassen, schob Victor die Hände unter ihr T-Shirt, um ihre Brüste zu streicheln. Er spürte ihren wilden Herzschlag, und sein Begehren steigerte sich.

Hingebend und zugleich voller Angst klammerte sich Sharon an ihn, während sie voller Leidenschaft seinen fordernden Kuss beantwortete. Seine Handfläche fühlte sich hart und schwielig an, und die raue Liebkosung seiner Finger versetzte sie in einen wahren Taumel. Nichts an ihm war weich oder zärtlich. Victors Mund fühlte sich heiß und unnachgiebig an, sein Körper war hart und gespannt. Aufgestauter Zorn und wilde, ungehemmte Leidenschaft gingen von ihm aus und schienen sie herauszufordern, es mit ihm aufzunehmen.

Doch dann ließ er sie so abrupt los, dass Sharon zurücktaumelte und sich an seinem Arm festhalten musste, um nicht das Gleichgewicht zu verlieren.

Victor sah die Leidenschaft in ihren Augen und die Angst. Ihr Mund war rot und geschwollen. Er hatte noch nie eine Frau so hart angefasst. Im Allgemeinen war er ein rücksichtsvoller Liebhaber. Victor trat einen Schritt zurück. „Es tut mir leid", sagte er steif.

Nervös strich sich Sharon über die Lippen. „Es braucht Ihnen nicht leidzutun", flüsterte sie.

Einen Moment schaute er sie unverwandt an. „Es wäre aber besser, wenn es uns beiden leidtäte", sagte er knapp. Er fasste in seine Hosentasche und zog ein Stück Papier hervor. „Hier ist die Materialliste. Geben Sie mir Bescheid, wenn die Lieferung eingetroffen ist."

„In Ordnung." Sharon nahm die Liste entgegen. Als er sich zum

Gehen wandte, nahm sie all ihren Mut zusammen. „Victor ..." Er blieb stehen und drehte sich zu ihr um. „Es tut mir nicht leid", sagte sie ruhig.

Er gab keine Antwort, sondern ging ums Haus herum und verschwand.

5. KAPITEL

Noch nie in ihrem ganzen Leben hatte Sharon so hart gearbeitet wie in den folgenden drei Tagen. Das Gästezimmer und das Esszimmer waren mit Kisten und Kartons vollgestellt, die sie alle beschriftet, nummeriert und verschlossen hatte. Sie putzte das Haus vom Dachboden bis zum Keller, jedes Möbelstück, jeden Gegenstand des Hauses notierte sie systematisch.

Die Dinge zu datieren und mit einem Preis zu versehen kostete sie mehr Anstrengung als die harte körperliche Arbeit. Sie saß bis in die frühen Morgenstunden über ihren Listen und Katalogen und war schon wieder aufgestanden, wenn die ersten Sonnenstrahlen sie weckten. Doch ihre Energie ließ nicht nach. Im Gegenteil. Je näher sie ihrem Ziel kam, desto eifriger stürzte sie sich in die Arbeit.

Sie hatte mit einem Dachdecker und einem Installateur gesprochen und bereits alle Farben und Lacke besorgt. Und heute Nachmittag waren im strömenden Regen die Baumaterialien für die Renovierung geliefert worden. Natürlich rief sie Victor sofort an, und er versprach ihr, am nächsten Morgen mit der Arbeit bei ihr anzufangen.

Jetzt saß Sharon bei einer Tasse Kakao in der Küche, lauschte dem gleichmäßigen Trommeln des Regens und dachte an Victor. Sein Ton war kurz und geschäftsmäßig gewesen. Doch das störte Sharon nicht. Längst hatte sie gemerkt, dass er ein sehr stimmungsabhängiger Mensch war. Sie überlegte, ob er wohl in diesem Moment auch durch die dunkle Fensterscheibe in den Regen hinausschaute.

Sharon musste sich ehrlich eingestehen, dass sie sich sehr zu ihm hingezogen fühlte. Und ihre Reaktion auf seine Berührung, auf seine erregenden Küsse war nicht nur körperlich. Allein schon seine Gesellschaft regte sie an, das stürmische Temperament, das sich hinter seiner Gelassenheit verbarg.

Sie spürte, dass er es nicht ertrug, untätig zu sein. Die Arbeitslosigkeit musste einem Mann wie ihm schrecklich zusetzen.

Sharon machte sich über Victor Banning keine falschen Vorstellungen. Er war ein schwieriger Mann. Auch wenn er nett und humorvoll sein konnte, würde sie es nicht leicht mit ihm haben. Dazu steckten zu viel Verbitterung, zu viele Energien in ihm. Und während sie ihre Liebe zu ihm akzeptierte, war sie doch vernünftig genug, nicht von ihm die gleichen Gefühle zu erwarten.

Er begehrte sie. Dessen war sie sich sicher. Doch er hielt Abstand zu ihr. Und jene Zurückhaltung, jene wohlüberlegte Vorsicht lagen in ständigem Widerstreit mit seiner Leidenschaft.

Nachdenklich trank Sharon ihren Kakao und blickte in den Regen hinaus. Ihr Problem bestand darin, durch die Schranken, die er um sich errichtet hatte, zu ihm vorzudringen. Sie hatte schon einmal geliebt und mit Schmerz und Leere fertig werden müssen. Sie war bereit, den Schmerz noch einmal zu ertragen, nicht aber die Leere. Eigentlich war alles ganz einfach. Sie wollte Victor Banning für sich gewinnen. Jetzt kam es nur darauf an, sein Begehren in Liebe umzuwandeln. Lächelnd setzte Sharon ihre Tasse ab. Sie hatte ihre Pläne noch immer erfolgreich verwirklicht.

Als die Lichtkegel zweier Scheinwerfer aus dem Dunkel auftauchten, stand Sharon überrascht auf und ging zur Hintertür, um nachzusehen, wer der unvermutete Besucher war.

Angestrengt spähte sie nach draußen. Dann erkannte sie das Auto. Erfreut riss sie die Haustür auf und beobachtete lachend, wie ihre Freundin Donna mit gesenktem Kopf, den tiefen Pfützen ausweichend, aufs Haus zurannte.

„Hallo!" Lachend trat Sharon zurück, als Donna an ihr vorbei ins Haus stürmte. „Du bist doch nicht etwa nass geworden?"

„Sehr komisch", erwiderte Donna nachsichtig, während sie ihren Regenmantel auszog und sich ihrer nassen Schuhe entledigte. „Ich habe mir gedacht, dass du dich hier verkriechst. Hier." Sie reichte Sharon eine Dose Kaffee.

Neugierig betrachtete Sharon die Dose. „Soll das ein Willkommensgeschenk sein oder eine versteckte Andeutung, dass du eine Tasse Kaffee willst?"

„Weder noch." Donna fuhr sich mit allen zehn Fingern durch das nasse Haar. „Du hast den Kaffee neulich bei mir gekauft und im Laden stehen lassen."

„Wirklich?" Sharon dachte einen Moment nach und lachte dann. „Oh ja, das stimmt. Vielen Dank. Wer arbeitet denn im Laden, während du deine Kunden belieferst?" Beide gingen in die Küche.

„Dave." Seufzend ließ sich Donna auf einem Stuhl nieder. „Seine Schwester passt auf Benji auf." Sie blickte aus dem Fenster. „Dieser Regen hört ja überhaupt nicht mehr auf." Fröstelnd betrachtete sie Sharons nackte Füße. „Frierst du nicht?"

„Ich wollte eigentlich ein Feuer im Kamin machen. Aber dann war es mir zu viel Arbeit."

„Du wirst dir die Grippe holen."

„Der Kakao ist noch warm", sagte Sharon, während sie einen zweiten Becher vom Regal nahm. „Möchtest du eine Tasse?"

„Ja, bitte."

Wieder strich Donna sich nervös durchs Haar. Sie schien ihre Hände überhaupt nicht stillhalten zu können. Plötzlich lächelte sie Sharon strahlend an. „Ich muss es dir erzählen. Ich kann es einfach nicht für mich behalten."

Neugierig blickte Sharon über die Schultern. „Was musst du mir erzählen?"

„Ich erwarte mein zweites Kind."

„Oh Donna, das ist ja wunderbar!" Sekundenlang spürte Sharon so etwas wie Neid. Doch schnell verdrängte sie dieses Gefühl. Liebevoll umarmte sie die Freundin. „Wann?"

„In sieben Monaten." Lachend wischte sich Donna die Regentropfen aus dem Gesicht. „Ich bin genauso aufgeregt wie beim ersten Mal. Und Dave auch, obwohl er sich sehr gelassen gibt. Er hat es heute Nachmittag jedem mitgeteilt, der in den Laden kam."

Wieder umarmte Sharon sie herzlich. „Weißt du überhaupt, was für ein Glück du hast?"

„Ja", meinte Donna lächelnd. „Ich habe mir den ganzen Tag Namen überlegt. Was hältst du von Charlotte oder Samuel?"

„Sehr ausgefallen."

Sharon ging zum Herd. Nachdem sie ihnen Kakao eingegossen hatte, kam sie mit den beiden Tassen an den Tisch zurück. „Trinken wir auf die kleine Charlotte oder den kleinen Samuel. Wie viele Kinder willst du eigentlich haben?"

„Immer jeweils nur eins." Donna tätschelte stolz ihren Bauch.

Sharon musste über diese Geste herzlich lachen. „Daves Schwester passt also auf Benji auf?", fragte sie. „Geht sie denn nicht mehr zur Schule?"

„Nein, sie hat diesen Sommer ihr Abitur gemacht und sucht sich gerade einen neuen Job. Eigentlich wollte sie schon das College besuchen, aber das Geld reicht nicht, und außerdem arbeitet sie im Moment noch ganztags. Sie wird zunächst höchstens zweimal in der Woche einen Abendkurs besuchen können. Auf diese Art und Weise wird sie eine ganze Weile für ihr Studium brauchen."

„Hm."

Nachdenklich blickte Sharon in ihre Tasse. „Wenn ich mich recht erinnere, war Pat ein intelligentes Mädchen."

„Sehr intelligent und ungewöhnlich hübsch."

Sharon nickte. „Sag ihr, sie soll einmal bei mir vorbeikommen."

„Bei dir?"

„Wenn mein Laden erst läuft, brauche ich eine Halbtagshilfe." Abwesend schaute sie zum Fenster hinaus. „Ich kann im Moment noch nicht viel für sie tun. Aber wenn sie nach einem Monat noch Interesse hat, könnten wir uns vielleicht einigen."

„Sharon, sie wird begeistert sein. Aber kannst du es dir denn leisten, jemanden einzustellen?"

Energisch warf Sharon den Kopf zurück. „Nach den ersten sechs Monaten werde ich genau wissen, ob ich es schaffe. Mein Laden wird sieben Tage in der Woche geöffnet sein, wobei ich an den Wochenenden mit dem größten Andrang rechne. Falls es mir gelingt, die Touristen herbeizulocken. Zwischen Verkaufen und Buchführung, Bestandsaufnahme und Einkauf bleibt mir nicht viel Zeit für den Laden. Und wenn ich untergehe, dann im großen Stil", fügte sie etwas theatralisch hinzu.

„Du hast dich noch nie auf halbe Sachen eingelassen. Das ist nicht deine Art", bemerkte Donna, in deren Stimme Bewunderung, aber auch Besorgnis schwang. „Ich hätte schreckliche Angst."

„Ich mache mir auch ein wenig Sorgen", gestand Sharon. „Manchmal sehe ich den Laden vor mir, all die Kunden, die an meinen Sachen herumfummeln, die Formulare, die Rechnungen, den Papierkram. Was gibt mir eigentlich die Gewissheit, alles zu schaffen?"

„So lange ich zurückdenken kann, bist du noch immer mit allem fertig geworden. Wenn jemand Talent hat, so einen Laden aufzuziehen, dann bist du es", erklärte Donna.

Sharon blickte von ihrer Tasse auf.

„Warum?"

„Weil du hundertprozentig hinter dieser Sache stehst."

„Und du glaubst, das ist genug?"

„Ja", sagte Donna ernst.

„Ich hoffe, du hast recht", meinte Sharon und schüttelte dann energisch ihre Zweifel ab. „Aber jetzt ist es ohnehin zu spät, sich darüber Gedanken zu machen. Also, was gibt es sonst Neues, außer Charlotte oder Samuel?"

Nachdem sie einen Moment gezögert hatte, platzte Donna mit der Nachricht heraus. „Ich habe neulich Carl gesehen."

„Ach ja?" Sharon hob die Brauen und nippte an ihrem Kakao. „Ich auch."

Donna strich sich mit der Zungenspitze über die Lippen. „Er schien sehr besorgt zu sein, was deine Pläne angeht."

Sie machte eine kleine Pause und fügte hinzu: „Zwischen besorgt und skeptisch besteht ein großer Unterschied", wies Sharon sie zurecht, um gleich darauf nachsichtig zu lächeln, als sie sah, dass Donna errötete. „Mach dir keine Gedanken darüber, Donna. Carl hat meine Ideen noch nie gutgeheißen. Ich will dir mal etwas sagen: Je mehr er meine Pläne kritisiert, desto überzeugter bin ich, das Richtige zu tun. Ich glaube, er ist noch in seinem ganzen Leben ein Risiko eingegangen." Als Sharon bemerkte, dass Donna nervös auf ihrer Unterlippe herumkaute, schwieg sie einen Moment. Prüfend schaute sie die Freundin an. „Okay, was hast du sonst noch auf dem Herzen?", fragte sie geradeheraus.

„Sharon ...", verlegen strich Donna mit der Fingerspitze über den Rand ihrer Tasse. „Ich glaube, ich sollte es dir sagen, bevor du es von jemand anders erfährst. Carl ..."

Sharon wartete geduldig. Als Donna nicht weitersprach, fragte sie neugierig: „Was ist mit Carl?"

Traurig schaute Donna sie an. „Er ist in letzter Zeit häufig mit Laurie Martin zusammen." Als sie sah, dass Sharon sie ungläubig anschaute, fuhr sie hastig fort: „Es tut mir ja so leid, Sharon. Aber ich war wirklich der Meinung, du solltest es wissen. Ich dachte, es sei einfacher, wenn du es von mir hörst. Ich glaube ... nun, ich fürchte, es ist ernst zwischen den beiden."

„Laurie ..."

Sharon unterbrach sich und blickte scheinbar fasziniert in ihre Tasse. „Laurie Martin?", wiederholte sie nach einer Weile.

„Ja", bestätigte Donna ruhig und blickte verlegen auf die Tischplatte. „Man sagt, sie wollen nächsten Sommer heiraten." Betrübt wartete sie auf Sharons Reaktion. Als die Freundin plötzlich in lautes Gelächter ausbrach, schaute sie bestürzt auf.

„Laurie Martin!" Sharon schlug mit beiden Händen auf den Tisch, während sie sich vor Lachen bog. „Oh, das ist ja wunderbar! Geradezu perfekt! Oh Gott, was für ein zauberhaftes Paar!"

„Sharon ..."

Donna machte sich ernsthaft Sorgen um die Freundin, deren unkontrolliertes Lachen sie für einen hysterischen Anfall hielt. Verlegen suchte sie nach den richtigen Worten, um sie zu trösten.

„Oh, hätte ich das nur schon früher gewusst! Dann hätte ich ihm gratulieren können." Sie legte die Stirn auf den Tisch und schüttelte sich vor Lachen.

Jetzt war Donna überzeugt, dass sie ihr das Herz gebrochen hatte. Tröstend legte sie ihr die Hand aufs Haar. „Sharon, du darfst es dir nicht so zu Herzen nehmen." Ihre Augen füllten sich mit Tränen, während sie liebevoll über Sharons Haar strich. „Carl ist nicht der richtige Mann für dich. Du verdienst einen besseren."

Erneut brach Sharon in haltloses Gelächter aus. „Laurie! Laurie Martin!"

Außer sich vor Mitgefühl hob Donna vorsichtig Sharons Gesicht an. „Sharon, ich ..." In diesem Moment bemerkte sie voller Erstaunen, dass Sharon nicht so aufgebracht vor Verzweiflung, sondern überaus amüsiert war.

Fassungslos schaute sie Sharon einen Moment in die blitzenden

Augen. „Nun", bemerkte sie dann trocken. „Ich wusste ja gleich, dass du heftig darauf reagieren würdest."

Sharon prustete vor Lachen. „Ich werde ihnen eine viktorianische Etagere als Hochzeitsgeschenk verehren. Oh Donna, mit dieser Neuigkeit hast du mir wirklich Freude bereitet. Dachtest du tatsächlich, ich würde Carl noch immer nachtrauern?"

„Ich war mir nicht sicher", gab Donna zu. „Ihr zwei wart so lange zusammen, und ich wusste, wie dich die Trennung mitgenommen hatte. Und danach hast du nie über ihn gesprochen."

„Ich brauchte Zeit, um darüber hinwegzukommen. Aber meine Wunden sind längst verheilt. Ja, ich habe ihn geliebt, und er hat mich sehr in meinem Stolz verletzt. Aber ich habe es überlebt."

„Ich hätte ihn umbringen können", sagte Donna grimmig. „Zwei Wochen vor der Hochzeit!"

„Besser zwei Wochen davor als zwei Monate später", meinte Sharon gelassen. „Wir wären niemals miteinander ausgekommen. Aber Carl und Laurie Martin …"

Diesmal brachen beide in Gelächter aus.

„Weißt du, Sharon", sagte Donna plötzlich ernüchtert, „viele Leute im Ort glauben, dass du noch immer an Carl hängst."

Gleichgültig zuckte Sharon die Schultern. „Ich habe keinen Einfluss darauf, was die Leute denken. Über kurz oder lang werden sie ein interessanteres Gesprächsthema finden. Ich habe im Moment ganz andere Dinge im Kopf."

„Das habe ich mir gedacht, als ich das Zeug sah, das du auf der Veranda abgeladen hast. Was ist unter der Segeltuchplane?"

„Bauholz."

„Und was hast du damit vor?"

„Nichts. Victor Banning hat etwas damit vor. Willst du noch eine Tasse Kakao?"

„Victor Banning!" Fasziniert beugte Donna sich vor. „Erzähl mir mehr darüber."

„Da gibt es nicht viel zu erzählen. Willst du nun Kakao oder nicht?"

„Was? Nein, danke", meinte sie ungeduldig. „Sharon, was macht Victor Banning mit deinem Bauholz?"

„Er erledigt die Schreinerarbeiten."
„Wieso?"
„Weil ich ihn eingestellt habe."
„Aber warum denn?"
Sharon musste mit Mühe ein Lachen unterdrücken. „Schau, Donna", sagte sie geduldig. „Er ist Schreiner, er ist sehr talentiert, und er hat keine Arbeit. Und ich brauche jemanden, der für einen niedrigen Lohn arbeitet."
„Was hast du über ihn herausgefunden?" Donna war wie immer scharf auf Neuigkeiten.
„Nicht viel. Eigentlich gar nichts. Er spricht ja kaum."
Donna verzog das Gesicht und meinte dann: „Das habe ich auch schon gemerkt."
Sharon lächelte daraufhin nur. „Manchmal ist er sogar richtig unhöflich", sagte sie dann. „Er ist sehr stolz und kann hinreißend lächeln. Leider tut er es viel zu selten. Und er hat starke Hände", fügte sie leise hinzu. „Ich weiß, dass sich unter der rauen Schale ein liebevoller Mann verbirgt, und ich glaube, er kann auch über sich selbst lachen. Er hat es nur verlernt. Er ist ein harter Arbeiter. Wenn der Wind aus der Richtung seines Hauses weht, kann ich ihn den ganzen Tag hämmern und sägen hören."
Sharon blickte aus dem Fenster in die Richtung seines Hauses. „Und ich liebe ihn."
Donna hielt den Atem an. „Was?", rief sie fassungslos.
„Ich liebe ihn", wiederholte Sharon und lächelte sie amüsiert an. „Soll ich dir ein Glas Wasser bringen?"
Es verging eine Minute, während der Donna sie nur bestürzt ansah. Sharon macht Witze, dachte sie. Doch an dem Gesichtsausdruck der Freundin sah sie, dass Sharon es ernst meinte. Sie hielt es für ihre Pflicht als verheiratete Frau mit demnächst zwei Kindern, auf die Gefahren einer solchen Schwärmerei hinzuweisen.
„Sharon", fing sie in geduldig-mütterlichem Ton an. „Du kennst doch den Mann kaum. Wie kannst du …"
„Ich wusste es in der Minute, in der ich ihn zum ersten Mal in deinem Laden sah", unterbrach Sharon sie ruhig. „Ich werde ihn heiraten."

„Ihn heiraten!", rief Donna fassungslos. „Hat ... hat er dir denn einen Heiratsantrag gemacht?"

Geduldig stand Sharon auf, um Donna ein Glas Wasser zu bringen. „Nein, natürlich nicht", meinte sie lachend, während sie ihr das Glas reichte. „Er ist mir doch gerade erst begegnet."

Donna gab sich ehrlich Mühe, dieser Logik zu folgen. Sie schloss die Augen und versuchte, sich auf die Worte der Freundin zu konzentrieren. „Ich bin verwirrt", gestand sie schließlich.

„Ich habe gesagt, ich werde ihn heiraten", erklärte Sharon, während sie sich wieder an den Tisch setzte. „Aber das weiß er noch nicht. Erst muss er sich in mich verlieben."

Donna schob das Wasserglas beiseite. Streng schaute sie Sharon an. „Du bist überanstrengt, Sharon", bemerkte sie.

„Ich habe eingehend darüber nachgedacht", fuhr Sharon fort, die Donnas Bemerkung ignorierte. „Hätte ich mich wohl auf den ersten Blick in ihn verliebt, wenn er nicht der richtige Mann für mich wäre? Er muss der Richtige sein, und deshalb wird er sich früher oder später auch in mich verlieben."

„Und wie willst du das erreichen?", erkundigte sich Donna.

„Oh, ich kann ihn natürlich nicht dazu bringen", erklärte Sharon höchst vernünftig. Ihre Stimme klang heiter und zuversichtlich. „Er muss sich ebenso in mich verlieben, wie ich mich in ihn verliebt habe ... wenn der richtige Zeitpunkt für ihn gekommen ist."

„Du hattest schon immer die verrücktesten Ideen, Sharon Abbott. Aber das ist der Gipfel." Donna verschränkte die Arme vor der Brust. „Da hast du dir also in den Kopf gesetzt, einen Mann zu heiraten, den du kaum eine Woche kennst und der noch gar nichts von seinem Glück weiß. Und in der Zwischenzeit willst du geduldig hier sitzen und darauf warten, dass er irgendwann auf die gleiche verrückte Idee kommt wie du."

Sharon dachte einen Moment über diese Zusammenfassung ihrer Situation nach. „Ja", sagte sie schließlich und nickte zustimmend. „So könnte man es ausdrücken."

„Das ist die lächerlichste Geschichte, die mir je zu Ohren gekommen ist", erklärte Donna. Plötzlich fing sie an zu lachen. „Und wie ich dich kenne, wirst du dein Ziel wahrscheinlich auch erreichen."

„Ich rechne fest damit."

Donna beugte sich vor und nahm Sharons Hände. „Warum liebst du ihn, Sharon?"

„Ich weiß es nicht", antwortete Sharon aufrichtig. „Das ist ein weiterer Grund, weshalb ich sicher bin, dass er der richtige Mann ist. Ich weiß nichts von ihm, außer dass ich gern mit ihm zusammen bin. Er wird mich verletzen und mir viel Kummer bereiten."

„Aber warum ...?"

„Doch er wird mich auch zum Lachen bringen", unterbrach Sharon sie. „Und mich wütend machen." Sie lächelte, aber ihre Augen blickten ernst. „Ich glaube nicht, dass er mir jemals das Gefühl der Unzulänglichkeit vermittelt. Wenn ich mit ihm zusammen bin, weiß ich einfach, dass es zwischen uns stimmt. Und das genügt mir."

Donna nickte. Dann drückte sie herzlich Sharons Hände. „Du bist die liebenswerteste Person, die ich kenne, Sharon, und die vertrauensvollste. Das sind wunderbare Charakterzüge. Aber sie sind auch gefährlich. Wenn ich nur mehr über ihn wüsste", fügte sie leise hinzu.

„Er hat Geheimnisse", sagte Sharon nachdenklich. „Aber bis er bereit ist, sie mir anzuvertrauen, soll er sie für sich behalten."

„Sharon, bitte sei vorsichtig", sagte Donna eindringlich.

Sharon lächelte zuversichtlich. „Aber natürlich, Donna. Mach dir keine Sorgen. Vielleicht bin ich vertrauensseliger als die meisten Menschen, aber ich kann mich auch wehren. Er ist kein einfacher Mensch, Donna, aber ein guter Mensch. Das weiß ich mit Sicherheit."

„Gott sei Dank", sagte Donna aufatmend. Im Stillen nahm sie sich vor, ein wachsames Auge auf diesen Victor Banning zu haben.

Lange nachdem Donna gegangen war, saß Sharon noch in ihrer Küche. Noch immer trommelte der Regen gegen die Fensterscheibe. Sie konnte sich nur zu gut vorstellen, wie ihre Worte in Donnas Ohren geklungen hatten. Trotzdem war sie erleichtert, sich mit der Freundin ausgesprochen zu haben.

Langsam stand sie vom Küchentisch auf, knipste das Licht aus und ging durch das dunkle Haus. Sie kannte jede Ecke, jede knarrende

Diele. Es war ihr lieb und vertraut. Wenn sie doch auch Victor so gut kennen würde. Aber sie wusste nichts von ihm. Er war ihr fremd, und er beunruhigte sie. Trotzdem liebte sie ihn.

Wäre es eine stille, zärtliche Liebe gewesen, hätte Sharon ihre Gefühle viel leichter akzeptieren können. Aber an dem Sturm, der in ihr tobte, war nichts still und beschaulich.

Trotz ihrer Energie und ihrer Abenteuerlust war Sharon ein Naturkind, das in einer ruhigen, friedlichen Umgebung aufgewachsen war, wo die höchsten Vergnügungen in einem Waldspaziergang oder einer Fahrt auf dem Traktor des Bauern bestanden.

Sich so plötzlich in einen Fremden zu verlieben mochte romantisch klingen. Aber wenn es einem wirklich passierte, dann war es ganz einfach beängstigend.

Wieso bildete sie sich eigentlich ein, dass Victor eines Tages ihre Liebe mit Gegenliebe belohnen würde? Woher nahm sie diese Zuversicht? Sharon ging in ihr Zimmer, knipste das Licht an und stellte sich vor den Spiegel. War sie schön? Verführerisch? Aufmerksam betrachtete sie ihr Gesicht. Sie sah die lustigen Sommersprossen, die großen dunklen Augen und die blonden Locken. Sie sah nicht die faszinierende Vitalität, die samtene Haut und den überraschend sinnlichen Mund.

Ist das ein Gesicht, das einen Mann in Verzückung versetzen kann? fragte sie sich. Der Gedanke belustigte sie dermaßen, dass sie ihrem Spiegelbild amüsiert zulachte. Nein, sie besaß nicht das Aussehen einer Verführerin. Aber sie wollte auch keinen Mann, dem ein schönes Gesicht wichtiger war als die Persönlichkeit, die sich dahinter verbarg. Was sie zu geben vermochte war wertvoller als eine tolle Figur oder ein ebenmäßiges Gesicht: sich selbst und ihre Liebe.

Noch einmal lächelte sie ihrem Spiegelbild zu. Dann zog sie sich aus, um ins Bett zu gehen. Sie hatte in der Liebe schon immer das größte Abenteuer gesehen.

415

6. KAPITEL

Schwaches Sonnenlicht drang durch die dicke Wolkendecke. Der Bach neben Sharons Haus war von den heftigen Regenfällen angeschwollen, sodass aus dem sonst friedlich plätschernden Rinnsal ein Wasserfall geworden war, der zischend und schäumend an Sharons Haus vorbeistürzte.

Für Sharon hatte der Morgen mit einer unangenehmen Überraschung begonnen. Am Tag zuvor hatte sie ihr Auto aus der engen Einfahrt ihres Hauses gefahren, damit der Lastwagen, der das Holz lieferte, bis an die Veranda heranfahren konnte. Sie hatte ihren Wagen auf einem kleinen ehemaligen Gemüsebeet abgestellt und über ihrer Arbeit dann völlig vergessen, ihn an seinem Platz zu parken. Jetzt war er tief im Matsch eingesunken und widersetzte sich all ihren Bemühungen, ihn wieder flottzumachen.

Sharon versuchte es behutsam, mit ganz wenig Gas, im ersten und im Rückwärtsgang, sie versuchte es mit Vollgas. Das Auto rührte sich nicht vom Fleck.

Wütend stieg sie aus, wobei sie knöcheltief im Matsch versank. Zornig starrte sie die Reifen an. Schließlich versetzte sie dem Hinterreifen einen heftigen Fußtritt.

„Das nützt ganz bestimmt nichts", bemerkte Victor, der schon eine geraume Weile ihre vergeblichen Bemühungen mit einer Mischung aus Belustigung und milder Verzweiflung beobachtete. Er freute sich, sie wiederzusehen.

Unzählige Male hatte er in den letzten Tagen an sie gedacht, obwohl er sich dagegen gewehrt hatte.

Die Hände in die Hüften gestemmt, drehte sich Sharon ungeduldig zu ihm um. Das Missgeschick mit dem Auto war schlimm genug. Das Letzte, was sie jetzt gebrauchen konnte, war ein ungebetener Zuschauer. „Warum haben Sie mir nicht gesagt, dass Sie hier sind?", fragte sie gereizt.

„Sie waren beschäftigt", erklärte er mit einem vielsagenden Blick auf ihr Auto.

Sie schaute ihn kühl an. „Jetzt erzählen Sie mir wohl gleich, dass Sie eine bessere Idee haben."

„Sicher, einige sogar", stimmte er zu, während er über den Rasen auf sie zukam.

Ihre Stiefel waren matschverschmiert, und die Jeans, die sie über die Waden hochgerollt hatte, sahen kaum besser aus. Sharons Gesichtsausdruck verhieß nichts Gutes.

Ein vorsichtiger Mann hätte sich davor gehütet, einen Kommentar zur Lage abzugeben.

„Wer hat das Auto denn in diesem Dreckloch abgestellt?", wollte Victor wissen.

„Ich habe es in diesem Dreckloch abgestellt." Erneut versetzte sie dem Reifen einen Fußtritt. „Und es war kein Dreckloch, als ich gestern hier parkte."

Er hob die Brauen. „Ist Ihnen entgangen, dass es die ganze Nacht geregnet hat?"

„Oh, lassen Sie mich in Ruhe!" Heftig stieß Sharon ihn zur Seite und stieg wieder ins Auto.

Sie ließ den Motor an, legte den ersten Gang ein und trat das Gaspedal durch. Der Matsch spritzte hoch auf. Und ihr Auto versank noch tiefer im Dreck.

Sekundenlang hieb Sharon hilflos auf das Lenkrad ein. Am liebsten hätte sie Victor erklärt, dass sie auf seine Hilfe verzichten konnte. Nichts machte sie wütender als ein schadenfroher, überlegener Mensch – besonders in so einer Situation. Sie holte tief Luft und stieg wieder aus, um Victors amüsiertem Grinsen mit eisiger Miene zu begegnen.

„Was ist Ihre erste Idee?", fragte sie kühl.

„Haben Sie zwei Bretter?"

Sharon ärgerte sich furchtbar, dass sie nicht selbst daran gedacht hatte. Zornig stapfte sie zu dem Geräteschuppen, wo sie zwei lange dünne Bretter zutage förderte.

Kommentarlos nahm Victor sie ihr aus der Hand und schob sie dicht an die Vorderreifen heran. Währenddessen verschränkte Sharon die Arme vor der Brust, klopfte mit ihrer matschigen Stiefelspitze auf den Boden und beobachtete ihn.

„Ich hatte auch gerade daran gedacht", bemerkte sie.

„Vielleicht", entgegnete er. „Aber es hätte Ihnen nicht viel genutzt. Die Hinterreifen sitzen nämlich hoffnungslos fest."

„So?", sagte sie nur.

Es zuckte verräterisch um seine Mundwinkel, doch er verkniff sich das Lachen. „Steigen Sie wieder ein", befahl er. „Ich werde schieben. Aber bitte gehen Sie diesmal vorsichtig mit dem Gaspedal um. Lassen Sie die Kupplung langsam kommen."

„Ich weiß, wie man Auto fährt", schleuderte sie ihm zornig entgegen. Sie stieg ein und schlug die Tür hinter sich zu. Sie schaute in den Rückspiegel, um darauf zu warten, dass er ihr ein Zeichen gab. Als er nickte, ließ sie vorsichtig die Kupplung kommen und trat behutsam aufs Gaspedal.

Langsam fassten die Vorderreifen Halt auf den Brettern. Die Hinterreifen drehten sich durch, steckten erneut fest, und dann bewegten sie sich wieder ein wenig.

Sharon gab langsam und gleichmäßig Gas. Es war beschämend, absolut beschämend, dass er sie so einfach aus dem Schlamm schob.

„Ein bisschen mehr Gas!", rief Victor. „Aber behutsam!"

„Was?" Sharon hatte ihn nicht verstanden. Sie kurbelte das Fenster herunter und steckte den Kopf hinaus. Dabei trat sie versehentlich voll aufs Gaspedal.

Mit einem Satz schoss der Wagen aus dem Matsch. Sharon schrie erschrocken auf und machte dann eine Vollbremsung.

Sekundenlang schloss Sharon die Augen und erwog ernstlich die Möglichkeit, einfach davonzulaufen. Sie wagte nicht, in den Rückspiegel zu schauen. Endlich nahm sie ihren Mut zusammen und stieg aus.

Victor kniete im Matsch. Er war von oben bis unten mit Dreck bespritzt und kochte vor Wut. „Was haben Sie sich denn dabei gedacht? Ich habe Ihnen doch gesagt, Sie sollen behutsam mit dem Gaspedal umgehen!", schrie er, bevor Sharon auch nur irgendetwas sagen konnte.

Damit war er noch lange nicht fertig. Er ließ eine Reihe von Verwünschungen los, die Sharon aber schon gar nicht mehr mitbekam. Sie unterdrückte einen Lachanfall und gab sich wirklich die größte Mühe, ernst und schuldbewusst dreinzuschauen.

Weil sie ahnte, dass es ebenso unklug wie sinnlos war, seine Schimpfkanonade mit Entschuldigungen zu unterbrechen, presste sie die Lippen zusammen, wobei sie sich wiederholt auf die Unterlippe beißen und krampfhaft schlucken musste, doch sein dreckverschmiertes Gesicht reizte sie erst recht zum Lachen.

Schnell blickte Sharon auf ihre Schuhspitzen und hoffte inständig, dass er dies als reuige Geste deuten möge.

„Ich möchte wissen, wer Ihnen erzählt hat, Sie könnten Auto fahren", fuhr Victor fort. „Und welcher denkende Mensch würde sein Auto in einem Sumpf abstellen?"

„Das war der Gemüsegarten meiner Großmutter", brachte Sharon hervor. „Aber Sie haben recht, völlig recht. Es tut mir leid, wirklich ..." Hier brach sie ab, weil sie sonst laut herausgeplatzt wäre vor Lachen. Sie räusperte sich umständlich, bevor sie weitersprach. „Entschuldigen Sie, Victor. Das war sehr ..." Sharon musste den Blick abwenden, um nicht doch noch die Beherrschung zu verlieren, „... sehr rücksichtslos von mir."

„Rücksichtslos?"

„Dumm", verbesserte sie schnell, um ihn damit vielleicht zu beruhigen. „Schrecklich dumm. Es tut mir wirklich leid." Hilflos hielt sie beide Hände vor den Mund. Aber dass Kichern ließ sich nicht mehr zurückhalten. „Ehrlich, es tut mir leid", beteuerte sie. Als er sie nur böse anstarrte, gab sie auf. Wieder guckte sie nach unten, um ihr Gesicht vor ihm zu verbergen. Die Anstrengung, die es sie kostete, das Lachen zurückzuhalten, machte sie fast schwindlig. „Wirklich", beteuerte sie und brach dann endlich in erneutes Lachen aus.

„Wenn Sie die Situation so komisch finden ...", sagte Victor grimmig und packte sie bei der Hand. Sekunden später saß sie neben ihm im Schlamm und hielt sich vor Lachen die Seiten.

„Ich habe mich noch gar nicht dafür bedankt, dass Sie mir geholfen haben", brachte sie unter haltlosem Gelächter hervor.

„Keine Ursache." Die meisten Frauen würden mit einem Wutanfall auf ein unfreiwilliges Bad im Schlamm reagieren, dachte er. Doch Sharon lachte genauso vergnügt über sich selber, wie sie vorhin über ihn gelacht hatte. Da konnte auch er nicht länger ernst bleiben. Sein amüsiertes Lächeln kam völlig unerwartet für Sharon. „Freche Göre", sagte er lachend.

„Oh nein, ich bin nicht frech, wirklich nicht. Ich habe nur diese schreckliche Angewohnheit, immer im falschen Moment zu lachen. Und es tut mir ehrlich leid." Die letzten Worte gingen schon wieder in einer Lachsalve unter.

„Das sehe ich."

„Sie haben doch kaum etwas abbekommen." Mit diesen Worten nahm sie eine Handvoll Matsch und schmierte sie über seine Wange. „Jetzt sehen Sie schon viel besser aus", kicherte sie.

„Dann will ich Sie auch etwas verschönern", gab Victor zurück und wischte seine matschigen Hände an ihrem Gesicht ab. Bei dem Versuch, ihm auszuweichen, verlor Sharon die Balance und lag der Länge nach im Dreck. Vergnügt stimmte sie in Victors Gelächter ein. „Jetzt sehen Sie wirklich gut aus", meinte er. Im selben Moment sah er den Matschklumpen, den sie in der Hand hielt. „Oh nein, das werden Sie nicht tun!"

Mit einem kühnen Sprung wollte er vorwärtshechten. Doch Sharon machte eine kleine Drehung, versperrte ihm den Weg, und schon landete er halb auf der Brust, halb auf der Seite erneut im Schlamm. Er richtete sich auf und blickte sie finster an.

„Stadtjunge", sagte sie spöttisch. „Wahrscheinlich haben Sie noch nie in Ihrem Leben einen Schlammkampf ausgetragen." Sharon war viel zu befriedigt über ihr Manöver, um zu bemerken, was auf sie zukam.

Blitzschnell rollte sich Victor herum, packte sie bei den Schultern, drehte sie auf den Bauch und hielt mit einer Hand ihren Kopf fest. Mit weit aufgerissenen Augen starrte Sharon in den Schlamm wenige Zentimeter vor ihrer Nase.

„Oh Victor, das können Sie doch nicht tun!" Auch jetzt kicherte sie noch haltlos vor sich hin, während sie seinem Griff zu entkommen versuchte.

„Nein?" Er drückte ihr Gesicht ein Stückchen tiefer.

„Victor!" Obwohl sie glitschig wie ein Aal war, hielt er sie eisern fest. Als sich die Entfernung zwischen ihrer Nase und dem Schlamm stetig verringerte, schloss Sharon die Augen und hielt den Atem an.

„Geben Sie auf?", fragte er.
Vorsichtig öffnete Sharon ein Auge. Hin- und hergerissen zwischen dem Wunsch, ihn zu besiegen und der Angst, mit der Nase im Schlamm zu landen, zögerte sie einen Moment. Sie zweifelte nicht daran, dass er es tun würde. „Ich gebe auf", erklärte sie widerstrebend.
Sofort drehte Victor sie herum, sodass Sharon auf seinem Schoß zu liegen kam. „Stadtjunge, was?"
„Sie hätten nicht gewonnen, wenn ich nicht dermaßen aus der Übung gewesen wäre", verteidigte Sharon sich. „Das war nichts als Anfängerglück."
Sie lächelte ihn spöttisch an. Auf ihrem Gesicht sah er die Schlammspuren seiner Finger, die zierlichen Hände, die sich gegen seine Brust stemmten, waren matschverschmiert. Sein Griff in ihrem Nacken ließ nach und wurde ganz allmählich zu einer sanften Liebkosung. Mit der anderen Hand streichelte er abwesend ihren Oberschenkel, während er seinen Blick auf ihren Mund heftete. Langsam, ohne sich dessen so richtig bewusst zu sein, zog er sie an sich.
Sharon entging die Veränderung, die in ihm vorging, nicht. Plötzlich hatte sie Angst. Konnte sie sich überhaupt gegen ihn wehren, jetzt, wo sie wusste, dass sie ihn liebte? Es ging alles viel zu schnell. Vor lauter Herzklopfen konnte sie kaum atmen. Hastig machte sie sich von ihm los und sprang auf.
„Ich wette, dass ich vor Ihnen am Bach bin!", rief sie und lief davon.
Während er ihr nachschaute, versuchte Victor, sich ihre plötzliche Flucht zu erklären. Und komischerweise konnte er auch sein eigenes Verhalten nicht mehr deuten. Nie hätte er geglaubt, einem Ringkampf im Schlamm etwas abgewinnen zu können oder eine Frau wie Sharon Abbott anziehend oder begehrenswert zu finden. Nachdenklich stand er auf und ging ums Haus, um sie zu suchen.

Sharon hatte ihre Stiefel ausgezogen und stand bis zu den Knien im schäumenden Wasser. „Es ist eiskalt!", rief sie, während sie langsam bis zur Taille hineinwatete. „Wenn es ein bisschen wärmer wäre, könnten wir zu Molly's Hole hinunterlaufen und ein wenig schwimmen."

„Molly's Hole?" Victor saß im Gras und zog sich die Stiefel aus. Dabei ließ er Sharon nicht aus den Augen.

„Es liegt gleich hinter dieser Biegung." Sie deutete in die Richtung, wo sich die Hauptstraße befand. „Es ist wie ein kleiner See. Fischen kann man dort auch."

Fröstelnd rieb sie sich den Schlamm von der Bluse. „Wie gut, dass es geregnet hat. So führt der Bach wenigstens genug Wasser. Sonst könnten wir uns jetzt nicht waschen."

„Wenn es nicht geregnet hätte, wäre Ihr Wagen auch nicht im Matsch stecken geblieben."

Sharon lächelte ihn verschmitzt an. „Darum geht es ja im Moment nicht." Sie beobachtete, wie er ins Wasser watete. „Kalt, nicht wahr?", erkundigte sie sich arglos, als er unwillkürlich zusammenzuckte.

„Ich hätte Ihrem Gesicht vielleicht doch eine Schlammpackung verpassen sollen", bemerkte er. Er zog sich das Hemd aus und warf es ans Ufer. Dann wusch er sich Arme und Hände.

„Dann hätten Sie jetzt ein schlechtes Gewissen", erwiderte Sharon, während sie sich energisch das Gesicht abrieb.

„Nein, das hätte ich nicht."

Sharon blickte auf und lachte ihn fröhlich an. „Ich mag Sie, Victor. Meine Großmutter hätte Sie einen Lumpen genannt."

Er hob die Brauen. „Ist das ein Kompliment?"

„Ihr höchstes." Mit wahrer Hingabe versuchte sie, ihre Jeans zu reinigen. Sie klebte ihr an den Beinen, während unter der nassen Bluse nichts von ihren kleinen Brüsten verborgen blieb. Über ihrem fröhlichen Geplauder fiel ihr gar nicht auf, dass sie ebenso gut nackt hätte dastehen können. „Sie mochte Lumpen", fuhr sie fort. „Deshalb hat sie wohl auch nie die Geduld mit mir verloren. Ich habe ununterbrochen Streiche ausgeheckt."

„Was für welche?" Victor hatte sich längst abgewaschen. Trotzdem blieb er im kalten Wasser stehen, um sie anzuschauen. Ihre Figur war bezaubernd. Er konnte nicht verstehen, wieso ihm das bisher entgangen war. Sie besaß kleine runde Brüste, eine Wespentaille, schmale Hüften und schlanke Oberschenkel.

„Ich möchte ja nicht angeben. Aber ich kann Ihnen noch immer zeigen, wo man die besten Äpfel klauen kann." Heftig rieb sie sich den Schlamm vom Blusenärmel. „Und am liebsten bin ich auf Mr. Poffenburgers Milchkühen geritten." Sie watete zu ihm hinüber. „Ihr Gesicht ist ja noch gar nicht richtig sauber."

Sharon schöpfte mit der Hand etwas Wasser und fing an, sein Gesicht zu säubern. „Ich habe mir an jedem Zaun im Umkreis von drei Meilen die Hosen aufgerissen", fuhr sie fort. „Großmutter hat sie immer wieder zusammengeflickt und sich dabei bitter darüber beschwert, dass ich so ein Rowdy sei."

Mit der einen Hand wischte sie sorgfältig die letzten Schlammspuren aus Victors Gesicht, während sie sich mit der anderen an seiner nackten Brust abstützte. Victor stand ganz still da und beobachtete sie.

„‚Die kleine Abbott', pflegten die Leute immer zu sagen. Jetzt muss ich sie davon überzeugen, dass ich ein ehrenwertes Mitglied ihrer Dorfgemeinschaft geworden bin, damit sie vergessen, dass ich ihre Äpfel geklaut habe, und nun meine Antiquitäten kaufen. So, jetzt sehen Sie wieder ordentlich aus." Befriedigt ließ sie ihre Hand sinken. Doch im nächsten Moment hatte Victor sie in seine Arme genommen. Sie wandte den Blick nicht von seinem Gesicht. Plötzlich wurde Sharon sehr still.

Ohne etwas zu sagen, wusch Victor ihr die Schlammspritzer aus dem Gesicht. Mit den Fingern beschrieb er langsame kreisende Bewegungen. Dabei schaute er ihr unverwandt in die Augen. Obwohl sich seine Handfläche rau anfühlte, war seine Berührung zart. Sharon hatte die Lippen ein wenig geöffnet. Sie zitterten. Victor empfand so etwas wie Neugier, als er mit dem nassen Finger ihre weichen Umrisse nachfuhr.

Er spürte das Zittern, das Sharon durchlief. Immer noch langsam, immer noch forschend strich er mit der Fingerspitze über die Innenseite ihrer Unterlippe. Die Sonne kam für kurze Zeit hinter den Wolken hervor. Victor beobachtete das Spiel von Licht und Schatten auf Sharons Gesicht. Dann wurde es wieder trübe.

„Diesmal wirst du mir nicht davonrennen, Sharon", flüsterte er.

Die vertrauliche Anrede überraschte sie. Doch sie sagte nichts. Sie wagte nicht zu sprechen. Nachdem er die weiche Haut ihres Mundes erforscht hatte, strich er mit der Fingerspitze zart über ihr Kinn, um schließlich den Finger auf die heftig pochende Stelle an ihrem Hals zu legen. Dort verweilte er einen Moment, als wolle er ihre Reaktion auf ihn abschätzen. Schließlich wanderte er mit der Hand noch tiefer, um ihre Brust zu umfassen, die sich unter der nassen Bluse deutlich abzeichnete.

Sharon wurde ganz heiß, obwohl Kälteschauer sie gleichermaßen überrannen und ihre Haut kalt vom eisigen Wasser war. Victor sah alle Farbe aus ihrem Geicht weichen, während ihre Augen groß und unglaublich dunkel wurden. Aber sie entzog sich nicht seiner Berührung. Er hörte, wie sie kräftig einatmete und dann langsam und unsicher ausatmete.

„Hast du Angst vor mir?", fragte er leise und legte seine Hand in ihren Nacken.

„Nein", flüsterte sie. „Vor mir."

Verwirrt runzelte Victor die Stirn. Dabei wirkte sein Gesicht sekundenlang hart, fast grimmig. Doch in seinen Augen lag nicht die übliche Kälte.

Unzählige Fragen standen darin, und Misstrauen. Durchdringend blickte er sie an.

Trotzdem hatte Sharon keine Angst vor ihm. Sie fürchtete nur ihre eigenen Bedürfnisse und Sehnsüchte, die sie in diesem Moment zu überwältigen drohten.

„Das ist eine seltsame Antwort, Sharon", sagte er nachdenklich. „Du bist überhaupt eine seltsame Frau." Er streichelte ihren Nacken, während er in ihrem Gesicht nach Antworten forschte. „Erregst du mich deshalb so sehr?"

„Ich weiß es nicht", sagte Sharon, der plötzlich das Atmen schwerfiel. „Und ich will es auch nicht wissen. Ich will einfach nur, dass du mich küsst."

Er beugte sich zu ihr hinab, um mit den Lippen behutsam ihren Mund zu berühren. „Wenn ich nur wüsste, warum ich nicht aufhören kann, an dich zu denken", flüsterte er. „Ist es der Geschmack deiner Lippen?" Vorsichtig fuhr er mit der Zunge über die volle Unterlippe.

„Dein Mund schmeckt nach Regen und dann wieder süß wie Honig." Langsam strich er mit der Zunge über ihre Lippen. „Ist es deine Haut, die sich anfühlt wie die Unterseite eines Blütenblattes?" Er streichelte ihre Arme und zog sie dabei immer näher an sich.

„Warum musst du den Grund wissen?", fragte sie mit leiser, unsicherer Stimme. „Nur auf deine Gefühle kommt es an. Küss mich, Victor, bitte küss mich."

„Du riechst nach Regen", flüsterte er. Er wollte ihr widerstehen, doch er wusste, dass er es nicht schaffen würde. „Du bist so unkompliziert, so ehrlich. Wenn ich in deine Augen schaue, sehe ich nicht eine einzige Lüge darin. Oder täusche ich mich?"

Bevor sie ihm noch antworten konnte, verschloss er ihren Mund mit einem Kuss. Sharon wurde von einem Schwindelgefühl erfasst. Seine Lippen waren hart, seine Zunge forschend und fordernd. Aus dem Zorn, den sie zuvor in ihm gespürt hatte, war verzehrende Leidenschaft geworden.

Sein Hunger, sein elementares Begehren überwältigten sie. Sie fühlte nicht mehr die Kälte des Wassers. Nur die Wärme seiner Hand, die unablässig über ihren Rücken strich.

Mit den Lippen erforschte er jeden Zentimeter ihres Gesichts. Immer wieder kehrte er jedoch zu ihrem vollen Mund zurück. Victor spürte, dass in ihrem geschmeidigen Körper, hinter ihrer spontanen Bereitwilligkeit eine Leidenschaft schlummerte, die sich an seiner messen konnte, und eine Stärke, deren Ausmaß er nur erahnte.

Er hätte sie jetzt nehmen können, hier, am Ufer des Baches auf dem regennassen Gras. Ihre Lippen waren warm und feucht, und er konnte sich nur zu gut vorstellen, wie es sein würde, sie zu lieben. Sie begehrte ihn ebenso wie er sie. Sie würden einander nichts vorspielen.

Sharon presste ihre Brüste an seinen nackten Oberkörper. Victor glaubte, ihre Sehnsucht zu spüren – oder war es sein eigenes Begehren? Es tobte in ihm, raubte ihm fast den Verstand, bis nur noch Sharon das Ziel seiner Wünsche war. Ihr Mund war so fordernd. Und er hielt seinen wilden, ungestümen Küssen stand, erwiderte sie sogar mit dem gleichen Hunger. Immer tiefer zog sie ihn in ihren Bann. Wenn er sie jetzt nahm, dann war er verloren. Das ahnte er – und das Risiko konnte er noch nicht eingehen.

Als er sie behutsam von sich schob, ließ Sharon den Kopf auf seine Brust sinken. Die Geste hatte etwas rührend Hilfloses, obwohl ihre Arme, die um seine Taille lagen, stark waren. Der Gegensatz erregte ihn. Ebenso das wilde Klopfen ihres Herzens. Eine ganze Weile blieben sie so stehen, während das kalte Wasser um ihre Beine wirbelte und das diesige Sonnenlicht durch die Baumkronen drang.

Sharon fröstelte. Erst jetzt fiel ihm ein, dass sie völlig durchgefroren sein musste. Das brachte ihn mit einem Schlag in die Realität zurück. Abrupt ließ er sie los.

„Komm", sagte er leise. „Du solltest ins Haus zurückgehen." Dabei zog er sie mit sich ans Ufer.

Sharon bückte sich, um ihre Stiefel aufzuheben. Als sie sicher war, ihm in die Augen schauen zu können, blickte sie auf. „Du kommst nicht mit?" Es war eigentlich keine Frage, sondern eine Feststellung. Sharon hatte seine veränderte Haltung sehr deutlich gespürt.

„Nein." Sein Ton war wieder kühl, obwohl er sie unvermindert begehrte. „Ich gehe mich umziehen und komme dann zurück, um mit der Arbeit an der Veranda anzufangen."

Sharon hatte damit gerechnet, von ihm verletzt zu werden. Doch sie hatte nicht geglaubt, dass es so bald geschehen würde. Die Zurückweisung schmerzte sie. „In Ordnung. Wahrscheinlich werde ich nicht zu Hause sein. Aber lass dich deshalb nicht von der Arbeit abhalten."

Victor spürte, dass er sie verletzt hatte. Und doch schaute sie ihm direkt in die Augen und sprach ruhig und gefasst. Mit Beschuldigungen hätte er fertig werden können. Stattdessen war er total verwirrt. Es war das erste Mal seit vielen Jahren, dass ihn eine Frau aus der Fassung gebracht hatte.

„Du weißt, was passieren würde, wenn ich jetzt mit dir hineinkäme." Seine Worte klangen rau und ungeduldig. Am liebsten hätte er sie bei den Schultern gepackt und geschüttelt.

„Ja."

„Willst du das etwa?"

Sharon schwieg einen Moment. Dann lächelte sie. Doch ihre Augen blieben ernst. „Ich weiß nur, dass du es nicht willst", sagte sie ruhig. Sie wandte sich ab, um zum Haus zurückzugehen. Aber Victor fasste sie am Arm und drehte sie zu sich herum. Plötzlich war er wütend auf sie.

„Sharon! Glaubst du etwa, ich begehre dich nicht?"

„Du willst mich aber nicht begehren", gab sie ruhig zurück. „Darin liegt das Problem."

„Das kann dir doch egal sein", sagte er ungeduldig. Dass sie so ruhig blieb, machte ihn verrückt. Er schüttelte sie leicht. Wie konnte sie ihn mit diesen großen tiefgründigen Augen so gelassen ansehen, wenn sie ihm noch vor wenigen Minuten den Kopf verdreht hatte? „Du weißt genau, dass ich dich beinahe auf dem nassen Gras genommen hätte. Reicht es dir nicht, dass du mich so weit treiben konntest? Was willst du noch?"

Sie blickte ihm forschend in die Augen. „Ich habe dich dazu getrieben?", wiederholte sie ruhig. „Siehst du es wirklich so?"

Er ertrug den Konflikt in seinem Innern nicht. Am liebsten wäre er davongelaufen. „Ja", sagte er verbittert. „Wie sollte ich es sonst sehen?"

„Ja, wie sonst?", erwiderte sie mit zitternder Stimme. Sie lachte bitter. „Für manche Frauen wäre das wahrscheinlich ein Kompliment. Aber wie du bereits sagtest: Ich bin eine seltsame Frau." Seufzend schaute sie ihn an. „Du hast jedes Gefühl in dir abgetötet, Victor. Und das zehrt an dir."

„Was weißt du schon?", schleuderte er ihr entgegen. Dass sie die Wahrheit gesprochen hatte, brachte ihn nur noch mehr gegen sie auf.

„Du bist nicht annähernd so hart und kalt, wie du glaubst", erklärte Sharon ruhig.

„Du weißt überhaupt nichts von mir", entgegnete er wütend und packte sie erneut beim Arm.

„Und du kannst es nicht ertragen, wenn deine sorgfältig aufgebauten Barrieren ins Wanken geraten", fuhr Sharon unbeirrt fort. „Der Gedanke, dass du etwas für mich empfinden könntest, ist dir unerträglich. Ich bedränge dich gewiss nicht. Es ist etwas anderes, das dich bedrängt. Nein, ich weiß nicht, was es ist. Aber du weißt es." Sie holte tief Luft. Dabei schaute sie ihm unverwandt in die Augen. „Du musst den Kampf mit dir selbst austragen, Victor." Mit diesen Worten wandte sie sich um und ging ins Haus.

7. KAPITEL

Victor konnte einfach nicht aufhören, an Sharon zu denken. Er wehrte sich dagegen, doch sie ging ihm nicht aus dem Kopf. Die Wochen vergingen, die Wälder hatten ihre bunte Herbstfärbung angenommen, und die Luft war kühl und klar. Zweimal hatte Victor Sharon durch sein Küchenfenster gesehen.

Er widmete ihrem Haus ebenso viel Zeit wie seinem. Der Umbau bei Sharon ging zügig vonstatten. Das Dach war repariert worden, und der Installateur hatte seine Arbeit erledigt. Die Küche musste jetzt nur noch frisch gestrichen werden. Der Museumsbereich war vollständig fertig, und Sharon räumte bereits eifrig die Schaukästen ein, die vor Kurzem geliefert worden waren.

Manchmal war Sharon stundenlang unterwegs und suchte auf Auktionen nach Schätzen für ihren Laden. Victor merkte immer sofort, wenn sie nach Hause kam. Denn dann wurde es im Haus wieder lebendig.

Sie hatte sich im Keller eine kleine Werkstatt eingerichtet, wo sie Möbel lagerte und aufarbeitete. Er sah sie nicht eine Sekunde lang untätig herumsitzen.

Sharon verhielt sich ihm gegenüber offen und freundlich wie immer. Nicht mit einem einzigen Wort hatte sie je erwähnt, was zwischen ihnen vorgefallen war. Doch Victor musste all seine Willenskraft aufbieten, um sie nicht zu berühren. Sie lachte, brachte ihm Kaffee und lieferte ihm lustige Berichte über ihre Abenteuer auf den Auktionen. Und er begehrte sie mit jedem Tag mehr.

Ihre Anwesenheit machte ihn nervös. Vielleicht sollte ich eine Woche nach Washington fahren, dachte er, während er die Tapetenleisten des Sommerraums befestigte. Bis jetzt hatte er die Geschäfte seiner Firma telefonisch oder schriftlich erledigt, und es bestand eigentlich kein Grund, dort nach dem Rechten zu sehen. Aber er musste Abstand von Sharon gewinnen. Sie verfolgte, ja sie quälte ihn.

Der Gedanke an sie beunruhigte Victor dermaßen, dass er seine Werkzeuge zusammenpackte. Er konnte heute einfach nicht arbeiten. Doch anstatt nach Hause zu gehen, wie er es eigentlich vorgehabt hatte, nahm Victor einen Umweg über den Keller. Er verfluchte sich zwar dabei, aber er stieg trotzdem die schmale Treppe hinunter.

In weiten Cordjeans und einem viel zu langen Pullover stand Sharon in ihrer Werkstatt und arbeitete gerade an einem Klapptisch. Victor hatte gesehen, wie der Tisch aussah, als sie ihn ins Haus geschleppt hatte. Die Tischplatte war zerkratzt und stumpf gewesen. Jetzt glänzte die Maserung des Mahagoniholzes durch die dünne Lackschicht, die Sharon aufgetragen hatte. Eifrig polierte sie die Tischplatte mit Wachs.

Victor wollte sich gerade umdrehen und wieder die Treppe hinaufsteigen, als Sharon den Kopf hob und ihn sah. „Hallo!", sagte sie erfreut, lächelte ihn dabei freundlich an und bat ihn aufgeregt: „Schau dir mal den Tisch an. Du bist schließlich der Experte, wenn es um Holz geht." Während er auf sie zuging, trat sie einen Schritt zurück, um ihr Werk zu begutachten.

„Es wird mir schwerfallen, mich von dem Stück zu trennen", meinte sie nachdenklich, während sie abwesend eine Locke um den Finger wickelte. „Ich werde eine nette Summe daran verdienen. Der Preis, den ich für den Tisch gezahlt habe, lag weit unter seinem Wert."

Victor strich mit der Fingerspitze über die Tischplatte. Sie war glatt und makellos. Seine Mutter besaß einen ähnlichen Tisch. Da er ihn ihr geschenkt hatte, wusste er, was solch ein Stück kostete. Er konnte auch zwischen der Arbeit eines Amateurs und der eines Fachmannes unterscheiden. Und was er hier sah, war die Arbeit eines Experten. „Deine Arbeitszeit ist schließlich auch etwas wert. Und dein Talent ebenfalls", bemerkte er. „Es hätte dich einiges gekostet, wenn du den Tisch zum Aufarbeiten weggegeben hättest."

„Ich weiß. Aber diese Arbeit macht mir Freude, und deshalb zählt sie nicht."

Victor hob die Brauen. „Du willst doch Geld mit deinem Laden verdienen, oder?"

„Ja, natürlich." Sharon verschloss die Dose mit dem Wachs.

„Du wirst nicht viel Geld verdienen, wenn du deine Zeit und deine Arbeitskraft außer Acht lässt."

„Ich brauche nicht viel Geld." Sie stellte die Dose auf ein Regal und besah sich einen Stuhl, der neues Sitzgeflecht brauchte. „Ich muss meine Rechnungen bezahlen und meinen Laden bestücken, und wenn mir dann noch ein bisschen Geld zum Leben bleibt, bin ich zufrieden. Ich wüsste gar nicht, was ich mit viel Geld anfangen sollte."

„Du würdest es schon für irgendetwas ausgeben", meinte Victor trocken. „Für Pelze und Kleidung zum Beispiel."

Sharon blickte auf. Als sie sah, dass er es ernst meinte, brach sie in lautes Gelächter aus. „Pelze? Oh ja, ich kann mir lebhaft vorstellen, wie ich in einem Nerz in Donnas Kramladen marschiere und einen Liter Milch kaufe. Victor, du bist wirklich zum Totlachen."

„Mir ist noch keine Frau begegnet, die sich nicht über einen Nerz gefreut hätte", gab er zurück.

„Dann hast du eben die falschen Frauen gekannt", bemerkte sie.

„Und was für eine Frau bist du?"

Sharon, die mit ihren Gedanken schon längst wieder bei ihrer Arbeit gewesen war, blickte ihn erneut an. Als sie Victors zynischen Gesichtsausdruck sah, seufzte sie tief. „Oh Victor, warum musst du nur immer nach Komplikationen suchen?"

„Weil es ständig welche gibt."

Sharon schüttelte den Kopf. „Ich habe nichts zu verbergen. Ich bin so, wie du mich siehst. Vielleicht ist dir das zu einfach, aber es ist die Wahrheit."

„Willst du mir weismachen, dass du zufrieden bist, zwölf Stunden am Tag Sklavenarbeit zu leisten und dabei kaum etwas zu verdienen?"

„Ich leiste keine Sklavenarbeit", unterbrach sie ihn.

„Und ob du das tust. Ich habe dich beobachtet. Du schleifst Möbel durch die Gegend, schleppst Kisten, schrubbst Fußböden." Allein der Gedanke daran machte ihn wütend. Sie war viel zu zerbrechlich, um solch schwere Arbeit zu leisten. „Du kannst doch mit all der Arbeit allein gar nicht fertig werden."

„Ich weiß, wozu ich fähig bin", gab sie gereizt zurück. „Ich bin schließlich kein Kind mehr."

„Nein, du bist eine Frau, die sich nichts aus Pelzen und all den anderen Annehmlichkeiten macht, die jede attraktive Frau haben kann, wenn sie ihre Trumpfkarten nur richtig ausspielt." Seine Worte klangen kühl und sarkastisch.

Jetzt blitzten auch Sharons Augen zornig auf. Sie musste sich abwenden, um nicht vor Wut zu explodieren. „Glaubst du, dass jeder Mensch ein Falschspieler ist, Victor?"

„Einige spielen eben besser als andere", antwortete er nur.

„Du tust mir schrecklich leid, Victor", sagte sie verächtlich.

„Warum? Weil ich mir darüber im Klaren bin, dass jeder Mensch nur von der Gier nach Besitz getrieben wird? Nur ein Narr gibt sich mit wenig zufrieden."

„Ich frage mich, ob du das wirklich glaubst", sagte sie leise.

„Und ich frage mich, wie du so tun kannst, als wüsstest du das nicht selbst", gab er zurück.

„Ich will dir mal eine Geschichte erzählen." Sharon wandte sich zu ihm um. Ihre Augen waren dunkel vor Zorn. „Ein Mann wie du wird sie wahrscheinlich ein bisschen zu rührselig und langweilig finden. Aber du wirst mir trotzdem zuhören."

Sie steckte die Hände in die Hosentaschen und ging in dem niedrigen Raum auf und ab, bis sie ruhig genug war, um mit ihrer Geschichte zu beginnen.

„Siehst du diese Gläser?", fragte sie und deutete auf ein Regal, auf dem eine Reihe gefüllter Weckgläser standen. „Meine Großmutter – genau genommen war sie meine Urgroßmutter – hat dieses Obst eingemacht. Sie hat ihre Beete selbst angelegt, selbst gepflanzt und Unkraut gejätet. Und dann hat sie Stunden um Stunden in der heißen Küche gestanden und Obst und Marmelade eingekocht. Als sie sechzehn war, lebte sie in einem Landhaus in Süd-Maryland. Ihre Familie war sehr reich. Sie ist es immer noch. Die Bristols. Vielleicht hast du von ihnen gehört."

Victor hatte von ihnen gehört, aber er sagte nichts. Bristol-Kaufhäuser gab es in fast jeder größeren amerikanischen Stadt. Im Moment baute seine Firma sogar ein neues Kaufhaus für die Bristols in Chicago.

„Jedenfalls", fuhr Sharon fort, „war sie ein schönes und verwöhntes junges Mädchen, das alles haben konnte, was es sich nur wünschte. Sie war in Europa erzogen worden, und man hatte vor, ihr in Paris den letzten Schliff geben zu lassen, bevor sie in London in die Gesellschaft eingeführt wurde. Wäre es nach ihren Eltern gegangen, hätte sie einen reichen Mann geheiratet, ihre eigene Villa gehabt und eine Schar von Bediensteten." Sharon lachte, als amüsierte und erstaunte sie dieser Gedanke.

„Aber sie widersetzte sich den Plänen ihrer Eltern und verliebte sich in William Abbott, einen Maurer, den man angestellt hatte, um auf dem Anwesen einige Ausbesserungsarbeiten vorzunehmen. Natürlich wollte die Familie nichts von der Romanze wissen. Man hatte nämlich schon eine Heirat zwischen ihr und dem Erben irgendeines Stahlwerks arrangiert. Um es kurz zu machen: Großmutter hat ihre eigene Entscheidung getroffen und den armen Maurer geheiratet. Daraufhin enterbte man sie. Es ging alles sehr dramatisch und sehr viktorianisch zu."

Sie schaute Victor einen Moment lang herausfordernd an, als erwarte sie irgendeinen Kommentar von ihm. Als er jedoch schwieg, sprach Sharon weiter.

„Sie sind hierher zu seiner Familie gezogen. Sie mussten das Haus mit seinen Eltern teilen, weil sie nicht genug Geld hatten, um sich ein eigenes Haus zu bauen. Großmutter hat es niemals bereut, all die ‚Annehmlichkeiten' aufgegeben zu haben. Sie hatte solch kleine Hände", sagte Sharon leise und blickte auf ihre eigenen Hände hinab. „Sie waren arm. Nur einmal schenkten ihre Eltern ihr etwas. Die Esszimmergarnitur und ein bisschen Porzellan. Und das wurde über Rechtsanwälte abgewickelt. Großmutter hatte fünf Kinder. Zwei davon sind sehr jung gestorben, einen Sohn hat sie im Krieg verloren. Eine Tochter zog nach Oklahoma und starb kinderlos vor etwa vierzig Jahren. Ihr jüngster Sohn ließ sich hier nieder, heiratete und hatte eine Tochter. Sie nannten sie Anne. Er und seine Frau kamen bei einem Unfall ums Leben, als die Tochter fünf Jahre alt war. Ich weiß nicht, ob du dir vorstellen kannst, wie einer Mutter zumute ist, wenn sie jedes ihrer Kinder überlebt."

Victor sagte nichts. Stumm beobachtete er, wie sie eine Weile gedankenverloren zu dem kleinen Kellerfenster hochschaute und dann erneut unruhig auf und ab lief. Ruhig erzählte sie weiter, und Victor hörte gebannt zu.

„Großmutter zog ihre Enkeltochter Anne auf. Sie liebte sie sehr. Meine Mutter war ein außergewöhnlich schönes Kind. Aber sie war immer unzufrieden. Was ich über sie weiß, habe ich zum größten Teil von den Leuten im Ort erfahren. Großmutter hat nur ein- oder zweimal über sie gesprochen. Anne hasste das einsame Leben hier draußen. Sie hatte sich in den Kopf gesetzt, Schauspielerin zu werden. Mit siebzehn wurde sie schwanger."

Ihr Tonfall änderte sich. Ein klein wenig nur, aber Victor hörte die Veränderung deutlich heraus. Ihre Stimme klang plötzlich ausdruckslos und spröde. In diesem Ton hatte er sie noch nie sprechen hören.

„Entweder wusste sie es nicht, oder sie wollte nicht zugeben, wer der Vater des Kindes war. Kaum war ich auf der Welt, da verschwand sie und ließ mich bei Großmutter zurück. Von Zeit zu Zeit kam sie uns besuchen, blieb ein paar Tage und schwatzte Großmutter Geld ab. Wenn ich richtig informiert bin, war sie dreimal verheiratet. Ich habe sie in Pelzmänteln gesehen. Aber sie schienen sie nicht glücklich zu machen. Sie ist noch immer schön, selbstsüchtig und unzufrieden." Sharon blieb stehen und schaute ihn mit ernstem Gesicht an.

„Meine Grußmutter hatte sich für die Liebe entschieden. Sie war glücklich. Von meiner Mutter habe ich nur eines gelernt: dass Besitz nicht glücklich macht. Je mehr Besitz einer anhäuft, desto weniger gibt er sich mit dem zufrieden, was er hat. Die Lebensart meiner Mutter brachte allen, die sie liebten, nur Kummer. Ich glaube nicht, dass ich die Voraussetzungen für solch ein Verhalten mitbringe."

Als sie auf die Kellertreppe zuging, versperrte ihr Victor den Weg. Herausfordernd hob sie das Kinn, um zornig zu ihm aufzublicken. In ihren Augen glänzten Tränen.

„Du hättest mich zum Teufel schicken sollen", sagte er ruhig.

Sharon schluckte. „Dann geh zum Teufel", murmelte sie und wollte sich an ihm vorbeidrängen.

Victor fasste sie bei den Schultern und schaute ihr ins Gesicht.

„Bist du jetzt böse, weil du mir etwas anvertraut hast, das mich gar nichts angeht?", fragte er.

Sharon holte tief Luft. Fest blickte sie ihm in die Augen. „Ich bin böse, weil du ein Zyniker bist. Denn Zynismus habe ich noch nie verstanden."

„Genauso wenig wie ich Idealismus verstehen kann."

„Ich bin keine Idealistin", gab sie zurück. „Ich rechne nur nicht so wie du ständig damit, dass irgendjemand darauf wartet, mich auszunutzen." Auf einmal wurde sie ruhiger – und sehr traurig. „Ich glaube, was du dir durch dein ewiges Misstrauen antust, wiegt weitaus schwerer als das Risiko, das du eingehst, wenn du deinen Mitmenschen vertraust."

„Und wenn dieses Vertrauen nun enttäuscht wird?"

„Dann überwindest du deine Enttäuschung und lebst dein Leben weiter. Du wirst nur dann zum Opfer, wenn du dich als solches betrachtest."

Er zog die Brauen hoch. Betrachtete er sich als Opfer? Lag es an ihm, dass Amelia noch über den Tod hinaus sein Leben zerstörte? Wollte er tatsächlich den Rest seines Lebens immer nur Ausschau nach dem nächsten Vertrauensbruch halten?

Sharon fühlte, wie der Druck seiner Finger nachließ, sah den verwirrten Ausdruck in seinem Gesicht.

Behutsam berührte sie seine Schulter. „Bist du sehr verletzt worden?", fragte sie.

Victor schaute sie an, als sei er aus einem Traum erwacht. Dann ließ er sie los. „Ich wurde bitter enttäuscht und all meiner Illusionen beraubt."

„Das ist wahrscheinlich das Schlimmste, was einem zugefügt werden kann." Mitfühlend legte sie die Hand auf seinen Arm. „Wenn ein geliebter Mensch sich als unehrlich erweist oder ein Ideal zerbricht, dann ist das nur schwer zu akzeptieren. Ich habe meine Ideale immer sehr hochgesteckt. Wenn sie mir genommen würden, wäre das für mich ein großer Schlag." Lächelnd nahm sie seine Hand. „Lass uns ein bisschen spazieren fahren."

Ihre Worte hatten ihn so nachdenklich gestimmt, dass er ihren

Vorschlag im ersten Moment gar nicht verstand. „Spazieren fahren?", wiederholte er.

„Wir sind schon wochenlang in diesem Haus", erklärte Sharon, während sie ihn zur Treppe zog. „Ich habe mich von früh bis spät nur abgerackert. Heute ist vielleicht der letzte schöne Herbsttag." Sie schloss die Kellertür hinter ihnen. „Ich möchte wetten, du hast noch wenig von der Gegend gesehen. Jedenfalls nicht mit einem so guten Fremdenführer wie mir."

„Bist du eine gute Fremdenführerin?", fragte er mit dem Anflug eines Lächelns.

„Die beste", erklärte sie ohne falsche Bescheidenheit. „Es gibt nichts, was ich dir nicht erzählen könnte."

Sharon fuhr von der Straße ab zu einem kleinen Parkplatz, in dessen Nähe sich ein alter Turm befand. „Komm, lass uns ein wenig herumlaufen. Die Landschaft ist bezaubernd."

Die Sonne neigte sich bereits gen Westen, und die Luft wurde zunehmend kühler. Als sie ausstiegen, nahm Victor spontan Sharons Hand.

Sharon blickte über die herbstliche Landschaft und nannte ihm die Namen einiger Hügel, erklärte, welche Baumarten dort wuchsen.

Victor zog sie an sich. Es war eine kameradschaftliche, keine leidenschaftliche Geste. „Du musst eine fantastische Lehrerin gewesen sein", sagte er ruhig.

„Ich war gut im Geschichtenerzählen", verbesserte sie.

Bevor er darauf noch etwas erwidern konnte, lachte sie. Freundschaftlich drückte sie seine Hand. „Und jetzt ist Schluss mit dem Unterricht. Ich habe heute genug geredet. Komm, lass uns auf den Turm steigen." Und schon rannte sie los und zog Victor mit sich. „Du kannst von dort oben meilenweit sehen", erklärte sie, während sie die schmalen Eisenstufen emporstiegen.

Es war dämmrig im Turm, obwohl die schmalen Schlitze in den Steinmauern ein wenig Sonnenlicht durchließen. Je höher sie stiegen, desto heller wurde es, und als sie endlich auf der kleinen Aussichtsplattform ins Freie traten, blendete sie im ersten Moment die plötzliche Helligkeit.

Sharon beugte sich über die dicke Steinmauer und ließ sich den Wind ins Gesicht wehen. „Wie schön alles von hier oben aussieht!", rief sie. „Einen besseren Tag als heute hätten wir uns überhaupt nicht wünschen können. Schau dir nur diese Farben an!" Sie zog Victor zu sich an die Brüstung. „Siehst du diesen Berg dort unten? Das ist unserer."

Unser Berg, dachte Victor. Lächelnd schaute er in die Richtung, in die Sharon deutete. Sie hatte das so gesagt, als gehöre dieser Berg nur ihnen beiden ganz allein. Hinter den dicht bewaldeten Hügeln konnte er in einem blauen Dunstschleier die Berge erkennen. Er sah vereinzelte Bauernhäuser und Scheunen und die geschlosseneren Siedlungen der umliegenden Dörfer. Als er zu einem Maisfeld hinüberschaute, sah er zwei riesige Krähen auffliegen. Krächzend stiegen sie in den Himmel und segelten davon. Nachdem sie verschwunden waren, wurde es so still, dass er die trockenen Blätter der Maisstauden im Wind rascheln hörte.

Und dann sah er den Rehbock. Er stand kaum zehn Meter von Sharons Wagen entfernt unbewegt wie ein Standbild da. Victor schaute Sharon an und deutete hinunter. Schweigend, Hand in Hand, beobachteten sie das Tier. Victor spürte plötzlich, wie der Druck, der seit so vielen Jahren auf ihm lastete, langsam wich. Auf einmal hatte er das Gefühl, endlich nach Hause gekommen zu sein. Während ihm klar wurde, worin die Antwort auf sein Problem bestand, spürte er, wie seine Verbitterung allmählich schwand. Sharon hatte recht gehabt. Er hatte sich als Opfer betrachtet, weil er mit seiner Wut einfacher fertig werden konnte als mit dem Wagnis, sich einem anderen Menschen zu öffnen.

Der Rehbock sprang davon, lief über eine Wiese, setzte anmutig über ein niedriges Steinmäuerchen und verschwand aus ihrer Sicht.

Sharon seufzte. „Jedes Mal, wenn ich ein Reh sehe, bin ich aufs Neue fasziniert", sagte sie und schaute zu ihm auf.

Victor erschien es ganz natürlich, sie hier zu küssen, inmitten der Berge und Felder, die sie umgaben, mit dem Gefühl, gerade ein Erlebnis mit ihr geteilt zu haben. Jetzt endlich schenkte er ihr die Zärtlichkeit, die Sharon immer bei ihm vermutet hatte. Sein Kuss war begehrend, aber nicht fordernd, seine Hände stark, doch nicht grob.

Sie spürte ihr Herz klopfen. Mit welcher Sehnsucht hatte sie auf diesen Moment gewartet, auf diese Bestätigung, dass ihre Ahnung sie nicht getrogen hatte. Jetzt wusste sie, dass sich tatsächlich Warmherzigkeit und Güte unter seiner rauen Schale verborgen gehalten hatten.

Victor zog sie enger an sich, gab ihre Lippen nicht frei. Er wollte diesen innigen Moment nicht zerstören. Gefühle stürmten auf ihn ein, Gefühle, die er sich viel zu lange versagt hatte. War es möglich, dass diese Frau all die Jahre auf ihn gewartet hatte, um ihn von seiner Verbitterung und seinem Misstrauen zu befreien und ihm den Weg zu ihrem Herzen zu weisen?

Victor drückte sie an seine Brust, als hätte er Angst, sie könne plötzlich verschwinden. Ob er sich noch einmal verlieben konnte? Oder war es zu spät dazu? Er schloss die Augen und legte seine Wange auf ihr Haar.

Sollte er das Risiko eingehen und Sharon sagen, wer er war? Aber wenn er es ihr jetzt sagte, dann würde er nie ganz sicher sein, ob sie – falls sie sich für ihn entschied – ihn einzig um seinetwillen liebte. Victor zögerte. Das erste Mal in seinem Leben war er nicht fähig, eine Entscheidung zu treffen. Schon allein das schockierte ihn.

„Sharon", sagte er und schob sie ein Stückchen von sich weg, um sie auf die Brauen zu küssen.

„Ja, Victor." Lachend gab sie ihm einen unbefangenen freundschaftlichen Kuss. „Du siehst so ernst aus."

„Ich möchte heute mit dir zu Abend essen."

Sharon strich sich das windzerzauste Haar aus dem Gesicht. „Gut. Ich werde uns etwas kochen."

„Nein, ich möchte dich zum Essen einladen."

„Einladen?" Sharon runzelte die Stirn. Sie wollte nicht, dass er für sie Geld ausgab.

Victor, der ihren Gesichtsausdruck missverstand, glaubte, dass sie Hemmungen hatte, in ihren alten Cordhosen in ein Restaurant zu gehen. „Es muss ja nichts Besonderes sein", erklärte er. „Wie du schon sagtest, wir haben wochenlang nur gearbeitet und uns nichts gegönnt."

Er strich mit dem Handrücken über ihre Wange. „Komm mit mir."

Sie lächelte ihn an. „Ich weiß ein nettes kleines Lokal ganz in der Nähe. Das wird auch dir bestimmt gefallen."

Sharon hatte das entlegene Restaurant gewählt, weil es billig war und sie einmal nach dem Schulabschluss als Kellnerin dort gearbeitet hatte, um sich das Geld fürs College zu verdienen. Nachdem sie in einer engen Nische an einem unbequemen Tisch Platz genommen hatten, warf sie Victor einen verschmitzten Blick zu.

„Ich wusste, es würde dir gefallen", sagte sie.

Victor betrachtete die grellen Gemälde in den Kunststoffrahmen, die ringsum an den Wänden hingen. Starker Zwiebelgeruch zog durch die Gaststube. „Das nächste Mal suche ich ein Restaurant aus", bemerkte er trocken.

„Früher gab es hier immer tolle Spaghetti. Donnerstags konnte …"

„Es ist aber nicht Donnerstag", erinnerte Victor sie. Zögernd öffnete er die in Plastik eingeschweißte Speisekarte. „Möchtest du Wein trinken?"

„Wir könnten nach nebenan gehen und uns eine Flasche für zwei Dollar kaufen."

„Ist das ein guter Jahrgang?"

„Ganz frisch, von letzter Woche", versicherte sie lachend.

„Lass uns lieber hier unser Glück versuchen."

„Ich werde Chili essen", verkündete Sharon.

„Chili?" Misstrauisch beäugte Victor die Speisekarte. „Ist das denn gut hier?"

„Oh nein!"

„Warum isst du es …" Er unterbrach sich, als er sah, dass Sharon ihr Gesicht hinter der Speisekarte versteckt hatte. „Sharon, was ist los?"

„Sie sind gerade hereingekommen", zischte sie und wagte einen schnellen Blick zum Eingang.

Neugierig folgte Victor ihrer Blickrichtung. Am Eingang entdeckte er Carl Trainer mit einer Brünetten in einem biederen braunen Kostüm. Im ersten Augenblick reagierte er verärgert.

Er wandte sich wieder Sharon zu, die sich noch immer hinter ihrer Speisekarte versteckt hielt.

„Sharon, ich weiß, dass dich sein Anblick aus der Fassung bringt. Aber du wirst ihm immer wieder begegnen." Er hörte einen gedämpften Laut hinter der Speisekarte und griff mitfühlend nach ihrer Hand. „Wir können woanders hingehen. Doch du kannst das Lokal nicht verlassen, ohne dass er dich sieht. Also hör auf, dich zu verstecken."

„Es ist Laurie Martin." Heftig drückte sie Victors Hand. Er erwiderte ihren Händedruck, wütend, dass sie noch immer einem Mann Gefühle entgegenbrachte, der sie so verletzt hatte.

„Sharon, du musst diese Situation durchstehen. Du darfst dich nicht vor ihm blamieren."

„Ich weiß. Aber es fällt mir so schwer." Vorsichtig lugte sie hinter der Speisekarte hervor. Im selben Moment sah er, dass nicht unterdrücktes Schluchzen sie schüttelte, sondern haltloses Lachen. „Sobald er uns sieht", flüsterte sie, „wird er an unseren Tisch kommen und höfliche Konversation machen."

„Wie ich sehe, wird das Zusammentreffen sehr schmerzlich für dich sein", meinte er spöttisch.

„Allerdings. Denn du musst mir versprechen, mich sofort unter dem Tisch anzustoßen oder mir auf den Fuß zu treten, wenn ich zu lachen anfange."

„Es wird mir ein Vergnügen sein", versicherte Victor.

„Laurie stellte ihre Puppen der Größe nach auf und nähte kleine Namensschildchen in alle ihre Puppenkleider", erklärte Sharon und holte ein paar Mal tief Luft, um sich innerlich auf das Zusammentreffen vorzubereiten.

„Das erklärt vieles."

„Okay. Jetzt werde ich die Speisekarte auf den Tisch legen." Sie schluckte und sagte dann leise: „Was du auch tust, schau nicht in ihre Richtung."

„Das würde mir nicht im Traum einfallen."

Nachdem sie ein letztes Mal tief durchgeatmet hatte, ließ Sharon die Speisekarte sinken. „Chili?", fragte sie in normalem Tonfall. „Ja, es war immer ausgezeichnet hier."

„Du bist eine kleine Närrin."

„Oh ja, ich weiß." Lächelnd nahm sie das Glas Wasser, das neben ihrem Gedeck stand. Aus dem Augenwinkel sah sie Carl und Laurie auf ihren Tisch zukommen. Um die erste Lachsalve zu unterdrücken, räusperte sie sich heftig.

„Sharon, wie nett, dich zu sehen."

Sharon schaute auf. Es gelang ihr, einen überraschten Ausdruck auf ihr Gesicht zu zaubern. „Hallo, Carl. Guten Tag, Laurie. Wie geht es euch?"

„Sehr gut", antwortete Laurie mit ihrer wohlklingenden Stimme.

Sie ist wirklich sehr hübsch, dachte Sharon. „Ich glaube, ihr kennt Victor noch nicht", fuhr sie fort. „Victor, das sind Carl Trainer und Laurie Martin, alte Schulfreunde von mir. Victor ist mein Nachbar."

„Ja, natürlich, das Haus vom alten Farley." Carl streckte Victor die Hand hin, die dieser ein wenig zu weich fand. Sein Händedruck jedoch war korrekt. Fest und knapp. „Ich habe gehört, Sie renovieren das Haus."

„Ein bisschen." Prüfend besah Victor sich Carls Gesicht. Der Mann ist eigentlich ganz passabel, dachte er.

„Sie müssen der Schreiner sein, der Sharon dabei hilft, ihren kleinen Laden herzurichten", bemerkte Laurie. Sie warf einen Blick auf seine Arbeitskleidung und nahm dann Sharons alten weiten Pullover in Augenschein. „Ich muss sagen, ich war überrascht, als Carl mir von deinen Plänen berichtete", meinte sie dann an Sharon gewandt.

Victor sah, dass Sharons Unterlippe gefährlich zitterte. Sofort stellte er seinen Fuß auf ihren. „Tatsächlich?", sagte Sharon und trank einen Schluck Wasser. Ihre Augen blitzten vor Belustigung, während sie Victor über den Rand des Glases hinweg ansah. „Du weißt doch, dass ich schon immer gern für Überraschungen gesorgt habe."

„Wir konnten uns dich nicht als selbstständige Geschäftsfrau vorstellen, nicht wahr, Carl?" Sie sprach weiter, ohne ihm Zeit für eine Antwort zu lassen. „Natürlich wünschen wir dir viel Glück, Sharon. Du kannst mit uns rechnen. Wir werden deine ersten Kunden sein. Sozusagen, um deinem Geschäft zu einem guten Start zu verhelfen."

Es tat Sharon richtig weh, das Lachen zu unterdrücken. Dazu trat

Victor ihr auch noch auf den Fuß. „Danke, Laurie. Ich kann dir nicht sagen, was das für mich bedeutet ... wirklich nicht."

„Einer alten Freundin tun wir doch gern einen Gefallen, nicht wahr, Carl? Wir wünschen dir viel Erfolg, Sharon. Ich werde all meinen Bekannten von deinem kleinen Laden erzählen. Dadurch wirst du mehr Kundschaft ins Haus bekommen. Das Verkaufen jedoch musst du selbst besorgen. Dabei können wir nicht helfen." Hier seufzte sie fast entschuldigend.

„Ja, vielen Dank."

„Und jetzt müssen wir an unseren Tisch gehen, damit wir unsere Bestellung aufgeben können, bevor es zu voll wird. Es war nett, Sie kennengelernt zu haben." Damit lächelte sie Victor kurz an und zog dann Carl mit sich fort.

„Ich platze gleich vor Lachen!" In einem Zug trank Sharon ihr Glas Wasser aus.

„Dein Freund bekommt genau das, was er verdient", sagte Victor leise, während er den beiden nachschaute. „Sie wird das Regiment im Haus führen bis hin zum ehelichen Liebesleben. Glaubst du, sie haben schon eins?"

„Oh, sei still", bat Sharon, die sich verzweifelt auf die Unterlippe biss. „Ich kann mich sonst nicht mehr zurückhalten."

„Meinst du, sie hat seine Krawatte ausgesucht?", erkundigte sich Victor.

Da gab Sharon auf und brach in schallendes Gelächter aus. „Zum Teufel mit dir, Victor", flüsterte sie, als Laurie sich nach ihnen umdrehte. „Ich habe mich bis jetzt so gut beherrscht."

„Wollen wir ihnen ein Gesprächsthema fürs Abendessen liefern?"

Bevor sie antworten konnte, hatte Victor sie über den Tisch gezogen, um ihr einen langen Kuss zu geben. Er ließ ihr nicht einmal die Chance, sich ihm zu entziehen. Mit festem Griff hielt er ihr Kinn fest. Sharon hob zwar die Hand, um ihn wegzustoßen, doch als sein Kuss sich vertiefte, ließ sie sie einfach auf seiner Schulter liegen und gab sich der Liebkosung hin.

„Jetzt hast du ja etwas angerichtet", sagte sie, nachdem er ihre Lippen freigegeben hatte. „Bis morgen Mittag weiß ganz Sharpsburg, dass wir ein Liebespaar sind."

„Tatsächlich?" Lächelnd hob er ihre Hand an die Lippen, um dann langsam, einen nach dem anderen, ihre Finger zu küssen. Es befriedigte ihn, dass ihre Hand dabei ein wenig zitterte.

„Ja", antwortete sie atemlos, „und ich glaube nicht ..." Sie hielt inne, als er ihre Hand umdrehte, um ihre Handfläche mit einem innigen Kuss zu bedenken.

„Was glaubst du nicht?", fragte er mit weicher Stimme.

„Dass ... dass das richtig ist", brachte sie mühsam hervor. Sie hatte ihre Umgebung bereits völlig vergessen. Das Restaurant, Carl und Laurie – alles versank in einem rosigen Nebel.

„Dass wir ein Liebespaar sind oder dass ganz Sharpsburg es weiß?" Victor gefiel die Verwirrung in ihren Augen und noch viel mehr die Tatsache, dass er sie verursacht hatte.

Sharon war völlig durcheinander. Warum benahm Victor sich heute so anders als sonst, so leichtsinnig und unbekümmert? Sie fühlte einen erregenden Schauer über den Rücken rieseln.

Sie hatte ihn als harten, zornigen Mann kennengelernt. Und sie hatte keine Angst vor ihm gehabt. Der Mann, der ihr jetzt gegenübersaß und langsam mit dem Daumen über den heftig pochenden Puls in ihrem Handgelenk strich, flößte ihr Furcht ein.

„Ich muss darüber nachdenken", sagte sie leise.

„Tu das", stimmte er zu.

8. KAPITEL

Sharon eröffnete das Museum und den Antiquitätenladen in der ersten Dezemberwoche. Wie sie erwartet hatte, herrschte in den ersten Tagen reger Betrieb in ihrem Haus. Die meisten ihrer Kunden waren Leute aus dem Ort, die sie kannten und die gekommen waren, um zu sehen, was die „kleine Abbott" sich jetzt wieder Seltsames ausgedacht hatte. Carls Name fiel ein paar Mal, woraufhin sie jedes Mal das Thema wechselte. Und auch, nachdem die Leute aus dem Dorf ihre Neugier befriedigt hatten, besuchten regelmäßig ein paar Kunden ihren Laden. Genug jedenfalls, um Sharon zuversichtlich zu stimmen.

Sie hatte Donnas Schwägerin Pat als Halbtagskraft eingestellt, und Pat erwies sich als eifrig und hilfsbereit. Sie arbeitete sogar manchmal an den Wochenenden. Unter Sharons Anleitung und weil sie echtes Interesse für Antiquitäten zeigte, hatte sie sich bald genug Fachwissen angeeignet, um auch einmal für Sharon im Laden und im Museum einspringen zu können, wenn diese unterwegs war, um Antiquitäten zu ersteigern.

Sharon hatte mehr zu tun als je zuvor. Sie kümmerte sich um den Laden, jagte von einer Auktion zur anderen und half bei dem Umbau im ersten Stock, der noch nicht abgeschlossen war. Doch die viele Arbeit machte ihr nichts aus, sondern regte sie sogar an und half ihr, mit dem langsamen, aber stetigen Verlust ihrer geliebten Erbstücke fertig zu werden. Geschäft ist Geschäft, sagte sie sich jedes Mal, wenn sie eines verkauft hatte. Es blieb ihr gar nichts anderes übrig. Die Rechnungen auf ihrem Schreibtisch hatten sich während des Umbaus angesammelt und mussten bezahlt werden.

Sharon sah Victor fast täglich, wenn er in den oberen Räumen sägte und hämmerte. Obwohl er längst nicht mehr so verschlossen war wie am Anfang ihrer Bekanntschaft, war von der Vertraulichkeit, die sie einen Nachmittag und einen Abend geteilt hatten, nichts mehr zu spüren. Er behandelte sie wie eine gute Freundin, nicht wie eine Frau, die er in aller Öffentlichkeit geküsst hatte.

Sharon nahm an, dass er in dem Lokal aus einer verrückten Laune

heraus Carl etwas vorgespielt hatte und danach wieder zu seinem bekannten Benehmen übergegangen war. Sie ließ sich davon jedoch nicht entmutigen. Es war ihr sogar lieber so. Denn gegen seine Zärtlichkeiten besaß sie keinerlei Abwehrkräfte.
Ihre Liebe zu ihm vertiefte sich mit jedem Tag. Und das bestärkte sie in der Gewissheit, dass er für sie bestimmt war.

An einem Spätnachmittag schleppte Sharon ihre neueste Errungenschaft in den Laden. Ihre Wangen waren von der Kälte gerötet, und sie strahlte vor Zufriedenheit, weil sie langsam lernte, beim Einkauf von Antiquitäten rücksichtslos zu feilschen.

„Schau, was ich aufgetrieben habe!", rief sie Pat zu, noch bevor sie die Tür hinter sich geschlossen hatte. „Es ist ein Sheridan-Tisch, und er ist in tadellosem Zustand."

Pat schaute von der Vitrine auf, die sie gerade geputzt hatte. „Sharon, du wolltest dir heute Nachmittag doch freinehmen. Du brauchst auch einmal etwas Zeit für dich. Deswegen hast du mich schließlich eingestellt."

„Ja, natürlich", sagte Sharon zerstreut. „Im Auto ist noch eine Kaminuhr und ein vollständiger Satz Salznäpfchen aus geschliffenem Glas."

Seufzend folgte Pat Sharon in den größeren der beiden Ladenräume. „Kannst du denn nicht einmal ausspannen?", fragte sie.

„Ach was", entgegnete Sharon mit einer wegwerfenden Handbewegung. Nachdem sie den Tisch neben einen dazu passenden Stuhl gestellt hatte, trat sie ein Stück zurück, um sich das Ensemble zu betrachten. „Ich weiß nicht", meinte sie nachdenklich. „Vielleicht sieht der Tisch besser im vorderen Raum aus, direkt unter dem Fenster. Ich will ihn sowieso erst polieren." Damit eilte sie zum Ladentisch, wo die Büchsen mit der Möbelpolitur standen. „Was hast du verkauft?", erkundigte sie sich dann.

Pat schüttelte resigniert den Kopf. „Ich werde das machen", erklärte sie und nahm Sharon die Büchse und den Lappen aus der Hand. „Sieben Leute haben das Museum besichtigt", erzählte sie, während sie den Tisch einwachste. „Ich habe ein paar Postkarten und einen

Druck verkauft. Eine Frau aus Hagerstown hat den kleinen Tisch mit den kannelierten Kanten gekauft."

Sharon, die sich gerade den Mantel aufknöpfte, hielt mitten in der Bewegung inne. „Den runden Rosenholztisch mit dem Schnitzwerk? Er stand im Sommerraum, so lange ich denken kann."

„Ja. Und sie war an dem Wiener Schaukelstuhl interessiert." Pat strich sich eine Haarsträhne hinters Ohr, während Sharon sich alle Mühe gab, Freude über ihre Verkaufserfolge zu empfinden. „Ich glaube, sie wird bald wiederkommen", fuhr Pat fort.

„Sehr gut."

„Oh, und jemand hat eine Anzahlung auf ‚Onkel Festus' geleistet."

„Tatsächlich?" Sharon lachte. Das Porträt des mürrisch dreinblickenden viktorianischen Herrn hatte sie nur gekauft, weil sie es so komisch fand.

Sie hatte nicht damit gerechnet, es je zu verkaufen. „Er wird uns fehlen", meinte sie belustigt. „Irgendwie verleiht er dem Laden etwas Würdevolles."

„Bei seinem Anblick läuft mir immer eine Gänsehaut über den Rücken", erklärte Pat, während Sharon bereits wieder auf die Tür zuging, um die übrige Ware aus dem Auto zu holen. „Oh, das hätte ich fast vergessen. Du hast mir ja gar nicht gesagt, dass die Esszimmergarnitur verkauft ist."

„Was?" Sharon blieb stehen, um Pat verständnislos anzuschauen.

„Die Esszimmergarnitur mit den Hepplewhite-Stühlen", wiederholte Pat. „Ich hätte sie beinahe ein zweites Mal verkauft."

„Ein zweites Mal?" Sharon ließ die Türklinke los und kam zu Pat zurück. „Wovon sprichst du überhaupt?"

„Vorhin waren ein paar Leute hier, die sie kaufen wollten. Ihre Tochter heiratet, und die Garnitur sollte ein Hochzeitsgeschenk für sie sein. Sie sind bestimmt sehr reich", fügte sie andächtig hinzu. Verträumt starrte sie ins Leere, kehrte aber schnell wieder in die Wirklichkeit zurück, als sie Sharons ärgerlichen Blick bemerkte. „Jedenfalls", fuhr sie hastig fort, „der Verkauf war schon fast abgeschlossen, als Victor nach unten kam und erklärte, die Garnitur sei bereits verkauft."

„Victor? Victor sagte, sie sei verkauft?"

„Nun ja", meinte Pat irritiert, „es war ein glücklicher Zufall. Denn die Leute wollten sich bereits um den Transport kümmern. Dann hättest du schön in der Klemme gesteckt."

„In der Klemme", wiederholte Sharon empört. „Ich weiß, wer hier in der Klemme steckt!" Abrupt ging sie auf die Hintertür zu, während Pat ihr mit großen Augen nachschaute.

„Sharon, stimmt irgendetwas nicht?" Verwirrt lief sie hinter ihr her. „Wo gehst du hin?"

„Ich habe etwas zu erledigen", sagte Sharon gereizt. „Hol bitte die restlichen Sachen aus meinem Wagen. Und schließ den Laden gut ab. Es kann eine Weile dauern."

„Sicher, aber ..." Pat schwieg betreten, als die Hintertür mit lautem Knall zugeschlagen wurde. Verwirrt blieb sie noch einen Moment mitten im Laden stehen, dann zuckte sie die Schultern und führte die Dinge aus, die Sharon ihr aufgetragen hatte.

„In der Klemme!", murmelte Sharon. „So ein glücklicher Zufall, dass er gerade herunterkam!" Wild entschlossen eilte sie auf Victors Haus zu. „Schon verkauft! So eine Frechheit!"

Durch die kahlen Bäume konnte Sharon das Haus sehen. Eine dünne Rauchsäule stieg aus dem Schornstein in den kalten blauen Himmel auf. Sharon reckte angriffslustig das Kinn vor und beschleunigte ihre Schritte. Die winterliche Stille wurde von dumpfen rhythmischen Schlägen unterbrochen. Sharon folgte dem Geräusch, das von der Rückseite des Hauses zu kommen schien. Als sie um das Haus herumging, sah sie Victor, der gerade einen Holzklotz auf einen dicken Baumstumpf legte, der ihm als Hackklotz diente. Er schwang die Axt über den Kopf und spaltete mit einem sauberen Schlag den Klotz in zwei Teile. Dann legte er einen neuen Klotz auf den Baumstumpf. Sharon nahm sich nicht die Zeit, die kraftvolle Anmut seiner Bewegungen zu bewundern.

„Du!", rief sie wütend und stemmte beide Fäuste in die Hüften.

Victor hob die Axt. Er blickte kurz zur Seite, wo Sharon mit blitzenden Augen und geröteten Wangen stand und ihn böse anschaute. Wenn sie wütend ist, sieht sie bezaubernd aus, dachte er, bevor er die

Axt auf den Klotz niedersausen ließ.

„Hallo, Sharon", begrüßte er sie lässig.

„Tu nur nicht so scheinheilig!", fuhr sie ihn an, während sie mit drei schnellen Schritten vor ihn hintrat. „Wie kannst du es wagen!"

Unbeeindruckt legte Victor einen neuen Klotz auf den Baumstumpf. Wütend schlug Sharon dagegen, sodass der Klotz auf den Boden rollte.

„Du hattest kein Recht, dich in meine Angelegenheiten zu mischen und mir ein wichtiges Geschäft zu verderben. Was glaubst du eigentlich, wer du bist? Wie konntest du meinen Kunden erzählen, die Garnitur sei verkauft, wenn sie noch zu haben ist?", sprudelte sie in einem Atemzug hervor.

Ruhig hob Victor den Klotz auf. Er hatte gewusst, dass sie kommen würde. Und er hatte auch mit ihrem Wutanfall gerechnet. Es war eine impulsive, spontane Reaktion von ihm gewesen, den Verkauf in letzter Minute zu vereiteln. Aber er bereute sie nicht. Er konnte sich noch zu gut an Sharons Gesichtsausdruck erinnern, als sie ihm zum ersten Mal von der Esszimmergarnitur ihrer Großmutter erzählte, der ganze Stolz der alten Dame. Nein, er duldete nicht, dass irgendwelche Leute sie aus dem Laden schleppten.

„Du willst sie doch gar nicht verkaufen, Sharon", sagte er.

Ihre Augen schienen Funken zu sprühen. „Das geht dich überhaupt nichts an. Ich muss sie verkaufen, und ich werde sie verkaufen. Und wenn du dich nicht eingemischt hättest, wäre sie bereits verkauft."

„Und du würdest dich verfluchen und Tränen vergießen", gab er heftig zurück, während er die Klinge der Axt in den Baumstumpf hieb. „Das ist das Geld nicht wert."

„Sprich mir nicht von Geld", entgegnete sie. Zornig fuchtelte sie ihm mit dem Zeigefinger unter der Nase herum. „Du weißt nichts von meinen Gefühlen. Genauso wenig weißt du, was ich zu tun habe. Ich brauche das Geld nun einmal!"

Nur mit Mühe bewahrte Victor die Ruhe. Einen Moment hielt er ihre Hand fest, dann ließ er sie resigniert fallen. „Du brauchst das Geld nicht so dringend, dass du dafür etwas weggeben musst, woran dein Herz hängt."

„Mit Gefühlen kann ich nicht die Rechnungen bezahlen, die sich auf meinem Schreibtisch stapeln."

„Dann verkauf etwas anderes!", sagte er mit erhobener Stimme. Während er auf ihr erhitztes Gesicht herabsah, bewegten ihn die gegensätzlichsten Gefühle. Im Moment hätte er sie am liebsten übers Knie gelegt, im nächsten konnte er kaum dem Bedürfnis widerstehen, sie vor der rauen Wirklichkeit des Lebens zu beschützen. „Du hast doch genug Ramsch in deinem verfluchten Laden!", fügte er gereizt hinzu.

„Ramsch?" Damit hatte er ihr den Krieg erklärt. „Ramsch!", wiederholte sie mit schriller Stimme.

„Sieh zu, dass du erst einmal den Kram loswirst, den du angehäuft hast", riet er ihr in einem Ton, der seine Direktoren das Fürchten gelehrt hätte.

„Was verstehst du schon von Antiquitäten!", rief sie wutentbrannt und stieß ihm mit dem Zeigefinger vor die Brust, sodass er einen Schritt zurücktrat. „Da versuche ich die besten Stücke, die ich finden kann, zusammenzutragen, und du …", hier stieß sie ihn wieder mit ihrem Zeigefinger, „… du kannst doch nicht einmal einen Hepplewhite von einer Pressplatte unterscheiden. Halte dich gefälligst aus meinen Angelegenheiten heraus, Victor Banning, und beschäftige dich lieber mit deinem Hobel und deinem Hammer. Ich brauche keinen Städter, der mir schlaue Ratschläge gibt."

„Jetzt reicht es mir aber", sagte Victor grimmig. Mit einer einzigen schnellen Bewegung hob er sie hoch und warf sie über die Schulter.

„Was machst du?", schrie Sharon, die mit beiden Fäusten auf seinen Rücken einhieb. „Bist du wahnsinnig geworden? Lass mich sofort wieder runter!"

„Ich werde dich ins Haus tragen und endlich mit dir schlafen", erklärte er. „Ich habe genug von deinem aufmüpfigen Benehmen."

Sharon war so erstaunt, dass sie vergaß, sich gegen ihn zu wehren. „Was hast du gesagt?"

„Du hast mich sehr gut verstanden."

„Du bist wohl verrückt!" Wieder traktierte sie ihn in blinder Wut mit Händen und Füßen. Doch dadurch ließ Victor sich nicht von seinem Vorhaben abhalten. „Du wirst mich nicht ins Haus bringen!", rief sie, als er mit ihr durch die Küche ging. „Ich gehe nicht mit dir!"

„Du gehst genau dahin, wohin ich dich bringen werde", gab er gelassen zurück.

„Das wirst du mir büßen, Victor!"

„Das bezweifle ich nicht", meinte er, während er mit ihr die Treppe hinaufstieg.

„Setz mich sofort ab! Ich lasse mir das nicht gefallen!"

Weil er es satthatte, ständig von ihr getreten zu werden, zog er ihr die Schuhe aus und warf sie über das Treppengeländer. „Du wirst dir gleich noch viel mehr gefallen lassen", brummte er.

Sosehr Sharon sich auch wand, sie kam nicht frei. Der Arm, der über ihren Kniekehlen lag, hielt sie unnachgiebig fest. „Das wirst du noch bereuen", warnte sie, während sie ihn unablässig mit ihren kleinen Fäusten traktierte.

Unterdessen ging Victor zielstrebig auf sein Schlafzimmer zu. „Wenn du mich nicht sofort, in dieser Sekunde, absetzt, kündige ich dir deinen Job!" Im selben Moment plumpste sie unvermittelt aufs Bett. Wutenbrannt rappelte sie sich hoch. „Du Rüpel!", rief sie außer Atem. „Was hast du überhaupt vor?"

„Ich habe dir doch gesagt, was ich vorhabe." Ruhig und gelassen zog Victor seine Jacke aus und warf sie auf den Boden.

„Wenn du dir auch nur eine Minute lang einbildest, mich über die Schulter werfen zu können wie einen Sack Stroh und dann auch noch ungestraft davonzukommen, dann hast du dich gewaltig getäuscht." Aufgebracht beobachtete sie, wie er sein Hemd aufknöpfte. „Hör sofort auf damit. Du kannst mich nicht dazu zwingen, mit dir zu schlafen."

„Das wirst du schon sehen." Sein Hemd landete neben der Jacke auf dem Fußboden.

„Oh nein, das kannst du nicht machen." Empört stemmte sie die Hände in die Hüften. Doch ihre eindrucksvolle Pose verlor ein wenig durch die Tatsache, dass sie auf dem Bett kniete. „Zieh sofort das Hemd wieder an", befahl sie.

Victor warf ihr nur einen kühlen Blick zu, bückte sich und zog seine Stiefel aus.

Böse starrte Sharon ihn an. „Du glaubst also, du kannst mich einfach aufs Bett werfen, und damit ist alles erledigt?"

„Ich habe noch nicht einmal angefangen", teilte er ihr mit, nachdem der zweite Stiefel geräuschvoll zu Boden gefallen war.

„Du unmöglicher Mensch!" Mit aller Wucht warf sie ein Kopfkissen nach ihm. „Ich würde nie zulassen, dass du mich anfasst, und …", angestrengt suchte sie nach beleidigenden Worten. Doch ihr fiel nichts ein. „Und wenn du der einzige Mann auf der Welt wärst", beendete sie schließlich ein wenig lahm ihren Satz.

Victor warf ihr nur einen langen durchdringenden Blick zu und öffnete den Gürtel seiner Hose.

„Ich habe dir gesagt, du sollst das unterlassen." Wütend drohte sie ihm mit dem Zeigefinger. „Ich meine es ernst. Wage es nicht, dich weiter auszuziehen, Victor!", fügte sie drohend hinzu, als er den Reißverschluss seiner Jeans öffnete. „Ich spaße nicht." Das letzte Wort ging in einem Kichern unter. Victor hielt mitten in der Bewegung inne. Aus zusammengekniffenen Augen schaute er sie an. „Zieh dich sofort wieder an!", befahl sie und presste im nächsten Moment den Handrücken auf den Mund. Ihre Augen blitzten vor Belustigung.

„Was ist denn so komisch?", fragte Victor verstimmt.

„Nichts, gar nichts." Damit ließ sie sich rückwärts aufs Bett fallen und brach in schallendes Gelächter aus. „Komisch? Nein, dies ist eine sehr ernste Situation." Sie wollte sich schier ausschütten vor Lachen. Vor Vergnügen schlug sie mit beiden Fäusten aufs Bett. „Da stehst du vor mir und ziehst dich aus und machst ein Gesicht, als wolltest du mich umbringen. Wirklich, eine sehr ernste Situation." Sie schaute ihn an und hielt sich dann mit beiden Händen den Mund zu. „Man sieht dir wahrlich an, dass du vor Lust und Begehren ganz außer dir bist." Sie lachte, bis ihr die Tränen kamen.

So ein kleines Biest, dachte Victor, der die Sache langsam auch komisch fand. Er ging zum Bett hinüber, beugte sich über Sharon und stützte die Hände rechts und links von ihrem Kopf ab. Je mehr sie sich bemühte, ihre Belustigung zu verbergen, desto mutwilliger blitzten ihre Augen ihn an. „Schön, dass du dich so gut amüsierst", bemerkte er.

Sie unterdrückte ein Kichern. „Oh nein, ich bin wütend. Außer mir vor Wut. Aber es ist alles so ungeheuer romantisch."

„Ja?" Jetzt musste auch er lachen.

„Oh ja, du hast mich regelrecht betört." Sie prustete vor Lachen. „Ich war noch nie so ... so erregt", brachte sie zwischendurch hervor.

„Tatsächlich?", sagte Victor leise. Langsam und bedächtig beugte er sich tiefer über sie, um mit den Lippen leicht über ihr Kinn zu streichen.

„Ja. Nur als ein Klassenkamerad mich einmal in eine Brombeerhecke drängte, war ich ähnlich erregt. Offensichtlich treibe ich die Männer in eine Art Rausch der Leidenschaft."

„Offensichtlich", stimmte Victor zu und schob ihr eine Locke hinters Ohr. „Ich hatte bereits einige dieser Rauschzustände, seit ich dich kenne." Sharon verstummte auf einmal, als Victor ihr Ohrläppchen zart zwischen seine Zähne nahm. „Und weitere werden mir wohl nicht erspart bleiben", sagte er leise, während er mit der Zunge ihren Hals liebkoste.

„Victor ..."

„Ich habe das Gefühl, dass es jede Minute passieren kann", flüsterte er.

„Ich muss nach Hause zurück", wandte sie atemlos ein. Als Sharon versuchte, sich aufzurichten, legte er ihr die Hand auf die Schulter.

„Ich möchte gern wissen, was dich sonst noch erregt." Er biss sie zart in den Hals. „Das?"

„Nein, ich ..."

„Nein?" Victor fühlte ihren rasenden Pulsschlag und lachte kurz auf. „Dann muss ich mir wohl etwas anderes ausdenken." Er zog den Reißverschluss ihres Anoraks auf und öffnete die Knöpfe ihrer Bluse. „Dies vielleicht?" Sanft berührte er mit der Zunge ihre Brustspitze und nahm sie zart in den Mund.

Sharon stöhnte leise. Er hob den Kopf und blickte auf sie hinab. Sie sah ihn unverwandt an. Einen Moment lang schien es, als suche einer in dem Blick des anderen nach einer Antwort. Dann lächelte Sharon. „Dies", flüsterte sie und zog seinen Kopf zu sich herab.

Das schönste Geschenk

Sharon war auf die Süße seines Kusses nicht vorbereitet gewesen. Die Berührung seiner Lippen war sanft und liebevoll. Er bedeckte ihr Gesicht mit zärtlichen kleinen Küssen, um jedoch immer wieder zu ihren einladend geöffneten Lippen zurückzukehren. Victor wollte diesen Moment so lange wie möglich hinauszögern, sich ihren Geschmack einprägen, damit er ihn nie wieder vergaß. Weil er wusste, dass sie endlich ihm gehörte, dass er sie berühren und küssen durfte, dass er sie lieben würde, hielt er sein brennendes Begehren zurück.

Behutsam streifte er ihr den Anorak über die Schultern und hob sie ein wenig an, um ihn ihr auszuziehen. Seine Berührung war so sicher, so gefühlvoll, dass Sharon nicht merkte, wie sehr er zwischen Leidenschaft und Zärtlichkeit schwankte. Ohne jede Hast zog er ihr die Bluse aus.

Sharon seufzte zufrieden auf, als er ihre Arme mit vielen kleinen Küssen bedeckte.

Um sie versank die Wirklichkeit. Sie hörte nicht mehr den Wind, der ums Haus pfiff, und das Rascheln der welken Blätter. Für sie gab es nur noch Victors zärtliche Berührungen, das Spiel seiner Fingerspitzen und die Wärme, die seine Lippen auf ihrer Haut hinterließen. Liebevoll strich sie ihm über das dichte schwarze Haar. Sie hätte ewig in diesem Zustand zwischen Leidenschaft und beglückender Ruhe verharren können.

Langsam, fast unmerklich fing Victor an, ihren Körper zu erforschen. Zunächst ertastete er mit den Lippen die Rundungen ihrer Brüste, um allmählich bis zu den rosigen Spitzen vorzudringen, die plötzlich heiß und hart wurden.

Sharon wand sich sehnsüchtig unter ihm. Ihr Atem ging ebenso unregelmäßig wie seiner. Sie flüsterte seinen Namen und zog ihn eng an sich.

Doch bevor er sie nahm, wollte er ihr so viel mehr geben. Er widmete ihrem Bauchnabel die gleiche Aufmerksamkeit wie ihren Brüsten und fühlte, wie Sharon anfing zu zittern und wie ihr Herzschlag sich unter seinen hungrigen, suchenden Lippen beschleunigte.

„Du bist so weich", flüsterte er. „So schön." Eine ganze Weile barg er sein Gesicht zwischen ihren Brüsten, während er versuchte, seiner Erregung Herr zu werden. Sharon stöhnte vor Begehren auf. Sie wollte seine Lippen auf ihrem Mund spüren, wollte ihn küssen. Aber Victor rutschte noch ein Stückchen tiefer, um ihre Hüften zu umfassen.

Sharon merkte, wie er den Reißverschluss ihrer Jeans öffnete. Doch statt ihr die Hosen über die Hüften zu ziehen, küsste er zunächst hingebungsvoll das Stückchen Bauch, das unter dem geöffneten Reißverschluss zum Vorschein kam. Sharon bog sich ihm entgegen, damit er sie endlich von dem Kleidungsstück befreite, das sie voneinander trennte. Nur kam Victor der stummen, drängenden Aufforderung noch nicht nach. Gemächlich beschrieb er mit der Zungenspitze kleine Kreise auf ihrem Bauch.

Endlich streifte er ihr die Jeans über die Hüften. Die Berührung seiner Finger brannte wie Feuer auf ihrer Haut. Er küsste die zarte Innenseite ihrer Oberschenkel, bevor er die Hose ein Stückchen tiefer schob. Er biss sie zart in die Waden, um ihr schließlich die Hose über die Füße zu streifen. Sie fühlte seine Zungenspitze an ihren Fußknöcheln, und ihr wurde heiß vor Erregung.

Victor entdeckte empfindsame Stellen an ihrem Körper, sodass Sharon nur erstaunt reagieren konnte. Und dann spürte sie seine Zunge plötzlich an dem Mittelpunkt ihres Begehrens, an der Stelle, wo alle Empfindungen zusammentrafen. Sie rief seinen Namen, bewegte sich mit ihm und für ihn und war hilflos ihrer Erregung ausgeliefert.

Die Leidenschaft, mit der Sharon seinen Namen ausgerufen hatte, machte Victor glücklich, feuerte ihn dazu an, sie noch höher auf den Gipfel der Lust zu tragen, bevor er von ihr Besitz ergriff. Ihre Süße ließ ihn alle Zurückhaltung vergessen. Plötzlich war er unersättlich. Er ahnte, dass er nicht mehr behutsam und zärtlich mit ihr umging, sondern sich längst seinem wilden Verlangen hingab.

Seine Leidenschaft raubte ihm fast den Verstand. Victor bedeckte ihren zierlichen Körper mit wilden Küssen, während er mit den Händen ihre Erregung ins Grenzenlose steigerte. Wenn sie noch Worte gehabt hätte, hätte sie ihn angefleht, sie endlich zu nehmen. Als er seinen Mund auf ihre Lippen presste, erwiderte sie seinen Kuss hingebungsvoll. Dann drang er in sie ein.

Ein überwältigender Sinnesrausch erfasste beide, und im Taumel der Lust glaubten sie sich ineinander zu verlieren. Gemeinsam erreichten sie den Gipfel der Leidenschaft. Zitternd verharrten sie im Schwindel der Gefühle, um schließlich eng umschlungen den Einklang ihrer Körper zu genießen.

Victor konnte sich nicht erinnern, wie lange er unbeweglich dagelegen hatte. Nachdem seine Erregung abgeklungen war und sein Verstand wieder etwas klarer arbeitete, merkte er, dass Sharon ihn mit beiden Armen umschlungen hielt. Er lag noch immer auf ihr und spürte tief in ihr noch die Leidenschaft pulsieren. Einen Moment hielt er die Augen geschlossen und fragte sich, wie es möglich war, so glücklich zu sein. Als er sich bewegte, um sie von seinem Gewicht zu befreien, verstärkte sie den Druck ihrer Arme.

„Nein", flüsterte sie. „Bleib noch ein bisschen bei mir."

Er lachte leise und zärtlich. „Kannst du denn überhaupt noch atmen?"

„Ich atme später."

Zufrieden barg er den Kopf an ihrem Hals. „Du schmeckst so gut. Das ist mir schon bei unserem ersten Kuss aufgefallen. Es ist zu einem echten Problem für mich geworden."

„Zu einem Problem?", fragte sie matt, während sie seinen Rücken streichelte. „Das klingt aber nicht wie ein Kompliment."

„Möchtest du eines hören?" Er küsste ihre weiche Haut. „Du bist der zauberhafteste, vollkommenste Mensch, den ich je gesehen habe."

Auf diese Neuigkeit konnte Sharon nur mit einem Lachen reagieren. „Dein erstes Kompliment war glaubwürdiger."

Victor hob den Kopf, um sie anzusehen. Ihr Blick war noch verschleiert von der Leidenschaft, aber er wusste, dass ihre Augen gleich wieder belustigt blitzen würden. „Schätzt du dich tatsächlich so falsch ein?", fragte er nachdenklich.

Hatte sie wirklich keine Ahnung, was ihre großen samtdunklen Augen und ihre Haut, die sich wie Satin anfühlt, einem Mann wie ihm antun konnten, wenn sie mit ihrer unglaublichen lebensbejahenden Vitalität einhergingen? Wusste Sharon nicht, welche Faszination kindliche Unschuld ausübte, wenn sie durch einen sinnlichen Mund und offene, ehrliche Sexualität wettgemacht wurde?

„Vielleicht ist es besser, wenn du es nicht weißt", sagte er mehr zu sich selbst. „Und wenn ich dir verrate, dass mir deine Nase gefällt?"

Einen Moment betrachtete sie ihn voller Misstrauen. „Wenn du jetzt sagst, ich sei niedlich, dann springe ich aus dem Bett", warnte sie ihn.

Lachend küsste er die Grübchen in ihrer Wange. „Weißt du überhaupt, wie lange ich mich schon nach dir sehne?"

„Von dem Moment an, wo wir uns im Lebensmittelladen begegnet sind." Sie lächelte, weil er sie so erstaunt ansah. „Ich habe es auch gespürt. Es war, als hätte ich auf dich gewartet."

Victor legte seine Stirn auf ihre. „Ich war wütend."

„Und ich war wie vom Blitz getroffen. Ich habe sogar meinen Kaffee vergessen."

Sie lachten. Und dann küssten sie sich. „Du warst an diesem Tag schrecklich unfreundlich zu mir", erinnerte sich Sharon.

„Das war auch meine Absicht. Ich wollte dich nicht an mich heranlassen."

„Hast du dir wirklich eingebildet, ich ließe mich abwimmeln?" Lachend biss sie ihn in die Unterlippe. „Ist dir nicht aufgefallen, dass ich wild entschlossen war?"

„Ich wäre dich losgeworden, wenn du mir nicht nächtelang den Schlaf geraubt hättest."

„Habe ich das wirklich? Armer Victor." Sie küsste ihn voller Mitgefühl.

„Ich bin sicher, es tut dir schrecklich leid. Manchmal, meistens so gegen drei Uhr morgens, hätte ich dich am liebsten erwürgt."

„Das kann ich mir vorstellen", bemerkte sie. „Warum küsst du mich nicht stattdessen?"

Dieser Aufforderung kam Victor sofort nach. Sein Kuss war hart und ungestüm, und er merkte, wie die Leidenschaft erneut in ihm aufflackerte. Er hob den Kopf. „An jenem Tag, als du im Schlamm gesessen und haltlos gelacht hast, begehrte ich dich so sehr, dass ich fast verrückt wurde. Du machst mich verrückt, Sharon! Ich kann schon seit Wochen nicht mehr klar denken." Wieder küsste er sie. Diesmal spürte Sharon jenen Zorn in ihm, an den sie sich noch zu gut erinnerte. Beruhigend strich sie mit den Fingerspitzen über seinen Rücken.

Als er den Kopf hob, begegneten sich ihre Blicke. Forschend schauten sie sich an. Sharon streichelte seine Wange. So viel Aufruhr, dachte sie.

So viele Geheimnisse. So viel Süße, dachte er. So viel Aufrichtigkeit.

„Ich liebe dich", sagten beide im gleichen Moment, um sich dann voller Erstaunen anzublicken. Eine ganze Weile sprachen sie kein Wort, wagten sich nicht zu bewegen. Und dann umarmten sie sich, und ihre Lippen fanden sich zu einem Kuss, der voller Versprechen war.

Die Erleichterung, die Victor empfand, war überwältigend. Vor so viel Glück musste er die Augen schließen. Als er spürte, dass Sharon zitterte, zog er sie eng an sich. „Du zitterst ja. Warum?", flüsterte er.

„Es ist zu vollkommen", flüsterte sie bewegt. „Und das macht mir Angst. Wenn ich dich verlieren würde …"

Mit einem Kuss verschloss er ihr den Mund. „Es ist vollkommen."

„Oh Victor, ich liebe dich so sehr. Ich habe so viele Wochen darauf gewartet, dass du meine Liebe erwiderst. Und jetzt …" Sie nahm sein Gesicht zwischen ihre Hände und schüttelte den Kopf. „Jetzt, wo mein Wunsch in Erfüllung gegangen ist, habe ich Angst."

Er schaute auf sie hinab. Heftige Leidenschaft überkam ihn. Sie gehörte zu ihm. Nichts und niemand würde daran etwas ändern können. Keine Fehler, keine Enttäuschungen mehr. „Ich liebe dich", sagte er inbrünstig. „Ich werde dich behalten, hast du mich verstanden? Wir gehören zusammen. Das wissen wir beide. Nichts wird je zwischen uns kommen."

Er nahm sie in wildem, verzweifeltem Begehren. Den Schatten der Besorgnis, den er trotz allem nicht loswerden konnte, ignorierte er.

9. KAPITEL

Als Sharon aufwachte, war es dunkel. Sie war erfüllt von tiefer Zufriedenheit und einem wunderbaren Gefühl der Sicherheit. Victors Arm, den sie um ihre Taille spürte, bedeutete Liebe, die ruhigen Atemzüge, die sie neben ihrem Ohr hörte, besagten, dass ihr Liebster an ihrer Seite schlief. Das war genug, um sie glücklich zu machen.

Sharon fragte sich, wie lange sie wohl geschlafen hatte. Als sie die Augen schloss, ging gerade die Sonne unter. Jetzt schien der Mond ins Zimmer. Sharon wandte den Kopf, um Victors Gesicht anzuschauen. Solange er noch schlief, konnte sie ihn ungestört betrachten. Im Halbdunkel konnte sie die Umrisse seiner hohen Wangenknochen und die kräftige gerade Nase erkennen. Vorsichtig, um ihn nicht aufzuwecken, fuhr sie mit der Fingerspitze die Linie seines Mundes nach.

Victor bewegte sich. Schlaftrunken zog er Sharon näher an sich. Während sie sich eng an seinen nackten Körper schmiegte, erfasste sie heftiges Begehren. Ihr Herz klopfte wild und unregelmäßig. Nie schien sie mehr Verlangen nach ihm gehabt zu haben. Dabei lag er nur ruhig neben ihr und schlief.

So wird es mir oft mit ihm gehen, dachte sie, während sie den Kopf an seine Schulter legte. Er war ihr Schicksal. Das hatte sie vom ersten Augenblick an gewusst. Jetzt fühlte sie sich an ihn gebunden, als sei sie schon seit Jahrzehnten seine Frau.

Sharon seufzte leise, gab ihm einen zarten Kuss auf die Lippen, rutschte dann vorsichtig an den Bettrand und erhob sich leise. Ihre Kleider lagen in wahllosem Durcheinander auf dem Fußboden. Sie griff sich Victors Hemd und zog es über. Auf Zehenspitzen verließ sie das Schlafzimmer.

Sharons zarter Duft, der am Kopfkissen haftete, drang als Erstes in Victors Bewusstsein. Noch halb im Schlaf rekelte er sich, bevor er den Arm ausstreckte, um sie wieder an sich zu ziehen. Doch der Platz neben ihm war leer.

Victor öffnete die Augen und flüsterte ihren Namen.

Im ersten Moment fehlte ihm die Orientierung. Er hob den Kopf und sah sich um. Der Mond schien ins Zimmer, sodass Victor zunächst dachte, es sei alles nur ein Traum gewesen. Aber das Laken neben ihm war noch warm. Es war also kein Traum. Die Erleichterung, die er empfand, war überwältigend.

Leise rief Victor noch mal ihren Namen, als er den Geruch von gebratenem Speck wahrnahm.

Da lächelte er wie ein zufriedener kleiner Junge und legte sich glücklich aufs Kopfkissen zurück.

Sie muss in die Küche gegangen sein, dachte er. Er hörte Sharon leise irgendeinen Schlager singen und mit dem Geschirr klappern.

Schlagartig fiel Victor auf, dass sein Leben bisher unvollkommen gewesen war. Sharon füllte die Leere aus, die ihn jahrelang gequält hatte. Sie war die Antwort auf alle Fragen, die Lösung all seiner Probleme.

Victor schloss die Augen. Aber was würde er ihr geben? In seinem Leben gab es zu viele Komplikationen. Sogar in ihrer ersten gemeinsamen Nacht hatten ihn die Schatten der Vergangenheit nicht losgelassen. Bei diesem Gedanken überkam ihn Angst.

Ich muss damit fertig werden, dachte er und stand auf. Nichts und niemand durfte sich zwischen ihn und Sharon stellen. Weder der Schatten seiner toten Frau noch die Anforderungen seines Unternehmens. Er würde ihr alles erzählen und dann ein neues Leben mit ihr anfangen, das unbelastet von seiner Vergangenheit war. Ja, er würde ihr einen Heiratsantrag machen. Er hatte einmal seine Jugendträume der Firma geopfert, Sharon würde er niemals aufgeben.

Während Victor seine Jeans anzog, überlegte er sich, wie er Sharon alles am besten beibringen sollte.

Sharon streute ein wenig Thymian in die Fertigsuppe, die sie gerade aufwärmte. Sie stellte sich auf die Zehenspitzen, um an eine Schüssel im oberen Regal im Küchenschrank heranzukommen, wobei ihr Victors Hemd über die nackten Oberschenkel hochrutschte. Ihr Haar war zerzaust, ihre Wangen gerötet. Victor blieb einen Moment im Türrahmen stehen, um sie zu beobachten.

Dann war er mit drei langen Schritten hinter ihr, legte die Arme um ihre Taille und barg das Gesicht an ihrem Hals. „Ich liebe dich", flüsterte er. „Mein Gott, wie sehr ich dich liebe."

Bevor Sharon etwas sagen konnte, drehte er sie zu sich herum, um ihr den Mund mit einem leidenschaftlichen Kuss zu verschließen. Sharon gaben die Knie nach, so sehr überwältigte sie dieser plötzliche Beweis seiner Liebe. Ihre weichen Lippen öffneten sich ihm bereitwillig, während sie mit der gleichen Lust seinen Kuss erwiderte. Erst nach einer ganzen Weile gab Victor sie frei. Lächelnd schaute er auf sie herab.

„Jetzt weißt du auch, womit du mich verführen kannst. Du musst nur eines meiner Hemden anziehen."

„Wenn ich gewusst hätte, wie du darauf reagierst, hätte ich es schon vor Wochen getan." Liebevoll umarmte sie ihn. „Ich dachte, du hättest vielleicht Hunger. Es ist schon nach acht Uhr."

„Ich habe Essen gerochen, deshalb bin ich heruntergekommen."

„Oh." Sharon hob die Brauen. „Ist das der einzige Grund?"

„Welchen hätte ich sonst haben sollen?" Lachend küsste er sie auf die Nasenspitze. „Soll ich dir etwas verraten? Ich hielt es einfach nicht ohne dich aus." Victor küsste sie, bis ihr der Atem wegblieb. „Als ich aufwachte, streckte ich als Erstes die Hand nach dir aus. Aber du warst nicht da. Dann hörte ich dich in der Küche herumwirtschaften, und plötzlich wusste ich, dass ich noch nie in meinem Leben glücklicher gewesen bin. Genügt dir das?"

„Ja, ich …" Sie seufzte, als er mit den Händen unter das weite Hemd glitt, um sie zu liebkosen. Hinter ihr brutzelte der Speck in der Pfanne. „Wenn du nicht sofort aufhörst, wird unser Abendessen anbrennen."

„Welches Abendessen?", lachte er. Es gefiel ihm, dass es ihr so schwerfiel, sich von ihm loszureißen. Ihre Wangen waren gerötet, und ihr Atem ging unregelmäßig, während sie versuchte, sich ihm zu entziehen.

„Die von mir verfeinerte Fertigsuppe und der Speck."

Er zog sie erneut an sich, um sie auf den Hals zu küssen. „Es riecht ziemlich appetitlich. Aber du riechst auch nicht schlecht."

„Das ist dein Hemd", erklärte sie und wand sich aus seinen Armen. Sie nahm den Speck aus der Pfanne und ließ das Fett abtropfen.

„Wenn du Kaffee willst, das Wasser ist noch heiß."

Victor beobachtete, wie sie das einfache Mahl zubereitete. Flüchtig dachte er an die große weiße Villa in Washingtons vornehmster Wohngegend – das Haus, das er einmal für Amelia gekauft hatte. Ein ovaler Swimmingpool, ein Rosengarten und ein Tennisplatz gehörten dazu. Zwei Dienstmädchen, ein Gärtner und ein Koch hielten es in Ordnung. Es gab ein Empfangszimmer mit einem Schrank aus Rosenholz, über den Sharon in Entzücken geraten wäre, und mit schweren Vorhängen, die sie scheußlich gefunden hätte.

Nein, dachte Victor. Mit ihr kann ich dorthin nicht einfach zurückgehen. Bevor ich die Vergangenheit begraben kann, muss ich ihr etwas von meiner ersten Ehe und von meiner wahren Existenz erzählen.

„Sharon ...", fing er an.

„Setz dich", befahl sie, während sie die Suppe in eine Schüssel füllte. „Ich bin am Verhungern. Ich habe heute Nachmittag nichts gegessen, weil ich lange um einen herrlichen Sheridan-Tisch feilschen musste."

„Sharon, ich muss mit dir sprechen."

Sie schnitt ein Brötchen durch. „Okay, fang an. Ich darf doch weiteressen? Dieser Kaffee schmeckt ja scheußlich. Ich brauche noch ein bisschen Milch."

Während Sharon in der Küche herumhantierte, überfiel Victor die Erinnerung an sein altes Leben – die Hektik, die Anforderungen, die Arbeitsbelastung. Wozu war all das gut gewesen? Wenn er Sharon jetzt verlieren würde ... Er konnte den Gedanken nicht ertragen.

„Sharon." Er schwieg und fasste sie dann bei den Armen. „Ich liebe dich. Glaubst du mir das?" Der Druck seiner Hände tat ihr weh, doch sie protestierte nicht dagegen.

Sein grimmiger Gesichtsausdruck überraschte sie. „Ja, ich glaube dir", sagte sie.

„Wirst du mich so nehmen, wie ich bin?"

„Ja." Sie antwortete, ohne zu zögern. Aufatmend zog Victor sie an sich.

Er schloss die Augen. Nur ein paar Stunden ohne Fragen, ohne Vergangenheit, dachte er. Ist das etwa zu viel verlangt? „Ich habe dir so viel zu sagen, Sharon. Aber nicht heute Abend." Langsam löste sich seine Anspannung.

Aus dem festen Griff, mit dem er ihre Arme umfasst hielt, wurde allmählich eine Liebkosung. „Heute Abend möchte ich dir nur sagen, dass ich dich liebe."

Sharon spürte seine innere Unruhe. Liebevoll schaute sie zu ihm auf. „Das ist alles, was ich heute Abend von dir hören möchte. Ich liebe dich, Victor. Nichts, was du mir von dir erzählst, wird etwas daran ändern." Sie küsste ihn auf die Wange und fühlte, wie er sich langsam entspannte.

„Komm", sagte sie, „das Essen wird kalt. Wenn ich mich hier schon als Köchin betätige, dann will ich auch etwas Anerkennung für meine Bemühungen."

„Ich weiß sie zu würdigen", versicherte Victor. Er küsste sie erst auf die Nasenspitze, dann auf den Mund. „Lass uns ins Wohnzimmer gehen."

„Ins Wohnzimmer?" Sie runzelte die Stirn. Dann schien sie zu verstehen. „Oh, du meinst, es ist dort wärmer."

„Genau."

„Ja, ich habe ein paar Holzscheite im Kamin angezündet, als ich vorhin herunterkam."

„Du bist ein kluges Kind, Sharon", sagte Victor bewundernd, während er sie aus der Küche führte.

„Victor, wir müssen doch unser Essen mitnehmen."

„Welches Essen?"

Lachend wollte Sharon zurück in die Küche laufen. Doch Victor hielt sie fest und schob sie in das spärlich eingerichtete Wohnzimmer, das nur vom Schein des Kaminfeuers erleuchtet war.

„Victor, die Suppe wird kalt", protestierte Sharon.

„Die Suppe kann warten", erklärte er, während er ihr das viel zu große Hemd aufknöpfte.

„Victor!" Sharon drückte seine Hände weg. „Kannst du denn nicht ernst sein?"

„Ich meine es ernst", versicherte er und zog sie auf den Teppich vor dem Kamin herunter.

„Also, ich wärme die Suppe nicht noch einmal auf", erklärte sie aufgebracht, während sie auf dem Boden lagen und er sich an den letzten Knöpfen des Hemdes zu schaffen machte.

„Das kann dir niemand verübeln", meinte er zustimmend und schob das Hemd auseinander. „Sie wird auch kalt noch gut schmecken."

Sharon meinte verächtlich: „Sie wird schrecklich schmecken."

„Bist du hungrig?", fragte er leise und legte seine Hand auf ihre Brust.

Sharon schaute ihn an. „Ja!" Blitzschnell rollte sie sich herum, um sich auf ihn zu legen und ihre Lippen auf seinen Mund zu pressen.

Ihre plötzliche Leidenschaft überraschte ihn. Er hatte langsam ihr Begehren wecken wollen, und jetzt beherrschte sie auf einmal die Situation. Sie war gierig und fordernd. Ihre Zunge erregte ihn so sehr, dass er noch im selben Moment von ihr Besitz ergriffen hätte, wäre nicht diese seltsame Schwäche gewesen, die es ihm unmöglich machte, sich zu rühren. Mit beiden Händen streichelte Sharon sein Haar, liebkoste seine Schultern und seine Brust, um immer neue Stellen seines Körpers zu ertasten und zu erkunden.

Er versuchte ihr das Hemd abzustreifen. Aber seine Finger zitterten so sehr, dass er es nicht schaffte. Es berauschte Sharon, solche Macht über ihn zu haben. „Nicht so schnell", flüsterte sie ihm ins Ohr. „Wir haben viel Zeit."

Victor wollte widersprechen, doch sein Einspruch ging in ein Stöhnen über, als er ihre Lippen an seinem Hals spürte. Sharon bebte ebenso vor Begehren wie er. Aber das Verlangen, ihn zu betören, ihn in höchste Verzückung zu versetzen, war stärker.

Ihre Liebkosungen raubten ihm fast den Verstand, ihre Küsse machten ihn schwach und verletzbar. Er streichelte sie überall. Seine Berührungen hatten etwas Traumhaftes, Hingebungsvolles. Er hatte seine Kraft, seine überlegene Stärke ihr untergeordnet.

Sharon fühlte seinen Herzschlag, hörte seine flachen, unregelmäßigen Atemzüge. Erneut presste sie ihren Mund auf seine Lippen, um ihn inbrünstig zu küssen und ihre Zungen zu einem erregenden Liebesspiel zu vereinigen. Dann ging sie mit dem Mund auf Entdeckungsreise. Zuerst widmete sie sich seinem Hals. Als Victor mit rauer Stimme ihren Namen flüsterte, wurde sie kühner. Mit zarten Küssen bedeckte sie seine Brust und seinen flachen muskulösen Bauch. Victor zuckte zusammen, als hätte sie ihn verbrannt. Sharon presste ihre Lippen auf seine heiße Haut, bis er laut aufstöhnte.

Langsam öffnete Sharon seine Jeans und zog sie ihm über die Hüften. Neugierig berührte sie mit der Zungenspitze seinen Oberschenkel. Sie hörte, dass er ihren Namen ausrief, dass seine Stimme heiser, fast verzweifelt klang. Doch Sharon ließ sich nicht beirren. Wie stark er ist, dachte sie und strich erst mit den Fingerspitzen, dann mit der Zunge über sein Bein. Sie brachte ihn mit kleinen zärtlichen Liebesbissen fast an den Rand des Wahnsinns.

Victor wollte sie nehmen, bevor er verrückt wurde. Dann aber spürte er wieder ihre gierigen Küsse auf seinem Bauch, und die Hitze, die ihn durchströmte, war herrlicher als alles, was er je empfunden hatte. Einen Moment berührten ihn die harten Spitzen ihrer runden Brüste, und sofort erwachte das Begehren nach ihnen. Stattdessen gab sie ihm ihren Mund. Sharon lag jetzt der Länge nach auf ihm. Ihr Körper strahlte Wärme und Vitalität aus.

„Sharon, um Himmels willen", flüsterte er erregt und wollte sie festhalten. Doch sie rutschte ein Stückchen tiefer, um ihn in sich aufzunehmen. Dabei seufzte sie triumphierend.

Jetzt war es um seine Beherrschung geschehen. Ohne zu wissen, was er tat, packte er sie bei den Schultern, drehte sie herum und drang mit all der brennenden, verzweifelten Kraft in sie ein, die sich in ihm aufgestaut hatte. Sein Begehren hatte ihn in einen Rausch der Leidenschaft getrieben.

Sharon schrie leise auf und hob ihm ihre Hüften entgegen. Doch er hatte jede Kontrolle über sich verloren. Länger konnte er sich nicht mehr beherrschen. Hart und rücksichtslos vereinigte er sich mit ihr. Er spürte nicht ihre Fingernägel, die sie in seinen Rücken grub, hörte nicht ihren unregelmäßigen Atem. Victor trieb sie und sich auf den höchsten Gipfel der Glückseligkeit.

Zufrieden und ermattet lag Sharon wie betäubt unter Victor. Beide genossen das Abklingen der Erregung. Liebevoll strich Victor über ihren Arm, der so schmal war, dass er ihn mit Daumen und Zeigefinger umfassen konnte. „Du bist so zerbrechlich", flüsterte er. „Ich wollte dir nicht wehtun."

Sharon strich ihm durchs Haar. „Hast du das denn getan?"

Er lachte. „Sharon, du machst mich verrückt. Normalerweise gehe ich nicht so unsanft mit Frauen um."

„Ich glaube, dies ist nicht der richtige Zeitpunkt, mir von deinen Frauen zu erzählen."

Er stützte sich auf den Ellbogen und schaute auf sie hinab. „Soll ich dir lieber erzählen, dass du mich in einen Rausch der Leidenschaft treibst?"

„Absolut."

„Es scheint sogar zu stimmen", sagte Victor leise.

Sie lächelte ihn an. „Wäre es dir lieber, ich täte es nicht?"

„Nein", sagte er bestimmt und verschloss ihr mit einem Kuss den Mund.

„Schließlich machst du mit mir dasselbe. Da ist es nur fair, wenn ich mich revanchiere."

Er sah sie so gern mit diesem sinnlichen Ausdruck im Gesicht. Ihre Augen schimmerten, und ihre Lippen waren rot und geschwollen. Das Kaminfeuer warf einen flackernden rötlichen Schein auf ihr Gesicht. „Mir gefällt deine Logik", sagte er. Behutsam fuhr er mit der Fingerspitze die Linien ihres Gesichts nach. Dabei stellte er sich vor, wie es sein würde, jeden Morgen neben ihr aufzuwachen.

Sharon hielt seine Hand fest und zog sie an ihre Lippen. „Ich liebe dich", sagte sie zärtlich. Sie kuschelte sich an ihn. „Das Feuer geht langsam aus", murmelte sie.

„Mhm."

„Victor." Sie hob den Kopf, um ihn anzuschauen. Er hatte die Augen geschlossen. „Du wirst jetzt nicht einschlafen! Ich habe Hunger!"

„Mein Gott, die Frau ist unersättlich", seufzte er. Dann umfasste er ihre Brust. „Wenn du mich ein wenig anregst, kann ich vielleicht die Energie dazu aufbringen."

„Ich will mein Abendessen", sagte sie fest, ließ sich jedoch seine Liebkosungen willig gefallen. „Du wirst die Suppe aufwärmen."

„Oh." Victor schien einen Moment nachzudenken. Dann setzte er sich auf und zog seine Jeans an. Bevor er das Zimmer verließ, beugte er sich noch einmal zu ihr hinab, um sie flüchtig auf den Mund zu küssen. „Du kannst unterdessen einen Holzscheit ins Feuer werfen", meinte er.

Nachdem Victor in die Küche gegangen war, blieb Sharon noch einen Moment liegen, um ein wenig vor sich hinzuträumen. Sie wickelte sich fester in Victors Flanellhemd. Liebte Victor sie tatsächlich so sehr? Ja, sie hatte seine Liebe gespürt und sein Begehren. Doch da war noch etwas anderes. Er schien sie zu brauchen. Obwohl sie keine Ahnung hatte, was es war, wusste sie, dass sie ihm etwas zu geben vermochte, auf das er nicht verzichten konnte.

Was hatte ihn wohl dazu gebracht, sich hinter Zynismus zurückzuziehen? Bittere Enttäuschung, hatte er ihr einmal gesagt. Wer oder was hatte ihn so enttäuscht? Eine Frau, ein Freund, ein Ideal?

Sharon blickte in die Glut des Kaminfeuers und überlegte, wie sie ihm am besten helfen konnte. Wahrscheinlich musste sie sehr geduldig mit ihm sein und darauf warten, dass er irgendwann, wenn er bereit dazu war, seine Geheimnisse mit ihr teilte. Sie setzte sich auf und knöpfte ihr Hemd zu. Heute Nacht sollte nichts ihre Liebe belasten, das hatte sie ihm versprochen. Morgen konnten sie dann über Probleme reden. Geschickt schichtete sie noch ein paar Holzscheite im Kamin auf und ging dann in die Küche.

„Das wird ja langsam Zeit", meinte Victor, als sie in die Küche schlenderte. „Ich liebe es gar nicht, wenn mir das Essen kalt wird."

Sharon lächelte verschmitzt. „Wie unachtsam von mir."

Victor stellte die Suppenschalen auf den Tisch. „Die Suppe schmeckt trotzdem noch. Willst du Kaffee?"

„Nicht deinen", wehrte sie ab. „Er schmeckt schrecklich."

„Wenn eine gewisse Person wirklich etwas für mich übrig hätte, dann würde sie sich darum kümmern, dass ich morgens einen anständigen Kaffee bekomme."

„Du hast recht." Sharon setzte sich und hob den Löffel. „Ich werde dir eine Kaffeemaschine kaufen." Hastig aß sie die Suppe. „Mein Gott, ich bin fast am Verhungern!"

„Du solltest auch keine Mahlzeiten auslassen", meinte Victor tadelnd und ließ sich ebenfalls nieder.

„Die Sache war es wert. Eigentlich wollte ich heute früh zu Abend essen. Doch dann wurde ich abgelenkt."

Victor nahm ihre Hand, zog sie zärtlich an seine Lippen und biss sie dann spielerisch in die Fingerknöchel.

„Au!" Sharon zog ihre Hand zurück. „Ich habe ja nicht behauptet, dass mir die Ablenkung unangenehm gewesen ist. Obwohl ich wirklich wütend auf dich war."

„Ganz meinerseits", versicherte er nachsichtig.

„Wenigstens verliere ich nicht die Beherrschung", bemerkte sie spitz. „Dabei hätte ich dich am liebsten verprügelt."

„Ganz meinerseits", wiederholte er.

„Du bist kein Gentleman", beschuldigte sie ihn mit vollem Mund.

„Oh nein", stimmte er bereitwillig zu. Er zögerte einen Moment, als wäge er seine Worte sorgfältig ab. „Sharon, könntest du die Esszimmergarnitur noch eine Weile behalten?"

„Victor ...", fing sie an. Doch er unterbrach sie.

„Sag mir jetzt bitte nicht wieder, ich hätte mich nicht einmischen sollen. Ich liebe dich doch."

Nachdenklich rührte Sharon in ihrer Suppe. Sie wollte ihm nicht sagen, wie viele Rechnungen sie bezahlen musste. Er hatte selbst genug Probleme. Da durfte sie ihn doch nicht mit ihren eigenen belasten. „Es ist mir klar, dass du es um meinetwillen getan hast", fing sie langsam an. „Und ich weiß das wirklich zu schätzen. Aber es ist wichtig für mich, dass mein Laden etwas einbringt."

Sie blickte auf, um ihm in die Augen zu schauen. „Ich war nicht gerade ein Fehlschlag als Lehrerin, aber ein umwerfender Erfolg war ich auch nicht. Dieser Antiquitätenladen muss einfach laufen."

„Und das willst du damit erreichen, indem du ein Erbstück, das deiner Großmutter lieb und teuer war, die einzige bleibende Erinnerung an sie, verkaufst?" Als Victor sah, wie sehr er sie mit dieser Bemerkung getroffen hatte, nahm er tröstend ihre Hand.

„Es fällt mir furchtbar schwer. Das will ich gar nicht leugnen." Sharon seufzte tief auf. „Im Grunde genommen bin ich kein praktisch denkender Mensch. Aber in diesem Fall bleibt mir nichts anderes übrig. Von dem Geld, das mir diese Möbel einbringen, kann ich eine ganze Weile leben. Und außerdem ..." Betrübt schüttelte sie den Kopf. „Es ist schwieriger für mich, die Möbel ständig zu sehen und zu wissen, dass ich mich von ihnen trennen muss, als die Sache kurz und schmerzlos hinter mich zu bringen."

„Dann werde ich sie kaufen. Ich könnte ..."

„Nein!"

„Sharon, hör mir doch bitte einmal zu."

„Nein!" Sie entzog ihm ihre Hand, um aufzustehen und zum Fenster zu gehen. Schweigend blickte sie hinaus. „Bitte, Victor", sagte sie dann fast flehend. „Es ist schrecklich lieb von dir, aber ich kann es nicht zulassen."

Victor stand auf und trat hinter sie. Liebevoll zog er sie an sich. Wie sollte er ihr nur alles erklären? Womit sollte er anfangen? „Sharon, du verstehst mich nicht. Ich kann es nicht ertragen, dich leiden zu sehen. Es wäre so einfach für mich ..."

„Nein, Victor." Sharon wandte sich zu ihm um und schaute ihn ernst an. „Dein Angebot ist sehr hochherzig. Aber ich weiß, was ich zu tun habe. Und davon kannst auch du mich nicht abhalten."

„Bitte, Sharon, lass mich helfen. Es ist doch nur eine Geldfrage ..."

„Und wenn du Millionär wärst, würde ich es trotzdem nicht annehmen."

Victor wusste nicht, wie er auf diese Antwort reagieren sollte, und zog sie an sich. „Du störrischer kleiner Dummkopf. Ich könnte alles so viel leichter für dich machen. Willst du mir nicht einen Moment zuhören? Es gibt so viel, was ich dir zu sagen habe."

„Niemand, nicht einmal du, sollst mir irgendetwas leichter machen. Bitte, versuche mich doch zu verstehen. Ich muss es mir beweisen, dass ich etwas leisten kann."

Victor erinnerte sich daran, wie sehr es ihn immer frustriert hatte, dass ihn jeder nur als Miriam Riverton-Bannings Sohn kannte. Ja, er verstand sie. Und deshalb verzichtete er darauf, ihr zu erklären, wie einfach es für ihn gewesen wäre, ihr zu helfen. „Nun", sagte er, um sie etwas aufzuheitern, „du bist wirklich niedlich."

„Oh Victor", stöhnte sie.

„Und süß", fügte er hinzu und hob ihr Gesicht an, um sie zu küssen. „Und etwas komisch."

„Das ist kein Grund, dich bei mir einzuschmeicheln", warnte sie. „Ich spüle, du trocknest ab."

„Was spülst du?"

„Das Geschirr."

Er zog sie ganz eng an sich. „Ich sehe kein Geschirr. Du hast wunderschöne Augen."

„Ich warne dich, Victor", sagte sie drohend.

„Ich mag deine Sommersprossen." Er gab ihr einen Kuss auf die Nase. „Und deine Grübchen."

„Du hältst jetzt besser den Mund, Victor."

„Ja", fuhr er fort und strahlte sie an wie ein kleiner Junge. „Ich würde sagen, das ist wirklich ein niedliches kleines Gesicht."

„Okay, jetzt ist das Maß voll." Heftig wand sie sich aus seiner Umarmung.

„Willst du irgendwohin gehen?"

„Nach Hause", erklärte sie großspurig. „Du kannst dein Geschirr selbst abwaschen."

Er seufzte. „Ich glaube, ich muss wieder zu drastischen Maßnahmen greifen."

Weil sie ahnte, was auf sie zukam, ging Sharon sofort in Abwehrstellung. „Wenn du mich wieder über die Schulter wirfst, bist du deinen Job los."

Victor ergriff sie um die Knie und hob sie mühelos hoch. „Was hältst du davon?"

Sharon legte die Arme um seinen Hals. „Das ist besser", gab sie widerwillig lächelnd zu. Sie schaffte es einfach nicht, bei ihm ernst zu bleiben.

„Und davon?" Sein Kuss, der zunächst zart und behutsam war, wurde immer stürmischer.

„Viel besser", flüsterte sie, während er sie aus der Küche trug. „Wo gehen wir hin?"

„Nach oben. Ich will mein Hemd zurückhaben."

10. KAPITEL

„Ja, natürlich kann man sie mit einem Stromkabel ausrüsten", meinte Sharon, während sie mit der Fingerspitze über den Porzellanfuß eines zierlichen Öllämpchens strich.

„Fabelhaft!" Mrs. Trip, Sharons Kundin, nickte begeistert. „Mein Mann wird das schon machen. Er ist sehr geschickt mit elektrischen Dingen."

Sharon zwang sich zu einem Lächeln. Es brach ihr das Herz, dass jemand an der süßen kleinen Lampe herumbasteln wollte. „Wissen Sie", unternahm sie einen geschickten Versuch, Mrs. Trip von ihrem Vorhaben abzubringen, „eigentlich ist es ganz praktisch, eine Öllampe im Haus zu haben. Sie könnten ja einmal einen Stromausfall haben."

„Nun ja", meinte Mrs. Trip nachsichtig. „Aber wissen Sie, für so eine Situation habe ich immer Kerzen im Haus. Ich will dieses Lämpchen direkt neben meinen Schaukelstuhl stellen. Dort sitze ich abends immer mit meiner Handarbeit."

Obwohl sie an der Lampe eine hübsche Summe verdienen konnte, bemühte sich Sharon, die alte Dame von dem Kauf abzubringen. „Wenn Sie wirklich eine elektrische Lampe brauchen, Mrs. Trip, dann kaufen Sie doch lieber eine gute Reproduktion. Die wäre viel billiger."

Mrs. Trip lächelte milde. „Aber das wäre ja dann keine Antiquität, oder? Können Sie mir die Lampe in eine Schachtel packen?"

„Ja, natürlich", meinte Sharon etwas betreten. Während sie die Quittung ausschrieb, tröstete sie sich mit dem Gedanken, dass sie von dem Verkaufserlös eine ihrer vielen Rechnungen bezahlen konnte.

„Oh, das habe ich ja gar nicht gesehen."

Sharon blickte auf. Mrs. Trip bewunderte gerade ein kobaltblaues Teeservice mit Goldrand. „Es ist wunderschön, nicht wahr?", meinte sie und biss sich gleich darauf auf die Unterlippe, als die Dame die kleine Zuckerdose befingerte.

Sie sah, wie Mrs. Trip die Brauen hob, als sie das Preisschildchen auf der Unterseite der Dose entdeckte.

„Ich kann das Service nur komplett verkaufen", sagte Sharon fast entschuldigend, weil sie wusste, dass einem Käufer, der nichts von altem Porzellan verstand, der Preis unverhältnismäßig hoch erscheinen musste. „Es ist spätes neunzehntes Jahrhundert und …"

„Ich muss es haben", unterbrach Mrs. Trip entschlossen Sharons Ausführungen. „Es ist genau das Richtige für mein Eckschränkchen." Sie lächelte die erstaunte Sharon verschwörerisch an. „Ich werde meinem Mann erklären, dass er mir gerade mein Weihnachtsgeschenk gekauft hat."

„Ich könnte es Ihnen in Geschenkpapier einpacken", schlug Sharon vor, worauf Mrs. Trip begeistert zustimmte.

„Sie haben einen bezaubernden Laden", bemerkte die alte Dame, während Sharon das Service einpackte. „Ich bin nur hier herausgefahren, weil ich das Hinweisschild an der Straße so hübsch fand. Eigentlich hatte ich eine alte Scheune mit Trödel erwartet. Sie haben das wirklich alles sehr geschmackvoll gemacht. Und vor allem das kleine Museum ist so nett. Eine reizende Idee. Wenn ich das nächste Mal in diese Gegend fahre, werde ich meinen Neffen mitbringen. Sind Sie verheiratet, Liebes?"

Sharon warf ihr einen belustigten Blick zu. „Nein."

„Er ist Arzt", erklärte Mrs. Trip. „Internist."

Sharon räusperte sich. „Wie schön", bemerkte sie höflich. „Sie sind bestimmt stolz auf ihn."

„Ja", sagte Mrs. Trip wehmütig. „Es ist ein Jammer, dass er noch nicht das richtige Mädchen gefunden hat. Ich werde auf jeden Fall noch einmal mit ihm vorbeikommen." Ohne mit der Wimper zu zucken, schrieb sie den Scheck aus.

Es fiel ihr nicht leicht, doch Sharon schaffte es, ernst zu bleiben. Erst als die Tür hinter ihrer Kundin zufiel, fing sie herzlich an zu lachen. Was würde Victor wohl zu den Bemühungen der alten Dame, sie mit ihrem Neffen zu verkuppeln, sagen?

Sharon schaute auf ihre Armbanduhr. Erst in zwei Stunden würde sie Victor wiedersehen. Wenn doch nur die Zeit schneller verginge!

Sie hatte ihm ein Abendessen versprochen, das Bratenstück brutzelte bereits in der Backröhre in ihrer neuen Küche im Obergeschoss.

Sie würde den Laden etwas früher schließen, dann hatte sie genug Zeit, sich noch irgendein ausgefallenes Dessert auszudenken, bevor er kam.

In diesem Moment ging erneut die Ladentür auf, und Laurie Martin trat ein. „Guten Tag, Sharon." Sie sah, dass Sharon sich lässig in einem bequemen Sessel ausgestreckt hatte und meinte: „Ich sehe, du hast nicht viel zu tun."

Obwohl sie Laurie freundlich anlächelte, machte Sharon sich nicht die Mühe, aufzustehen. „Im Moment nicht. Wie geht es dir, Laurie?"

„Ausgezeichnet. Ich habe mir heute Nachmittag freigenommen, weil ich zum Zahnarzt musste. Da dachte ich mir, ich komme einfach mal bei dir vorbei."

Sharon sagte dazu nichts, weil sie erwartete, dass Laurie ihr jetzt von ihren guten Zähnen erzählen würde.

Als Laurie jedoch schwieg, meinte sie schließlich: „Das war eine gute Idee. Soll ich dir den Laden zeigen?"

„Ich würde mir gern einmal deine Sachen ansehen", erklärte Laurie und sah sich neugierig um. „Was für hübsche Dinge du hast."

Sharon stand auf und bedankte sich höflich bei Laurie für das Kompliment.

„Es sieht ja jetzt ganz anders hier aus", fuhr Laurie fort. In ihrer langsamen, bedächtigen Art wanderte sie durch den ehemaligen Sommerraum und von da aus in den größeren Geschäftsraum. Zum Schluss blieb sie noch einmal unter der Tür stehen, um einen abschließenden Blick auf die beiden Räume zu werfen. „Aber du hast ja kaum etwas verändert!", rief sie schließlich erstaunt. „Nicht einmal die Tapete."

„Nein", sagte Sharon, die liebevoll ihre Esszimmergarnitur anschaute. „Ich habe nur die Türrahmen erweitert. Mir gefielen die Räume viel zu gut, um sie zu verändern."

„Nun, ich muss dir gestehen, dass mich das erstaunt", bemerkte Laune, während sie durch die ehemalige Küche ging. „Es ist alles so ordentlich, so gepflegt. Ich hatte eigentlich mehr Trödel erwartet." Sie gingen in den Raum, der das Museum beherbergte. „Dass hier peinliche Ordnung herrscht, konnte ich mir vorstellen. Wenn es um amerikanische Geschichte ging, warst du ja schon immer sehr pedantisch. Ich konnte das nie verstehen."

„Weil ich alles andere nicht so genau genommen habe?"

„Oh Sharon." Lauries Verlegenheit verriet Sharon, dass sie deren Gedanken erraten hatte.

„Entschuldige." Sharon wurde langsam ein bisschen ungeduldig.

Laurie nahm ihre Wanderung durch den Laden wieder auf. „Das ist aber ein schöner Tisch."

Sie war vor dem Sheridan-Tisch stehen geblieben, den Sharon tags zuvor gekauft hatte. Zum ersten Mal lag in ihrer Stimme echte Bewunderung. „Er sieht ja überhaupt nicht alt aus."

Das war zu viel für Sharon. Sie brach in fröhliches Gelächter aus. „Nein, es tut mir leid", meinte sie, als Laurie sich mit verständnislosem Blick nach ihr umsah. „Du glaubst gar nicht, wie viele Leute annehmen, dass alte Möbel zerkratzt und verschimmelt aussehen müssen. Dieser Tisch ist wirklich alt und tatsächlich ungewöhnlich schön."

„Und teuer", fügte Laurie hinzu, nachdem sie das Preisschild gelesen hatte. „Er würde wunderbar zu dem Stuhl passen, den Carl und ich gerade gekauft haben. Oh ..."

Sie wandte sich um und blickte Sharon schuldbewusst an. „Ich weiß gar nicht, ob du es schon gehört hast ... ich wollte noch mit dir darüber sprechen."

„Über Carl?" Da sie Laurie ansah, wie unangenehm ihr die ganze Situation war, verkniff Sharon sich ein belustigtes Lächeln. „Ich weiß, dass ihr euch oft seht."

„Ja." Verlegen zupfte sich Laurie eine Fluse vom Mantel. „Es ist mehr als das. Weißt du, wir ..." Sie hielt inne und räusperte sich umständlich. „Sharon, wir wollen nächstes Jahr im Juni heiraten."

„Meinen herzlichsten Glückwunsch", sagte Sharon so aufrichtig, dass Laurie sie erstaunt ansah.

„Ich hoffe, du bist nicht böse." Sie spielte mit dem Schulterriemen ihrer Handtasche. „Ich weiß, dass du und Carl ... es liegt zwar schon ein paar Jahre zurück, aber trotzdem, ihr wart ..."

„Wir waren sehr jung", sagte Sharon freundlich. „Ich wünsche dir viel Glück, Laurie. Du passt viel besser zu ihm als ich."

„Ich freue mich, dass du es so siehst, Sharon. Ich hatte schon befürchtet, du ..." Sie errötete. „Weißt du, Carl ist ein so wunderbarer Mann."

Sie meint es wirklich ernst, dachte Sharon überrascht. Sie scheint ihn tatsächlich zu lieben.

Plötzlich schämte sie sich ein wenig. Zugleich fand sie die ganze Geschichte unheimlich komisch. „Ich hoffe, ihr werdet glücklich miteinander, Laurie", sagte sie herzlich.

„Das werden wir." Laurie strahlte sie an. „Und ich kaufe diesen Tisch", setzte sie fast übermütig hinzu.

„Nein", verbesserte Sharon, „ich schenke ihn dir. Betrachte ihn als Hochzeitsgeschenk."

Vor Erstaunen blieb Laurie der Mund offen stehen. „Oh, das kann ich nicht annehmen. Er ist viel zu teuer."

„Laurie, wir kennen uns schon so lange, und Carl war einmal ein wichtiger Teil meiner ..." Sie suchte nach dem richtigen Ausdruck. „... meiner Jugendjahre", beendete sie schließlich den Satz. „Ich möchte ihn euch beiden schenken."

„Danke ... vielen Dank." Sharons Großzügigkeit verblüffte Laurie. „Carl wird sich sehr freuen."

„Keine Ursache."

Sharon musste über Lauries Verwirrung lächeln. „Soll ich dir helfen, ihn zum Wagen zu tragen?"

„Nein, nein, das schaffe ich schon allein." Laurie nahm den kleinen Tisch und ging zur Tür, wo sie unsicher einen Moment stehen blieb. „Sharon, ich halte dir die Daumen, dass dein Laden ein großer Erfolg wird. Das meine ich ganz ehrlich. Und jetzt muss ich gehen. Auf Wiedersehen, Sharon." Damit ging sie freudestrahlend zu ihrem Auto.

„Mach's gut, Laurie." Lächelnd stand Sharon in der Ladentür.

Im nächsten Moment hatte sie Laurie und Carl vergessen. In knapp einer Stunde würde Victor kommen. Sie musste sich sehr beeilen, wenn sie bis dahin das Essen auf dem Tisch haben wollte.

Sharon wollte gerade die Tür zum Museum abschließen, da hörte sie einen Wagen kommen. Geschäft ist Geschäft, sagte sie sich seufzend. Wenn Victor Nachtisch essen wollte, dann musste er sich eben mit Gebäck aus

Donnas Laden zufriedengeben. Sie setzte ihr strahlendes Kunden-Lächeln auf und öffnete die Ladentür. Doch kaum sah sie, wer draußen stand, da schwand das Lächeln, und sie wurde kreidebleich.

„Anne", sagte sie mit erstickter Stimme.

„Darling!" Ihre Mutter beugte sich hinab, um ihr einen flüchtigen Kuss auf die Wange zu geben. „Was für eine Begrüßung! Man könnte ja fast den Eindruck gewinnen, du freust dich gar nicht über meinen Besuch."

Sharon bemerkte auf den ersten Blick, dass ihre Mutter sich kaum verändert hatte. Sie sah noch genauso zauberhaft aus, wie sie sie in Erinnerung gehabt hatte. Ihr blasses herzförmiges Gesicht war ohne eine Falte, ihre Augen strahlten noch immer in jenem tiefdunklen Blau, und ihr Haar besaß den gleichen goldblonden Schimmer wie früher. Sie trug eine teure Fuchsjacke und Seidenhosen, die bei dem kalten Winterwetter äußerst fehl am Platz wirkten. Wie immer empfand Sharon bei ihrem Anblick Liebe und Abneigung zugleich.

„Du siehst wunderbar aus, Anne", sagte sie höflich.

„Oh, vielen Dank. Dabei muss ich nach der schrecklichen Fahrt vom Flughafen hier heraus doch furchtbar aussehen. Sharpsburg liegt ja wirklich am Ende der Welt. Sharon, Liebling, wann wirst du dir endlich eine anständige Frisur zulegen?" Sie warf einen kritischen Blick auf Sharons Lockenmähne, bevor sie an ihr vorbei ins Haus ging.

„Ich kann einfach nicht verstehen ... oh mein Gott, was hast du denn hier angestellt?" Fassungslos blickte sie sich in Sharons kleinem Museum um. Dann lachte sie ihr glockenhelles Lachen und stellte ihre teure Lederhandtasche ab. „Erzähl mir jetzt bitte nicht, dass du in unserem Wohnzimmer ein Kriegsmuseum eröffnet hast. Es ist einfach nicht zu glauben."

Sharon kam sich auf einmal ziemlich töricht vor. „Hast du das Hinweisschild nicht gelesen?", fragte sie verlegen.

„Ein Schild? Nein, das muss ich übersehen haben. Sharon, was hat das alles zu bedeuten?"

Entschlossen straffte Sharon die Schultern. Sie hatte nicht vor, sich von ihrer Mutter einschüchtern zu lassen. „Ich habe ein Geschäft eröffnet", sagte sie mutig.

„Aber das kann doch nicht wahr sein!" Lachend betrachtete Anne die zerbeulte Trompete, die in einem der Schaukästen lag. „Und was soll aus deinem Beruf werden?"

„Den habe ich aufgegeben."

„Nun, daraus kann ich dir keinen Vorwurf machen. Der Job als Lehrerin muss ja schrecklich langweilig gewesen sein. Aber warum bist du zurückgekommen, um dich in diesem schrecklichen Nest zu vergraben?"

„Es ist mein Zuhause."

„Nun, jeder soll nach seiner eigenen Fasson selig werden. Was hast du mit dem Rest des Hauses gemacht?" Bevor Sharon antworten konnte, war Anne in den Laden hinübergegangen. „Oh nein! Hast du etwa einen Antiquitätenladen aufgemacht? Er wirkt ja sehr geschmackvoll. Das war eine gute Idee, Sharon."

Mit schnellem Blick hatte sie ein paar wertvolle Stücke entdeckt. Anne öffnete den Gürtel ihrer Pelzjacke, streifte sie über die Schultern und warf sie nachlässig auf einen Stuhl. „Wie lange hast du diesen Laden schon?"

„Erst ein paar Wochen." Stocksteif stand Sharon da. Es war jedes Mal dasselbe. Sie fühlte sich zu dieser seltsamen schönen Frau hingezogen, die ihre Mutter war. Dabei wusste sie ganz genau, dass Anne ihre Liebe nicht verdient hatte.

„Und?", fragte Anne.

„Und was?"

Anmutig ließ sie sich auf einem Stuhl nieder und schaute ihre Tochter freundlich an. „Ich mache mir natürlich Gedanken um dich, Liebling. Darf ich mich denn nicht erkundigen, wie dein Laden läuft?"

Sharon schämte sich plötzlich ihrer schlechten Manieren und gab ihre starre Haltung auf. „Obwohl ich gerade erst eröffnet habe, geht das Geschäft ganz gut", erklärte sie. „Mit dem Job in der Schule war ich nicht sehr glücklich. Ich scheine mich nicht zur Lehrerin zu eignen. Aber dieser Laden macht mir Spaß."

„Darling, das ist ja wunderbar."

Anne schlug die schlanken Beine übereinander. Vielleicht ist die Kleine doch noch zu etwas nütze, dachte sie. So ein Laden kostet nicht nur, er bringt auch was ein. „Ich bin richtig erleichtert, dass du dein Leben so gut meisterst", bemerkte sie. „Besonders, da meines im Moment ziemlich unerfreulich ist."

Es entging Anne nicht, dass Sharon sie auf diese Bemerkung hin skeptisch anschaute. Sofort setzte sie ihr traurigstes Lächeln auf. Sie kannte ihre Tochter und wusste, was für einen Eindruck es auf sie machte. „Ich habe mich von Leslie scheiden lassen", bekannte sie.

„Oh?" Sharon hob auf dieses Geständnis hin nur eine Braue.

Die kühle Reaktion ihrer Tochter brachte Anne zunächst ein wenig aus dem Konzept. Doch dann fuhr sie unbeirrt fort: „Ich kann dir gar nicht sagen, wie sehr ich mich in ihm getäuscht habe. Nichts ist schrecklicher, als in der Liebe zu scheitern."

Darin hast du ja Übung, dachte Sharon.

„Die letzten Monate waren nicht einfach für mich", seufzte Anne.

„Für uns beide nicht", warf Sharon ein. „Großmutter ist vor sechs Monaten gestorben. Du hast dir nicht einmal die Mühe gemacht, zu ihrem Begräbnis zu kommen."

Anne hatte diese Bemerkung vorausgesehen. Seufzend blickte sie auf ihre gepflegten Hände hinab. „Wenn du nur wüsstest, wie sehr mich das belastet hat, Sharon. Ich drehte zu diesem Zeitpunkt gerade einen Film und war leider unabkömmlich."

„Du hast nicht einmal Zeit gehabt für eine Postkarte oder einen Anruf?", fragte Sharon. „Wenigstens meinen Brief hättest du beantworten können." Die Bitterkeit in ihrer Stimme war nicht zu überhören.

Das war Annes Stichwort. Sofort füllten sich ihre bezaubernden Augen mit Tränen. „Sei doch nicht so grausam, Liebling. Ich konnte einfach nicht auf einem Stück Papier meine Gefühle ausdrücken." Sie zog ein kleines Seidentaschentuch aus ihrer Brusttasche. „Obwohl sie schon sehr alt war, hatte ich immer irgendwie das Gefühl, sie würde nie von uns gehen."

Vorsichtig, um ihre Wimperntusche nicht zu verschmieren, tupfte Anne sich die Augen ab. „Als ich deinen Brief bekam mit der Nachricht, dass sie ... es hat mich so sehr getroffen. Gerade du musst mir das doch nachfühlen können. Sie hat mich schließlich auch großgezogen." Sie schluchzte wirkungsvoll. „Ich kann es immer noch nicht glauben, dass sie nicht mehr bei uns ist."

Weil Annes Worte ihren eigenen Kummer wieder aufleben ließen, kniete sich Sharon spontan vor ihrer Mutter nieder. Vielleicht konnten sie wenigstens gemeinsam um ihre Großmutter trauern. „Ich weiß", sagte sie mit erstickter Stimme. „Ich vermisse sie noch immer schrecklich."

Die rührende Szene kam Anne wie gerufen. „Sharon, bitte verzeihe mir", sagte sie mit zitternder Stimme und griff nach Sharons Händen. „Ich weiß, es war Unrecht, nicht zum Begräbnis zu kommen. Aber ich hatte einfach nicht die Kraft dazu, verstehst du? Auch jetzt, wo ich doch eigentlich darüber hinweg sein müsste ..." Sie hielt inne, um Sharons Hand an ihre feuchte Wange zu ziehen.

„Ich kann dich verstehen. Und Großmutter hätte es auch verstanden", sagte Sharon tröstend.

„Sie ist immer so gut zu mir gewesen. Wenn ich sie doch nur noch einmal sehen könnte."

„Du musst nicht darüber nachgrübeln. Mich haben die gleichen Gedanken gequält. Denk lieber an die positiven Dinge. Großmutter war glücklich hier."

„Ja, sie liebte dieses Haus", murmelte Anne, während sie sich wehmütig in dem ehemaligen Sommerraum umsah. „Ich kann mir vorstellen, dass sie von der Idee mit dem Antiquitätenladen entzückt gewesen wäre."

„Glaubst du wirklich?" Sharon sah zu ihrer Mutter auf. „Ich bin eigentlich auch sicher, dass ihr der Laden gefallen hätte. Nur manchmal kommen mir Zweifel."

„Sie würde ihn großartig finden", warf Anne rasch ein. „Ich nehme an, sie hat dir das Haus hinterlassen?"

„Ja." Sharon schaute sich in dem kleinen Raum um. Sie erinnerte sich noch gut daran, wie er zu Lebzeiten ihrer Großmutter ausgesehen hatte.

„Dann hatte sie also ein Testament gemacht?"

„Ein Testament?" Abwesend schaute Sharon ihre Mutter an. „Ja, Floyd Arnettes Sohn hatte vor einigen Jahren ein Testament für sie aufgesetzt, nachdem er sich als Anwalt hier niedergelassen hatte. Großmutter war seine erste Kundin."

„Und was ist mit dem übrigen Vermögen?", fragte Anne ungeduldig weiter.

„Außer dem Haus und dem Grundstück gab es nicht viel. Ich habe ein paar Aktien verkaufen müssen, um die Steuern und das Begräbnis bezahlen zu können."

„Sie hat also alles dir hinterlassen?"

Sharon merkte nicht, wie gereizt die Stimme ihrer Mutter klang. „Ja, ihre Ersparnisse haben gerade gereicht, um die wichtigsten Reparaturen am Haus zu bezahlen und …"

„Du lügst!" Anne sprang auf. Unsanft stieß sie Sharon von sich. Die Reaktion ihrer Mutter kam so überraschend, dass sie wie betäubt auf dem Fußboden sitzen blieb. „Sie hätte mich niemals leer ausgehen lassen!", schrie Anne und blickte böse auf Sharon herab. Ihre blauen Augen wirkten auf einmal kalt und hart, ihr bezauberndes Gesicht war schneeweiß. Sharon erkannte sie kaum wieder.

Langsam stand Sharon auf. Sie wusste, Annes Wutanfälle waren mit Vorsicht zu genießen. Sonst konnte es passieren, dass sie vollkommen die Beherrschung über sich verlor.

„Selbstverständlich hätte Großmutter dich bedacht", sagte sie ruhig. „Aber sie wusste, dass du kein Interesse an dem Haus oder dem Grundstück haben würdest. Und leider ist nach Abzug der Steuern kaum Geld übrig geblieben." Sharon hatte alle Mühe, sachlich zu bleiben.

„Für wie dumm hältst du mich eigentlich?", fuhr Anne sie hart an. „Ich weiß genau, dass ihr Geld immer auf irgendeiner Bank vor sich hin schimmelte. Als sie noch am Leben war, musste ich ihr jeden Cent abschwatzen. Ich bestehe auf meinem Erbteil."

„Sie hat dir gegeben, was sie konnte."

„Woher willst du das wissen? Glaubst du, ich wüsste nicht, wie viel dieses Grundstück wert ist?" Voller Abscheu schaute sie sich im Zimmer um. „Wenn du das Haus behalten willst, bitte. Dann musst du mich eben auszahlen."

„Ich kann dich nicht auszahlen. Dazu ist nicht genug …"

„Halt mich nicht zum Narren." Anne stieß sie zur Seite und stürmte ins obere Stockwerk.

Sekundenlang stand Sharon wie benommen da. Was sich hier abspielte, ging über ihr Fassungsvermögen. Wie konnte ein Mensch nur so gefühllos sein? Und wieso war sie selbst immer wieder naiv genug, um sich von ihrer Mutter hereinlegen zu lassen?

Aber damit war es jetzt zu Ende. Ein für alle Mal. Das schwor sie sich. Inzwischen selbst einem Wutausbruch nahe, rannte sie hinter ihrer Mutter die Treppen hinauf.

Sharon fand Anne in ihrem Schlafzimmer, wo sie gerade dabei war, Sharons Schreibtisch zu durchsuchen.

Ohne zu zögern, stürzte Sharon durchs Zimmer und klappte den Schreibtisch zu. „Wage es ja nicht, meine Sachen anzufassen", sagte sie drohend.

„Ich will die Kontoauszüge sehen und dieses sogenannte Testament." Anne schickte sich an, Sharons Zimmer zu verlassen. Doch Sharon packte sie mit hartem Griff beim Arm.

„Du wirst in diesem Haus überhaupt nichts zu sehen bekommen. Es ist mein Haus."

„Du hast Geld, das weiß ich genau", fauchte Anne und riss sich von ihr los. „Du versuchst es vor mir zu verstecken."

„Ich habe nichts vor dir zu verstecken. Wenn du dich über das Testament und die Vermögensverhältnisse informieren willst, dann nimm dir einen Rechtsanwalt. Ich lasse es nicht zu, dass du in meinen Papieren herumwühlst."

Annes blaue Augen bekamen einen bösen, harten Ausdruck. „Du bist also gar nicht der kleine Dummkopf, für den ich dich immer hielt?"

„Du hast mich nie gekannt", sagte Sharon ruhig. „Dazu hattest du zu wenig Interesse an mir. Mir war das egal, denn ich hatte ja Großmutter. Ich brauche dich nicht." Obwohl es sie befreite, diese Worte auszusprechen, wurde ihr Zorn dadurch keineswegs gemildert.

„Du hast Großmutter nie geliebt. Sie wusste es, aber sie hat dich trotzdem lieb gehabt. Aber ich liebe dich nicht." Ihr Atem ging unregelmäßig, und sie war kurz davor, in Tränen auszubrechen. „Ich kann dich nicht einmal hassen. Ich will dich einfach nur loswerden."

Sharon wandte sich um, öffnete ihren Schreibtisch und holte ihr Scheckbuch heraus.

Hastig schrieb sie einen Scheck über die Hälfte der Summe aus, die sie sich zusammengespart hatte. „Hier." Sie hielt Anne den Scheck hin. „Nimm das Geld. Betrachte es als ein Geschenk von Großmutter. Von mir wirst du nie einen Cent bekommen."

Anne riss ihr den Scheck aus der Hand, warf einen flüchtigen Blick darauf und lächelte sie dann höhnisch an. „Wenn du glaubst, dass ich mich damit begnüge, hast du dich getäuscht." Sorgfältig faltete sie den Scheck zusammen und steckte ihn in ihre Handtasche. Fürs Erste war Anne zufrieden mit dem, was sie erreicht hatte. Aber sie würde wiederkommen.

„Ich werde deinen Rat befolgen und mir einen Anwalt nehmen", sagte Anne, obwohl sie keineswegs vorhatte, ihr bisschen Geld an einen Rechtsanwalt zu verschwenden. „Und dann werde ich das Testament anfechten. Wir werden schon sehen, wie viel du mir auszahlen musst, Sharon."

„Mach, was du willst", erwiderte Sharon müde. „Aber betritt nicht noch einmal dieses Haus."

Anne lachte hässlich und warf die goldblonden Locken zurück. „Keine Angst, ich bleibe keine Minute länger als notwendig in diesem albernen Haus. Es ist mir immer ein Rätsel gewesen, wie ich eine Tochter wie dich in die Welt setzen konnte."

Sharon presste die Hände gegen die schmerzenden Schläfen. „Mir auch", sagte sie leise.

„Du wirst von meinem Anwalt hören", sagte Anne, dann drehte sie sich auf dem Absatz um und verschwand.

Sharon blieb neben ihrem Schreibtisch stehen, bis sie die Ladentür zufallen hörte.

Danach sackte sie auf ihrem Stuhl zusammen und brach in bitterliche Tränen aus.

11. KAPITEL

Victor saß auf dem einzigen brauchbaren Stuhl, der in seinem Wohnzimmer stand, und schaute ungeduldig auf die Uhr. Eigentlich wollte er schon seit zehn Minuten bei Sharon sein. Und da wäre er jetzt auch, wenn nicht gerade, als er die Haustür hinter sich zuziehen wollte, das Telefon geklingelt hätte. Jetzt hörte er sich resigniert die Probleme an, die der Leiter seiner Firmenzentrale in Washington ihm zu berichten hatte.

„Es tut mir leid, Sie mit all diesen Dingen zu belästigen", sagte der Manager gerade. „Aber da diese beiden Bauprojekte für uns von enormer Bedeutung sind, hielt ich es für meine Pflicht ..."

„Ja, ich verstehe", unterbrach Victor den Mann, bevor dieser erneut zu einer ausführlichen Schilderung der Sachlage ausholen konnte. „Setzen Sie für das Wölfe-Projekt zusätzlich eine Nachtschicht ein, bis wir unseren Zeitverlust wieder aufgeholt haben."

„Eine Nachtschicht? Aber ..."

„Wenn wir unsere Termine nicht einhalten, wird uns das wesentlich teurer kommen als die durch die Nachtarbeit erhöhten Lohnzahlungen", erklärte Victor geduldig.

„Jawohl, Sir."

Victor nahm einen Bleistift und machte sich eine Notiz. „Und berufen Sie für nächste Woche eine Direktoriumssitzung ein. Ich werde daran teilnehmen. In der Zwischenzeit schicken Sie einen geeigneten Mann hier heraus, um den Standort für eine neue Zweigstelle auszukundschaften."

„Eine neue Zweigstelle? Dort oben? Aber Mr. Banning ..."

Der entgeisterte Ton seines Geschäftsführers amüsierte Victor. „Er soll sich auf das Gebiet um Hagerstown konzentrieren und mir dann einen Bericht vorlegen. Ich möchte in zwei Wochen eine Liste aller geeigneten Standorte." Wieder schaute er auf die Uhr. „Gibt es sonst noch etwas?"

„Nein, Sir."

„Gut. Ich bin dann nächste Woche in Washington." Damit legte er den Hörer auf, ohne die Antwort seines Geschäftsführers abzuwarten.

Victor war sicher, dass seine letzte Anordnung einigen Wirbel unter den Geschäftsführern verursachen würde. Doch das störte ihn nicht. Seine Firma vergrößerte sich ständig. Warum sollte er nicht auch mit einer Filiale in Hagerstown Erfolg haben?

Er konnte sich mit der Frau, die er liebte, niederlassen, wo es ihm gefiel und trotzdem seine Firma leiten. Und wenn er die Filiale vor seinen Direktoren rechtfertigen musste, dann würde er darauf hinweisen, dass Hagerstown die größte Stadt in Maryland war, die außerdem ziemlich zentral zu den angrenzenden Staaten Pennsylvania und West Virginia lag.

Er stand auf und zog sich wieder seinen Mantel an. Jetzt musste er nur noch mit Sharon sprechen. Wie schon so oft versuchte er, sich ihre Reaktion vorzustellen. Etwas besorgt trat er in die kalte klare Winternacht hinaus.

Aber musste er sich denn Vorwürfe machen? Als sie sich zum ersten Mal begegnet waren, hatte er keine Veranlassung gehabt, ihr von seiner wahren Existenz zu erzählen.

Schließlich war er nach Sharpsburg gekommen, um für eine Weile genau das zu sein, als was sie ihn kennengelernt hatte: ein einfacher Schreiner. Hätte er denn ahnen können, dass sie der wichtigste Teil seines Lebens werden würde? Hätte er sich träumen lassen, dass er schon kurze Zeit nach ihrer ersten Begegnung nur noch das eine Ziel hatte, ihr einen Heiratsantrag zu machen?

Wenn er ihr die Umstände erst einmal erklärt hatte, würde sie ihn schon verstehen. Außerdem liebte sie ihn. Das wusste er mit absoluter Sicherheit.

Sharon von Amelia zu erzählen würde schwieriger sein. Er musste es aber tun, er durfte nichts vor ihr verbergen. Das Wissen, dass sie ihm vertraute, gab ihm die Kraft dazu. Er hatte ihr so viel zu sagen. Heute Abend würde er die Geister der Vergangenheit vertreiben. Und dann konnte er Sharon endlich bitten, eine gemeinsame Zukunft mit ihm aufzubauen.

Trotz all dieser Überlegungen wurde Victor von einer gewissen Unruhe ergriffen, als er in Sharons Haus kein Licht brennen sah. Unwillkürlich beschleunigte er seine Schritte. Sie musste zu Hause sein.

Aber warum war dann jedes Fenster dunkel? Auf einmal hatte er schreckliche Angst um sie.

Die Hintertür war nicht verschlossen. Victor stieß sie auf und rief laut nach Sharon. Doch alles blieb dunkel und still. Er schaltete das Licht in den Ladenräumen an, um sich zu vergewissern, dass noch alles an Ort und Stelle stand. Dann ging Victor durch alle Räume im Untergeschoss.

„Sharon?", rief er leise.

Die Stille beunruhigte ihn. Nachdem er Sharon in den unteren Räumen nicht hatte finden können, stieg er die Treppe in den zweiten Stock hinauf.

In der Küche roch es nach Essen. Doch auch dort war Sharon nicht. Abwesend stellte Victor den Herd ab und ging in den Flur zurück. Da kam ihm der Gedanke, dass sie sich vielleicht ein wenig hingelegt hatte und dann aus Versehen eingeschlafen war. Plötzlich wich seine Besorgnis leiser Belustigung.

Auf Zehenspitzen ging Victor in ihr Schlafzimmer. Obwohl kein Licht brannte, konnte er Sharon im silbrigen Mondlicht deutlich erkennen.

Sie schlief nicht, sondern hatte sich auf dem Stuhl zusammengekauert und ihr Gesicht auf die Armlehne gelegt. Noch nie hatte Victor sie so gesehen. Aller Glanz war aus ihren Augen gewichen, und ihr Gesicht war kreidebleich. Sie wirkte völlig apathisch.

Mit wenigen Schritten war er bei ihr. Doch Sharon reagierte nicht auf ihn. Victor wusste nicht einmal, ob sie ihn überhaupt gesehen hatte. Er kniete sich vor sie hin und nahm ihre kalten Finger in seine Hände.

„Sharon?", sagte er leise.

Sekundenlang starrte sie ihn abwesend an. Dann, als sei ein Damm gebrochen, flackerten auf einmal Schmerz und Verzweiflung in ihrem Blick auf. „Victor", sagte sie mit erstickter Stimme und schlang die Arme um seinen Hals. „Oh Victor."

Sharon zitterte am ganzen Körper. Doch sie weinte nicht. Das Gesicht an seine Schulter gepresst, klammerte sie sich an ihn, während sie langsam aus ihrer Erstarrung erwachte. Erst als sie die Wärme spürte, die von ihm ausging, merkte sie, wie kalt ihr war. Ohne ihr eine einzige Frage zu stellen, hielt Victor sie in seinen Armen, um ihr Kraft und Zärtlichkeit zu spenden.

„Victor, ich bin ja so froh, dass du bei mir bist", flüsterte sie. „Ich brauche dich."

Ihre Worte bedeuteten ihm unendlich viel. Bis zu diesem Moment war er sich nur zu deutlich der Tatsache bewusst gewesen, dass sie viel mehr für ihn tat als er für sie. Jetzt endlich konnte er ihr einmal helfen. Und wenn er ihr nur zuhörte.

„Was ist passiert, Sharon?" Liebevoll schaute er ihr in die Augen. „Kannst du es mir sagen?"

Sie schöpfte tief Atem.

Offenbar kostete sie das Sprechen größte Anstrengung. „Meine Mutter", flüsterte sie.

Mit den Fingerspitzen strich er ihr das zerzauste Haar aus dem Gesicht.

„Ist sie krank?"

„Nein!" Sie hatte das Wort mit wütender Verachtung hervorgestoßen. Ihre heftige Antwort überraschte ihn, doch das ließ er sich nicht anmerken. Ruhig nahm er wieder ihre Hände.

„Erzähl mir, was passiert ist", forderte er sie auf.

„Sie war vorhin hier."

„Deine Mutter war hier?", fragte er ungläubig.

„Kurz vor Ladenschluss. Ich hatte sie nicht erwartet … Sie ist weder zu Großmutters Begräbnis gekommen noch hat sie meinen Brief beantwortet."

„Dies ist das erste Mal seit dem Tod deiner Großmutter, dass sie hier war?", fragte er ruhig.

Sharon schaute ihn an. „Ich hatte Anne über zwei Jahre nicht gesehen", sagte sie mit ausdrucksloser Stimme. „Seit sie ihren Agenten heiratete. Jetzt sind sie geschieden, deshalb kam sie zurück." Sie schüttelte den Kopf und holte tief Luft. „Und ich hatte schon geglaubt, dass sie Großmutter liebte. Ich hoffte, mich endlich einmal mit ihr verständigen zu können."

Sie schloss die Augen. „Die Tränen und die Trauer … es war alles nur Theater. Sie hat hier gesessen und mich angefleht, ich möge sie doch verstehen. Und ich habe ihr geglaubt. Sie ist nicht wegen Großmutter oder mir gekommen."

Als Sharon die Augen wieder öffnete und ihn ansah, war ihr Blick matt und glanzlos.

Es kostete Victor einige Mühe, die Ruhe zu bewahren. „Warum ist sie gekommen, Sharon?"

„Geld", sagte sie verächtlich. „Sie dachte, es gäbe hier etwas zu holen. Sie war wütend, dass Großmutter alles mir hinterlassen hat, und wollte nicht glauben, dass ich kaum Bargeld besitze. Ich hätte es wissen sollen!", fügte sie erregt hinzu. „Ich hoffte nur, dass sie Großmutter wenigstens ein bisschen lieb hat, aber ... als sie in mein Zimmer rannte und meinen Schreibtisch durchwühlte, habe ich schreckliche Dinge zu ihr gesagt. Es tut mir nicht einmal leid. Ich habe ihr die Hälfte meiner Ersparnisse gegeben und sie aus dem Haus gewiesen."

„Du hast ihr Geld gegeben?", unterbrach Victor sie ungläubig.

Traurig schaute Sharon ihn an. „Großmutter hätte es auch getan. Sie ist schließlich meine Mutter."

Zorn und Verachtung packten ihn. Doch er beherrschte sich. „Sie ist nicht deine Mutter, Sharon", sagte er sachlich. Als sie den Mund öffnete, um etwas zu sagen, schüttelte er den Kopf und fuhr fort: „Biologisch gesehen, ja. Aber du bist doch intelligent genug, um zu wissen, dass das nicht unbedingt etwas zu bedeuten hat. Wo war sie denn, als du ein Kind warst? Sie hat sich nie um dich gekümmert, Sharon."

Er sah ihr an, dass er sie mit dieser Bemerkung verletzt hatte. Liebevoll drückte er ihre Hand. „Entschuldige, ich wollte dir nicht wehtun."

„Nein, du hast ja recht", seufzte sie. „Ehrlich gesagt denke ich so gut wie nie an sie. Wenn ich ihr überhaupt Gefühle entgegenbringe, dann nur, weil Großmutter sie liebte. Und doch ..."

„Du belastest dich mit Schuldgefühlen", versuchte er sie zu beruhigen. „Deine Großmutter hat ihr vielleicht Geld gegeben, weil sie sich für sie verantwortlich fühlte. Aber wem hat sie alles hinterlassen, was ihr lieb und teuer war?"

„Ja, ja, ich weiß. Aber ..."

„Welche Bedeutung hat das Wort Mutter für dich, Sharon? An wen denkst du, wenn du dieses Wort hörst?"

Sharon blickte ihn an. Diesmal unterdrückte sie ihre Tränen nicht. Traurig legte sie den Kopf an seine Schulter. „Ich habe ihr gesagt, dass ich sie nicht liebe. Und das ist die Wahrheit, aber ..."

„Du schuldest ihr gar nichts." Er zog sie an sich. „Ich weiß, was Schuldgefühle sind, Sharon. Sie können dich zerstören, und das werde ich nicht zulassen."

„Ich habe ihr gesagt, sie soll mich nicht mehr belästigen. Aber daran wird sie sich bestimmt nicht halten."

Victor schwieg einen Moment. „Willst du wirklich nichts mehr mit ihr zu tun haben, Sharon?"

„Nein, ich möchte sie nie wieder sehen."

Er küsste sie behutsam auf die Schläfen und hob sie aus ihrem Stuhl. „Komm, du bist erschöpft. Leg dich ein wenig hin."

„Nein, ich bin nicht müde", log sie, obwohl ihr bereits die Augenlider schwer wurden. „Ich habe nur Kopfschmerzen. Und das Abendessen ..."

„Keine Sorge, ich habe den Herd abgeschaltet", erklärte Victor, während er Sharon ins Bett trug. „Wir werden später essen." Er schlug die Bettdecke zurück und legte sie auf das kühle Laken. „Ich hole dir eine Kopfschmerztablette."

Er zog ihr die Schuhe aus und wollte sie zudecken. Doch Sharon hielt seine Hand fest.

„Victor, könntest du ... bei mir bleiben?"

Er strich ihr über die Wange. Liebevoll lächelte er sie an. „Natürlich." Sofort zog Victor sich die Schuhe aus, um sich neben sie aufs Bett zu legen. „Versuche ein wenig zu schlafen", flüsterte er, während er sie in seine Arme nahm und eng an sich zog. „Ich bin bei dir."

Victor hatte keine Ahnung, wie lange sie so gelegen hatten. Sharons Atem ging wieder ruhig und regelmäßig. Sie zitterte nicht mehr, und auch ihre Haut fühlte sich nicht mehr so kalt an. Während er still neben ihr lag und zart ihre Schläfe streichelte, schwor sich Victor, dass nichts und niemand sie mehr verletzen sollte. Dafür würde er sorgen. Nachdenklich blickte er an die Zimmerdecke und überlegte, wie er

Anne Abbott von Sharon fernhalten konnte. Nicht noch einmal sollte sie ihre Tochter verletzen.

Nichts hatte ihn je so mitgenommen wie der Anblick ihres bleichen, verstörten Gesichts und der tiefe Schmerz in ihren Augen. Unwillkürlich zog er sie enger an sich, als könne er damit alles Leid von ihr fernhalten.

„Victor", flüsterte Sharon plötzlich.

Er dachte, sie hätte im Traum seinen Namen gesagt. Zart küsste er sie aufs Haar.

„Victor", sagte Sharon noch einmal. Er schaute auf und sah, dass sie die Augen geöffnet hatte. „Ich möchte, dass du mich liebst", flüsterte sie.

Er verstand, was sie meinte. In ihrer unkomplizierten Art hatte sie ihn um Trost, nicht um den Beweis seiner Leidenschaft gebeten. Seine Liebe zu ihr wuchs ins Unermessliche. Vorsichtig nahm er ihr Gesicht zwischen seine Hände und berührte mit den Lippen zart ihren Mund.

Sharon gab sich ganz seinen Liebkosungen hin. Sie war körperlich und emotional viel zu erschöpft, um Verlangen empfinden zu können. Doch Victor schien zu spüren, was sie brauchte. Noch nie war er so zärtlich zu ihr gewesen. Sein Mund war warm und unglaublich weich. Immer wieder küsste er sie, mehr schien er nicht von ihr zu fordern. Er streichelte sanft ihr Gesicht und ihren Hals, und ganz allmählich brachte er sie dazu, auf seine Zärtlichkeiten zu reagieren. Doch Victor verlangte nicht mehr, als sie ihm zu geben vermochte.

Langsam entspannte sich Sharon und überließ sich seiner Führung. Seine Berührungen waren vorsichtig und zart und hatten nichts von der Leidenschaftlichkeit eines Liebhabers. Erneut berührten seine Lippen ihren Mund.

Passiv lag sie da, während Victor erst sie und anschließend sich auszog. Er forderte nichts, versuchte nicht, sie zu erregen. Und auch, als sie beide nackt waren, hielt er sie nur in seinen Armen und küsste sie zart und rücksichtsvoll. Sharon wusste, dass diesmal allein Victor der Gebende war. Sie flüsterte etwas und wollte ihn streicheln.

„Schsch", sagte er leise und küsste ihre Handfläche. Behutsam drehte er sie auf den Bauch. Dann strich er mit den Fingerspitzen über ihre Schultern und ihren Rücken. Sharon hatte nicht gewusst, dass

Liebe so selbstlos sein kann. Seufzend schloss sie die Augen, und ganz allmählich vergaß sie ihren Kummer.

Das alte Bett schwankte ein wenig, als Victor sich über sie beugte, um sie auf den Nacken zu küssen. Allmählich erwachte in Sharon das Begehren. Doch sie blieb ganz still liegen, um sich ausschließlich seinen wundervollen Zärtlichkeiten hinzugeben. Ihre Verzweiflung, ihre Tränen waren plötzlich so weit weg. Es gab nur noch Victors Liebe für sie und die Antwort ihres Körpers.

Victor hörte, dass ihr Atem schneller ging, wusste, dass sie ihn begehrte. Doch er wollte Sharon nicht bedrängen. Unablässig streichelte er ihren Rücken, der im Mondlicht silbrig schimmerte. Wenn er sie auf die Schulter küsste, roch er den vertrauten Duft ihres Haares, der sich mit dem Lavendelduft ihrer Bettwäsche vermischte. Sharon lag auf der Seite, und ihre Wange ruhte auf dem Kopfkissen, sodass er eingehend ihr Profil betrachten konnte. Langsam drehte er sie herum und küsste sie auf den Mund.

Sharon konzentrierte sich ganz auf ihn. Als Victor ihren Mund freigab, um sich hinabzubeugen, um ihre Brust zu küssen, fühlte sie wohlige Wärme über ihren ganzen Körper ziehen. Und als seine Zunge die Süße seines Kusses vertiefte, wurden aus der Wärme Hitzeschauer.

Auf einmal glaubte Sharon seine Lippen und seine Hände überall zu spüren und fühlte ein angenehmes Prickeln auf der Haut. Es war keine wilde Leidenschaft, in die er sie versetzte, sondern eine stille, beglückende, die jedoch ihr Verlangen nach ihm verstärkte. Ihre Empfindungen konzentrierten sich auf ihren eigenen Körper, den Victor mit seinen Liebkosungen glücklich machte.

Ihr flacher, schneller Atem entfachte endlich doch das Feuer der Leidenschaft in Victor. Aber heute Nacht war Sharon zerbrechlich. Er konnte nicht zulassen, dass sein Verlangen ihn überwältigte. Er durfte nicht heftig von ihr Besitz ergreifen. Heute Nacht musst er nur daran denken, wie zart und wie verletzlich sie war.

Als er sie endlich nahm, war seine Zärtlichkeit so überwältigend, dass Sharon weinen musste.

12. KAPITEL

Dicke Schneeflocken wirbelten durch die Luft und verdichteten sich zu einem undurchsichtigen weißen Vorhang. Die Scheibenwischer von Victors Wagen glitten mit monotonem Geräusch hin und her. Doch obwohl die dichten Schneeflocken das Autofahren sehr erschwerten, bemerkte Victor den Schnee kaum.

Durch ein paar Telefonate und einige diskrete Nachfragen hatte Victor genug über Anne Abbott – oder Anna Cross, wie sie sich in Hollywood nannte – erfahren, um allein bei dem Gedanken an diese Frau wütend zu werden. Sharons Beschreibung war noch viel zu milde ausgefallen.

Anne hatte drei turbulente Ehen hinter sich. Jeder ihrer Ehemänner hatte eine wichtige Rolle in der Filmindustrie gespielt. Kühl und berechnend hatte sie aus jeder Ehe alle Vorteile für sich herausgeholt, bevor sie die nächste Beziehung eingegangen war. Ihr letzter Mann, Leslie Stuart, war jedoch ein bisschen cleverer als sie gewesen – oder zumindest sein Anwalt.

Denn nach der Scheidung von ihm besaß sie keinen Cent mehr als vorher. Und da sie den Luxus liebte, war sie bereits nach kurzer Zeit tief verschuldet.

Die Informationen, die Victor zusammengetragen hatte, ergaben das Bild einer schönen, intriganten Person, die wenig Ansehen in der Gesellschaft hatte und vor nichts zurückschreckte. Victor kannte sie bereits, ohne sie je gesehen zu haben.

Während er durch das Schneegestöber fuhr, drehten sich seine Gedanken um Sharon. Sie hatte Angst gehabt, dass ihre Mutter zurückkommen würde, das hatte er gespürt. Was passiert war, konnte Victor nicht ungeschehen machen, aber er würde dafür sorgen, dass es in Zukunft nicht wieder vorkam.

Er fuhr auf den Parkplatz des Motels und stellte seinen Wagen ab. Einen Augenblick blieb er im Auto sitzen und beobachtete nachdenklich, wie sich der Schnee auf der Windschutzscheibe ansammelte.

Ursprünglich hatte er Sharon über sein Vorhaben informieren wollen. Doch dann hatte er es sich anders überlegt. Es hätte sie zu sehr aufgeregt, und genau das wollte er vermeiden.

Victor stieg aus dem Auto und ging über den vereisten Parkplatz ins Motel zur Rezeption, um sich zu erkundigen, in welchem Zimmer Anne Abbott wohnte. Wenige Minuten später klopfte er an ihre Tür.

Anne war über die Störung am frühen Morgen nicht sehr erbaut. Verärgert öffnete sie die Tür. Doch kaum sah sie Victor, da wandelte sich ihr mürrischer Gesichtsausdruck in ein bühnenreifes Lächeln. Was für eine angenehme Überraschung, dachte sie.

Victor musterte Anne mit kühlem Blick. Er musste zugeben, dass Sharon nicht übertrieben hatte. Ihre Mutter sah wirklich blendend aus. Sie besaß äußerst feine Gesichtszüge und eine Haut wie Porzellan, dazu tiefblaue Augen und eine blonde Lockenmähne.

Sie trug einen eng anliegenden rosafarbenen Morgenmantel, der nur wenig von ihren vollen reifen Formen verbarg. Obwohl ihre hellhäutige Schönheit in direktem Gegensatz zu Amelias exotischer Erscheinung stand, wusste Victor auf Anhieb, dass beide Frauen im Charakter gleich waren.

„Hallo", sagte Anne mit rauchiger Stimme, während sie ihn amüsiert und abschätzend von oben bis unten ansah.

„Hallo, Mrs. Cross", sagte Victor knapp.

Dass er sie mit ihrem Künstlernamen ansprach, schmeichelte ihr. Sie schenkte ihm ihr strahlendstes Lächeln. „Kenne ich Sie?" Mit ihrer rosa Zungenspitze berührte sie ihre volle Oberlippe. „Sie kommen mir irgendwie bekannt vor. Obwohl es mir ein Rätsel ist, wie ich ein Gesicht wie Ihres vergessen konnte."

„Victor Banning, Mrs. Cross", sagte er. „Wir haben gemeinsame Bekannte, die Hourbacks."

„Oh, Ted und Sheila!" Sie konnte die beiden zwar nicht ausstehen, verlieh ihrem Tonfall aber doch angemessenes Entzücken. „Ist das nicht wunderbar! Kommen Sie doch herein, es ist ja eiskalt draußen. Diese Winter im Osten sind schrecklich."

Anne schloss die Tür hinter ihm und lehnte sich einen Moment mit dem Rücken dagegen. Vielleicht, dachte sie, ist der Besuch in diesem verschlafenen Nest doch noch zu etwas gut. Ein so attraktiver Mann ist mir schon lange nicht mehr über den Weg gelaufen. Und da sie wusste, welchen Umgang die steifen Hourbacks pflegten, konnte sie davon ausgehen, dass er wahrscheinlich obendrein auch noch ein paar Dollar besaß.

„Na, das ist vielleicht eine kleine Welt", sagte sie und strich sich anmutig eine ihrer goldblonden Locken hinters Ohr. „Wie geht es Ted und Sheila? Ich habe sie schon ewig nicht mehr gesehen."

„Soviel ich weiß, gut." Victor wusste genau, in welche Richtung ihre Überlegungen gingen. „Sie erwähnten ganz nebenbei, dass Sie sich hier aufhalten. Ich konnte der Versuchung nicht widerstehen, Sie kennenzulernen, Mrs. Cross."

„Nennen Sie mich doch bitte Anna", sagte sie mit einem charmanten Lächeln.

Seufzend schaute sie sich in dem einfachen Hotelzimmer um. „Ich muss mich für meine Unterbringung entschuldigen. Aber da ich in der Nähe etwas zu erledigen hatte ...", anmutig zuckte sie die Schultern, „... bin ich gezwungen, mich mit dieser Bleibe zu behelfen. Ich kann Ihnen einen Drink anbieten, falls Sie Bourbon mögen."

Victor willigte ein. „Wenn Ihnen das keine Umstände macht", sagte er ruhig.

„Aber nicht im Geringsten." Anne ging zu einem kleinen Tisch. Während sie den Whisky eingoss, warf sie einen schnellen Blick in den Spiegel. Ja, sie sah perfekt aus. Zum Glück hatte sie schon Make-up aufgelegt und ihr Haar frisiert. „Sagen Sie, Victor", fuhr sie fort, „was hat ein Mann wie Sie in diesem verschlafenen Nest zu suchen? Sie kommen doch bestimmt nicht aus dieser Gegend."

„Ich hatte Geschäfte zu erledigen", sagte er und nickte dankend, als sie ihm ein viel zu volles Glas Whisky reichte.

Anne schloss nachdenklich für einen Moment die Augen, um sie gleich darauf weit aufzureißen. „Oh, natürlich! Wie konnte ich nur so dumm sein."

Sie strahlte Victor an, während sie bereits kühl kalkulierte. „Die Hourbacks haben einmal von Ihnen gesprochen. Die Firma Riverton, nicht wahr?"

„Richtig."

„Ich bin beeindruckt."

Sie fuhr sich wieder mit der Zungenspitze über die Lippen. „Es ist die größte Baufirma im Land."

„Wahrscheinlich", sagte er nachsichtig, während er beobachtete, wie sie ihn über den Rand ihres Glases hinweg fixierte. Wenn er nicht wegen Sharon gekommen wäre, hätte ihn die Situation amüsiert.

Graziös setzte Anne sich auf den Bettrand und nippte an ihrem Whisky. „Nun, Victor, was kann ich für Sie tun?", fragte sie kokett.

Victor schwenkte den Whisky in seinem Glas. Mit kühlem Blick schaute er ihr ins Gesicht. „Lassen Sie Sharon in Ruhe."

Anne vergaß sich lange genug, um ihn verblüfft anzustarren. „Wovon sprechen Sie überhaupt?", fragte sie schließlich verständnislos.

„Von Sharon, Ihrer Tochter."

„Ich weiß, wer Sharon ist", erwiderte sie scharf. „Was hat sie mit Ihnen zu tun?"

„Ich werde sie heiraten."

Zuerst spiegelte sich fassungsloses Erstaunen auf ihrem Gesicht, dann brach sie in schrilles Gelächter aus. „Die kleine Sharon? Oh, das ist zu komisch. Wollen Sie mir etwa erzählen, dass sich meine Tochter einen leibhaftigen Millionär geangelt hat? Ich habe die Kleine wohl gewaltig unterschätzt." Sie warf ihm einen listigen Blick zu. „Oder habe ich etwa Sie unterschätzt?"

Es gelang Victor, seine Wut im Zaum zu halten. Als er ihr antwortete, klang seine Stimme gefährlich ruhig. „Nehmen Sie sich in Acht, Anne", warnte er sie.

Sein Blick ließ sie verstummen. Lässig zuckte sie die Schultern. „Nun", sagte sie schließlich. „Sie wollen also Sharon heiraten. Was geht mich das an?"

„Nichts. Absolut gar nichts."

Geschickt verbarg sie ihre Verärgerung. „Dann muss ich wohl meinem kleinen Mädchen zu seinem Glück gratulieren", meinte sie und stand anmutig auf.

Victor fasste sie beim Arm. „Sie werden nichts dergleichen tun, sondern sofort Ihre Koffer packen und von hier verschwinden", sagte er drohend.

Wütend riss sich Anne von ihm los. „Was bilden Sie sich eigentlich ein?", rief sie empört. „Sie können mir nicht vorschreiben, wann ich abzureisen habe."

„Ich habe Ihnen nur einen Rat gegeben, und Sie täten gut daran, ihn anzunehmen."

„Ihr Ton gefällt mir nicht", gab sie zurück. „Ich werde meine Tochter selbstverständlich besuchen und …"

„Warum?", unterbrach Victor sie. „Sie werden keinen Pfennig mehr von ihr bekommen, das kann ich Ihnen versprechen."

„Ich habe keine Ahnung, wovon Sie reden", erklärte Anne eisig.

„Passen Sie auf, was Sie sagen", warnte Victor sie in ruhigem Ton. „Ich habe Sharon gestern Abend, kurz nachdem Sie gegangen waren, gesehen. Sie musste mir gar nicht lange erklären, was passiert war. Ich konnte mir sehr schnell mein eigenes Bild machen. Ich kenne Frauen Ihres Schlages, Anne."

„Sie können mich nicht davon abhalten, meine Tochter zu besuchen." Anne lächelte ihn herausfordernd an. „Und wenn ich sie sehe, werde ich ein ernstes Wort mit ihr zu sprechen haben. Die Wahl ihrer Liebhaber gefällt mir nämlich nicht."

Allmählich langweilte Victor diese Unterhaltung. „Sie werden Sharon nicht noch einmal belästigen, haben Sie verstanden?", wiederholte er.

Ihre volle Brust hob sich unter dem seidenen Morgenrock. „Sie können mir doch nicht verbieten, meine eigene Tochter zu sehen!", rief sie empört.

„Das kann ich sehr wohl", gab Victor zurück. „Wenn Sie noch einmal versuchen, sich Geld von ihr zu beschaffen oder ihr sonst irgendwie wehtun, werde ich mich höchstpersönlich mit Ihnen befassen."

Plötzlich bekam Anne es mit der Angst zu tun. Vorsichtig trat sie einen Schritt zurück. „Sie würden es nicht wagen, Hand an mich zu legen!"

Victor lachte verächtlich. „An Ihrer Stelle wäre ich mir da nicht so sicher. Obwohl ich nicht glaube, dass es dazu kommen wird." Gelassen stellte er sein Glas beiseite. „Ich habe einige Beziehungen zur Filmindustrie, Anne. Alte Freunde, Geschäftsverbindungen, Klienten.

Ein paar Worte von mir, und mit Ihrer ohnehin kümmerlichen Karriere ist es ganz und gar vorbei."

„Wie können Sie es wagen, mir zu drohen!", stieß sie wütend und zugleich verängstigt hervor.

„Das ist keine Drohung, sondern ein Versprechen", erklärte er.

Anne kochte vor Wut.

Sie machte einen Schritt auf ihn zu. „Ich habe ein Anrecht auf mein Erbteil. Was meine Großmutter hinterlassen hat, muss zwischen Sharon und mir aufgeteilt werden."

Victor hob die Brauen. „Sie werden sich damit abfinden müssen, dass Sie außer der Summe, die Sharon Ihnen gestern ausgeschrieben hat, keinen Cent von ihr bekommen werden." Mit diesen Worten ging er zur Tür. Noch während er sie hinter sich zuzog, hörte er es im Zimmer klirren.

Außer sich vor Wut hatte Anne ihm ihr Glas nachgeworfen. Niemand durfte es sich herausnehmen, ihr zu drohen oder sich über sie lustig zu machen!

Victor sollte ihr für sein unverschämtes Verhalten büßen! Dafür würde sie schon sorgen. Sie setzte sich aufs Bett und ballte die Hände zu Fäusten, um ihrer Erregung Herr zu werden. Sie musste nachdenken, sich konzentrieren.

Es gab doch bestimmt irgendeine Möglichkeit, diesem Victor Banning zu schaden. Riverton, dachte sie. Verband sich mit dem Namen dieser Firma nicht irgendein Skandal? Warum fiel es ihr nicht endlich ein?

„Skandal", sagte Anne nachdenklich. Aber er hatte nichts mit der Firma zu tun gehabt. Da war etwas anderes gewesen. Es musste inzwischen ein paar Jahre zurückliegen. Hatte sie auf einer Party nicht einmal ein Gerücht gehört? Sheila Hourback!, dachte sie plötzlich. Die musste es wissen. Sie kletterte über das ungemachte Bett und griff nach dem Telefon. Das wollte sie jetzt genau wissen.

Als Victor Sharons Museum betrat, erzählte diese gerade drei eifrigen Schuljungen etwas über den amerikanischen Bürgerkrieg. Sharon lächelte ihn an, doch ihr Gesicht war noch immer sehr blass. Das allein war für Victor Bestätigung genug, dass er richtig gehandelt hatte.

Sie wird darüber hinwegkommen, sagte er sich, während er in den Laden hinüberwanderte. Er entdeckte Pat, die gerade Gläser abstaubte, und ging zu ihr hinüber.

„Hallo, Victor." Pat lächelte ihn vergnügt an. „Wie geht's?"

„Gut." Er warf einen Blick über die Schulter, um sich zu vergewissern, dass Sharon noch mit den Schulkindern beschäftigt war. „Hör zu, Pat. Ich möchte mit dir über die Esszimmergarnitur sprechen."

„Oh ja. Das war wohl ein Missverständnis. Ich verstehe immer noch nicht, was da passiert ist. Sharon sagte …"

„Ich werde sie kaufen."

„Du?" Aus ihrer anfänglichen Überraschung wurde Verlegenheit. Doch als Victor sie fröhlich anlächelte, atmete sie erleichtert auf. „Ich will sie Sharon zu Weihnachten schenken", erklärte er.

„Das ist aber lieb von dir. Die Möbel gehörten ihrer Großmutter. Sie hängt sehr an ihnen."

„Ich weiß. Und trotzdem ist sie fest entschlossen, sie zu verkaufen. Aber ich bin ebenso entschlossen, ihr die Esszimmergarnitur zu schenken." Er zwinkerte Pat verschwörerisch zu. „Ein Weihnachtsgeschenk kann sie schließlich nicht ablehnen, oder?"

„Nein", meinte Pat strahlend. „Diese Möbel bedeuten ihr so viel, Victor. Es tut ihr richtig weh, die Sachen ihrer Großmutter zu verkaufen, und von dem Esszimmer kann sie sich am schwersten trennen. Die Garnitur ist aber schrecklich teuer."

„Das macht nichts. Ich gebe dir nachher einen Scheck." Dabei fiel ihm ein, dass es sich daraufhin im ganzen Dorf herumsprechen würde, dass er Geld besaß. Er musste wirklich sehr bald mit Sharon sprechen. „Kleb Schildchen an die Sachen, damit jeder weiß, dass sie verkauft sind." Wieder schaute er sich nach Sharon um. Ihre drei Besucher waren gerade im Begriff zu gehen. „Sprich am besten nicht darüber. Und wenn sie dich fragt, dann sagst du einfach, dass jemand das Esszimmer gekauft hat."

„In Ordnung", stimmte Pat zu. „Ich werde ihr sagen, dass der Käufer die Möbel bis Weihnachten hier stehen lassen will."

„Du bist ein schlaues Kind", meinte Victor lachend.

„Victor", flüsterte Pat. „Sharon sieht heute so deprimiert aus. Kannst du nicht mit ihr irgendwohin fahren und sie ein wenig aufheitern? Oh Sharon", fuhr sie in normalem Ton fort, „wie hast du es nur geschafft, diese drei Lausebengel so lange in Schach zu halten? Das sind die Drummond-Jungs", sagte sie zu Victor und schüttelte sich. „Als ich sie kommen sah, wäre ich am liebsten durch die Hintertür davongerannt."

„Sie hatten schulfrei wegen des Schneesturms. Ich wette, die Schlacht von Antietam wird gleich noch einmal geschlagen: mit Schneebällen." Lachend nahm Sharon Victors Hand.

Victor küsste sie leicht auf die Brauen. „Hol deinen Mantel", sagte er.

„Wieso?"

„Und zieh deine Mütze an, es ist kalt draußen."

„Das weiß ich selbst, du Witzbold. Wir haben bereits fünfzehn Zentimeter Schnee."

„Dann lass uns sofort gehen."

Er gab ihr einen Klaps aufs Hinterteil. „Du brauchst wahrscheinlich auch Stiefel. Und jetzt beeil dich."

„Victor, ich kann nicht einfach mitten am Tag spazieren gehen."

„Wir gehen nicht spazieren", erklärte er. „Wir werden einen Weihnachtsbaum für dich kaufen."

„Einen Weihnachtsbaum?" Lachend nahm sie das Staubtuch, das Pat hingelegt hatte. „Dazu ist es doch noch viel zu früh."

„Früh?" Victor blinzelte Pat an. „In zwei Wochen ist Weihnachten. Und die neuesten Umfragen haben ergeben, dass in festlich geschmückten Geschäften mehr ausgegeben wird."

Zum ersten Mal seit vierundzwanzig Stunden brach Sharon wieder in fröhliches Lachen aus. „Das ist eine Lüge", erklärte sie.

„Bestimmt nicht", versicherte er ernsthaft. „Und jetzt geh dich endlich umziehen."

„Aber Victor ..."

„Sei doch nicht albern, Sharon", unterbrach Pat sie. „Ich komme sehr gut allein zurecht. Und der Laden würde durch einen Weihnachtsbaum wirklich sehr gewinnen. Wir könnten ihn direkt vors Fenster stellen. Ich werde gleich Platz schaffen."

Ohne Sharons Antwort abzuwarten, fing sie an, ein paar Möbel umzustellen.

„Vergiss deine Handschuhe nicht", fügte Victor hinzu.

Da gab Sharon sich geschlagen. „Na gut", sagte sie resigniert. „Warte einen Moment, ich komme gleich wieder."

Kurz darauf saß sie neben Victor im Wagen. „Oh, das ist ja herrlich hier draußen!", rief sie begeistert. „Ich liebe den ersten Schnee. Schau, da sind die Drummond-Jungs."

„Das Gefecht ist in vollem Gange", bemerkte Victor.

Sharon beobachtete die Jungen einen Moment und wandte sich dann wieder an Victor. „Was hattest du eigentlich Geheimnisvolles mit Pat zu besprechen, als ich oben war, um mich umzuziehen?", erkundigte sie sich.

Victor hob die Brauen. „Oh, ich versuchte mich mit ihr zu verabreden", erklärte er bereitwillig. „Sie ist ein niedliches Mädchen."

„Tatsächlich?"

Misstrauisch schaute sie ihn an. „Es wäre ihr bestimmt sehr peinlich, so kurz vor Weihnachten gefeuert zu werden."

„Ich habe mich doch nur bemüht, ein gutes Verhältnis zu deinen Angestellten herzustellen", meinte er und hielt an einem Stoppschild an. Unvermittelt zog er sie in seine Arme, um sie ausgiebig zu küssen.

Als hinter ihnen jemand laut hupte, fuhr Sharon erschrocken zusammen. Sie wand sich aus Victors Umarmung. „Das hast du jetzt davon", schimpfte sie. „Jetzt wird der Sheriff dich einsperren, weil du den Verkehr aufgehalten hast." Ihr Tadel verfehlte leider seine Wirkung, da sie schon wieder mit dem Lachen kämpfen musste.

„Ein mürrischer Mann in seinem Buick ist kein Verkehr", widersprach Victor, während er nach rechts abbog. „Weißt du überhaupt, wo du hinfahren willst?"

„Natürlich. Ein paar Kilometer weiter gibt es eine Baumschule, wo man seinen eigenen Weihnachtsbaum ausgraben kann."

„Ausgraben?", wiederholte Victor und warf ihr einen skeptischen Blick zu.

„Ja, ausgraben", bestätigte Sharon. „Den neuesten Umfragen zufolge ..."

„Na gut, dann graben wir ihn aus", unterbrach er sie.

Lachend beugte Sharon sich zu ihm herüber, um ihm einen Kuss zu geben, und sagte dann liebevoll: „Ich liebe dich, Victor."

Als sie bei der Baumschule ankamen, war aus dem Schneegestöber ein feiner weißer Nebel geworden. Sharon zog Victor von einem Baum zum anderen, begutachtete jeden einzelnen gründlich und befand ihn dann als nicht geeignet.

Obwohl Victor wusste, dass die gesunde Farbe ihrer Wangen der Kälte zuzuschreiben war, spürte er, dass ihre alte Energie langsam zurückkehrte.

Schon ein so bescheidenes Vergnügen wie einen Weihnachtsbaum zu kaufen vermochte wieder den bekannten Glanz in ihre Augen zu zaubern.

„Das ist genau der richtige Baum!", rief sie plötzlich aus und blieb vor einer Edeltanne stehen.

„Er unterscheidet sich kaum von den anderen fünfhundert Bäumen, die wir uns bereits angesehen haben", meinte Victor brummig, während er seine Schaufel in den Schnee steckte.

„Du bist eben kein Kenner", erklärte Sharon herablassend. „Jedenfalls ist das mein Weihnachtsbaum. Grab ihn aus", befahl sie und trat einen Schritt zurück, um mit verschränkten Armen darauf zu warten, dass er ihre Anweisung ausführte.

„Jawohl, Madam", antwortete Victor gehorsam und machte sich an die Arbeit.

Sharon winkte einen Angestellten herbei, der anschließend die Wurzeln des Baumes sorgfältig in Sackleinen einpackte, und ließ es sich nicht nehmen, ihren Weihnachtsbaum selbst zu bezahlen, obwohl sie sich damit Victors Zorn zuzog.

„Man hat es wirklich nicht leicht mit dir, Sharon", meinte er auf der Heimfahrt resigniert. „Ich wollte doch den Baum für dich kaufen."

„Der Baum ist für den Laden bestimmt", erklärte sie, während Victor seinen Wagen vor ihrem Haus parkte. „Und deshalb wird er aus der Ladenkasse bezahlt, genauso wie die Ware, die ich ankaufe." Als sie merkte, dass Victor tatsächlich verärgert war, ging sie um das Auto herum und gab ihm einen zärtlichen Kuss. „Du bist süß, Victor, und das weiß ich sehr zu schätzen. Warum kaufst du mir nicht etwas anderes?"

Nachdenklich schaute er sie an. „Was möchtest du denn haben?"

„Oh, ich weiß nicht. Ich hatte schon immer eine Schwäche für frivole, extravagante Dinge ... wie zum Beispiel Ohrenwärmer aus Chinchilla."

Nur mit Mühe gelang es ihm, ernst zu bleiben. „Pass nur auf, dass ich dir nicht wirklich welche kaufe. Dann musst du sie nämlich auch tragen."

Sharon stellte sich auf die Zehenspitzen und hielt ihm ihre Lippen hin. Als er sich über sie beugte, rieb sie ihm blitzschnell eine Hand voll Schnee ins Gesicht, die sie hinter ihrem Rücken verborgen hatte. Während Victor sich von dem Schreck erholte, stob sie davon, um sich in Sicherheit zu bringen.

Mit dem Schneeball, der sie am Hinterkopf traf, hatte Sharon gerechnet, nicht aber mit Victors Überfall. Ehe sie sich's versah, landete sie der Länge nach im Schnee.

„Du bist aber wirklich kein Gentleman", schimpfte sie, während sie aufstand und sich den Schnee aus dem Gesicht wischte.

„Schnee steht dir noch besser als Schlamm."

Sharon stürzte sich so unvermittelt auf Victor, dass er das Gleichgewicht verlor und rücklings in den Schnee fiel. Mit dumpfem Aufprall landete Sharon auf seiner Brust. Doch bevor sie noch Zeit hatte, ihm das Gesicht mit Schnee einzureiben, hatte er sich umgedreht, sodass sie unter ihm zu liegen kam. Ergeben schloss Sharon die Augen und wartete.

Aber statt der Handvoll Schnee, die sie erwartet hatte, fühlte sie seine Lippen auf ihrem Mund. Ihre Reaktion war spontan und leidenschaftlich. Sie schlang die Arme um seinen Hals und zog ihn an sich, um hungrig seinen Kuss zu erwidern.

„Gibst du dich geschlagen?", fragte er, nachdem er ihren Mund wieder freigegeben hatte.

„Nein", sagte sie entschlossen und zog ihn wieder zu sich herab.
Ihr leidenschaftlicher Kuss ließ ihn vergessen, dass sie am hellen Nachmittag vor ihrem Haus im Schnee lagen. Er spürte nicht die kalten Schneeflocken, die unter seinen Mantelkragen gerieten und in seinem Nacken schmolzen. Ihr Gesicht schmeckte nach Schnee.

„Ich begehre dich", flüsterte er. Immer wieder küsste er voller Leidenschaft ihren verführerischen Mund. „Ich möchte dich auf der Stelle hier im Schnee nehmen."

Er hob den Kopf und blickte auf sie herab. Doch was er sagen wollte, blieb unausgesprochen, weil sie in diesem Moment das Motorengeräusch eines herankommenden Wagens hörten. „Warum sind wir nicht zu mir gefahren?", sagte Victor ärgerlich, während er ihr beim Aufstehen half.

Sharon zog ihn an sich und flüsterte ihm ins Ohr: „Ich schließe in zwei Stunden."

Während Sharon sich um ihre Kunden kümmerte, die alles anfassten und nichts kauften, stellte Victor den Weihnachtsbaum auf und holte den Christbaumschmuck vom Speicher.

Erst als es draußen schon dunkel wurde, waren Victor und Sharon wieder allein. Weil Sharon noch immer sehr blass aussah, überredete Victor sie zu einem kleinen Imbiss, der aus kaltem Braten und Salat bestand. Doch obwohl sie hungrig war, wollte Sharon das Essen nicht so recht schmecken. Die Mahlzeit, die sie gestern mit so viel Liebe zubereitet hatte, erinnerte sie zu sehr an den Besuch ihrer Mutter. Sie bemühte sich zu essen und mit Victor zu plaudern.

Er nahm ihre Hand. Sharon verzichtete darauf, so zu tun, als hätte sie ihn nicht verstanden. Sie drückte seine Hand. „Ich grüble nicht darüber nach, Victor. Nur manchmal überfällt mich die Erinnerung."

„Und dann bin ich da, um dich zu trösten. Du kannst dich immer an mich lehnen, wenn du das Bedürfnis hast, Sharon. Ich lehne mich ja auch an dich." Er hob ihre Hand an die Lippen und küsste sie zärtlich.

„Im Moment könnte ich dich ganz gut gebrauchen", sagte sie mit zittriger Stimme. „Nimm mich nur eine Minute in den Arm."

Er zog sie an sich und bettete ihren Kopf an seine Brust. „Solange du willst."

Sie seufzte und schien sich ein wenig zu entspannen. „Warum muss ich mich nur immer wieder so töricht benehmen?", fragte sie leise. „Nichts hasse ich mehr, als mich lächerlich zu machen."

„Du hast dich nicht töricht benommen", sagte er und schob sie dann entschlossen ein Stückchen von sich weg. „Sharon, ich muss dir etwas sagen. Ich habe heute früh deine Mutter aufgesucht."

„Was?" Sie war so erschrocken, dass ihr fast die Stimme wegblieb.

„Wenn du willst, kannst du mir jetzt böse sein. Jedenfalls bin ich nicht willens, tatenlos zuzusehen, wie diese Frau dich verletzt. Ich habe ihr deutlich zu verstehen gegeben, dass sie es mit mir zu tun bekommt, wenn sie dich in Zukunft nicht in Ruhe lässt."

Betroffen wandte Sharon sich ab.

„Das hättest du nicht ..."

„Erzähl mir nicht, was ich tun oder lassen soll", unterbrach Victor sie ärgerlich. „Ich liebe dich, Sharon. Du kannst nicht von mir erwarten, dass ich mit ansehe, wie sie dich zerstört."

„Ich werde allein damit fertig, Victor."

„Nein." Er packte sie bei den Schultern und drehte sie zu sich herum. „Du wirst tatsächlich mit erstaunlich vielen Dingen fertig. Aber nicht mit dieser Sache." Er lockerte seinen Griff, um zärtlich ihre Schultern zu streicheln. „Sharon, wenn mich jemand so verletzt hätte, was hättest du getan?"

Sie wollte etwas sagen, seufzte jedoch stattdessen nur tief auf. Dann zog sie sein Gesicht zu sich herab. „Ich hoffe, ich hätte das Gleiche getan", sagte sie und küsste ihn zärtlich auf die Lippen. „Ich danke dir, Victor. Und jetzt wollen wir über etwas anderes sprechen. Heute haben wir genug Probleme diskutiert."

Victor schüttelte den Kopf. Wieder einmal musste er die Aussprache mit ihr hinausschieben. Aber was blieb ihm anderes übrig, als ihrem Wunsch zu entsprechen? „Na gut", sagte er, „reden wir von erfreulicheren Dingen."

„Wir werden den Baum schmücken", erklärte Sharon entschlossen. „Und dann werden wir uns unter dem Weihnachtsbaum lieben."

Victor lachte. „Das ist eine gute Idee. Aber ich habe einen noch besseren Vorschlag: Wir könnten uns erst lieben und dann den Baum schmücken."

Lachend schüttelte Sharon den Kopf und fing an, den Christbaumschmuck auszupacken.

„Zuerst kommen die Lichter."

Damit brachte sie eine ordentlich aufgerollte Lichterkette zum Vorschein.

Sie brauchten über eine Stunde, um den Christbaumschmuck auszupacken. Denn mit jedem einzelnen Ornament verband Sharon eine Erinnerung. Als sie einen roten Filzstern auswickelte, wusste sie noch genau, in welchem Jahr sie ihn für ihre Großmutter gebastelt hatte. Der Gedanke, dieses Jahr ohne sie Weihnachten feiern zu müssen, tat Sharon weh. Ohne Victor hätte sie gewiss keinen Baum aufgestellt. Sie beobachtete, wie er sorgfältig die Girlanden in den Baum hängte. Großmutter hätte Victor gemocht, dachte sie lächelnd. Und sie hätte ihm auch gefallen. Eigentlich machte es nichts, dass die beiden Menschen, die sie am meisten liebte, sich nie begegnet waren. Dadurch, dass sie sie kannte, war die Verbindung zwischen ihnen hergestellt. Wenn er mich nicht bald fragt, ob ich ihn heirate, überlegte sie, muss ich das Thema wohl zur Sprache bringen. Als sie merkte, dass er sie beobachtete, lächelte sie ihn spitzbübisch an.

„Woran denkst du?", fragte er.

„Oh, an nichts Besonderes", erwiderte sie arglos. Sie trat einen Schritt zurück, um einen prüfenden Blick auf den Baum zu werfen. „Er ist wirklich perfekt. Das wusste ich doch gleich", meinte sie zufrieden. Sie packte den silbernen Stern aus, der für die Spitze des Baumes bestimmt war, und reichte ihn Victor.

Der betrachtete skeptisch den Tannenbaum. „Ich kann den Stern nicht da oben anbringen, ohne die halbe Dekoration dabei herunterzureißen. Wir brauchen eine Leiter."

„Oh nein, das geht auch so. Nimm mich einfach auf die Schultern."

„Im oberen Stockwerk steht eine Trittleiter", wandte er ein.

„Oh, sei doch nicht so umständlich." Behände kletterte sie auf seinen Rücken und schlang die Beine um seine Taille, um nicht das Gleichgewicht zu verlieren. „Jetzt kann ich die Spitze ganz leicht erreichen", versicherte sie und fing an, sich auf seine Schultern hochzuarbeiten. „Siehst du", sagte sie triumphierend. „Gib mir den Stern, damit ich ihn feststecken kann."

Victor gab ihn ihr, und Sharon befestigte den Christbaumschmuck.

„So, das hätten wir." Sie stemmte die Hände in die Hüften und begutachtete ihr Werk. „Tritt doch bitte einen Schritt zurück, damit ich einen Eindruck von dem Ganzen bekommen kann." Victor tat, wie ihm geheißen.

Sharon war begeistert. Sie seufzte zufrieden und küsste ihn überschwänglich auf den Kopf. „Ist er nicht wunderschön? Riechst du den Tannenduft?"

„Er wird noch besser aussehen, wenn der Raum dunkel ist." Damit ging er zum Lichtschalter und knipste die Deckenbeleuchtung aus. In der Dunkelheit schienen die bunten Lichter am Christbaum zum Leben zu erwachen. Sie schimmerten hell vor dem Lametta und den Girlanden und verliehen den dunklen Zweigen der Tanne einen warmen Lichtschein.

„Oh ja", sagte Sharon fast andächtig. „Es ist wirklich perfekt."

„Nicht ganz", wandte Victor ein. Geschickt zog er Sharon von seinen Schultern herunter und in seine Arme. „Jetzt ist es perfekt", sagte er, während er sie auf den Teppich legte.

Lächelnd schaute sie zu ihm auf. „Das finde ich auch", sagte sie leise.

Erwartungsvoll zogen sie sich gegenseitig aus. Und als sie nackt nebeneinanderlagen, nahm ihre Ungeduld noch zu. Wieder einmal staunte Sharon über seine festen gespannten Muskeln, während Victor nicht genug bekommen konnte von dem Duft und dem Geschmack ihrer Haut. Ebenso wie sie vorhin den kalten Schnee nicht gespürt hatten, so vergaßen sie jetzt den Duft der Tannennadeln und die bunten Lichter des Baumes. Sie waren zusammen. Das war das Einzige, was zählte.

13. KAPITEL

Es fiel Sharon am nächsten Tag nicht leicht, sich auf ihre Arbeit zu konzentrieren. Obwohl sie ziemlich viel verkaufte, war sie den ganzen Vormittag über zerstreut. Sie bemerkte nicht einmal, dass Pat das Preisschild von der Esszimmergarnitur genommen und die Stühle und den Tisch mit kleinen Schildchen versehen hatte, auf denen „Verkauft" stand. Ihre Gedanken drehten sich ausschließlich um Victor.

Ein paar Mal ertappte sich Sharon, wie sie versonnen den Weihnachtsbaum anschaute und an die vergangene Nacht dachte. Sie hatte nicht geahnt, dass Liebe so wunderbar sein konnte. Jedes Mal war sie neu und aufregend, jedes Mal ein Abenteuer. Trotzdem hatte sie das Gefühl, Victor schon seit Jahren zu kennen. Sie musste ihn nur anschauen, um zu wissen, dass ihre Beziehung von Dauer sein würde. Wieder blickte sie zu dem Christbaum hinüber. Plötzlich erkannte sie, dass sie noch nie in ihrem Leben so glücklich gewesen war.

„Miss!" Die Kundin, die schon seit einer Weile interessiert den Stuhl mit dem neuen Sitzgeflecht betrachtete, rief sie energisch in die Wirklichkeit zurück.

„Entschuldigen Sie bitte." Etwas verträumt lächelte Sharon die Dame an, was dieser jedoch entging. „Ist das nicht ein ganz besonders schönes Stück? Ich habe den Sitz gerade neu flechten lassen."

„Ich wäre an dem Stuhl interessiert, aber der Preis …"

Sharon merkte sofort, dass die Frau mit ihr handeln wollte. Seufzend ließ sie sich darauf ein.

Erst am frühen Nachmittag wurde es im Laden etwas ruhiger. Sharon hatte zwar keine großen Summen eingenommen, aber doch genug verdient, um fürs Erste ihre Geldsorgen ein wenig vergessen zu können. Und mehr verlangte sie im Moment ja gar nicht. Von ihrem Privatleben jedoch erwartete Sharon sehr viel mehr. Und sie war entschlossen, dafür zu sorgen, dass sich diese Erwartungen so schnell wie möglich erfüllten.

Sie wollte Victor heiraten. Es wurde langsam Zeit, dass sie ihn davon in Kenntnis setzte. Bestimmt schämte er sich seiner Arbeitslosigkeit und war zu stolz, ihr einen Antrag zu machen. Doch sie würde ihn dazu bringen, die Dinge anders zu sehen. Noch heute würde sie dem Mann, den sie liebte, einen Heiratsantrag machen. Und mit einem Nein würde sie sich nicht zufriedengeben.

„Pat, kannst du eine Weile den Laden übernehmen? Ich werde in etwa einer Stunde zurück sein."

Pat blickte von dem Tisch auf, den sie gerade polierte. „Sicher. Im Moment ist sowieso nicht viel los. Gehst du auf eine Auktion?"

„Nein", erklärte Sharon vergnügt. „Ich gehe zu einem Picknick." Eilig lief sie die Treppen zum Obergeschoss hinauf, während Pat ihr verdutzt nachschaute.

In knapp zehn Minuten hatte sie ihren Picknick-Korb gefüllt. Der teure Wein passte zwar nicht so recht zu den Brötchen mit Erdnussbutter, aber das störte sie wenig. Während sie durch die Hintertür das Haus verließ, stellte sie sich bereits vor, wie sie in Victors Wohnzimmer vor dem Kaminfeuer das karierte Tischtuch ausbreiten würde.

Genau der richtige Tag für ein Picknick, dachte sie belustigt, als sie mit den Stiefeln im Schneematsch versank. Fröhlich schwang sie ihren Picknick-Korb. Kein Lüftchen bewegte sich. Mit lautem Platschen tropfte das Schmelzwasser vom Dach. Der Bach führte Hochwasser. Gurgelnd und zischend bahnte er sich seinen Weg durch dünne Eisschollen.

Sharon blieb einen Moment stehen, um den Geräuschen des Winters zu lauschen. Das Hochgefühl, das sie schon den ganzen Tag empfunden hatte, steigerte sich. Wie schön dieser Tag war! Der Himmel strahlte in einem kalten klaren Blau, auf den Berggipfeln ringsum lag dicker Schnee, und die kahlen Bäume waren von einer glitzernden Eisschicht überzogen.

Ein Auto näherte sich. Sharon schaute sich um. Ihr Glücksgefühl und ihre Hochstimmung schwanden. Sie glaubte, der Hals schnürte sich ihr zu, während sie beobachtete, wie Anne in ihre Einfahrt einbog. Anmutig schritt Anne in ihren teuren Stiefeln durch den Schneematsch. Mit selbstgefälligem Lächeln ging sie auf ihre Tochter zu. Obwohl Sharon stocksteif dastand, begrüßte ihre Mutter sie mit einem flüchtigen Kuss auf die Wange. Ohne ein Wort zu sagen, stellte Sharon ihren Picknick-Korb auf die unterste Verandastufe.

„Darling, ich musste noch einmal vorbeikommen, bevor ich wieder abreise", sagte Anne überschwänglich.

„Fliegst du nach Kalifornien zurück?", fragte Sharon.

„Ja, natürlich. Man hat mir eine fantastische Rolle angeboten. Ich werde wahrscheinlich wochenlang mit Dreharbeiten beschäftigt sein." Sie zuckte die Schultern. „Aber deshalb bin ich nicht hergekommen."

Erstaunt beobachtete Sharon ihre Mutter. Es war, als hätte jene hässliche Szene zwischen ihnen nie stattgefunden. Der Vorfall war ihr völlig egal. „Warum bist du hergekommen, Anne?", fragte sie kühl.

„Um dir zu gratulieren."

„Mir gratulieren?" Verwundert hob Sharon die Brauen.

„Ich muss zugeben, ich habe dich unterschätzt, Sharon. Aber ich bin angenehm überrascht", erklärte Anne.

Sharon seufzte ungeduldig. „Willst du mir nicht endlich verraten, worum es geht, Anne? Ich habe es eilig."

„Oh, du musst doch nicht gleich so gereizt reagieren", meinte Anne beschwichtigend. „Ich freue mich wirklich für dich. Es war ziemlich clever, dir einen solchen Mann auszusuchen."

Sharon sah sie irritiert an. „Wie bitte?", fragte sie verärgert.

„Ich spreche von Victor Banning." Sie schenkte ihrer Tochter ein anerkennendes Lächeln. „Was für ein Fang!"

„Komisch. Ich habe es nie so gesehen." Sharon bückte sich, um ihren Picknick-Korb aufzunehmen.

„Darling, ist dir denn nicht klar, was für einen Goldfisch du dir da geangelt hast? Den Inhaber der Baufirma Riverton zu fangen ist schon eine Leistung."

Sharon umklammerte den Henkel ihres Picknick-Korbs. Langsam richtete sie sich auf, um Anne in die Augen zu schauen. „Wovon sprichst du überhaupt?"

„Von deinem unsagbaren Glück, Sharon. Der Mann schwimmt im Geld. Du kannst deinen kleinen Laden in einen Antiquitäten-Palast umwandeln, wenn dir danach ist." Sie lachte kurz auf. „Da erwischt meine niedliche kleine Tochter gleich beim ersten Versuch einen Millionär! Wenn ich ein bisschen mehr Zeit hätte, Liebling, müsstest du mir ganz genau erzählen, wie du das angestellt hast."

„Ich verstehe nicht, was du damit meinst." Sharon war völlig verwirrt. Sie wollte sich umdrehen und davonrennen, aber sie war zu keiner Reaktion fähig und blieb wie angewurzelt stehen.

„Weiß der Himmel, wieso er sich ausgerechnet in dieses langweilige Dorf verirrt hat", fuhr Anne fort. „Und dann muss er auch noch neben dir wohnen. So etwas nenne ich Glück! Er wird wohl sein Haus behalten, um hin und wieder mit dir dem Gesellschaftsleben entfliehen zu können. Natürlich werdet ihr nach Washington ziehen."

Sie wird in einer Villa wohnen, dachte Anne neidisch, Dienstboten haben und Partys geben. Doch sie ließ sich ihre Missgunst nicht anmerken. „Ich kann dir gar nicht sagen, wie sehr ich mich darüber freue, dass du dir den Besitzer der größten Baufirma des Landes geschnappt hast."

„Riverton", wiederholte Sharon erstarrt.

„Eine sehr angesehene Firma, Darling. Ich muss mich zwar fragen, ob du überhaupt in diese Kreise passt, aber ..." Sie zuckte die Schultern, um endlich zu ihrem letzten großen Schlag auszuholen. „Schade nur, dass dein Victor in solch einen hässlichen Skandal verwickelt war. Wegen seiner ersten Frau, weißt du. Eine schreckliche Geschichte."

„Seine Frau?", wiederholte Sharon mit erstickter Stimme. Sie fühlte, wie ihr langsam übel wurde. „Victors Frau?"

„Oh Sharon, soll das etwa heißen, er hat dir nichts davon erzählt?"

Genau das hatte Anne gehofft. Seufzend schüttelte sie den Kopf. „Das ist aber eine Schande, wirklich! Es ist typisch Mann, einem unschuldigen jungen Mädchen etwas vorzumachen!"

Anne schnalzte verächtlich mit der Zunge, während sie sich diebisch freute, diesem arroganten Victor Banning eins auswischen zu können. An Sharon dachte sie keine Sekunde. „Er hätte dir ja wenigstens sagen können, dass er schon einmal verheiratet war", fuhr sie fort. „Auch wenn er dir die unangenehmen Details verschwiegen hätte."

„Ich ..." Verzweifelt kämpfte Sharon gegen ihre Übelkeit an. „Ich verstehe nicht, was du meinst."

„Ich spreche von dem Skandal, Liebling. Und von seiner Frau. Sie war eine atemberaubende Schönheit. Zu schön vielleicht." Hier legte Anne eine kleine Kunstpause ein. „Einer ihrer Liebhaber hat sie erschossen. Wenigstens haben die Bannings das in der Öffentlichkeit so dargestellt."

Mit Triumph und Genugtuung registrierte Anne den Schock, der sich auf Sharons Gesicht spiegelte. Oh ja, dachte sie grimmig, diesem Victor Banning werde ich es heimzahlen.

„Die Geschichte wurde so gut es ging vertuscht", fügte sie noch hinzu, um dann das Thema zu wechseln. „Und jetzt muss ich mich beeilen, ich darf mein Flugzeug nicht verpassen. Adieu, Liebling, lass dir deinen attraktiven Goldjungen nicht durch die Lappen gehen. Es gibt eine ganze Reihe Frauen, die nur darauf warten, ihn sich unter den Nagel zu reißen."

Anne hielt inne, um flüchtig eine von Sharons Locken zwischen Daumen und Zeigefinger zu nehmen. „Um Himmels willen, Sharon, kannst du dir nicht endlich einen anständigen Friseur suchen? Ich nehme an, dein Victor sieht in dir eine erfrischende Abwechslung. Sieh zu, dass er dir den Ring an den Finger steckt, bevor du ihn langweilst." Sie gab ihrer Tochter einen flüchtigen Kuss und fuhr davon.

Unbeweglich stand Sharon da und schaute ihr nach. Ihr Schock war so groß, dass sie zunächst nicht einmal Schmerz empfand. Die weiße Schneedecke reflektierte die gleißende Helligkeit der kalten Wintersonne. Auf einem kahlen Ast ließ sich ein roter Kardinalvogel nieder. Sharon rührte sich nicht vom Fleck. Sie sah und fühlte nichts. Nur ganz allmählich fing ihr Verstand wieder an zu arbeiten.

Es stimmt alles gar nicht, sagte sie sich. Anne hat die ganze Geschichte nur erfunden. Besitzer der Baufirma Riverton? Victor hatte ihr doch gesagt, er sei Schreiner. Und er ist auch Schreiner, dachte sie verzweifelt. Sie hatte seine Arbeit selbst gesehen. Er hatte ihr Haus umgebaut, den Job bei ihr angenommen. Wie konnte er da Besitzer einer Baufirma sein? Seine erste Frau? Ohne es zu merken, stieß sie einen Klagelaut aus.

Als Sharon Victor über den Waldweg auf sich zukommen sah, starrte sie ihn ausdruckslos an. Und dann konnte sie plötzlich wieder klar denken. Im gleichen Moment wurde ihr klar, wie naiv und töricht sie gewesen war.

Victor erkannte Sharon von Weitem und beschleunigte seine Schritte. Erst wenige Meter vor ihr erfasste er ihren Gesichtsausdruck. Sie sah ebenso kreidebleich und verstört aus wie vor ein paar Tagen, als er sie in dem dunklen Zimmer gefunden hatte.

„Sharon?" Eilig kam er auf sie zu, um sie in seine Arme zu ziehen. Doch Sharon wich vor ihm zurück.

„Du Lügner", flüsterte sie heiser. „Was du auch gesagt hast, es waren alles Lügen."

„Sharon …"

„Nein, fass mich nicht an!" In ihrer Stimme schwang solche Abscheu, dass er unwillkürlich die Arme sinken ließ. In diesem Moment wurde ihm klar, dass irgendjemand ihr von seiner Vergangenheit erzählt hatte, bevor er es hatte tun können.

„Sharon, ich muss dir etwas erklären."

„Erklären?" Sie strich sich mit zitternden Fingern durchs Haar. „Erklären? Wie? Womit kannst du erklären, dass du mir deine wahre Existenz verschwiegen hast? Wie willst du erklären, dass du es nicht einmal für nötig hieltest, deine erste Frau zu erwähnen? Ich habe dir vertraut", flüsterte sie. „Mein Gott, wie konnte ich nur so naiv sein!"

Mit ihrer Wut wäre er fertig geworden. Doch ihrer Verzweiflung stand er hilflos gegenüber. Um der Versuchung zu widerstehen, sie einfach in seine Arme zu nehmen, steckte er die Hände in die Manteltaschen. „Ich wollte es dir sagen, Sharon. Ich hatte es wirklich vor …"

„Du wolltest!" Sie lachte verächtlich. „Wann? Nachdem dein kleiner Scherz dich gelangweilt hätte?"

„Ich habe dir niemals etwas vorgespielt", entgegnete er aufgebracht. Panik stieg in ihm auf, die er niederzukämpfen versuchte. „Ich wollte es dir erzählen. Aber jedes Mal …"

„Du hast mir nichts vorgespielt?" In ihren Augen glänzten Tränen – Tränen der Wut, der Enttäuschung, der Verzweiflung. „Du hast mich in dem Glauben gelassen, du seist Schreiner. Und ich habe dir einen Job angeboten und dir sechs Dollar die Stunde gezahlt. Und darüber hast du dich nicht amüsiert?"

„Ich wollte dein Geld nicht, Sharon, und ich habe versucht, dir das zu sagen. Doch du hast mir nie zugehört." Er wandte sich ab, um seiner Verärgerung Herr zu werden. „Ich habe ein Konto unter deinem Namen eröffnet, auf das ich deine Schecks einzahlte."

„Wie kannst du es wagen!", schrie sie außer sich vor Schmerz. Sie hörte längst nicht mehr seine Worte.

Sie fühlte sich betrogen und hintergangen und sah nur ihre abgrundtiefe Verzweiflung.

„Was fällt dir ein, deine Spielchen mit mir zu treiben! Ich habe dir geglaubt. Alles habe ich dir geglaubt. Ich dachte ... ich dachte, ich würde dir helfen. Und dabei hast du die ganz Zeit nur über mich gelacht."

„Ich habe nie über dich gelacht, Sharon", erwiderte er ernst. Er packte sie bei den Schultern. „Das weißt du ganz genau!"

„Wieso hast du mir nicht direkt ins Gesicht gelacht? Wie konntest du dich nur so gut beherrschen? Mein Gott, bist du clever!" Ihre Worte gingen in einem unterdrückten Schluchzen unter.

„Sharon, wenn du doch nur versuchen würdest, mich zu verstehen. Ich hatte meine Gründe, mich hierher zurückzuziehen. Ich wollte eine Weile nicht mit meiner Firma in Verbindung gebracht werden ..." Victor wollte ihr so viel sagen, doch ihm fehlten auf einmal die richtigen Worte. „Es hat nichts mit dir zu tun", sagte er erregt. „Ich hatte nicht vor, mich zu verlieben."

„Habe ich dir wenigstens die Langeweile vertrieben?", fragte sie verächtlich, während sie seine Hände abzuschütteln versuchte. „Hast du dich gut amüsiert mit dem unschuldigen Mädchen vom Lande, das dumm genug war, dir all deine Lügen zu glauben?"

„Du siehst alles ganz falsch." Außer sich vor Wut schüttelte er sie. „Du glaubst doch selbst nicht, was du da sagst."

Sharon konnte die Tränen nicht mehr zurückhalten. Ihre Stimme klang erstickt. „Und ich bin so willig mit dir ins Bett gegangen. Du wusstest es!", schluchzte sie und stieß mit beiden Händen gegen seine Brust. „Ich hatte von Anfang an keine Geheimnisse vor dir."

„Aber ich hatte Geheimnisse", räumte er ein. „Und zwar aus guten Gründen."

„Du wusstest, wie sehr ich dich liebte, wie sehr ich dich begehrte. Du hast mich nur benutzt!" Schluchzend schlug sie die Hände vors Gesicht.

Sie weinte mit der gleichen aufrichtigen Hingabe, mit der er sie auch hatte lachen sehen. Victor konnte nicht anders, er musste sie an sich drücken. Wenn er es nur schaffte, sie zu beruhigen, dann konnte er sich ihr auch verständlich machen. „Sharon, bitte, du musst mir zuhören."

„Nein, nein, ich will nicht." Ihr Atem ging stoßweise, während sie sich heftig gegen seine Umarmung wehrte. „Ich werde dir niemals verzeihen. Und ich kann dir kein Wort mehr glauben. Lass mich endlich los!"

„Nicht, bevor du mich angehört hast."

„Nein, ich habe genug von deinen Lügen. Ich lasse mich nicht noch einmal von dir zum Narren halten. Die ganze Zeit hast du mich belogen und dich über mich lustig gemacht. Ich habe dir all meine Liebe geschenkt, und du hast dir mit mir nur die Zeit vertrieben."

Er riss sie an sich. „Du weißt genau, dass das nicht stimmt, Sharon!", rief er.

Plötzlich hörte sie auf, gegen ihn zu kämpfen. Ihre Tränen schienen auf einmal zu gefrieren. Ausdruckslos schaute sie ihn an. Nichts, was sie bisher zu ihm gesagt hatte, traf ihn dermaßen ins Herz wie dieser kühle, verächtliche Blick.

„Ich kenne dich nicht", sagte sie ruhig.

„Sharon ..."

„Nimm deine Hände weg." Ihre Stimme klang leidenschaftslos. Victor gab sie frei. Sie trat einen Schritt zurück. „Ich möchte, dass du jetzt gehst und mich in Ruhe lässt. Ich will dich nicht mehr sehen. Nie wieder."

Damit drehte sie sich um und ging die Treppen zur Veranda hinauf. Mit leisem Klicken fiel die Haustür hinter ihr ins Schloss. Dann war alles still. Das war also das Ende ihrer Liebe.

Auf der Straße tief unter Victors Bürofenster herrschte das übliche vorweihnachtliche Verkehrsgewühl, das dieses Jahr durch die heftigen

Schneefälle noch chaotischer war als sonst. Doch Victor hörte nichts von dem Straßenlärm. Das dicke schallisolierte Fensterglas ließ kein Geräusch durch. Mit dem Rücken zu seinem eleganten, geräumigen Büro stand er am Fenster und blickte auf die Straße hinunter.

Victor hatte gerade seinen obligatorischen Auftritt bei der Weihnachtsparty seiner Firma absolviert. Ein paar Stockwerke tiefer, in dem großen Konferenzzimmer im dritten Stock, war die Feier noch in vollem Gange. Und wenn sie vorbei war, würden seine Angestellten nach Hause gehen zu ihren Familien oder Freunden.

Er selbst hatte seit seiner Rückkehr nach Washington mehr als ein Dutzend Einladungen für den Weihnachtsabend abgelehnt. Der Weihnachtsparty in der Firma hatte er sich als Chef des Unternehmens nicht entziehen können, wohl aber dem Small Talk und den lauten Partys seiner Freunde. Ohne Sharon konnte er nicht Weihnachten feiern.

Zwei Wochen waren vergangen, seit sie ihn weggeschickt hatte. In der Zeit war es Victor gelungen, alle Bauprojekte seiner Firma zu überprüfen, vertragliche Schwierigkeiten aus der Welt zu schaffen, einen Kostenvoranschlag für die Erweiterung eines Krankenhauses in Virginia auszuarbeiten und eine turbulente Aufsichtsratssitzung zu leiten.

Er hatte Papierkram erledigt und eine firmeninterne Intrige aus der Welt geschafft, die er vielleicht amüsant gefunden hätte, wäre er nicht total übernächtigt gewesen. Aber die schlaflosen Nächte und die Erinnerung an Sharon setzten ihm zu. Und er fand nicht wie sonst Vergessen in der Arbeit. Wie damals, nachdem er ihr das erste Mal begegnet war, verfolgte sie ihn.

Victor wandte sich vom Fenster ab und setzte sich hinter seinen massiven Eichenschreibtisch. Während er die Wand anstarrte, fragte er sich, was Sharon wohl gerade tat. Er hatte sie nicht im Zorn verlassen. Wäre er wütend auf sie gewesen, wäre für ihn die Sache sehr einfach. Nein, er konnte ihr keinen Vorwurf machen.

Warum hätte sie sich seine Erklärung anhören sollen? Die Beschuldigungen, die sie ihm an den Kopf geworfen hatte, ließen sich nicht ganz von der Hand weisen. Er hatte gelogen oder war zumindest nicht aufrichtig zu ihr gewesen. Und für Sharon war das eine so schlimm wie das andere. Er hatte sie verletzt. Seinetwegen hatte in ihrem Gesicht jener Ausdruck hilfloser Verzweiflung gestanden. Das war unverzeihlich.

Victor stand auf, um ruhelos auf dem dicken sandfarbenen Teppich hin und her zu laufen. Wenn sie ihn doch wenigstens anhören würde! Wieder stellte er sich ans Fenster, um mit finsterem Blick hinauszustarren. Was warf sie ihm vor? Er hätte über sie gelacht? Sich über sie lustig gemacht? Nein!, dachte er, und das erste Mal seit zwei Wochen empfand er Empörung über ihr Verhalten. Nein, er würde nicht tatenlos zusehen, wie sie die wichtigste Entscheidung seines Lebens als einen Scherz abtat. Sie hatte ihm die Meinung gesagt. Jetzt war er an der Reihe. Und das wollte er jetzt gründlich tun.

„Sharon, sei doch nicht so starrköpfig", meinte Donna vorwurfsvoll, während sie der Freundin vom Museum in den Laden folgte.

„Ich bin nicht starrköpfig, Donna. Ich habe wirklich eine Menge zu tun." Um zu beweisen, dass diese Behauptung nicht aus der Luft gegriffen war, blätterte Sharon einen Antiquitätenkatalog durch. „Das Weihnachtsgeschäft hat mich arg ins Hintertreffen gebracht. Ich muss Rechnungen ablegen und endlich meine Buchhaltung in Ordnung bringen."

„Blödsinn", bemerkte Donna sehr treffend und klappte ihr den Katalog vor der Nase zu.

„Donna, bitte."

Donna stemmte die Hände in die Hüften. „Komm mir nicht mit Ausreden. Außerdem sind wir zwei gegen einen." Sie machte eine Kopfbewegung zu Pat hin. „Wir lassen es nicht zu, dass du Heiligabend allein in diesem Haus sitzt, basta."

Sharon schüttelte den Kopf. „Ich verspreche euch, dass ich morgen komme. Ich habe ein ziemlich lautes Geschenk für Benji. Wahrscheinlich wirst du mir böse sein."

„Sharon." Donna legte ihr die Hände auf die Schultern. „Pat hat mir erzählt, dass du den ganzen Tag Trübsal bläst. Und man sieht dir deutlich an, dass du völlig erschöpft bist und Kummer hast."

„Ich bin nicht erschöpft", wehrte Sharon ab.

„Dann hast du also nur Kummer?"

„Das habe ich nicht gesagt."

Donna schüttelte sie liebevoll. „Schau, Sharon, ich weiß nicht, was zwischen dir und Victor vorgefallen ist ..."

„Donna ...", unterbrach Sharon sie müde.

Doch Donna ließ sich nicht beirren. „Und ich frage dich auch nicht danach", fuhr sie fort. „Aber du kannst nicht von mir erwarten, dass ich mit ansehe, wie du hier unglücklich herumsitzt. Glaubst du, ich kann Weihnachten feiern, wenn ich ständig daran denken muss, dass du allein bist?"

Sharon umarmte die Freundin. „Ich danke dir, Donna. Aber ich kann wirklich nicht mitkommen. Geh bitte nach Hause zu deiner Familie."

„Jetzt spielst du wohl die Märtyrerin? Na gut, ich habe Zeit." Donna setzte sich in einen Schaukelstuhl. „Dann werde ich einfach hier sitzen bleiben. Der arme Dave wird wohl ohne mich Weihnachten feiern müssen, und der kleine Benji wird nicht verstehen können, dass seine Mutter ihn allein lässt, aber ..." Seufzend hielt sie inne.

„Oh Donna. Mach es mir doch nicht so schwer." Nervös fuhr sich Sharon durchs Haar. Sie wusste nicht, ob sie lachen oder weinen sollte. „Und ausgerechnet du sprichst von Märtyrern."

„Ich klage ja nicht um meinetwillen", sagte Donna in leidendem Tonfall. „Pat, fahr nach Hause und sag Dave, dass ich nicht komme. Und tröste bitte meinen kleinen Jungen."

Pat prustete vor Lachen, aber Sharon sah nur ergeben zur Zimmerdecke. „Mir wird gleich schlecht", sagte sie. „Donna, du fährst sofort nach Hause. Ich schließe jetzt den Laden."

„Gut, geh und hol deinen Mantel. Du fährst in unserem Wagen mit."

„Donna, ich werde nicht ..." Die Ladentür ging auf, und im selben Moment verstummte Sharon.

Als Donna sie so plötzlich blass werden sah, drehte sie sich um. Sofort sprang sie auf. „Jetzt müssen wir uns aber wirklich beeilen!", rief sie. „Komm, Pat. Dave wird bestimmt schon ungeduldig sein. Fröhliche Weihnachten, Sharon." Sie gab Sharon einen Kuss und zog dann eilig ihren Mantel an.

„Donna, warte …"

„Nein, ich kann keine Minute länger bleiben", rief sie, ohne mit der Wimper zu zucken. „Ich habe noch tausend Dinge zu erledigen. Hallo, Victor, schön Sie wieder mal zu sehen. Komm endlich, Pat." Und dann waren die beiden aus der Tür, bevor Sharon noch zu Wort kommen konnte.

Der hastige Abgang der beiden erstaunte Victor, doch er äußerte sich nicht dazu. Unverwandt schaute er Sharon an. Die Wut, die ihn zu ihr getrieben hatte, war verraucht. „Sharon", flüsterte er.

„Ich … ich wollte gerade schließen."

„Das ist gut." Er ging zur Tür und schob den Riegel vor. „Dann können wir ungestört miteinander reden."

„Ich habe zu tun, Victor. Ich muss …" Angestrengt suchte sie nach einem Vorwand, um ihn loszuwerden. „Ich muss meine Buchhaltung noch machen", erklärte sie schließlich. Und als er daraufhin weder etwas erwiderte noch sich von der Stelle rührte, warf sie ihm einen flehenden Blick zu. „Bitte, lass mich allein."

Victor schüttelte den Kopf. „Ich habe es versucht, Sharon. Ich kann es nicht." Er zog seinen Mantel aus und warf ihn über einen Stuhl.

Mit großen Augen schaute Sharon ihn an. Er sah umwerfend aus in seinem maßgeschneiderten Anzug und der Krawatte. So hatte sie ihn noch nie gesehen. Dabei kam ihr wieder schmerzlich zu Bewusstsein, wie wenig sie ihn kannte. Und trotzdem liebte sie ihn. Sie wandte sich ab und rückte ein paar Gläser in einer ihrer Vitrinen zurecht.

„Es tut mir leid, Victor. Aber ich habe noch sehr viel zu erledigen, bevor ich gehe. Ich bin heute Abend bei Donna eingeladen."

„Ich hatte nicht den Eindruck, dass sie dich erwartet", bemerkte Victor und ging auf sie zu. Behutsam legte er ihr die Hände auf die Schultern. „Sharon …"

Sofort wurde sie steif vor Abwehr. „Fass mich nicht an!"

Langsam ließ er sie los. „Na gut, ich werde dich nicht berühren."

„Victor, ich habe dir doch gesagt, dass ich zu tun habe."

„Du hast auch gesagt, dass du mich liebst."

Sharon wirbelte herum. Ihr Gesicht war weiß vor Wut. „Wie kannst du es wagen, das in dieser Situation zu mir zu sagen!"

„War es eine Lüge?", wollte er wissen.

Sie öffnete den Mund und schloss ihn wieder, bevor sie in Versuchung kommen konnte, ihm eine heftige Erwiderung an den Kopf zu werfen. Stolz hob sie das Kinn und schaute ihn an. „Ich habe den Mann geliebt, der du zu sein schienst."

Victor zuckte zusammen. „Das war ein Schlag in die Magengrube, Sharon", sagte er ruhig. „Du überraschst mich."

„Warum? Weil ich nicht so dumm bin, wie du dachtest?"

Seine Augen blitzten zornig und wurden dann dunkel vor Schmerz. „Bitte, Sharon."

So viel Trauer lag in diesen beiden Worten, dass Sharon sich abwandte. „Es tut mir leid, Victor. Ich wollte dich nicht verletzen. Es wäre besser für uns beide, wenn du jetzt gehst."

„Du weißt, dass das nicht stimmt, Sharon. Selbst wenn du nur halb so viel gelitten hättest wie ich. Hast du schlafen können, Sharon? Ich nicht."

„Bitte", flüsterte sie.

Er atmete tief ein. Unwillkürlich ballte er die Hände zu Fäusten. Er war gekommen, um mit ihr zu kämpfen, um sie zu überrumpeln, sie um Verständnis zu bitten. Jetzt fand er kaum die Worte, ihr eine Erklärung zu geben. „Okay, ich gehe. Aber nur, wenn du mich erst anhörst."

„Victor", sagte sie müde. „Was könnte das ändern?"

Es klang so endgültig, dass Victor vor Angst kaum sprechen konnte. Doch er schaffte es, ihr mit ruhiger Stimme zu antworten. „Wenn du das so sicher weißt, kannst du mir ja auch zuhören. Du vergibst dir bestimmt nichts dabei."

„In Ordnung." Resigniert drehte Sharon sich zu ihm um. „Ich werde mir anhören, was du zu sagen hast."

Er schwieg einen Moment und fing dann an, unruhig im Raum auf und ab zu wandern. „Ich habe das Haus in Sharpsburg gekauft, weil ich Abstand brauchte, mich vielleicht sogar verstecken wollte. Ich weiß nicht mehr so genau, was meine Beweggründe waren. Als ich die Baufirma meiner Mutter übernahm, war ich noch sehr jung. Es war nie mein Wunsch gewesen, in die Firma einzutreten."

Er unterbrach sich einen Moment, um ihr in die Augen zu schauen. „Ich bin wirklich Schreiner, Sharon, in diesem Punkt war ich ehrlich zu dir. Ich leite die Firma Riverton, weil mir keine andere Wahl blieb. Aber ein Titel und eine Position machen doch keinen anderen Menschen aus mir."

Als Sharon daraufhin nichts erwiderte, sprach er weiter.

„Ich war mit einer Frau verheiratet, deren Beschreibung dir bestimmt bekannt vorkommen wird. Sie war schön, charmant und durch und durch unecht. Sie war außerdem selbstsüchtig, gefühllos und böse. Unglücklicherweise habe ich die letzte Eigenschaft erst erkannt, als es bereits zu spät war." Er hielt inne, weil ihm die nächsten Worte nur schwer über die Lippen kamen. „Ich habe die Frau geheiratet, die sie zu sein schien."

Weil er mit dem Rücken zu ihr stand, sah Victor nicht die Veränderung, die in Sharons Gesicht vorging. Ein schmerzlicher Ausdruck war in ihre Augen getreten. Doch nicht ihretwegen, sondern nur um seinetwillen.

„Die Ehe scheiterte, kurz nachdem sie geschlossen wurde. Eine Scheidung war zunächst unmöglich. Deshalb haben wir einige Jahre nebeneinander hergelebt und uns gegenseitig verachtet. Ich habe mich in meine Arbeit vergraben, und sie hat sich Liebhaber genommen. Mehr als alles in der Welt wünschte ich mir, endlich frei von ihr zu sein. Und als sie dann tot war, musste ich mit dem Wissen leben, dass ich ihren Tod herbeigesehnt hatte."

„Oh Victor", flüsterte Sharon.

„Das war vor über zwei Jahren", fuhr er fort. „Ich versuchte meine Schuldgefühle mit Arbeit abzutöten ... und mit Verbitterung. Bis ich an einem Punkt anlangte, wo ich mich selbst nicht mehr erkannte. Da kaufte ich das Haus und übergab die Geschäfte meinem Vizepräsidenten. Ich musste Abstand von dem Menschen gewinnen, zu dem ich geworden war. Ich wollte mich selbst wiederfinden."

Erregt fuhr Victor sich mit der Hand durchs Haar. „Doch die Verbitterung konnte ich nicht hinter mir lassen. Als du plötzlich auftauchtest, wollte ich dich loswerden. Ich habe nach Fehlern bei dir gesucht, weil ich nicht glauben wollte, dass du wirklich so offenherzig und großzügig bist. Denn wenn du die Frau gewesen wärst, als die du dich ausgabst, dann hätte ich dir nicht widerstehen können. Und nichts fürchtete ich mehr als eine erneute Bindung." Seine Augen wirkten plötzlich sehr dunkel. Unverwandt schaute er sie an.

„Ich wollte dich nicht begehren, Sharon. Und doch hat mich das Verlangen nach dir fast um den Verstand gebracht. Ich glaube, ich liebte dich von der ersten Minute an."

Er holte tief Atem und schwieg. Eine ganze Weile schaute er in die flackernden Lichter des Christbaums. Dann sprach er weiter.

„Ich hätte dir gleich zu Anfang alles erzählen sollen. Aber ich wollte sichergehen, dass du mich um meinetwillen liebst. Und das war natürlich unentschuldbarer Egoismus."

Sharon erinnerte sich an die Geheimnisse, die sie bei ihm vermutete. Und es fiel ihr auch ein, dass sie sich vorgenommen hatte, ihn nicht nach ihnen zu fragen. Trotzdem tat es ihr weh, dass er ihr nicht vertraute. „Glaubst du wirklich, deine Vergangenheit hätte mich gestört?", fragte sie.

Victor schüttelte den Kopf. „Nein."

„Warum hast du sie mir dann verschwiegen?"

„Ich hatte niemals vor, sie dir zu verschweigen. Es bot sich einfach nie die Gelegenheit, darüber zu sprechen. Schon in der ersten Nacht wollte ich dir alles erzählen. Doch unser Zusammensein war zu kostbar, um es mit den Schatten der Vergangenheit zu belasten. War es zu viel verlangt, unser Glück auszukosten? So verschob ich das Gespräch auf den nächsten Tag. Ich schwöre dir, Sharon, ich hatte mir fest vorgenommen, offen mit dir zu reden. Aber du warst so verstört, so verzweifelt nach dem Besuch deiner Mutter, dass ich das Thema nicht zur Sprache bringen konnte."

Sharon schwieg. Doch Victor wusste, dass sie ihm aufmerksam zuhörte. Er ahnte aber nicht, dass sie sich noch sehr genau an die Dinge erinnerte, die er in jener ersten Nacht zu ihr sagte. Es war ihr nicht entgangen, dass er etwas auf dem Herzen gehabt hatte, dass er sich ihr anvertrauen wollte. Und sie wusste auch noch, wie liebevoll er sie am nächsten Abend getröstet hatte.

„Du brauchtest an jenem Abend Beistand und nicht zusätzlich

noch meine Probleme", fuhr Victor fort. „Vom ersten Tag unserer Beziehung an warst du stets die Gebende. Durch dich habe ich wieder zu mir zurückgefunden, Sharon, und ich wusste, ich habe mehr genommen, als ich dir zu geben vermochte. In dieser Nacht hast du mich zum ersten Mal um etwas gebeten."

Verwirrt schaute sie ihn an. „Ich habe dir noch nie etwas gegeben."

Victor schüttelte den Kopf. „Du gabst mir dein Vertrauen und dein Verständnis. Du hast mir beigebracht, wieder über mich selbst lachen zu können. Vielleicht kannst du nicht verstehen, wie wichtig das für mich war, weil du das Lachen nie verlernt hast. Wenn ich dir schon nichts geben konnte, so wollte ich dich doch wenigstens ein paar Tage lang von allen Problemen fernhalten. Als wir dann über die Esszimmergarnitur sprachen, versuchte ich erneut, dir alles zu sagen." Er warf ihr einen grimmigen Blick zu. „Ich habe sie trotzdem gekauft."

„Du ..."

„Du kannst nichts mehr dagegen unternehmen", unterbrach er ihren erstaunten Ausruf. „Der Verkauf ist abgeschlossen."

Sie erwiderte seinen herausfordernden Blick. „Ich verstehe."

„Tatsächlich?" Er lachte verächtlich. „Verstehst du mich wirklich? Das Einzige, was ich sehe, wenn du dein Kinn so vorreckst, ist dein verdammter Stolz."

Victor beobachtete, wie sie den Mund öffnete und dann wieder schloss, ohne ein Wort gesagt zu haben. „Aber das macht nichts", setzte er leise hinzu. „Es wäre schlimm, wenn du ganz und gar perfekt wärst."

Er trat auf sie zu, berührte sie jedoch nicht. „Ich habe niemals vorgehabt, dich zu hintergehen. Trotzdem habe ich es getan. Und jetzt muss ich dich bitten, mir zu verzeihen, auch wenn du nicht akzeptieren kannst, wer und was ich bin."

Sharon blickte auf ihre Hände herab. „Es hat weniger etwas mit akzeptieren als mit verstehen zu tun", sagte sie ruhig. „Über den Präsidenten der Baufirma Riverton weiß ich nichts. Ich kannte nur den Mann, der das Haus vom alten Farley gekauft hatte." Sie blickte zu ihm auf. „Er war grob und ungehobelt mit einem Anflug von Nettigkeit, die er zu verbergen suchte. Ich habe ihn geliebt."

„Der Himmel weiß, warum", bemerkte Victor, während er über ihre Beschreibung nachdachte. „Ich kann dir versprechen, dass ich noch immer grob und ungehobelt bin. Aber ich kann auch sehr nett sein."

Sharon lachte ein wenig hilflos und wandte sich ab. „Victor, es hat mich einfach alles zu sehr getroffen. Wenn ich ein bisschen Zeit hätte, mich daran zu gewöhnen, über alles nachzudenken ... ich weiß es nicht. Als ich noch annahm, du seist nur ..." Sie hielt inne und hob etwas verlegen die Hände. „Es schien alles so einfach zu sein."

„Hast du mich nur geliebt, weil du glaubtest, ich sei arbeitslos?"

„Nein!" Es fiel Sharon nicht leicht, sich zu erklären. „Weißt du, ich habe mich nicht verändert", setzte sie nachdenklich hinzu. „Ich bin noch immer so, wie du mich kennengelernt hast. Aber was könnte der Präsident von Riverton mit mir anfangen? Ich kann nicht einmal einen Martini mixen."

„Sei doch nicht albern."

„Das ist nicht albern. Sei einmal ehrlich. Ich würde niemals in deine Welt passen. Du kannst aus mir keine elegante Frau machen."

„Was erzählst du da nur für einen Unsinn!" Plötzlich wurde er ärgerlich. Er packte sie bei den Schultern und drehte sie zu sich herum. „Elegant! So ein Quatsch! Von eleganten Frauen habe ich genug. Ich lasse mich nicht von dir abweisen, weil du irgendwelche lächerlichen Vorstellungen über meinen Lebensstil hast. Wenn du glaubst, ihn nicht akzeptieren zu können, gut. Dann trete ich eben zurück."

„Was?"

„Ich habe gesagt, ich trete zurück!"

Sharon schaute ihn erstaunt an. „Du meinst das wirklich ernst", sagte sie verwundert.

Er schüttelte sie ungeduldig. „Ja, ich meine es ernst. Glaubst du tatsächlich, die Firma bedeutet mir mehr als du? Wie kannst du das von mir denken?"

Aufgebracht stieß er sie von sich und ging zum Fenster. „Du machst mir keine Vorwürfe wegen meines Verhaltens, du willst nicht die schmutzigen Details aus meiner ersten Ehe hören, du verlangst nicht, dass ich vor dir auf dem Boden krieche, was ich sogar getan hätte. Stattdessen plapperst du irgendwelchen Unsinn über Martinis und Eleganz." Er ließ noch ein paar unfeine Flüche fallen und starrte aus dem Fenster.

Plötzlich überkam Sharon das Verlangen, laut herauszuplatzen vor Lachen. „Victor, ich ..."

„Halt den Mund!", befahl er. „Du bringst mich noch an den Rand des Wahnsinns." Mit einer heftigen Bewegung riss er seinen Mantel vom Stuhl. Sharon bekam es schon mit der Angst zu tun, weil sie fürchtete, er würde aus dem Laden stürmen. Doch er zog nur einen Umschlag aus der Manteltasche und warf dann den Mantel auf den Stuhl zurück.

„Hier." Er hielt ihr den Umschlag hin.

„Victor ...", fing sie noch einmal an.

Aber Victor wollte nichts hören. Er nahm ihre Hand und drückte ihr den Umschlag auf die Handfläche. „Öffne ihn", sagte er knapp.

Weil sie es für klüger hielt, ihn nicht noch mehr zu reizen, gehorchte Sharon ohne weiteren Widerspruch. Stumm vor Staunen öffnete sie den Umschlag und betrachtete die beiden Flugtickets.

„Mir hat mal jemand erzählt, die Fidschi-Inseln seien der ideale Ort für die Flitterwochen", bemerkte Victor. „Ich hoffe, die Dame hat ihre Meinung inzwischen nicht geändert."

Sharon blickte zu ihm auf. All die Liebe, die sie für ihn empfand, erkannte er in ihren Augen. Das genügte Victor. Heftig zog er sie in seine Arme, um ihre Lippen mit einem leidenschaftlichen Kuss zu verschließen.

Sharons Antwort war wild und ungehemmt. Sie konnte nicht genug von ihm bekommen. „Oh, du hast mir so gefehlt", flüsterte sie. „Du sollst mich lieben, Victor. Komm mit mir nach oben und liebe mich."

Er schmiegte sein Gesicht an ihren Hals. „Du hast mir noch nicht einmal gesagt, ob du mich mit auf die Fidschi-Inseln nimmst." Dabei schob er jedoch bereits die Hände unter ihren Pullover. Als er ihre warme weiche Haut spürte, stöhnte er auf und zog sie auf den Teppich hinunter.

„Victor, dein Anzug!" Atemlos versuchte Sharon, sich von ihm freizumachen. „Warte doch, bis wir oben sind."

„Sei still", befahl er, und um dieser Anordnung Nachdruck zu verleihen, küsste er sie, bis ihr der Atem wegblieb. Doch er merkte sehr schnell, dass sie nicht vor Leidenschaft, sondern vor unterdrücktem Lachen zitterte.

Abrupt hob er den Kopf, um sie anzuschauen. „Was ist los mit dir, Sharon?", sagte er gereizt. „Ich denke, ich soll dich lieben."

„Kannst du nicht wenigstens vorher die Krawatte abnehmen?", fragte sie und barg dann das Gesicht an seiner Schulter, um sich vor Lachen zu schütteln. „Es tut mir leid, Victor. Aber die ganze Situation ist so komisch. Du fragst mich, ob ich dich mit auf die Fidschi-Inseln nehme, und ich habe dir noch nicht einmal einen Heiratsantrag machen können."

„Du mir?", fragte er und schaute sie ungläubig an.

„Ja", bestätigte sie fröhlich. „Das wollte ich schon gleich zu Anfang tun. Aber jetzt, wo ich weiß, dass du eine solch wichtige Persönlichkeit bist ... oh, diese Krawatte ist ja aus Seide!", rief sie bewundernd, während sie sich bemühte, den Knoten zu lösen.

„Ja."

Er erlaubte ihr, neugierig seinen Schlips zu befingern. „Und jetzt, wo du weißt, was für eine wichtige Persönlichkeit ich bin, was gedenkst du jetzt zu tun?", fragte er weiter.

„Ich werde blitzschnell zugreifen, damit du mir nicht durch die Lappen gehst."

„Blitzschnell zugreifen?" Er biss sie ins Ohr.

Sharon lachte und schlang die Arme um seinen Hals. „Und auch, wenn ich keine Martinis trinke und jegliche Eleganz verabscheue, gebe ich eine vorzügliche Frau für den Präsidenten eines Konzerns ab. So nennst du dich doch, oder? Also, wenn ich es recht betrachte, hast du mit mir einen sehr guten Griff getan." Sie gab ihm einen innigen Kuss. „Wann fliegen wir auf die Fidschi-Inseln?"

„Übermorgen", erklärte er, bevor er aufstand, sie hochhob und über die Schulter warf.

„Victor, was machst du?"

„Ich gehe mit dir nach oben, um dich zu lieben."

„Victor", empörte sie sich. „Ich habe dir schon einmal gesagt, dass du so mit mir nicht umspringen kannst. Als Verlobte des Präsidenten der Firma Riverton verbitte ich mir dieses Benehmen."

„Das ist erst der Anfang", versprach er.

Mit beiden Fäusten hieb sie auf seinen Rücken ein. „Victor, ich meine es ernst! Lass mich sofort herunter!"

„Heißt das, ich bin meinen Job los?"

Er hörte ein verräterisches Kichern. „Ja!"

„Gut." Mit festem Griff umfasste er ihre Knie und trug sie die Treppe hinauf.

– ENDE –

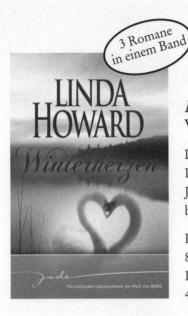

3 Romane in einem Band

Linda Howard
Winterherzen

Drei romantische Lovestorys von Linda Howard, die auch in der kalten Jahrezeit jedes Herz zum Schmelzen bringen!

Band-Nr. 20001
8,95 € (D)
ISBN: 978-3-89941-657-2
416 Seiten

3 Romane in einem Band
Dieser Roman erscheint im Dezember 2009

Jessica Bird
Das Moorehouse-Erbe

Das Moorehouse-Erbe ist in Gefahr: Können die Geschwister Frankie, Joy und Alex ihre romantische Familienpension am See retten?

Band-Nr. 20002
8,95 € (D)
ISBN: 978-3-89941-667-1
432 Seiten

Hampson / Mayo / Richmond
Liebesreise nach Irland
Band-Nr. 15038
3 Romane nur 8,95 € (D)
ISBN: 978-3-89941-658-9
416 Seiten

Hart / Hampson / Brooks
Liebesreise in die Ägäis
Band-Nr. 15034
3 Romane nur 8,95 € (D)
ISBN: 978-3-89941-597-1
400 Seiten

Lindsay / Hadley / Ashton
Liebesreise nach Frankreich
Band-Nr. 15033
3 Romane nur 8,95 € (D)
ISBN: 978-3-89941-596-4
432 Seiten

Mather / Rome / Hampson
Liebesreise nach Portugal
Band-Nr. 15032
3 Romane nur 8,95 € (D))
ISBN: 978-3-89941-595-7
384 Seiten

2 Romane in einem Band

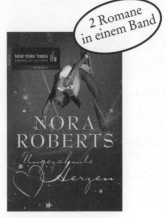

2 Romane in einem Band

Nora Roberts
Irische Träume
Band-Nr. 25393
8,95 € (D)
ISBN: 978-3-89941-638-1
352 Seiten

Nora Roberts
Ungezähmte Herzen
Band-Nr. 25382
8,95 € (D)
ISBN: 978-3-89941-619-0
368 Seiten

Nora Roberts
Diesseits der Liebe
Band-Nr. 25349
7,95 € (D)
ISBN: 978-3-89941-567-4
304 Seiten

Nora Roberts
Jenseits der Sehnsucht
Band-Nr. 25367
7,95 € (D)
ISBN: 978-3-89941-591-9
320 Seiten